W0022811

Stephan Thome

Roman

Büchergilde

# Gegenspiel

Lizenzausgabe für die Büchergilde Gutenberg,
Frankfurt am Main, Zürich, Wien
www.buechergilde.de
Mit freundlicher Genehmigung
des Suhrkamp Verlags, Berlin

Druck: CPI – Ebner & Spiegel, Ulm
Printed in Germany
ISBN 978-3-7632-6784-2

Gegenspiel

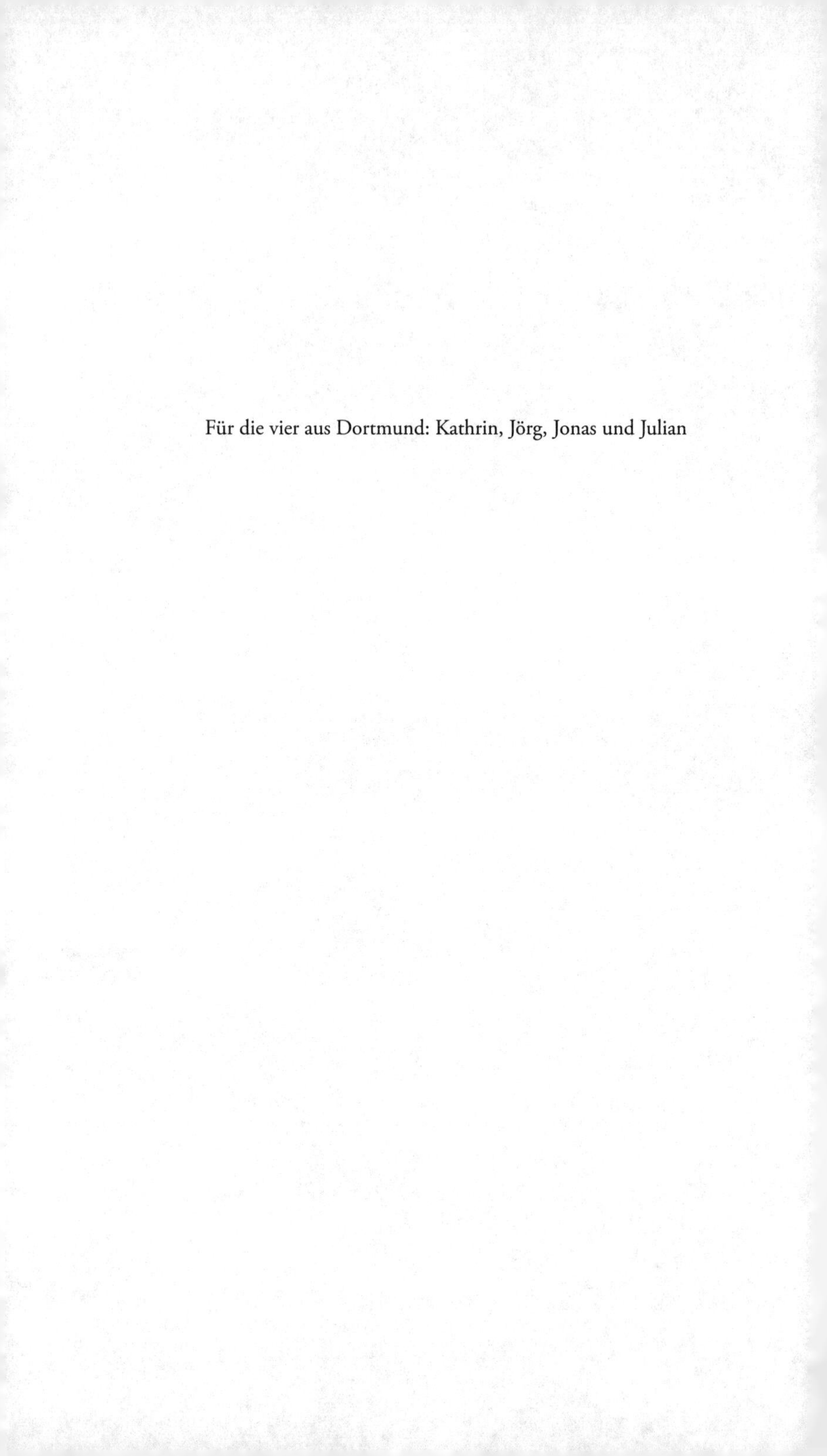

Für die vier aus Dortmund: Kathrin, Jörg, Jonas und Julian

# Erster Teil

# 1

»Schatz, was ist los?«

Die Stimme ihres Mannes klingt alarmiert. Auf dem Beifahrersitz nach vorne gebeugt, spürt Maria seine Hand auf ihrer Schulter, aber anstatt sie abzuschütteln, hält sie still und lässt ihren Tränen freien Lauf. Was soll schon los sein. Wochenlang lag der Tag wie eine Prüfung vor ihr, heute hat sie mit Kopfschmerzen in einem überfüllten Zug gesessen und hätte nach dem Wiedersehen lieber geplaudert oder geschwiegen, statt die inquisitorischen Fragen zu beantworten, mit denen Hartmut sie kurz hinter Marburg zu bedrängen begann. Wie die Sitzung war, derentwegen sie den gestrigen Polterabend verpasst hat. Warum ihr Chef so bitter ist und ob er schon immer so war. Nervt sie das nicht? Und überhaupt, haben sich ihre Erwartungen an den Job erfüllt oder …

»Maria?« Er nimmt den Fuß vom Gas und scheint nach einer Haltemöglichkeit zu suchen. Was er hören will, weiß sie ebenso gut, wie *er* weiß, dass sie es nicht sagen wird. Sie hebt ihre Handtasche vom Boden auf, kann die Tabletten nicht finden und greift nach einem Taschentuch. Die Uhr am Armaturenbrett zeigt Viertel nach zwei. Vor wenigen Minuten hätte ihr Mann fast einen Kreisverkehr überfahren, seitdem konzentriert er sich auf die Strecke, die zwischen abgeernteten Feldern entlangführt und durch Dörfer, die wie ausgestorben in der Nachmittagssonne liegen. Hier und da stehen Traktoren in den Hofeinfahrten. Seit sie einmal in der deutschen Provinz gewohnt hat, kann sie gepflegte Vorgärten nicht betrachten, ohne sich ihre engstirnigen Besitzer vorzustellen. Sie schnäuzt sich und steckt das Taschentuch wieder weg. Rechts der Straße bietet ein verwittertes, von Hand geschriebenes Schild ›Sonnenblumen zum Selbstabschneiden‹ an.

»Was geschieht mit uns?«, fragt sie in die Stille hinein. Für hiesige Verhältnisse ist es ein heißer Sommer. In Berlin waren es früh am Morgen über zwanzig Grad.

»Was meinst du?«

»Was geschieht mit uns? Warum können wir nicht mehr reden?«

»Wir reden schon eine ganze Weile.«

»An einander vorbei. Um einander herum. Was auch immer.« Energisch wischt sie sich die Tränen aus dem Gesicht und spürt neben sich ein Innehalten. Einen Monat lang haben sie einander nicht gesehen und es binnen weniger Minuten geschafft, sich die Wiedersehensfreude durch seine bohrenden Fragen und ihre ausweichenden Antworten zu verderben. »Du tust so«, fährt Maria fort, um einer Erwiderung zuvorzukommen, »als würdest du dich für meine Arbeit interessieren, aber in Wirklichkeit gilt dein Interesse ausschließlich der Frage, wann ich sie an den Nagel hänge.«

»Es geht nicht um die Tatsache, dass du arbeiten willst. Ich hab dich immer –«

»Zu Portugiesisch-Kursen an der Volkshochschule, ja.« Ruckartig wendet sie den Kopf und hält ihm die ausgestreckten Finger der rechten Hand vors Gesicht. Eine merkwürdige Geste, findet sie selbst. »Ich hab fünf solcher Kurse gegeben. Fünf.«

»Was hättest du gerne von mir gehört?«, fragt er. »Geh doch nach Berlin, Schatz. Ruf Falk Merlinger an und frag, ob er Verwendung für dich hat. Hier in Bonn störst du mich sowieso nur. Das?«

Die geröteten Tränensäcke unter seinen Augen erinnern sie an jenen Morgen vor zehn Monaten, als sie zwischen Haustür und beladenem Umzugswagen die ganze Wucht ihres schlechten Gewissens gespürt und zu ihm gesagt hat: Wir sind stark genug, wir schaffen das. Seitdem geschieht etwas, das sie beide nicht wollen, das sie sogar unbedingt verhindern möchten, bloß jeder auf seine Weise, und damit erreichen sie am Ende das Gegenteil. Ihre anfängliche Zuversicht ist jedenfalls dahin.

»Neulich hab ich gedacht«, sagt sie langsam, »es gibt so viele Dinge, die ich gerne mit dir teilen würde. Von denen ich gerne erzählen würde, aber jedes Mal sehe ich schon vor dem ersten Satz den Verlauf des Gesprächs vor mir. Ich weiß genau, wo du einhaken wirst. Sobald ich von Schwierigkeiten spreche, machst du dir Hoffnungen. Wenn ich von Problemen berichte, ernte ich kein Verständnis, sondern bestätige deine Meinung, den falschen Schritt getan zu haben. Außerdem fühle ich mich augenblicklich schlecht, weil ich dir Hoffnungen mache, die ich dann wieder enttäuschen muss.« Diesmal wartet sie, ob er etwas erwidern will, aber er nimmt nur die Hand vom Lenkrad und dreht an der Klimaanlage. Übernächtigt sieht er aus, obwohl er behauptet hat, nach dem Polterabend um halb zwölf ins Bett gegangen zu sein. »Das ist das Zweite: Permanent zwingst du mich in die Rolle derjenigen, die unsere Ehe gefährdet, indem sie ihre eigenen egoistischen Pläne verfolgt.«

»Ich wusste nicht, dass unsere Ehe in Gefahr ist.«

»Doch, das weißt du«, hört sie sich sagen. Wie um die Höhe der inneren Hürde anzudeuten, die sie dabei überwinden musste, macht ihr Herz einen Sprung, und augenblicklich treibt der Schwung sie weiter. »Aber du scheinst nicht zu wissen, inwiefern diese Gefahr von deinem Verhalten ausgeht.«

»Informier mich.«

»Seit einem Jahr treten wir auf der Stelle –«

»Zwei Stellen«, unterbricht er. »Kann ja nicht schaden, es genau zu nehmen.«

»… kommen keinen Schritt vorwärts und verschwenden die kostbare Zeit unseres Zusammenseins damit, immer wieder dieselben ergebnislosen Gespräche zu führen. Dabei könnte das alles eine Bereicherung sein – was ich erlebe und was du erlebst.

Wir *haben* Dinge, über die wir reden können. Wir könnten das teilen. Es könnte schön sein, wenn –«

»Wenn ich endlich diese dämliche Idee aus meinem Kopf bekäme, dass wir am besten in einer Stadt leben sollten.« Er wendet den Kopf, als wollte er sich ihrer Zustimmung versichern, den eingeschlagenen Weg fortzusetzen. Der Zug hatte Verspätung, in einer Stunde beginnt die Trauung, ihnen wird gerade genug Zeit bleiben, um das Gepäck ins Hotel zu bringen und sich frisch zu machen. »Richtig? Würde ich endlich einsehen, dass fünfhundert Kilometer die perfekte Distanz zwischen zwei Ehepartnern sind, wäre unser Leben wie Marzipan. Gott, was wir außer Tisch und Bett alles teilen könnten.«

»Hör dir zu, Hartmut! Du klingst – beleidigt.«

Es ist genau das Gespräch, das sie zu vermeiden beschlossen hatte, als sie zwischen lärmenden Jugendlichen im ICE nach Kassel saß. Die Kopfschmerzen kamen davon, dass sie gestern Abend viel Wein trinken musste, um nach der Sitzung am Theater ihre Nerven zu beruhigen. Falk weigert sich zu verstehen, dass ein Schauspieler das Ensemble verlassen will, und wie immer ist es an ihr hängengeblieben, zwischen den Parteien zu vermitteln. Jetzt kann sie nicht mehr. Es ist das letzte Wochenende im Juli, nur noch die Hochzeit von Hartmuts Neffen liegt vor dem ersehnten Beginn der Sommerferien. Morgen werden sie nach Bonn fahren und am Dienstag gemeinsam nach Lissabon fliegen, wo ihnen Joãos Wohnung zur Verfügung steht, bis sie entschieden haben, wohin es danach gehen soll. Im Stillen ärgert sie sich bereits, von einer Gefahr für ihre Ehe gesprochen zu haben. Sätze wie diesen äußert sie gegen ihren Willen, wenn sie sich von ihrem Mann verhört und in die Enge getrieben fühlt. Lass uns ein andermal reden, will sie bitten, aber als hätte er die Unterhaltung rekapituliert und den entscheidenden Fehler entdeckt, hebt Hartmut die Hand. »Moment!«, sagt er lauter als zuvor. »Du beklagst dich, ich würde dir eine Rolle aufzwingen, die der eigensüchtigen Selbstverwirklicherin. Darf ich dazu anmerken: Erstens hast du dir diese Rolle selbst ausgesucht, und du spielst sie auch ziemlich gut. Zweitens verhält es sich umgekehrt: Du zwingst mir eine Rolle auf. Ach was, mehrere! Die des zurückgelassenen Ehemanns, des Bettlers um Zuwendung, der abends auf einen Anruf wartet. Eine schlimmer als die andere. Lauter Scheißrollen!«

»Das ist unser Problem«, sagt sie. »In deiner Wahrnehmung tue ich alles, was ich tue, dir an.«

»Unser Problem ist, dass dich nicht sonderlich kümmert, was du mir antust.«

»Der Name dafür lautet Egozentrik.«

»Fast richtig«, korrigiert er sie. »Er lautet Egoismus.«

Schweigend rollen sie ins nächste Dorf, das genauso aussieht wie die vorigen. Respekt, hat er vor ein paar Minuten gesagt, der Respekt gebiete es, ihm klipp und klar zu sagen, dass sie die Arbeit am Theaterwerk über das erste Jahr hinaus fortsetzen wolle. Worauf ihr keine bessere Erwiderung eingefallen ist als die Frage, ob er es als Respektlosigkeit seiner Person gegenüber empfinde, dass sie neuerdings arbeite. In fast zwanzig Ehejahren war es nie ihre Art, auf so kleinliche Weise zu streiten. Rechthaberisch und mit einem Anflug von Triumph bei gelungenen Attacken. Vor ihnen liegt ein langer Tag inmitten fröhlicher Hochzeitsgäste. Ruth wird sofort merken, dass etwas nicht stimmt, und noch bevor Maria es zeigen muss, spürt sie ihr falsches Lächeln wie eine Maske auf dem Gesicht. »Können wir noch mal von vorne anfangen?«, fragt sie und kann einen Seufzer nicht unterdrücken. Aussteigen will sie und allein über die Felder laufen, statt immer aufs Neue zu erklären, was offensichtlich genug ist, um keiner Erklärung zu bedürfen.

»Der Traum eines jeden älteren Paares, der leider –«

»Können wir!? Kannst du aufhören mit dieser albernen Stichelei. Bitte! Ja?«

»Okay«, sagt er wie ein gescholtenes Kind. »Ich hör dir zu.«

Eben nicht, denkt sie. Sonst müsste er verstehen, dass sie weder wegen Falk nach Berlin gegangen ist noch um von ihrem Mann getrennt zu leben, sondern aus einem einzigen schlichten

Grund: weil in ihrem Alter jedes Nein das letzte gewesen sein könnte, dem kein weiteres Angebot mehr folgt. Hartmut hat sein ganzes Leben lang gearbeitet, sie tut es – wenn man von der Volkshochschule und den drei Monaten in Sankt Augustin absieht – zum ersten Mal. Unzählige Diskussionen haben sie in den vergangenen Monaten darüber geführt, bis Maria sich selbst wie einer Stimme vom Band zuhörte, die wieder und wieder dasselbe sagte. »Das Allerwichtigste für mich ist, dass du verstehst, warum ich nicht anders handeln konnte. Damals. Weshalb es nicht um Egoismus geht. Dass ich, als das Angebot kam, nur entweder annehmen konnte oder mir für den Rest meines Lebens vorwerfen, es abgelehnt zu haben. Mir vorwerfen und dir. Und das lag daran, weil das Leben in Bonn –«

»In ›deinem Bonn‹ hast du immer gesagt, aber eigentlich gemeint: das Leben mit mir. Richtig?«

»Es würde uns ein großes Stück weiterhelfen, wenn du nicht hinter jedem Satz einen Vorwurf vermuten würdest.«

»In der Tat, warum sollte ich das tun?« Sein Versuch, nicht zynisch zu klingen, misslingt gründlich. Hartmut ist ein ruhiger, kontrollierter Mensch, der seine wunden Punkte zu verbergen weiß, aber jetzt scheint er sie geradezu präsentieren zu wollen. »Jahrelang habe ich meine Familie zugunsten der Arbeit vernachlässigt und dich nicht bei der Suche nach einer Arbeit unterstützt. Das ist kein Vorwurf, sondern eine Tatsache. Richtig?«

Sie könnte es sich einfach machen und sagen: So ist es. Genauer gesagt, war es der Preis für ein Leben in materieller Sicherheit, von dem sie ihren Teil bezahlt hat, aber inzwischen haben sich die Dinge geändert. Philippa ist aus dem Haus, und Hartmuts Weigerung, sich mit der neuen Situation zu arrangieren, macht aus der Behauptung, er könne ihren Arbeitswunsch verstehen, ein zu oft wiederholtes Lippenbekenntnis. Beim Wiedersehen am Bahnsteig hat sie ihm auf den ersten Blick angesehen, wie ausgelaugt er ist. Sein jüngstes, hauptsächlich zwischen zehn und zwei Uhr nachts verfasstes Buch soll bald erscheinen, und manchmal spielt er darauf an, dass es ihn den Rest seiner angeblich bescheidenen Reputation kosten werde. Einem analytischen Philosophen stehe es nicht zu, sich auf Filme zu beziehen und Probleme zu untersuchen, die echte Menschen im wirklichen Leben plagen. Wie sie solche Aussagen verstehen soll, weiß sie nicht. Holt ihr Mann mit Ende fünfzig seine Midlife-Crisis nach? Wenn ja, haben ihn die Enttäuschungen eines langen Berufslebens hineingestürzt, oder war es ihr Umzug nach Berlin? Damals hat sie sich geschworen, die Dinge nicht schleifen zu lassen und sich nicht darauf hinauszureden, dass er sich eben anpassen müsse, jetzt sucht sie wie auf einer inneren Klaviatur den richtigen Ton, der die Bereitschaft zur Versöhnung anklingen lässt, ohne ihre Resignation zu verbergen. »Seit wann bist du ein solcher Zyniker, Hartmut?«, fragt sie und erwartet den Hinweis, dass sie auch diesmal das falsche Wort benutzt, aber er zuckt bloß mit den Schultern und murmelt: »Tja, seit wann bloß.«

»Verstehe. Das ist also auch meine Schuld.«

»Wieso auch? Bisher war nur von meinen Fehlern die Rede.«

»Das ist es, was ich meine.« Sie hört ihre Stimme brüchig werden, holt das Taschentuch hervor und hält es sich vors Gesicht. »Wir können nicht mehr reden. Wir können nicht einmal mehr reden über uns.« Für einen Moment gelingt es ihr, den aufkommenden Weinkrampf zu unterdrücken und einfach wegzuhören, als er die Reihe seiner Fehler aufzuzählen beginnt. Die meisten Filme, die er für sein Buch brauchte, haben sie in Bonn zusammen angeschaut, darunter einige von Ingmar Bergman, für die Hartmut seit seiner Jugend schwärmt. *Persona* war ein Schock, den sie nicht so schnell vergessen wird. Als junge Frau hatte sie die Angewohnheit, sich in den Figuren von Theaterstücken und Romanen zu spiegeln, aber zwei derart gegensätzlichen Doppelgängerinnen war sie nie begegnet. Schweigsam und stolz die eine, forsch trotz ihrer Unsicherheit und ein wenig flatterhaft die andere. ›Kann man zur gleichen Zeit ein und dieselbe Person sein?‹ Alle Themen ihres Lebens in einem Film gebündelt und konturiert durch dieses verstörende, eine ungreifbare Bedrohung signalisierende Schwarzweiß. Hartes Licht, das sogar den Sommer kalt aussehen ließ. Danach haben Hartmut und sie interessante Gespräche geführt, auch wenn Maria nicht verstand, was er aus den Filmen für sein Buch herauszuholen hoffte. »Hör auf«, flüstert sie jetzt, weil er unterdessen lauter wird und sich immer weiter in seine Erregung hineinsteigert. »Hör bitte auf.«

»Als wäre das alles noch nicht genug«, stellt er starrköpfig fest, »stehe ich natürlich auch den Inhalten deiner Arbeit völlig verständnislos gegenüber.«

»Bitte nicht. Das …«

»Seien wir ehrlich: Ich habe hoffnungslos provinzielle Vorstellungen von der modernen Bühnenkunst.«

Als wollte sie sich so klein wie möglich machen, zieht sie die Beine an und umschlingt mit den Armen ihre Knie. Die Bundesstraße beschreibt eine lange Rechtskurve, das Tal öffnet sich, über den Feldern flimmert sommerliche Hitze. Anfang des Jahres haben sie gemeinsam die Premiere von *Schlachthaus Europa* besucht; Falks Versuch, noch einmal an seine frühen Triumphe anzuschließen, indem er auf alles einschlug und niemanden schonte. Ein Stück, von dem Maria wusste, dass nicht nur ihr Mann es unsäglich finden würde. Der spärliche Schlussapplaus bezeugte die Ratlosigkeit des Publikums, und die anschließende Feier endete schneller als geplant. Damals hat Hartmut versucht, nicht zu zeigen, wie angewidert er war – will er das jetzt nachholen? Sie spürt ein Grummeln im Magen, verursacht von zu viel Wein und wenig Schlaf. In ihrer Handtasche steckt der unterschriftsreife Vertrag des Theaterwerks. Im Zug ist sie vor den lärmenden Jugendlichen in den Speisewagen geflohen, hat faden Filterkaffee getrunken und beschlossen, auf eine bessere Gelegenheit zu warten, um ihrem Mann die Wahrheit zu sagen. Morgen in Bonn oder nächste Woche im Urlaub, nicht auf dem Weg zur Hochzeit, die ihr ohnehin einiges abverlangen wird. Ruth wird so tun, als würde sie ihr das Fehlen beim gestrigen

Polterabend nicht verübeln, und sie selbst darf sich nicht anmerken lassen, dass sie ihre Schwägerin durchschaut. Hartmut darauf anzusprechen, kaum dass sie im Auto saßen, war der erste Fehler, den sie heute begangen hat. Der erste Missklang, der seitdem ihr Gespräch durchzieht. Auf wessen Seite stehst du eigentlich, will sie fragen, seit zwanzig Jahren schon, aber das gehört zu den Dingen, die sie –

»Masturbation vor Publikum ist progressiv!«

Erschrocken zuckt sie zusammen. Er hat das nicht einfach gesagt, sondern herausgeschrien. Für eine Sekunde glaubt sie an eine missglückte Parodie, eine Anspielung auf Falks Stück, aber als sie den Kopf wendet, blickt sie in Hartmuts verzerrtes Gesicht. Seine Augen flackern. Vollkommen außer sich brüllt er etwas von Befreiung und Lügen und Fesseln. »Weg mit den bürgerlichen Konventionen! Die Verstellung hat viel zu lange gedauert. Wir alle machen uns was vor. Dankbar sollten wir ihm sein, dem großen Meister, dass er –«

»HÖR AUF!« In ihrer Verwirrung schreit auch sie, so laut sie kann, und wird darüber noch kopfloser. Was um alles in der Welt ist los?

»Ist doch so!«, blafft er zurück. Vor ihnen erstreckt sich eine lange Gerade, und das Auto wird schneller. »Wir ärmlichen Gestalten wissen oft genug selbst nicht, wie unfrei wir sind, und können von Glück sagen, dass der Berliner Kultursenator ein paar einschlägige Experten finanziert, die uns den Spiegel vorhalten. Deren Worte diese Schärfe besitzen, die durch alle Lügen hindurchgeht.« Wie ein Besessener doziert ihr Mann vor sich hin und faselt etwas von Enthemmung und Löchern und Lüsten, das Maria nicht versteht. Eine Viertelstunde haben sie diskutiert und gestritten, jetzt ist er dabei, völlig die Beherrschung zu verlieren. »Oder mit dem ersten Gebot aus des Meisters großer Abendland-Revue«, brüllt er mit sich überschlagender Stimme: »Du sollst ficken!«

Sie hört den Satz und schlägt nach ihm. Hartmut macht eine unkontrollierte Bewegung, der Wagen bricht nach links aus.

Die Reifen quietschen, das Bild von berstendem Glas und verklumptem Metall blitzt vor Maria auf, aber irgendwie bleibt das Fahrzeug auf der Straße. »Mehr davon!«, ruft er in hämischem Triumph. Statt nach rechts zu lenken, rast er auf der Gegenfahrbahn dahin. Fassungslos starrt sie auf ihre Handfläche. »Was mache ich in diesem Irrenhaus von einer Ehe?«

»Nichts machst du. Gar nichts. Du bist zu einhundert Prozent mein Opfer.«

»Warum willst du jetzt alles kaputt machen, Hartmut? Sag mir warum?«

»Macht kaputt, was euch kaputt macht, haben wir früher gesagt. Oder nicht ›wir‹, die anderen. Ich saß am Schreibtisch.«

»Lass mich aussteigen.« Einige hundert Meter vor ihnen biegt ein Wagen in die Bundesstraße ein. Zum ersten Mal im Leben hat sie ihren Mann geschlagen, aber der Schock lässt kein Nachdenken darüber zu. Ausgeliefert ist sie ihm, es gibt nichts, was sie tun kann – außer schreien. »FAHR VERDAMMT NOCH MAL ZURÜCK AUF DIE ANDERE SEITE!« Ein langgezogenes Hupen kommt ihnen entgegen. »FAHR NACH RECHTS!« Sie sieht die Knöchel seiner ums Lenkrad gekrallten Hände hervortreten. »FAHR NACH RECHTS!«

Das Auto blendet auf.

»Alles, was du willst.« Noch einmal quietschen die Reifen, als er in letzter Sekunde zurücklenkt. Das Hupen fliegt vorbei, und sobald es verhallt ist, wird ihr Körper von einem Krampf erfasst. Für einen Augenblick fürchtet sie, sich übergeben zu müssen, dann endlich spürt sie die Geschwindigkeit der Fahrt abnehmen. Im Auto wird es still.

Sie schreit nicht mehr. Nur ihr Puls rast weiter.

Ein Autohaus links, eine Tankstelle rechts. Wie von weit weg beobachtet sie sich bei dem Versuch, die Eindrücke zu einem Bild zu formen, aber zuerst kehren nur die Kopfschmerzen zurück, ein vibrierender Druck in den Schläfen. Leere Bürgersteige beiderseits der Straße, dahinter gestutzte Hecken und weiße

Gardinen in den Fenstern. Keine Menschenseele. Demonstrativ langsam fährt Hartmut aus dem Dorf hinaus, und wenige Minuten später erreichen sie ihr Ziel. Marias Blick streift Hinweisschilder auf die Polizeistation und ein Hotel namens Berggarten, wo am Abend die Feier stattfinden soll. Erfolglos versucht sie sich an den Namen der koreanischen Braut zu erinnern, der sie nie begegnet ist. Ein Mädchen fährt Fahrrad, und jedes zweite Schaufenster stellt den Firmennamen desselben Immobilienmaklers aus. Sonst nichts, denkt sie, bevor ihre Stimme sie darüber belehrt, dass sie eigentlich etwas anderes gedacht hat. »Komm bloß nicht auf die Idee, jetzt zu deiner Schwester zu fahren.« Sie haben den Marktplatz überquert und folgen der zu Ruths und Heiners Haus führenden Straße. Rechts in der Talsohle liegt die Reithalle, am Hang hocken Wohnhäuser in großzügigen Gärten. Nach allen Seiten wird der Ort von grünen Hügeln umschlossen, auf dem in der Mitte thront das mittelalterliche Schloss. Wie befohlen, lässt Hartmut die Abzweigung zu seiner Schwester links liegen und fährt geradeaus, Brombeerhecken säumen den schmaler und steiler werdenden Weg, bis er auf einem ungeteerten Parkplatz am Waldrand endet. Sobald der Wagen hält, greift sie nach ihrer Handtasche, öffnet die Tür und flieht nach draußen.

Egal wohin.

Mit einem Blick überzeugt sie sich, dass Hartmut im Auto sitzen bleibt. Vor ihr führt ein Fußweg in den Wald hinein, Lichtstrahlen fallen durch die Blätter der Bäume und machen Schwärme tanzender Insekten sichtbar. Der Weg beschreibt einen Bogen und führt auf eine von Gras überwucherte Lichtung, die ihr bekannt vorkommt. In der darunter gelegenen Waldhütte haben sie vor einigen Jahren Heiners sechzigsten Geburtstag gefeiert. Sie läuft über den mit Schotter bedeckten Platz vor der Hütte auf eine Sitzbank zu, die aus einem halbierten Baumstamm ohne Lehne besteht. Davor liegt das Tal offen und weit. Hohe, schlanke Bäume säumen den durch Wiesen mäandernden Fluss, in der Ferne nehmen die Wälder eine bläuliche Färbung an. Maria setzt sich, zieht eine Zigarette aus der Schachtel und macht die ersten Züge. Hinter ihr tröpfelt Wasser aus einem Brunnen.

Ihr Puls rast immer weiter.

Das geblümte Kleid, das sie trägt, hat sie vor drei Tagen am Hackeschen Markt gekauft. Anschließend ist sie mit Peter Karow essen gegangen und hat ihm von dem vergeblichen Versuch erzählt, Vorfreude auf einen Tag zu erzeugen, der unheilschwanger näher rückte. Seit dem Umzug ist Peter ihr engster Freund, aber nach zwei Gläsern Wein verlor sie die Lust, über Probleme zu reden, die ohnehin nur Hartmut und sie lösen können. Zehn Monate liegt jener Montagmorgen zurück, an dem ihr neues Leben begonnen hat. Ein Tag zwischen den Jahreszeiten, kühl, aber heiter. Von den Bäumen entlang der Robert-Koch-Straße lösten sich die ersten Blätter, und über dem Rheinland hing weißlicher Dunst. Vom Schlafzimmerfenster aus schaute sie auf den vorm Haus geparkten Transporter, den Hartmut tags zuvor bei Europcar in der Nordstadt abgeholt hatte. Ein unerwarteter Verstoß gegen seine Ankündigung, sie den Umzug allein machen zu lassen. Mit einem schiefen Lächeln hatte er ihr den Schlüssel ausgehändigt, später beim Einladen der Kisten geholfen und danach sogar angeboten, sie nach Berlin zu fahren; wie er sich kenne, werde er in den kommenden Tagen sowieso nicht arbeiten können. Auch wenn sie so lange Strecken ungern allein fuhr, hatte sie nein gesagt. Es ist mein Umzug, dachte sie am Fenster, ohne das Gefühl identifizieren zu können, das damit einherging. Einer nach dem anderen wurden die Parkplätze vor dem Klinikum besetzt, so wie jeden Morgen.

Im Haus war es vollkommen still. Maria zog die Gardinen zu und stellte sich vor den großen Spiegel neben dem Kleiderschrank. Die Haare hatte sie zum Zopf gebunden, trug blaue Jeans und das trikotartige Oberteil, mit dem sie früher zum Yoga gegangen war. Euphorie und Anflüge von Panik wechselten einander ab, sobald sie nichts tat, also ging sie ins Badezimmer und putzte sich die Zähne. Vor sieben Jahren, als endgültig klargeworden war, dass Hartmut keinen Ruf in eine andere Stadt mehr bekommen würde, hatten sie viel Geld in die Renovierung des Hauses gesteckt. Unter anderem war das Obergeschoss neu tapeziert und das Bad mit weiß-blauen, eigens bei Viúva Lamego in Lissabon bestellten Azulejos ausgestattet worden. Für Hartmut bedeuteten die Kacheln ein Bekenntnis zu ihrer Heimat, dessen es nicht bedurfte, ihr missfiel das Muster, das sie unter hundert Alternativen ausgesucht hatte, und gemeinsam machten sie sich darüber lustig, wie schlecht ein maurisches Bad in ihr Bonner Haus passte. Das kommt davon, hatte sie zu Pilar gesagt, wenn Ehepaare weder Kosten noch Mühen scheuen, um sich über ihre Lage hinwegzutäuschen. Dahinter steckte kein böser Wille, sondern ein Überschuss an gutem, der von außen betrachtet komisch erscheinen mochte, aber in gewisser Weise gefiel ihr das Badezimmer darum eben doch – nach einer besseren Erklärung hatte sie jedenfalls nicht gesucht.

Mit dem Kulturbeutel in der Hand ging sie nach unten. Obwohl Hartmut behauptet hatte, heute nicht zur Uni zu müssen, saß er in Hemd und Jackett am Esstisch. Philippas benutztes Geschirr stand auf der Spülmaschine. Dass auch die Küche neu war, sah man ihr immer noch an.

»Gerade habe ich an Pilar gedacht.« Sie berührte mit der Hand seine Schulter und nahm ihm gegenüber Platz. »Ich hatte ihr versprochen anzurufen, bevor ich losfahre.«

»Sie wird sich melden.«

»Bei dir. Sie ruft nie auf dem Handy an, und die Berliner Nummer hat sie nicht.«

»Was soll ich ihr sagen?«

»Gib ihr die Nummer, sie liegt auf der Anrichte.« Mit dem Kopf deutete Maria auf den Zettel mit der Adresse in Pankow. »Wenn ich mit ihr rede, wird sie mir eine Ansprache halten. Wie sehr sie mich bewundert, was für ein großer Schritt das ist und so weiter.«

»Ist es das nicht?« Er faltete die Zeitung zusammen und legte sie beiseite.

»Ich muss das heute Morgen nicht hören.« Der sanierte Altbau in der Schulzestraße gehörte Peters Lebensgefährten, und die Wohnung im dritten Stock schien in gutem Zustand zu sein, aber besichtigt hatte Maria sie nur einmal. Nachts um halb elf, für zehn Minuten, und das war nicht der einzige Teil des Umzugs, den sie geplant hatte, als würde es sowieso nicht dazu kommen. »Die ganze Zeit denke ich, dass ich was Wichtiges vergessen habe«, sagte sie und schenkte sich Kaffee ein. »Komme ich mit einer Tankfüllung durch bis Berlin?«

»Es ist ein Diesel. Du musst ihn aber voll zurückgeben.«

»Worauf muss ich sonst noch achten?«

»Du weißt, dass sie es dir übelnimmt, wenn du nicht anrufst.«

»Hartmut.«

»Ich erwähne es nur. Da ich ja mit ihr sprechen werde.«

»Sie wird es verstehen«, sagte sie. »Fährst du doch zur Uni? Ich dachte, du hast Ferien.«

Über den Tisch hinweg griff er nach ihrer Hand, aber statt sie ein letztes Mal zu bitten, den Unsinn sein zu lassen und den Wagen wieder auszuladen, streichelte er ihre Finger und führte sie an die Lippen. Es war merkwürdig, dass sie diese kleinen Gesten seit einigen Tagen mehr genoss. So seltsam wie die Hoffnung, ihren Mann stärker zu vermissen, als sie es zu tun erwartete.

»Die ganze Zeit habe ich mich gefragt, ob es Vorfreude oder Bedenken sind, was du vor mir verbirgst.« Er ließ ihre Hand los und lehnte sich auf seinem Stuhl zurück. »Bis ich dich gestern pfeifen gehört habe, unten im Keller.«

»Wann?«

»Ich kam gerade mit dem Wagen aus der Nordstadt zurück.«

Ratlos erwiderte sie seinen Blick. »Ich weiß nicht, was ich darauf antworten soll.«

»Das kann ich verstehen. Was, wenn es das Ende ist?«

»Warum sagst du das jetzt?«

»Du *hast* etwas Wichtiges vergessen«, stieß er hervor und stand auf.

Vor einem halben Jahr war sie erstmals mit der Idee zu ihm gekommen. Anders als ihre Tochter hatte Hartmut nicht gelacht, sondern sofort verstanden, dass sie es ernst meinte, und vielleicht war das die entscheidende Bestätigung gewesen, die aus der Idee schließlich einen Entschluss werden ließ. Sie würde nach Berlin ziehen und an Falks Theater arbeiten. Das klang immer noch verrückt, aber einmal zugelassen, hatte der Gedanke Bleiberecht in ihrem Kopf beansprucht und es gegen alle Zweifel behauptet. Jetzt hörte sie Hartmut ins Arbeitszimmer gehen und die Tür hinter sich zuschlagen, dann kehrte die ungesunde Ruhe zurück, die sie von Philippas Pubertät kannte. In wenigen Wochen würde auch ihre Tochter ausziehen, um in Hamburg zu studieren. Doppelschlag, hatte er das gestern nicht zum ersten Mal genannt. Mechanisch räumte sie das Geschirr in die Spülmaschine und stellte diese an, obwohl sie noch nicht voll war. Vom Titelblatt der Zeitung winkte die künftige Bundeskanzlerin jemandem zu. Genau genommen, dachte sie, war nicht das Vorhaben als solches verrückt, sondern was sie dafür aufs Spiel setzte, aber es musste sein.

Eine halbe Stunde später standen sie zu zweit neben dem weißen Transporter. Die Sonne zeigte sich und verschwand wieder, und Maria blickte die Straße entlang, die inzwischen restlos zugeparkt war. Fünfzehn Jahre Bonn, dreizehn davon hier oben auf dem Venusberg, wo es bis heute kein Geschäft gab, in dem man sie mit Namen kannte. Nur in der Bäckerei war sie einmal mit Frau Professor angeredet worden.

»Wir sind stark genug. Wir schaffen das.« Sie steckte den Autoschlüssel in die Tasche und suchte mit den Händen nach seinen. Hartmuts Nicken bedeutete keine Zustimmung, sondern schien einem Gedanken zu gelten, den er lieber für sich behalten wollte. »Es wird anders sein«, sagte sie, »und manchmal schwierig, aber oft auch schön. Wir werden uns seltener sehen, aber dann mit Zeit füreinander und Lust aufeinander. Es war schön, als du in Dortmund gewohnt hast und ich in Berlin. Oder nicht?«

»Als du Ende zwanzig warst und ich Ende dreißig.«

»Und?«

»Als es neu war und ein Provisorium«, antwortete er widerwillig. »Als wir noch gar nicht wussten, ob wir zusammenbleiben würden.«

»Hartmut, soll ich jetzt Sätze sagen wie: Das ganze Leben ist ein Provisorium? Wir schaffen das, glaub mir. Es wird uns sogar guttun.« Sie legte beide Arme um seinen Hals und küsste ihn, bis er die Liebkosung etwas unwirsch beendete. Beinahe hätte seine Miene sie zum Lachen gebracht.

»Hast du alles?«, fragte er.

»Außer deiner Zustimmung, ja.«

»Da du diesen Zettel auf die Anrichte gelegt hast, weiß ich ja, wohin ich sie schicken kann.«

»Wirst du's tun?« Sie wusste, welchen Kampf er innerlich ausfocht. Weder wollte er seine Verletztheit zeigen noch sie ohne Vorwurf gehen lassen. Den ganzen Sommer über hatten sie miteinander gerungen, jetzt flogen bunte Blätter durch die Luft, und ihr spärliches Gepäck füllte den Umzugswagen kaum zu einem Drittel. Eine alte Matratze mit Lattenrost, zwei Stühle und ein Küchentisch mit zerkratzter Platte. Klamotten und Bücher. In wenigen Stunden würde sie in der Stadt ankommen, in der sie studiert hatte, und eine schlichte Zweizimmerwohnung beziehen, deren Miete ihr Mann überwies. Diesmal auf der anderen Seite der Mauer, die in ihrem Kopf zu Berlin gehörte wie die Spree. Gerne würde sie noch einmal danke sagen und den Abschied heiter machen, aber Hartmut erwachte aus seiner Erstarrung und murmelte: »Ich bin ein verwirrter alter Mann und weiß nicht, was ich tun werde.« Typisch.

»Vielleicht kannst du mit dem Altwerden noch ein bisschen auf mich warten.« Damit holte sie den Schlüssel aus der Hosentasche, gab ihrem Mann einen Kuss und ging zum Wagen. Auf dem Beifahrersitz ersetzte ein Shell-Atlas das fehlende

Navigationsgerät. Maria kletterte hinters Steuer, zog die Tür zu und atmete den unpersönlichen Geruch eines Fahrzeugs ohne Eigentümer. In ihrem Kopf lief eine Uhr rückwärts.

»Es ist vollkommen verrückt.« Mit verschränkten Armen trat Hartmut näher und bedeutete ihr, die Scheibe runterzulassen. »Ich will nicht, dass du gehst. Was soll das für ein Leben werden?«

Seufzend platzierte sie das Handy in der Ablage und wusste, dass ihr eine Minute blieb, bevor sie in Tränen ausbrechen würde. »Wir haben oft darüber gesprochen. Hab ein bisschen Vertrauen in uns.« Der Knopf, den sie drückte, bewegte den rechten Außenspiegel und rückte zwei Hundehalter in grauen Mänteln ins Bild, deren Tiere einander beschnüffelten. Je näher der Zeitpunkt kam, desto schwindelerregender erschien ihr der Gedanke, das alles hinter sich zu lassen. »Ich ruf dich an, sobald ich da bin«, sagte sie durch die Scheibe. Gerne hätte sie in Ruhe die Armaturen studiert, aber ihr Blick verschwamm bereits. Als der Motor ansprang, machte Hartmut einen Schritt zur Seite, und sie winkte, bevor sie sich dem ungewohnt großen Lenkrad und der hakenden Schaltung widmen musste. Wo die Spazierwege zur Casselsruhe abzweigten, beschrieb die Straße eine sanfte Linkskurve. Im Rückspiegel stand eine Gestalt mit hängenden Schultern, erwiderte ihr Winken erst im letzten Moment und verschwand aus dem Bild, dann fuhr Maria rechts ran, um das Gesicht in den Händen zu vergraben.

Das war der Umzug. In Hartmuts Sprachgebrauch: dein Auszug.

Ein Geräusch in ihrem Rücken ruft sie zurück in die Gegenwart. In einer Dreiviertelstunde beginnt die Trauung, sie müsste duschen, sich umziehen und die Haare waschen, stattdessen raucht sie die dritte Zigarette und überlegt immer noch, wie die koreanische Braut heißt. Hartmut nähert sich so langsam, als sei er darauf gefasst, dass sie ihn anschreien und zum Teufel schicken wird. Wie die Reste eines bösen Traums rauschen die Bilder der Fahrt durch ihren Kopf, die Empörung schwillt an und wieder ab, und ihre Finger hören nicht auf zu zittern. Als er schließlich neben ihr Platz nimmt, muss sie an Pilars Standardspruch denken: Jede Ehe ist ein Fall von Stockholm-Syndrom.

Mehrere Minuten lang hat sie damals bei laufendem Motor geheult, aber nachdem sie die Autobahn erreicht hatte, fühlte sie sich besser. Die Erinnerung an ihr Leben in West-Berlin war in den Geruch von Braunkohle und verqualmten Cafés getaucht. Schwarze Fassaden, düstere Treppenhäuser und Badeöfen, die wie verkohlte Litfaßsäulen aussahen. Kreuzberg in den Achtzigerjahren. Bei ihrer Ankunft aus Portugal war die Mauer frei von Graffiti gewesen, beim Abschied ein bunt bemaltes Kunstwerk, jetzt, beim Umzug aus Bonn – manchmal ging ihr unterwegs das Wort Rückkehr durch den Kopf –, war sie längst Geschichte. Ihr Verschwinden hatte eine merkwürdige Durchlässigkeit in den Straßen bewirkt. Es fehlte die vertraute Struktur, der Fernsehturm stand plötzlich in der Mitte statt drüben, und hinter dem Schlesischen Tor ging es einfach weiter. Bis heute wusste Maria nicht, ob das Gerücht stimmte, dass damals in manchen Straßen ihres Viertels keine Post zugestellt worden war, weil sie so nah an der Mauer lagen, dass sie formal zur DDR gehörten und von West-Berliner Beamten nicht betreten werden durften. Von Polizisten folglich auch nicht. Von Bullen. Den Bullenschweinen. Ein aufsässiger Slang, der ihr damals das Gefühl einer neuen Identität gegeben hatte. Selbst gewählt, aufregend fremd und bei genauer Betrachtung nicht ganz passend. Eher eine Verkleidung, so wie ihr grüner Parka aus dem Secondhand-Laden und die schweren Schuhe. Die ständige Erinnerung daran, warum sie ihre Heimat verlassen hatte – oder daran, dass ihr das nie wirklich gelungen war.

Auch das ist ein Thema ihres Lebens: weglaufen zu wollen; voller Entschlossenheit loszulaufen; dann zu spüren, dass die Kraft nicht reicht.

2 Die Luft roch nach brennendem Gummi und Benzin. Aus gut fünfzig Metern Entfernung beobachteten die beiden Blöcke einander und warteten auf den nächsten Zug des Gegners, die nächste Stufe der Eskalation. Angriffslustige Blicke begegneten sich durch die Schlitze von Stoffmasken und heruntergeklappte Visiere aus Plexiglas, dazwischen lag freier Raum, das von Steinen und Glasscherben übersäte Niemandsland. In den Bürgersteigen klafften Löcher, und unter den schwarzen Pfeilern der Hochbahn lagen die Reste niedergewalzter Barrikaden. Trotz der klaren Fronten spürte Maria eine Gemeinsamkeit, den beinahe sportlichen Geist, der die beiden verfeindeten Lager verband. Von nicht länger hinnehmbaren Provokationen hatte der Innensenator am Vortag gesprochen, aber jetzt wurden für einige Sekunden weder Parolen gebrüllt noch Wurfgeschosse geschleudert. Einsatzfahrzeuge fuhren hinter den Polizisten auf, und Maria sah einen Taubenschwarm über die Dächer segeln. Durch graue Schwaden aus Kohlenstaub, Rauch und Nebel, in ständig wechselnden Formationen, rasend schnell und mit der kühnen Eleganz von Eisläufern in der Kurve. Sie wusste, dass es gefährlich war, hier zu sein, mitten in einem Konflikt, den sie nicht verstand, aber vielleicht hatte dieses Wissen sie hergeführt. In die Menge vermummter Gesichter und geballter Fäuste. Als die Tauben hinter dem Dach des Görlitzer Bahnhofs verschwanden, war der Moment des Innehaltens vorbei, ein Sirren schnitt durch die eiskalte Luft und brach zwei Meter ent-

fernt von ihr ab. Blitzartig stob die Menge auseinander, weg von dem weißen Rauch auf der Straße. »Tränengas!« Sie wurde mitgerissen, zerlegte das Wort in seine Bestandteile und verstand es im selben Augenblick, als ihr eine Rauchwolke ins Gesicht wehte. Von einer Sekunde auf die andere war sie blind. Hinter sich hörte sie Glas splittern und Sirenen heulen und glaubte, heißes Fett würde ihre Augäpfel versengen. Vorwärtsstolpernd versuchte sie sich aus dem Gedächtnis zu orientieren, stieß mit der rechten Schulter gegen ein Hindernis, kam ins Straucheln und wäre gefallen, wenn sie nicht jemand am Arm gepackt hätte. »Geht's?«

»Ich kann nichts sehen.«

»Lauf weiter!«

Sie wollte blinzeln, aber der Versuch schmerzte, als risse die Hornhaut ein. Eben war noch Licht durch dichte Dezemberwolken gefallen, nun brannte die Luft. Rechts von sich spürte Maria die Nähe einer Hauswand, und wenn sie den Kopf senkte, ahnte sie die Bewegung ihrer Füße, ein Wischen in der Luft. »Sie kommen!«, schrie jemand hinter ihr. Ins Café hatte sie gewollt, weil Ana heute arbeitete, aber am Mariannenplatz war sie ihrer Neugierde und dem anschwellenden Lärm in den Straßen gefolgt. Jetzt ätzte es in ihrem Rachen. Sie musste die Kreuzung an der Manteuffelstraße erreicht haben und erinnerte sich an die Litfaßsäule auf der einen und die große Platane auf der anderen Seite. Panisch rieb sie mit den Handballen über ihre Augen. Vom Kottbusser Tor kamen immer mehr Sirenen, übertönten einander und verteilten sich. Erneut stolperte sie, und wieder griff jemand nach ihrem Arm. »Reiben macht es nur schlimmer.«

»Ich seh nichts.«

»Hast du einen Schal oder ein Tuch? Ich bin's. Wir müssen hier weg.«

»Falk?« Automatisch streckte sie die Hände aus, sein Kopf fühlte sich merkwürdig glatt und zu groß an. Blinzelnd erkannte sie, dass er einen Helm trug.

»Hier. Bind dir den Schal vors Gesicht. Und hör auf zu reiben!«

»Lass sie stehen«, sagte jemand.

»Nimm.« Er gab ihr ein Stück Stoff, das nach Zitrone roch, fasste sie an der Hand und zog sie mit sich. Nach ungefähr hundert Metern blieben sie stehen.

»Rinn, oder wat?« »Stell endlich die Alte ab!« »Mach auf!« Um sie herum herrschte ein Gewirr aus männlichen Stimmen, von denen nur eine ruhig und überlegt klang. »Sie kommt mit.« Ein Haustor wurde aufgestoßen, und als es wieder ins Schloss fiel, blieb das Chaos auf der Straße zurück. Im Laufschritt hasteten alle die Treppe nach oben, Maria geriet außer Atem und konnte die Umgebung nur schemenhaft erkennen. Ihr wurde übel. Als sie nach dem Geländer greifen wollte, schnitt ihr Stacheldraht in die Haut. »Wenn du Halt brauchst, halt dich an mir fest«, keuchte Falk. Im dritten oder vierten Stock stand eine Tür offen, und die Männer rannten hinein und zu den Fenstern. Sie versuchte, ruhig zu atmen. Der Schmerz drang von den Augen bis unter die Kopfhaut, als steckten Bolzen in ihrem Schädel. Die Übelkeit kam in Wellen, der Schwindel blieb.

»Kommen genau hier lang«, sagte jemand. »Mit Wanne und allem.«

»Nicht reiben, nur tupfen.« Falk gab ihr einen nassen Lappen, den sie sich auf die Augen drückte.

»Alter, bist du vom Roten Kreuz?« »Schwester Falk, ick kann nich schlafen, holste mir einen runter?« »Aber nich reiben, wa, nur tupfen.« Mehr Gelächter, das schnell wieder verebbte. Als Maria den Lappen wegnahm, schlug ihr das hereinfallende Licht in die Augen. Jemand öffnete ein Fenster.

»Besser?« Weil er den Helm und darunter ein Tuch trug, erkannte sie lediglich die Augen. Zu Semesterbeginn hatten sie ein Seminar zusammen besucht, aber nach zwei oder drei Sitzungen war er nicht mehr erschienen. Mit Verspätung wunderte sie sich, dass sie seine Stimme erkannt hatte.

»Danke.«

»Hätte nicht gedacht, dich hier zu treffen.«

»Ich wollte ins Mescalero.«

»Schluss mit Tupfen!«, rief einer am Fenster. »Es geht los. Erst ma nur Steine?«

Falk gab ihr den Schal zurück. »Muss mich um die Gäste kümmern.«

Was sie blinzelnd von dem Raum erkannte, ließ an eine Küche denken, in der vor Jahren zuletzt gekocht worden war. Ein alter Kohleofen hockte in der Ecke, daneben hing ein Waschbecken aus Emaille schief an der Wand. Vier Matratzen lagen auf dem Boden, zwischen Kisten mit Gerümpel und alten Töpfen. Es gab weder Tapeten noch Teppiche, stattdessen zierten Brandflecken die kahlen Mauern. Die Fensterflügel waren ausgehängt worden, in den Öffnungen standen fünf schemenhafte Gestalten, hatten die Gesichter vermummt und hielten Steine in der Hand. Zu ihren Füßen reihten sich Kisten voller Pflastersteine und erinnerten Maria an Falks Zimmer vor zwei Wochen. Seitdem hatten sie einander nicht mehr gesehen. »Is oben allet offen?«, fragte einer in Lederjacke und schwarzen Stiefeln. »Falls der Besuch rinnkommen will.«

»Alles offen. Dreiundfünfzig auch.«

»Jut, und die Alte? Schreibt 'n Bericht für die *Morgenpost*, oder wat?«

»Bleib ganz ruhig, Andi«, sagte Falk. »Die macht mit.«

Zwei Minuten lang verharrten alle reglos an ihren Plätzen und warteten. Von der Straße hallten Parolen herauf, ein zitterndes Echo zwischen den Hauswänden, zerschnitten von der scharfen Stimme aus einem Megaphon. Seit Wochen wurde überall von der Demo geredet. Flugblätter lagen in den Kneipen aus, Plakate hingen an Hauswänden und Banner unter den Fenstern besetzter Häuser. Den Vormittag hatte Maria damit verbracht, eine Hausarbeit aus dem letzten Semester zu überarbeiten, die sprachlich so fehlerhaft war, dass der Dozent bis Weihnachten eine neue Fassung sehen wollte. Fritz Kortner und der Wiederaufbau des deutschen Theaters, mit besonderer Berücksichtigung seiner *Don Carlos*-Inszenierung von 1950. Um drei Uhr hatte sie ihre Neugierde nicht länger bezwingen können und sich gesagt, dass es schließlich nicht verboten war, eine Pause zu machen und auf einen Sprung im Café vorbeizuschauen.

»Na denn. Los geht's.« Der Mann, den Falk mit Andi angeredet hatte, schleuderte den ersten Stein, und die anderen folgten dem Beispiel. War sie zufällig oder absichtlich hier? Sie hatte weder in Krawalle hineingeraten noch verpassen wollen, was es zu erleben gab, und beim Verlassen des Hauses vorsichtshalber den Parka angezogen. Als Falk sich winkend umdrehte, war ihr Moment gekommen. Sie stand auf und ging zum Fenster, fühlte ihre Angst weichen und spürte das Gewicht des grauen Quaders, an dem noch Erdreste klebten. Es gab keinen Grund, ihn zu werfen, aber ihr blieb kaum Zeit, darüber nachzudenken. Ich bin hier, weil ich es will, dachte sie, holte aus und ließ den Arm nach vorne schnellen. »Erst zielen, dann werfen«, stöhnte ihr Nebenmann. Vor dem Haus war die Straße auf einem Abschnitt von etwa dreißig Metern frei. Links tummelte sich der Pulk der Demonstranten, aus dem einzelne Personen nach vorne rannten, um Steine oder Flaschen zu schmeißen, und sich wieder zurückzogen. Von rechts rückten Polizisten mit hochgehaltenen Schilden vor. Ihr Stein war genau dazwischen aufgeschlagen.

»Das Tränengas«, sagte sie. »Seh nichts.«

Falk beugte sich nach draußen. »Besuch klopft an.«

Andis nächster Wurf stoppte den Vormarsch mehrerer Uniformierter, die einen Demonstranten aus der Menge zerren wollten. Erschrocken sprangen sie zur Seite, wendeten die Köpfe, und im nächsten Moment sah Maria eine Schlagstockspitze, die genau auf sie zu zeigen schien.

»Besuch kommt rein«, meldete Falk, und ein anderer legte seine Hand auf ihre Schulter: »Abmarsch.«

Noch einmal ging es im Laufschritt die Treppe hinauf. Oben führte eine rostige Leiter zur offenen Dachluke, von unten näherten sich schwere Schritte. Marias Herz raste, ihre Schläfen pochten, einen Augenblick später stand sie draußen auf dem

Dach. Die graue Weite über der Stadt ließ sie schwindeln. Sie sah die Schneise hinter der Mauer und den Fernsehturm undeutlich im Nebel. Nachdem Falk als Letzter nach draußen geklettert war, wurde die Luke verschlossen und mit einer Kette gesichert. Drei Meter vor ihr endete das Dach, aus der Skalitzer Straße rückten neue Polizeiwagen an, sie hörte die Sirenen und über sich das dumpfe Wummern eines Hubschraubers. Heftiger Wind biss ihr in die Augen. Hinter den anderen her stieg sie über eine Brandmauer auf das nächste Haus, wo Getränkedosen und kaputte Flaschen herumlagen. Ein Paar ausgetretener Schuhe. Wenn sie sich nicht irrte, folgten sie der Straße nach Süden, weg von der U-Bahn, in Richtung Kanal. Aus den Augenwinkeln erkannte sie den Kirchturm am Lausitzer Platz, dann steuerte die Gruppe auf eine offene Tür zu, zwei Häuser vor der nächsten Querstraße, deren Name ihr nicht einfiel. Als sie sich umblickte, lagen nur leere Dächer vor ihr. Schwarz wie die Fassaden, schwarz wie alles in Kreuzberg.

»Bei uns rinn oder runter?«, rief jemand. »Runter!« Das Treppenhaus sah aus wie das vorige. Voller Graffiti, mit Drahtrollen entlang des Geländers. Wenn der Kampf sich nicht verlagert hatte, überlegte sie atemlos, würden sie auf der richtigen Seite rauskommen. Kurz darauf standen alle in einem quadratischen Hinterhof und richteten die Tücher, die beim Laufen von den Gesichtern gerutscht waren. Maria spürte taxierende Blicke, ohne zu wissen, ob Anerkennung oder Herablassung darin lag. Vor allem war sie froh über die Verschnaufpause.

»Wir ham uns doch vor zwee Wochen jesehen«, sagte Andi.

»Ja.«

»Augen wieder okay?«

»Geht so«, sagte sie und zog die Kapuze ihres Parkas über den Kopf.

»Schwester Falk kiekt bestimmt noch ma druff, wa.«

Der Lärm auf der Straße schien von weit her zu kommen. Mülltonnen, Autoreifen und rostiger Metallschrott stapelten sich an den Wänden des Hofes. Maria legte den Kopf in den

Nacken und erkannte zwei Kindergesichter, die aus einem der oberen Stockwerke auf sie herabblickten. Sie winkte und kam sich albern vor. Seit zweieinhalb Jahren lebte sie in West-Berlin, aber erst seit wenigen Monaten in Kreuzberg, wo andere Gesetze herrschten als im Rest der Stadt. Falk öffnete die Tür zum Vorderhaus im selben Moment, als der Eingang von außen aufgestoßen wurde. Ein Knall, dann stürmten behelmte Männer herein; zu viele, um sie zu zählen, und zu schnell, um wegzulaufen. Als Maria sich umdrehte, riss ihr ein gezielter Tritt die Beine weg. Sie bekam Stockschläge auf den Rücken und fiel der Länge nach hin. Jemand trat ihr auf die Hand. Mit Blut im Mund blieb sie liegen und hörte um sich herum Schreie und Schläge. Die Tür zum Vorderhaus zersprang, als jemand dagegen flog. Sie wollte sich zusammenkrümmen, aber zwei Hände rissen an ihrer Kapuze und drehten sie auf den Rücken. Schnell nahmen die Kampfgeräusche ab. Ein schwerer Kerl hockte auf ihr und nahm ihr die Luft zum Atmen. Das Visier seines Helms war beschlagen, sie erkannte nur den dunklen Bartansatz. In einer Hand hielt er eine Kamera, mit der anderen zog er den Schal von ihrem Gesicht und rief: »Ick fass et nich, ne Fotze.« Als sie ihn abzuwehren versuchte, rückte er höher, presste beide Knie auf ihre Oberarme und sagte: »Lass dit ma. Wär' schade um die schönen Zähne.« Er klappte sein Visier nach oben, und Maria blickte in eine vierschrötige Visage mit Narbe unter dem linken Auge. Grell und schmerzhaft blitzte es in ihr Gesicht. Aus den Augenwinkeln sah sie ausgestreckte Gestalten auf dem Boden liegen. Handschellen klickten. Alle keuchten.

»Geh von der Frau runter, du Nazischwein!« Es war Falks Stimme, gefolgt von einem dumpfen Geräusch und seinem gepressten Atem.

»Wieso, is et deine?« Der Kerl blieb auf ihr hocken, zog das Bild aus der Kamera und fächelte es in der Luft. Maria hatte das Gefühl, ihre Armknochen würden zermalmt. Die Kamera gab er an einen Kollegen weiter und nickte ihr zu. »Ick dreh dich jetz um, dit kennste bestimmt. Wenn de dich wehrst, haste dit gleiche Recht wie dein Macker, eins in die Fresse zu kriegen. Is dit klar?« Mit spöttischem Blick wartete er einen Moment, bevor er von ihr abließ. Dass sie versuchte, ihm ins Gesicht zu spucken, entlockte ihm ein müdes Kopfschütteln. »Hör mir doch uff mit dem Weiberkram.« Grob drehte er sie um, bog ihr die Arme auf den Rücken, und zum ersten Mal im Leben bekam Maria Handschellen angelegt. Durch eine Haarsträhne über den Augen erkannte sie Falks Gesicht. Er lag in der gleichen Stellung wie sie, Blut lief ihm aus der Nase und aus einer Platzwunde auf der Stirn. Die Angst, die sie die ganze Zeit über gehabt, aber nicht gespürt hatte, ließ ihre Lippen zittern.

»Alles okay?«, fragte er mit einem schiefen Grinsen.

Auch ihre Hände auf dem Rücken zitterten. Ameisen liefen über den Boden. Gab es im Dezember Ameisen?

»Versuch, ruhig zu atmen«, sagte er.

Es kostete mehr Kraft, als sie zu besitzen glaubte, nicht in Tränen auszubrechen. Falks Kumpel beschimpften die feixenden Polizisten als Nazischweine und bekamen dafür Tritte und Schläge, manchmal ein Lachen. »Bei uns sind et sechs«, sagte einer in sein Funkgerät, »alle fixiert. Dreiundfünfzig, im Hinterhof. Wir warten, bis ihr durchkommt. Jut, Ende.«

»Wo wir schon mal hier liegen und aufs Taxi warten«, sagte Falk, und Maria hatte das Gefühl, dass er mit ihr sprach, damit sie nicht die Fassung verlor. »Ich wollte wegen des Stücks mit dir reden. Das, woran ich gerade arbeite. Erinnerst du dich?«

»Ruhe da unten!«

»Hey! Wir reden über Dinge, von denen du nichts verstehst. Also halt deine verdammte Bullenfresse.« Ein Tritt traf ihn in die Seite, Falk verzog kurz das Gesicht und spuckte aus. »Ich dachte, ob wir am Institut Leute finden, mit denen wir's auf die Bühne bringen können. Ungefähr acht bis zehn.«

Die Sohle eines Stiefels legte sich auf sein Gesicht. »Letzte Warnung: Schnauze da unten.«

»Was meinst du, interessiert?«, fragte Falk. Sein Gesicht begann sich zu verformen, aber das herausfordernde Lächeln blieb, als schnitte er eine Grimasse. Sie hörte es knirschen und wollte schreien, aber kein Laut kam aus ihrer Kehle. Dass man für Fehler bezahlen musste, wusste sie längst. Vielleicht war sie nach Deutschland gekommen, um es zu vergessen. Irgendwann in den letzten Monaten hatte sie es tatsächlich vergessen und prompt den nächsten Fehler begangen. Und jetzt?

Über ihr wurde gelacht.

»Du verdammtes Arschloch!«, presste Falk hervor, dann schloss Maria die Augen.

Genau zwei Wochen zuvor, am Nachmittag des 25. November, war sie losgegangen, um einen Brief einzuwerfen und ihre Eltern anzurufen. Ein Berliner Spätherbsttag, an dem der Wind schwere Wolken und das Aroma billiger Eierkohlen über die Dächer trieb. Um halb vier brach die Dunkelheit herein, und schneien sollte es außerdem; seit ihr an einem Zeitungskiosk die Überschrift ›Baldiger Wintereinbruch angekündigt‹ ins Auge gefallen war, schickte Maria mehrmals täglich prüfende Blicke gen Himmel. Die ganze Woche über hatte sie das nötige Kleingeld für den Anruf gesammelt, das jetzt ihre Taschen schwer machte. Unschlüssig blickte sie die Waldemarstraße entlang und spürte das Rumoren von Nervosität und Hunger im Magen. Im Laden gegenüber brannte bereits die Innenbeleuchtung. ›Ein schöner Tag beginnt mit einem Frühstücks-Ei von Eier-Schulz‹ stand auf dem Schild am Eingang. In der Nähe der Mauer fuhren kaum Autos, und soweit ihr Blick die Straße entlangreichte, sah sie nur eine Handvoll parkender Fahrzeuge. Hundert Meter links von ihr endete der Teil der Stadt, der sich für frei hielt, obwohl er noch dichter eingemauert war als der andere. Vor nichts hatte man sie in der Schule so eindringlich gewarnt wie vor den Gefahren des Kommunismus, jetzt hörte sie manchmal Stimmen von drüben, meist kurze Befehle, Kommandos und Hundegebell. Die nächste Telefonzelle befand sich am Mariannenplatz, aber als sie dort ankam, warteten bereits drei Leute, also beschloss sie, erst den Brief an Luís einzuwerfen, im Café vorbeizuschauen und es auf dem Rückweg noch einmal zu versuchen. Oder morgen.

Sie werden es verstehen, sagte sie sich.

Zehn Minuten später zog sie die Tür des Mescalero auf und freute sich, die brasilianische Bedienung hinter der Theke zu entdecken. Seit dem Umzug nach Kreuzberg kam sie jede Woche ein paarmal hierher. Wenn der Betrieb es zuließ, wechselten Ana und sie ein paar Sätze auf Portugiesisch, oder sie brachte ein Buch mit und hockte stundenlang auf ihrem Lieblingsplatz am Fenster. Rauchen, lesen, träumen. Das Mescalero war ihre Insel der Zuflucht, hier hatte sie sich angewöhnt, Milchkaffee zu trinken, der in einem französischen Bol serviert wurde und an kalten Tagen die Hände wärmte. Um den Lausitzer Platz herum sprangen die Laternen an.

»Oi menina. Alles gut?« In ihrem entspannten Schlendergang kam Ana an den Tisch. Sie war groß gewachsen, trug einen Haarschopf aus dunklen Locken und wischte mit der Handfläche ein paar Krümel vom Tisch.

»Olá«, sagte Maria. »Immer, wenn ich Heimweh habe, komme ich hierher.«

Ein Stichwort, das Ana Souza einen versonnenen Blick auf ihre Fingernägel richten ließ, als wollte sie sagen: Heimweh haben wir alle. Sie stammte aus Bahia, hatte sie erzählt, sprach das melodiöse Portugiesisch brasilianischer Telenovelas und sah ein bisschen aus wie Sônia Braga. Den ganzen Nachmittag hatte Maria gelesen, statt zu lernen, und würde Ana gerne erzählen, warum sie an Tagen wie heute am liebsten japanische Romane las. Schon seit Monaten hatte sie das Gefühl, zu wenig zu reden; sie ging allein in die Mensa und mit dem Wörterbuch ins Theater, schlief mit keinem Mann und hatte aus einer Laune heraus angefangen zu rauchen. Das Haar trug sie kurz, verzichtete auf Schmuck und hatte in einem Secondhand-Laden am Schlesischen Tor einen gefütterten Parka gekauft, den nicht nur Cristina unmöglich finden würde. Armeegrün, mit aufgenähten Flicken an den Ellbogen. Aus dem trüben

Badezimmerspiegel in der WG schaute ihr eine junge Frau entgegen, die nicht alle Regeln verstand, denen sie zu gehorchen versuchte. In Kreuzberg flirteten Männer so wenig, wie Frauen sich schön machten. Am Institut hörte sie den Debatten der anderen lieber zu, statt mitzureden, außerdem hatte sie sich einen entschlossenen Gang angewöhnt, der ihrer Umwelt das Gegenteil dessen signalisierte, was sie empfand. Den schwarz-rot-goldenen Aufnäher am Ärmel des Parkas hatte sie abgetrennt, nachdem sie in der U-Bahn angepöbelt worden war. Es müsste nicht *Schönheit und Trauer* sein, dachte sie jetzt, es könnte auch um Männer, das Theater oder die Vorzüge von angolanischem Kaffee gehen. Nichts fehlte ihr so sehr wie eine Freundin zum Reden.

Ana brachte den dampfenden Bol und sagte, »gegen dein Heimweh«, bevor sie an die Theke zurückkehrte, um in einer Zeitschrift zu blättern.

Lag es an ihr? Ihr Deutsch jedenfalls war immer noch schlecht. In Gesprächen wurde sie schnell nervös, weil die anderen Lückentext redeten und sie über Flexionen und die Wahl des richtigen Artikels stolperte. Manche Gesprächspartner machte das ungeduldig, andere fanden es anziehend, wie sie an ihren Lippen hing, um nichts zu verpassen. Den Akzent hielten die meisten für französisch, also sexy. Dazu ihre helle Haut, die aufrechte Haltung und die dunkelgrünen Augen; irgendwann fiel sogar Berliner Männern auf, dass sie schöne, hoch sitzende Brüste hatte. Ihr Mitbewohner Roman würde die WG gerne in eine Ménage-à-trois verwandeln, und vielleicht würde Gudrun einwilligen, um ihren Freund nicht zu verlieren. In Kreuzberg herrschte eine merkwürdige Mischung aus losen Sitten und den strengen Etiketten der Subkultur. Wehe, man siezte den Falschen. In den letzten Monaten war Maria ins Café gegangen, um Anas Gesellschaft zu suchen und vor Romans zweideutigen Bemerkungen zu fliehen, vor angelehnten Türen und der schlecht gespielten Überraschung, wenn er ihr halb nackt in der Küche begegnete. Ich habe einen Freund, sagte sie sich, als bedürfte es der Erinnerung. Dass sie vergessen hatte, den Brief einzuwerfen, fiel ihr erst jetzt ein.

Sie setzte den Bol ab und bestellte ein Croissant. Auf der Uhr über der Theke verfolgte sie die Bewegung des großen Zeigers, bis es für den Anruf zu Hause zu spät war, weil ihre Eltern in der Küche zu tun hatten. An der Bar unterhielt sich Ana mit einem Mann in schwarzer Lederjacke, ab und an erklang ihr dunkles, beinahe männliches Lachen. Als die Blicke der beiden sich auf sie richteten, drehte Maria den Kopf weg und fühlte sich kindisch. Vor zwei Wochen hatte sie in der U-Bahn einen wildfremden, in sein Buch vertieften Mann angesprochen und gefragt, ob ihm das Buch gefalle.

Ja, hatte er gesagt und weitergelesen.

Als sie das Café verließ, ging es auf halb sechs zu. Trotz der Kälte lief sie durch die Straßen, weg von ihrer Wohnung, und weil niemand fragte, erklärte sie es sich selbst: Romane wie die von Kawabata konnten die Einsamkeit für einige Stunden in ein schwer fassbares, wohliges Gefühl verwandeln. Am Nachmittag hatte sie sich vorgestellt, die junge Malerin Keiko zu sein, die mit einer Frau zusammenlebte, männlichen Liebhabern in die Finger biss und einen bizarren Racheplan verfolgte, aus Liebe zu Otoko oder blankem Narzissmus, das verstand man als Leser nicht. Sie sagte merkwürdige Dinge wie: Ich brauche jemanden, der meinen Stolz zerstört. Am nächsten Briefkasten küsste Maria die Adresse auf dem Umschlag und warf ihn ein. Eine Woche würde er unterwegs sein, falls die portugiesische Post nicht streikte, in zwei Wochen konnte sie beginnen, auf eine Antwort zu warten, und in drei würde sie wissen, ob Luís ihr grollte, weil sie an Weihnachten nicht nach Lissabon kam. Ich lebe jetzt hier, dachte sie. Vor einem Türk Discount wurden die Obstkisten abgebaut, und ohne nachzudenken, ging sie hinein, um von dem Telefongeld eine Flasche bulgarischen Rotwein zu kaufen. Ihre Finger waren klamm, sie besaß keine Handschuhe.

Zurück in der Manteuffelstraße, versuchte sie sich an seine Hausnummer zu erinnern. Einige Male hatten sie im Institutscafé gesessen und übers Theater diskutiert, nicht sie beide allein, sondern eine größere Runde von Kommilitonen. Beim letzten Mal war es um Grüber gegangen; jemand hatte dessen jüngste Inszenierung gelobt, und Falk hatte dagegengehalten, es sei idiotisch, dem Zuschauer gefallen zu wollen. Bürgerliche Scheiße, nannte er das, zu definieren als den Versuch, sich aus Bequemlichkeit in einer kaputten Welt einzurichten, ruhiggestellt durch den Konsum von Luxusgütern und notfalls von Kunst. Maria hatte weder widersprechen wollen noch zustimmen können und im Stillen überlegt, was Schönheit anderes sein sollte als eine Form von Trost. Dachte sie so, weil sie aus einem Land kam, das schon im letzten Jahrhundert den Anschluss verloren hatte? Ein für sich stehendes, von der Straße zurückgesetztes Gebäude kam ihr richtig vor. ›Mord bleibt Mord‹ stand über der von Ruß verschmierten Kohlenluke, zwei Fahrradrahmen ohne Räder lehnten gegen die Hauswand. Als sie die Eingangstür aufdrückte, sprang die Beleuchtung an und tauchte den Durchgang in ockerfarbenes Licht. Im vierten Stock drängten sich Schuhe vor einer Wohnungstür wie Einlass begehrende Tiere. Sie wusste nicht mehr, ob er erwähnt hatte, in einer WG zu leben, aber sie vermutete es. Alle lebten in WGs.

Sie klingelte.

Die Fremdheit machte sie scheu, die Scheu einsam und die Einsamkeit wagemutig – heute jedenfalls war es so. In manchen Momenten fand sie ihn ein wenig unheimlich. Er hatte ein Gesicht mit groben Zügen, zu großer Nase und rötlichem Bartwuchs, und wenn er Gesprächspartner in die Enge trieb, spielte ein überhebliches Grinsen um seine Mundwinkel. Er schien viel zu wissen, gern zu streiten und selten an sich zu zweifeln.

Hinter der Tür näherten sich träge Schritte. Die junge Frau, die Maria gegenübertrat, hatte schwarze Haare und trug mehrere Wollpullover übereinander. »Ja«, sagte sie, als antwortete sie auf eine zuvor gestellte Frage. Auf ihrer Oberlippe schimmerte die Andeutung eines Damenbarts.

»Hallo«, sagte Maria. »Ich wollte zu Falk.«

Nickend verharrte die Frau in der Tür. Wahrscheinlich war sie nicht dick, sondern sah der vielen Kleidungsstücke wegen so aus. Am Kragen zeigten sich die Träger eines grauen Overalls, den sie darunter trug.

»Ist er da?«, fragte Maria.

»Dit würd' ick ma vermuten. Um die Zeit.«

»Und … kann ich reinkommen?«

»Weeß ick nich. Wer biste?«

»Bitte?«

»Wer du bist.« Der Blick der Frau war auf den Boden gerichtet, als zählte sie die dort stehenden Schuhe.

»Eine Kommilitonin von ihm.«

»Kannste dit ooch auf Deutsch und mit Namen?«

»Maria. Wir studieren zusammen.«

»Wusst' ick jar nich, dit der 'n Studi is. Aber jut, ick hol ihn, wa.« Bevor sie ging, schloss sie sorgfältig die Tür. Weiter oben im Haus schien jemand auf einen Topf zu schlagen, außerdem glaubte Maria das Geschnatter von Gänsen zu hören. Nach einer Minute wurde die Tür erneut geöffnet, und Falk brauchte einen Moment, bevor er den Besuch einordnen konnte. »Wolltest du zu mir?«, fragte er in einem Ton, der weder Überraschung noch Freude verriet. Die Ärmel seines schwarzen Hemdes waren bis über die Ellbogen aufgekrempelt, darunter trug auch er einen Overall, ein dunkelblaues Teil mit Flicken an den Knien.

»Ja«, sagte sie.

»Und weswegen?«

»Um zu … einfach reden. Oder Wein trinken.« Statt sich von ihrem Gestammel aus dem Konzept bringen zu lassen, hob Maria die Flasche und hielt sie ihm entgegen. »Sozialistischer Wein.«

Ohne zu zeigen, ob er die Bemerkung witzig fand, trat er ein Stück zur Seite. »Maria, richtig?«

Noch immer fand sie es merkwürdig, mit halbem Namen angeredet zu werden, aber Deutsche waren zu ungeduldig für die sieben Silben von Maria-Antonia. Doppelte Vornamen klängen prätentiös, hatte sie an der Uni gehört, außerdem gab es viel weniger Marias als zu Hause und folglich keine Verwechslungsgefahr. »Überhaupt sind wir für ein Referat eingetragen«, sagte sie und ging an ihm vorbei. Die Wände des Flures leuchteten im Licht einer nackten Glühbirne, die Bodendielen waren rotbraun lackiert und schimmerten matt. Vor manchen Türöffnungen hingen bunte Tücher, andere standen offen wie in einem Rohbau.

»Was für ein Referat?«

»Gegenwartstheater in West-Berlin, am Donnerstag. Wir referieren die Schaubühne.«

»Die Schaubühne macht kein Gegenwartstheater. Nicht mehr seit Brechts *Mutter*. Ist kein Zufall, dass sie jetzt in Charlottenburg spielen.«

»Was hat Brechts Mutter mit …«

»Nicht Brechts Mutter«, sagte er und musterte sie ohne Zurückhaltung. Das tat er immer mit Leuten, starrte sie einfach an. »*Die Mutter*, von Bertolt Brecht.«

»Wann war das denn?«

»Offenbar vor deiner Zeit.« Falk wies auf die zweite Tür links. »Das Seminar taugt sowieso nichts, der Dozent ist ein Idiot.«

»Jemand hat mir erzählt, dass du von drüben kommst.«

»Ah ja?«

In seinem Zimmer roch es nach Kohlenstaub und Schweiß. Eine auf dem Boden liegende Matratze diente als Bett, eine von zwei Holzböcken getragene Platte als Tisch. Die Schreibmaschine darauf glich den Ungetümen, die Maria aus portugiesischen Amtsstuben kannte. Ihr fiel das Wort ›Höhle‹ ein, aber kein Satz, in dem sie es unterbringen konnte. Vor dem grün gekachelten Ofen stapelten sich Briketts.

»Deine Mitbewohnerin wusste überhaupt nicht, dass du studierst.«

»Ich gehe manchmal hin, weil ich auf ein interessantes Seminar hoffe. Dann bleibe ich wieder weg, weil es keins gibt.«

»Was machst du sonst?«

»Schreiben.«

»Stücke?«

»Was sonst?«, sagte er. »Übrigens hab ich keinen Korkenzieher.«

»Keinen was?«

Statt zu antworten, nahm er ihr die Flasche aus der Hand und ging hinaus. Marias Blick fiel auf einen Holzkorb mit Pflastersteinen, der notdürftig mit alten Zeitungen bedeckt war. An den Wänden hingen beschriebene Seiten, im Regal standen nur wenige Bücher, auf einigen erkannte sie die Signatur der Amerika-Gedenkbibliothek am Halleschen Ufer. In der ersten Lehrveranstaltung des Semesters hatten Falk und sie über Eck an den U-förmig aufgestellten Tischen gesessen, und neunzig Minuten lang hatte sie seine Blicke gespürt. Wenn sie sich vorstellte, ihn Cristina zu beschreiben, musste sie lachen. Mit der Flasche, zwei Gläsern und einem Schraubenzieher in der Hand kam er zurück und sagte: »Hier wird nie Wein getrunken. Wir müssen es mit dem Ding versuchen.«

»Wozu hast du Steine im Zimmer?«

»Die gehören nicht mir.«

»Sondern?«

Im Schneidersitz setzte er sich auf den Boden und begann, den Korken der Flasche zu bearbeiten. »Du stellst eine Menge Fragen.«

Sou uma rapariga muito curiosa, wollte sie sagen und wusste nicht wie. Auf Deutsch zu flirten, war schwierig, und mit Falk dürfte es sein, wie mit einem Schrank zu tanzen. Trotzdem fühlte sie sich gut. Er hätte sie auf der Türschwelle abweisen oder sich verleugnen lassen können. Da er zwei linke Hände besaß, nahm sie ihm die Flasche ab, zog den Parka aus und kniete sich auf das Innenfutter, um mehr Kraft einsetzen zu können. Im Übrigen fragte sie so viel, weil es leichter war, als zu antworten. »Sag schon, wem gehören sie?«

»Den Leuten aus der Fünfundfünfzig«, antwortete er. »Wer in besetzten Häusern lebt, sollte nichts bei sich behalten, das entweder den Verdacht der Bullen erregt oder ihre Lust, es aus dem Fenster zu werfen. Wenn die Schweine zu Besuch kommen, werfen sie alles in den Hof. Möbel, Bücher, Geschirr. Alles.«

»Das ist kein besetztes Haus?«

»Der Besitzer wohnt in Britz. Ihm ist scheißegal, was hier passiert, solange er jeden Monat seine Kohle bekommt.«

»Wie viele seid ihr überhaupt?«

»Zwölf Erwachsene, ein Kind. Verteilt auf zwei Stockwerke. Im Frühjahr wird was frei, falls du Interesse hast. Oder fragst du nur so?«

»Nur so. Ich wohne in einer Dreier-WG. Waldemarstraße.«

»Was machst du mit der Flasche, willst du sie ausbrüten?«

»Er bewegt sich.«

»Halleluja«, sagte er. »Eine WG mit zwei Männern?«

»Ein Pärchen.«

»Ficken sie viel?«

»Sie streiten«, sagte Maria und stellte fest, dass sie tatsächlich komisch über der Flasche hockte. Augenblicklich wurde sie rot. »Danach, manchmal.«

»Gib her, das dauert mir zu lange.« Mit der Spitze des Schraubenziehers hieb er auf den Flaschenhals ein, bis der Korken verschwand und eine rote Fontäne hervorschoss. »Na bitte«, sagte er, »Gewalt muss man anwenden.« Den Boden wischte er mit dem Unterarm trocken, goss die beiden Gläser voll und trank, ohne mit ihr anzustoßen. Die Lust, mit der er es an Manieren fehlen ließ, wirkte auf sie, als habe man ihm früher zu viel davon eingebläut. Aus dem Flur waren Schritte und Stimmen zu hören, ab und zu erklang schlechte Gitarrenmusik, deren Herkunft sie nicht orten konnte. Als sie fragen wollte, woran Falk gerade arbeite, ging die Tür auf, und ein junger Mann mit Lederjacke kam herein. Erstaunt über Marias Anwesenheit, blieb er stehen, hob den Karton in seinen Armen ein wenig an und sagte ohne Begrüßung: »Hab noch mehr.«

»Stell's zu den anderen«, sagte Falk.

Der Typ rieb sich Dreck von den Handflächen. Unter einer Art Bahnwärtermütze schauten lange, fettige Haare hervor. »Wer is dit?«

»Eine Kommilitonin. Ich bin neuerdings Studi.«

»Will dabei sein oder wat?«

»Wird sich zeigen.«

»Hallo«, sagte Maria, was ihr so viel Aufmerksamkeit einbrachte, als hätte sie hinter vorgehaltener Hand geblinzelt.

»Wein, wa. Nobel.« Der Typ griff nach der Flasche und setzte sie an die Lippen.

»Alles bereit für den Besuch?«

»Wenn er kommt. Weeß immer noch keener, wo jenau et langjehen soll.« Damit stellte er die Flasche wieder ab. »Also, der is mir nich trocken jenuch. Dem fehlt wat im Abgang.«

»Apropos Abgang«, sagte Falk kühl.

Der Besucher kratzte seine Bartstoppeln, warf Maria einen Blick zu und sagte: »Mach wat aus dei'm Leben«, bevor er aus der Tür verschwand. Der Geruch von Maschinenöl und der Karton in der Ecke waren alles, was von ihm zurückblieb.

»Das war Andi«, erklärte Falk. »Guter Mann. Wenn er kifft, wird er gesprächig.«

»Okay. Und was hat er gebracht?«

»Sachen. Was ist mit dir, kiffst du auch?«

»Manchmal.« Die Steine, das besetzte Haus, das konspirative Getue – sie lebte noch nicht lange in Kreuzberg, aber das Bild nahm Konturen an. Beim Besuch von Ronald Reagan war sie am Winterfeldtplatz gewesen und hatte es gerade rechtzeitig aus dem Kessel herausgeschafft, bevor die Polizei ihn schloss. Mietwucher, mangelnder Wohnraum bei gleichzeitigem Leerstand, Nachrüstung und das Recht auf ein Leben abseits der Norm. Auf einer brachliegenden Fläche in der Nähe ihrer Wohnung lebten seit einiger Zeit Leute in Bauwagen, mit kleinen Kindern und Tieren. Neulich hatte sie dort ein dreibeiniges Schwein gesehen. »Wenn du aus der DDR kommst«, sagte sie, nachdem sie sich den Satz zurechtgelegt hatte, »bist du geflohen?«

»Verwandte im Westen haben ihren Chauffeur geschickt. Das war praktischer, wegen der vielen Möbel.«

»Und deine Familie?«

Statt sein leeres Glas abzustellen, kippte er es um und ließ es in einem Bogen über den staubigen Dielenboden rollen. Einzelne Rotweintropfen bildeten eine dünne Spur. Von einem Moment auf den anderen wirkte er betrunken. »Die Familie«, sagte er, »ist die Keimzelle des Faschismus.«

Mindestens zwanzig Minuten lagen sie im Hinterhof auf dem kalten Boden. Die Polizisten rauchten und rissen Witze, Falk und seine Kumpel beschimpften sie, und Maria versuchte, ihre Schmerzen zu ignorieren und sich so zu drehen, dass sie keine Blasenentzündung bekam. Beinahe war sie froh, als ein Mannschaftswagen eintraf und alle mit Knüffen und Stößen hineingetrieben wurden. Wohin man sie brachte, wusste sie nicht. Im Inneren des Wagens roch es scharf und bitter nach Erbrochenem. Falk versuchte sie mit Blicken aufzumuntern, ihn schien das Geschehen trotz seiner geschwollenen Wange und der Platzwunde am Kopf zu amüsieren. »Bis dann«, sagte er, als man sie nach zehnminütiger Fahrt aus dem Wagen zerrte und im Polizeirevier in unterschiedliche Flure schob. Anderthalb Stunden hockte sie in einer Sammelzelle für weibliche Gefangene, bevor man sie rundum vermaß, wog und dreimal fotografierte, Abdrücke sämtlicher Finger nahm, sie einer Leibesvisitation unterzog und ihr dabei ohne Freundlichkeit, aber nicht gewalttätig begegnete. Es ist ein Rechtsstaat, sagte sie sich, um die Angst zu bekämpfen, die sie bis in den Magen spürte. Jetzt saß sie in einem kahlen, aber immerhin warmen Verhörzimmer, in der Gesellschaft zweier männlicher Beamter und einer Frau, deren Gegenwart sie beruhigte.

Der Mann ihr gegenüber sah aus wie ein Kampfsportler. Breitschultrig, mit einer platten Nase und Oberarmen vom Umfang ihrer Schenkel. Maria schätzte ihn auf Mitte dreißig, jünger als der Kollege neben ihm, der gelangweilt ein Blatt in die Schreibmaschine spannte. Die Luft im Raum roch nach billigem Deo und Kaffee, obwohl niemand welchen trank. Hinter dem vergitterten Fenster schien ein Parkplatz zu liegen. Die Polizistin saß mit verschränkten Armen neben der Tür und sprach kein Wort, bewegte nur gelegentlich die Schultern, als wäre ihre beige Uniformbluse zu eng. An den Wänden hingen Fahndungsfotos von Terroristen.

Wo Falk und die anderen waren, wusste sie nicht. Sie hatte Durst.

»Na denn.« Der Bulle, der bis dahin mit geschürzten Lippen ihren Pass durchgeblättert hatte, legte diesen beiseite und sah ihr in die Augen. Seit anderthalb Stunden versuchte sie sich einen Text zurechtzulegen und wurde von der Angst am Denken gehindert. Würde man sie ausweisen? Für längere Zeit einsperren? Misshandeln? »Wir haben et also mit einer portugiesischen Staatsbürgerin zu tun. Dit kommt ooch nich oft vor, wa. Kannste dich erinnern, schon ma jemanden von da unten verhört zu ha'm?«, wendete er sich an seinen Kollegen, der behäbig den Kopf schüttelte. »Ooch nich, wa. Na ja, kleenet Land. Aber schön soll et sein. Könnse dit bestätigen, Frau … Pereira? Spricht man dit so aus?«

»Pereira«, sagte sie.

»Ha' ick jetz keenen Unterschied jehört. Deutsch verstehen Sie demnach aber, ja? In Ordnung, Deutsch?«

»Nicht sehr gut.«

»Ick bin zuversichtlich, dit wir uns verstehen werden. Jetz nach'm Dolmetscher suchen, würde dit Janze in die Länge ziehen und quasi ne Staatsaffäre draus machen. Vielleicht wollen Sie dit nich.«

»Nein.«

»Denn et is ja keene Staatsaffäre, sondern Alltach, wa. Chaoten, Rowdys, Hausbesetzer, ham wa hier fast täglich mit zu tun. Mir is ehrlich jesacht scheißejal, aus wat für'm Land Sie kommen. Für mich is dit allet eene Mischpoke. Kennen Sie den Ausdruck? Misch-po-ke.«

Der Beamte an der Schreibmaschine drehte eine Büroklammer in den Fingern, als rechnete er nicht damit, bald etwas tippen zu müssen. Je länger sie hier saß und wartete, desto kleiner wurde ihre Hoffnung, damit durchzukommen, dass sie zufällig in das Geschehen hineingeraten sei. Was blieb? Sie konnte die anderen schlecht verraten. Falk nicht, weil sie nicht wollte, und die anderen nicht, weil sie nicht einmal deren Namen kannte. Außer Andi.

»Schweigen im Walde. Maria-Antonia Pereira, jeboren in Lissabon. Wissen Se, wat Sie für mich zu nem außerjewöhnlichen Fall macht? Weniger Ihr exotischet Herkunftsland, sondern der Inhalt Ihrer Taschen. Unsere sonstige Laufkundschaft is in der Regel inkognito unterwegs. Hilft ihnen zwar nüscht, jehört aber irgendwie dazu. Und Sie – kommen mit Pass hierher. Mit Studentenausweis, und zur Krönung …« Wie ein Papierfähnchen schwenkte er das gelbe Reclamheft, das man ihr abgenommen hatte, »ham Se ooch noch Schiller dabei. Don Carlos höchstpersönlich. Da bin ick jetz ehrlich jesacht so klug als wie zuvor. Den Schiller würde ick ja als Hinweis auf Bildung verstehen, aber den Pass? Wollten Se uns die Arbeit erleichtern? Nach dem Motto, mei'm Freund und Helfer helf ick mal.«

»Ich wollte …« Ihr Hals war so trocken, dass sie sich räuspern musste. Der Pass hatte noch vom letzten Besuch beim Ausländeramt in ihrer Tasche gesteckt. »Ich wollte zu einer Freundin.«

»Name?«

»Ana Souza.« Durfte sie das? War Ana ordentlich gemeldet? Sie hatte erzählt, dass sie an der TU studierte, aber was hieß das schon. Sie beide kannten einander kaum.

»Adresse?«

»Sie arbeitet in einem Café am Lausitzer Platz.«

»Die Wohnadresse.«

»Kenne ich nicht.«

»Is ne enge Freundin, wa. Man trifft sich inner U-Bahn. Plaudert.«

»Das Café heißt Mescalero.«

»Dit Mescalero.« Der Beamte sprach den Namen in einem Singsang aus, wie den Anfang einer lustigen Liedstrophe. »Is uns jut bekannt, macht Sie aber nich weniger verdächtich. Egal. Da wollten Se also hin, und zwar von der Waldemarstraße aus. Eigentlich 'n ziemlich direkter Weg. Da Sie sich in Berlin nich auskennen, ham Se sich verlaufen. Rausjekommen sind Se in einem Hinterhof in der Manteuffelstraße, wohlgemerkt auf der anderen Seite der U-Bahn, wo fünf junge Männer so freundlich waren, Ihnen den Weg zu erklären. Weil et kalt war, ham Se sich den Schal übers Jesicht jezogen. Ja? Denn wo Sie herkommen, scheint ja die Sonne.«

»Wegen dem Tränengas«, sagte sie. Dass der Polizist den Hinterhof erwähnte, aber nicht, was zuvor passiert war, gab ihr neuen Mut. »Am Mariannenplatz war alles voll. Dann das Tränengas, ich bin weggelaufen … zum Schutz.«

»Zum Schutz. Als hätt' icks jeahnt.« Er kratzte sich am Kopf, und Maria sah die Muskeln an seinem Oberarm hervortreten. »Frau Pereira, ick war bis jetz höflich zu Ihn'n, weil mein siebter Sinn mir sacht, dit Sie mit der Polizei sonst nie wat zu tun ham. Mein Kollege wird et Ihnen aber bestätigen, ick kann ooch anders.« Ein einstudierter Seitenblick wurde neben ihm von einem ebenso einstudierten Nicken erwidert, und Maria schaute zu der Polizistin, die reglos wie eine Statue neben der Tür saß. Zu ihrer Überraschung machte sie erstmals den Mund auf und sagte an die Adresse des verhörenden Kollegen: »Reiß dich zusammen, Heinz.«

»Da ham wat.« Er hielt seine fleischigen Hände in die Luft. »Kaum wird man ma deutlich, kricht man ne Abmahnung. Ick will ehrlich zu Ihnen sein, Frau Pereira: Dit neuerdings weibliche Kollegen, also quasi Kolleginnen, bei uns arbeiten, ist einerseits unbedingt zu begrüßen und andererseits wieder nich unproblematisch. Wenn Se wollen, erklär ick Ihnen dit.«

»Heinz.«

»Nee, lass ma, Martina. Warum et zu begrüßen is, schenken wa uns und setzen dit als bekannt voraus. Warum aber nich unproblematisch? Weil die jeschätzten Kolleginnen ihren Dienst ausschließlich auf'm Revier versehen. Sieht die Vorschrift so vor. Da wo Sie, Frau Pereira, uns heute negativ aufjefallen sind, sind die Kolleginnen nich im Einsatz. Warum is dit wichtich? Weil auf diese Weise ein irreführendet Bild von der Klientel entsteht, mit der wir et zu tun ha'm. So wie Sie hier sitzen, sehen Se ja fast unschuldig aus. Rotjeheulte Augen und so. Janz hübsch, wenn man sich den Parka und noch dit und dit wegdenkt. Wat mein Kollege übrigens gerade tut. Täte man Sie nur vom Revier kennen – also ick wär der Erste, der Sie wieder jehen lassen würde.«

Mit zusammengepressten Lippen saß Maria ihm gegenüber. Obwohl sie in einer Diktatur aufgewachsen war, hatte sie mit Typen wie diesem nie zu tun gehabt. Sie spürte Schmerzen in der linken Brust, hatte Druckstellen an den Beckenknochen, ein geschwollenes Handgelenk und furchtbaren Durst. Der Typ wusste genau, dass ihre Angst wuchs, weil dazu nichts als das Hinauszögern dessen nötig war, wovor sie sich ängstigte. Jeder Satz ein kleiner Aufschub und dann … Schon einmal hatte sie sich so ausgeliefert gefühlt, und dass sie diesmal bekleidet war und eine zweite Frau im Zimmer saß, änderte nichts. Die trockene Luft im Raum reizte ihre Augen.

»Ick merke grade«, sagte der Mann, »dass ick so ne Art Rede halte. Is eijentlich nie meine Art jewesen. Wie ick noch jünger war, ha' ick jedacht, im Zweifelsfall lieber eins auf die Fresse. Aber vor zwee Monaten war ick im Einsatz in Kreuzberg. Routine. Haus räumen, bisschen bespuckt werden, Bullenschweine un so, ooch ma ne Flasche, die einem blöd jeflogen kommt. Neben mir war mein Kollege – nich der Herr hier mit dem verträumten Blick, sondern Manfred. Großartiger Kollege, besonders jut in Deeskalation. Der konnte die schlimmsten Situationen entschärfen, nur mit Worten. So 'ne ruhige Art, verstehen Se. Sie werden sich wünschen, dass der jetz hier wäre, und ick sage Ihnen: Dit würde ick mir ooch wünschen. Er is aber nich hier und wird nie wieder hier sein. Sein Schlüsselbein, die Schulter, der Oberarmknochen, der Ellbogen, allet kaputt. Richtich kaputt. Trümmerbrüche, allet jesplittert. Wird lernen müssen, sich mit links die Zähne zu putzen, sacht der Arzt. Wat is passiert? Ihm is 'n Gullydeckel auf die Schulter jefallen. Jaja, Sie wundern sich, ick hab mir ooch jewundert. Anderswo sind Gullydeckel am Boden installiert. In Kreuzberg kommt et vor, dit sie aus'm dritten Stock fallen. Natürlich nur, wenn unten 'n Polizist steht. Der Arzt meinte, Glück im Unglück, et hätte ja ooch sein Kopf sein können. Et hätte ooch *mein* Kopf sein können, ick stand nämlich daneben. Glück im Unglück. Ick hab drüber nachjedacht, aber weder dit Wort Glück noch dit Wort Unglück erscheinen mir anjemessen. Wie sehen Sie dit, Frau Pereira? Unglück wär et doch nur jewesen, wenn einer oben mi'm Gullydeckel jespielt hätte, zum Beispiel, und dann wär' er ihm aus Versehen runterjefallen.«

»Heinz.« Zum ersten Mal sprach der Kollege an der Schreibmaschine. »Da sind noch jede Menge Leute draußen. Willst du allen die Geschichte erzählen?«

»Nö«, sagte Heinz. »Ick dachte bloß, Frau Pereira interessiert sich vielleicht in besonderer Weise dafür, weil se noch nich lange in der Stadt is und möglicherweise die Verhältnisse nich kennt. Der jute Schiller hat ja im Osten jelebt, und sie meint, sie wär' unglücklich in dit Janze rinjeraten. Und weil ick ooch nich unjebildet bin, verwende ick also meine sokratische Methode, damit die Leute von selbst druff kommen, dit se Scheiße reden.« Der Mann sah sie an, als bliebe ihm keiner ihrer Gedanken verborgen. »Sagen wir, ick hab für mich Konsequenzen jezogen. Hab mir jesacht, et gibt Regeln, und dit is ooch jut so. Allerdings nur, wenn et nich dazu führt, dit Gullydeckel aus'm dritten Stock fallen. Eine Regel, fällt mir ein, muss ick in dem Zusammenhang erwähnen. Sie wissen, dit wir Sie innerhalb von vierundzwanzig Stunden dem Haftrichter vorführen müssen. Et is jetzt gleich fünf. Dit wär' also unjefähr morgen Nachmittag um diese Zeit. Ham Se dit verstanden, ja? Vierundzwanzig Stunden noch, et is Ihr Recht, nich länger ohne Anklage hier festjehalten zu werden.« Zum ersten Mal löste er die Verschränkung seiner Arme und beugte sich nach vorn. »Jut. Die Kollegin hat sich davon überzeugt, dit hier allet korrekt zujeht und wir Sie über Ihre Rechte aufjeklärt ham. Denn kann sie sich jetz zurückziehen und uns mit Ihnen alleine lassen, wa. Danke, Martina. Wir kommen zurecht.«

»Bis später.« Die Frau stand auf und ging.

Im Raum wurde es still.

Der Kollege justierte die Walze der Schreibmaschine und gab dem anderen ein Zeichen, ihm den Pass zu reichen. Aufgeschlagen legte er das Dokument neben sich und fuhr mit dem Handballen ein paarmal darüber, damit es nicht zufiel. Aus den Augenwinkeln erkannte Maria das kleine Bild in der rechten oberen Ecke, sie hatte es im Fotoladen an der Praça da Figueira machen lassen und dem Inhaber erzählt, dass sie nach West-Berlin gehen werde, um zu studieren. Als der Beamte ihren Namen tippte, bewegten sich seine Lippen wie die ihrer Mutter beim Beten. »Bin so weit«, sagte er, als er fertig war.

Der Mann ihr gegenüber legte die Hände auf den Tisch und wirkte für einen Moment desinteressiert und müde. Ohne richtig hinzusehen, blätterte er in dem Reclamheft. Auf dem Parkplatz wurden Autotüren zugeschlagen, zwei Männer wünschten einander einen schönen Feierabend, und der Beamte nickte, als wollte er sich dem anschließen. Dann erst wurde sein Blick wieder wach. »Frau Pereira. Wir hören.«

Um halb sieben durfte sie das Revier verlassen. Ohne zu wissen, wo sie war, lief Maria los und las von einem Schild an der nächsten Kreuzung ab, dass sie die Großbeerenstraße entlangging. Der Name kam ihr bekannt vor. Um den Hals trug sie immer noch den Schal, den Falk ihr gegeben hatte. Wahrscheinlich würde die Erinnerung an diesen Tag für immer mit dem Geruch von Zitronen verbunden bleiben. Mit dem Brennen von Tränengas, dem Bild einer Stiefelsohle auf Falks Gesicht und den aufdringlichen Blicken des Polizisten. Nach zehn Minuten kam sie zum Kanalufer, folgte ihm und erreichte den

U-Bahnhof Möckernbrücke. Bei jedem Atemzug spürte sie ein Ziehen in der Brust. Sie fuhr bis zum Kottbusser Tor, wollte nach Hause gehen und begann unterwegs so stark zu zittern, dass sie eine Kneipe betreten und Wasser und ein Glas Merlot bestellen musste. Den Wein trank sie in einem Schluck.

»Scheiß Tach gehabt?«, fragte der Wirt und spendierte ihr ein zweites Glas.

Es dauerte eine Viertelstunde, bis sie sich bereit fühlte, durch die Kälte zu laufen. Ihre Hoffnung auf eine leere Wohnung erfüllte sich nicht. Beim Öffnen der Tür hörte sie Musik aus der Küche und stand kurz darauf ihrem Mitbewohner gegenüber, der sich an der Anrichte ein Brot schmierte. »Hi.« Roman hatte ein teigiges Gesicht und schüttere Haare, sein Selbstbewusstsein bezog er aus der Rolle als Gitarrist verschiedener Bands, zu deren Konzerten er Maria regelmäßig einlud. Auch in der Wohnung war es kalt. Hinterhaus Parterre, hell wurde es nie.

»Der Badeofen an?«, fragte Maria.

Sein Kopfschütteln bedeutete, dass sie frühestens in drei Stunden heiß duschen konnte. Auch das nur, wenn sie sich entweder mit den feuchten Kohlen abmühte oder Roman um einen Gefallen bat, der ihn in dem Glauben bestärkte, etwas bei ihr gutzuhaben. Seine Freundin studierte an der HdK, gab Klavierunterricht an einer Zehlendorfer Musikschule und kam spät nach Hause. Maria wendete sich zum Gehen, als Roman mit vollem Mund sagte: »Du hast Post.« Mit einer Hand wischte er sich übers Kinn und deutete auf den Küchentisch. »Aus der Heimat, wie's aussieht.«

»Danke.«

»Alles in Ordnung?«

»Von meinem Freund«, sagte sie. Anstatt den Brief zu öffnen, legte sie ihn in ihrem Zimmer aufs Bett und ging ins Bad. Die braunen Kacheln waren so stumpf, dass sie das Licht schluckten. Sobald Maria sich auszog, kehrte das Zittern zurück. Hatte sie damit genug gebüßt, fragte sie sich, als sie die Hautabschürfungen am Becken und die sich bildenden Blutergüsse auf der

Brust betrachtete. Die Druckstellen an beiden Handgelenken sahen aus wie Armreife. Mit klappernden Zähnen seifte sie sich unter dem kalten Wasser ein. Beim Abtrocknen stellte sie fest, dass sie vergessen hatte, frische Wäsche mitzubringen, und huschte mit einem um den Körper geschlungenen Handtuch ins Zimmer zurück. Unter der Bettdecke und immer noch am ganzen Körper zitternd las sie Luís' Brief und heulte. Sie wusste nicht, ob aus Erschöpfung, Scham oder Erleichterung. Da sie nicht nach Lissabon kommen wolle, schrieb er, habe er beschlossen, sie in West-Berlin zu besuchen. Am 20. Dezember werde er eintreffen und eine Woche bleiben, länger kriege er nicht frei. Um Zeit zu sparen und weil er Lust darauf habe, werde er fliegen. Ob sie sich freue? Seinen Pass habe er schon und der Flug sei gebucht, er komme in jedem Fall. Er freue sich.

›Beijinhos. Amo-te, Luís.‹

3 Im Lesesaal der Amerika-Gedenkbibliothek traf sich eine andere Klientel als in den Arbeitsräumen, die Maria sonst nutzte. Hier am Halleschen Ufer sahen viele Leute so aus, als könnten sie sich den Kauf einer Zeitung nicht leisten, an einigen Tischen schliefen Obdachlose ihren Rausch aus, und der Umgangston war familiär, manchmal barsch. Einmal hatte sie eine Frau beobachtet, die aus einem Regal wahllos Bücher entnahm, sich ehrfürchtig verbeugte und sie verkehrt herum zurückstellte. ›Denn hier scheuen wir uns nicht, der Wahrheit auf allen Wegen zu folgen und selbst den Irrtum zu dulden, solange Vernunft ihn frei und unbehindert bekämpfen kann‹, verkündete das Zitat von Thomas Jefferson im Foyer. Als Maria um halb sechs ihr Buch zuklappte und den Blick durch den Raum schweifen ließ, war es draußen noch hell. Entlang des Kanals hielten die Bäume ihre kahlen Äste in die Luft. Der April hatte begonnen, die Semesterferien neigten sich dem Ende zu, aber obwohl die Uhren in Deutschland seit vier Tagen anders gingen, wartete West-Berlin noch immer auf den Frühling.

Von wegen Sommerzeit, dachte sie und begann ihre Sachen zusammenzupacken.

Seit zwei Wochen saß sie täglich am selben Platz und suchte nach einer zündenden Idee für ihre Hausarbeit. Im vergangenen Semester hatte sie das Proseminar *Theatralität im Alltag* besucht, aber mit der Literatur nicht viel anfangen können. Goffman war leicht zu lesen und inhaltlich banal. Am interessantesten in seinem Buch fand sie die Zitate von Simone de Beauvoir, die von weiblichen Verstellungskünsten und der gesellschaftlichen Situation der Frau handelten. ›Vor ihrem Gatten, ihrem Liebhaber denkt jede Frau mehr oder weniger: Ich bin nicht ich selbst.‹ Das Bild einer entspannten schwesterlichen Gemeinschaft, das die Autorin zeichnete, erschien Maria verlockend. ›Manchen Frauen ist dieses Sichgehenlassen, diese warme Intimität wertvoller als der pomphafte Ernst ihrer Beziehung zu den Männern.‹ Das Wort ›pomphaft‹ kannte ihr Wörterbuch nicht, es klang nach den Amouren der französischen Oberschicht und wirkte in Berlin komisch, aber ›warme Intimität‹ traf genau das, was sie seit fast drei Jahren vermisste. Der Feminismus gehörte zu den Dingen, die man ihr in Portugal vorenthalten und durch die Forderung ersetzt hatte, an Gott zu glauben und auf den richtigen Mann zu warten; das war ihr klargeworden, als sie neulich am Mariannenplatz eine Kundgebung für das Recht auf straffreie Abtreibung beobachtet hatte. Hunderte Frauen mit Trillerpfeifen und Plakaten, die laut skandierten: »Wir sind Frauen, wir sind viele, und wir haben die Schnauze voll!« Gefolgt von einem kämpferisch spitzen »Uh!«, das die türkischen Ladenbesitzer am Straßenrand missbilligend die Stirn runzeln ließ. Jetzt nahm sie sich vor, *Das andere Geschlecht* zu lesen und vielleicht einer der Gruppen beizutreten, deren Aushänge sie am schwarzen Brett des Instituts studierte. Jeden Dienstag diskutierte ein Arbeitskreis Frauentheater die Stücke moderner Autorinnen. Bücher lesen, sich untereinander austauschen und nicht abhängig von Männern sein. Feminismus, sie mochte schon das bloße Wort.

In den Wintermonaten hatte sie begonnen, systematisch um Anas Freundschaft zu werben. Anfangs war es ihr peinlich gewesen, zu bestimmten Zeiten im Mescalero aufzukreuzen und darauf zu hoffen, dass Ana nach dem Ende ihrer Schicht nicht abgeholt wurde, aber mit der Zeit war eine Gewohnheit daraus geworden. Sie tranken Kaffee und redeten. Dass Ana an der TU Elektrotechnik studierte, war eine Überraschung. Sie hatte einen dunkelhäutigen Vater und eine weiße Mutter, ging gerne tanzen und am liebsten mit Schwarzen ins Bett, jedenfalls waren es meistens schwarze Männer, die sie im Café abholten. Dann blieb Maria allein zurück und erinnerte sich an ihre Eifersucht auf Cristina und Valentin früher in Lissabon. Dass sie Anas Namen bei der Polizei erwähnt hatte, schien keine Folgen gehabt zu haben, und auch ihr begegneten die Leute im Ausländeramt zwar unverändert schroff, aber ohne Schikanen. Alles in allem war sie glimpflich davongekommen. Blaue Flecken, ein schlechtes Gewissen und eine zähe Grippe, die sie in der Woche nach der Demo gezwungen hatte, mit zwei Paar Strümpfen und einem um den Hals geschlungenen Schal am Schreibtisch zu sitzen, wo sie wenig schrieb, viel vor sich hin träumte und den Besuch ihres Freundes herbeisehnte. Statt des angekündigten Schnees fiel Nieselregen in den verdreckten Hinterhof. Roman und Gudrun hielten die Küche besetzt, wo sie ein Gespräch über Sackgassen führten, aber zu Marias Erleichterung planten beide, über Weihnachten ihre Familien in Westdeutschland zu besuchen und erst nach Neujahr wiederzukommen.

Wenn Luís kommt, sagte sie sich, gehört die Wohnung uns.

Seine Ankunft fiel auf einen klirrend kalten Wintertag, an dem die Stadt ihren grauen Schleier abwarf, um für ein paar Stunden Sonnenlicht zu tanken. Rauchsäulen stiegen in den stahlblauen Himmel. Da es zwischen West-Berlin und Lissabon keine direkte Verbindung gab, wartete Maria in der Ankunftshalle des Flughafens darauf, dass hinter dem Air-France-Flug aus Paris der Vermerk ›gelandet‹ erschien. Statt des Parkas trug sie einen beigen Wintermantel und dazu hohe Stiefel. Zwei Tage lang hatte sie in der Waldemarstraße aufgeräumt und geputzt und heute Morgen den Badeofen vorgeheizt. Als die Anzeige umsprang, hielt sie es nicht länger auf ihrem Sitz aus.

Manchmal wunderte sie sich, dass sie schon so lange mit demselben Mann liiert war. Im ersten Jahr hatte sie Luís hingehalten, wie es einer wohlerzogenen Katholikin anstand, im zweiten waren sie am Strand von Caparica und im Kino dazu übergegangen, Händchen zu halten, später zu knutschen und zu fummeln, aber erst ab dem dritten Jahr hatten sie in seinem Studentenzimmer in der Baixa miteinander geschlafen. Ihr erster Freund, streng genommen, dessen Familie in Sesimbra wohnte und mit ihren Fischerbooten gutes Geld verdiente, seit die Revolution die alten Monopole beseitigt hatte. Die Vorfreude ließ ihn selbstbewusst aussehen, als er mit einer Reisetasche über der Schulter in die Halle kam. Unter dem karamellfarbenen Mantel trug er einen schwarzen Rollkragenpullover. Suchend strich sein Blick über die Köpfe der Wartenden, dann hatte er Maria entdeckt, und im nächsten Moment war er da. Roch und schmeckte wie immer, nur besser.

»Bem-vindo a Berlim.« Mit einem Mal hatte sie die Augen voller Tränen und schlang die Arme um seinen Hals. Ein schöner Mann, oder wie ihr Vater zu sagen pflegte: ein guter Junge. Zu Hause hatte sogar Lurdes darauf vertraut, dass er keine Schande über ihre Tochter bringen würde. Seit dem Sommer war Luís für die Planung einer Wohnsiedlung in Olivais verantwortlich und verdiente offenbar genug Geld, um sich einen Flug zu leisten. Als sie Hand in Hand zur Bushaltestelle gingen, verschlug ihm die Kälte für einen Moment den Atem. Dann begann er, hin und her zu springen und weiße Wolken in die Luft zu hauchen. »Wir dampfen«, sagte er und brachte sie mit seiner Begeisterung zum Lachen. Im Bus gab es so viel zu erzählen, dass sie den Umstieg verpassten und bis zum Bahnhof Zoo fuhren, den Maria lieber umgangen hätte. Obdachlose bettelten in den Gängen des U-Bahnhofs, Drogensüchtige und Trinker lungerten auf den Treppen herum, und es stank nach Pisse. Eilig zog sie ihren Freund durch das Gedränge. In der Bahn nach Kreuzberg mussten sie stehen und konnten einander weiter anschauen. Die Koteletten hatte er sich abrasiert, und Maria mochte den dunklen Bartschatten auf seinen Wangen. Als der Zug den Tunnel verließ, fiel grelles Sonnenlicht in den Waggon.

»Zeig mir was von der Stadt.« Luís sprach durch den

Mundwinkel und lachte über ihre Gier. Unaufhörlich wollte sie ihn anfassen, küssen und schmecken. »Die Kirche gerade kannte ich. Mariazinha, da sind Leute.«

»Die Kirche, hm? Hier sind die Sitten nicht so streng wie bei uns. Im Sommer liegen Leute nackt im Park.«

»Quatsch.«

»Ich hab's mit eigenen Augen gesehen.«

»Völlig nackt?«

»Hm-m. In einem öffentlichen Park.«

»Warum?«, fragte er entgeistert.

Erneut umschlang sie ihn mit den Armen und ahnte, dass er gekommen war, um sich ein Bild von ihrem Leben in der Fremde zu machen – und bereits beschlossen hatte, es nicht zu mögen. »Vielleicht macht es Spaß«, sagte sie.

»Wo sind wir jetzt?« Seine dunklen Augen fixierten den Netzplan über der Tür.

»Du bist hier und ich auch. Hallo.« Ungeduldig stellte sie sich auf die Zehenspitzen und küsste sein Ohr. Es tat gut, Portugiesisch zu sprechen. Einfach draufloszuplappern, ohne sich die Sätze zurechtzulegen.

»Wo ist die Mauer?«, fragte er, als die U-Bahn nach Kreuzberg hineinfuhr.

»Du wirst noch genug von ihr sehen. Jetzt sei still, oder bist du als Tourist gekommen?«

Am Kottbusser Tor stiegen sie aus. Mit dem geschulten Blick des Städtebauers betrachtete Luís das Neue Kreuzberger Zentrum, die bröckelnden Fassaden und die Kohlenreste vor den Kellerluken, die man in Portugal nicht mit westlichen Metropolen in Verbindung brachte. »So hab ich mir Ost-Berlin vorgestellt«, sagte er. »Bloß ohne die Drogensüchtigen.«

»Im Osten leben keine Türken. Wenn du willst, können wir rüberfahren.«

»Ist es gefährlich?«

»Nicht so gefährlich, wie man es uns früher einreden wollte. Glaube ich jedenfalls.« Als sie in die Waldemarstraße einbogen, zeigte Maria geradeaus. »Da vorne siehst du ein Stück Mauer.«

»Das ist alles, dieses graue Ding? Es sieht aus, als könnte man einfach hinlaufen.«

»Du kannst sogar dagegen klopfen. Es macht bloß keiner auf.«

Vor ihrem Hauseingang blieben sie stehen und blickten auf die monströse Wand, die vor der Brücke nach rechts abknickte. Kahl bis auf ein paar Schmierereien. Am Anfang hatte Maria jedes Mal innegehalten, so als könnte sie nicht weitergehen, ohne zu registrieren, dass eine Mauer die Stadt in zwei Länder teilte. Jetzt beobachtete sie Luís' faszinierten Blick und sagte: »Sie ist einfach da«, bevor sie ihn in die Wohnung zog. Kalter Tabakgeruch hing im Flur, und vom strahlenden Winterwetter drang nur die Kälte herein. Stumm sah ihr Freund sich um und ging ins Bad. Maria trug seine Tasche ins Zimmer, zog die Gardinen zu und wartete. Das Dämmerlicht milderte die Hässlichkeit der gebrauchten Möbel, der grünen Tapete mit den Wasserflecken und des nach Milbenspray riechenden Teppichs. Als Luís zurückkam, stand sie nackt vor dem Bett. Aus dem Hinterhof waren Kinderstimmen zu hören. In Kreuzberg hatte sie kleine Jungen und Mädchen beobachtet, die auf der Straße Demo spielten so wie anderswo Cowboy und Indianer.

Sachte schloss er die Tür. Sie erkannte die schüchterne Andacht seiner Bewegungen, als würde er vor jedem Schritt überlegen, ob er ihn tun durfte. »Du hast abgenommen«, sagte er und zog seinen Pullover aus. »Und was sind das für …?« Seine Augen hatten sich erst an die Dunkelheit gewöhnen müssen.

»Erzähl ich dir später.«

»Das sind blaue Flecken, Mariazinha. Was ist … wo kommen die her?«

»Lass uns später reden.« Um ihn abzulenken, half sie ihm aus dem T-Shirt und fuhr mit den Fingern über die Härchen auf seiner Brust. »Ich wünschte, ich hätte ein schöneres Zimmer. Wenigstens für die Tage deines Besuchs. Aber immerhin haben wir die Wohnung für uns. Man sieht es zwar nicht, aber ich hab alles geputzt. Nur damit du's weißt.«

Stumm setzte er sich aufs Bett und zog sie zu sich heran. Dass sie abgenommen hatte, stimmte, die Beckenknochen traten stärker als früher hervor und hatten deshalb mehr abbekommen. Blutergüsse, die sie sich als Kind zugezogen hatte, waren auch immer lange sichtbar geblieben. »Was ist passiert?«, fragte er. »Wer war das?«

»Die Polizei.«

»Die Polizei?«

»Es war mein Fehler. Ich bin in eine Demo geraten und verhaftet worden.« Zitternd vor Verlangen legte sie beide Hände auf seinen Kopf. Luís küsste die geschwollenen Stellen, dann ihren Nabel und den Ansatz der Schamhaare. Obwohl sie schon immer hellere Haut gehabt hatte, war ihr der Kontrast nie so stark erschienen wie jetzt.

»Und danach? Haben sie dich …«

»Nein. Es ist bei der Verhaftung passiert. Später erzähl ich dir alles. Jetzt schlaf mit mir.« Maria nahm seine Hände und legte sie auf ihre Brüste. Dass er es nicht mochte, wenn sie so sprach, wusste sie. Sie war drei Jahre jünger, er hatte vor ihr andere Freundinnen gehabt, aber schnell verstanden, dass er ihr auf dem Gebiet nichts beibringen konnte. Mit einem Seufzer drückte er sein Gesicht gegen ihren Unterleib und schüttelte den Kopf. »Nein. Du musst es mir erst erzählen.«

Im Großen und Ganzen beließ sie es bei der Version, mit der sie auf dem Polizeirevier nicht durchgekommen war. Sie habe zu dicht bei den falschen Leuten gestanden und sei für eine von ihnen gehalten worden. Als sie schließlich miteinander schliefen, nahm das schlechte Gewissen ihr die Lust. Hinterher fragte Luís mehrmals nach, ob sie ihm wirklich die Wahrheit gesagt habe, und Maria schwor es, aber das half nicht mehr. Bereits am ersten Tag hatte sie ihm den Beweis geliefert, dass sie am falschen Ort lebte. Draußen zog sich der Himmel wieder zu und warf Eisregen auf die Erde. Der Duft des Kaffees, den Luís mitgebracht hatte, vermochte den schimmeligen Geruch in der Wohnung nicht zu überdecken, und am dritten Tag begann auch das Bett modrig zu riechen. Im Waschsalon in der Naunynstraße sahen sie zu, wie die Bettwäsche sich in der Trommel drehte. Zigarettenkippen bedeckten den Boden. Für sie wie für ihn war es das erste Weihnachtsfest ohne Familie, aber aus irgendeinem Grund ließ es sich in Berlin nicht feiern. Sie taten so, als wäre alles wie immer, als hätte die Zeit einen Sprung gemacht und sie zusammengeführt wie im Sommer zu Hause. Es war aber kein Sommer. Dichter Nebel trieb über die Dächer, die Ansager auf den Bahnsteigen bellten Befehle, und als Luís einmal vergaß, ein Ticket zu lösen, wurde er prompt erwischt. Danach verriet sein Gesichtsausdruck, dass er den herablassenden Ton des Kontrolleurs nicht so schnell vergessen würde. Von Tag zu Tag wurde es schwieriger, ihn bei Laune zu halten. Dass er in Berlin auf ihre Hilfe angewiesen war, schien an seinem Stolz zu nagen, aber je mehr sie erklärte, desto schweigsamer hörte er zu. Grübers *Hamlet* in der Schaubühne anzuschauen, empfand er als Demütigung. Seine Miene war starr, als sie nach sechs Stunden das Theater verließen. Im Bett wollte sie es wiedergutmachen, aber kaum hatte sie seinen Schwanz in den Mund genommen, fragte er mit kalter Verachtung, für wen sie das sonst noch mache.

»Cara do cu«, sagte sie. Zum ersten Mal überhaupt.

Obwohl er sich am nächsten Morgen entschuldigte, führte kein Weg mehr zurück. Als sie am Tag vor seinem Abflug im Mescalero saßen, peitschte draußen der Regen gegen die Scheiben. Eine Ausstellung in der Neuen Nationalgalerie hatten sie in zwanzig Minuten hinter sich gebracht, jetzt war es später Nachmittag, Maria zog ihre durchnässten Schuhe aus und hatte Lust zu rauchen. Obwohl Ana dienstags immer arbeitete, war von ihr nichts zu sehen. »Willst du was trinken?«, fragte sie. »Lass uns Alkohol trinken, der Tag ist fast vorbei.«

»Ich hab keinen Durst.«

»Man trinkt Alkohol nicht, weil man Durst hat. Außer

Bier vielleicht. Willst du ein Bier? Du bist seit einer Woche in Deutschland und hast noch kein Bier getrunken.«

Er machte eine kurze Pause. »Ich habe keinen Durst.«

»Wie du meinst. Ich muss kurz verschwinden.« Sie stand auf, gab ihm einen Kuss auf die Wange und spürte, dass ihr Repertoire an aufmunternden, zärtlichen Gesten erschöpft war. Auf dem Rückweg vom Klo zog sie eine Packung Gauloises aus dem Automaten und wischte Luís' Frage beiseite, bevor er sie stellen konnte. »Manchmal, und jetzt ist mir danach. Nach einer Zigarette und einem Glas Merlot.«

»Du musst es nicht so offensichtlich tun«, sagte er und schnippte mit den Fingern nach der Bedienung, einem jungen Mann mit Rastalocken, der ihn kurz musterte und sich wieder abwendete.

»Das tut man hier nicht«, sagte Maria. »Es ist unhöflich.«

»Soll ich ihn auf Knien bitten, dich zu bedienen?«

»In Portugal tut man es auch nicht, soweit ich weiß.«

»Touristen schon.«

Kopfschüttelnd lehnte sie sich auf dem Stuhl zurück.

»Findest du, dass ich ungeduldig bin?«, fragte er. »Zu fordernd? Hast du das Gefühl, dass ich dich bedränge?«

»Womit?«

»Als wir uns kennengelernt haben, hast du mich ein Jahr lang hingehalten. Hab ich mich beschwert?«

»Damals nicht«, sagte sie. »Worüber auch? Ich war achtzehn. Willst du die Beschwerde jetzt nachholen?«

»Ich spreche davon, dass ich geduldig war, weil wir Zeit hatten. Später, als du nach Berlin gehen wolltest, habe ich geschluckt und gesagt: Okay, für drei oder vier Jahre werden wir uns kaum sehen. Jetzt sind zweieinhalb Jahre vorbei, und du hast diese … diese Zwischenprüfung nicht abgelegt.«

»Ja, ich bin langsam.« Statt ihn daran zu erinnern, dass allein ein Jahr für die Feststellungsprüfung draufgegangen war, blies sie Rauch zur Seite und nickte. Sobald ihr klarwurde, vor welchem Gespräch sie sich seit einer Woche fürchtete, verschwand die Furcht. »Hausarbeiten auf Deutsch zu schreiben, ist schwer, und ich bin jetzt schon nervös, weil ich im Februar ein Referat halten muss. Immerhin verstehe ich im Theater mehr als die Hälfte, und ich kann einigermaßen Zeitung lesen. Das sind meine bescheidenen Erfolge. Du bist nicht der einzige geduldige Mensch. Oder willst du mir sagen, dass deine Geduld am Ende ist?«

»Neulich ist mir aufgefallen, dass die anderen mich naiv finden. Dass Valentin ein Gesicht macht, wenn ich sage, doch, sie wird ihr Studium durchziehen und zurückkommen.«

»Er meint, es wäre klüger gewesen, mich zu schwängern. Eine Frau mit Kind läuft nicht weg, um dummes Zeug zu studieren. Im Übrigen zieht man sein Studium nicht durch, sondern nutzt es.«

»Wofür? Schau dir an, wie du lebst. Wer sind deine Freunde? In Lissabon gibt es auch Kinos und Theater, es gibt die Uni. Wir haben sogar gutes Wetter. Warum verbeißt du dich in eine Aufgabe, die es nicht wert ist?«

»Zugegeben«, sagte Maria, »Dezember ist nicht die beste Zeit, aber es ist immer noch West-Berlin. Ich finde es arrogant, so zu tun, als hätte die Stadt nichts zu bieten. Über alles die Nase zu rümpfen. Es hat etwas –« Provinzielles, wollte sie sagen, aber zum Glück schnitt er ihr das Wort ab.

»Es geht mir auf den Geist, dass wir uns dazu erziehen, nur zu bewundern, was aus dem kultivierten Norden kommt.«

»Der Besuch verletzt deinen patriotischen Stolz. Damit habe ich nicht gerechnet.«

»Du verletzt meinen Stolz. Wenn du mich ins Theater führst und mir dreimal einschärfst, welche Weltklasse-Kunst ich geboten bekomme, weil ich das alleine nicht bemerken würde.«

»Ich wollte, dass du dich freust. Solche Theater gibt es bei uns nicht. Außerdem konnte ich nicht wissen, dass es so lange dauert.«

»Du wolltest schon immer was haben, wofür du die Expertin bist. Um andere spüren zu lassen, dass sie nicht mithalten können.« Er beugte sich über den Tisch, und Maria erschrak über die wütende Gekränktheit in seinem Gesicht. »Ich bin gut genug, um zu Hause auf dich zu warten. Stell dir vor, es liegt mir auf der Zunge zu sagen, dass ich eine Arbeit habe und den Kredit für eine Wohnung aufnehmen könnte. Keine Angst, ich sage es nicht. Es tut mir auch nicht leid um die Jahre, aber dass du mich herkommen lässt, um mir zu zeigen, welchen Dreck du einem Leben mit mir vorziehst – *das* …«, sagte er leise und verstummte.

Am nächsten Tag um zwanzig nach elf standen sie wieder am Flughafen Tegel. Alles lief rückwärts. Eine Woche war vorbei, sie küssten und umarmten sich, dann verschwand Luís hinter der Tür zum Abflugbereich. Ihre Tränen überzeugten niemanden, auf dem Weg nach draußen wischte sie sich ärgerlich über die Wangen. Der Regen hatte aufgehört, aber die Stadt sah verbraucht aus, und die Menschen im Bus warfen ihr misstrauische Blicke zu. Gerne hätte sie einen Entschluss über ihr Leben gefasst, aber sie wusste nicht welchen.

Den Mann im blauen Overall erkannte Maria erst mit Verzögerung. Eine halbe Stunde lang hatte sie ihren Erinnerungen nachgehangen und sich gefragt, ob das Schuldgefühl irgendwann der Erleichterung weichen und sie damit aufhören würde, Luís zu vermissen. Unterdessen nahm der Betrieb im Lesesaal ab. Vorne bei der Ausleihe entstand ein Streit, weil sich jemand vorgedrängt hatte. Also doch, dachte sie. Mit eiligen Schritten und zwei Bücherstapeln in den Händen durchquerte Falk den Saal und steuerte einen freien Tisch an. Nach der Demo im Dezember waren sie einander nicht mehr begegnet. Das Referat über die Schaubühne hatte sie in der letzten Sitzung des Semesters allein gehalten, mit vor Aufregung heiserer Stimme, ihr erster Seminarvortrag auf Deutsch. Jetzt stellte sie ihre Tasche auf den Boden und beobachtete, wie Falk ein Buch nach dem anderen in die Hand nahm, es durchblätterte und zurücklegte, als genügte es seinen Ansprüchen nicht. Die Umgebung nahm er nicht wahr, sonst hätte er sie sehen müssen.

Vor wenigen Wochen hatte sie auf einem Aushang im Institut gelesen, dass eine neugegründete FU-Studentenbühne ein Stück mit dem Titel *Mauerwerk* einstudieren wollte. Als Kontakt waren zwei Namen angegeben, einer davon Falks. Es musste das Stück sein, von dem er erzählt hatte, aber ob er sie dabeihaben wollte, wusste sie nicht. Während der Wintermonate hatte sie das Studium mit einem gewissen Eifer betrieben und sich ansonsten wechselnden Stimmungen überlassen. Nach Luís' Abflug war sie am Silvesterabend in eine Kneipe gegangen, hatte viel getrunken und morgens um drei Uhr einen fremden Kerl mit in die Wohnung genommen. Vielleicht um sich von ihrer Freiheit zu überzeugen und weil sie so etwas noch nie getan hatte. Das Vorspiel hatten sie im Flur hinter sich gebracht und lagen nackt im Bett, als er meinte, mit Gummi wolle er nicht. Ein Handgemenge begann, ein zunächst spielerisches, von Küssen begleitetes Ringen, aber als sein Griff fester und der Tonfall drohend wurde, war in ihrem Kopf eine Sicherung durchgebrannt. Panisch hatte sie nach ihm getreten, ihn angebrüllt und mit Büchern beworfen, bis er seine Klamotten auf den Arm nahm und ins Treppenhaus floh. Sie sei vollkommen verrückt, rief er, bevor die Tür ins Schloss fiel. Vielleicht war in dem Moment alles aus ihr herausgebrochen, jedenfalls hatte sie eine Stunde lang nicht aufgehört, hysterisch zu weinen. Nackt auf dem Teppich im Flur. Am nächsten Morgen beschloss sie, dass sie keine neuen Abenteuer brauchte, sondern eine Freundin zum Reden und genügend Scheine, um sich zur Zwischenprüfung anzumelden. So war es, von den Besuchen im Café und den Gesprächen mit Ana abgesehen, ein ruhiger, langer und ziemlich öder Winter geworden.

Nach zehn Minuten beendete Falk die Inventur der Bücher. Zwei Bände steckte er in die Brusttasche seines Overalls, die anderen ließ er auf dem Tisch liegen. Außer Maria hatten zwei Jugendliche in der Musikabteilung den Diebstahl bemerkt und deuteten feixend auf die sich entfernende Gestalt. An der Garderobe, wo er in aller Ruhe seinen Rucksack in Empfang nahm, holte Maria ihn ein. »Hallo.« Nickend schob sie die Blechmarke über den Tresen und bekam von der übergewichtigen Dame dahinter ihren Parka ausgehändigt. »Arbeitest du auch hier?«

»Lange nicht gesehen.« Er band sich ein Tuch um den Hals und musterte sie wie bei ihrem Besuch in der WG. Ein wenig aufdringlich, aber ohne Anzeichen von Feindseligkeit. »Dachte schon, sie hätten dich ausgewiesen. Alles okay? Hast dich nicht mehr blicken lassen.«

»Ganz okay. Du auch nicht, ich meine an der Uni.«

»Zeitverschwendung.«

»Unser Referat hab ich allein gehalten.«

Den Blick auf das Jefferson-Zitat an der Wand gerichtet, schien er zu überlegen, ob ihre Äußerung eine Antwort erforderte. Dann ging er nach draußen. Der Taubenschwarm, den Maria seit der Demo oft am Himmel entdeckte, zog parallel zum Kanal über die Dächer. Die Titel der beiden Bücher, die Falk unter dem Overall hervorzog und in seinen Rucksack steckte, konnte sie nicht erkennen.

»Du klaust«, stellte sie fest.

»Willst du mich verpfeifen?« Er stieß ein gehetztes Lachen aus, dem Maria nicht traute. Ein paarmal war sie kurz davor gewesen, ihn zu besuchen, aber der Gedanke an den frostigen Empfang in der WG hatte sie zurückgehalten. »Mach dir bloß keinen Kopf«, sagte er, als hätte er ihre Gedanken erraten. »Du hast nichts erzählt, was sie nicht wussten. In der Fünfundvierzig hab ich mich zu weit aus dem Fenster gelehnt. Es gab Fotos. Was die Schweine mit dir gemacht haben, diente bloß der Einschüchterung. War's schlimm?«

»Ging so«, sagte sie, halb erleichtert. »Was ist weiter passiert?«

»Gemeinnützige Arbeit. Ich hab dem Richter gesagt, dass ich Theaterstücke gegen die ideologische Verwirrung unserer Zeit schreibe und dass es gemeinnütziger nicht geht. Hat er nicht akzeptiert. In einem Jugendclub in Neukölln sollte ich den Hausmeister spielen, aber der Leiter hat eingesehen, dass meine Talente woanders liegen. Also hab ich den Kids beigebracht, wie man Molotowcocktails baut.«

Wahrscheinlich stimmte nur die Hälfte, aber Maria war froh, dass er ihr nicht grollte. Mit den Händen in den Taschen stand er vor ihr, trug eine Jeansjacke über dem Overall und war der unattraktivste Mann, zu dem sie sich je hingezogen gefühlt hatte. Er rasierte sich nicht und hatte trotzdem keinen richtigen Bart. »Warum klaust du Bücher?«, fragte sie.

»Tue ich nicht. Ich lese sie und bringe sie zurück. Außer, wenn sie gut sind.«

»Warum leihst du sie nicht aus, wie alle anderen?«

»Um sie zu lesen und wieder zurückzubringen? Das machen andere schon.« Er schüttelte den Kopf. »Du stellst immer noch zu viele Fragen. Hast du den Aushang im Institut gesehen? Wir bringen das Stück. Bis jetzt haben sich fünf Leute gemeldet. Drei standen noch nie auf der Bühne.«

»Erzähl mir, worum es überhaupt geht.«

»Hast du schon mal Theater gespielt?«

»Einmal in der Schule.«

»Welches Stück?«

»*Lady Windermere's Fan*.« Die Erinnerung brachte sie zum Lachen, und sie hätte die Geschichte gern erzählt, aber Falk winkte ab und ging zu den Fahrradständern. Teenager, die sich bewegten, wie es Senhora Nogueiras Vorstellung von der viktorianischen Oberschicht entsprochen hatte. Als hätten sie einen Stock verschluckt. Vor Nervosität hatte Maria fünf Minuten vor dem Auftritt ihre Tage bekommen, und weil so schnell nichts anderes aufzutreiben gewesen war, den Part der Lady Plymdale mit einem Stofftaschentuch zwischen den Beinen gespielt. Hinterher war sie für ihr besonders englisches Gebaren gelobt worden. »Ist das dein Rad?«, fragte sie, als Falk ein nicht abgeschlossenes Klapprad aus dem Ständer zog. »Oder leihst du es aus und bringst es zurück?«

»Komm zum nächsten Treffen am Montag. Und falls du noch Interesse an dem Zimmer hast: Das ist jetzt frei.«

»Jetzt«, sagte sie.

»Natürlich entscheide ich nicht alleine. Wir machen eine Hausversammlung, du stellst dich vor, danach wird abgestimmt. Wenn du nicht behauptest, CDU zu wählen oder für die Bullen zu arbeiten, müsste es klappen. Überleg es dir, und sag mir am Montag Bescheid, es gibt noch andere Interessenten. Ich muss los.«

»Willst du, dass ich bei euch einziehe?«

»Frag dich, was du willst.« Damit schwang er sich auf das Rad und fuhr davon.

In den kommenden Tagen ließ er sich nicht im Lesesaal blicken, dafür stieß sie bei ihrer Goffman-Lektüre auf einen Gedanken, der interessant genug war, um ihm eine Hausarbeit zu widmen. Während sie sich mit dem Wörterbuch durch die Texte arbeitete, begann draußen der Frühling, und je länger sie darüber nachdachte, desto verlockender erschien ihr die Idee eines Wohnungswechsels. In der Waldemarstraße wurden die Streitigkeiten ihrer Mitbewohner immer heftiger, die anschließenden Versöhnungen ebenfalls, und sie hatte es satt, am Schreibtisch zu sitzen und anderen beim Leben zuzuhören.

Das Institut für Theaterwissenschaft befand sich in zwei nebeneinanderliegenden Gebäuden in Zehlendorf. Riemeisterstraße 21 war eine Villa mit Erkern und knarzenden Treppen, wo sich Maria noch im dritten Semester regelmäßig verlaufen hatte. Ein verwilderter Garten mit Buchen und Eichen umgab das Haus, dessen obere Etagen das Institutssekretariat, die Bibliothek und die Büros der Dozenten beherbergten. Die Seminare fanden nebenan statt, in einem Gebäude aus rotem Backstein, vor dessen Eingang eine Schubkarre mit plattem Reifen an derselben Stelle stand wie bei Marias erstem Besuch des Instituts. Im Sommer tummelten sich die Studenten in den Parks und Gärten des Viertels, während der kalten Jahreszeiten hockten sie in den

Fluren ihrer Institute oder in den labyrinthischen Gängen eines Gebäudes, das alle nur Rostlaube nannten. Einen Campus im eigentlichen Sinn gab es ebenso wenig wie den strikten deutschen Lehrbetrieb, den Maria erwartet hatte. Mit großem Ernst kultivierten FU-Studenten einen aufsässig lässigen Schlendrian. Alle kreierten ihren eigenen Stundenplan, hatten mehrere Jobs und studierten so lange, wie sie wollten. Das Wort Karriere war verpönt, Anwesenheitslisten galten als Zwangsmittel, und in jeder Veranstaltung machten ein pensionierter Postbeamter oder eine bildungsbeflissene Hausfrau mehr Notizen als sämtliche eingeschriebenen Kommilitonen zusammen. Nachdem Maria die Gewohnheiten der Lissabonner Musterschülerin abgelegt hatte, suchte sie regelmäßig die Jobvermittlung der Uni auf, verdiente als Messehostess sieben Mark in der Stunde, und wenn sie dafür ein Seminar verpasste, war es eben so. Die Dozenten erschienen mit Kaffeetassen zum Unterricht, ein Professor rauchte am offenen Fenster, und ab und zu wurde ein Seminar gesprengt. Dann kamen Leute herein und agitierten eine Viertelstunde lang für dies und gegen das, bevor sie wieder abzogen und der Unterricht weiterging. Das Einzige, wovor man an der Freien Universität echten Respekt hatte, war die eigene Meinung.

Das Treffen des Theaterprojekts fand im verrauchten Souterrain von Nummer 21 statt, wo sonst die Studentenvertreter des Instituts ihre Strategiesitzungen abhielten. Flugblätter lagen stapelweise herum, und das schwarze Brett an der Wand quoll von Aushängen über. Falk und der zweite Initiator des Projekts, Sven Grashoff, erschienen als Letzte, zogen einen Tisch in die Raummitte und musterten die Anwesenden, von denen Maria ungefähr die Hälfte kannte. Neben ihr saß eine kurzhaarige blonde Frau, die leicht lispelte und von den anderen Caro genannt wurde. Ihr Blick schien zu sagen: Du magst mich, oder? Vor den ebenerdigen Fenstern setzte eine Hagebuttenhecke erste Knospen an.

»Gut, fangen wir an.« Mit gewichtiger Miene legte Sven einen Ordner neben sich ab und klatschte in die Hände. »Das ist das zweite Treffen, wir müssen in die Gänge kommen. Kurze Vorstellungsrunde, nur die Namen und was ihr bisher am Theater gemacht habt. Du, bitte.« Er zeigte auf einen Schlacks mit Baskenmütze, der überrascht aufsah und eine Handbewegung machte, als ginge ihm alles zu schnell. Umständlich änderte er seine Sitzposition, bevor er sich als Tako vorstellte, um Verzeihung für seinen spanischen Akzent bat, den Maria nicht bemerkt hatte, und hinzufügte: »Erfahrung am Theater null, aber ich ahne mein Talent.« Ihm schien daran zu liegen, nicht ernst genommen zu werden, und Sven tat ihm den Gefallen, indem er mit dem Kinn zum nächsten Teilnehmer zeigte.

Fünf Personen stellten sich vor, dann spürte Maria das Unbehagen, das sie immer befiel, wenn sie vor Fremden sprach. Sie beschränkte sich auf ihren Namen und einen in Gedanken vorformulierten Satz: »Ich würde lieber nicht spielen, sondern irgendwie anders helfen. Wenn das geht.«

»Was hast du dir vorgestellt, Regie?« Sven wirkte ungehalten, aber Falk nickte und machte zum ersten Mal den Mund auf. »Das geht in Ordnung. Wir finden was.«

Eine kurze Pause entstand, bevor Caro erzählte, dass sie bereits an verschiedenen Schauspielschulen vorgesprochen hatte und zweimal bis in die Vorschlussrunde gekommen war. Wie sich herausstellte, besuchten einige der zwölf Anwesenden die Schauspielübungen von Frau Stein, die im Vorlesungsverzeichnis als Stanislawski-Etüden geführt wurden, aber außer Caro hatte niemand mehr als Schülertheater gemacht. Als Falk das Wort ergriff, wurde es still, obwohl er weitschweifig redete. Statt den Inhalt des Stücks darzulegen, referierte er Inszenierungen, die außer ihm keiner gesehen hatte, und sagte, es gehe darum, im Vollzug einer künstlerischen Form zugleich die Hindernisse herauszuarbeiten, die auf dem Weg ihrer Realisierung lägen. Das Stück solle ein Schaufenster bilden, durch das der Blick auf die Verhältnisse falle, unter denen es entstanden sei. Er wolle nichts Glattes, Fertiges, keine zum Konsum bereite Kunst, sondern Versuch, Fragment und Bruch. Amüsierte Blicke gingen durch den Raum, aber Falk wurde ungehalten, wenn Heiterkeit aufkam, während er sprach. »Zu hoch?«, fragte er. »Ich dachte, ihr seid Studenten.«

»Und der Text?«, wollte jemand wissen.

»Ist nicht das, was wir proben, sondern was aus den Proben entstehen soll.«

»Wir machen keine Agitprop und überlassen das bloße Figurentheater denen, die dafür subventioniert werden.« Sven sprach mit einer Autorität, die auf Maria geborgt wirkte. »Wir erarbeiten kollektiv einen Stoff. Mit Figuren, in denen sich Zustände kondensieren.«

»Heißt das, wir planen eine Aufführung oder schreiben gemeinsam ein Stück?« Der Fragesteller hielt ein Notizbuch in der Hand und wirkte nicht überzeugt. »Ich sehe nämlich nicht, wie wir im Lauf von einem Semester beides schaffen können.«

»Dann dauert es eben zwei oder drei«, sagte Falk trotzig. »Wir wollen einen Prozess in Gang bringen, aus dem sich das Stück materialisiert.« Da dies vorerst nicht geschah, wurde eine halbe Stunde über Probenzeiten diskutiert. Darüber, ob die Gruppe einen Namen brauchte und woher der Titel des noch nicht existierenden Stückes kam. Tako machte Witze, über die erst zwei Leute lachten, dann alle außer Falk und Sven. Als das Plenum sich in die lockere Plauderei kleiner Grüppchen aufzulösen drohte, stand Caro auf, zog eine andere Frau in die Raummitte und sagte: »Gut. Dann schauen wir mal, wie die Produktionsbedingungen sind.« Ein paar Minuten lang improvisierten beide drauflos, warfen einander Stichwörter zu, mussten Lachanfälle unterdrücken und wussten schließlich nicht weiter. Unsicher blickten sie in die Runde.

»Doch, fand ich nicht schlecht«, sagte eine Kommilitonin mit rot gefärbten Haaren. »Vielleicht erst mal so: Paare bilden und gucken, ob was entsteht, das zur Idee passt. Wie politisch soll das Stück eigentlich am Ende werden? Ich meine, wie explizit politisch.« Damit begann eine Diskussion, die erst nach zwei Stunden endete, weil jemand Falks Ausdruck ›sozialistische Spießerstaaten‹ reaktionär fand und mit einem weiteren Teilnehmer den Raum verließ. Bei den anderen machte sich Erschöpfung breit. Durch den Raum zogen blaue Schlieren, und Maria spürte leichten Schwindel aufkommen. Mit Erleichterung wurde der Vorschlag angenommen, sich noch einmal zu vertagen.

»In einer Woche wieder hier«, sagte Sven. »Wer nur quatschen will, soll zu Hause bleiben.«

Als sie das Institut verließen, setzte sich Falk eine Mütze auf, wie Maria sie von Fotos chinesischer Revolutionäre kannte. Beiderseits der Riemeisterstraße standen Einfamilien- und Reihenhäuser, hinter deren Fenstern Familien beim Abendessen saßen. Die Bäume schlugen aus. Bis zum U-Bahnhof Onkel Toms Hütte waren es zehn Minuten zu Fuß. Fünf, wenn man so rannte wie Falk. Warum Deutsche immer rannten, war Maria ein Rätsel. Sie kam kaum hinterher.

»Du musst mehr lenken.« Sven ging an Falks Seite und gab ihr das Gefühl, dass er mit seinem Freund allein sein wollte. »Das sind Amateure, die klare Vorgaben brauchen.«

»Ich bin Amateur. Wir alle sind verdammte Amateure! Was für Vorgaben? Ich hab noch nie ein Stück inszeniert. Wir haben gar kein Stück!«

»Gib ihnen das Gefühl, dass du weißt, was passiert. Lass dir vor allem nicht von Caro das Heft aus der Hand nehmen, sonst macht die ihr eigenes Ding.«

Ohne stehen zu bleiben, drehte Falk sich um. Die Mütze sah wie eine Verkleidung aus, stand ihm aber nicht schlecht. »Morgen ist Hausversammlung. Ich hab Bescheid gesagt, dass jemand kommt und sich vorstellt.«

»Was soll ich überhaupt sagen?«, fragte Maria außer Atem.

»Wer du bist, was du machst. Dass du keinen Bock auf gesellschaftliche Zwänge hast und nach deinen eigenen Vorstellungen leben willst. Was man eben so sagt. Wenn du katholische Eltern hast, mach deutlich, dass du von ihnen misshandelt worden bist und von zu Hause wegmusstest.«

»Ich habe katholische Eltern, aber …«

»Bring ruhig ein paar Sachen mit. Um es dringlich zu machen.«

Sven räusperte sich. »Könnten wir noch mal über das Stück reden?«

»Der Genosse hier ist nämlich der Trotzki des Projekts.« Von einem Moment auf den anderen hatte Falk gute Laune und schlug seinem Kumpel auf die Schulter. »Wie sieht's aus, Leo, hast du die Bühne für die Aufführung klargemacht? Karten gedruckt? Ich will ein Programmheft haben, hörst du, nicht bloß billige Schwarz-Weiß-Kopien.«

»Idiot.«

»Es gibt ihm einen Kick, zu glauben, dass ohne ihn alles aus dem Ruder läuft.«

»Würde es auch.« Am Eingang des U-Bahnhofs verabschiedete sich Sven, sein Wohnheim lag nur wenige Gehminuten entfernt. Noch nie hatte Maria einen Berliner Studenten getroffen, der in einem Wohnheim lebte.

»Nimm das Ganze nicht zu ernst«, rief Falk ihm nach. »Es ist wie bei jedem ersten Mal. Du musst es hinter dich bringen. Wir reden nächste Woche.«

»Seid ihr befreundet?«, fragte Maria, als sie unter sich waren.

»Guter Mann«, bekam sie zur Antwort. »Er hilft.«

Am nächsten Tag erschien Maria zu ihrem Vorstellungsgespräch in der Manteuffelstraße. In der Küche stand ein gewaltiger Eichentisch, dessen Platte aussah, als werde er nicht zum Essen, sondern für schwere Handwerksarbeiten genutzt. Neben der Spüle stapelten sich benutzte Teller einen halben Meter hoch, von den Fensterrahmen platzte der Lack ab, und im Hinterhof erblickte sie eine Handvoll Gänse, die sie beim ersten Besuch nur gehört hatte. Ein hüfthoher Zaun schloss die Lücke, die der Einsturz des angrenzenden Gebäudes hinterlassen hatte. In der einsetzenden Dämmerung wirkte die Szenerie seltsam entrückt und aus der Zeit gefallen. Ein hölzerner Verschlag sah aus, als hätten einmal Pferde gestanden, wo jetzt Kohlenreste und Abfall lagen. Zwischen den Bodenplatten spross Gras.

Gegen sechs Uhr begannen sich die Hausbewohner zu versammeln. Grußlos traten sie ein, nahmen sich Kaffee aus einer großen Kanne und setzten sich an den Tisch. Marias Suche nach Blickkontakt hatte nur im Fall eines ungefähr fünfjährigen Jungen Erfolg, den jemand Benny nannte und dessen Nase so verrotzt war, dass er durch den Mund atmen musste. Wie vor einem halben Jahr roch es nach Kartoffelsuppe, Harz und Tabak, der in kleinen Tüten auf dem Tisch lag und hin und her geschoben wurde. Für Maria sahen die Männer wie Arbeiter aus und die Frauen, als spielten sie in einem Film über das Leben in der Kolchose mit. Nachdem alle Platz genommen hatten, wurde es still, und als Maria zu fürchten begann, sie werde als Erste reden müssen, kam ein vollbärtiger Mann ihr zuvor: »Ick vermisse den Zehnerschlüssel«, sagte er streng. »Hat den jemand jesehen?«

»Lag im Hof«, sagte ein anderer.

Es folgte eine zehnminütige Aussprache darüber, dass Kollektiveigentum zum sorgsamen Umgang verpflichte. Außerdem sei bei aller politischen Unterstützung für die Fünfundfünfzig nicht akzeptabel, dass deren Bewohner die WG als Ersatzteillager und Depot betrachteten. Bei künftigen Anfragen müsse es eine gemeinsame Linie geben, die abzustecken Falk gebeten wurde. Zu Marias Überraschung sagte der nur, »wird erledigt«, und schrieb sich etwas in die Handfläche. Ein Opa Erich wurde erwähnt, der dringend einen neuen Kühlschrank brauchte. In jedem zweiten Satz fiel das Wort ›organisieren‹; Kohlen, Möbel, Nahrungsmittel, alles musste organisiert werden, und irgendwo gab es eine ›Materialspendenkartei‹, die dabei half. Als das Gespräch schließlich auf das freie Zimmer kam, war die Küche so verraucht, dass Maria nicht mehr alle Gesichter erkennen konnte. Stockend erzählte sie, woher sie kam, seit wann sie in Berlin lebte und was sie studierte. Das Gefühl, über Dinge zu sprechen, von denen sie nichts verstand, wollte einige Minuten lang so wenig weichen wie das Unbehagen, das diese Parodie einer verwahrlosten Großfamilie ihr einflößte. »Find ick jut«, sagte eine junge Frau, die mit energischen Bewegungen einen Notizblock vollkritzelte, als gelte es vor allem, den Stift abzunutzen. Ob Maria ihren Hintergrund erläutern könne. Wie hieß noch mal der, nicht Franco, sondern der andere, in Portugal? Jede Frage klang, als ob eine bestimmte Antwort erwartet würde, und mit jeder ihrer holprigen Ausführungen wurde Maria klarer, dass sie den Erwartungen nicht entsprach. Jemand war schon mal in Portugal gewesen und berichtete von krasser Armut, die das Land den Machenschaften der Kirche ausliefere. Zur allgemeinen Erheiterung fiel das Stichwort geistig-moralische Wende, dann meldete sich die Frau zu Wort, die Maria beim ersten Besuch vor der Tür stehen gelassen hatte, und sagte, sie wolle keine Streber im Haus. »Dit wird hier immer mehr so 'n Intellektuellenzirkel, dit ick mir oft jar nich mehr in die Küche traue.« Das wurde von mehreren Anwesenden als maßlose Übertreibung gewertet und mit vielstimmigem Gemurmel beantwortet, aus dem Maria die Worte »Inka nu wieder« heraushörte. Hilfesuchend blickte sie zu Falk, der dem Gespräch mit entspannter Aufmerksamkeit folgte. Nie zuvor hatte sie ihn die Hände im Schoß falten sehen. Von ihr wurde nur noch in der dritten Person gesprochen, außerdem fiel einige Male der Name A. S. Neill, gefolgt von längeren Zitaten und der Frage, wer ihn mit größerem Recht zitiere. Nach einer Stunde ergab die Abstimmung, dass acht Bewohner ihrer Aufnahme in die WG zustimmten. Als Wortführerin der vierköpfigen Gegenfraktion forderte Inka – die offenbar Bennys Mutter war –, die oberen Zimmer nach deren Instandsetzung alleinstehenden Müttern und ehemaligen Heimkindern zu überlassen, »also Leuten wie icke«. Unter erneutem Gemurmel erhoben sich die ersten von ihren Plätzen. Jemand öffnete das Fenster, Maria bekam die Schlüssel für Haus- und Wohnungstür ausgehändigt und auf die Frage nach dem Mietvertrag ein amüsiertes Schnauben zur Antwort.

Die Versammlung war beendet.

»Ist doch super gelaufen«, sagte Falk, als er ihr das Zimmer zeigte. »Viel besser, als ich gedacht hatte.«

»War es ein Fehler, zu sagen, dass ich Bücher lese?«

»Die meisten hier sind besser mit Werkzeug. Willst du deine Sachen gleich holen?«

»Was für Sachen?«, fragte sie und ließ den Blick schweifen. »Ich hab nur Klamotten und Bücher.« Abgesehen von zwei roten Kerzen auf der Fensterbank war der Raum leer. Von den Bodendielen löste sich der Lack, die Wände waren roh verputzt, und es gab keinen Ofen. Ihr neues Zuhause.

»Wir haben Möbel im Keller«, sagte Falk. »Auch Matratzen.«

»Warum bin ich hier?«

»Weil du es willst.«

»Weil ich es will.« Ratlos zuckte Maria mit den Schultern. Die Aprilmiete für das Zimmer in der Waldemarstraße hatte sie bereits bezahlt, also musste sie so schnell wie möglich Geld verdienen. »Was verbindet dich überhaupt mit den Leuten hier?«, fragte sie und fühlte Kopfschmerzen zwischen den Schläfen. »Mit Leuten wie Inka.«

Falk sah aus, als hätte ihn die Diskussion in der Küche belebt und mit neuer Zuversicht ausgestattet. »Du wirst dich dran gewöhnen. Wenn nicht, kannst du wieder ausziehen. Wir sind keine Sekte.«

»Wer ist A. S. Neill?«

»Er hat ein Buch über antiautoritäre Erziehung geschrieben. Unsere Hausbibel.«

»Gut?«

»Keine Ahnung«, sagte er. »Bibeln interessieren mich nicht.«

»Wohnt Bennys Vater auch hier?«

»Nein. Inka hat eine Weile in Kopenhagen gelebt.«

»Und der Vater lebt dort?«

Falk schüttelte den Kopf. »Es gibt keinen Vater, weder hier noch dort noch anderswo. Benny ist einfach das Kind aus Christiania.« Wie immer war schwer zu entscheiden, ob er ernst nahm, was andere sagten oder was er selbst von sich gab. In den folgenden Wochen beobachtete Maria, wie er jeden Dienstag und Donnerstag die Proben für *Mauerwerk* leitete, als gäbe es nichts Wichtigeres auf der Welt, und anschließend auf dem Heimweg darüber sprach, als wäre alles nur Spaß und sein Eifer ihm peinlich. In seinem Zimmer saß er breitbeinig auf dem Boden, hatte Zettel um sich verteilt und einen Bleistift in der Hand. Laut mit sich selbst redend, entwickelte er den Text, verband die losen Fäden des Stücks miteinander, und wenn er nicht weiterkam, sah er Maria an, die auf der Matratze saß, weil ihr der Boden zu schmutzig war, und sagte: »Gib mir was.«

Es wurde Mai. Statt nach feuchtem Kohlenstaub begann die Luft nach den Blüten der riesigen Linde im Hinterhof zu riechen, und statt ihre Hausarbeit über Goffman zu schreiben, machte Maria Notizen, um Falk bei der Arbeit zu helfen. In der WG blieb sie fremd, und wenn sie eine einfache Frage stellte – wohin die Kaffeetassen kamen oder ob die Handtücher im Bad allen gehörten –, wurde ihr augenrollend signalisiert, dass sie solche Dinge selbst zu entscheiden habe. Ob die anderen Bewohner Falk und sie als Paar betrachteten, wusste sie nicht. Jedenfalls verbrachten sie genug Zeit zusammen, um die Frage aufkommen zu lassen, warum sie immer noch kein Paar waren. Abend für Abend saß Maria auf seinem Bett, und in den Gesprächspausen dachte sie, dass jetzt ein guter Zeitpunkt wäre, aber Falks Blick wanderte durch den Raum, als verfolge er einen Gedanken, der nichts mit ihr zu tun hatte. Wofür er sie brauchte, blieb unklar, aber wenn sie aufstand, um in ihr Zimmer zu gehen, sagte er: »Bleib doch noch«, und eigentlich hatte sie sowieso nicht gehen wollen. Mit der Zeit gewöhnte sie sich daran, in seinem Zimmer zu lesen und nur zum Schlafen nach nebenan zu verschwinden.

»Wie war das bei deinem komischen Goffman?«, fragte er eines Abends. »Die Sache mit dem Vertrauensspiel.« Gegen den Ofen gelehnt, in löchrigen Jeans und einem verwaschenen T-Shirt, sah er für seine Verhältnisse geradezu lässig aus.

»Ich hab es dir erzählt«, sagte sie. »Es ist eine Art Paradigma. Wie eine Gesellschaft die Verlierer besänftigt.«

»Nämlich wie, durch Streicheln?«

»Er schreibt nicht wie. Er erklärt das Prinzip.«

»Nämlich?«, fragte er noch einmal.

›Confidence game‹ nannte Goffman einen Vorgang, der auf den ersten Blick simpel wirkte: Ein Mann betrog einen zweiten, der daraufhin die Polizei einschalten wollte, weshalb sich ihm ein Dritter nähern und ihn überreden musste, das nicht zu tun. Dieser sogenannte Helfer steckte mit dem Betrüger unter einer Decke und hatte vorher das Vertrauen des Betrogenen gewonnen, natürlich mit dem Ziel, den Betrug zu vertuschen. »Auf Englisch heißt es ›cooling the mark out‹«, las Maria von ihrem Notizblock ab. »›The mark‹ ist das Opfer, das besänftigt werden muss. ›The mark is given instruction in the philosophy of taking a loss.‹ Wie ist man ein guter Verlierer? Indem man einsieht, dass man selbst schuld ist.«

Mit der Spitze seines Bleistiftes tippte sich Falk gegen die Zähne. »Das ist die Aufgabe des Helfers, den Leuten das einzureden. Aber wie macht er's?«

»Je nachdem. Es geht um soziale Rollen. Um Sozialisation.«

»Sobald es politisch wird, zieht dein Goffi den Schwanz ein und quatscht von Rollen.«

»Er interessiert sich weniger für den Betrug als für den Selbstbetrug. Der Erste wird vom Helfer verschleiert, der Zweite aufgedeckt. Hier: Man darf nicht ein Bild seiner selbst entwickeln, das vom Gang der Dinge wahrscheinlich unterhöhlt werden wird. Das ist der Fehler des Opfers, den es erkennt. Deshalb lässt es sich besänftigen.«

»Man sagt den Leuten ›selbst schuld‹, und sie bleiben brav. Aber vielleicht hat man ihnen das falsche Selbstbild auch eingeredet. Vielleicht hat der eigentliche Betrug viel früher stattgefunden.«

»Ich lese nur vor, was hier steht. Man sagt ihnen außerdem, sie kriegen eine neue Chance.«

»Noch schlimmer«, stöhnte er.

»Sie können nicht noch einmal auf dieselbe Weise betrogen werden. Das ist ein Fortschritt.«

»So was lässt man euch an der Uni lesen. Gib mir was anderes.«

Die Arbeit am Stück stockte an dem Punkt, wo Falks Leitgedanke von zwei betrügerischen Systemen, die insgeheim miteinander kooperierten – BRD und DDR –, in ein dramatisches Geschehen überführt werden musste. Die Idee mit den Paaren aus einer Ost- und einer West-Figur hatten sie bei den Proben beibehalten, aber das Ganze blieb statisch, und Falk suchte eine Figur, um die Handlung ins Rollen zu bringen. Goffmans Helfer interessierte ihn genug, dass er selbst ein paar Seiten las, aber ihm fehlte die Geduld für theoretische Texte, außerdem war ihm dieser zu unkritisch. Eine Philosophie für Hosenscheißer, nannte er den Aufsatz, den Maria für ihn kopiert hatte. Sie wiederum las seit drei Wochen einen Roman von Herman Melville, auf den Goffman sich bezog, und kam nur langsam voran, weil sie das alte Englisch nicht verstand und Simone de Beauvoir spannender fand. Deren Namen sprach Falk Simone von Bowahr aus, weil er alles verulken musste, was ihr wichtig war.

»Warum helfe *ich dir*?«, fragte sie. Wie jeden Tag waren Hausbewohner damit beschäftigt, im Hinterhof alten Trödel zu zerlegen. Wolle oder Bernd oder wer sonst es war; mehrmals in der Woche fuhren Leute los, um im gesamten Stadtgebiet Sperrmüll einzusammeln, der dann im Hof verarbeitet wurde. Zu Schrott, soweit Maria es beurteilen konnte. Unter den Stimmen erkannte sie den kleinen Benny, der meistens allein spielte und ins Bett gehen durfte, wann er wollte. Oft saß er spätabends im Erdgeschoss und hörte sich Opa Erichs Geschichten vom Krieg an. Seit einer Woche wurde im Haus darüber diskutiert, ob es zu verantworten sei, den Jungen im Sommer auf eine öffentliche Schule zu schicken. »Deinetwegen«, sagte sie, weil Falk nicht reagierte. »Deinetwegen helfe ich dir.«

»Und?«

»Du sagst immer nur: Gib mir.«

Falk legte seine Zettel beiseite und stand auf. Es war nicht ihre erste Andeutung dieser Art, aber das erste Mal, dass er darauf einging. Wahrscheinlich, um sich über sie lustig zu machen. »Wir reden nicht über das Stück, nehme ich an.«

»Doch, immer.«

»Erstens glaube ich, dass hier ein astreiner Fall von goffimäßigem Selbstbetrug vorliegt. Die willentliche Kooperation des Opfers. Zweitens sitzt du auf meinem Bett.« Er streckte sich neben ihr aus und verschränkte die Arme hinter dem Kopf. »Die Antwort lautet, du tust es für dich. Alle tun alles für sich. Frauen belügen sich bloß darüber, weil sie die Opferrolle gerne spielen und keinen Sinn für Wahrheit haben.«

»Bitte?«

»Das schreibt deine neue Heldin: ›Die Frau hat keinen Sinn für Wahrheit, weil es ihr an Schaffenskraft gebricht.‹ Wörtliches Zitat.« Sein Kinn deutete auf das zerlesene Exemplar von *Das andere Geschlecht* auf dem Boden. »Du hast es ein paarmal hier liegengelassen.«

»Du hast das nicht gelesen«, sagte sie. »Du liest so was nicht.«

»Nur die Stellen, die du unterstrichen hast. Sie ist vollkommen bourgeois, aber besser als Tante Goffi, und in dem Fall hat sie recht. Du jedenfalls bist leicht hinters Licht zu führen.«

»Ich bin was?« Immer benutzte er Formulierungen, die sie nicht verstand.

»Du hast die Geschichte mit dem Gullydeckel geglaubt. Dieses Bullen-Märchen, mit dem sie dich weichklopfen wollten.«

»Das ist nicht fair. Ich unterstreiche Sachen, weil –«

»Du profitierst davon, dass ich Stücke schreibe. Andernfalls hättest du nur dein nutzloses Studium. Ich profitiere von deiner Lektüre, es ist total fair. Hör einfach auf, dich selbst zu belügen. Leute sind leicht hinters Licht zu führen, wenn sie sich ihres Selbstbildes nicht sicher sind. Dann kommt der Helfer-Bulle und bequatscht sie.«

»Sag mir, wenn ich was für dich lesen soll. Das da ist mein Buch.«

»›Der romantischen Verliebten‹«, zitierte er genüsslich, »›kommt es sogar entgegen, wenn ihr Auserwählter unscheinbar, hässlich oder ein wenig lächerlich erscheint: sie fühlt sich umso sicherer.‹« Im Liegen wirkte seine Nase noch größer als sonst. »Deine Simone hat es wirklich faustdick hinter den Ohren. Es geht noch weiter, soll ich?«

»Arschloch«, sagte sie, ohne wütend zu sein.

Das Fenster zum Hof stand offen. Wenn die Arbeiten eingestellt worden waren, versammelten sich alle in der Küche, hörten Radio Utopia und wetteiferten darum, wer die spießigsten Eltern hatte. Manchmal wollte Falk den anderen Gesellschaft leisten, jetzt ging es auf zehn Uhr zu, und er ließ es geschehen, als Maria sich über ihn beugte und ihn küsste. Die plötzliche Stille im Zimmer erzeugte ein Echo in ihren Ohren. Sie fühlte sich komisch, weil Falk sie weder abwehrte noch auf ihr Tun einging, sondern steif wie ein Brett liegen blieb. Obwohl sie es nicht gewohnt war, den aktiven Part zu übernehmen, zog Maria ihr T-Shirt über den Kopf und fuhr fort, ihn zu küssen. Sein hagerer Körper war hellhäutig, von kleinen Leberflecken übersät und kaum behaart. Kurz zögerte sie, bevor sie an den Bund seiner Jeans fasste, aber er ließ auch das geschehen. Sie hockte sich auf die Fersen, streifte ihm Hose und Unterhose ab und legte eine Hand auf sein Geschlecht. Das T-Shirt zog er selbst aus. Zwei Minuten nach dem ersten Kuss war sie in Unterwäsche und er nackt. Vom Flur her begann es nach Gras zu riechen.

»Was?«, fragte sie, weil Falk wie ein Patient vor ihr lag und den Blick auf sie gerichtet hielt.

»Frag ich dich«, sagte er. »Was willst du von mir?«

Sie musste lachen. Wonach sah es denn aus? »Gar nichts will ich«, sagte sie. »Nur, dass du die Augen schließt.«

Einen Moment lang geschah nichts, dann legte sie eine Hand auf seine Wange und zwang ihn mit der Zungenspitze, ihren Kuss zu erwidern. Irgendwie stolperte sie in den freien Raum hinein, den seine Passivität erzeugte, und fand es gemein von ihm, sie machen zu lassen. Den Geruch seiner Haut aber mochte sie, küsste den Adamsapfel und die beiden blassroten Brustwarzen, und als Falk die Augen aufriss, um sie zu ärgern, sah sie nicht hin, sondern bewegte sich langsam nach unten. Nach einer Weile hörte sie seinen Atem lauter werden und nahm zwischen die Lippen, was bis dahin unter ihrer Hand gelegen hatte. Seine Hände fuhren durch ihr Haar und über das Bettlaken. Mehrere Wochen lang war nichts passiert, jetzt spürte sie, wie das weiche Stück Fleisch in ihrem Mund zu wachsen begann. Mehr als alles andere wollte sie, dass er seine übertriebene Coolness ablegte und sich gehenließ. Notfalls in ihren Mund. Von der Vorstellung ebenso abgeschreckt wie angespornt, leckte und saugte sie und umfasste die Hoden, bis sie seinen Höhepunkt näher kommen spürte. Schneller als erwartet. Als sie sicher war, hielt sie still, ein Zittern ging durch seinen Körper, und der warme Schwall schwappte gegen ihren Gaumen. Dann noch einer. Sachte ließ sie seinen Schwanz aus dem Mund gleiten, presste die Lippen zusammen und spürte den salzigen Glibber ihre Kehle hinabgleiten. Ein paar Sekunden dauerte es, dann war der Brechreiz verschwunden.

Durchs Fenster kam ein kühler Hauch herein.

Als sie die Augen öffnete, hatte er die Fassung bereits wiedererlangt. Stumm sah er zu, wie sie sich mit der Hand über den Mund fuhr. In der Küche wurde gelacht. Aus Angst vor einer Bemerkung, die alles kaputtmachen würde, streifte sie ihr T-Shirt über und ging ins Bad. Wenn sie in der neuen WG heiß duschen wollte, musste sie nicht nur den Badeofen anheizen, sondern aufpassen, dass sich niemand vordrängte und ihr Wasser verbrauchte. Für heute beschränkte sie sich auf eine schnelle Wäsche im Stehen, putzte sich die Zähne und war froh, auf dem Rückweg ins Zimmer niemandem zu begegnen.

Falk schien erstaunt zu sein, dass sie zurückkehrte. »Hast du was vergessen?«

»Ich muss mein Buch bewachen«, sagte sie und kroch zu ihm

unter die Decke. Wie das Zitat weiterging, mit dem er sie eben aufgezogen hatte, wusste sie selbst, schließlich hatte sie lange darüber nachgedacht, ob es auf sie zutraf. Die romantische Verliebte ›gibt vor, die Hindernisse, die sie von ihm trennen, zu beklagen. In Wirklichkeit aber hat sie ihn gerade ausgewählt, weil eine reale Beziehung zwischen ihr und ihm unmöglich ist. So kann sie die Liebe zu einer abstrakten, rein subjektiven Erfahrung machen, die ihre Integrität nicht bedroht.‹ Nein, es traf nicht zu. Früher hatte sie sich unnahbar gegeben und gehofft, durchschaut zu werden, jetzt erkannte sie Falks Pose und hoffte, er werde sie bald aufgeben. Sie legte den Kopf auf seine Brust, nahm seine Hand und biss ihm in den Daumen. Allerdings gefiel ihr, dass er nicht so war, wie sie sich einen Mann wünschte, sondern so wie keiner, den sie bisher gekannt hatte. Es war ein langer Weg, den sie seit jener Nacht zurückgelegt hatte, in der sie erst dem Fotografen und dann Luís begegnet war. Ohne zu ahnen, was daraus folgen würde. Als Falk nicht reagierte, wiederholte sie den Biss. Irgendwann wollte sie ihm alles erzählen, von der Nacht und ihren Folgen. Von der schwierigen Zeit in Lissabon ein Jahr nach der Revolution, als niemand gewusst hatte, wie es weitergehen würde. Regierungen kamen und gingen, die Gesellschaft war gespalten, und auf einmal hatte sie geglaubt, zu alt zu sein, um noch mehr vom Leben zu verpassen.

4 Verschwitzt und angetrunken ging sie zum Ausgang. Die Musik und die Stimmen blieben hinter ihr zurück, nur ein wohliger Schwindel begleitete sie durch das Foyer nach draußen. Die beiden Türsteher des Maxime waren bereits nach Hause gegangen, an ihrem Platz standen ein Mann und eine Frau und sahen einander an, als seien sie kurz davor, ein Paar zu werden. Beinahe hätte Maria-Antonia ihnen im Vorbeigehen etwas zugerufen. Nur zu, traut euch! Wie viele Caipirinhas hatte sie getrunken, drei? Und wo wollte sie eigentlich hin, ohne die anderen?

Im nächsten Moment stand sie inmitten der bläulichen Stille einer Lissabonner Mainacht.

Entlang der Praça da Alegria waren alle Fenster dunkel. Ein Taxi kam von der Avenida herauf, umrundete langsam den Platz, fand keine Kunden und verschwand wieder. Die Luft hatte sich kaum abgekühlt, trotzdem war Maria-Antonia froh, der stickigen Enge des Clubs entkommen zu sein. Der Nachthimmel schimmerte, irgendwo erklang unterdrücktes Gelächter. Mit geschlossenen Augen lehnte sie gegen die Wand neben dem Eingang, spürte das Vibrieren der Musik und fragte sich, ob Cristina nach ihr suchte und wie spät es war. Das Gelächter klang nach einer Frau, der jemand unanständige Dinge ins Ohr flüsterte, und es kam von den Bänken in der Mitte des Platzes. Jeder erholte sich auf seine Weise von den Anstrengungen einer leerlaufenden Revolution, der ergebnislosen Abfolge von

Wahlen, Streiks und Demonstrationen. Als Maria-Antonia die Augen öffnete, stand er plötzlich vor ihr. Sie hatte weder die Tür noch seine Schritte gehört.

»Wie geht's?«

Instinktiv verschränkte sie die Arme vor der Brust. »Kannst du durch Wände gehen?« Oder war er vor ihr nach draußen gekommen und glaubte jetzt, sie sei ihm gefolgt?

»Olá linda. Alles gut? Bist du allein hier?«

»Und wenn?«

»Wäre das ungewöhnlich.« Ein überhebliches Lächeln begleitete den Blick, mit dem er ihre Aufmachung musterte. Die Hotpants und den Gürtel mit der apfelförmigen Schnalle hatte sie von ihrem Ersparten gekauft, aber aufbewahrt wurden sie von Cristina, und die kniehohen Lederstiefel gehörten ohnehin ihrer Freundin. Den Mann schätzte sie auf Ende zwanzig. Schon auf der Tanzfläche waren ihre Blicke einander begegnet und einmal auch die Hände, aber nur kurz. Jetzt stand er in teuren Jeans und einem weißen Hemd vor ihr, dunkle Haare fielen auf seine Schultern, und seine Miene schien zu sagen, dass er ein paar Dinge über das Leben wusste, die er gerne an sie weitergeben würde. »Wie heißt du?«, fragte er.

»Wie heißt *du*?«, fragte sie zurück.

Statt zu antworten, zog er sein Portemonnaie hervor, nahm eine kleine Papierkarte heraus und hielt sie ihr hin.

»Was ist das?«

»Meine Karte«, sagte er.

»Deine Karte?« Lachend nahm sie das Stück Pappe und musste es sich dicht vor die Augen halten, um den Schriftzug zu entziffern: Mário Pais, fotógrafo, dazu eine Adresse am Largo do Carmo und eine Telefonnummer. Auf der Rückseite nichts außer einem ins Papier gestanzten Muster, vielleicht die Initialen oder ein Wappen – definitiv alte Elite, dachte sie, ein reicher Typ aus Lapa, der sich im Ausland ein teures Hobby zugelegt hatte. »Einfach deinen Namen zu sagen, reicht dir nicht?« Sie wollte ihm die Karte zurückgeben, aber er schüttelte den Kopf. »Behalt sie. Vielleicht brauchst du sie noch.«

»Oh, ja? Krieg ich damit Rabatt auf dem Markt?«

»Ich würde dich gerne fotografieren.«

»Klar. Sag mir, dass du für die *Vogue* arbeitest, und ich verrate dir meinen Namen.« So sprach sie, wenn sie getrunken hatte, sie fand sich sogar geistreich, aber er schüttelte erneut den Kopf, als hätte sie etwas Vernünftiges gesagt, das lediglich nicht zutraf.

»Ich arbeite nicht für Magazine. Nur für mich.«

Da er sie nicht zurücknahm, schob sie die Karte in ihre Hosentasche und sagte: »Kein Interesse.« Ihr Durst wurde stärker als die Lust, drinnen weiterzutanzen. Die Beine waren bereits ein wenig schwer, und irgendetwas machte sie traurig. Der Fotograf nahm eine Zigarettenpackung aus der Hemdtasche und hielt sie ihr hin, aber sie winkte ab. Immer endeten die Nächte so. Dabei hatte alles gerade erst begonnen, angeblich.

»Du könntest die Negative behalten, und natürlich würde ich bezahlen.«

»Meine Freunde warten. Ich geh wieder rein.«

»Überleg's dir, linda sem nome.«

Als Maria-Antonia die Tür aufziehen wollte, wurde sie von innen geöffnet. Beidhändig fächelte Cristina sich Luft zu, erfasste die Situation mit einem Blick und sah ihre Freundin prüfend an. »Hier bist du. Wir haben dich gesucht.« Valentin folgte ihr und hielt sich ein wenig abseits.

»Wollte frische Luft schnappen.«

»Wir müssen bald los.«

»Wie spät ist es? Ich hab keine Uhr.«

»Gleich halb vier.« Ihr Cousin fühlte sich am wohlsten, wenn er sich an die Fakten halten konnte. Der älteste Sohn von Tante Teolinda, der in der Serra aufgewachsen war und nun in der Hauptstadt Architektur studierte, im obersten Stock der Belas-Artes, mit Blick über die Stadt und den Fluss. Sie selbst hatte ihn Cristina eines Abends vorgestellt, ohne zu ahnen, dass sich ihre Freundin in das Landei verlieben würde. Aus den Augenwinkeln sah sie, wie der Fotograf seine Zigarette ausdrückte und ihr ein Zeichen gab, bevor er zurück in den Club ging. Ruf mich an, sollte das heißen.

Cristina überzeugte sich mit einem Schulterblick davon, dass sie unter sich waren. »Mach keine Dummheiten, Kleines.«

»Nenn mich nicht Kleines. Er ist bloß ein Fotograf, der –«

»Ich weiß, wer er ist. Mach keine Dummheiten, sag ich.« Cristina war drei Jahre älter und besaß die zupackende Vernunft, die sie im Krankenhaus täglich brauchte. »Das kommt davon, wenn man auf der Tanzfläche so eine Show abzieht.«

»Ich könnte mich doch fotografieren lassen. Er zahlt, und er sieht so aus, als würde er gut zahlen. Hast du die Jeans gesehen?«

»Pais, Maria-Antonia. Wenn er ehrlich wäre, stünde auf seiner Karte Mário *Silva* Pais.« Unverändert streng sah sie ihr in die Augen. »Na, klingelt's?«

»Du meinst, er ist …?«

»Du willst mit diesen Leuten nichts zu tun haben.«

»Nein, will ich nicht. Der Sohn?«

»Ein Neffe. Gib mir die Karte.«

»Hab ich weggeschmissen. Da in den Gully.« Das sagte sie, weil sie zwar nicht scharf auf eine Bekanntschaft mit der früheren Geheimpolizei war, aber Lust hatte, störrisch zu sein. Seit Valentins Auftauchen hatte Cristina weniger Zeit für sie und schien sich von den gemeinsamen Träumen zu verabschieden. Ins Ausland gehen, wie sie es immer vorgehabt hatten? Statt wie früher Pläne zu schmieden, schüttelte ihre Freundin die dunklen Locken und sagte: Schön und gut, aber so ist das Leben nicht. Warum glaubten alle zu wissen, wie das Leben war, noch bevor sie es ausprobiert hatten? Krankenschwestern wurden überall gebraucht, deshalb hatte Cristina den Beruf schließlich gewählt.

»Wie kommst du nach Hause?«

»Ich nehme an, ihr fahrt auf Valentins Roller. Ich laufe.«

»Großer Gott, was ist los mit dir! Du läufst nicht.«

»Das Leben ist langweilig.« Seufzend lehnte sie den Kopf an

die Schulter ihrer Freundin und ließ sie und Valentin das weitere Vorgehen beraten. Cristina roch gut, auch nach fünf Stunden in einem verrauchten Club. Valentin verschwand nach drinnen, und Maria-Antonia nutzte die Gelegenheit zu einem schnellen Kuss. »Liebst du mich noch? Sag ehrlich!«

»Du musst vorsichtiger sein, verstehst du. Einige Leute haben viel zu verlieren, und sie werden alles tun, das zu verhindern. Sie wollen keine Veränderung.«

»Glaube nicht, dass jemand in mir eine Bedrohung sieht.«

»Hör mir zu: Sie fühlen sich beraubt. Deshalb glauben sie berechtigt zu sein, sich alles zu nehmen, wonach ihnen der Sinn steht. Wenn man so aussieht wie du, darf man nicht auch noch leichtsinnig sein.« Maria-Antonia spürte, wie eine Hand in ihre Gesäßtasche fuhr und die Visitenkarte herauszog. Kaum hörbar fiel sie auf den Boden, gefolgt von einem liebevollen Klaps. »Glaub mir, es ist besser so. Du willst nicht das sein, wonach einem wie ihm der Sinn steht.«

»Wie komme ich nun nach Hause?«, fragte sie. »Zu Fuß sind es zehn Minuten. Mein alter Schulweg, die Hälfte davon. Es ist überhaupt nicht gefährlich.«

»Valentin hat einen Freund von der Uni getroffen. Vielleicht ist er mit dem Roller da und kann dich mitnehmen.«

»Ihr fahrt zu dir?«

»Es ist spät. Meine Schicht beginnt morgen um zehn.«

»Ist es kein Problem, Männer ins Wohnheim zu bringen?«

Cristina lachte leise und wiegte sie ein paarmal hin und her. »Es ist schwierig, aber wenn man nicht erwischt wird, kein Problem.«

Eine Weile standen sie schweigend auf dem nächtlichen Platz. Das Lachen drüben bei den Bänken war verstummt. Was wollte sie lieber, Cristina für sich alleine haben oder einen Freund, mit dem sie an der Aufsicht eines Wohnheims vorbeischleichen konnte, um sich in einem schmalen, knarzenden Bett zu lieben? Würde sie je einen Studienplatz bekommen, jetzt, wo sich alles änderte und ihre Anträge in einer Kiste verschwinden oder beim nächsten Poststreik verloren gehen konnten? Musste sie noch lange im Restaurant aushelfen und nachts auf Zehenspitzen in die Wohnung schleichen, damit ihre Mutter nicht aufwachte, die natürlich trotzdem aufwachte und danach so tat, als hätte sie ihre Tochter in flagranti mit einem Matrosen erwischt. Sollte sie allein nach England gehen? Wie machte man das überhaupt: nach England gehen? Junge Frauen gingen nirgendwohin, sondern warteten darauf, dass jemand kam und sie mitnahm. Wenn sie Glück hatten, ins Ausland.

Largo do Carmo, und die Hausnummer wusste sie auch noch.

Erneut ging die Tür auf, und Valentin kam mit einem jungen Mann heraus, der ihr drinnen nicht aufgefallen war. Dabei sah er gut aus, groß und mit einem Blick, der weder aufdringlich noch zurückhaltend wirkte. Student eben.

»Maria-Antonia, Luís«, sagte Valentin. »Er ist mit dem Roller da und muss sowieso in deine Richtung.«

»Olá, wie geht's. Das ist nett von dir.«

Sie tauschten Wangenküsse und standen einen Moment lang zu viert beieinander. Leute verließen den Club, und als in der Nähe eine Laterne erlosch, war es wie ein Blinzeln der Nacht, das sie aufforderte, nach Hause zu gehen. Den langen Rock, den sie vor der Haustür überziehen würde, hatte Maria-Antonia in ihre Handtasche gestopft. Noch einmal Wangenküsse, diesmal zum Abschied. Auf dem Sitz von Luís' Roller klebte das Logo eines Studentenkomitees zur Verbesserung der Welt. »Wo halte ich mich fest?«, fragte sie beim Aufsteigen.

»Am besten an mir.«

Was sie tat. Erst zögerlich an der Taille, dann schlang sie ihre Arme um ihn und genoss es, durch die Nacht zu fahren, die sich wie die Häuserzeilen der Avenida in eine linke und eine rechte Hälfte teilte. Im Rückspiegel zitterten die Laternen, und Maria-Antonia bemerkte, dass Luís einen Umweg fuhr. Statt die Gasse am Coliseu zu nehmen, machte er einen Bogen über die Praça da Figueira. Nachts fiel kaum auf, wie verwahrlost die Stadt aussah, wie viel Kehricht herumflog und dass an allen Mauern verwitterte Plakatfetzen hingen. An den Docks von Alcântara kamen die Rückkehrer aus Afrika an, für die es weder Arbeit noch Wohnraum gab und die Portugal sowieso nicht als Zuhause betrachteten. Kurz vor der Praça Martim Moniz wurde Luís langsamer und wartete auf Instruktionen. »Bei der kleinen Kapelle«, rief sie über seine Schulter, eher in den Wind hinein als in sein Ohr.

»Da wohnst du?«

»In der Nähe.«

»Wo genau? Ich kann dich –«

»Du wirst die ganze Nachbarschaft aufwecken. Lass mich an der Kapelle absteigen.« Es war das einzige Gebäude, das die damaligen Abrissarbeiten überdauert hatte. Am Rand des Platzes sollten ein Einkaufszentrum und ein neues Hotel entstehen, aber einstweilen breitete sich nur eine von Baulücken umgebene staubige Fläche aus. Geschickt kurvte Luís mit dem Roller zwischen den parkenden Autos hindurch. Aus Holzstangen und Plastikplanen hatten Händler behelfsmäßige Verschläge gebaut, und als sie anhielten, hörte Maria-Antonia aus einem davon lautes Schnarchen. Die Kapelle rief ihr in Erinnerung, dass morgen, nein, heute Nachmittag, die Trauerfeier für Pater da Costa stattfand. Sie stieg ab, ordnete die vom Fahrtwind zerzausten Haare und fühlte sich vollkommen nüchtern. »Danke«, sagte sie. »Boa noite.«

»Valentin sagt, du willst studieren.«

»Wenn ich einen Platz bekomme. Im Moment warte ich.«

»Und wenn nicht?«

»Geh ich ins Ausland. Das wäre mir sowieso lieber.«

Er trug breite Koteletten, aber Kinn und Oberlippe waren glattrasiert. Einen schönen Mund hatte er, beinahe weiblich in seinem Schwung. »Du liest viel?«, fragte er. »Valentin sagt, du willst Literatur studieren.«

»Valentin, Valentin. Was machst du denn so? Gehst du zu den Demonstrationen, und wenn ja, zu welchen? Bist du Kommunist oder Sozialist oder ein Liberaler? Wie es aussieht, müssen in diesem historischen Moment alle etwas sein, wovon sie keinen Begriff haben.«

»Ich bin jung.« Etwas daran, wie er es sagte, brachte sie zum Lachen. Über den Dächern sah der Mond bleich und schmal aus, wie ein Riss im Himmel. »Wenn du keinen Studienplatz hast, was machst du die ganze Zeit?«

»Meinen Eltern helfen. Lesen. Noch eine Bewerbung schreiben. Manchmal jobbe ich als Marktforscherin und frage Leute auf der Straße, ob sie eine Waschmaschine haben oder brauchen. Lieber würde ich Japanisch lernen, aber ich weiß nicht wo.«

»Wieso Japanisch?«

Statt zu antworten, zuckte sie mit den Schultern. »Wie viel Geld wären Sie bereit für eine Waschmaschine auszugeben? Welche der folgenden internationalen Marken sind Ihnen bekannt? Gibt es in Ihrem Haus fließendes Wasser? Nein? Warum rede ich dann mit Ihnen? Gehen Sie zurück nach Angola!« Was sie wirklich *die ganze Zeit* machte, war, davon zu träumen, etwas anderes zu tun.

»Ich habe einen besseren Vorschlag«, sagte er. »Fahr mit uns in den Minho. Im Sommer.«

»In den Minho! Um was zu tun?«

»Wir sind ein paar Freunde von der Uni, die keine Lust haben, Bücher zu lesen, solange das im Minho die meisten Leute nicht können. Wir helfen mit. Strom, Wasser, was auch immer gebraucht wird. Aufbau!« Lachend reckte er die linke Faust, aber er meinte es ernst.

»Ich glaube, der Minho ist nichts für mich. Kommst du von da?«

»Aus Sesimbra.« Mit dem Daumen deutete er Richtung Fluss. »Überleg's dir. Es soll auch Spaß machen. Vielleicht mehr Spaß, als Japanisch zu lernen.«

»Ich denke darüber nach.« Sie fühlte sich hochmütig und altklug und war froh, dass Luís nur nickte und ihr noch einmal die Wange hinhielt, bevor er den Motor startete. Beinahe hätte sie ihn auf den Mund geküsst. »Gute Nacht.«

»Wir sehen uns.« Hinter den Lenker geduckt, brauste er davon.

Mit schnellen Schritten lief Maria-Antonia um die Kapelle herum und ihre Gasse hinauf. Der Durst wurde stärker, und die Traurigkeit ebenso. Als hätte sie nicht eine Nacht mit Freunden gefeiert, sondern eine weitere Gelegenheit verpasst. Im Treppenhaus zog sie den Rock an und die Stiefel aus und schlich über die knarrenden alten Stufen nach oben. In der Wohnung wurde der Essensgeruch schwächer, weil die Fenster offen standen. Ohne Licht zu machen, nahm sie in der Küche ein Glas von der Anrichte und goss sich Wasser ein. Als sie innehielt, um Atem zu schöpfen, hörte sie nebenan ihren Vater seufzen. Nicht im Schlafzimmer, sondern in der Stube. Es war vier Uhr morgens. Als sie nach drüben ging, sah sie ihn mit einem Glas in der Hand im Dunkeln sitzen, aber sein gedrungener Schemen bewegte sich erst, als sie neben ihm Platz nahm. »Olá Papa.« Sie nahm die Hand, die auf seinem Oberschenkel lag, und hielt sie zwischen ihren Fingern. Das Bild von António hing an seinem Platz neben dem bronzenen Senhor dos Passos. »Kannst du nicht schlafen?«

»Es wird heiß.« Artur musste nicht flüstern, seine Stimme war immer leise.

»Es ist eine schöne Nacht. Oder war.«

Sachte bewegte er den Kopf. »Deine Mutter war nicht froh, dass du sie draußen verbringst. Die Nacht vor der Trauerfeier.«

Darauf erwiderte sie nichts, sondern fuhr fort, seine Hand zu streicheln. Die Haut war rau und übersät von Narben, Schnitten und kleinen Brandblasen, den Spuren eines Lebens am Herd. Vorwürfe ihrer Mutter, die Artur referierte, machte er sich nicht zu eigen und erwartete keine Rechtfertigung. Lurdes war nicht froh, wenn ihre Tochter überhaupt das Haus verließ. »Geht es ihr besser?«, fragte sie.

»Sie glaubt, dass sie heute aufstehen wird. Wir machen erst am Abend auf.«

»Was ist los? Es ist weder sein Geburtstag noch …«

Artur drehte den Kopf, aber statt zu antworten, leerte er sein Glas und stellte es auf den Tisch. »Morgen wird sie aufstehen.«

»Es gibt Hilfe, weißt du. Man kann was dagegen tun. Oder ist es, weil der Pater gestorben ist?«

Mit dem Handballen drückte Artur den Korken in die Flasche Aguardente. Auch im Restaurant trank er nie mehr als ein Glas. Dann sank er auf den Stuhl zurück und sagte: »Wie kann es sein, dass ein Olivenbauer aus der Serra eine so schöne und kluge Tochter hat.«

»Hör mir zu, man nennt es Depression. Es ist eine Krankheit, bloß nicht körperlich. Man kann sie behandeln. Es gibt Medikamente.«

»Mach dir keine Sorgen, sondern pass auf dich auf, wenn du draußen unterwegs bist. Es sind gefährliche Zeiten, und sie werden noch schlimmer.« Schwerfällig wie ein alter Mann erhob er sich von seinem Platz. »Bald wird es kommen wie in Chile.«

»Wieso willst du nichts davon wissen? Es würde ihr helfen.«

»Das Leben ist, wie es ist, Mariazinha. In der Mouraria hat man nicht dieselben Krankheiten wie in Lapa. Gute Nacht.«

»Schlaf gut.« Sie hörte seine Schritte, die Toilettenspülung und kurz darauf das Quietschen der alten Bettfedern, schließlich nichts mehr. Im Bad duschte sie kalt und versuchte die Berührung mit dem glitschigen Plastikvorhang zu vermeiden. Nur Füße und Waden trocknete sie ab, putzte sich die Zähne und huschte ins Zimmer zurück. Nackt blieb sie in dem Spalt zwischen Schreibtisch und Bett stehen. Von draußen fiel ein Schimmer auf ihre Haut, Wassertropfen perlten über den Rücken. Mit beiden Händen fuhr sie sich über den flachen Bauch, betrachtete ihr Spiegelbild und drehte sich in beide Richtungen. Hin und her. Ein holzgerahmter Spiegel aus dem letzten Jahrhundert und darin sie. Genau so, dachte sie. Den Kopf leicht zur Seite geneigt, mit ihrem schönen Busen und am besten in Schwarzweiß.

***

Gegen Ende des Semesters war es endlich so weit. Nachdem Maria sich viele Wochen lang darum bemüht hatte, bedurfte es schließlich nur noch einer beiläufigen Frage, um aus Ana und ihr Freundinnen zu machen. An einem lauen Sommerabend Anfang Juli verließen sie gemeinsam das Mescalero, Schwalben segelten durch das letzte Licht des Tages, und gerade wollte Maria sich mit dem üblichen Wangenkuss verabschieden, als Ana den Kopf schief legte und meinte: »Sag, wann warst du zuletzt tanzen?«

»Keine Ahnung«, sagte sie, »in Berlin noch gar nicht.« Es folgte ein Moment der Stille, in dem sie einander grinsend in die Augen sahen. Die Gespräche im Café waren mit der Zeit vertraulicher geworden, Ana hatte von ihrem Bruder erzählt, der im Exil in den USA lebte, nachdem er als kritischer Journalist mehrmals verhaftet worden war. Der Liebe wegen hatte Ana sich für West-Berlin entschieden, aber die Beziehung war kurz nach ihrer Ankunft auseinandergegangen, und nun plante sie seit fünf Jahren, die Stadt wieder zu verlassen. Immer kam etwas dazwischen, meistens ein Mann mit mehr Charme als Charakter. »Gar nicht geht nicht«, sagte sie schließlich. Am Freitag darauf feierten sie bis fünf Uhr morgens in einem Kellerclub in der Oranienstraße, und Ana tanzte genau so, wie Maria es sich vorgestellt hatte. Als wäre nicht sie es, sondern die Musik, die ihren Körper bewegte. Über dem Osten der Stadt dämmerte bereits der Morgen, als Maria in Falks Zimmer schlich, sich nackt und betrunken zu ihm legte und flüsterte: »Gib ruhig zu, dass du mich vermisst hast. Ich weiß es sowieso.«

So begann die vorlesungsfreie Zeit. Da mehrere der Schauspieler die Stadt verließen, wurden die Proben an *Mauerwerk* bis zum Herbst unterbrochen, und statt Ferien zu machen, arbeitete Falk an einem neuen Stück. Maria wollte lieber raus

aus der Wohnung. Weil zwei Staatsgrenzen sie vom nächsten Meer trennten und sie von den Seen um West-Berlin wenig Gutes hörte, ging sie tagsüber in den Volkspark Hasenheide und machte nachts Bekanntschaft mit einer Szene, von deren Existenz sie nichts gewusst hatte. Wie die Debütantin eines früheren Jahrhunderts führte Ana sie in die Häuser der Stadt ein, wo eine Boheme aus Exilanten und Studenten ihre Sorgen teilte, die Partner tauschte und das Heimweh auf alle Arten bekämpfte, die die Nacht zur Verfügung stellte. Ein lateinamerikanisch-karibisches Souterrain, dessen Zugänge über ganz West-Berlin verteilt waren. Vom Salsa in Charlottenburg über das La Bachata nahe dem Flughafen Tempelhof bis hin zu den namenlosen Kellerbars zwischen Schlesischem Tor und der Mauer. Ana kannte sie alle.

»Wirklich, ich hatte keine Ahnung«, sagte Maria, als sie eines Nachts einen ausgedienten Luftschutzbunker betraten, mit nackten Wänden und tropfenden Heizungsrohren unter der Decke. Hinter der rostigen Eisentür hätte sie eine Geldfälscherwerkstatt oder ein geheimes Waffenlager vermutet, keine Tanzfläche, die sich gegen zwei Uhr morgens zu füllen begann.

»Keine Ahnung wovon?« Ana trug ein ärmelloses Kleid, hatte die Haare hochgesteckt und ließ den Blick durch den Raum schweifen.

»Ich dachte, ich würde mich in Berlin ein bisschen auskennen.«

»Deutsche tanzen wie Kühlschränke, wir brauchten was Eigenes.« Grüßend hob ihre Freundin die Hand, und ein groß gewachsener Schwarzer hinter der Theke winkte zurück. Kurz darauf saßen sie an der Bar, nippten an Drinks, die sie weder bestellt hatten noch bezahlen durften, und mussten die Köpfe zusammenstecken, um trotz des Lärms reden zu können. Merengue-Musik hallte aus den Lautsprechern, Marihuanaschwaden sammelten sich unter der Decke. Ana konnte sogar im Sitzen tanzen. »Was machen die Verrückten?«, fragte sie mit wippenden Schultern.

»Die schrauben.«

»Bitte?«

»Wenn man sie fragt, was sie machen, sagen sie: Ick schraube. Das heißt, sie reparieren Autos und irgendwelche technischen Geräte. Man sagt nie genau, was man macht. Das gilt als Prahlerei.«

»Ick schraube«, wiederholte Ana und schüttelte den Kopf. »Ick Schraube locker. Wie hältst du es mit denen aus?« Ihr Deutsch war besser als Marias, aber von den Deutschen sprach sie meistens abfällig, und wenn sie Freunde erwähnte, handelte es sich um andere Südamerikaner.

»Irgendwie ist es interessant. Zum Beispiel, wenn man in die Küche kommt, wo andere Leute sitzen, sagt man nicht Hallo. Begrüßungen sind verpönt. Wenn dir jemand etwas gibt, darfst du dich nicht bedanken. Höflichkeit ist spießig. Nur wenn jemand dir einen großen Gefallen tut, darfst du ›Ganz toll‹ sagen, aber es muss ironisch klingen.«

»Ganz toll.«

»Genau so! Willst du bei uns einziehen?«

Ana machte eine Bewegung, als würde sie sich strangulieren. Ab und zu grüßte sie Leute, die an der Bar Getränke kauften, als nähmen sie an einer Auktion teil. Alle wedelten mit Geld und brüllten ihre Wünsche heraus. Flaschen mit Wodka, Rum und Tequila reihten sich auf alten Lagerregalen. Maria nippte an ihrem Drink und wünschte, sie hätte bei der Kleiderauswahl mehr Wagemut bewiesen. Das schwarze Oberteil stammte aus der Zeit, als sie im Bairro Alto die Ankunft von New Wave in Portugal miterlebt und den eigenen Abschied herbeigesehnt hatte. Mit ihren dunkel geschminkten Augen und den spitzen Stiefeletten hätte sie damals besser nach Kreuzberg gepasst als jetzt. »Wirklich, zieh bei uns ein«, sagte sie. »Wenn sie dich fragen, was du machst, sagst du: Strom oder so was in der Richtung. Die Miete ist wahnsinnig niedrig.«

»Ich hab Oscar gesagt, dass du heute kommst.«

»Wieso hast du das getan?«

»Du magst Künstler.«

Oscar war ein bettelarmer Poet aus Chile, der seine Gedichte auf Zettel schrieb und in Kneipen verkaufte. Für Maria hatte er eines geschrieben, das ihr gefiel, aber als er nach einer zehnminütigen Unterhaltung behauptet hatte, nur sie könne ihn retten, war ihr die Lust auf ein Wiedersehen vergangen. Außerdem mochte sie ihr Leben, wie es war. »Ich hab einen Freund«, sagte sie.

»Ja, wie läuft's denn?«

»Gut.«

»Das ist eine kurze Antwort.«

»Ich kenne deine Meinung, aber er ist ein interessanter Typ. Eigenwillig, ja, aber …« Seit die beiden einander einmal im Café begegnet waren, verzichtete Maria auf weitere Treffen zu dritt.

»Wie groß ist sein Schwanz?« Anas Lieblingsthema, wenn sie Alkohol trank.

»Wahrscheinlich hab ich noch nicht so viele gesehen wie du.«

»Du musst nicht viele gesehen haben, um zu wissen, wie groß seiner ist.«

»Weißt du, was man bei uns über die Brasilianerinnen sagt?«

»Wir sind Schlampen, ihr seid Nonnen. Wie groß?« Anas Blick wurde eindringlich und ein wenig gemein. »Heb die Hand und schwör, dass du ihn gesehen hast.«

Widerwillig hob sie die Hand.

»Aber? Zu klein. Zeig es mit den Händen. Mit beiden, wenn es nötig ist, und mit einer … Wirst du rot?«

»Das ist der Alkohol. Wir sind unterschiedlich und lernen uns allmählich kennen. Er ist ein Künstler.«

»Du meinst impotent.«

»Ich meine, er hat eine Vision.«

»Schick ihn zum Arzt.«

»Er will was ausdrücken. Das ist ihm wichtig.«

Ana sprang auf, klatschte zweimal in die Hände und stieß Maria mit der Hüfte an. »Ich würde dir gern helfen, aber du lässt mich nicht. Ihr Portugiesen seid zu komisch. Wie du da sitzt! Lass uns tanzen, Küken.«

Eine Frau wie Ana hatte sie noch nie getroffen. Sie war schön und selbstbewusst, witzig und klug und immer auf der Suche nach einem breitschultrigen Kerl, der sie schlecht behandelte. Feminismus hielt sie für eine Angelegenheit von Lesben. Ihr Bruder schlug sich in Kalifornien als freier Journalist durch und benutzte wechselnde Pseudonyme, um die Familie zu Hause nicht zu gefährden, und was Ana mit ihren Jobs verdiente, ging größtenteils für die monatliche Telefonrechnung drauf. Von einigen Beziehungen schien sie auch finanziell zu profitieren und behauptete, Elektrotechnik nur zu studieren, um eines Tages unabhängig zu sein. Auf der Tanzfläche dauerte es wenige Sekunden, dann hatte ein Typ im weißen Unterhemd seine Hand auf ihren Rücken gelegt.

Als Maria zurück zur Bar ging, warteten dort Oscar und ein neues Getränk auf sie. Es wurde spät. Sie zog an einem Joint, jemand hatte Geburtstag und spendierte Tequila. Nachts in den Bars verachteten die Machos die Poeten und die Gangster die Kommunisten, aber gegen Morgen waren alle betrunken und bekifft und betrachteten sich als Brüder. Dann tat es gut, die Szene wieder zu verlassen und durch leere Straßen nach Hause zu laufen.

Es war der erste Sommer ihres Lebens, den sie nicht in Portugal verbrachte. Mit Ana feierte sie die Nächte durch, und wenn sie ihren Freund zu einer Pause überreden konnte, besuchten sie Performances und Konzerte. In den Kellern von Kreuzberg traten Bands auf, deren Mitglieder nicht so taten, als könnten sie ihr Instrument spielen. Das war neu und hieß Punk. In einem Laden namens Frontkino saßen Falk und sie eines Abends auf umgedrehten Eimern und lauschten einem Monolog über Fische, mehr als drei Stunden lang, bis ein Zuhörer nach dem anderen in hysterisches Lachen ausbrach. Wie das hieß, wusste Maria nicht. In der Manteuffelstraße wurden ihr als Ausländerin mildernde Umstände gewährt, wenn sie etwas nicht verstand, aber als Frau nie. Frauen taten, was Männer taten – in Inkas Fall trugen sie sogar einen Bart. In der Küche lief den ganzen Tag Musik, und freitags zog eine Delegation mit dem Bollerwagen los, um bei *Kraut und Rüben* das schwarze Kastenbrot zu kaufen, von dem die WG-Bewohner lebten. Fleisch war verpönt, Gemüse wurde verkocht. Marias Heimweh flackerte jedes Mal auf, wenn sie gegrillten Fisch roch oder in der Zeitung auf Nachrichten von Zuhause stieß. Meistens waren es schlechte. Kein Bericht über ihre Heimat kam ohne die Formulierung ›das Armenhaus Europas‹ aus. Um die Abwanderung von Arbeitskräften zu unterbinden, sollte bald eine Gebühr auf das Verlassen des Landes erhoben werden, und am Telefon klagten ihre Eltern, es lohne sich kaum noch, Speisekarten drucken zu lassen, so schnell stiegen die Preise. Der Staat lieh sich Geld, wo er welches bekam, in Lissabon explodierten Bomben vor Polizeistationen, und Artur und Lurdes sprachen davon, die Lizenz für die beiden Restaurants zu verkaufen und zurück in die Serra zu ziehen. Einem Zeitungsartikel zufolge betrug die Inflation im Land über zwanzig Prozent und stieg schnell, die Analphabetenrate war mindestens ebenso hoch und fiel langsam.

»Und das ist der Durchschnitt«, sagte Maria, als sie Falk den Bericht zeigte. »Da, wo meine Eltern herkommen und vielleicht wieder hinziehen, kann die Mehrheit der Leute nicht lesen und schreiben.« Die Zahlen schockierten sie ebenso wie die Nachricht von Bomben in Lissabon, gleichzeitig rührten Gedanken an ihre Heimat an eine taube Stelle. Für die Weihnachtstage hatte sie einen Besuch versprochen und sparte eifrig, aber sich darauf zu freuen, gelang ihr nicht. »Hörst du mir zu?«, fragte sie.

»Hm-m.« Wenn Falk sich nicht für das interessierte, was sie sagte, nickte er zweimal und wendete sich seiner Arbeit zu. Er saß auf dem Boden und trug eine karierte Hose, in der Maria vor wenigen Tagen einen anderen Hausbewohner gesehen zu haben glaubte. Seit eine Waschmaschine organisiert und im Keller installiert worden war, funktionierte der interne Kleidertausch reibungslos. Sie war die Einzige, die mit einem Buch in der Hand wartete, bis sie ihre Sachen mitnehmen konnte. »Sprechakte«, sagte Falk nachdenklich. »Schon mal gehört?«

»Nein. Was soll das sein?«

»Offenbar gibt es eine Theorie darüber. Die Theorie der Sprechakte. Kennst du jemanden, der Philosophie studiert?«

»Nein. Doch einen, wie heißt er? War letzte Woche auch im Frontkino, mit der gestrickten Wollmütze.«

Es war ein Abend im September. Überraschend waren die Temperaturen noch einmal auf dreißig Grad geklettert, und trotz des offenen Fensters staute sich die Hitze im Zimmer. Ana hatte sich in eine neue Liebschaft gestürzt und würde nächstes Wochenende darüber klagen, dass Raul, ein Jazzmusiker ohne festes Engagement, sie außerhalb des Bettes wie Luft behandelte. Aber *im* Bett …

»Frag ihn«, murmelte Falk.

Maria bekam Hunger und faltete die Zeitung zusammen. Körnerfresser-Postille, sagte ihr Freund dazu. Sein neues Stück drehte sich um den Spitzelapparat der DDR, an der Wand hingen Zettel mit Skizzen und Textfragmenten, aber er fand keinen Einstieg, weil das alte Stück ihn blockierte, und Maria staunte, dass er in seinem Arbeitseifer so preußisch war. Immer eins nach dem anderen. In zwei Wochen sollten die Proben weitergehen.

»Ich will keine Dramaturgie«, sagte er, ohne zu verraten, über welchen der beiden Texte er sprach, »sondern den Leuten eins vorkotzen. Es ist egal, wer spricht, weil es sowieso keine Figuren sind, sondern Zustände. Verstehst du, ich will nicht den Hauch einer Erklärung bieten.«

»Sondern Sprechakte.« Am Nachmittag hatte sie in der Staatsbibliothek ein paar Artikel über die Guillaume-Affäre kopiert und in einem Ordner abgeheftet. Jetzt beschloss sie, kalt zu duschen, stand vom Bett auf und zog ihre Bluse aus. Falks Blick bohrte sich in seine Notizblätter.

»Die Zustände analysieren, Konsequenzen ziehen und *die* auf die Bühne stellen. Wer's nicht versteht, kann mich mal.«

»Warum brauchst du dazu eine Theorie?«, fragte Maria.

»Wirst du ihn nun fragen? Die Mütze.«

»Dietmar«, sagte sie. »Dietmar Jacobs. Wenn du mir sagst, was du wissen willst.«

»Frag ihn aus. Was hat es mit den Sprechakten auf sich? Sind sie so was wie die kleinste Einheit, in die man ein Stück zerlegen kann? Das, was übrig bleibt, wenn die Handlung wegfällt. Und hast du schon gegessen heute? Du wirst immer …« Er machte eine Bewegung mit der Hand, als gehe ihn das eigentlich nichts an.

»Zum Mittagessen hatte ich so ein türkisches Teigding mit Spinat.«

»Börek.«

»Börek«, sagte sie und musste lachen. Über das Wort und wie sie halbnackt im Zimmer stand, als wollte sie sich ihm anbieten.

»Soll ich losgehen und was kaufen?«, fragte er. »Ich hab auch noch nicht viel gegessen.«

»Hast du Geld?«

»Für eine Pizza reicht es.«

Mit den Augen suchte sie das Regal an der Wand nach einem frischen Handtuch ab und nickte. »Manchmal glaube ich, die Suche nach einer Theorie behindert dich eher, als dass sie dir hilft. Frag dich nicht, was Sprechakte sind, lass einfach raus, was die Figuren sagen wollen.«

»Eben keine Figuren, das ist der Punkt.«

»Warum eine Theorie, wieso nicht Wut, Emotion, irgendwas, das von dir kommt?« Seit ihr Deutsch besser wurde, machte es ihr Spaß, ihm Kontra zu geben. Was im Übrigen die einzige Möglichkeit war, seine Aufmerksamkeit zu gewinnen. »Wenn du keine Erklärung *im* Stück willst, brauchst du auch keine Rechtfertigung *für* das Stück. Oder?«

»Wahrscheinlich hast du recht«, sagte er, das hieß so viel wie ›Genug davon‹. Als er die Wohnung verließ, ging Maria ins Bad, wo ein schmieriger Film aus Öl und Staub die Kacheln unter der aufgebockten Wanne bedeckte. Nachdem Inka es versäumt hatte, ihren Sohn rechtzeitig für die Schule anzumelden, waren im Juni zwei Vertreter des Jugendamts erschienen, hatten die Wohnräume inspiziert und schwere hygienische Mängel festgestellt. Je länger Maria hier lebte, desto weniger verstand sie, was Falk in der WG hielt. Niemand schien zu wissen, dass er Stücke schrieb, weil zwar alle ihr Zusammenstehen gegen die Welt der Spießer beschworen, sich im Grunde aber nicht dafür interessierten, was die Mitbewohner trieben. Weil der Name in beinahe jedem Gespräch fiel, hatte sie ein Exemplar von A. S. Neills *Theorie und Praxis der antiautoritären Erziehung* durchgeblättert und es interessanter als erwartet gefunden, aber Benny wurde ihrer Ansicht nach nicht antiautoritär erzogen, sondern sich selbst überlassen. Neulich hatte eine Gans im Hof ihn ins Gesicht gepickt, knapp unter dem linken Auge, und Falk behauptete zwar, sie sei verrückt, aber sie war sicher, dass das Tier den Jungen davon hatte abhalten wollen, sein Futter zu stehlen. Ständig kamen Drogen ins Haus, und neulich hatte eine Handvoll Leute die halbe Nacht in der Küche gehockt und wie besessen auf Töpfe und Pfannen geschlagen. Dazu meinte Falk nur, sie kiffe schließlich auch gelegentlich. Für ihn war die WG eine Ersatzfamilie, die er gegen alle Vorwürfe in Schutz nahm, während er über seine richtige Familie nicht sprach und von ihrer nichts wissen wollte. Vor ein paar Tagen hatte er gefragt, ob sie für ihn in den Osten fahren könne, um Leuten an der Volksbühne, die er von früher kannte, ein Manuskript zu bringen. Seiner Meinung nach fand das interessanteste Theater jenseits der Mauer statt, aber als Republikflüchtling konnte er die Grenze nicht überqueren. Als er mit einem Pizzakarton in der Hand zurückkam, lag Maria auf dem Bett, trug einen frischen Slip und das T-Shirt, in dem sie nachts schlief. Sie sah ihm zu, wie er seine Schuhe in die Zimmerecke kickte und neben ihr Platz nahm. Den Karton stellte er auf dem Boden ab.

»Hast du schon mal daran gedacht, wegzufahren?«, fragte sie. »Mit mir, meine ich. Nur für ein paar Tage.« In diesem Jahr hatte sie keinen einzigen Tag am Strand verbracht und war, von den Unterarmen abgesehen, bleich wie Mehl.

»Nein.«

»Hast du nicht oder willst du nicht?«

»Mir fehlt es an Geld, einem Pass und der nötigen Lust.«

»Du könntest jobben wie ich und einen Pass beantragen. Wie kann man keine Lust haben, mal rauszukommen aus der Stadt?« Sie beugte sich über die Bettkante und nahm ein Stück Pizza. Falk zog eine kleine Flasche Rotwein und zwei Dosen Bier aus den Seitentaschen seiner Hose. Im Liegen warf sie ihm einen Blick zu, aber er konzentrierte sich auf das Öffnen der Weinflasche. Seit der Demo im Dezember letzten Jahres war er vorbestraft und täte gut daran, vorsichtiger zu sein, aber sie konnte nicht alles auf einmal ändern. Sie ging bereits für ihn in die Bibliothek, damit er keine Bücher klaute. »Ich will nicht, dass du …«, begann sie halbherzig.

»Doch, willst du. Du findest es romantisch.«

»Tue ich nicht. Warum Bier?«

»Wolle wird vorbeikommen, um sich die Wand anzusehen.«

»Welche Wand?«, fragte sie, obwohl sie ahnte, was er meinte. Von allen WG-Bewohnern war Wolle der verschlossenste und zugleich der technisch versierteste. Aus Blumentöpfen hatte er einen Abzug für den Küchenofen gebaut und stand im Ruf, von jeder Strom- und Wasserleitung im Haus zu wissen, wo sie verlief. Wände zu durchbrechen, war eine Art Sport in der Wohngemeinschaft, es wurde ständig darüber diskutiert, wie der Schnitt der Zimmer verändert werden könne, und das Ritual sah vor, dass Wolle jede Wand untersuchte – manche sagten: befragte –, bevor sie eingerissen wurde.

»Es ist Verschwendung«, sagte Falk kauend, »dein Zimmer nicht zu nutzen. Wenn wir die Wand einreißen, haben wir mehr Platz.«

»Den hätten wir auch in einer eigenen Wohnung.«

Statt zu antworten, hielt er ihr die Flasche hin, und weil sie Lust auf Wein hatte, griff sie zu und trank. Er hatte die Steine aus dem Zimmer geschafft, hielt sich von den meisten Demonstrationen fern und benutzte neuerdings ein Deo. Sicherlich geklaut, aber immerhin. Fünf Minuten später ging die Tür auf, und Wolle kam ohne ein Wort herein. Der Geruch, der seinem Vollbart entströmte, erinnerte Maria an das Aroma unter dem Gipsverband, den sie nach einem Armbruch hatte tragen müssen. Falk reichte ihm ein Bier, sie zog sich rasch eine Hose an. »Das ist die Wand«, sagte er und schob mit dem Fuß die Matratze zur Seite. »Was meinst du? Ginge es?«

Eine Minute lang geschah nichts, außer dass Falk die Bierdose noch einmal aus Wolles Hand nahm, sie öffnete und ihm zurückreichte, so wie man einem Demenz-Patienten den Löffel in die Finger legt. Etwas anderes als Bier trank Wolle nicht, jedenfalls nicht vor Zeugen. In seinem Zimmer stand angeblich ein Terrarium mit einem Dutzend Frösche, und für einen kurzen Moment glaubte Maria, er trage einen davon in den Taschen seines Blaumanns herum. Es war aber nur die freie Hand, die sich darin bewegte, bevor er ein Stück Kreide hervorzog und sich damit vor die Wand stellte. Er horchte, verharrte und horchte erneut. Dann klopfte er, zog Striche und trank von seinem Bier. Das Muster, das auf der Wand entstand, sah aus, als hätte ein Kind einen Stadtplan abgemalt. Schließlich steckte er die Kreide wieder ein und sagte: »Schwierig. Radialtektonik.«

»Aber theoretisch möglich?«, fragte Falk.

Wolle nahm das zweite Bier, trat noch einmal nach vorne und zog einen senkrechten Strich in der Mitte der Wand. »Nur links«, sagte er.

»Alles klar, vielen Dank. Den Rest lassen wir einfach stehen. Als Raumteiler.«

Nie zuvor hatte sie ihren Freund einen anderen Menschen mit solcher Höflichkeit behandeln sehen. Nachdem Wolle gegangen war, stand er eine Weile vor der Wand und schien angestrengt nachzudenken. »Was ist Radialtektonik?«, fragte Maria.

»Was?«

»Radialtektonik hat er gesagt. Was soll das sein?«

»Wolle hat ein Ding mit Wänden.«

»Ein Ding mit Wänden«, wiederholte sie kopfschüttelnd. »Manchmal habe ich das Gefühl, dass ihr alle ein Stück spielt, um mich zu verarschen. Für mich ist er ein Penner, der –«

»Du bist arrogant«, sagte Falk. »Außerdem hast du die ganze Pizza allein gegessen. Ich dachte, es wäre eine gute Idee, ein größeres Zimmer zu haben.«

»Wein ist noch da.« Sie gab ihm die Flasche. »Was ist Radialtektonik?«

»Er meint, es ist schwierig, weil eine Wasserleitung durch die Wand verläuft. Es ist eine tragende Wand, aber auf Wolle kann man sich verlassen.« Er trank die Weinflasche aus, zog die Matratze an ihren alten Platz und legte sich hin.

»Ich will, dass du mir mehr erzählst«, sagte sie. »Wieso die WG für dich so wichtig ist. Woher du Leute an der Volksbühne kennst. Wie du hierhergekommen bist. Alles.«

»Was hat das mit meinen Stücken zu tun?«

»Gute Frage. Das will ich auch wissen.«

»Ich hab dir gesagt, ich will kein Beziehungsgedöns. Es langweilt mich.«

Maria zog ihre Hose wieder aus und ging zur Matratze. Neulich hatte sie zu Ana gesagt: Ich mag keine undurchsichtigen Männer, ich stehe bloß auf sie. Jetzt kniete sie neben ihm und sah ihm in die Augen. »Du bist zu blind, um dein Glück selbst zu finden. Also muss ich dich zwingen. Sag mir, was du fühlst.«

»Ich hab Hunger.«

»Für mich!«

»Für dich ist es eine Phase.« Er strich eine Strähne aus ihrem Gesicht. Eine der seltenen sanften Gesten, die ihr sagten, dass er mehr für sie empfand, als er verriet. »Es ist neu, es prickelt. Ich lebe seit hundert Jahren so.«

»Weißt du, was ich glaube? Du hast Angst, dich in mich zu verlieben.«

Reglos lag er unter ihr und strahlte die Selbstsicherheit eines Mannes aus, der sich keine Mühe geben musste, attraktiv zu erscheinen. Den fusseligen Bart trug er, weil die Haare einwuchsen und sich unter der Haut entzündeten, wenn er sich rasierte, jedenfalls behauptete er das. Unbeirrt legte sie eine Hand auf seine Brust. »Ich bin das Beste, was dir passieren konnte.«

»Weil du Arsch und Titten hast?«

»Immer, wenn du es ernst meinst, wirst du grob.«

Lachend schlug er ihr auf den Schenkel. »Okay, ich bin verliebt in dich. Zufrieden? Spielt aber keine Rolle. Ich mache trotzdem mein Ding.«

Sie ließ nicht zu, dass er sich abwendete, sondern setzte sich rittlings auf ihn und lockerte seinen Gürtel. Zum ersten Mal im Leben war sie gestern in die Apotheke gegangen und hatte mit schamroten Wangen Kondome verlangt. Den richtigen Weg erkannte man an den Widerständen, auf die man stieß. Mit Falk würde es nicht langweilig werden, das stand fest, nur anders, als sie sich die Beziehung mit einem Mann vorgestellt hatte. Na und? Sie erfanden das Ganze einfach neu. Das mochte ein romantischer Spleen sein, vielleicht sogar Selbstbetrug, aber es war ihr egal.

5 Schweigend starrt Maria in die glasige Luft über dem Tal. Der Anblick erinnert sie an die Serra da Estrela, an die bläuliche Leere über endlos dahinrollenden Hügeln, auf die man aus dem Haus ihrer Eltern schaut. In wenigen Tagen werden sie dort erwartet, und sie fragt sich, ob Artur und Lurdes je so gestritten haben wie Hartmut und sie gerade. Unterschiedlicher als ihre Eltern könnten zwei Menschen kaum sein. Lurdes wurde in einem katholischen Kinderheim von Nonnen erzogen und ist bis heute kreuzfromm, Artur soll als junger Mann aufbrausend gewesen sein und gelegentlich zu viel getrunken haben, aber an einen Streit zu Hause kann Maria sich nicht erinnern. Ihr Vater ist ein verschlossener Mensch, der früher höchstens bei Übertragungen der Portugal-Rundfahrt laut wurde, und auch das liegt lange zurück. Zur großen Zeit von Joaquim Agostinho hatte immer ein altes Transistorradio in der Küche gestanden, und Artur hatte vor Begeisterung Essig und Öl verwechselt. Jetzt sitzt sie neben ihrem Mann vor einer oberhessischen Waldhütte und findet es irgendwie tröstlich, an zu Hause zu denken. Biertische und Bänke stapeln sich neben dem Eingang, und der Schotter auf dem Platz sieht aus, als wäre er kürzlich geharkt worden. Antónios Tod mag dazu beigetragen haben, dass Artur mit den Jahren stiller und ihre Mutter immer überspannter wurde, obwohl sie behauptet, von den depressiven Schüben geheilt zu sein, seit sie in der Serra lebt. Als Hartmut Luft holt, um das Schweigen zu beenden,

schüttelt Maria entschieden den Kopf, tritt die Zigarette aus und sagt: »Ich zuerst.«

»Okay.«

»Nie wieder. Brüll mich nie wieder so an. Ich meine es ernst. Noch ein einziges Mal, und ich bin weg für immer.« Sofort zieht sie die nächste Zigarette aus der Schachtel und denkt, dass sie in dieser Verfassung überhaupt nicht nach Rapa fahren können.

»Es tut mir leid, Maria.«

»Mach's dir nicht zu leicht.« Sie will weder Entschuldigungen noch Erklärungen hören, schon gar keine kleinlaute Beteuerung, dass dergleichen nie wieder vorkommen wird. Er hätte sie beide fast umgebracht und soll den Mund halten!

»Ich weiß nicht, was ich sagen soll«, sagt er.

»Dann lass es. Sag nichts.«

»Außerdem weiß ich nicht, wie wir durch diesen Tag kommen wollen.«

Bis zur Trauung bleibt ihnen eine Dreiviertelstunde. In dem Hotel, wo anschließend gefeiert werden soll, ist ein Doppelzimmer für sie reserviert, wahrscheinlich mit einem weichen Bett und zu schweren Decken. Solchen, unter denen sie früher im Haus seiner Eltern wach gelegen und auf das kitschige Bild von Jesus mit Lamm im Arm geschaut hat. Es mag bedauerlich sein, dass ihr seine Familie immer fremd geblieben ist; ändern lässt es sich nicht, und im Übrigen nervt es sie, das bei jedem Besuch aufs Neue denken zu müssen, weil sie dazu erzogen wurde, die Schuld bei sich zu suchen. Sobald sie damit beginnt, kommt alles wie von selbst zurück, und dann braucht sie gar nicht zu suchen, es ist offensichtlich genug.

»Hast du schon mal bereut, mich geheiratet zu haben?«, fragt er, als ahnte er den Gang ihrer Gedanken. »Jetzt oder früher.«

»Ich weiß, was du hören willst. Wie schlimm es *nicht* war, aber das …«

»Ich weiß, dass ich mich wie ein Idiot benommen habe.«

»Wie ein Idiot benimmt sich jeder mal. Du warst ein außer Kontrolle geratener Irrer! Zum ersten Mal im Leben hatte ich

Angst vor dir. Auf der Gegenfahrbahn! Was zum Teufel ist mit dir los? Bist du krank?« Was er erwidern will, wehrt sie mit einer herrischen Handbewegung ab. Asche löst sich von der Zigarettenspitze, landet auf ihrem Kleid und hinterlässt einen grauen Fleck. »Es ist Unsinn, jetzt reden zu wollen. Es gibt nichts zu sagen. Also lass es. Bitte!«

»Ich hab es nie bereut«, sagt er. »Keine einzige Minute, keine Sekunde. Nie.«

»Und – soll ich mich jetzt gut fühlen? Wenn du's nicht aushältst, dann warte im Auto auf mich.« Maria greift nach ihrer Handtasche und beginnt darin zu wühlen. Je länger sie reden, desto bedrängender empfindet sie den Wunsch ihres Mannes nach Versöhnung. Verzeih mir, fleht er und ist sich seiner Schuld so bewusst, dass jede Anklage überflüssig wird. Sie will einfach den Tag hinter sich bringen, sonst nichts, aber ohne Betäubung wird sie das kaum schaffen. Endlich ertasten ihre Finger das Metallschächtelchen, nach dem sie gesucht hat.

»Erinnerst du dich an unser Gespräch vor ein paar Wochen?«, fragt sie und bemerkt den veränderten Klang ihrer Stimme. Das Wissen, dass es ein Mittel gibt, lässt sie augenblicklich ruhiger werden. »Als Philippa mit ihren Freunden in Amsterdam war? Über Pfingsten.«

»Ich weiß, dass sie in Amsterdam war. Welches Gespräch?«

»Darüber, ob sie Drogen nimmt oder schon mal genommen hat.«

»Okay.«

»Dass wir in dieser Hinsicht wenig wissen über sie. Vielleicht genauso wenig, wie unsere Eltern über uns wussten.« Es war ein Gespräch an einem der besseren Abende, die sie in Berlin miteinander verbracht haben. Nach einem Kinobesuch, bei einer Flasche Wein, die Hartmut das Geständnis entlockte, dass die neuen Umstände auch ihr Gutes hätten. »Erinnerst du dich?«

»Du hast gesagt: Und wenn schon, wir haben alle schon mal einen Joint geraucht. Richtig?«

»Und du hast gesagt, du nicht.«

»Ich nicht. Nein. Wie kommst du darauf?«

»Daraufhin hab ich gesagt, dass das eigentlich nicht geht, wenn man dein Alter bedenkt und aus welcher Generation du kommst. Keinen einzigen Joint, ich fand das merkwürdig. Du kannst dich dagegen wehren, aber irgendwie bist du trotzdem ein Achtundsechziger.«

»Nicht in den Augen der Achtundsechziger«, erwidert er. »Und in meinen auch nicht. Ich –«

Wieder fährt sie mit der Hand dazwischen. Dass er darauf besteht, für seine linken Altersgenossen ein ›Scheißliberaler‹ gewesen zu sein, ist ihr aus früheren Gesprächen bekannt und in diesem Moment völlig egal. »Eigentlich dachte ich, wir machen das morgen in Bonn«, sagt sie, wirft die Zigarette auf den Boden und tritt sie aus. »Setzen uns auf die Terrasse und feiern den Beginn unseres Urlaubs. Deine verspätete … wie nennt man das? … Initiation.«

»In was?«

Es war ein spontaner Gedanke, der ihr gestern durch den Kopf gegangen ist. Dass Hartmut seit dem Umzug mehr trinkt, ist offensichtlich, aber dass es ihn ausgeglichener macht, lässt sich nicht behaupten. Er selbst gibt zu, dass es ihm schwerfalle, nach der Arbeit abzuschalten und den Unistress hinter sich zu lassen. Beim Packen der Koffer dachte sie daran, wie sie mit Ana in Berlin und mit Pilar in Bonn gelegentlich Gras geraucht hatte, um dem Tag seine Härte zu nehmen. Ein sporadischer und therapeutischer Gebrauch, der auch ihrem Mann helfen würde. Es ist einen Versuch wert, hat sie gedacht und das Schächtelchen mit dem gerollten Kegel eingesteckt, das sie jetzt aus der Handtasche zieht.

»Wo hast du das her?«, fragt Hartmut.

»Du kannst mitrauchen oder es bleiben lassen. Wie du willst.«

»Wir müssen zu der Hochzeit. Ob wir wollen oder nicht.«

»Von wollen kann keine Rede sein. Das hier ist die einzige

Möglichkeit, für mich jedenfalls. Du hast wahrscheinlich vor, später ordentlich zu trinken.«

»Seit wann rauchst du … solche Sachen?«

Sie wirft ihm einen Blick zu, der weitere Fragen unterbindet, zündet den Joint an, nimmt einen tiefen Zug und hält ihn ihrem Mann hin. Darin verarbeitet ist der letzte Rest des Marihuanas, mit dem Peter sie am Tag des Umzugs überrascht hat. Ein Begrüßungsgeschenk, für Anfänger eigentlich zu stark, aber die Situation verlangt besondere Maßnahmen, das scheint auch Hartmut zu verstehen. Statt sich weiter zu zieren, steckt er den Joint in den Mund und zieht daran, als würde er Joghurt durch einen Strohhalm trinken. Seine Augen weiten sich, er muss einen Hustenanfall unterdrücken und atmet schnell wieder aus. Maria schüttelt den Kopf. »Noch mal.«

»Machst du das oft in Berlin? Mit deinen Theaterleuten.«

»Versuch, ihn länger drinzubehalten und an was Schönes zu denken.«

»Sonst komme ich auf einen schlechten Trip?«

»Es ist Gras, Hartmut. Versuch, dich zu entspannen. Den schlechten Trip hatten wir gerade.«

Er tut, was sie sagt. Als sie selbst den nächsten Zug nimmt, beginnt sich ihr Körper wie ein verkrampfter Muskel zu lockern. Der strenge Polizist, der den Verkehr ihrer Gedanken regelt, zieht die Uniform aus und lässt es fließen. »Ziemlich stark«, flüstert sie. Sommerliche Winde rauschen in den Bäumen und streichen über ihre Haut. Außer Knäckebrot zum Frühstück und einem Stück Kuchen im Speisewagen hat sie nichts gegessen, jetzt entspannt sie sich und denkt an Philippas SMS von heute Morgen. Papa ist komisch drauf, stand darin, ohne nähere Ausführungen, worauf sich die Einschätzung stützte. Gegen ihren Willen – wenn auch nicht ohne ihr Zutun – ist Philippa schon als Kind das Barometer der Familie gewesen, das atmosphärische Störungen zu Hause erspürte, bevor es zu donnern begann. Seit sie studiert, werden die Meldungen seltener. Regelt euren Scheiß allein, sagt sie, wenn sie sich von ihren Eltern als Vermittlerin missbraucht fühlt. Als Maria sie von unterwegs anrufen wollte, war das Telefon ausgeschaltet, danach hat sie die SMS wieder vergessen, die möglicherweise als Unwetterwarnung gedacht war.

Ein paarmal noch lassen sie den Joint hin- und hergehen. Wenn ihr Mann daran zieht, macht er ein entschlossenes Gesicht, als leiste er Abbitte für seine Verfehlung. Marias Gedanken beginnen zu schweifen. Wie jedes Mal, wenn sie am Fenster ihres Büros steht und über den Koppenplatz blickt, glaubt sie auch jetzt, dass es nur einer Winzigkeit bedürfte, um das Versprechen einzulösen, das mit dem Umzug nach Berlin verbunden war. Allerdings ist schwer zu sagen, worin die Winzigkeit besteht. Eine halbe Stunde braucht sie für die morgendliche S-Bahn-Fahrt von Pankow nach Mitte und den kurzen Gang an Galerien und Cafés vorbei. Das Theater befindet sich in einem roten Klinkerbau in der Auguststraße, der bis zur Wiedervereinigung als Umspannwerk gedient hat. Statt danach wie geplant zum Eventzentrum ausgebaut zu werden, drohte das Gebäude zur Bauruine zu verkommen, als sich der Denkmalschutz einmischte und die Investoren absprangen. Berliner Theaterwerk, kurz BT, heißt das Haus, seit Falk es vor acht Jahren übernommen hat, obwohl es als Spielstätte nur bedingt geeignet ist. Dass der Saal weder über einen Bühnenturm noch über eine ausreichend große Hinterbühne verfügt, sorgt bei jeder Inszenierung für Probleme bei den Auf- und Abgängen. Als auch die finanziellen Spielräume enger wurden, ist Marias Vorgängerin zu einer Marketingagentur gewechselt und wird von Falk nur noch die fahnenflüchtige Schlampe genannt. Trotzdem hat er ihren neuen Arbeitgeber im Frühjahr damit beauftragt, herauszufinden, mit welchen Mitteln der schwindsüchtige Etat des Hauses aufgestockt werden könnte. *Vorwärts ohne Förderung – Neue Geschäftsmodelle für das moderne Theater* hieß das zwanzigseitige Papier, das zwei Monate später in der Post lag. Die Sommerpause rückte näher, Dinge mussten entschieden werden, und soweit sie die kommende Spielzeit betrafen, sehr bald. Über zusätzliche

Einnahmequellen wurde im Haus seit Jahren diskutiert, aber zurzeit lebte das BT von der Konzeptförderung des Senats, die im kommenden Jahr auslaufen würde. Die Evaluierung für eine mögliche Verlängerung stand vor dem Abschluss, der Bescheid sollte in Kürze eintreffen, und während die Fußball-Weltmeisterschaft im eigenen Land die Nachrichten beherrschte, zitterte man am Theaterwerk einer anderen Entscheidung entgegen.

Ihre ersten zehn Monate in Berlin waren wie im Flug vergangen.

An einem Donnerstagmorgen um zwanzig nach neun saß Maria im Büro und gewann den Eindruck, dass die Autoren der Studie nicht das spezifische Profil des BT, sondern die Situation freier Bühnen überhaupt im Kopf gehabt hatten. Ein Theater, das sich allein auf den Ticketverkauf konzentriere, drohe seine eigentliche Mission zu verlieren, hieß es einleitend, denn das Ticket ziehe eine Grenze zwischen Kunstschaffenden auf der einen und Konsumenten auf der anderen Seite. Besser sei ein sogenanntes *Membership*-Modell, das zusätzliche Beteiligungsanreize bieten könne, wenn bei häufiger Nutzung des Angebots Rabatte gewährt würden. Kurz sah Maria vom Text auf, nippte an ihrem Espresso und formulierte in Gedanken die Pointe, die sie Falk in zehn Minuten vortragen würde: Den vollen Beitrag entrichtet nur, wer nicht nutzt, wofür er zahlt.

Wie clever, würde ihm dazu einfallen.

Den gesamten Flur entlang standen die Türen offen, Telefone klingelten, und um zwei Minuten vor halb zehn näherten sich Alexandra Kramers energische Schritte. Wie immer fragte sie erst, ob sie eintreten dürfe, nachdem sie es getan und durch ihren Gesichtsausdruck angedeutet hatte, dass niemand den Ernst der Lage besser kannte als sie. »Was gibt's?«, fragte Maria und klappte die Studie zu.

»Wir müssen gleich rüber. Zieh dich warm an.«

»Ist er überhaupt schon da?«

»Seit sieben Uhr tut er so, als wäre er's nicht.« Mit verschränkten Armen blieb Alex im Zimmer stehen. Hinter den

Gläsern ihrer für Männer gedachten Brille fixierten die Augen das Chaos auf Marias Schreibtisch und entdeckten den Folder mit der Studie. »Steht was drin, was uns weiterhilft? Ich hab nichts gefunden.«

»Über ein paar Dinge könnte man reden. Videoaufzeichnungen und Livestreams von den Proben, Feedback im Internet für netzaffine Mitglieder. Für die anderen regelmäßige Einladungen zu Proben, Vorstellungen des Programms zu Beginn der Spielzeit und so weiter. Der Grundsatz lautet, wo ist es, hier: Künstlerisches Risiko sollte abgefedert werden durch eine starke Verbindung zum Publikum, nicht durch finanzielle Unabhängigkeit von ihm.«

»Wusste nicht, dass wir von finanzieller Unabhängigkeit bedroht sind. Mitglieder hast du gesagt – von was?«

»Uns, dem Theater, einem Förderverein oder Freundeskreis. Hauptsache sie gehören dazu, statt sich durch ein Ticket temporäres Besuchsrecht zu erkaufen.«

»Zweitausend Euro haben wir dafür bezahlt.« Alex schüttelte den Kopf, ihre geschürzten Lippen leuchteten wie reife Kirschen. »Dafür empfiehlt sie uns jetzt alles, worum sie sich nicht kümmern wollte, als sie noch hier gearbeitet hat. Es gibt einen Förderverein, ich glaube, er hat sogar noch lebende Mitglieder.«

»Einige Sätze klingen, als hätte sie es auf Falks Zustimmung abgesehen. Kunst darf nicht konsumiert werden und so weiter.«

»Unter uns: Auf ihn selbst hatte sie es abgesehen.«

»Verstehe«, sagte Maria. »Trotzdem, mir gefällt der Gedanke, dass Kunst nicht das Kunstwerk, sondern der Weg dahin ist. Ob jemand Geld dafür ausgeben will, weiß ich nicht, aber Falk hat immer noch Fans. Du liest die Post.«

»Ich lese die Post, das gehört zu meinem Job. Worüber klage ich eigentlich?«

»Hast du mit der Kulturverwaltung gesprochen?«

Alexandra rollte mit den Augen, weil nebenan ihr Telefon

klingelte. »Vor der Sommerpause passiert nichts mehr. Sieht so aus, als stünde die Sache auf der Kippe.«

»Dein Telefon klingelt.«

»Ich habe aufgehört zu rauchen.«

»Ich weiß. Tust du jede Woche.«

»Apropos jede Woche. Jahnke sitzt mir im Nacken. Er will einen Hinweis, welche der externen Gruppen wir am liebsten hätten. Außerdem hat er nach dir gefragt. Kennt ihr euch?«

»Ich lese seine Kritiken. Getroffen habe ich ihn nie.«

»Klang so, als würde er das gerne ändern.«

»Jahnke ist Presse, Presse machst du.« Nach zehn Monaten war sie im Haus keine Fremde mehr, aber der entschiedene Ton, den sie anschlug, fiel ihr manchmal selbst noch auf. Boris Jahnke hatte schon für den *Tagesspiegel* geschrieben, als sie an der FU studiert hatte, und galt als einer der wenigen Verehrer des Theaterwerks im Berliner Feuilleton.

Mit geschlossenen Augen atmete Alexandra den Tabakrauch in der Luft ein. Nebenan erstarb das Klingeln des Telefons und setzte wieder ein. »Melde dich bei ihm, er ist gut mit der Jury vernetzt, die über unsere Zukunft entscheidet.« Ohne eine Antwort abzuwarten, wendete sie sich zum Gehen. »Sag Falk, ich komme sofort.«

»Was soll ich mit Jahnke besprechen?«

»Kommt drauf an, was er wissen will. Sei vor allem freundlicher als zu mir.«

Seufzend packte Maria ihre Notizen zusammen und verließ das Büro. Um das geräumige Intendantenzimmer am Ende des Flurs zu beziehen, hatte Falk alles in die Waagschale werfen müssen, was 1998 von seinem Ruhm der Nachwendejahre noch übrig gewesen war. Neben dem Schreibtisch hing ein Bild, auf dem der damalige Kultursenator Peter Radunski und er nicht näher beieinanderstanden, als es der Handschlag erfordert hatte, mit dem sie den Coup besiegelten. Radunski blickte gönnerhaft in die Kamera, Falk fixierte seine ausgestreckte Hand, als gehörte sie nicht ihm. Das Foto hatte er samt dazugehörigem Artikel aus der BZ ausgerissen und mit gelbem Marker eine Zeile unterstrichen, die ›den einzigen vorbestraften Theaterchef der Stadt‹ im kulturellen Establishment willkommen hieß.

»Guten Morgen«, sagte sie und steuerte die Sitzecke vor dem Fenster an. »Du bist seit sieben Uhr hier, habe ich gehört. Kannst du nicht schlafen?« Wenn Falk früher als alle anderen erschien und sich im Büro verbarrikadierte, hieß das nichts Gutes, und meistens ahnte sie, worum es ging. Mit verschränkten Armen saß er hinterm Schreibtisch, dessen Platte bis auf ein paar Notizblätter und Stifte leer war. Gegen die stickige Luft im Zimmer kippte sie das Fenster.

»Wo ist Alex?«, fragte er mürrisch.

»Kommt sofort.« In gespielter Arglosigkeit schwenkte sie die Studie. »Geht es um das hier?«

»Das kann warten.«

»Okay. Was steht sonst an?«

»Henning«, sagte er. »Henning das Arschloch von Breythaus.«

Wie sie gedacht hatte. Sie legte die Unterlagen auf den Tisch und hörte durch die offene Tür, wie Alex ihr Büro verließ. Über die Jahre hatte sich Falk den Ruf erworben, junge Schauspieltalente in ihrer Entwicklung voranzubringen, und seit einiger Zeit galt Henning von Breythaus als der Star des Hauses. Ein bulliger Typ mit rotzig männlicher Ausstrahlung, dessen Auftritt in *Schlachthaus Europa* auch jene Kritiker überzeugt hatte, deren Reaktion auf das Stück verhalten bis feindselig ausgefallen war. »Hat er's dir endlich gesagt?«, fragte sie.

»Gestern.«

»Seitdem schläfst du schlecht?«

»Du klingst so vergnügt«, sagte Falk irritiert.

Statt Platz zu nehmen, trat sie ans Fenster. Schauspieler stellten ihre Fahrräder ab und betraten den flachen Anbau an der Stirnseite des Gebäudes, wo sich früher eine Wartungsstation befunden hatte, die heute als Probenraum diente. Ein wolkenloser Himmel wölbte sich über der Stadt. Letzten Sonntag war sie in einem Anfall von Nostalgie nach Dahlem gefahren und hatte festgestellt, dass eine der beiden Villen in der Riemeisterstraße heute als Residenz des portugiesischen Botschafters diente. Die andere beherbergte ein Behindertenwohnheim. Vor dem Umzug hatte sie sich darauf gefreut, an freien Tagen ihren alten Wegen zu folgen, aber jetzt fehlte die Zeit. Als Falks persönliche Referentin hatte sie kein festumrissenes Aufgabengebiet, sondern erledigte, was er erledigt haben wollte, am besten sofort. Oft blieb sie bis abends im Büro und schaute in der Kantine vorbei, bevor sie um zehn oder elf nach Pankow fuhr. In ihren früheren Kiez kam sie nur, wenn Peter sie zu seinem Lieblings-Italiener am Planufer einlud. Im selben Moment, als draußen Hennings athletische Gestalt durchs Tor ging, stürmte Alexandra ins Intendantenzimmer, entschuldigte sich für die Verspätung und ballte die Faust. »Es gibt gute Nachrichten!«, rief sie. »Richtig gute Nachrichten.«

»Kannst du dich bitte setzen«, sagte Falk.

»Wir haben eine Einladung nach Kopenhagen.«

»Kannst du dich bitte –«

»Nur eine Sekunde, sonst platze ich.« Alex war einen Meter achtzig groß, kräftig gebaut und nicht leicht zu stoppen. »Wie wir alle wissen, kriegt das Königliche Theater ein neues Schauspielhaus. Zur Eröffnung werden die wichtigsten Ensembles aus ganz Europa eingeladen. Ein internationales Festival, und als eine von drei deutschsprachigen Bühnen mit dabei – wir! Was sagt ihr jetzt?«

»Setz dich hin!«

Hilfesuchend blickte Alex sich um. »Spreche ich chinesisch? Ein großes internationales Festival. Die wichtigsten Ensembles aus –«

»Klingt toll«, sagte Maria und bedeutete ihr, die Sache für den Moment auf sich beruhen zu lassen. Falk stand vom Schreibtisch auf, stellte sich in die Mitte des Zimmers und nahm seine Intendantenpose ein. Zwar kaufte er die Hemden nicht mehr in Secondhand-Läden, aber er trug sie so lange, bis sie danach aussahen. Ein paar Sekunden wartete er, bevor er den Mund aufmachte. »Er meinte, du wüsstest Bescheid?«

»Er kam in mein Büro«, sagte Maria, »und hat mir von dem Filmangebot erzählt. Weil er Angst vor deiner Reaktion hatte, wollte er, dass ich es dir beibringe. Das habe ich abgelehnt.«

»Mit anderen Worten, du wusstest Bescheid.«

»Es ist seine Entscheidung, und ich wollte, dass er den Mut aufbringt, sie dir persönlich mitzuteilen. Vorher habe ich versucht, ihn umzustimmen. Ohne Erfolg. Er glaubt, das ist seine große Chance. Das Gespräch war vor drei Tagen.«

»Darf ich fragen, worum es geht?« Alexandras Blicke gingen zwischen ihnen hin und her.

»Um Henning«, sagte Maria. »Er hat –«

»Um Vertrauen«, sagte Falk.

Gespannte Stille senkte sich über den Raum. Im Hof wurde geklopft und gehämmert, Arbeiter reparierten die alte Lkw-Rampe, die in den Probenpausen als Raucherbalkon diente. »Was hätte ich ihm sagen sollen?«, fragte Maria und ärgerte sich über den kleinlauten Tonfall.

»Ich hab kein Problem mit dem, was du ihm gesagt hast, sondern mit dem, was du mir verschwiegen hast. Du hättest ihm sagen sollen: Sag es Falk selbst. Und mir hättest du sagen sollen, was du weißt. Ist das nicht offensichtlich? Warum muss ich dir das erklären? Du bist seit fast einem Jahr hier!«

»Es wäre unehrlich gewesen.«

»Das Arschloch geht sowieso!«, rief er.

Alex stand noch mal auf. »Wenn wir kuscheln, mache ich lieber die Tür zu.«

Fünf Minuten vergingen mit einem Vortrag über Loyalität und Verlässlichkeit, den sich Maria mit aufeinandergepressten Lippen anhörte. Am Anfang waren ihr viele Mitarbeiter des BT skeptisch begegnet, und nichts hatte die Skepsis so gut zu zerstreuen vermocht wie ihre Fähigkeit, die Launen des Chefs zu erkennen und seinen Zorn abzupuffern, bevor er sich entlud. Der Nachteil war, dass seither alle zu ihr kamen, die etwas von ihm wollten, und dass sie mehr von Falks Aggression abbekam, als ihr zugedacht war. Sie hatte beschlossen, das nach der Sommerpause zu ändern. Sobald seine Empörung an Schwung verlor, legte Maria die Notizblätter beiseite, die sie sich wie einen Schutzschild vor die Brust gehalten hatte, und fragte: »Darf ich jetzt auch was sagen?«

»Bitte, nur zu.«

»Statt unsere Arbeitszeit mit dämlichen Vorträgen zu verschwenden, könntest du darüber nachdenken, ob Hennings Entscheidung etwas mit deinem Verhalten zu tun hat.«

Er nickte, als hätte er viel zu lange auf Widerspruch warten müssen. Im Grunde war es nur eine Einsicht, die sie den Kollegen voraushatte: wie sehr Falk es genoss, sich zu streiten, und wie hoch man in seiner Achtung stieg, wenn man es mit ihm aufnahm. »Offenbar hast du dich mit der Frage schon befasst. Ich höre.«

»Henning geht, weil er an das Filmangebot glaubt und keine Lust mehr hat, sich andauernd von dir anschnauzen zu lassen.«

»Du meinst, er verträgt keine Kritik. Stimmt leider. Seine Klasse ist nicht daran gewöhnt.«

»Er ist allergisch gegen deinen Ton.«

»Na, dann sollte ich mich schleunigst ändern.« Falk löste die Verschränkung seiner Arme und trat an den Tisch. Als Chef des Hauses versuchte er mit Ironie auszugleichen, was ihm an Charme fehlte, das hatte Maria schon häufiger beobachtet. Dass die aktuelle Performance nicht für sie, sondern für Alex gedacht war, wusste sie sowieso. »Darf ich den Damen Kaffee bringen? Möchte jemand eine Fußmassage? Es soll nicht der Eindruck entstehen, es gehe in diesem Etablissement um etwas anderes als das Wohlbefinden der Mitarbeiter. Ich habe bereits veranlasst, dass im Probenraum ein Whirlpool installiert wird.«

»War noch was oder sind wir fertig?«, fragte sie. »Ich hätte noch einige Telefonate zu führen.«

»Wenn du willst, halte ich dir den Hörer.«

»Ich hab dich verstanden, Falk. Du mich vielleicht auch.«

»Ja, es war noch was.« Bis dahin hatte Alex der Auseinandersetzung schweigend zugehört. »Ich kann nicht glauben, dass ihr einfach darüber hinweggeht.«

»Wir sollen in Kopenhagen unseren Hit vorführen?«, fragte er. »Den Knaller der letzten Spielzeit?«

»Sie zahlen fünfzehntausend Euro. Plus Unterkunft, Flug und Tagegeld.«

»Leider zieht es der Hauptdarsteller vor, Filmstar zu werden.«

»Wir reden von nächstem Jahr. Nächstes Jahr im Sommer.«

»Worüber wir reden sollten, ist die kommende Spielzeit. Für die war das Stück eingeplant, was diesen blaublütigen Drecksack aber nicht interessiert.« Als wäre er in der Lage, mehrere Launen gleichzeitig zu haben, ballte Falk die Faust und verzog grinsend die Mundwinkel. »Alles hat er mir zu verdanken, wie man unter uns Regisseuren sagt. Alles!«

»Ich sag's noch mal: fünfzehntausend Euro, von der positiven Presse nicht zu reden. Wenn wir das mit der Einladung streuen, hat es vielleicht noch Einfluss auf die Evaluierung. Willst du dir das von Henning kaputtmachen lassen? Einen Ersatz müssen wir sowieso suchen.«

»Wann brauchen sie eine Antwort?«, fragte er.

»Vor der Sommerpause.«

»Was sagt meine meinungsstarke Referentin?«

»Das weißt du selbst.«

»Bloß ich alter Spielverderber sage: Erstens, mit der beschissenen Bühne, die Reinhard mir gebaut hat, fahre ich nicht nach Dänemark. Zweitens, ist euch klar, dass es uns im nächsten Sommer vielleicht nicht mehr gibt?«

»Bis zum Sommer schon«, sagte Alex. »Schlimmstenfalls fahren wir nach Kopenhagen, treten ein letztes Mal auf und springen alle zusammen von einem Kirchturm. Ich war schon mal da, es gibt einige.«

Falk sah auf die Uhr und nickte. Sprüche gefielen ihm am besten, wenn jemand sie riss, um ihm zu gefallen. »Ich muss los.«

»Ich sage in Kopenhagen zu?«

»Wir besprechen es im großen Kreis. Das mit der Bühne meine ich ernst. Nächste Woche Freitag.« Damit packte er seine Notizen zusammen und wendete sich zum Gehen.

»Da kann ich nicht«, sagte Maria. »Der Neffe meines Mannes heiratet.«

Falk hielt nur kurz inne. »Wen, dich? Andernfalls schafft er es auch ohne dein Beisein.«

»Ich hab mir vor zwei Monaten freigenommen. Diesen einen Tag. Den letzten Freitag vor den Ferien.«

»Nach hinten verschieben können wir also nicht.« Mit seinen ausgreifenden Schritten ging er zur Tür. »Tut mir leid, Sven ist nächste Woche nur am Freitag im Haus. Damit sind wir für heute fertig. Ich möchte noch einmal betonen, dass ihr zwei die besten Mitarbeiterinnen des Theaters seid. Die Zusammenarbeit mit euch ist eine Wonne, ich liebe euch und bitte darum, es allen anderen weiterzusagen. Freitagabend, sechs Uhr.« Als er schon im Flur war, rief er: »Lasst die Tür offen, ich hab keinen Schlüssel dabei.«

Alexandra lehnte sich im Sessel zurück und schloss die Augen. »Stille.«

Manchmal kam es Maria vor, als nutzte Falk die kleine Runde am Morgen, um sich für die anschließende Probe in Stimmung zu bringen. Eine Art emotionales Warm-up, getreu seinem Motto, dass Theaterarbeit vor allem eine Frage der richtigen Betriebstemperatur war. Dass er die besten Ergebnisse kurz vor dem Überkochen erzielte, machte ihn bei den Schauspielern nicht beliebt. Henning, der selbst gern großspurig auftrat, war beinahe vor ihr auf die Knie gefallen. Er wird mir den Kopf abreißen, hatte er gefleht, und sie war über ihre spontane Erwiderung selbst erschrocken: Dann soll es wohl so sein.

»Das muss ich von dir lernen«, sagte Alex. »Ihm Kontra zu geben, wenn er so aufdreht.«

»Lern es, und er wird dir aus der Hand fressen. Hast es ja gesehen.«

»War er schon immer so?«

Maria zuckte mit den Schultern und stand auf. Da sie nicht wusste, wie viel von ihren Gesprächen Falks Ohren erreichte, ging sie mit persönlichen Auskünften sparsam um. Auch wenn ihr Umgang es kaum erkennen ließ, galten Alex und er im Haus als Paar. »Konstruktive Kritik zu üben, war jedenfalls noch nie seine Stärke.«

»Ist es schlimm, wenn du die Hochzeit verpasst? Familien können nachtragend sein.«

»Ich verpasse den Polterabend.« Draußen eilte Falk über den Hof, begrüßte einen perplexen Arbeiter mit Handschlag und verschwand im Probenraum. »Schlimm wird es nächsten Freitag, wenn er seine Meinung zum Bühnenbild nicht ändert.«

»Ich weiß. Man kann ihm nicht vorwerfen, Konflikten aus dem Weg zu gehen.«

»Nein. Wege, die nicht in Konflikte führen, interessieren ihn gar nicht. Gehen wir beide später essen?«

»Seit ich nicht mehr rauche, habe ich zwei Kilo zugenommen.«

»Das war ein Nein?«, fragte Maria, bereits in der Tür.

»Ein Leider-Nein.«

Ihr eigenes Büro war ein Würfel von drei mal drei Metern. Billige Regale mit Aktenordnern und Büchern verdeckten die Seitenwände, in der Mitte stand ein Besucherstuhl, auf dem möglicherweise schon Mitarbeiter des Umspannwerks gesessen hatten. Ihr Beitrag zum Inventar beschränkte sich auf den Aschenbecher und das gerahmte Foto daneben: eine glückliche Kleinfamilie am Strand von Albufeira. Hartmut trug einen Dreitagebart, Philippa ihren türkisfarbenen Badeanzug und darunter Reste von Babyspeck. Durch das Blätterdach über dem Koppenplatz beobachtete Maria, wie Kinder ein paar Tauben hinterherjagten. Im Posteingang warteten die üblichen Anfragen: Firmen wollten das Haus für ihre Betriebsfeiern mieten, Schauspieler sollten auf privaten Geburtstagen Gedichte aufsagen und Neuköllner Deutschlehrer baten um dreißig Freikarten. Was genau ein Polterabend war, wusste sie nicht. Irgendeine deutsche Tradition, an der nicht teilnehmen zu müssen die letzte Hürde vor den Ferien etwas niedriger erscheinen ließ. Bloß anmerken lassen durfte sie sich das nicht, wenn sie am Abend mit ihrem Mann telefonierte …

»Maria?« Hartmuts Stimme holt sie in die Gegenwart zurück.

Als ob sie aus einem Nachmittagsschlaf erwachte und nicht wüsste, ob er zehn Minuten oder zwei Stunden gedauert hat, schaut sie sich um. Unverändert scheint die Sonne auf das Tal, ein lauer Wind streicht über die Baumkronen, und trotzdem fröstelt sie. Ihr Kopf fühlt sich schwer an. Gemeinsam haben sie den Joint geraucht und eine Weile geredet, aber davon sind ihr nur Bruchstücke in Erinnerung geblieben. Meinetwegen können wir in Verwirrung leben, hat Hartmut das gesagt? Benommen sitzt er neben ihr auf der Bank und schaut sie an. Entweder hat der Wind seine Haare zerzaust, oder sie war es. »Wie spät ist es?« Trocken klebt ihre Zunge am Gaumen. Ihre Hände liegen auf den Knien, als wöge jede fünf Kilo.

»Viertel nach drei«, sagt er. »Fast zu spät.«

»Wann beginnt die Trauung?«

»Um halb vier.«

»Lass uns hier sitzen bleiben.«

»Du weißt, dass das nicht geht.«

Ohne zu überlegen, nimmt sie sein Gesicht in beide Hände und küsst ihn. Könnte sie die Zeit zurückdrehen, würde sie in Marburg aus dem Zug steigen und als Erstes sagen, dass sie sich freue, ihn zu sehen. Was sie tatsächlich gesagt hat, weiß sie nicht mehr, aber jedenfalls nicht das. »Auf der Bundesstraße gab's einen schweren Unfall mit Vollsperrung«, flüstert sie. »Wir kamen nicht durch.«

Ein paarmal kneift Hartmut die Augen zusammen, bevor er aufsteht. Nur mit Mühe kann sie es ihm nachtun. Schönwetterwolken treiben über den Himmel, ihre Schatten gleiten am Boden entlang, und beide Bewegungen erscheinen ihr schneller, als sie sein sollten. Wie im Zeitraffer. »Kann man das Wasser trinken?«, fragt sie und zeigt auf den Brunnen. »Ich habe wahnsinnigen Durst.«

»Im Auto liegt eine Wasserflasche.«

Es ist ein kleines Rinnsal, das aus dem aufgerissenen Maul eines Rehs tröpfelt. Einige Sekunden vergehen, bis ihre Handflächen vollgelaufen sind und sie trinken kann. »Ich weiß noch, wie du bei unserem ersten Treffen erzählt hast, dass du aus einem Dorf kommst, in dem Hühner mit der Hand geschlachtet werden.« Mit den Fingerspitzen benetzt sie sich Stirn und Schläfen und findet es lustig, dass ihr Sätze über die Lippen kommen, die sie vorher nicht gedacht hat.

»Was?«

»Mit der Hand, das hast du gesagt. War es eine Lüge?« Über eine Entfernung von sieben oder acht Metern hinweg sehen sie einander an. »Es kam mir schon damals komisch vor. Du warst elegant angezogen und hast so verständnisvoll getan. Solche Männer kannte ich nicht. Na ja, einen.«

»Maria. Wir müssen es irgendwie schaffen –«

»Unsere Ehe zu retten, ja. Leichter gesagt als getan, aber ich bin dabei. Glaubst du, ich habe dich zwanzig Jahre lang ertragen, damit du es mit so einer Aktion beendest? Hab ich nicht.«

»Vorher müssen wir rechtzeitig zur Kirche kommen.«

»Du hättest nicht versuchen sollen, uns totzufahren. Jetzt muss ich mich umziehen.«

»Nach der Trauung kannst du dich umziehen, vor der Feier. Jetzt müssen wir uns beeilen.«

»Ich hab einen Fleck auf dem Kleid«, protestiert sie, aber Hartmut geht einfach los. Mit unsicheren Schritten folgt sie ihm auf einem Pfad, der durch dichtes Gehölz abwärts führt. Der Boden ist uneben, mehrmals kommt sie auf ihren hohen Absätzen ins Stolpern. Als sie den Parkplatz erreichen, stehen zwei weitere Wagen neben dem Passat mit Bonner Kennzeichen. Hartmuts dunkler Anzug hängt an einem Bügel bei der hinteren Tür. »Im Ernst«, sagt sie. »Es ist eine kirchliche Trauung, ich kann da nicht mit einem Tabakfleck auf dem Kleid antanzen.«

»Weniger rauchen.« Sein Ton klingt beinahe neckisch. Ist das der Mann, der vor einer halben Stunde auf der Gegenfahrbahn dahingerast ist und etwas von Enthemmung gebrüllt hat?

»Werde ich den ganzen Tag neben dir sitzen müssen? Glaube nicht, dass ich das schaffe.« Auf der Beifahrerseite bleibt sie stehen und wirft ihm einen Blick zu. Im offenen Schlag stehend, hat er bereits das Hemd gewechselt, bindet sich den Schlips und spricht mit einem optimistischen Kalkül, das ihr nicht gefällt.

»Wir sind mit dem hier noch nicht fertig, ist dir das klar? Bloß weil wir den Joint geraucht haben. Du hättest uns fast umgebracht!«

»Ich weiß, Maria, es –«

»Du krankes Arschloch. Nein, schau mich nicht so an, als hätte ich sie nicht mehr alle. *Du* hast sie nicht mehr alle. Auf der Gegenfahrbahn! Du hättest auch beinahe zwei Unbeteiligte totgefahren.«

»Mich zu beschimpfen, macht es nicht besser«, sagt er leise.

»Nein, aber es fühlt sich gut an.«

»Ich habe mich entschuldigt und werde das noch so oft tun wie –«

»Und *das* macht es besser?« Sie steigt ein und nutzt den kleinen Spiegel in der Sonnenblende, um sich einigermaßen herzurichten. Ihre Augen sehen rot und verheult aus, aber für mehr als einen raschen Lidstrich und ein bisschen Lippenstift reicht die Zeit nicht. Seinetwegen wird sie wie ein Zombie in der Kirche sitzen. Mit einer Packung Taschentücher in der Hand steigt Maria noch einmal aus, hockt sich hinter einen Busch und fühlt sich schon jetzt beobachtet. Als sie zurück zum Auto geht, wartet ihr Mann abfahrbereit hinter dem Steuer. »Weißt du inzwischen, wie die Braut heißt?«, fragt sie.

»Ich kann es mir nicht merken. Irgendwas mit K.«

»Dein Neffe heiratet, und du kennst den Namen der Braut nicht. Soll ich sie K nennen?« Die Uhr am Armaturenbrett zeigt fünfzehn Uhr siebenundzwanzig. Sie würde gerne aufhören, ihm Vorwürfe zu machen, aber ihr fallen immer neue ein, und wenn sie sie nicht ausspricht, wird sie daran ersticken. Sauer ist sie, auf ihn und seine Familie, derentwegen sie an dieser Scheißhochzeit teilnehmen muss. Der Joint hat sie nicht beruhigt, sondern lediglich ihre Selbstbeherrschung geschwächt, und wer weiß, welche Situationen das noch heraufbeschwören wird. Sie könnte Ruth doch mal sagen, dass es in diesem Leben nichts mehr wird mit der Freundschaft zwischen ihnen.

»Übrigens haben wir immer noch nicht gebucht.« Hartmut scheint die Gefahr neuerlicher Eskalation erkannt zu haben und will sie auf andere Gedanken bringen. »Bleibt es dabei, dass wir in der zweiten Woche an die Algarve fahren?«

»Es heißt ›der‹ Algarve. Jetzt halt den Mund und fahr los.«

Sie rollen den Waldweg hinab, der auf der Höhe der ersten Häuser zur ausgebauten Straße wird. Den Schlossberg lassen sie rechts liegen und biegen in ein Geflecht aus engen Gassen ein, das hier Oberstadt heißt. Glocken läuten. Von Fachwerkhäusern umgeben und in seiner Düsternis unverkennbar protestantisch, ragt der Kirchturm in die Höhe, auf dem Parkplatz davor stehen Autos mit farbigen Wimpeln und Luftballons an den Antennen. Kinder laufen zwischen Gruppen festlich gekleideter Menschen umher. Die am fröhlichsten aussehenden Gäste sind eigens aus Korea angereist.

Hartmut findet eine Parklücke und stellt den Wagen ab.

Regungslos starrt Maria auf das Taschentuch in ihren Händen. Auf dem Bild, das ihr bei jedem Wiedersehen durch den Kopf geht, hat Ruth die kleine Philippa im Arm, öffnet die Haustür und blickt ihrer Schwägerin aufmunternd entgegen. Zwanzig Jahre her und doch nicht vorbei. Als sie wieder aufschaut, winkt Hartmuts Schwester in ihre Richtung, und aus einem Kreis von Gleichaltrigen löst sich Philippa und kommt auf das Auto zu. Aus dem Spiegel sieht Maria ein bleiches Gesicht entgegen, in dessen Augen blankes Entsetzen steht.

»Wir schaffen das.« Hartmuts Hand nähert sich ihrem Oberschenkel.

»Wag es nicht, mich anzufassen«, sagt sie leise. »Das gilt für den ganzen Tag. Behalte deine Hände bei dir, sonst schreie ich.«

»Wir schaffen es, wenn wir uns beide Mühe geben.«

»Gib dir Mühe und behalte sie bei dir.« Beim Aussteigen rutscht das frankierte Kuvert mit ihrem Vertrag aus der Handtasche, und sie stopft es wieder hinein.

»Später ging's wohl nicht«, ruft Philippa auf Deutsch. Eine Hochzeit in der Provinz hält sie offenbar für keinen Anlass, der nach besonderer Aufmachung verlangt, jedenfalls trägt sie zur Jeans eine eher legere Bluse und deutet kopfschüttelnd auf die Uhr, bevor sie ihre Mutter umarmt und die Sprache wechselt. »Olá, alles gut? Warum seid ihr so spät?«

»Alles gut. Der Zug hatte Verspätung. Wann bist du angekommen?«

»Gestern Nachmittag.«

Hartmut geht voraus, Maria bleibt mit ihrer Tochter beim Auto zurück und atmet tief durch. Vor dem Eingangsportal posieren Menschen für Erinnerungsfotos, im fliegenden Wechsel und fröhlich lachend. Die Kirchenglocken werden leiser. »Wie geht's dir?«, fragt sie und streicht ihrer Tochter über die Wange. »Hättest du nicht was anderes anziehen können?«

»Danke, gut«, lautet die Antwort. Die mädchenhafte Figur lässt Philippa nicht nur jünger, sondern auch fragiler erscheinen, als sie ist. Dass sie die Haare neuerdings kurz trägt, lässt die Gesichtszüge deutlicher hervortreten und verstärkt die Ähnlichkeit mit ihrem Vater.

»Wie läuft es in Hamburg?«

»Super, ich freue mich auf die Ferien. Auf Schweden.«

»Wann kommst du mich besuchen? Ich bin seit fast einem Jahr in Berlin.«

»Im Oktober, wenn es dir passt. Bevor das neue Semester beginnt.«

Maria nickt und findet es wohltuend, Portugiesisch zu sprechen. Als gebe es für den Notfall eine Enklave, in die sie sich zurückziehen kann. »Hat Ruth was gesagt?«

»Zu meinen Jeans?«

»Dass ich gestern nicht da war.«

»Hauptsache, du bist heute dabei.« Philippas Gesten sind ein wenig burschikos, Parfüm hat sie nie benutzt, und als einziges Schmuckstück trägt sie ein von der portugiesischen Oma geschenktes Silberkettchen. Dass sie lesbisch ist, erkennt man nicht auf den ersten Blick, aber wenn man es weiß, denkt man, dass es passt. Die Reise nach Schweden wird sie mit einer Spanierin aus Galicien unternehmen, ihrer ersten festen Freundin, deren Name Maria entfallen ist. Offenbar sind heute alle Namen weg.

»Apropos dabei sein«, sagt sie. »Wie heißt die Braut noch mal?«

»Was?«

»Der Name der Braut. Dein Vater wusste nur, dass er mit K beginnt.« Sie sieht ihren Mann bei seinen Verwandten stehen, von wo er mit einer Hand zurück Richtung Auto deutet. Erst als Ruth noch einmal winkt, wird ihr bewusst, dass sie beim ersten Mal nicht zurückgegrüßt hat. Höchstens die Hälfte des Tages liegt hinter ihr, vielleicht erst ein Drittel.

»Sie heißt Mi Sun«, sagt Philippa streng.

»Mi Sun, alles klar, das kann ich mir merken. Schöner Name. Bedeutet er was?«

»Was ist los mit dir? Du siehst total fertig aus.«

»›Schatz, was ist los mit dir‹? So hat es angefangen. Nein, natürlich hat es schon früher … Frag mich nicht, okay. Tu so, als wäre alles wie immer. Wenn ich einen Schreikrampf bekomme, bring mich nach draußen und stopf mir was in den Mund.«

Darauf antwortet Philippa nicht. Vor dem Eingang der Kirche sammeln sich die Gäste. Ruths Mann klatscht in die Hände, dann begeben sich alle so schnell nach drinnen, dass Maria keine Zeit bleibt, die Verwandtschaft zu begrüßen. Als sie das dämmerige Kirchenschiff betritt, sitzt Hartmut bereits in der zweiten Reihe und gibt ihr ein Zeichen. Rechts sitzen die Koreaner. Lebensgroß und leidend hängt Jesus am Kreuz, und Maria spürt einen Lachanfall in sich hochsteigen. Vor vielen Jahren hat sie in Portugal eine Kirche betreten, und ihr Bruder João, mit dem sie außer dem Nachnamen nichts verbindet, dem sie sich nie nahe gefühlt hat, ohne zu verstehen, warum es so ist, zeigte mit dem Finger zum Altarraum und meinte: Spartacus ist auch schon da. Es muss die Hochzeit eines Cousins gewesen sein, ihr sind in einem fort Tränen über die Wangen gelaufen, und alle dachten, es wäre vor Rührung.

Im nächsten Moment hat sie sich wieder gefangen. Nervös und stolz steht der Bräutigam vor den Bänken und schaut zum Eingang. Alle drehen die Köpfe, ein leises Raunen geht durch die Reihen, die Orgel setzt ein. Wie versteinert sitzt Maria auf ihrem Platz und beobachtet, wie der Pfarrer sich der Gemeinde zuwendet. Ein Mann um die fünfzig. Er richtet den Kragen seines Talars, dann steht er mit gefalteten Händen vor dem Altar, weder feierlich noch gelangweilt, sondern so, wie man erwartet, was man zu kennen glaubt. Das Leben, für das man sich entschieden hat. Mit allem, was es bereithält, in guten wie in schlechten Zeiten.

In Wahrheit weiß man nichts.

6 Die Idee des gemeinsamen Pfingstausflugs entstand kurz nach Ostern. Einem verregneten, milden Winter, in dem alle von El Niño und seinen Kapriolen gesprochen hatten, folgte ein verregnetes, kaltes Frühjahr, und Maria brauchte etwas, worauf sie sich freuen konnte. Anfang des Jahres waren Falk und sie umgezogen, nachdem der Versuch, die Wand zwischen ihren Zimmern durchzubrechen, zu erheblichen Wasserschäden in der WG geführt hatte. Zum ersten Mal hatte Wolle sich vertan, fast gleichzeitig war Inka schwanger geworden, aber anstatt zu verraten, wem das Verdienst der Vaterschaft diesmal zukam, verlangte sie zusätzlichen Wohnraum, am besten in der Nähe der Küche. Falk und die Streberin könnten ja die halb fertigen Zimmer ein Stockwerk höher beziehen. Maria wollte sich nicht mit ihr herumstreiten, sondern ergriff die Gelegenheit und fand eine Einzimmerwohnung in der Liegnitzer Straße, die zwar in schlechtem Zustand, aber dafür hell war, und als sie Falk sagte, dass sie notfalls allein umziehen würde, gab er nach. Eine Woche lang kratzten sie Schmutz von den Küchenarmaturen und strichen die Wände, bestellten Eierkohlen und ließen sich von Falks Freunden einen alten Kühlschrank herrichten. Das Geld für die neue Matratze verdiente Maria als Messehostess während der Grünen Woche, auf den Lattenrost würden sie bis zur nächsten ITB verzichten. Das Wichtigste war: Sie hatten eine Wohnung für sich.

Nicht lange nach dem Einzug wurde *Mauerwerk* an zwei

aufeinanderfolgenden Abenden aufgeführt und in einer Randnotiz des *Tagesspiegel* wohlwollend – Falk meinte: herablassend, uninformiert und dumm – besprochen. Das Stück stelle eine ambitionierte Arbeit dar, so der Rezensent, »dem Amateurtheater entwachsen und auf der nächsten Stufe noch nicht angekommen«, außerdem sei der Wille zur Provokation größer gewesen als das Vertrauen in den Stoff. Sven hatte für die Aufführung einen Raum in der Nähe des Viktoriaparks und bei der Universitätsleitung einen Zuschuss für Dekoration und Kostüme besorgt, und da die Inszenierung auf beides verzichtete, blieb Geld für eine ordentliche Premierenfeier übrig. Erst gab es zögerlichen Applaus, dann Dosenbier und warmen Sekt aus Plastikbechern, und Sven verkündete in seiner Ansprache, er werde zum Sommersemester nach Gießen wechseln. Falks Versuch, sich die Enttäuschung nicht anmerken zu lassen, führte dazu, dass er in den folgenden Wochen wenig sprach und auf Marias Fragen, woran er als Nächstes arbeiten wolle, nur grummelte, er sei noch nicht so weit. Für sie wurde es Zeit, sich wieder um ihr Studium zu kümmern. Bis Ostern schrieb sie die Aufführungsanalyse einer *Onkel Wanja*-Inszenierung und überredete einen Dozenten, ihre Hausarbeit über Goffman trotz einjähriger Verspätung anzunehmen. Dass der Frühling auf sich warten ließ, machte es leichter, die Tage in der Bibliothek zu verbringen. Den Arbeitsplatz zu Hause überließ sie ihrem Freund.

Was sie sich von dem gemeinsamen Ausflug versprach, wusste sie selbst nicht.

Als sie eines Abends von der Uni kam, standen mehrere Polizeibusse unter den Pfeilern der Hochbahn. Anfang Mai waren die Bürgersteige von den Spuren der jüngsten Krawalle übersät. Hunde schnüffelten am Inhalt umgekippter Mülltonnen, von einem Balkon baumelten zwei strangulierte Schaufensterpuppen, und im Treppenhaus in der Liegnitzer Straße brannte wie üblich kein Licht. Die Wohnung lag im vierten Stock des Quergebäudes. Beim Eintreten roch es nach frischer Tapetenfarbe, versetzt mit etwas Süßlichem, das dem Abfluss der eingebauten Dusche in der Küche entstieg.

»Hallo.« In der Tür blieb sie stehen und versuchte, Falks Laune zu wittern. »Hast du schon gegessen?«

In Wollpullover und Jeansjacke saß er an dem kleinen Schreibtisch in der Ecke. Wäre es ihr Arbeitsplatz, würde sie den Tisch ans Fenster rücken, aber er wollte keine Ablenkung – die der Hinterhof ohnehin nicht im Überfluss bot, es gab dort nur Abfall und Tauben –, auch nicht von seiner eigenen Untätigkeit. Das Mönchische an ihm fand sie merkwürdig, die strikte Ablehnung von allem, was Annehmlichkeit und Erleichterung versprach. »Konnte er dir helfen?«, fragte er zurück, ohne sich umzudrehen. »Dein Professor.«

»Er ist kein Professor, sondern Assistent.«

»Professor in spe.«

»Was heißt ›in spe‹?«

»Frag ihn«, sagte er.

Maria seufzte. Wahrscheinlich saß er seit Stunden vor der alten Schreibmaschine und hatte kein Wort geschrieben. »Er meint, ich hätte das Vertrauensspiel auf konkrete Interaktionen beziehen sollen. Als Metapher war es ihm zu abstrakt, trotzdem hat er mir eine Zwei gegeben. Ich glaube, er mag mich.«

»Warst du in der Bibliothek?«

Sie nahm zwei Bücher aus der Tasche und legte sie auf den Tisch. *Zooparasiten und die Reaktionen ihrer Wirtstiere* von einem gewissen Otto Pflugfelder und ein Lehrbuch mit dem Titel *Grundlagen der Verhaltensphysiologie*. Zum ersten Mal arbeitete er an der Konzeption eines Stücks, ohne ihr zu verraten, worum es ging, weshalb sie seine Schwierigkeiten mit einer gewissen Schadenfreude beobachtete. Außerdem kam ihr die Pause gelegen. Obwohl ihr noch zwei Scheine fehlten, begann sie darüber nachzudenken, wovon ihre Magisterarbeit handeln sollte, und traf ein paar ältere Kommilitonen, die sich mit akademischen Texten auskannten. Falk tat so, als machte man sich die Finger schmutzig, wenn man einen Uni-Abschluss anstrebte.

»Nichts zu danken«, sagte sie und legte eine Hand auf seine Schulter. Drei Mal in den vergangenen Wochen hatte sie sich ein Manuskript um die Wade und darüber einen Verband gewickelt und Glück gehabt, am Bahnhof Friedrichstraße nicht gefilzt worden zu sein. Über Falks Kontakte hatte sie Leute kennengelernt, interessante Gespräche geführt und zwei Aufführungen gesehen, aber für seine Stücke nichts erreicht. Was Falk über die DDR schrieb, war niemandem neu, der dort lebte. Von drüben gesehen, wirkten seine Texte kalkuliert, und beim letzten Mal war sie in dem Wissen aufgebrochen, eine Placebo-Mission für sein angekratztes Selbstbewusstsein zu unternehmen. Sie tat es, weil sie sich mit einem jungen Schwulen angefreundet hatte, der Heiner Müllers private Bibliothek verwaltete, und weil Ost-Berlin sie an Lissabon erinnerte. Jedenfalls bei schönem Wetter und dort, wo noch alte Häuser standen. Den Zwangsumtausch investierte sie in Reclam-Ausgaben von Tschechow, Sartre und Maxim Gorki, deren Seiten säuerlich nach Erbrochenem rochen, so wie früher ihre Schulbücher. »Willst du was essen?«, fragte sie. »Soll ich was holen?«

»Ich will in Ruhe eingehen. Lässt sich das bitte machen?«

Lachend setzte sie sich auf seinen Schoß und fuhr mit den Lippen über seine Wange. Ihr Verlangen wuchs mit der Intensität ihrer Zuneigung, schwankte dem Verlauf ihres Zyklus entsprechend und nahm gegenwärtig den verspäteten Frühling vorweg. Seines hing von der Arbeit ab, und manchmal glaubte er sie bestrafen zu müssen, weil sie ihn zu einer ideologisch verdächtigen Lebensform überredet hatte, der Kohabitation als Paar. Heute Morgen hatte sie ihm einen alten Schokoladenosterhasen auf den Schreibtisch gestellt, der inzwischen einen gemalten Hitlerbart trug. So viel dazu, dachte sie.

»Ich hasse jede Idee, schon bevor ich sie habe«, sagte Falk.

»Du hasst dich selbst, wenn du nicht schreibst. Und du kannst nicht schreiben, wenn du nicht mit mir darüber sprichst.« Sie lehnte ihre Stirn gegen seine. »Wieso liest du diese Bücher über Biologie?«

Er drehte den Kopf zur Seite. »Du riechst nach Rauch.«

Mit beiden Händen drehte sie sein Gesicht zurück. »Sag mir wieso.«

Nie führten sie Gespräche, wie Luís und sie sie ständig geführt hatten: Wo sind wir uns zuerst begegnet? Was war dein erster Eindruck von mir? Wann haben wir uns verliebt? Es gab Narben auf seinem Körper, zu denen sie die Geschichten nicht kannte, und je weniger sie wusste, desto intensiver begann sie zu beobachten, zu deuten und zu raten. Merkst du, dass du von ihm besessen bist, hatte Ana neulich gefragt. Sie hingegen mochte das Nachforschen und Bohren, ihr gefielen sogar die Widerstände, auf die sie dabei stieß. »Du brauchst eine Pause«, sagte sie, weil er den Mund verzerrte und auf seinen Nasenrücken schielte. »Es bringt nichts, hier zu sitzen, wenn dir nichts einfällt. Sobald es warm wird, werden wir den Ausflug machen. Keine Widerrede. An einen See.«

»Ist das ein Befehl?«

»Wir picknicken. Wenn du es nicht willst, musst du dich umbringen.«

»Du willst ein anderes Leben«, sagte er, statt auf die Blödelei einzugehen.

»Ich will unser Leben anders. Manchmal jedenfalls.«

»Tierchen und Pläsierchen.«

»Ich hasse es, wenn du so sprichst, dass ich dich nicht verstehe«, sagte Maria und stand auf. Vor allem nervte es sie, dass ihre Gespräche der Zensur seiner wachsenden Frustration unterlagen. Sie durfte ihn nicht damit trösten, dass seine Stücke ihrer Zeit voraus waren, weil sie ihm so unterstellen würde, Trost zu brauchen. Die Stasi-Farce, der er den Titel *Sprech/Akte/Ost* gegeben hatte, war seine bisher beste Arbeit, ein unverschämtes, sich um keine Konvention scherendes Stück, aber auch das durfte sie nicht sagen, weil es aussähe, als verteidigte sie den eigenen Einfluss. Sie hatte ihn dazu ermuntert, sich nicht an eine Idee zu klammern, sondern auf die Pauke zu hauen, er hielt das Ergebnis für ein Potpourri, das ins Slapstickartige abglitt und sein politisches Anliegen durch billige Pointen ersetzte. Jedenfalls behauptete er das – sie konnte nicht glauben, dass er sein Talent so missverstand. »Haben wir Wasser?«, fragte sie von der Tür aus. »Ich meine Duschwasser.«

»Von bräunlicher Farbe und strengem Geruch. In Professorenhaushalten würde so etwas zweifellos nicht –«

»Lass den Unsinn und sag mir endlich, was ›in spe‹ heißt.«

»Zukünftig. Das heißt es.«

»Du spinnst«, lachte sie. Dass er bei aller Selbstbezogenheit gelegentlich Anzeichen von Eifersucht zeigte, fand sie beruhigend. »Ich muss noch mal los und meine Eltern anrufen.«

Auf der Küchenanrichte reihten sich leere Flaschen und Getränkedosen aneinander. Neben der Tür lag ein Stoffbeutel mit schmutziger Wäsche, und außer einer angebrochenen Packung Zwieback war nichts zu essen im Haus. Da Maria keine Mülltüte fand, stopfte sie ein paar Flaschen in den Wäschebeutel und kehrte ins Zimmer zurück. Aus einem Blatt Papier hatte Falk einen Hut gefaltet und sich aufgesetzt wie eine Narrenkappe. »Pfingsten soll es schön werden«, sagte sie. »Meinetwegen fahren wir nur für einen Tag.«

»Das nennt man Umerziehung.«

»Wenn das Wetter nicht mitspielt, schleppe ich dich ins Kino. In irgendeinen Autorenfilm, *Dans la ville blanche*, erinnerst du dich? Du solltest beten, dass es nicht regnet.«

Er tat, als würde er von einem Schuss getroffen, presste beide Hände gegen die Brust und ließ sich vom Stuhl fallen. Der Aufprall auf dem Boden war ziemlich hart. Von der Tür aus sah sie zu, wie er langsam die Arme zur Seite breitete und tot liegen blieb. Ihren Vorschlag, sie im Sommer nach Portugal zu begleiten, hatte er abgelehnt, und im Grunde war es sowieso undenkbar, diesen Mann ihren Eltern vorzustellen. Die machten derweil Ernst mit den Umzugsplänen. Arturs Elternhaus in der Serra, an dessen Düsternis sie sich schaudernd erinnerte, sollte umgebaut werden und im kommenden Jahr bezugsfertig sein. Dann würde sie in Lissabon kein Zuhause mehr haben, nur noch hier.

»Ich krepiere, und du stehst bloß da.« Den Hals verdreht, sah Falk sie aus starren Augen an. »Gar kein Mitleid?«

»Clown.«

»Ich kann ohne dich nicht leben.«

»Lügner.«

»Von unten sieht man erst, was für geile Titten du hast.«

Sie verließ die Wohnung und ging zur Telefonzelle am Lausitzer Platz. Erst als sie den üblichen Münzturm errichtet hatte und den Hörer in der Hand hielt, entschied sie sich um und wählte Anas Nummer. Hinter kahlen Bäumen schimmerten die Fenster des Cafés, das sie seltener besuchte, seit ihre Freundin nicht mehr dort arbeitete. Mit Blaulicht und Martinshorn rasten mehrere Polizeiwagen die Straße entlang, und als der Lärm vorbei war, hörte sie Anas ungeduldige Stimme. »… Hallo?«

»Olá, ich bin's«, sagte Maria. »In Kreuzberg ist es wieder mal laut.«

»Ich weiß. Ich lebe selbst hier. Alles in Ordnung?« Seit dem Winter wohnte Ana in einem Neubau in der Nähe des Bahnhofs Prinzenstraße, zusammen mit einer Frau aus Paraguay, die an der FU promovierte, aber meistens bei ihrem Freund schlief. Maria war ihr erst zweimal begegnet.

»Geht so«, sagte sie. »Ich bin in der Nähe deiner alten Arbeitsstelle und dachte, wir könnten uns treffen. Ich hab Lust, was zu trinken.«

»Ärger mit dem Regisseur?« Ihre Diplomarbeit hatte Ana abgegeben und büffelte für die letzten Prüfungen, außerdem sprach sie davon, zurück nach Brasilien zu gehen. Freie Wahlen schienen nicht mehr ausgeschlossen, sogar ihr Bruder dachte an Rückkehr. Ana zu verlieren, war eine Aussicht, die Maria noch größere Angst einflößte als das näher rückende Ende ihres Studiums. Wann hatte die Zukunft eigentlich begonnen, so düster auszusehen?

»Kein Ärger«, sagte sie. »Wir schaffen es bloß nicht, normal miteinander zu reden. Alles ist codiert und indirekt und führt zu tausend Missverständnissen.«

»Wenn du verstanden werden willst, musst du mit mir reden. Nicht mit einem Mann.«

»Dass er trotz meiner Bemühungen keinen Erfolg hat, macht das Versagen in seinen Augen umso gravierender. Es steht zwischen uns.«

»Du liest diese feministischen Bücher, und das kommt dabei raus.«

»Was? Dass ich versuche ihm zu helfen?«

»Du rennst in Bibliotheken, bringst seine Manuskripte nach drüben, er dankt es dir mit keinem Wort, und du suchst die Schuld bei dir. Das kommt dabei raus.«

Mit einer Münze zwischen den Fingern betrachtete Maria die obszönen Kritzeleien über dem Apparat. »Ohne mich wäre er nur ein erfolgloser Autor. Mit mir ist er erfolglos und muss sich dafür schämen. Vor mir.«

»Dem Mann kann geholfen werden. Verlass ihn.«

»Komm ins Café, für eine Stunde. Ich brauche jemanden, der mir den Kopf zurechtrückt.«

»Du kennst unsere Stunde. Sie dauert bis morgens um fünf.«

»Du hast Lust, das höre ich doch.«

»Natürlich habe ich Lust!«, rief Ana wütend. »Den ganzen Tag sitze ich hier und pauke vor mich hin. Die Klospülung ist kaputt, ich muss jedes Mal in den Spülkasten fassen und den Stopfen festdrücken. Warum lebe ich so? An den letzten Sex kann ich mich kaum erinnern.«

»Vorletztes Wochenende, mit Vitor.« Ein Landsmann aus Rio de Janeiro mit zwielichtiger Vergangenheit, sympathischen Lachfalten und zwei Clubs in Schöneberg. Derzeit war er Marias einzige Hoffnung, wenn es darum ging, Ana trotz des politischen Tauwetters von der Rückkehr nach Brasilien abzuhalten. »Das ist das Letzte, wovon ich weiß. Den Rest kannst du mir im Café erzählen.«

»Was sind meine Optionen, wenn diese Scheißprüfungen hinter mir liegen?«

»Du hast gesagt, dein Professor könnte dir –«

»In Deutschland dürfen schwarze Frauen putzen, sich beim Tanzen ausziehen oder, wenn sie Glück haben, als Babysitter jobben. Hab ich alles gemacht, aber so stell ich mir mein Leben nicht vor. Wie stelle ich mir mein Leben vor? Keine Ahnung! Irgendwie anders, am liebsten besser.«

»Oder sie kriegen an der TU einen Job als Dozentin.«

»Eines Tages will ich Kinder haben, aber nicht in einem Land, wo ihnen im Winter die Ohren abfrieren.«

Einen Moment lang war in der Leitung nur Rauschen zu hören. Mit schwarzem Stift hatte jemand die ominösen vier Buchstaben auf die Zellenwand geschrieben, die seit einiger Zeit überall auftauchten. Eine Krankheit, von der niemand wusste, wo sie herkam. Maria wusste nicht einmal, wofür die Buchstaben standen. »Wie läuft's mit deiner neuen Mitbewohnerin?«, fragte sie, um das Thema zu wechseln.

»Sie hat das Zimmer nur, weil ihr Freund nicht will, dass sie bei ihm einzieht. Ihr zwei seid euch nicht unähnlich. Tereza spricht von seiner Habil, als bedeutete sie einen Schritt in der menschlichen Evolution. Sie macht Empanadas, damit der Arme nicht hungert bei der Arbeit. Zu ihren Gunsten muss ich sagen, dass die Empanadas unglaublich sind. Anderthalb Kilo habe ich zugenommen, seit sie hier wohnt. Mit anderen Worten, ich liebe sie.«

Dass Ana noch eine andere Freundin liebte, hörte Maria nicht gern. »Ich mache keine Empanadas, und ich wohne mit meinem Freund zusammen. Ich bearbeite ihn.«

»Nein, du arbeitest in der Bibliothek, und wenn du sowieso unterwegs bist, kannst du auch gleich die Bücher mitbringen, die er zu Hause braucht. Denn er macht ja Kunst. Du arbeitest *für* ihn.«

»Weißt du, es mag etwas mit Liebe zu tun haben.«

»Die sich bei Frauen in Opferbereitschaft äußert und bei ihren Männern in der Bereitschaft, die Opfer anzunehmen.«

»Du hast das Buch gelesen, das ich dir geliehen habe.«

»Wofür sie den Frauen keinen Dank schulden. Ihre heldenhafte nächtelange Arbeit ist ja das größte Opfer, das lässt sich in Teigtaschen gar nicht aufwiegen.«

»Ana, die Leitung ist gleich tot. Sieben Mark hab ich in der Tasche. Zwei Wein für jeden von uns, und danach lässt du deinen Charme spielen. Bitte!«

»Und morgen früh um neun, wenn sich die Streber meiner Arbeitsgruppe treffen? Stell dir vor, sie treffen sich freiwillig um neun! Niemand zwingt sie dazu.«

»Du willst selbst erzählen, was Vitor gemacht hat, dass du so sauer bist.«

»Dieser hinterhältige Scheißkerl! Nicht einmal ein Klo kann er reparieren, aber am meisten ärgere ich mich über mich selbst, weißt du. Dass ich so dumm bin, genau wie du. Dass wir alle so dumm sind.«

»Letztes Angebot: Ich kaufe Wein und komme bei dir vorbei.«

»Geh ins Café. Wenn Nina da ist, sag ihr, sie schuldet mir noch einen Gefallen, und ich will ihn heute. Ich brauche eine halbe Stunde.«

»Du bist ein Schatz.«

»Wieso weißt du immer, was mit mir los ist? Seit zwei Stunden sitze ich hier und warte auf deinen Anruf.«

»Weil ich dich liebe«, sagte sie, aber die Verbindung war bereits unterbrochen. Es nieselte, und die Autolichter spiegelten sich im nassen Asphalt, als Maria über den Platz vor der Kirche ging. Auf der anderen Seite blieb sie stehen, blickte sich um und sah für einen Moment den Rossio in der Sonne liegen. Das Wellenmuster des Pflasters. Die Cafés, die langen Schatten der Menschen am Nachmittag und das Denkmal für Dom Pedro IV, von dem es hieß, es stelle in Wirklichkeit einen Maximilian von Mexiko dar. Mit klopfendem Herzen hatte sie damals den Platz überquert und gewusst, dass sie den Moment nie vergessen würde. Die Sonne stand tief und die Welt war kurz davor, eine andere zu werden, aber niemand außer ihr sah es, und auch sie wusste nicht, was ihr Gedächtnis einmal aus dem Tag machen würde. Den Beginn oder das Ende von was? Im

Grunde wusste sie es immer noch nicht, so viele Jahre später, wenn die Erinnerung plötzlich zurückkehrte; an das Lächeln des Fotografen und alles, was es verborgen hatte. Nach wenigen Sekunden war es vorbei, vor ihr lag der Lausitzer Platz, und sie wischte sich Regenwasser von der Wange. Dann betrat sie das Café, um auf ihre beste Freundin zu warten.

Pünktlich zu Pfingsten wurde es warm.

Falk hatte sich schließlich bereit erklärt, mit ihr an den Wannsee zu fahren, wenn sie ihn dafür mit Autorenfilmen verschonte. Verantwortung für das Gelingen der Unternehmung wollte er allerdings nicht übernehmen, und als sie am Pfingstsamstag in der U-Bahn saßen, war Maria schon am Nollendorfplatz kurz davor, die Sache abzublasen. Genervt schaute sie in ihr Buch und tat so, als kenne sie den Mann neben sich nicht. Nimm ein Handtuch mit, hatte sie gesagt, also hatte er sich ein löchriges Teil um die Schultern gelegt und blickte drein, als wollte er der Umwelt signalisieren, dass er den Ausflug zwangsweise unternahm. Dabei war seine Laune in den letzten Tagen besser geworden. Das neue Stück nahm Gestalt an, und wenn Falk den ganzen Tag wie ein Besessener schrieb, wurde er abends umgänglich und witzelte darüber, dass die Idee zu einem Stück über menschliche Wirtstiere und Parasiten ihrem Zusammenleben entstamme. Die Dusche funktionierte wieder, weil er die Schrauber aus der Manteuffelstraße einbestellt hatte, und vor wenigen Tagen war er so weit gegangen zu behaupten, er freue sich darauf, das erste warme Wochenende des Jahres nicht in der Wohnung zu verbringen. Jetzt allerdings lag ein Lächeln auf seinem Gesicht, das nichts Gutes verhieß.

Am Bahnhof Zoo stiegen sie um. Familien mit kleinen Kindern füllten den S-Bahn-Waggon, und obwohl Maria seit Jahren in der Stadt lebte, sah sie den Grunewald zum ersten Mal. Aus den Taschen anderer Fahrgäste ragten zusammengerollte Bastmatten, in ihrem Rucksack steckten eine Flasche Wein und zwei Gläser. Auch ein Kondom hatte sie eingepackt, aber angesichts des vollen Zuges schwand die Hoffnung, eine abgelegene Uferstelle zu finden. Da sie sich nicht auf ihre Lektüre konzentrieren konnte, klappte sie das Buch zu und steckte es ein. Nach Wochen des Nachdenkens hatte sie beschlossen, über Frauenbilder bei Tschechow zu schreiben. ›Tschechows Dramen im Licht von Simone de Beauvoirs These über den weiblichen Mangel an Transzendenz‹ oder etwas in der Art. Sie wollte es langsam angehen und im Lauf des Jahres ein Konzept erstellen, aber einstweilen lähmte sie die Angst, einen hundertseitigen deutschen Text verfassen zu müssen.

Am Bahnhof Nikolassee schob sich ein Strom von Ausflüglern durch die Gänge der Station. Ein Teil stellte sich an die Bushaltestelle, die anderen machten sich zu Fuß auf den Weg, und da weder Falk noch sie sich auskannten, blieb ihnen nichts anderes übrig, als der Menge zu folgen. Ein beständiger Wind hielt die Luft in Bewegung, mitgeführte Hunde sprangen herum, und nach zehn Minuten schimmerte eine blaue Wasserfläche durch die Bäume. Kurz darauf erreichten sie ein spitzgiebeliges Gebäude mit langen Seitentrakten, das in großer Langsamkeit zwei Menschenschlangen verschluckte. Maria spürte, dass ihre Vorfreude der Ernüchterung wich und der Vergleich mit dem portugiesischen Sommer alles zunichtezumachen drohte. Vor ihr lag das eingezäunte Areal eines West-Berliner Badesees. Wasser ohne Wellen, ohne Salzgeruch und an allen Seiten vom Ufer umgeben. Die Natur im Käfig.

»Irgendwo muss es Eis geben.« Falk hielt beide Enden seines Handtuchs fest und sah sich um. »Warte hier auf mich.«

Bevor sie ihn zurückhalten konnte, steuerte er einen Verkaufsstand an. Sie stellte sich ans Ende der Schlange, schloss die Augen und tat nichts, um die Erinnerung abzuwehren: Der Strand von Caparica am späten Nachmittag. Der Geruch von Bronzaline und der aufgewirbelte Sand, der wie gelber Dunst über dem Küstenstreifen hing. Luís hatte jedes Jahr schon im Juni wie ein Marokkaner ausgesehen. Wenn am Praia da Morena zu großer Andrang geherrscht hatte, waren sie noch einmal auf den Roller gestiegen und ein Stück weiter gefahren. Sie hörte die langgezogenen Rufe der Verkäufer im Rauschen der Wellen untergehen. Vai boilinha! Bolas de Berlim, ein süßes Gebäck, nach dessen Verzehr sie sich die Finger abgeleckt und gemeinsam überlegt hatten, warum es nach einer Stadt in Deutschland benannt war. Zu zweit, manchmal mit Cristina und Valentin oder in größeren Gruppen hatten sie den ganzen Tag im Freien verbracht, waren im Schatten der Sonnenschirme eingeschlafen, hatten mitgebrachte Sandwiches gegessen und im Wasser getobt, bis die Sonne über ihnen Ringe bekam. In der Ferne verschwand das Land wie eine Luftspiegelung. Am schönsten war es am Abend, wenn der Dunst sich legte, die Hitze nicht mehr drückte und die Jungs eine Runde Fußball spielten. Wenn alle noch mal ins Wasser sprangen, benommen vom Licht, von salzigen Küssen und aufgestauter Lust.

Ich bin hier, weil ich es will, dachte Maria und öffnete die Augen. Von Cristina wusste sie, dass Luís geheiratet hatte, und war zwar nicht eifersüchtig, aber ein bisschen schnell fand sie es doch. Mit zwei großen, von Hauben weißer Sahne bedeckten Eisbechern kam Falk zurück. Neulich hatte er vorgeschlagen, sie solle etwas zur Rolle der Pistole in Tschechows Stücken schreiben, das sei interessanter als der Befindlichkeitskram, über den sie sowieso zu viel nachdenke. Maria erreichte das Kassenhäuschen und suchte in ihrer Tasche nach dem Portemonnaie. »Hier«, sagte er.

»Halt es einen Moment. Ich bezahle.«

»Das Eis zerläuft schon.«

»Wieso hast du so riesige Portionen gekauft?« Sie löste zwei Tickets und schob ihn durch das quietschende Drehkreuz.

»Nimm schon!«, drängte er.

Vor ihnen lag ein abschüssiges Gelände, das zu einem von Strandkörben, Sonnenschirmen und bleichen Leibern besetzten Uferstreifen führte. Strandkörbe hatte sie bisher nur auf Fotos gesehen. In der Mitte des Badebereichs ragte ein schmaler Steg ins Wasser, nur an den Rändern wurde das Gedränge lichter.

Der Wind kräuselte die Wasserfläche, Kindergeschrei erfüllte die Luft. Auf einer Tafel bei der Kasse waren Luft- und Wassertemperatur angegeben, aber sie konnte die Kreideschrift nicht entziffern. Wie Sommer fühlte es sich nicht an.

»Probier! Hmm … köstlich.« Statt den kleinen Plastiklöffel zu benutzen, biss Falk in den Sahneberg wie in einen Apfel. Weiße Kleckse blieben an seinem Bart hängen. Den zweiten Becher hielt er ihr hin, bis sie ihn nahm, dann steckte er sein Gesicht noch einmal in die zerlaufende Masse.

»Ich will nicht«, sagte sie kopfschüttelnd. »Ich hab keine Lust auf Eis.«

»Wusstest du übrigens, dass hier früher keine Juden reindurften? Heute ist es ein Reichsparteitag des Vergnügens. Mach mit, versuch ihn zu genießen!«

»Falk! Du willst den Tag ruinieren? Du hast es fast geschafft. Vielleicht kannst du mir noch verraten, warum dir so viel daran liegt.« Sie spürte geschmolzenes Eis über ihre Finger laufen, ging zum nächsten Mülleimer und warf den Becher hinein.

»Das hat drei Mark gekostet«, sagte er.

Einen Moment lang war sie so wütend, dass sie ihn am liebsten angebrüllt hätte. Ein Versager, dessen Stücke niemanden interessierten und dessen Künstlerstolz nur hohle Arroganz denen gegenüber war, die ihr Leben durch Arbeit finanzierten. Ein richtiges Ehebett, hatte er gehöhnt, nachdem sie das Geld für den Lattenrost verdient, ihn bestellt und die Lieferung organisiert hatte, aber statt loszuschreien, blieb sie reglos vor ihm stehen. Das arrogante Grinsen verschwand aus seinem Gesicht, er sah nur noch dämlich aus mit den Spuren von Eis und Sahne im Bart. »Merkst du, was passiert?«, fragte sie.

»Ja. Du versuchst, mir ein Leben aufzuzwingen, das ich nicht will.«

Neben ihnen dirigierte eine füllige Mutter ihren Sohn zu den Umkleidekabinen. Menschen strömten durch den Eingang herein und die breiten Wege hinunter zum Strand. Die Szenerie erschien ihr wie ein Witz, dessen bittere Pointe darin bestand, dass sie geglaubt hatte, hier mit Falk Liebespaar spielen zu können. »Du meinst das wirklich ernst«, sagte sie. »Wirst du jetzt völlig verrückt?«

»Ich sage es nicht, um dich zu ärgern.«

»Wie nett.« Natürlich liefen ihr bereits Tränen über die Wangen. »Ich leihe Bücher aus, helfe dir bei der Recherche und bringe Manuskripte nach Ost-Berlin. Nicht davon zu reden, dass ich mittlerweile auch fürs Einkaufen und die Wäsche zuständig bin und wir selten etwas zu essen in der Wohnung hätten, wenn ich nicht ... Während du schreibst. Glaubst du, es macht Spaß, auf der Messe fettige Häppchen gegen schmierige Komplimente zu tauschen? Und worin lag noch mal der Zwang für dich?«

»Lassen wir das.«

»Sag's mir, du Arschloch!« Sie spürte die Blicke anderer Badegäste, aber ihr Ärger musste heraus. »Glotz mich nicht so an, sondern mach den Mund auf. Zum ersten Mal tun wir, was andere Paare jedes Wochenende tun, und du sprichst von Zwang. Ein Leben, das du nicht willst. Wie egal bin ich dir eigentlich?«

Mit der Handfläche wischte er über seinen Bart und beobachtete das Treiben unten am Wasser. So wie er dastand, wirkte er ratlos und ein wenig verlegen, und das schien schon die stärkste Reaktion auf etwas zu sein, das sie ihm sagte. Für eine größere Erschütterung musste das Farbband der Schreibmaschine reißen. »Es ist nicht meine Schuld«, sagte sie, »dass niemand deine Stücke will. Ich tue alles, um dir zu helfen.«

»Was kümmert es mich, ob jemand meine Stücke will. Du tust alles, um deinen Traum zu erfüllen.« Langsam fand sein Blick zu ihr zurück. »Du träumst davon, dass ich eines Tages ein erfolgreicher Dramatiker werde. Mir ist das erstens egal, zweitens wird es nicht passieren. Wenn du mir deshalb hilfst, lass es bleiben.«

»Warum fahre ich für dich in den Osten?«

»Weil dort die einzigen Theatermacher arbeiten, die mich interessieren. Von denen ich gerne hätte, dass sie meine Stücke kennen. Was glaubst du? Dass ich so blöd bin zu denken, man könnte meine Sachen in dem Scheißland aufführen? Das meinte ich mit Zwang: Ich hätte noch dreißig Jahre in der Manteuffelstraße leben und vor mich hin schreiben können, aber dir war es nicht gut genug. Du hast große Träume, ich muss sie realisieren. Du beklagst dich, dass du kein künstlerisches Talent hast, aber in Wirklichkeit bist du froh, keins zu haben. Du hättest sowieso nicht den Willen, um was draus zu machen. Jetzt hör auf zu heulen, und komm mir nicht mit den Büchern, die du für mich ausleihst. Ich hab Bücher gelesen, bevor ich dich kannte.«

»Und weiter?«, fragte sie, weil sie spürte, dass er noch nicht fertig war.

»Sven hat mir geschrieben. Im Wintersemester wird Heiner Müller als Gastprofessor in Gießen sein.«

»Sven, hm. Heißt das, du willst nach Gießen?«

»Ja.«

»Du kannst nicht für einen Tag mit mir an den See fahren, weil es deine heilige Arbeit stört. Jetzt willst du nach Gießen gehen, an die Uni. Das ist ein Witz, oder?«

»Wo ist der Witz?«

»Erinnerst du dich an das, was mal deine Meinung über die Uni war?«

»Suchen wir uns einen Platz und reden da weiter.«

»Und ich?«, fragte sie. »Und wir? Ich dachte, du hast keinen Reisepass.«

»Besorg ich mir eben einen. Hör zu, ich gehe für ein Semester. Sven schreibt, dass Müller mit den Studenten inszenieren wird. Das ist eine Chance, verstehst du. Ich muss da hin.«

»Allein, richtig? Weil ich dich bei der Arbeit störe mit meinem Genöle und jedes zweite Wochenende raus an einen überfüllten See fahren will?«

»Wo hast du das Wort Genöle her?« Als hätte er bloß nicht gewusst, wie er ihr sein Vorhaben erklären soll, war Falk auf einmal gut gelaunt und warf seinen Eisbecher ebenfalls in den Mülleimer. Laut johlend rannte eine Horde Kinder vorüber.

Von Peter Karow wusste sie, dass Müller bereits einen Blick auf die Manuskripte geworfen hatte und sie für belanglos hielt. Was sie sich nicht überwinden konnte Falk zu sagen, auch jetzt nicht.

»Kaum wohnen wir zusammen, haust du ab.«

»Ich hab dir von Anfang an gesagt, dass Beziehungsgedöns nichts für mich ist.«

»Beziehungsgedöns. Darunter fällt alles, was zwei Menschen tun, außer sich die Nasen platt zu schlagen. Weil du vor einem Jahr gesagt hast, dass du das nicht willst, spielen meine Bedürfnisse keine Rolle. Merkst du, wie ungerecht das ist?«

»Ja. Ist ziemlich offensichtlich.« Mit beiden Armen zog er sie zu sich heran, und sie verpasste den Moment, ihn abzuwehren. ›Ihre Neigung zu Tränen‹, hieß es in *Das andere Geschlecht* über Frauen wie sie, ›kommt weitgehend daher, dass sie gern Opfer spielen‹, aber noch beschämender als ihr Geheule war, dass sie ihm sofort verzieh, sobald er ihre Bedürfnisse wenigstens zur Kenntnis nahm. »Heute Morgen«, sagte er, »bin ich mit einer fertigen Szene im Kopf aufgewacht. Der ganze Aufbau, die Dialoge, ich saß im Bett und dachte, ich brauch bloß ein paar Stunden, dann steht alles da.«

»Warum hast du nichts gesagt?«

»Keine Ahnung, ob ich die Szene morgen hinkriege.«

»Dann lass uns zurückfahren. Bevor du in den nächsten Tagen noch schlechter drauf bist und mir vorwirfst, ich hätte schon wieder ein Stück von dir ruiniert.«

»Du hast noch nie ein Stück von mir ruiniert.« Nachdem er gewonnen hatte, ergriff er die erste Gelegenheit, sich großherzig zu zeigen. »Jetzt suchen wir uns einen Platz neben der dicksten Familie und baden, bis wir blaue Lippen bekommen. Wenn's sein muss, kaufe ich noch ein Eis.«

Ein Sommer ohne Meer, ein Winter ohne Falk. Sie würde allein in der Wohnung sitzen, in Ruhe die Magisterarbeit schreiben können und abends niemanden zum Reden haben. Durch kühlen Sand stapften sie zum äußersten Rand des Strandbads.

An portugiesischen Stränden sah man weder nackte Kinder noch Erwachsene, die sich vor aller Augen aus der nassen Badekleidung schälten. Weit draußen blähten sich weiße Segel im Wind. »Muss es wirklich die dickste Familie sein?«, fragte sie leise. »Es gibt einige.«

Sie fanden ein freies Stück, das weit genug von den nächsten Badegästen entfernt war. Eine Weile saßen sie schweigend nebeneinander, Maria überlegte, den Wein auszupacken, und streifte sich das T-Shirt über den Kopf. »Werden wir zurückgepfiffen, wenn wir aus dem markierten Bereich rausschwimmen, da am Ufer entlang?«

»Wahrscheinlich.«

»Hast du überhaupt eine Badehose dabei?«

Falk entledigte sich seiner Jeans und präsentierte ein braunschwarzes Teil, das seinem Aussehen nach aus den Sechzigerjahren stammte.

»Seit wann hast du das?«, fragte sie, als würde er ihr einen Hautausschlag zeigen.

»Aus der WG. Jemand hat sie letztes Jahr im Prinzenbad gefunden.«

»Geh schon mal vor.« Sie zog den Rock aus und fand ihre Haut im Sonnenlicht noch heller als sonst. Kein Teint milderte den Kontrast zum schwarzen Stoff des Bikinis. Sie spürte die Blicke der Männer, als sie ihrem Freund folgte, der im knietiefen Wasser stand und sich abkühlte. Der Boden war schlammig und das Wasser eiskalt. Sie rannte ein paar Schritte, spritzte Falk im Vorbeilaufen nass und stürzte sich kopfüber in den See. Gegen den Kälteschock machte sie schnelle Armzüge und geriet schon nach kurzer Zeit außer Atem. Das Wasser kam ihr seltsam stumpf vor, es trug sie nicht und strömte nirgendwo hin. Als sie sich auf den Rücken drehte, sah sie überrascht, dass Falk zu ihr aufgeschlossen hatte. »Weißt du, vorhin …« Das Herz schlug ihr bis in den Hals und machte das Sprechen schwer. »Da hab ich gedacht … dass du vielleicht deshalb so schlechte Laune hast …«

»Du rauchst zu viel, merkst du das? Zehn Meter Schwimmen, und du schnappst nach Luft.«

»Hör mir zu. Dass du schlechte Laune hast … weil du nicht schwimmen kannst.«

»Hast du gedacht.«

Hatte sie nicht, sie wollte ihn bloß aufziehen. Auch wenn dieses zahme Süßwasser keinen Auftrieb gab, tat es gut, zu schwimmen. Es vertrieb müßige Gedanken und ersetzte sie durch Lust an der Bewegung.

»Wenn ich nicht schwimmen könnte, hätte ich es nie in den Westen geschafft.« Er holte Luft und zog mit kräftigen Kraulzügen davon. Sie konnte ihm lediglich mit einem Fluch auf den Lippen zu folgen versuchen. Als sie ihn eingeholt hatte, war sie so außer Atem, dass sie keinen Satz herausbrachte. Ungefähr hundert Meter hatten sie sich von dem durch Bojen abgegrenzten Badebereich entfernt, was niemanden zu stören schien.

»Sag das … noch mal«, stieß sie hervor.

»Du rauchst zu viel.«

»Das andere.« Rasch zog sie sich an ihn heran, umklammerte mit den Beinen seinen Rumpf und spürte seine Hand auf ihrem Rücken.

»Wirklich, du musst besser auf dich achtgeben«, sagte er.

»Ich wünschte, *du* würdest auf mich achtgeben.« Die nassen Haare ließen ihn verändert aussehen und brachten die männlichen Züge um Kinn und Nase klarer zum Vorschein. »Jetzt erzähl mir von der Flucht. Ich weiß nichts darüber, auch von deinem Leben drüben, von deiner Familie, gar nichts. Nach über einem Jahr.«

»Willst du mich ertränken?«

»Wenn's sein muss. Wieso redest du nicht darüber?«

»Von dem einen nicht, weil ich es für die Arbeit brauche. Und von dem anderen nicht, weil es langweilig ist. Ich will von deiner Familie nichts wissen und von meiner nichts erzählen. Soll dein Bruder Zahnarzt werden und dein Vater Olivenbauer, es interessiert mich nicht. Was hat es mit uns zu tun, dass deine Mutter dauernd in die Kirche rennt?«

»Viel. Einer der wichtigsten Menschen in meinem Leben war ein Priester«, sagte sie. »Und willst du überhaupt nie mit mir nach Portugal fahren? Es ist meine Heimat.«

Angewidert verzog er den Mund. »Das Wort klingt nach Nazis aus Ostpreußen in ihren lächerlichen Trachten.«

»Wo kommst du her?«

»Ich wohne in Kreuzberg und schreibe Stücke. Neuerdings teile ich das Leben mit einer Frau, deren Ansprüche ich nicht erfüllen kann und die mich aus Rache von der Arbeit abhält.«

»Ana meinte, sie kann mir einen Job als Babysitterin verschaffen. Wenn du auch jobbst, könnten wir nächsten Sommer wegfahren.«

»Mir reicht, was ich habe.« Er versuchte sich aus ihrer Umklammerung zu befreien, aber sie ließ ihn nicht. Ungeduldig drängte sie ihren Schoß gegen seinen und wünschte, er wäre mit den Händen so zupackend wie mit Worten. Durch den dünnen Stoff spürte sie seine Erektion.

»Denkst du nie an die Zukunft?«, fragte sie. »Ich meine unsere.«

»Nein.«

»Und warum nicht? Wie geht das überhaupt?«

»Ich bin so.«

»Ein Spinner bist du. Gefalle ich dir?«

»Maria …«

»Sag es! Gefalle ich dir? Hast du manchmal Lust, nachts wach zu liegen und mir beim Schlafen zuzusehen? Oder vögelst du mich bloß, damit ich dich in Ruhe lasse?«

Immerhin erwiderte er jetzt ihre Küsse und fuhr mit den Fingerspitzen unter den Stoff ihres Bikinihöschens. »Du willst anders leben.«

»Sag das nicht immer, als wäre es Schicksal.«

»Ist es aber. Ich bin wie dieser japanische Maler, von dem ich gelesen habe. Er hat sein ganzes Leben lang nur ein Bild gemalt:

immer den gleichen Mond auf die gleiche Weise. Hinterher war er unzufrieden, hat das Bild zerrissen und von vorne begonnen. Aber er hat nie was anderes gemalt, es war sein Ding. Die eine Art, den Mond zu malen.«

»Das hast du dir ausgedacht. Was für eine beschissene Metapher!«

»Es ist eine Geschichte, und ich habe sie gelesen. Wahrscheinlich in einem deiner Bücher. Du liest dauernd diesen japanischen Kram, warum eigentlich?«

»Die Geschichte steht in keinem Buch von mir, und du schreibst nicht immer das gleiche Stück. Soweit ich weiß, versuchst du jedes Mal was anderes. Neuerdings hinter meinem Rücken, das gefällt mir nicht.«

»Du hast blaue Lippen. Wir müssen zurück.«

»Du meinst, dass du mit derselben Sturheit wie der Maler deine Arbeit verfolgst.«

»Ich meine alles: wie ich lebe und was ich tue. Du könntest in Deutschland bleiben oder zurück nach Portugal gehen, könntest unterrichten oder für Zeitungen schreiben, du könntest heiraten und Kinder kriegen oder was weiß ich. Ich nicht.«

»Falls das ein Versuch sein soll, mich loszuwerden, lass dir was Besseres einfallen.« Zum Beweis verstärkte sie den Druck ihrer Umarmung. Mit den Lippen liebkoste sie sein Ohr. »Ich will öfter mit dir schlafen. Wir tun es zu selten. Außerdem ist es unaufrichtig zu behaupten, es gebe keine Alternativen. Dass du schreiben musst, ist klar, aber Geld könntest du anders verdienen. Zum Beispiel wärst du eine tolle Messehostess.« Sie hatte es satt, das Opfer zu sein. Ein für alle Mal. Ihre Zungenspitze spielte mit seinem Ohrläppchen, nahm es sachte zwischen die Zähne und saugte daran. Dann, ohne zu überlegen, was sie tat, biss sie zu.

Falk schrie auf und riss den Kopf zurück. »Bist du verrückt?!«

»Kann sein«, sagte sie und erwiderte seinen Blick. »Ich war nie eifersüchtig, auch früher nicht. Aber dass du mit anderen über deine Stücke sprichst und mit mir nicht, ist Betrug. Dafür hasse ich dich, das wird dir noch leidtun.«

»Du hast einen Knall. Was zum Teufel ist los mit dir!«

»Du denkst, du kennst mich, aber du hast keine Ahnung. Ich kenne dich. Der Biss war nur der Anfang.«

Ruckartig nahm er ihren Kopf in beide Hände und hielt ihn so fest, dass es weh tat. Ein fremder Zug lag auf seinem Gesicht, als werde er sie im nächsten Moment anschreien oder in Tränen ausbrechen. Seine Augen flackerten böse, aber Maria bereute nichts. Für einen Moment fühlte sie sich stark, beinahe unverwundbar. Dann ließ er sie los und schwamm so schnell davon, dass sie mit ihren vor Kälte tauben Gliedern nicht hinterherkam. Vor ihr lag das Strandbad in der Sonne, ein Idyll wie aus einem Prospekt. Sie wusste, was er ihr hatte sagen wollen und was ihn davon abhielt, es zu tun. Irgendwann war es vorbei mit der Selbstbeherrschung und der guten Miene zum bösen Spiel. Irgendwann schlug alles ins Gegenteil um, aber es geschah an einem Punkt, den man erst wahrnahm, wenn man ihn passierte. Je näher sie dem Ufer kam, desto ruhiger wurden ihre Bewegungen. Sein Blut in ihrem Mund schmeckte metallisch und süß.

Das Wasser fühlte sich beinahe warm an.

7 Die Trauerfeier für Pater da Costa begann um vier und dauerte eine Stunde. Anschließend folgte die Gemeinde den Sargträgern auf dem kurzen Weg von der Kirche zum Friedhof do Alto de São João. Mehrere hundert schwarz gekleidete Menschen, größtenteils Alte, die ihre Taschentücher in der Hand hielten, um sich Tränen und Schweiß abzuwischen. An der Kreuzung stand ein Taxifahrer im offenen Schlag, sah dem Trauerzug nach und bekreuzigte sich. Der Juni hatte noch nicht begonnen, aber der blaue Himmel über den Dächern erinnerte schon an die Hitzerekorde des Vorjahres. Unten am Stadtrand glänzte der Tejo in der Sonne. Maria-Antonia hielt Abstand zu allen bekannten Gesichtern und den Messdienern mit dem Weihrauch, spürte Müdigkeit in den Gliedern und hätte sich lieber in der kleinen Kapelle von ihrem Pater verabschiedet, aber der Andrang war zu groß.

Als der Zug vor dem Friedhofstor ins Stocken geriet, entdeckte sie ihre Eltern und verlangsamte den Schritt. Am Mittag war Lurdes aufgestanden und hatte sie mit Vorwürfen überschüttet: Ob sie nicht wisse, wie viel sie dem großen Mann zu verdanken habe, und was ihr einfalle, sich in der Nacht vor seiner Beerdigung draußen herumzutreiben. Als Sohn eines Portugiesen und einer englischen Katholikin hatte der Pater in Oxford studiert und wurde von den Bewohnern der Mouraria für einen bedeutenden Gelehrten gehalten, wenn nicht für einen Heiligen. Jeden Tag habe er zwei Zeitungen gelesen, hieß es, die vor kurzem eingestellte *República* und am Morgen eine englische. Auch den Tee habe er aus England bezogen und niemals Kaffee getrunken. Als junger Mann hatte er in Macau gelebt, mehrere Bücher über die Jesuitenmission geschrieben und im Unterricht ebenso oft von Francisco de Xavier wie von den Heiligen des Altertums gesprochen. Dass er Chinesisch und Japanisch konnte, wussten im Viertel nur wenige und behielten es für sich, als wäre es des Guten zu viel.

Auf dem Friedhof stand Maria-Antonia hinten bei den massigen Familiengruften. Zwischen den Köpfen der Menge hindurch sah sie die gemessenen Gesten des Ordensbruders von Pater da Costa, eines jungen Mannes mit Haarkranz und dem gelangweilten Gesichtsausdruck eines Bürokraten. Auf hölzerne Krücken gestützt oder in Rollstühlen sitzend, folgte eine Gruppe Veteranen dem Geschehen. Sobald der Priester das Kreuzzeichen gemacht und den Segen gesprochen hatte, flohen die ersten Trauergäste vor der Hitze, andere bewegten sich auf das offene Grab zu, und Maria-Antonia beschloss, am nächsten Tag allein wiederzukommen.

Eilig lief sie die Avenida General Roçadas hinab, überquerte den Hügel der Graça und bog ab in die engen Gassen ihres Viertels. Zu Hause duschte sie, zog sich ein anderes Kleid an und hinterließ ihren Eltern einen Zettel. Früh am Nachmittag hatte sie Cristina angerufen, absichtlich während des Dienstes, damit ihre Freundin einsilbig antworten und umso mehr verraten musste. Spätestens zu Santo António würde sie Luís wiedersehen, vielleicht früher. Sein ältester Bruder hatte in Angola gekämpft und sich der Bewegung der Streitkräfte angeschlossen und war Luís' großes Vorbild. Deswegen musste er im Sommer in den Minho gehen und seinen Beitrag zum neuen Portugal leisten.

Er mag dich, hatte Cristina gesagt.

Als sie an der kleinen Kapelle vorbeikam, bekreuzigte sie sich und ging weiter. Durch die schattige Passage zum Rossio, am Theater und an den Cafés vorbei, wo die Menschen in der

Sonne saßen wie jeden Tag. Sie war sicher, dass Luís ihr erster Freund werden würde, aber warum sie darauf nicht warten konnte, wusste sie nicht. Wie von allein wurden ihre Schritte schneller. Vor dem Einschlafen hatte sie einen Pakt mit sich geschlossen: Wenn sie die Adresse nach dem Aufwachen noch wusste, würde sie hingehen. Jetzt stieg sie die Treppen zur Oberstadt hinauf und musste sich zwingen, nicht zu rennen. Das Haus stand an der oberen Seite des Largo do Carmo, und Maria-Antonia erschrak, als die Hausnummer auf dem Schild mit der in ihrem Kopf übereinstimmte. Das vierstöckige Gebäude war in besserem Zustand als die Nachbarhäuser. Im Geschäft nebenan wurden Haushaltswaren verkauft, Stapel von Töpfen und Schüsseln füllten das Schaufenster. Büroangestellte strömten über den Platz und trugen Zeitungen unter dem Arm. Mit dem Rücken zur Hauswand wartete sie, bis die Tür geöffnet wurde und Schritte sich entfernten. Im nächsten Augenblick stand sie in einem dunklen, kühlen Flur und spürte ihr Herz klopfen, als säße es in der Kehle. Es war ein herrschaftliches Treppenhaus, von dessen Wänden der Putz blätterte. Hier und da fehlten Kacheln, und das dunkle Holz der Stufen glänzte wie Leder. Sogar einen Aufzug gab es.

Dritter Stock rechts, hatte auf der Karte gestanden.

Sie ging zu Fuß hinauf und klopfte. Keine Geräusche von der Straße drangen an ihr Ohr, es war vollkommen still, bis hinter der Tür Schritte erklangen. Als sie innehielten, begann das winzige Zyklopenauge in der Tür zu glotzen. Maria-Antonia hörte ein selbstgefälliges Lachen, noch bevor das Schloss klackte und sein Gesicht in der Öffnung erschien. »Ich sollte sagen, ich hab dich erwartet. Hab ich aber nicht. Olá linda. War die Unnahbarkeit also nur Fassade.« Lächelnd trat er zur Seite und hielt ihr die Wange hin, aber sie ging ohne Begrüßung an ihm vorbei. Das Herzklopfen wurde so stark, dass es sich wie Übelkeit anfühlte.

Der Flur knickte nach rechts ab, von links fiel Tageslicht durch offene Türen. Es roch nach Zigaretten, Ölfarben und den großen Jacarandabäumen vor dem Haus. Im ersten Zimmer, das Maria-Antonia betrat, hingen helle Stoffvorhänge zwischen den Fensterflügeln und hielten das Licht in Bewegung. Nie zuvor hatte sie eine Wohnung mit so hohen Decken gesehen. Außer einem Raumteiler, hinter dem nichts zu erkennen war, gab es zwei rote Sessel und einen länglichen, mit technischen Gerätschaften vollgepackten Tisch. Kameras, Objektive, Lampen und Kabel. Der Fotograf verschwand und kehrte mit einem Glas Wasser zurück. Wie letzte Nacht trug er Jeans und ein weißes Hemd, aber bei Tag sah er älter aus, bestimmt über dreißig. »Mach nicht so ein Gesicht, als kämst du von einer Beerdigung«, sagte er und reichte ihr das Glas.

»Komm ich aber.«

»So. Wer ist gestorben?«

»Pater da Costa.«

»Der Heilige aus der Mouraria.« Das sagte er ohne Spott, aber der überhebliche Zug um seinen Mund blieb. Er sah ein bisschen aus wie Helmut Berger. Vor ein paar Wochen hatte sie in den Nachrichten gesehen, wie sich die Wachleute, die seinen Onkel ins Gefängnis führten, die Hände vors Gesicht hielten, um nicht erkannt zu werden. »Du hast ihn gekannt?«, fragte er.

Sie nickte stumm, trat ans Fenster und schob den Vorhang zur Seite. Der abschüssige Platz und gegenüber die Ruine des Convento do Carmo. Daneben die Kaserne der Nationalgarde, in der sich Caetano am Tag des Umsturzes verschanzt hatte. Leute standen herum oder gingen nach Hause, hielten Zigaretten in der Hand und Transistorradios ans Ohr. Über ein Jahr lag das Ereignis zurück, und jeden Tag gab es Neuigkeiten, meistens schlechte. Hinter sich hörte Maria-Antonia den Fotografen mit seiner Ausrüstung hantieren. Als sie sich umdrehte, blickte sie in das Objektiv einer Kamera. »Erzähl mir von dir«, sagte er. »Und versuch, das Kinn unten zu halten. Wir wissen, wie stolz du bist, aber so sieht es besser aus.«

»In welchem Gefängnis sitzt dein Onkel eigentlich?«

»Caxias«, antwortete er, ohne zu zögern, und sofort schämte

sie sich für die Frage. Ihm auf so plumpe Weise zu zeigen, dass sie wusste, wer er war! Den Namen des Gefängnisses kannte jeder in der Stadt. »Nicht ganz so tief, dein Kinn. Beweg dich langsam von den Fenstern weg, zur Wand.«

»Besuchst du ihn?«

»Er soll verrotten, wo er ist. Ich hab ihn auch früher kaum gekannt.«

Sie musste sich bemühen, nicht zu blinzeln, wenn die Kamera klickte. Das leere Glas stellte sie auf dem Boden ab und postierte sich hinter einem der Sessel. Beinahe enttäuschte es sie, dass er sich so bereitwillig von den Machenschaften seines Onkels distanzierte; von dem hatte es geheißen, dass er nachmittags ins Café A Brasileira ging, einen Kaffee trank und sich darüber amüsierte, wie die Kellner schwitzten, die ihn bedienten. Das würde dir auch Spaß machen, dachte sie. Ein Gedanke wie ein Schutzschild gegen den aufdringlichen Blick des Objektivs.

»Erzähl mir von dir«, wiederholte er. »Was hast du vor im Leben? Wo wirst du in fünf Jahren sein?«

»An der Uni, wahrscheinlich im Ausland.«

»Wo?«

»In England.«

»Auf welche Schule bist du gegangen?«

»Maria Amália.«

»Wie kommt man von der Mouraria dahin?«

»Durch gute Noten.«

Zum ersten Mal setzte er die Kamera ab und sah sie direkt an. »Schön. Ich hab in Paris studiert. Willst du noch Wasser?«

»Bitte.«

»In der Küche.«

Den Weg zu finden, überließ er ihr. Sie folgte dem Kaffeegeruch durch einen dämmrigen Flur, der ihr das Gefühl gab, ein Labyrinth zu betreten. Eine Leuchtreklame der Marke Kodak verbreitete rötliches Licht. In der Küche stand ein Dutzend benutzter Tassen in der Spüle, in einigen lagen Zigarettenkippen.

Keines der Fotos an der Wand zeigte ihn, wahrscheinlich hatte er sie alle geschossen; Partyfotos, ausgelassene Gesichter in einem Pool, Stillleben verschiedener Gegenstände, eine schmale Frauenhand im schwarzen Handschuh. Während sie trank, fragte sie sich, wie er es anstellen und wie weh es tun würde. Ziemlich weh, hatte Cristina gesagt. Aber nur kurz.

Als sie zurück ins Zimmer kam, hatte er einen Sessel zum Fenster gedreht und bedeutete ihr, darauf Platz zu nehmen. »Schau aus dem Fenster und tu so, als wäre ich nicht da.«

»Sind noch andere Leute in der Wohnung?«

»Kann sein. Sie ist so groß … Komm her!« Er wiederholte die Geste, und sie setzte sich. »Die andere gestern im Club – Freundin oder ältere Schwester?«

»Freundin.«

»Wer von den beiden Typen war dein Freund?«

»Keiner.«

»Kein Freund?« Er stand zwischen den beiden Fenstern, hielt die Kamera mit einer Hand und zog mit der anderen am Vorhang, um das Licht zu verändern. Ihre ausbleibende Antwort registrierte er mit einem Lächeln. Nachdem er einige weitere Fotos geschossen hatte, hielt er inne und deutete durchs Fenster auf den Platz. »Am 25. April stand ich draußen in der Menge. Das heißt, ich stand nicht, sondern hab mich an einem Laternenmast hochgezogen, als der Comandante seine Ansprache gehalten hat. Es war so voll, dass man zwischen all den Leuten kaum atmen konnte.«

»Warum hast du nicht von hier oben zugehört?«

»Ich wollte dabei sein. Wo warst du an dem Tag?«

»Meine Eltern haben mich nicht weggelassen.«

»Verstehe. Tust du immer, was sie sagen?«

»Sie haben mir nicht empfohlen, heute hierherzukommen. Falls du das meinst.«

Wenn ihm gefiel, was sie sagte, wurde sein Blick für einen Moment eindringlich, und die konzentrierte Miene wich einem herzlichen, gar nicht arroganten Lachen. Dann wurde es schwierig, ihn nicht sympathisch zu finden. »Ich hab mich nicht in dir getäuscht, Maria.«

»Ich heiße Maria-Antonia.«

»Endlich erfahre ich das.«

In den nächsten zehn Minuten schoss er Bilder und korrigierte ihre Haltung, und wenn er sie berührte, dann so kurz und neutral wie möglich. Ihre Anspannung löste sich, sie hörte Schritte auf dem Platz, das Gurren von Tauben auf der Balustrade und ab und zu Geräusche in anderen Zimmern. Jemand telefonierte, aber vielleicht war es auch in der Wohnung über ihnen. Unvermittelt setzte er die Kamera ab und nickte. »Das war's erst mal. Vielen Dank.«

»Das war's schon?«

»Es sei denn, du hast noch andere Ideen.«

»Was machst du mit den Bildern?«, fragte sie. »Gestern hast du gesagt, ich könnte die Negative behalten.«

»Erst einmal muss ich sie entwickeln. Viel anstellen kann ich damit im Moment nicht. Und Bilder, deren Negative du behalten solltest, sind nicht dabei. Wenn du darauf bestehst, gebe ich sie dir. Lass mir deine Adresse hier, ich benachrichtige dich.«

»Ich wohne bei meinen Eltern.«

»Komm in ein paar Tagen wieder.«

»Ich glaube, ich würde gerne jetzt weitermachen.« Da er ihr den Rücken zukehrte, konnte sie nicht sehen, ob er nur den alten Film entnahm oder einen neuen einlegte. Gemächlich griff er zum Kuli, sah auf die Uhr und beschriftete eine kleine Dose. Sie hatte gedacht, es würde alles von alleine gehen, so dass sie erst hinterher begreifen würde, was geschehen war; beinahe erschien ihr dieses Hinterher verlockender als das andere. »Dein Gang gefällt mir.« Endlich drehte er sich um. »Ich überlege, ob es eine Möglichkeit gibt, ihn einzufangen. Am liebsten wäre es mir, wir könnten draußen arbeiten, auf der Straße.«

»Ausgeschlossen.«

»Zieh die Schuhe aus.« In der Hand hatte er jetzt eine größere Kamera und hielt sie auf Schulterhöhe nach oben gerichtet, als wollte er einen Startschuss abfeuern. »Schlender an der Wand entlang, als hingen dort Bilder. Lass dir Zeit, aber bleib nicht stehen. Schau seitlich über die Schulter, damit ich dein Profil habe.«

Der Holzboden unter ihren nackten Füßen war warm und nicht besonders sauber. Körner und Steinchen machten es schwer, gleichmäßig zu gehen, außerdem verunsicherte es sie, dass sie die Kamera nicht sah. »Was ist auf den Bildern zu sehen?«, fragte er.

»Nichts. Da sind keine Bilder.«

»Genau so schaust du hin. Los, fotografiert werden ist ein bisschen mehr als nichts tun. Was siehst du auf den Bildern?«

»Es sind … Porträts.«

»Gut. Von wem? Sieh genau hin.«

Die körnige Struktur der Wand erinnerte sie an ihr Zimmer zu Hause, das verglichen mit diesem eine Kammer war. Für einen Moment fragte sie sich, was ihr Bruder sagen würde, wenn er sie so sehen könnte. Soweit ihre Erinnerung zurückreichte, hatte sie sich eine Schwester gewünscht, am liebsten eine ältere. Cristina hatte eine jüngere, Inês, die ziemlich dumm und der Meinung war, man müsse als Jungfrau in die Ehe gehen, sonst werde man verstoßen. »Verschiedene Gesichter«, sagte sie. »Kinder, Erwachsene, Alte.«

»Weiter. Such dir ein Bild aus, das dir gefällt.«

»Ein Babygesicht.«

»Heilige Maria! Nein, nicht du. Sieh hin und sprich weiter. Ein Babygesicht.«

»Mit heller Haut und dicken Backen. Es ist ein Junge. So klein, dass sein Lachen aussieht wie eine Grimasse. Ich würde ihn gerne kitzeln. Hören, was er für Töne von sich gibt.«

»Geh weiter, als fiele es dir schwer, dich von dem Anblick loszureißen. Deine Augen bleiben bei ihm. Sehr gut. Hast du mal geschauspielert?«

»Ein Mal, aber ich war nicht gut.«

»Und wieder zurück. Dieselbe Wand, andere Bilder. Dein

Baby ist nicht mehr da, nur noch Männer und Frauen. Such dir eins aus, das dir nicht gefällt.«

Bei der Kehrtwendung warf sie ihm einen Blick zu, aber er hatte die Kamera vor dem Gesicht, und seine gespannte Körperhaltung gab ihr das Gefühl, etwas richtig zu machen. »Eins, das dich irritiert«, sagte er.

»Ein Mann. Jung und schön. Man sieht das Gesicht und die nackten Schultern.«

»Warum irritiert dich das?«

»Da ist etwas an seinem Blick. Verliebt, aber … Ich glaube, er ist schwul und mag den Fotografen. Jedenfalls guckt er so.«

»Falsch, Maria, ganz falsch. Lass das Spielen sein.«

»Ich heiße Maria-Antonia.« Sie hörte, wie er die Kamera sinken ließ, und wusste nicht, ob sie weitergehen oder stehen bleiben sollte.

»Du guckst nicht irritiert, sondern als würdest du einen Witz erzählen. Dabei schaust du nicht auf das Bild, sondern sprichst zu mir. Ich bin aber nicht da. Noch mal von vorne. Streng dich an.«

»Kann ich einen Schluck Wasser trinken?«

»Später. Vergiss nicht den Unterschied zwischen schlendern und schleichen. Lass die Hände baumeln, geh wie eine Frau. Dann schau auf das Bild, und stell dich dem, was du siehst. Was siehst du?«

»Mich.«

»Sehr gut. Komm langsam näher. Denk nicht drüber nach, was du siehst, beschreib es.«

»Mein Gesicht, wie im Spiegel.«

»Du magst dein Gesicht?«

»Ja.«

»Aber?«

»Ich bin bloß jung und hübsch. Ich lese Bücher, weil ich nichts zu tun habe, außer meinen Eltern im Restaurant zu helfen. Meine Mutter will, dass ich in der Küche arbeite, damit die Gäste mich nicht anstarren. Mir ist egal, ob sie starren, sie sehen sowieso nichts. Aber ich auch nicht, und das ist mir nicht egal. Kann ich jetzt einen Schluck trinken?« Ohne seine Antwort abzuwarten, ging sie zum Sessel und nahm das Glas. Er hielt die Kamera in beiden Händen und sah sie an.

»Bist du wirklich gekommen, um dich fotografieren zu lassen?«

»Hast du mich hergebeten, um mich zu fotografieren?«

Er blieb stehen, wo er stand, und wenn sein Gesicht überhaupt eine Regung zeigte, dann Bedauern. Es würde nichts passieren, verstand sie, gar nichts. »In diesen Zeiten muss man sich in Acht nehmen, wenn man so heißt wie ich.«

»Ich dachte, man muss sich vor Leuten in Acht nehmen, die so heißen wie du.«

»Komm ein andermal wieder«, sagte er. »Jetzt wird das Licht zu schwach, und ich arbeite nicht gerne mit künstlicher Beleuchtung. Dafür reicht meine Ausrüstung nicht.«

Sie wollte erwidern, dass er seine Chance gehabt und nicht genutzt habe, aber das war nicht, was sie empfand. Tatsächlich begann es draußen zu dämmern. In wenigen Minuten würde sie in dieselbe öde Welt hinaustreten und in den kommenden Tagen darauf warten, dass Cristina und Valentin sie zur nächsten Verabredung mitnahmen. Luís war ein netter Junge, der ein nettes Mädchen suchte, und sie ein nettes Mädchen, das nicht länger eines sein wollte. Vielleicht könnte sie mehr von dem Fotografen haben, wenn sie auf ihn zugehen würde, wie Frauen in ausländischen Filmen es taten, aber ihre Bereitschaft reichte nur weit genug, es geschehen zu lassen. Tun musste er es.

»Wieder dein Beerdigungsgesicht«, sagte er.

»Männer reden. Sie reden und reden.«

»Übrigens hab ich einen Artikel über deinen Pater gelesen. Einen Nachruf. Offenbar hat er es fertiggebracht, eine Professur auszuschlagen, um den frommen Hausfrauen deines Viertels die Beichte abzunehmen.«

»Du kanntest ihn nicht. Wahrscheinlich hast du nie einen Menschen wie ihn gekannt.«

»Sein englischer Pass soll ihm früher gewisse Freiräume verschafft haben. Manche Leute glauben, dass er ein Spion gewesen ist. Was meinst du, könnte doch sein. In der Kirche hatte er Kontakte bis ganz nach oben, und welche Kontakte die Kirche hat, weißt du selbst.«

»Hat dein Onkel dir den Quatsch erzählt?«

»Stell dir vor, jemand tritt in seinen Beichtstuhl, aber nicht um sein Gewissen zu erleichtern, sondern um Informationen zu überbringen. Die perfekte Tarnung.« Es war, als wollte er ihr helfen, ihn so unsympathisch zu finden, wie sie ihn von Anfang an hatte finden wollen. »Du wirst es nicht gern hören, ich sag es dir trotzdem: Pombal wusste, warum er die Jesuiten rausgeschmissen hat. Es sind keine Betbrüder, sie wollen was erreichen, und sie wissen wie. Wahrscheinlich hat dein Pater dafür gesorgt, dass du auf eine ordentliche Schule kommst, richtig? Du hast dich im Unterricht gut angestellt, und er hat den Rest erledigt.«

»Es waren meine Noten.«

»Die dir ohne ihn nicht geholfen hätten. Ich weiß, wofür man ihn in der Mouraria hält, Maria, aber es gibt keine Heiligen. Es gibt nur die, die daran glauben, und die, denen es nützt – die Geschichte Portugals in einem Satz.« Wieder redete er mit ihr wie mit einem Dienstmädchen und deutete in den Flur, als wollte er sie loswerden. »In drei Tagen sind die Fotos fertig. Falls du sie sehen willst.«

»Will ich nicht. Kein Interesse.«

»Kommt mir bekannt vor.« Er öffnete die Tür und blickte ins Treppenhaus, bevor er den Weg freigab. Wie beim Betreten der Wohnung ignorierte sie die Wange, die er ihr hinhielt. »Até breve, Schöne. Bis zum nächsten Mal.«

Ohne sich umzusehen, lief sie die Treppe hinab. Über ihr schloss sich die Tür.

* * *

Nach Charlottenburg fuhr sie jedes Mal wie in eine fremde Stadt. Über dem zugigen Areal zwischen Gedächtniskirche und Bahnhof Zoo mischte sich ein Hauch von Metropole mit dem Gestank von Urin. Drogensüchtige, Touristen und jugoslawische Hütchenspieler bevölkerten die Gehsteige des Kurfürstendamms, in den Seitenstraßen gab es exklusive Boutiquen und viele Pornokinos. In letzter Zeit kam Maria häufig in die Gegend, um Bücher zu kaufen oder Ana zu treffen, aber im Café Hardenberg war sie zum ersten Mal. Ein Raum mit hohen Decken und Bistrotischen aus dunklem Holz. In Lissabon kannte sie ein ähnliches Café, versteckt zwischen den Wohnsiedlungen von Alvalade, dessen Name ihr nicht einfiel. Es war bekannt für seine Milchshakes.

Um sie herum saßen Studenten und ein paar Künstlertypen von der HdK. In Kreuzberg hätte sie sich nicht getraut, öffentlich die *Frankfurter Allgemeine Zeitung* zu lesen, aber ihre Verabredung ließ auf sich warten, und auf Seite drei wurde der portugiesische Ministerpräsident porträtiert. Ein pragmatischer Sozialist und populärer Volkstribun, lautete die distanzierte Charakterisierung. Ein Foto zeigte ihn am Tag der Rückkehr aus dem Exil, wie er am Bahnhof von Santa Apolónia der jubelnden Menge zuwinkte, das andere bei der Gründung seiner Partei in Bad Münstereifel. Im Sommer sollte Soares die Beitrittsurkunde zur Europäischen Gemeinschaft unterzeichnen. Maria trank ihren Milchkaffee und sah nach draußen, auf die kahlen Äste zweier Platanen und den erleuchteten Eingang der TU-Mensa. Den Herbst und Winter über hatte sie am Konzept für ihre Magisterarbeit gefeilt, bis der betreuende Privatdozent zufrieden gewesen war, seitdem bemühte sie sich um eine Routine für die tägliche Arbeit. Jeden Morgen stand sie mit dem Gefühl auf, alle Zeit der Welt zu haben, die dann zwischen Einkäufen, Kaffeepausen und kleinen Erledigungen zerrann, sich in mäandernden Gedanken verflüchtigte, die von Tschechows Zusammenarbeit mit Stanislawski zu Falks Leben in Gießen führten. Zum ersten Mal seit Jahren wohnte sie wieder allein, und sie hasste es jeden Tag. Der Ofen stank bloß, statt zu wärmen, und nach dem F hakte nun auch das P der Schreibmaschine. Bat sie ihren Betreuer um einen Rat, bekam sie zur Antwort: Halten Sie sich an Ihr Konzept, aber je länger sie das tat, desto fragwürdiger fand sie es. *Wir werden nie nach Moskau ziehen* war ein guter Titel, aber worin bestanden die Strategien weiblicher Immanenzbewältigung, die sie herausarbeiten wollte? Patiencen legen, den falschen Mann heiraten, waren das Strategien? Wenn ihr zu Hause die Decke auf den Kopf fiel, packte sie ihre Sachen und nahm sich vor, in der Bibliothek zu arbeiten, aber meistens blieb sie bis zum Ernst-Reuter-Platz in der U-Bahn sitzen. Im vierten Stock des Telefunkenhochhauses teilte sich Ana ein Büro mit drei Kollegen und war jedes Mal froh, wenn Maria sie nach draußen rief.

Zum wiederholten Mal schaute sie auf die Uhr. Gleich halb fünf.

Ein Mal in den vergangenen fünf Monaten hatte sich Falk aus Gießen losgeeist. An Weihnachten war er für ein paar Tage nach Berlin gekommen, natürlich ohne das Fest mit ihr zu feiern. Sein Gott hieß Heiner Müller, und dem allein huldigte er. Es war merkwürdig, ihren überheblichen Freund von einem Mann schwärmen zu hören, der parallel zu seiner Gastdozentur in Bochum inszenierte, zu allerlei weiteren Terminen flog und mit Plastiktüten voller zollfreier Waren zurückkehrte. Wenn es bei den Proben hakte, gab er einen aus und erzählte Witze, ansonsten schien er wenig zu sprechen, alles zu wissen, nie die Ruhe zu verlieren und die Studenten ausprobieren zu lassen, was sie wollten, nur um hinterher zu fragen: Kann man es auch knapper machen? Falk war restlos begeistert. Mit Mühe hatte Maria ihn überreden können, sie in die Schaubühne zu begleiten, weil sie Karten für *Drei Schwestern* gekauft hatte und auf Anregungen für ihre Arbeit hoffte. Das Ergebnis war, dass ihr Freund beim Öffnen des Vorhangs aufstöhnte, zwischendrin höhnisch lachte und in der Pause im Foyer verkündete, dass Peter Stein eine Mumie sei.

Dann ging er.

Zornig blieb Maria zwischen den anderen Theatergästen zurück, die belustigt den Kopf schüttelten und ihre Gespräche fortsetzten. Wenn er ihr wenigstens nicht das Gefühl geben würde, seine Verachtung für eine bestimmte Form des Theaters gelte letztlich ihr. Von der Theke, wo die Getränke verkauft wurden, begegnete ihr ein vorsichtiger Blick. Der junge Mann kam Maria bekannt vor, er trug einen schwarzen Pullover, stand allein, und weil zwei Frauen in der Nähe über sie zu tuscheln begannen, ging sie hinüber und sagte hallo. Seine Brille war beschlagen, als wäre er gerade von draußen hereingekommen.

»Vor einem Jahr«, antwortete er auf die Frage, ob sie einander schon mal begegnet seien. »Auf einer Party. Hinterher sind alle in den Park gegangen, um Schlitten zu fahren. Die Nacht, in der es so geschneit hat. Ich war der mit den Sprechakten.«

»Dietmar Jacobs hat uns vorgestellt.« Sie erinnerte sich an den Abend und dass er eine Assistentenstelle für Philosophie an der TU erwähnt hatte.

»Nachts um drei«, sagte er. »Ich hatte schon einen im Tee, aber du wolltest alles wissen, was ich dir über das Thema sagen konnte.«

»Was heißt einen im Tee?«

»Angetrunken. Auf der Party gab's diese furchtbare Bowle.« Dass er die Szene mit Falk beobachtet hatte, ließ er sich nicht anmerken, sondern nahm seine Brille ab und fragte, ob das Thema Sprechakte sie noch interessiere.

»Nein«, sagte sie. »Das ist durch.« Am besten erinnerte sie sich an die Schneemassen, die an jenem Abend gefallen waren. Mit einem Glühwein in der Hand hatte sie bei den Leuten vom Theaterprojekt gestanden, als Dietmar ihr auf die Schulter getippt und gesagt hatte, er kenne jemanden, der in den USA promoviert habe und ihr mehr über die Theorie der Sprechakte erzählen könne. Als sie im Theaterfoyer auf das Stück zu sprechen kamen, fiel Maria auf, dass er anders als die meisten ihrer Bekannten eine Unterhaltung führen konnte, ohne unentwegt seinen kritischen Geist unter Beweis zu stellen. Sie einigten sich darauf, dass Corinna Kirchhoff die Irina umwerfend spielte und dass es überhaupt eine großartige Inszenierung war. Peter Stein eben.

»Na dann«, sagte er, als der Gong zum zweiten Teil ertönte. »Wenn du noch mal eine philosophische Auskunft brauchst … Jederzeit.«

»Vielleicht einen Tipp für meine Magisterarbeit. Die steckt fest.«

»Ich geb dir meine Nummer.« Er tastete seine Taschen nach einem Stift ab, fand keinen, und weil Maria immer noch wütend auf Falk war, sagte sie: »Gib sie mir später. Ich hab einen guten Platz, und der neben mir ist gerade frei geworden.«

Als sie das nächste Mal von ihrer Zeitung aufsah, kam er durch den Eingang des Cafés. Es hatte zu regnen begonnen, und er wischte sich Tropfen vom Mantelkragen, als er an den Tisch trat und entschuldigend auf die Uhr deutete. Am Telefon hatte er gesagt, sein Seminar sei um Viertel vor vier zu Ende, jetzt war es eine Stunde später. »Mein Chef vergisst die Zeit, wenn er ins Reden kommt. Tut mir leid.«

»Macht nichts.« Maria rollte die Zeitung zusammen. »So konnte ich in Ruhe die feindliche Presse studieren.«

Seine Miene ließ nicht erkennen, ob er die Bemerkung ironisch verstand oder für bare Münze nahm. Den Schal steckte er in die Ärmelöffnung des Mantels, trug ein kariertes Hemd zum Cordjackett und las die FAZ wahrscheinlich regelmäßig. »Hast du nichts bestellt?«

»Einen Kaffee.« Die Tasse war bereits abgeräumt worden, fiel ihr auf.

»Keinen Hunger? Ich muss dringend was essen.«

»Nein«, log sie. »Ist zu früh für mich.«

»Wir kommen mittags oft hierher. Assistenten von der TU, mit denen ich sonntags Volleyball spiele.« Seine Augen überflogen die Karte. »Hast du Interesse? Keiner von uns ist besonders gut. Außer Dietmar, der aus Prinzip in allem gut ist, was er tut.

Falls deine brasilianische Freundin Volleyball spielt, soll sie ihm willkommen sein.«

»Ich dachte, er hat eine Freundin.«

»Ich gebe nur weiter, was mir aufgetragen wurde. Hier.« Er hielt den Zeigefinger auf die Karte. »Züricher Geschnetzeltes. Die Portionen sind groß genug, vielleicht teilen wir uns eine. Willst du Wein dazu? Es ist schon fast dunkel.«

Ihr Frühstück war ausgefallen, mittags hatte sie sich mit einem Croissant begnügt, also zuckte sie mit den Schultern, und Hartmut winkte der Bedienung. Seit dem Wiedersehen im Theater hatten sie einander zweimal getroffen, und beide Male hatte er sie zu einer warmen Mahlzeit eingeladen, als wüsste er, wie unregelmäßig sie aß. Ana kannte er flüchtig, weil sein Büro ebenfalls im Telefunkenhochhaus lag und seine Freundin mit ihr zusammenwohnte. Hartmut war der Mann, für den Tereza die Empanadas machte, von denen Ana dicker wurde, und der nicht wollte, dass sie bei ihm einzog. Davon abgesehen, wusste Maria wenig von ihm. Ihre Gespräche drehten sich um die Magisterarbeit und halfen ihr, besser zu verstehen, worum es darin ging. Die Treffen waren sozusagen rein beruflich. »Wie war deine Woche?«, fragte er.

»Bescheiden.«

»Kein Fortschritt?«

»Im Kreis, zählt das auch?«

»Sobald man sie erkennt, zählen sogar Rückschritte.« Er hatte seine Doktorarbeit in einer fremden Sprache geschrieben und kannte die Schwierigkeiten, mit denen sie kämpfte. Jetzt schien er zu spüren, dass sie eher Ablenkung als Hilfe suchte, und erzählte von seiner Zeit in Amerika. Unter dem Mittleren Westen konnte Maria sich nicht viel vorstellen – weit, leer, große Seen, sagte er – und unter einem Haus im viktorianischen Stil ebenso wenig, obwohl er es wie ein zweites Zuhause beschrieb. Besonders gemütlich sei es im Winter, wenn der Duft frischgebackener Muffins durch die Räume ziehe. Sein Doktorvater hatte im Zweiten Weltkrieg einen Bruder verloren, nahe der belgischen

Grenze, und sich von Hartmut bei der Recherche über die Todesumstände helfen lassen. Ein bemerkenswerter Mann namens Stan Hurwitz, der als ehemaliger Footballspieler zu einer Spezies von Akademikern gehörte, die es nur jenseits des Atlantiks gab. Seine Frau machte die besten English Muffins der Welt. Das Kinn auf eine Hand gestützt und mit der anderen die Zigarette haltend, hörte Maria zu und dachte, dass das Einzige, was sie an ihm nicht mochte, sein Name war. Hartmut, ging's noch eckiger? »Bist du mal in Amerika gewesen?«, unterbrach er sich, als der Wein gebracht wurde. An den Schläfen wurden seine Haare bereits grau.

»Mit meinem damaligen Freund war ich in Andalusien«, sagte sie, »und von Frankreich weiß ich, wie es aus dem Zugfenster aussieht. Das ist alles. Auf die Amerikaner bin ich nicht gut zu sprechen, weil sie in meinem Land die Diktatur unterstützt haben. Was sind English Muffins?«

Mit Daumen und Zeigefinger zeigte er die Größe einer deutschen Schrippe. »Sie werden getoastet und mit Marshas Quittenmarmelade bestrichen. Ich habe immer eine halbe Stunde bei ihr in der Küche gesessen, um mich zu wappnen. Danach ging es oben mit Stan um den Krieg. Immer nur um den Bruder, den Krieg und die Frage, warum es passiert ist. Er war besessen davon. Schwer zu sagen, warum ich mich gerne an die Abende erinnere.«

»Wegen der Muffins?«

»Vielleicht«, sagte er und ließ den Blick durch den Raum schweifen. Regenwasser lief die Fensterscheiben hinab, Bedienungen eilten mit vollen Tabletts von Tisch zu Tisch. Damals im Park hatte sie beobachtet, wie er mit seiner Freundin im Schnee herumtollte und knutschte, aber im Gespräch wirkte er ernsthaft. Schöne Hände hatte er und sah überhaupt gut aus, auf irgendwie unauffällige Weise. »Erzähl mir von Portugal«, sagte er. »Mir ist klargeworden, dass ich wenig über das Land weiß. Wenn ich richtig informiert bin, haben wir die Diktatur auch unterstützt. Ich meine Westdeutschland.«

»So wie alle«, sagte sie. »Am Instituto Alemão in Lissabon durften trotzdem Dissidenten auftreten, schon vor der Revolution. Da hab ich mein erstes Theaterstück gesehen, Peter Weiss. Das hat mich beeindruckt, am nächsten Abend bin ich gleich wieder hingegangen. Brecht-Gedichte wurden auch gelesen. Ich weiß noch, wie ich vor dem Plakat stand und dachte: Brecht? Kannte ich nicht. Dann hab ich gehört, dass das Studium in Deutschland kein Geld kostet. Zehn Leute hab ich gefragt, ob das überhaupt stimmt, und alle haben ja gesagt. Von da an hatte ich ein Ziel.« Seit Ana nicht mehr im Mescalero arbeitete und sie an der Magisterarbeit schrieb, verbrachte Maria wenig Zeit in Cafés, aber heute war Freitag; sie hatte das Recht, das Studium für einen Abend zu vergessen, und die Gründe, warum es sie nach Deutschland verschlagen hatte, ein bisschen zu schönen. »Viel Geld hatte ich nicht. Meine Eltern stammen aus einer Gegend in Portugal, wo es nicht üblich ist, Geld zu haben. Man hat eher Hühner und Ziegen. Hast du mal gesehen, wie Hühner geschlachtet werden?«

»Oft«, antwortete er zu ihrer Überraschung.

»Mit bloßen Händen?«

»Das weniger. Vielleicht ein- oder zweimal.«

»Wo?«

»Zu Hause«, sagte er. »Wie kommst du auf die Frage?«

»Wegen meiner Familie. Früher, wenn wir zu Besuch in die Serra gefahren sind, haben unsere Verwandten das Beste aufgetischt, was sie hatten. Keinen Bissen davon hab ich angerührt. Nicht nur, weil ich das Essen eklig fand. Es war eklig, aber vor allem wollte ich zeigen, dass ich keine von ihnen bin. Nach den Besuchen habe ich jedes Mal Alpträume bekommen. Von alten, schwarz gekleideten Frauen, die mit krummen Fingern Hühner abmurksen. Von dem atemlosen Quieken, wenn die Viecher ihr Leben aushauchen.« Sie lachte, obwohl ihr die Erinnerung eine Gänsehaut verursachte. Wegen Arturs Streit mit seinem Vater waren sie nur zu besonderen Anlässen nach Rapa gefahren, Hochzeiten und Beerdigungen, und der letzte Besuch lag viele Jahre zurück. Über den Grund des Zerwürfnisses wusste sie wenig; es war um Land und einen Schwager gegangen, der sich wegen der Kinderlosigkeit seiner Ehe auf anderen Feldern hatte beweisen wollen. Ein Familienstreit, ohne den sie als Tochter eines Olivenbauern in der Serra geboren wäre und heute so viele Kinder wie Zähne hätte. Beim Sprechen hielt sie ihr Glas in den Händen und erzählte von Häusern, in denen es weder Strom noch fließend Wasser gab, schon gar keine Bücher, nur kahle Stuben und darunter die Ställe, wo verwitterte Bilder des heiligen Rochus hingen. »Früher hab ich nicht verstanden, wie Menschen so leben können. Jetzt bauen meine Eltern dort ein Haus um, ausgerechnet das Elternhaus meines Vaters.« In ihrer Erinnerung war es eine ärmliche Hütte, die sich in den Hang unterhalb des Friedhofs duckte, aber am Telefon versicherte Artur, dass es in Zukunft anders aussehen werde. Groß, hell, mit moderner Heizung und zwei Balkonen. Offensichtlich genoss er die Aussicht, als gemachter Mann in seine Heimat zurückzukehren. Ob er mit Onkel José Frieden geschlossen oder im Sinn hatte, neuen Unfrieden zu stiften, zog Maria vor nicht zu fragen. Ihren Großvater hatte sie nie gekannt.

Die Tür des Cafés wurde geöffnet, und ein kalter Luftzug wehte in den Raum. Kellner stellten Kerzen auf die Tische, das Essen wurde gebracht. »Du hast nicht vor, eines Tages zurückzugehen?«, fragte Hartmut.

»Das weiß ich nicht. Alles nach der Magisterarbeit ist ferne Zukunft.«

»Kein Heimweh?«

»Manchmal. Meine Mutter hat nie gerne in Lissabon gewohnt. Zwei- oder dreimal im Jahr kriegt sie Anfälle von Depression, die sie Erschöpfung nennt und auf die schlechte Luft in der Stadt zurückführt. Sie stammt aus der Serra, ist aber im Süden aufgewachsen. Wenn meine Eltern wegziehen, kann ich nur noch Heimweh nach einem Zuhause haben, das es nicht mehr gibt. Das ist so was wie das portugiesische Nationalgefühl – wie du siehst, bin ich ein wandelndes Klischee.« Je mehr sie redete und trank, desto mehr Lust bekam sie, zu reden und zu trinken. »Der Wein ist übrigens gut«, sagte sie, weil Hartmut sie nur lächelnd anschaute.

»Wie ist dein älterer Bruder gestorben?«, fragte er.

»Hat Ana das deiner Freundin erzählt?«

»Wenn es mich nichts angeht, musst du nicht antworten.«

»Was hat sie erzählt?«

»Nur, dass es vor deiner Geburt passiert ist.«

»Es war eine Lungenentzündung.« Über António zu reden, machte ihr nichts aus, aber dass Ana mit Tereza darüber gesprochen hatte, wurmte sie. »Kurz vor seinem zweiten Geburtstag. Als ich klein war und gefragt hab, wer das Baby auf den Fotos ist, hieß es: dein Bruder, der jetzt ein Engel ist. Mir war klar, dass meine Aufgabe darin bestand, alles wiedergutzumachen. Was ich auch wollte, bis ich verstanden habe, dass es nicht geht. Dann wollte ich raus und mein eigenes Leben leben.« Obwohl sie nur wenig gegessen hatte, schob sie den Teller beiseite und griff nach den Zigaretten. Seit Falk in Gießen war, rauchte sie jeden Tag eine Schachtel und bekam Kopfschmerzen, wenn sie mit weniger auszukommen versuchte. »Genau genommen habe ich zwei Brüder, die für immer Babys bleiben werden. Einen hab ich nie gekannt, der andere ist ein Jahr jünger als ich und studiert Zahnmedizin. Außerdem träumt er von einem eigenen Motorrad.« Sie lachte erneut und wischte sich über den Augenwinkel. Am liebsten würde sie den ganzen Abend im Café verbringen, aber etwas in Hartmuts Blick sagte ihr, dass sie das nicht tun sollte. Seit vier Jahren waren er und seine Freundin ein Paar, aber Ana zufolge lief es nicht gut. Tereza hoffte auf ein Signal für die Zukunft, am liebsten in Form von Ringen, er sprach von seiner Habil und den ungewissen Perspektiven. Wenn Maria ihn anrief, hatte er Zeit für sie, und nie war er es, der ein Treffen beendete. »Ich muss bald los«, sagte sie. »Vielleicht kann ich noch was schreiben.«

»Wer ist Shūsaku Endō?« In der Gesprächspause hatte er nach dem Buch gegriffen, das neben ihr auf dem Tisch lag, und betrachtete den Einband. *Meer und Gift* stand in schwarzen Lettern über einer einsamen Küstenlandschaft.

»Jemand hat mir das empfohlen«, sagte sie. »Ein Priester, der früher für mich das gewesen ist, was dein Doktorvater für dich war. Football hat er nicht gespielt, nur Schach. Beim Football hätte er eine schlechte Figur gemacht.«

Wenige hundert Meter von ihrem Elternhaus entfernt stand die Kirche, die einmal zum Colleginho gehört hatte, der ersten Jesuitenschule in Lissabon. Deshalb und wegen der Stille in den umliegenden Gassen hatte Pater da Costa lieber dort gepredigt als in der von Verkehrslärm und Marktgeschrei umgebenen Kapelle. Ein hagerer, weißhaariger Mann mit sanfter Stimme. Statt aufzubrechen, begann Maria von dem denkwürdigen Sommer 1973 zu erzählen, als die ganze Stadt über die Massaker gesprochen hatte. Verübt von portugiesischen Truppen in Moçambique. Ein englischer Missionar hatte in der *Times* darüber geschrieben, eine Woche später flog Caetano zum Staatsbesuch nach London und wurde ausgebuht und beschimpft. In Lissabon sprachen Gerüchte erst von Dutzenden, dann von Hunderten Toten, aber was tatsächlich passiert war, wusste niemand, weil die Regierung mauerte und die heimischen Medien schwiegen. »Ich war sechzehn und habe mich zum ersten Mal für Politik interessiert«, sagte sie. »Nichts war damals so unpopulär wie die Kolonialkriege, aber in den Zeitungen kam nicht mal das Wort Kolonie vor. Es hieß Überseeprovinz. An einem Sonntag hat Pater da Costa gepredigt. Er war gerade fertig und wollte die Kanzel verlassen, als er plötzlich fragte, ob er am nächsten Sonntag von den Massakern sprechen soll. Einfach so. Wie man am Tisch fragt, ob noch jemand Salat möchte. Er kannte den englischen Missionar und meinte, wer mehr wissen will, soll die Hand heben. Die Leute haben aufgehört zu atmen. Man wusste nie, ob jemand von der Geheimpolizei in der Kirche saß, und er hatte ›Massaker‹ gesagt. Dann kam Getuschel auf, weil hinten einer die Hand gehoben hat. Dann noch einer. Ich war die Vierte oder Fünfte und werde nie den Blick meiner Mutter vergessen. Kurz darauf waren alle Hände oben.«

»Was hat er erzählt, was war in Moçambique passiert?«

»Ein paar Tage später hatte er einen Schwächeanfall und lag zwei Monate im Bett. Das kam oft vor. Vor zehn Jahren ist er gestorben. Als ich den Roman bei Kiepert gesehen habe, fiel mir auf, wie lange ich nicht an ihn gedacht hatte. Wenn ich ehrlich bin, hab ich die Hand nur gehoben, um ihn nicht zu enttäuschen. Und natürlich, um meine Mutter zu provozieren.«

»Aber die Massaker gab es?«

»Die Sache wurde nie geklärt, wahrscheinlich gab es sie. Auf jeden Fall haben die Anschuldigungen dem Regime enorm geschadet. Vielleicht hat es dazu beigetragen, dass ein Jahr später die Revolution kam.« Sie nahm das Buch in die Hand und zuckte mit den Schultern, als ginge sie das alles nichts an. Als japanischer Katholik war Endō einer der Lieblingsautoren des Paters gewesen. »Übrigens ist es nicht meine Art, so viel zu quatschen«, sagte sie. »Es kommt vom Wein.«

Hartmut nickte und sah sich nach der Bedienung um. »Bestellen wir noch einen.«

Zwei Stunden später ließ er nicht zu, dass sie ihren Teil der Rechnung beglich. Am U-Bahnhof warteten sie eine Weile auf gegenüberliegenden Bahnsteigen, dann fuhr er Richtung Ruhleben davon, und Maria stieg in den Zug nach Kreuzberg. Kälte und Stille empfingen sie in der Wohnung. Das Feuer im Ofen war ausgegangen, sie würde Kohlen schleppen und drei Stunden warten müssen, bevor sie ohne Jacke am Schreibtisch sitzen konnte. Fluchend nahm sie einen Beutel schmutziger Wäsche, verließ das Haus und ging zum Waschsalon. Statt zu lesen, starrte sie auf die sich drehende Trommel der Maschine. Zwei Punks kamen herein und schauten im Wechselgeldautomaten nach Kleingeld. Nach einer Stunde wusste sie, was sie zu tun hatte, packte die nasse Wäsche ein und ging zur Telefonzelle. Auf dem Apparat errichtete sie den üblichen Turm aus Münzen und wählte. Es wunderte sie, dass sie seine Nummer auswendig kannte, nach nur drei Anrufen.

»Hainbach«, meldete er sich.

»Ich bin's noch mal.« Auf einmal klopfte ihr Herz, als wäre sie gerannt. Einen Text hatte sie sich nicht überlegt.

»Hast du was vergessen?« Hartmut gab sich keine Mühe, seine Freude zu verbergen. Das melancholische Saxophon im Hintergrund wurde leise gestellt.

»Wo in Charlottenburg wohnst du überhaupt?«

»Kastanienallee. Nähe Theodor-Heuss-Platz.«

»Und wo bist du aufgewachsen? Ich meine, wo war das mit den Hühnern? Wir sind nicht mehr darauf zurückgekommen.«

»In einem Dorf in der Nähe von Marburg«, sagte er. »Rufst du deshalb an?«

In der erleuchteten Telefonzelle fühlte sie sich unbehaglich, wie auf einem Präsentierteller für vorbeikommende Passanten. Trotzdem griff sie nach dem nächsten Groschen und steckte ihn in den Schlitz. »Da werden Hühner mit bloßen Händen geschlachtet? Ich dachte, das gibt es nur in Portugal.«

»Wie gesagt, ein- oder zweimal. Normalerweise hat man andere Methoden.«

»Hast du es mal getan?«

»Nein.«

»Könntest du's?«

Ihr Insistieren brachte ihn zum Lachen. »Nach dem nächsten Atomkrieg, wenn mir ein lebendes Huhn in die Hände fällt. Vorher nicht. Ich weiß, wie man Kühe melkt und Wiesen mit der Sense mäht. Gibt es sonst etwas, womit ich dir helfen kann?«

»Mir ist eingefallen, dass ich im Café nicht gefragt habe, was ich wissen wollte. Weil ich plötzlich so viel erzählen musste. Es geht um meine Magisterarbeit, damit hättest du nicht gerechnet, was?«

»Was willst du wissen, wo liegt das Problem?«

»Bei mir, wo sonst. Am Institut geht alles drunter und drüber, weil wir umziehen, aber niemand weiß wohin. Es gibt keine

Räume für die Seminare, im Vorlesungsverzeichnis steht: Bitte auf Aushänge achten. Das ist natürlich keine Entschuldigung, ich besuche gar keine Seminare mehr. Bloß allein zu Hause kriege ich nichts hin.«

»Du hast ein Konzept, hast du gesagt. Es geht um Tschechow und seine Frauenfiguren.«

»Ich habe meinen Betreuer genervt, bis er mir das Konzept mehr oder weniger diktiert hat. Jetzt gehen mir die *Drei Schwestern* nicht aus dem Kopf. Beim Lesen habe ich nicht gemerkt, dass Irina das Zentrum ist, aber so wie Stein es inszeniert hat … Am liebsten würde ich nur über sie schreiben. Das Thema ist sowieso zu groß.«

»Versuch es einzugrenzen.«

»Im dritten Akt, wenn sie sagt: ›Wo ist denn alles geblieben.‹ Oder ganz am Schluss: ›Irgendwann kommt eine Zeit, in der die Leute begreifen werden, wofür das alles gut war.‹ Das ist das Stichwort, Zeit. Sie vergeht quälend langsam und viel zu schnell, typisch für die Schaubühne. Hast du vor zwei Jahren Grübers *Hamlet* gesehen? Sechs Stunden, es hat sich angefühlt wie zwanzig, und trotzdem hat es mir gefallen.« Sie hielt inne und seufzte. »Du musst sagen, wenn ich dich nerve.«

»Mir ist aufgefallen, dass ich mich neuerdings sehr für russische Dramen interessiere. Vor allem für die von Tschechow.«

»Warum sind es gute Stücke? Es passiert nichts. Was ja das Revolutionäre daran ist: Stücke, in denen nichts passiert – bis jemand stirbt oder so. Als *Die Möwe* uraufgeführt wurde, haben die Leute gelacht. Keiner hat verstanden, dass die Bedeutung in dem liegt, was nicht passiert. Wenn ich ehrlich bin, verstehe ich es auch nicht, aber es hat mit der Zeit zu tun.«

»Vielleicht wirst du es nicht hören wollen, aber ich fand das Stück nach der Pause besser als davor.«

»Das nächste Problem ist mein Deutsch«, fuhr sie fort, als hätte er nichts gesagt. »Für eine Arbeit von hundert Seiten ist es nicht gut genug. Ich werde Jahre brauchen. Das Ganze ist ein schlechter Witz: Ich schreibe meine Arbeit nicht, ich lebe sie.«

»Dein Deutsch ist gut. Wir treffen uns weiter wie bisher. Du erzählst mir deine Ideen, ich helfe dir, die richtige Form zu finden. Wann hast du Zeit?«

In die Wand der Telefonzelle war ein Symbol geritzt. Ein eingekreister Davidstern oder das Anarchisten-A, das sie in Kreuzberg oft sah. »Wir können uns nicht mehr sehen«, sagte sie und fühlte die Beschleunigung ihres Herzschlags.

»Bitte?«

»Du weißt, was ich meine. Du hast eine Freundin und ich einen Freund. Deine Freundin kenne ich sogar.« Letzte Woche waren sie zu dritt ausgegangen, mit Ana, und hinterher hatte Maria gedacht, dass Tereza ihr auf eine Weise ähnelte, die echte Freundschaft ausschloss. Sie war katholisch, promovierte über Befreiungstheologie und gab sich so freizügig, wie sie glaubte, dass es von ihr erwartet wurde.

»Du hast mich angerufen«, sagte Hartmut, »nach dem Abend im Theater.«

Eine Weile herrschte Stille in der Leitung, und die Fenster der Telefonzelle beschlugen. Nichts sagen, dachte sie.

»Wir können uns treffen wie heute. Und alles andere …«

»Es wäre mir lieber, wir würden das jetzt beschließen«, brachte sie über die Lippen.

»Mir nicht. Übrigens wollte ich dir heute Nachmittag was sagen. Zum Wintersemester muss ich eine Stelle antreten. Eine Vertretungsprofessur, die mir mein Chef eingebrockt hat. In Dortmund. Deshalb war ich so spät, er hat mir klargemacht, dass ich erledigt bin, wenn ich die Stelle nicht nehme. Ich dachte, es würde dich traurig machen, und du sahst schon traurig aus. Jetzt erleichtert es dich vielleicht.«

Das Guthaben lief ab, ein Signal ertönte, und Maria steckte das nächste Geldstück in die Tasche, statt es einzuwerfen. »Warum sollte mich das erleichtern?«

»Überleg es dir noch mal«, sagte er, bevor ein Klicken das Ende besiegelte. Maria behielt den Hörer in der Hand und achtete nicht auf die Jugendlichen, die draußen riefen, sie solle sich beeilen. Es gab ein Gefühl, das sie regelmäßig heimsuchte, seit Ana an der Uni arbeitete und sie gemeinsam auf Partys gingen, die nicht in verrauchten Kellerbars stattfanden, sondern in Altbauwohnungen mit Stuck an der Decke. Mit Rattanmöbeln auf dem Balkon. Die Gastgeber waren junge Paare mit unterschiedlichen Pässen, die Gäste brachten Salate mit, hielten Bowlegläser in der Hand und standen mit zur Seite geneigtem Kopf vor den Bücherregalen. Unter den Deutschen gab es einen, der den Zungenschlag des Kanzlers imitierte, und alle hörten Musik, zu der man seine Brille putzen, aber nicht tanzen konnte. Pink Floyd. Jazz. The Cure, wenn es hoch herging. Jedes Mal fühlten sie sich wie Außerirdische und machten Witze über die steifen Zusammenkünfte, bis Ana die nächste Einladung bekam und Maria mitging. Es war auffällig, wie oft ihre Freundin in letzter Zeit von Familie sprach, ohne ihre Lieben zu Hause zu meinen. Maria begleitete sie, damit Tereza es nicht tat, und weil sie hoffte, dass Ana jemanden fand, für den sie in Berlin bleiben würde. Für immer, dachte sie. Das Wort ›immer‹ gehörte auch zu dem Gefühl. Die Achtzigerjahre waren zur Hälfte um, und Kreuzberg erschien ihr wie eine Enklave, an der die Zeit vorbeilief. Zum ersten Mal seit über einem Jahr war sie neulich in die Waldemarstraße gegangen, um bei Frau Schulz Eier zu kaufen, und die hatte gefragt: Wie immer? Als wären bloß zwei Wochen vergangen. Es gab für das Gefühl keinen Namen und nur eine Person, der sie es erklären konnte.

Mit steif gefrorenen Fingern warf Maria das Geldstück ein und wählte dieselbe Nummer wie immer.

8 Auf den ersten Blick scheint der Unterschied gering: Zu Beginn des Urlaubs haben sie immer ein paar Tage bei João in Lissabon gewohnt, sind tagsüber ihre eigenen Wege gegangen und haben sich abends im Bairro Alto zum Essen getroffen. Als Philippa noch klein war, hat Hartmut sie in den Zoo mitgenommen oder die beiden sind mit der Tram durch die Altstadt gefahren, später wollte ihre Tochter lieber mit João losziehen und den Eltern verschweigen, was sie unternahmen. Hartmut besuchte Jazz-Konzerte im Estrela-Park, Maria bummelte durch die Buchläden des Chiado, saß in Cafés und spürte dem seltsamen Gefühl von Fremdheit in der Heimat nach. Am ersten Tag zuckt sie jedes Mal zusammen, wenn in ihrer Nähe Portugiesisch gesprochen wird. In diesem Jahr gehen Hartmut und sie einander aus dem Weg, so gut sie können, essen im Einkaufszentrum neben Joãos Wohnung und schlafen in getrennten Betten. Vier Tage sind seit dem großen Streit vergangen. Letzte Nacht hat sie ihren Mann zweimal durch den Flur schleichen hören, aber als sie am Morgen um halb neun aufsteht, ist die Tür zum Gästezimmer noch zu. Wenig später verlässt sie das Haus. Nur die Alarmanlage eines Autos zerschneidet die morgendliche Stille, und in den schattigen Seitenstraßen hält sich die Kühle der Nacht. Auf dem Weg zur Metrostation weht sie aus einem Müllcontainer der beißende Geruch von Essig an.

Ein Ziel hat sie nicht.

Im August wird Lissabon von Touristenmassen überschwemmt, aber außerhalb der Altstadt ist davon nichts zu sehen. Maria nimmt die gelbe Linie, steigt am Marquês de Pombal um in die blaue und fährt in der Unterstadt die endlose Rolltreppe nach oben. Weiße Kacheln wie in Paris. In einem Buch hat sie neulich gelesen, was der Chiado früher war: das Viertel der alteingesessenen exklusiven Geschäfte, mit Juwelierläden, Teesalons und Herrenausstattern, die ausschließlich nach Maß arbeiteten. Jetzt tritt sie am oberen Ende der Rua Garrett ans Tageslicht und schaut auf die Schilder von Boss und Benetton. Vor Pessoas Bronzestatue drängen sich die Touristen. Das Komische an ihrem Heimweh ist, dass es bleibt, wenn sie zurückkommt. Manchmal glaubt sie, es werde stärker, obwohl sie ihr altes Viertel schon seit Jahren nicht mehr besucht. Im Übrigen hat nicht blindes Profitstreben das Herz der Stadt zerstört, sondern ein Brand, dessen Spuren an einigen Ecken noch zu sehen sind.

Der Tag verspricht wolkenlos und heiß zu werden. Zwei Stunden läuft sie durch die Oberstadt, auf der Suche nach genug innerer Ruhe, um still in einem Café zu sitzen. Auf halbem Weg hinab nach São Bento, am Rand der schattigen Praça das Flores findet sie eines mit gelben Markisen vor den Fenstern und dunklem Holz an den Wänden. Hier bekommt sie einen Kaffee, der so schmeckt wie früher, und fühlt sich augenblicklich besser. Mit Hartmut hat sie seit dem Streit nur das Nötigste gesprochen, genau genommen nicht einmal das. Wo sie die zweite Urlaubswoche verbringen wollen, ist weiterhin ungeklärt. In den vergangenen Jahren sind sie zuerst nach Rapa und dann ans Meer gefahren, aber in der gegenwärtigen Situation fühlt sich Maria außerstande, die Ticks und Macken ihrer Mutter zu ertragen.

Der einzige Mensch, mit dem sie ausführlich gesprochen hat, ist Peter Karow. Von Bonn aus hat sie ihn angerufen und ihm erzählt, dass es irgendwann nicht mehr möglich war, auf der Hochzeitsfeier allein am Rand zu sitzen. Es gab eine Band und viel zu trinken, und es wäre falsch zu behaupten, sie habe sich verstellen müssen, um nach Mitternacht mit ihrem Mann zu tanzen. Sich beherrschen ja, verstellen nicht, vielmehr entsprach es einer Hälfte ihrer Gefühle, deren andere in dem Wunsch bestand, ihn vor aller Augen zu ohrfeigen. Mit jedem Glas Wein wurde sie ausgelassener, und als sie später im Bett seine Hand auf ihrer Brust spürte, hätte sie ihm ebenso gern eine geknallt wie seinem Drängen nachgegeben. Nimm sie weg, hat sie gesagt und am nächsten Abend in Bonn darauf bestanden, dass er auf dem Sofa schläft. Wenn sie ehrlich ist, kam ihr das bereits ein wenig übertrieben vor.

Als Hartmut anruft, sitzt sie vor dem Café und raucht. Auf der kleinen Grünfläche im Zentrum des Platzes versammeln sich schwarz gekleidete Senioren, und Maria überlegt, ob heute ein Feiertag ist. »Ja«, sagt sie widerwillig. Sogar im Schatten scheint die Hitze mit jeder Minute zuzunehmen.

»Ich sitze am Computer und suche. Bleibt es dabei, dass wir erst ans Meer und dann nach Rapa fahren?«, fragt er, als bezöge er sich auf eine vorherige Absprache.

»Wir können in dieser Verfassung nicht zu meinen Eltern fahren. Dabei bleibt es.«

»Im Süden ist fast alles voll. Tavira hat eine neue Pousada, die sehr schön aussieht. Da wäre eine Suite frei. Was denkst du?« Eine Suite, sagt er beiläufig und meint: Siehst du, dass ich mich bemühe? Am liebsten hätte sie wortlos aufgelegt. Mit was für einem Mann ist sie verheiratet, und warum sieht es bereits nach vier Tagen so aus, als stünde nicht sein unmögliches Verhalten der Versöhnung im Weg, sondern ihr Stolz? Weil er bereit ist, eine Suite zu buchen? »Maria?«, sagt er. »Ich weiß, es fällt dir schwer, aber ohne Worte geht es nicht. Wir telefonieren.«

»Wie viele Betten?«

»Eins.«

»Tu, was du willst.«

»Vier Tage? Reicht uns das?«

»Was willst du jetzt hören?«, fragt sie. »Ja, reicht? Nein, ich brauche fünf? Nächsten Sonntag um halb drei ist wieder alles beim Alten?« Mit Ruth hat sie auf der Hochzeitsfeier wenig gesprochen und jedes Mal, wenn sie Hartmut mit ihr reden sah, das Gefühl gehabt, es gehe um den Streit. Erst gegen drei Uhr, als viele Gäste bereits gegangen waren, saß sie mit ihrer Schwägerin neben der Tanzfläche und ließ sich von dem Geschenk berichten, das Philippa für ihren Vater gekauft hatte. Tags zuvor hatte sie es der Familie vorgeführt, ein kleines Kissen mit integrierten Lautsprechern, um nachts im Bett Musik zu hören. Hoffentlich helfe es gegen Hartmuts Einschlafschwierigkeiten wegen der Ohrgeräusche, meinte Ruth mitfühlend. Seitdem weiß Maria, dass ihr Mann an einem Tinnitus leidet. Ihr gegenüber hat er darüber kein Wort verloren.

»Deine Mutter hat zweimal aufs Band gesprochen«, sagt er. »Wir müssen ihnen sagen, wann wir kommen. Erwartet haben sie uns gestern.«

»Wie lange ist die Wohnung noch frei?«

»João und Fernanda kommen übermorgen zurück und fahren nächste Woche nach Rapa. Ich habe von morgen bis Montag reserviert.«

»Du hast schon reserviert?«

»Sonst war alles belegt.«

»Was fragst du dann noch?«

»Okay«, sagt er. »Bis später.«

Am nächsten Vormittag besteigen sie den Zug, der um halb elf in Entrecampos abfährt. Das Auto für die Fahrt nach Rapa will Hartmut in ein paar Tagen in Faro mieten. Vorher brauchen sie keines, hat er beim Verlassen der Wohnung gesagt und wahrscheinlich gemeint, dass es vorher nicht nötig sei, ihr die Position der Beifahrerin zuzumuten. In ihrem Waggon sitzen zwei englische Ehepaare, ein junger Mann mit Kopfhörern auf den Ohren sowie drei Damen mittleren Alters, die sich im Singsang des Alentejo unterhalten. Als der Zug über die große Brücke fährt, steht Hartmut auf, um an der Stadtseite aus dem Fenster zu schauen. Von ihrem Platz aus betrachtet Maria die roten Dächer von Belém und das endlose Blau des Atlantiks. Die Deutsche in ihr bemerkt die schmutzigen Fensterscheiben, die Portugiesin fühlt sich seltsam, weil sie in der ersten Klasse sitzt. Am anderen Ende des Waggons spricht Hartmut mit den Engländern, und eine hohe Frauenstimme sagt: »How beautiful.« Als er wieder Platz nimmt, muss sie sich beherrschen, nicht das Buch hervorzuholen, das sie gestern gekauft hat. Langsam rollen sie nach Süden, und das Schweigen wird beklemmend. Sobald das Umland von Lissabon hinter ihnen liegt, sind kaum Dörfer zu sehen, nur Felder, Wiesen und vereinzelte Schafherden, die auf dem flachen Land grasen. Am Morgen hat Maria mit ihrer Mutter telefoniert und es so dargestellt, dass sie lieber nach Rapa kommen wollten, wenn João und Fernanda auch da sind.

»Olivenbäume und Korkeichen«, sagt Hartmut schließlich und deutet nach draußen. »Man fragt sich, wo der Wein herkommt. Wir haben vermutlich keine Landkarte dabei?«

»Die Weingebiete liegen weiter im Osten. Oder im Westen, keine Ahnung. Woanders.«

»Die Gebiete für den Weinanbau?«

»Ja, Hartmut«, sagt sie langsam. »Die Weinanbaugebiete.« Gegen den plötzlichen Drang, zu lachen, ist sie machtlos, sie kann lediglich kopfschüttelnd andeuten, dass es sich nicht um ein fröhliches Lachen handelt.

»Ich weiß genau, was du meinst«, sagt er vergnügt.

In Grândola steht der Zug ein paar Minuten im Bahnhof. Außer Hochspannungsleitungen und einer Handvoll Häuser ist draußen nichts zu erkennen, und wegen der verdreckten Scheiben sieht es aus, als zöge ein Sandsturm vorbei. Hartmut beginnt das berühmte, nach dem Ort benannte Revolutionslied zu summen, verstummt aber, als ihre Handbewegung ihn dazu auffordert. Nicht weit von hier liegt das Heim, in dem ihre Mutter aufgewachsen ist, nachdem sie mit zwei Jahren ihre Eltern verloren hatte. Eine Zeit, über die Lurdes selten spricht. Der Zug setzt sich wieder in Bewegung, aber die Landschaft ändert sich erst, als sie vom Alentejo in den Algarve kommen. In Faro steigen sie aus und müssen eine Dreiviertelstunde auf den Anschluss nach Tavira warten.

»Oder wir nehmen ein Taxi«, sagt Hartmut, aber Maria schüttelt den Kopf und deutet auf das Café gegenüber dem Bahnhofsgebäude. Grüne Plastikstühle und Tische stehen auf dem Gehweg. Als Peter am Telefon wissen wollte, ob sie sich ein Leben ohne ihren Mann vorstellen könne, hat sie ausweichend geantwortet, vorstellen könne sie sich vieles. Jetzt sieht sie Maschinen der Ryan Air den nahen Flughafen ansteuern, nippt an ihrem Kaffee und überlegt, ob Trennung nach zwanzig Jahren mehr als einen äußerlichen Zustand bedeuten kann, die bündige Zusammenfassung dessen, was Dokumente festhalten, unterschiedliche Adressen und keine gemeinsame Krankenversicherung mehr. In einem anderen Sinn, scheint ihr, kann man sich nach zwanzig Jahren nicht trennen, weil man sich *von* zwanzig Jahren nicht trennen kann. Merkwürdig ist, dass sie die Einsicht eher tröstlich als bedrückend findet. Die Hitze wird stärker, ihr Mann trinkt ein Bier und lässt nicht erkennen, woran er denkt. »Klang meine Mutter besorgt?«, fragt Maria und merkt, dass sie zum ersten Mal das Wort an ihn richtet. »Ich meine, als du gestern mit ihr telefoniert hast.«

»Hab ich nicht. Ich stand neben Joãos Anrufbeantworter, als sie draufgesprochen hat.«

»Du wolltest nicht mit ihr reden?«

»Sie klang wie immer: als müsste sie die Entfernung durch Lautstärke überwinden. Wenn jemand brüllt, ist es schwer zu sagen, wie er sich fühlt.«

»Der Satz bezieht sich auf meine Mutter?«

Sein Lächeln verrutscht ein wenig, er merkt es und zuckt mit den Schultern. »Mein Portugiesisch ist so schlecht wie vor zehn Jahren. Deshalb bin ich nicht drangegangen.«

Als Maria nach seiner Hand greift, ist sie kalt und feucht von dem Bierglas. An den Besuch bei ihren Eltern hat sie in den letzten Tagen kaum gedacht. Im Herbst wird Artur dreiundachtzig und hat zwei Herzinfarkte hinter sich, dazu eine Bypass-Operation. Lurdes ist zwei Jahre jünger und leidet an Arthrose, seit sie in der Serra lebt. Die kalten Winter setzen beiden zu, eine Nachbarin hilft bei den Einkäufen, mittags und abends essen sie als Tagesgäste im Altersheim des Dorfes. Eines Tages werden sie ganz dorthin ziehen und …

»Woran denkst du?«, unterbricht Hartmut ihre Grübeleien. »Du siehst besorgt aus.«

Sie blickt auf und mustert sein Gesicht. In Wahrheit kann man sich weniger vorstellen, als man glaubt. In der Vorstellung verändert man nur ein Detail und übersieht, wie sich alles andere ebenfalls ändern würde. »Seit wann hast du einen Tinnitus?«, fragt sie.

»Seit wann hab ich … Hat Philippa das erzählt?«

»Seit wann, Hartmut?«

»Es ist kein Tinnitus. Manchmal habe ich ein hohes Pfeifen im Ohr, und –«

»Das nennt man Tinnitus.«

»Hier in Portugal hab ich es noch nie gehabt, es kommt vom Ärger an der Uni«, sagt er und dreht sein leeres Glas in den Händen. »Die elenden Reformen, die wir umsetzen müssen, obwohl keiner sie für sinnvoll hält. Wir alle haben ein schlechtes Gewissen, weil wir überhaupt mitmachen. Deshalb erledigen wir die Sache so schlecht wie möglich, und darüber streiten wir uns dann. Die einzige Konsequenz wäre, wenn jeder von uns seine Professur niederlegen würde. Das ganze Institut.«

»Um was zu tun?«

»Ein Zeichen zu setzen.«

»Ich meine danach. Was würdest du dann machen?«

»Meine Pension verlieren.«

»Hartmut.«

»Was willst du hören? Dass ich überlege, so wie Bernhard Tauschner nach Südfrankreich zu gehen, um ein Weinlokal aufzumachen?« Ein junger Kollege, mit dem Hartmut eine Zeitlang befreundet war, bevor er von einem Tag auf den anderen alles hinschmiss. »Der verrückte Hund. Kannst du dir mich hinterm Tresen vorstellen?«

»Vielleicht gibt es neben Uni und Kneipe noch ein Drittes.«

»Olivenanbau?« Er nimmt ihre Hand und küsst sie, wie er es oft tut, auf das unterste Glied der Finger. Peters abschließender Rat am Telefon lautete, sie sollten ordentlich vögeln und alles andere vergessen. Jenseits des hohen Zaunes zwischen Straße und Schienen fährt ein Zug ein, und Hartmut nickt. »Das ist die Bahn nach Tavira.«

»Die müssen wir kriegen?«

»Keine Angst.« Er küsst ihre Hand noch einmal und ist für eine Sekunde die Zuversicht selbst. »Sie hält ein paar Minuten.«

Die Pousada liegt auf einem Hügel im alten Zentrum. Das Gebäude war früher ein Konvent, dessen Bau im 16. Jahrhundert begonnen wurde. Im Erdgeschoss gibt es einen Raum mit verglastem Boden, der den Blick auf die Fundamente aus islamischer Zeit freigibt, und der umliegende Ort ist noch älter. Beim großen Erdbeben wurde er zerstört und zieht heute vor allem Portugiesen und englische Touristen an, die mehr Wert auf Ruhe als auf die Nähe zum Strand legen. An die frühere Bestimmung des Convento da Graça erinnern der Innenhof mit dem Säulengang, die breiten Treppen aus Granitstein und die oasenhafte Stille über dem Anwesen. Die Außenmauern sind gelb gestrichen, der Rasen wird jeden Abend gesprengt, ein Pool schimmert kobaltblau in der Sonne. Aus unsichtbaren Lautsprechern plätschert Musik, und überall gibt es Sitzecken, in die sich Maria mit ihrem Buch zurückziehen kann. Es ist der perfekte Ort für zwei Ehepartner, die ihre gemeinsame Zeit dosieren wie eine Medizin mit starken Nebenwirkungen.

Der Roman handelt von portugiesischen Missionaren, die zur Zeit der Vertreibung der Christen in Japan leben. *Silêncio* heißt er, und es ist lange her, dass ein Buch sie so gefesselt hat. Warmes Licht fällt auf den Boden des Innenhofs, wandert die gegenüberliegende Wand hinauf und zeigt an, dass die Sonne zu sinken beginnt. Auf dem Holztisch neben ihr steht ein großes Glas Eistee. Wie viele Stunden sie auf ihrem Platz zugebracht hat, weiß sie nicht; es ist das zweite Getränk, und einmal ist sie kurz eingenickt, währenddessen muss ein aufmerksamer Mitarbeiter den Ventilator aufgestellt haben, der jetzt Luft über ihre nackten Waden streichen lässt. In Gedanken war sie den ganzen Nachmittag im alten Japan, und sie ahnt, dass die Mission für Sebastião Rodrigues schlimm enden wird. Wer der westlichen Irrlehre nicht abschwört, wird mit dem Kopf nach unten über ein Loch gehängt, bekommt die Haut hinter dem Ohr aufgeritzt und bleibt so lange hängen, bis er entweder Einsicht zeigt oder verblutet ist. Ana-tsurushi heißt die Technik, die Rodrigues' Meister bereits dazu gezwungen hat, sich von seinem Glauben loszusagen.

Wo Hartmut sich aufhält, weiß sie nicht. In der Bar gibt es ein Bücherregal, wo er gestern einen Bildband über die Geschichte des Jazz in Portugal entdeckt und den halben Tag darin geblättert hat. Drei Jahre vor der Revolution soll in Cascais ein großes Festival stattgefunden haben, bei dem unter anderen Dizzy Gillespie und Miles Davis auftraten. In dem Band heißt es, zwölftausend Leute seien damals dabei gewesen. Zwölftausend Jazz-Fans im Land des drögen Schulmeisters Marcelo Caetano, das klang für Maria, als hätte der 25. April seine Wurzeln nicht im Militär, sondern in der progressiven Musikszene gehabt. »Du wusstest das, bevor du davon gelesen hast?«, fragte sie am Abend, als sie gemeinsam auf der Terrasse eines Restaurants saßen. Der Blick ging über den Ort und den Fluss, der ihn teilte, fiel auf die steinerne Brücke und den Schriftzug eines riesigen Einkaufszentrums. Dahinter, im Abendlicht eher zu erahnen als zu erkennen, lag das Meer.

»Irgendwo hatte ich davon gelesen«, sagte er. »Die Fotos sind beeindruckend. Interessant zu wissen wäre, ob es Mitschnitte gibt. Bei Gelegenheit recherchiere ich das.«

»Wenn du Jazz magst, wieso hast du nie ein Instrument gelernt?«

»Erst hatte ich kein Geld, dann keine Zeit, dann war es zu spät. So würden manche Leute ihr Leben zusammenfassen. Außerdem hab ich als Jugendlicher im Posaunenchor gespielt, aber es gab keine Saxophone. Das wäre mein Instrument gewesen.«

»Du mit Saxophon … ich weiß nicht.«

»Du kennst das Tonbandgerät im Arbeitszimmer«, sagte er. »Technisch war es nicht mehr der letzte Schrei, als ich's gekauft habe, aber ich konnte meine eigenen Bänder zusammenstellen. Im SFB lief eine Sendung, die habe ich aufgenommen. *Jazz Radio* am Sonntagabend. Dann hab ich die Bänder gehört und dazu Luft-Saxophon gespielt. Ziemlich gut sogar.«

»Luft-Saxophon.«

Er hob die Hände über den Tisch, als hielten sie ein Instrument. Es ging auf zehn Uhr zu, sie hatten Fisch gegessen und den Wein fast ausgetrunken, und Maria spürte einen angenehmen Anflug von Trunkenheit. »Als mir kürzlich langweilig war, hab ich die alten Bänder wieder herausgekramt. Die Qualität ist noch gut, und an meinem damaligen Geschmack habe ich wenig auszusetzen. Nicht wie du mit deinen alten Singles. Rod Stewart, wirklich! Bei Literatur bist du so streng.«

»Spielst du immer noch Luft-Saxophon?«, fragte sie, statt auf die Frotzelei einzugehen.

»Ja.«

»Du lügst.«

»Anders macht es keinen Spaß.«

»Du hast in Bonn im Wohnzimmer gestanden und –«

»Im Arbeitszimmer. Das Ding wiegt eine Tonne, ich wollte es nicht schleppen. Es war die erste Anschaffung, nachdem ich die Stelle an der TU bekommen hatte. Elfhundert Mark, mit den beiden Boxen.«

Die Art, wie sie den Kopf schief legte, sollte Skepsis ausdrücken, aber in Wirklichkeit flirtete sie. Satt und angetrunken saßen sie auf einer Veranda, über die der sanfte Wind des Algarve strich, und es erforderte bereits einen geheimen Beschluss, später nicht mit ihrem Mann zu schlafen.

»Ich habe sogar einen Künstlernamen«, sagte er. »Hab ich mir damals zugelegt.«

»Hartmut, hör auf! Du und dein Luftinstrument, das reicht.«

»Ist es dir peinlich? Ich benutze ihn nicht öffentlich. An der Uni heiße ich nur Professor Hainbach.«

»Wie heißt du auf imaginären Bühnen?«, fragte sie und rollte vorsorglich mit den Augen.

»Barry Manderino.«

»Das ist ein Witz. Schluss jetzt! Sag, dass das ein Witz ist.«

»Ich habe allein gewohnt und hatte Zeit, mir solche Sachen auszudenken. Jetzt bin ich wieder allein. Ladies and Gentlemen, put your hands together for the one and only ...« Offenbar spürte er, dass er es übertrieb, und winkte ab. Versuchte, nicht zu zeigen, wie sehr ihm daran lag, sie zum Lachen zu bringen. Wie jeder kleine Erfolg ihn anspornte. »Was ist mit dir, hast du keinen Künstlernamen?«

»Das ist ein typisches Männerding. Bewundert werden wollen. Held sein.«

»Warum nicht? Was könnte berauschender sein, als auf einer Bühne zu stehen und die erotische Energie zu spüren, die einem aus der Menge entgegenschlägt? Du bist in der Mouraria aufgewachsen, zwischen berühmten Fado-Sängern.«

»Ich habe sie beim Metzger in der Schlange stehen sehen. Falls du glaubst, ihre Aura hätte meine Phantasie beflügeln müssen. Es waren keine Stars, sondern Nachbarn, die singen konnten. Du romantisierst immer, woher ich komme.«

»Verständlich, wenn man bedenkt, woher *ich* komme.«

»Damals war es ein Viertel der einfachen Leute. Kleinbürger wie meine Eltern, inzwischen ist es ein Slum. Außerdem mag ich keinen Fado.« Sie trank einen Schluck und schob ihm das leere Glas hin. »Hab ich dir die Geschichte von dem Gast erzählt, der in unserem Restaurant erstickt ist? An einem Stück Fleisch.«

»Nein, klingt aber spannend.«

»Ich war fünfzehn oder sechzehn«, sagte sie, »und musste in

der Küche aushelfen. Am frühen Abend, bevor es richtig voll wurde. Der Mann war ein Stammgast, ein älterer Herr um die fünfzig.«

»Ein junger Mann demnach.«

»Senhor Coentrão hieß er. Ich mochte ihn nicht, er hat das Fleisch immer mit dem Messer statt mit der Gabel aufgespießt und sich in den Mund gesteckt. Das hat man im Viertel oft gesehen, aber wenn es im Restaurant geschah, hat meine Mutter die Leute zurechtgewiesen. O lugar dos engolidores de espadas é no circo, hat sie gesagt ... Verstehst du?«

»Nein. Wessen Platz ist im Zirkus?«

»Engolidores de espadas ... Schwertverschlucker?«

»Schwertschlucker.«

»Schwertschlucker gehören in den Zirkus. Klingt nach meiner Mutter, oder? Jedenfalls, an dem Abend war ich in der Küche, als im Gastraum großes Geschrei aufkam. Senhor Coentrão hatte wie immer sein Bitoque mit Kartoffeln gegessen und mit meinem Vater geplaudert. Als ich durch die Küchentür kam, stand er mit rotem Kopf neben seinem Platz. Röchelnd. Die anderen Gäste waren aufgesprungen und standen hilflos um ihn herum. Seine Augen wurden immer größer, dann hat meine Mutter mich zurück in die Küche gezogen. Ich hab nur den dumpfen Aufschlag gehört, als er hinfiel. Es war eine Sache von Sekunden. Kurz vorher hatte meine Mutter noch gesagt: Der alte Coentrão und seine Geschichten. Sie mochte ihn auch nicht, aber den Satz hat sie sich nie verziehen.«

»Er ist einfach gestorben?«

»Einfach war es vermutlich nicht. Ich kann mich noch an den Ausdruck in seinem Gesicht erinnern. Keine Angst, kein Entsetzen, nur so ein bodenloses Erstaunen. Als wollte er sagen: Es kann doch nicht sein, dass ich jetzt an einem Stück Steak krepiere! Aber genau das ist passiert. Meine Mutter ist nicht darüber hinweggekommen. Vielleicht hat sie an dem Abend beschlossen, nach Rapa zu ziehen, sobald es möglich war. Auf jeden Fall hat sie sich danach jedes Mal bekreuzigt, wenn sie ins

Restaurant musste, in den Gastraum. In der linken Hand hat sie den Teller gehalten, mit rechts das Kreuz gemacht. Deshalb konnte sie nur einen Teller tragen.«

»Und du isst seitdem kein Fleisch mehr?«

»Ich habe es erzählt, weil du romantisierst, woher ich komme. Ein anderer Gast hat darum gebeten, ihm das Essen einzupacken. Für den Moment war ihm der Appetit vergangen, aber er war Realist. Er wusste, der Hunger kommt zurück.«

»Das hast du dir ausgedacht.«

»Nur dieses letzte Detail«, lachte sie und schämte sich weniger für die Lüge als dafür, wie sie aus dem Tod eines Menschen Kapital schlug. Immerhin für einen guten Zweck. »Dass Senhor Coentrão bei uns erstickt ist, stimmt wirklich. Siehst du so genau, wenn ich lüge?«

Froh darüber, den düsteren Bann der Geschichte gebrochen zu haben, griff Hartmut nach der Weinflasche. »Die Geschichte ist nicht typisch für die Mouraria, sondern für das menschliche Leben insgesamt. Es kann jederzeit vorbei sein. Von einer Sekunde auf die andere.«

»Zum Beispiel im Straßenverkehr«, sagte sie und kam sich wie eine Spielverderberin vor.

»Ich nehme an, es war dein gutes Recht, das zu sagen.« Er verteilte den Rest des Weins auf beide Gläser. Drinnen saßen nur noch wenige Gäste, und die Kellner schienen darauf zu warten, dass sie Feierabend machen konnten. »Willst du Nachtisch?«, fragte er. »Einen Digestif? Kaffee?«

»Nein. Ich bin müde.«

Als sie aufbrachen, war der laue Abend in eine angenehm kühle Nacht übergegangen. Die wenigen Meter zurück zum Hotel gingen sie wie Teenager vor dem ersten Kuss, aber als Hartmut eine halbe Stunde später aus dem Bad kam und sie auf ihrer Seite des Bettes vorfand, verstand er den Wink. In das kurze Zögern, bevor er das Licht löschte, hätte ein Kuss gepasst, und ins Schweigen danach alles andere.

Jetzt klappt Maria ihr Buch zu, trinkt den Eistee aus und

geht nach oben ins Zimmer. Sobald sie die hölzernen Fensterläden aufzieht, fluten Sonnenstrahlen den Raum und bringen das dunkle Parkett zum Glänzen. Hinter dem rauschenden Blätterwerk einer Platane liegt Tavira im Abendlicht. Sie stellt sich unter die Dusche und zieht ein anderes Kleid an. Die Uhr auf dem Nachttisch zeigt kurz vor sieben.

Auf Hartmuts Seite des Bettes liegt das Geschenk von Philippa. Ein weißes Plastikkissen mit zwei perforierten Stellen an den Seiten. Bevor er schließlich die Musik angestellt hat, erkundigte er sich flüsternd, ob er sie damit störe, aber es war ihr lieber, als sich beim Atmen belauscht zu fühlen. Jetzt nimmt sie ihr Handy von der Kommode und fühlt sich von einem Moment auf den anderen einsam. Der einzige Ausweg ist Peters Nummer.

»Schon wieder du«, sagt er zur Begrüßung. »Ich dachte, du bist im Urlaub.«

»Stör ich dich? Mir fällt gerade auf, dass ich dir noch nie auf die Mailbox gesprochen habe. Du bist immer da.«

»Für dich, Liebling. Habt ihr euch wieder vertragen?«

Es ist das erste Mal in ihrem Leben, dass die Rolle der besten Freundin von einem Mann ausgefüllt wird. In Berlin ruft sie Peter oft an, wenn sie abends in der Bahn nach Pankow sitzt und Angst hat, einzuschlafen. »Bist du zu Hause?«, fragt sie.

»Ich sitze im Büro und studiere Immobilienanzeigen, also lass dir Zeit.«

»Es gibt sowieso nichts, worüber ich reden will. Tut sich was in Sachen Umzug?«

Ihr Freund leitet einen kleinen kulturwissenschaftlichen Fachverlag, den er mit dem Geld seines Partners Erwin Krieger gegründet hat. Zu Anfang bestand das Programm ausschließlich aus Titeln zu queeren Themen, inzwischen ist die Palette breiter geworden, und Peter träumt davon, den Verlag auch räumlich neu zu positionieren: raus aus dem maroden Fabrikgebäude in Hellersdorf, hinein ins Zentrum der Stadt. »Neulich war ich in der Nähe des Theaters, um mir was anzuschauen«, sagt er.

»Mein Vorhaben wird immer kühner. Ich denke daran, die angestaubten Geisteswissenschaften ein bisschen aus unserer Ecke aufzumischen. Geschichte, Philosophie, wer weiß, vielleicht eines Tages sogar Theologie. Alles mit unserem grellen Look. Klingt es verrückt?«

»Die Welt wartet auf den Beweis, dass Jesus homosexuell war.«

»Nein, aber die Welt braucht Gedanken, denen man auch ansieht, dass sie neu sind. Unser Haus wiederum braucht mehr seriöse Wissenschaft. Wenn du an den Unis ernst genommen werden willst, reicht hübsche Verpackung auf Dauer nicht aus. In den letzten Jahren haben wir mehr Image- als Inhaltspflege betrieben.«

»Und du verstehst genug davon? Ich meine von Geisteswissenschaften. Beziehungsweise von Seriosität.«

»Ich werde Leute einstellen, die das können. Frag deinen Mann, ob er Lust hat, bei mir anzufangen. Viel zahlen kann ich nicht, aber ich tätschel ihm jeden Morgen die Wange.«

»Das wird ihm gefallen. Er ist ausgesprochen empfänglich für solche Zärtlichkeiten.«

»Du lässt ihn am ausgestreckten Arm verhungern, stimmt's? Liebesentzug. Weil er einmal die Kontrolle verloren hat.«

»Du warst nicht dabei«, sagt sie. »Er ist vollkommen ausgerastet. Seitdem frage ich mich, mit was für einem Menschen ich verheiratet bin.«

»Ich war mal so verliebt in jemanden, dass ich ihn mit dem Messer bedroht habe.«

»Und?«

»Er hat es mir abgenommen und mir eine reingehauen. Danach war ich mit meiner Liebe allein. Wenn ich mich richtig erinnere, haben wir trotzdem noch eine Nacht zusammen verbracht.«

»Es gibt nichts Jämmerlicheres als Frauen, die Entschuldigungen für das Verhalten ihrer Männer suchen, die sich wie Tyrannen aufführen.«

»Du sollst keine Entschuldigungen suchen, sondern ihm verzeihen.«

Mit dem Telefon am Ohr ist sie im Zimmer auf und ab gelaufen, nun bleibt sie vor dem Spiegel stehen und sieht sich ins Gesicht. »Ich will, dass er noch ein bisschen leidet. Er soll nicht auf die Knie fallen und sich unterstehen, es zu erklären. Ich will einfach nur, dass er leidet.«

Peter zieht Luft durch die Zähne, sagt aber nichts.

»Ich weiß, was du denkst. So schlimm ist es nicht. Wir wohnen in einem wunderschönen Hotel, tagsüber gehen wir einander aus dem Weg, und das ist gut so. Ihn zu vermissen, fühlt sich besser an, als ihn zu sehen.«

»Und nachts?«

»Ist es dunkel«, antwortet sie knapp. So promiskuitiv wie Peter als junger Mann hat von ihren Bekannten niemand gelebt, nicht einmal Ana in den besten Zeiten. Jetzt kümmert er sich um seinen an chronischer Hepatitis erkrankten Partner, aber dass er ihm treu ist, glaubt Maria nicht. Wenn sie ehrlich ist, weiß sie nicht viel über ihren Freund und könnte nicht sagen, woher die Vertrautheit zwischen ihnen kommt. Damals in Ost-Berlin war er der Einzige, der sich für Falks Texte eingesetzt hatte und noch enttäuschter war als sie, als er nichts für sie tun konnte.

»Ich muss auflegen«, sagt er. »Erwin braucht seine Spritze. Eine pro Woche, die er sich natürlich auch selbst geben könnte, aber das sind eben unsere gemeinsamen Aktivitäten in diesen Tagen. Nur falls du denkst, du würdest in deinem portugiesischen Luxushotel schwierige Zeiten durchmachen.«

»Grüß ihn von mir«, sagt sie. »Kann sein, dass ich wieder anrufe.«

»Nächste Woche sind wir in Norwegen, ohne Handy. Mein Rat bleibt sowieso derselbe: Der gute alte Versöhnungsfick steht zu Unrecht im Ruf, oberflächlich zu sein. In vielen Situationen ist er die beste Lösung. In manchen die einzige.«

»Ich denke darüber nach.«

»Das hat nicht denselben Effekt.«

»Wunderst du dich manchmal, dass wir so gut befreundet sind?«

»Kommt darauf an, was du meinst«, sagt er. »Ich bin genau das, was du brauchst. Jetzt geh und lass dich bumsen.« Damit legt er auf.

Als Maria das Gebäude verlässt, liegt der größte Teil des Ortes im Schatten. Die Straße vor dem Hotel endet am höchsten Punkt von Tavira, wo ein bauchiger weißer Wasserspeicher steht. Dahinter erheben sich die Natursteinmauern des alten Castelo, dessen Innenraum einen botanischen Garten beherbergt. Ungesicherte Stufen führen in die Winkel der offenen Ruine, und als Maria hinaufklettert, muss sie sich zwingen, nicht nach unten zu schauen. Von oben überblickt sie die Kirche und die zum Fluss hin abfallenden Häuserreihen. Ihr Buch hat sie mitgebracht, aber statt zu lesen, lehnt sie sich gegen einen über die Mauer ragenden Ast und raucht. Vor dem Eingang wartet eine Touristengruppe, eine Ansammlung runder Sonnenhüte, die sich hierhin und dorthin drehen.

Aus der Entfernung ähnelt die Pousada der im gleichen Gelb gestrichenen Kunsthochschule in Lissabon. Vor drei Tagen ist sie dort vorbeigelaufen und musste an die vielen Nachmittage denken, die sie damals mit dem Versuch zugebracht hat, wie eine Studentin der Belas-Artes auszusehen. Von Luís hatte sie sich einen Skizzenblock geben lassen und die ausgestellten Statuen gezeichnet, voller Angst, jemand könnte ihr über die Schulter sehen und das mangelnde Talent bemerken. Manchmal staunt sie darüber, wie viel Zeit im Leben sie mit Tagträumen vertan hat, mit Täuschungsmanövern, deren erstes Opfer sie selbst war. Nicht nur als Jugendliche, die verzweifelt auf einen Studienplatz wartete, auch später noch. Kompromisse, Umwege und Sackgassen – sie hat sich gesagt, das gehöre zum Leben dazu, aber vielleicht gehörte es zu ihrem Leben, weil ihr für einen konsequenten Weg die Entschlossenheit fehlte. Der Hochmut, zu dem sie neigt, war dafür nur ein schlechter Ersatz. Bevor sie den Gedanken weiterspinnen kann, erkennt sie die Gestalt, die gemächlichen Schrittes den Weg heraufkommt, der vom Fluss zum Castelo führt. Neben der Stelltafel eines Cafés bleibt Hartmut stehen, studiert das Tagesangebot und schaut auf die Uhr. Es ist ein merkwürdiges Gefühl, ihm dabei zuzusehen, wie er überlegt, ob sie im Hotel auf ihn wartet oder lieber allein bleiben will. Schließlich steuert er den letzten freien Tisch an, danach sieht Maria nur noch seine unter dem Sonnenschirm hervorlugenden Beine.

Mit dem Buch in der Hand geht sie nach unten. Als ihre Blicke sich begegnen, erkennt sie dieselbe Freude in seinem Gesicht, mit der er sie seit zwanzig Jahren begrüßt, egal ob sie einander zwei Stunden nicht gesehen haben oder einen Monat. Sie gibt ihm einen Kuss und nimmt Platz. Einen Moment lang wissen sie beide nichts zu sagen, dann fragt er: »Ist das ein Zufall?«

»Dass wir uns in Tavira begegnen? Das wäre ein irrer Zufall.«

»Dass du denselben Autor liest wie bei unserem ersten Treffen.«

»Unser erstes Treffen fand in einem verschneiten Park statt. Da hatte ich kein Buch dabei, nur Zettel und Stift.«

»Bei der ersten Verabredung. Oder einer der ersten.« Der Kellner bringt frischen Orangensaft, und Hartmut schiebt ihr das Glas hin. »Eine Empfehlung von deinem Pater, hast du gesagt. Den Titel habe ich vergessen.«

»Kann sein. Das hier war sein Lieblingsbuch, und ich verstehe warum. Offenbar wurde es erst jetzt übersetzt.«

»Ist der Titel derselbe wie von dem Bergman-Film? *Das Schweigen*.«

»Der Film hat auch in Portugal einen Artikel, *O Silêncio*. Glaube ich jedenfalls. Die Antwort auf deine Frage lautet: Ja, ein Zufall. Als es mir in Lissabon in die Hände fiel, ist mir wieder eingefallen, dass ich es schon immer hatte lesen wollen.« Sie trinkt einen Schluck. »Wo bist du den ganzen Nachmittag gewesen?«

»Ich habe einen Rundgang gemacht und hier um die Ecke

eine Ausstellung besucht. Über den Gewürzhandel in der Region.«

»Den Gewürzhandel.«

»Von den Römern bis heute. Außerdem habe ich das Auto bestellt. Morgen nehme ich den Zug nach Faro und hole es ab.«

»Wird das unser erster Portugalurlaub ohne Strandbesuch?«

»Ab morgen sind wir mobil. Allerdings erinnere ich mich an ein Gespräch im letzten Jahr, dass es ohne Philippa nur halb so reizvoll ist. Lesen kannst du am Pool besser.«

»Das muss ein Selbstgespräch gewesen sein. Ich mochte den Strand vor Philippa. Den Aufenthalt verlängern können wir nicht, oder? Ich meine hier.«

»Wenn du es deiner Mutter beibringst. Meinetwegen sofort.«

»Fährst du noch genauso gerne nach Rapa wie früher?«

»Auch das war mit Kind schöner«, sagt er nach einem Moment des Zögerns. »Als deine Eltern gesünder und die von Valentin noch am Leben waren und wir abends im Garten gegrillt haben. Alle zusammen. Trotzdem freue ich mich.«

»Peter hat neulich gefragt, ob wir einen Plan für den Ruhestand haben. Du und ich.«

»Und, haben wir?«

»Ich habe gesagt, wir reden manchmal davon, ihn in Portugal zu verbringen, aber ob wir daran glauben, ist eine andere Frage. Ich überlege, was mit dem Haus geschehen soll.«

»Eines Tages werdet ihr es erben, und mein Gefühl sagt mir, ihr werdet es weder besitzen noch verkaufen wollen. João und du. Schon gar nicht werdet ihr darüber reden, was ihr stattdessen damit machen wollt.«

»So ist es«, sagt sie.

»Aber du wirst dir nicht verzeihen, wenn du nicht ab und zu hinfährst. Ich meine, wenn deine Eltern – jetzt weinst du«, unterbricht er sich und greift nach ihrer Hand.

»Wenn meine Eltern dort begraben sind, wolltest du sagen.«

»Ja.«

»Du hast eine furchtbare Heulsuse geheiratet. Außerdem

lebe ich immer noch in dem Wahn, dass ich eines Tages alles wiedergutmachen werde. Verrückt, oder?«

»Was denn wiedergutmachen?«

»Alles eben«, sagt sie und sucht nach einem Taschentuch.

Früher hat Lurdes das Obergeschoss geputzt, bevor sie zu Besuch kamen, inzwischen sieht man den Räumen an, dass sie nur ein- oder zweimal im Jahr bewohnt werden. Spinnweben und Staubfäden sammeln sich in den Ecken, unter der Toilettenbrille blüht Schimmel, und die Bilder im Treppenhaus sind so blind wie der Spiegel im Bad. Im Sommer riecht es nach trockenem Holz, bei Kälte nach alten Zeitungen. Der Gedanke, eines Tages das Haus zu betreten, in dem niemand mehr wohnt, ist so unheimlich, dass sie sich schütteln muss.

»Während du den Gewürzhandel der Region studiert hast, hab ich mir auch einen Künstlernamen zugelegt«, sagt sie, um das Thema zu wechseln.

»Tatsächlich. Lass hören.«

»Ich würde aber nicht auf Bühnen auftreten. Es wäre eher ein Name für Aktionskunst.«

»Was ist Aktionskunst?«

»Neulich habe ich einen Artikel über Marina Abramović gelesen. Sie hat sich in einem Museum ausgestellt, und die Besucher durften mit ihr machen, was sie wollten. Sie hat alles mit sich machen lassen. Nach kurzer Zeit wurde eine Orgie der Misshandlung daraus. Die Männer haben sie angefasst, bespuckt und geschlagen, die Frauen haben sie dabei angefeuert. Beim Lesen habe ich mich gefragt, welcher Film oder welches Theaterstück es damit aufnehmen könnte. Egal, wie schockierend und provokant es daherkommt.«

»Das bezieht sich auf Falk Merlinger?«

»Ich meine es allgemein. Nicht nur, weil es mehr Mut erfordert –«

»Außerdem einen gewissen masochistischen Impuls.«

»Das ist nicht der Punkt. Statt etwas zu behaupten, sorgt sie dafür, dass es wirklich wird. Nicht als Werk, als Realität. Falk hat mal gesagt: Nach dem Stück kommt entweder Applaus, und alles ist gut, oder Pfiffe, dann ist es noch besser. Ein Publikum im eigentlichen Sinn kann man nicht provozieren, es sitzt vor der Bühne und schaut zu. Im Theater würde ich gern die Paare sehen, wie sie nach Hause kommen und voreinander rechtfertigen, was im Museum passiert ist. Aber das wären die anderen, bei ihr ist es jeder selbst. Frauen feuern ihre Männer an, eine andere Frau zu misshandeln, das hat mich umgehauen. In einem Theaterstück würde ich sagen, wie billig.«

»Wenn wir schon in Gleichnissen sprechen …«

»Ich meine es ernst. Auf der Bühne gibt es Kunstfertigkeit, sie macht Kunst.«

»Es ärgert mich immer noch, dass ich dir bei der Premiere nicht gesagt habe, was ich von *Schlachthaus Europa* halte.«

»Ó querido!«, sagt sie, führt seine Hand zum Mund und küsst sie. »Am Premierenabend war ich dir dankbar, dass du es nicht gesagt hast. Jetzt spielt es keine Rolle mehr.«

»Man spricht Dinge nicht aus, sondern schluckt sie runter, und irgendwann, wenn man es am wenigsten will, kommen sie wieder hoch.«

»Das ist Psychologie auf dem Niveau unserer Tochter. Wir haben nicht so gestritten, weil du Falks Stücke nicht magst.«

»Hast du ihr davon erzählt?«

»Wenn du willst, sag es jetzt. Es war albern, kalkuliert und selbstgefällig, richtig?«

»Jetzt ist es zu spät«, sagt er und leert das Glas.

Ein alter Mann kommt aus dem Garten des Castelo und verschließt das Tor mit schweren Ketten. Über dem Fluss kreisen Möwen, und Maria weiß nicht, wie sie sich fühlt. Es wird sich etwas ändern müssen, aber sie hat keine Ahnung, was und wie. Als Wochenendbeziehung ist ihre Ehe zum Scheitern verurteilt, das steht fest.

»Und der Name?«, fragt Hartmut.

»Ana Tsurushi. Ana mit einem n, portugiesisch.«

»Darf ich fragen, wo er herkommt?«

»Es ist einfach ein Name. Fiel mir am Nachmittag beim Lesen ein.«

»Wie du meinst. Willst du noch was trinken, oder gehen wir ins Hotel?«

»Wir gehen ins Hotel.«

Er zählt ein paar Münzen ab und legt sie auf den Tisch. »Irgendwelche letzten Worte?«

»Ich hab es dir am Samstag gesagt: Wenn es noch ein Mal vorkommt, ist es aus zwischen uns. Für immer.«

»Glaub mir, ich würde mich lieber um–« So schnell sie kann, legt sie ihm die Hand auf den Mund und schüttelt den Kopf. Eine reflexartige Reaktion, die sie erst nach ein paar Sekunden versteht. Gemeinsame Lebenslügen sind komplizierte Gebilde, aber das zugrundeliegende Prinzip ist simpel: Einer will nicht hören, was der andere sich nicht zu sagen traut. Das ist keine Feigheit, sondern eine Art ungeschriebener Vertrag, der beide Seiten zur Einhaltung verpflichtet. Was Hartmut gerade sagen wollte, mag wahr sein und wäre außerdem Erpressung, aber sie schläft lieber mit ihm, ohne daran zu denken, was er andernfalls tun würde.

So wie bisher. Weil es gut war.

9 Marias zweites Arbeitsjahr beginnt mit erfreulichen Neuigkeiten: Die zuständige Jury hat nach der Evaluierung empfohlen, dass das Theaterwerk für weitere vier Jahre gefördert werden soll, verkündet Frau Esswein von der Kulturverwaltung. Der Hauptausschuss des Senats ist der Empfehlung gefolgt. Zwar bleibt die erhoffte Etaterhöhung aus, trotzdem sorgt die Nachricht im fünften Stock des BT für Erleichterung und hektische Betriebsamkeit. Niemand wird arbeitslos, und obwohl zwischen der bewilligten Summe und dem tatsächlichen Bedarf eine erhebliche Lücke klafft, soll das Weiterleben des Theaters so schnell und so groß wie möglich gefeiert werden. Kaum aus dem Urlaub zurück, machen sich Maria und zwei Mitarbeiter daran, ein Programm für das Fest zusammenzustellen, das Catering zu organisieren und sich im Dickicht deutscher Brand- und Lärmschutzbestimmungen zu orientieren. Der Ansprechpartner im zuständigen Ordnungsamt ist ein gewisser Herr Rudolph, der seine Auskünfte mit sperrigen Wörtern wie ›Entfluchtungsquoten‹ spickt, die sich Maria von den Kollegen übersetzen lassen muss. Als der September beginnt, wehen draußen die ersten Blätter über den Koppenplatz, und die ungeöffneten Mails in ihrem Posteingang vermehren sich wie von selbst. Auf dem Schreibtisch liegen Entwürfe für Flyer und Plakate, zusätzliche Stühle müssen her, und sobald sie sich mit einer Zigarette ans Fenster stellt, klingelt das Telefon.
Vielleicht ist es gut, dass ihr wenig Zeit zum Nachdenken bleibt.

»Und, wie läuft's?«

Als Maria aufsieht, steht Falk in der offenen Bürotür und drückt beide Handflächen gegen den Rahmen. Es ist Viertel vor zehn am Morgen. Die kleine Runde im Intendantenzimmer hat er für eine Woche ausgesetzt, weil er zu beschäftigt ist, stattdessen schaut er auf dem Weg zur Probe herein und erkundigt sich nach dem Stand der Dinge. Ein zusammengerolltes Stück Papier, vermutlich Teil eines Manuskripts, klemmt wie ein Dolch unter seinem Gürtel.

»Wie läuft was?«

»Was auch immer du tust, wenn du dich unbeobachtet fühlst. Läuft es?«

»Wir brauchen ein Motto für das Fest«, sagt Maria. »Die Plakate müssen raus, es wird höchste Zeit. Wer hat darauf bestanden, noch vor Beginn der neuen Spielzeit zu feiern?«

»Wenn man sein Überleben feiert, tut man es am besten schnell – bevor der Grund entfällt. Für das Motto hab ich mehrere Vorschläge gemacht.«

»Die vom Komitee einstimmig abgelehnt wurden. ›Ihr kriegt uns hier nicht raus!‹ Was soll das, wir haben die Förderung ja.«

»Dann muss das Komitee für Alternativen sorgen. Das nennt man den Preis der Macht.« Obwohl in wenigen Minuten die Probe beginnt, scheint er es nicht eilig zu haben und macht zwei Schritte ins Zimmer herein. Alex und er haben die Ferien auf einer Ostseeinsel verbracht, und im Gegensatz zu seiner Freundin ist Falk gut gelaunt und voller Tatendrang zurückgekehrt. Sogar eine leichte Bräunung zeigt sich auf seiner sonst bleichen Haut. »Irgendwann müssen wir über das *Schlachthaus* reden«, sagt er. »Irgendwann sehr bald.«

»Die Bühne für Kopenhagen? Das hat Zeit.«

»Über den Inhalt. Ich habe neue Ideen.«

»Du willst neu proben?«

»Fragte Maria erschrocken.« Vor dem Schreibtisch stehend, dreht er den Kopf und versucht, aus ihrer Richtung auf die Unterlagen zu schauen. Den Bart pflegt er besser, seit er mit Alex zusammen ist, aber heute ziehen und zupfen seine Finger daran herum, weil er anscheinend etwas ausbrütet. »Sieht doch ganz gut aus. Ein Motto wird sich finden. Die übernächste Spielzeit überschreiben wir mit ›Panik und Politik‹. Oder ›Politik und Panik‹, das weiß ich noch nicht.«

»Moment«, sagt sie. »Ihr habt eine Woche für die Einarbeitung des Neuen angesetzt. Der könnte sich übrigens auf dem Fest mit einer Solo-Nummer vorstellen, oder?«

»Frag ihn.«

»Frag du ihn. Wann willst du das Stück neu proben? Und warum überhaupt?«

»Robert wird anders agieren, also müssen die übrigen Spieler es auch. Spiel und Gegenspiel, ganz normal. Kein Grund, mich so anzusehen.«

»Ihr habt *eine* Woche angesetzt!«, wiederholt sie.

»Eine Woche hier, zwei Stunden da, drei Euro fünfzig fürs Klopapier. Jetzt haben wir die Scheiß-Verlängerung und werden noch bürokratischer.« Einen Moment lang lächelt er, als freute er sich auf den nächsten Satz. »Nicht mit mir, Baby. Erst mal schauen wir, wie Robert sich anstellt, und danach denke ich mir was aus, um den Laden aufzurütteln.«

»Wie du meinst.« Maria zuckt mit den Schultern. »Mir ist es nicht zu beschaulich hier.«

»Im Urlaub habe ich gelesen«, sagt er übergangslos. »Irgendwie musste ich die Zeit rumbringen, also dachte ich mir, ich erweitere meinen Horizont. Ein Buch über Buddhismus hätte ich mir ansonsten nicht angetan. Alex hatte es gekauft.« Sein Blick bleibt an dem Foto auf ihrem Schreibtisch hängen. »Ich habe nie verstanden, wie du so viel Zeit an Stränden verbringen konntest. Wozu?«

»Hat die Lektüre dir geholfen, dein inneres Lächeln zu finden?«, fragt sie und dreht das Foto weg.

»Sinnsprüche, gebrauchsfertig und fade wie Instant-Kaffee. Man muss sie sich nur noch unter die eigenen Gedanken rühren, fertig ist die Soße.« Demonstrativ dreht er das Bild zurück und lässt den Blick zwischen ihr und dem Foto hin- und hergehen. »Du hast dich nicht gelangweilt? Mit Mann und Kind.«

»Ich mag Strände. Die Ostsee kenne ich nicht. Jemand hat mir erzählt, die Hälfte der Zeit ist das Meer gar nicht da.«

»Das ist die Nordsee«, sagt er. »Im Ernst, ich saß mit dem Buch im Sand und musste die irritierende Entdeckung machen, dass ich mit meinem Leben zufrieden bin. Dass es mit der Förderung klappen wird, war klar. Der Senat sagt: Bück dich, Falk, damit wir dir was hinten reinschieben können. Aus zuverlässiger Quelle weiß ich, dass im Ausschuss sogar die CDU-Leute für uns gestimmt haben, so weit ist es gekommen. Andererseits bin ich froh, dass ich niemanden entlassen muss. Stell dir vor, du hättest nach einem Jahr wieder zurück nach … Bonn gemusst.« Den Namen bringt er wie ein Aufstoßen über die Lippen. »Wir können machen, was wir wollen, es tut niemandem weh. Als ich mit dem Buch fertig war, hab ich mich zum Surfkurs angemeldet.«

»Kein Wunder, dass du so durcheinander bist. Erst liebt dich die CDU und dann –«

»Wie war dein Urlaub? Irgendwelche neuen Erkenntnisse?«

»Nein«, sagt sie. »Ich habe einen Roman gelesen. Es war schön.«

»Alex glaubt, dass ich ein Getriebener bin. Wir haben ein regelrechtes Gespräch darüber geführt. Das macht der Urlaub mit einem, man beginnt sich zu betrachten wie einen Feuilletoninhalt.« Er produziert sein kurzes, gehetztes Lachen. Die linke Hand zusselt wieder an den Barthaaren herum. »Was meinst du, bin ich ein Getriebener?«

»Klärt das bitte unter euch. Jedenfalls gibt es Leute, die keine Angst davor haben, ihr Leben zu mögen. Nicht mal im Urlaub.«

»Mir liegt jetzt tatsächlich der Satz auf der Zunge: Und das ist ihr gutes Recht.«

»Schön. Hat die Lektüre also etwas bewirkt.«

»In Wirklichkeit sind Verschnaufpausen nichts als eine Perfidie des Systems. Sollen andere ihr beschissenes Leben mögen. Ich war froh, als der Urlaub vorbei war.«

»Apropos vorbei. Es ist zehn Uhr.« Sie kann förmlich hören, wie Alex nebenan die Ohren spitzt. »Du musst auf die Probe. Frag Robert!«

»Stör ich dich?«

»Du hast zu tun, ich auch.« Mit beiden Händen scheucht sie ihn aus dem Büro.

»Meine persönliche Referentin«, lacht er und klopft zweimal auf den Tisch. »Schon irgendwie crazy, oder?« Nebenan sagt er kurz hallo, danach hört Maria Wortwechsel und lautes Gelächter im KBB und im Vorzimmer der Geschäftsführung. Am Anfang dachte sie, dass ihre Kolleginnen sich positiv über ihn äußerten, weil sie es für ihre Pflicht hielten, aber von wenigen Ausnahmen abgesehen, ist Falk beliebt im Haus. Zu Konflikten kommt es nur mit Leuten, die ihm bei der Verwirklichung seiner künstlerischen Visionen im Weg stehen, indem sie wie Sven am Geldhahn drehen oder wie Reinhard Rakowski eigene Ideen für die Bühnenbilder entwickeln. Oder mit Schauspielern. Was in den Büros des fünften Stocks geschieht, interessiert ihn wenig, aber es freut ihn, dass so viele Frauen für ihn arbeiten. Als er den Fahrstuhl erreicht hat, kehrt wieder Ruhe ein.

Für den Rest des Vormittags hält Maria ihre Bürotür geschlossen. Am Freitag steht ein wichtiger Termin bei Herrn Rudolph in der Karl-Marx-Allee an, auf den sie sich vorbereiten muss. Wenn sie von der Arbeit aufsieht, begegnet ihr auf dem Foto das fröhliche Lachen von Hartmut und Philippa, während sie selbst dreinschaut, als fühlte sie sich bei der Lektüre gestört, die zwischen ihren Ellbogen liegt. Obwohl Hartmut und sie in diesem Jahr nicht am Strand waren, haben die drei Wochen in Portugal die Wogen geglättet. Die nervöse Verliebtheit, die sich in Tavira eingestellt hatte, begleitete sie durch den restlichen Urlaub. In Rapa war Maria wie immer froh, jemanden zu haben, der das Zusammensein mit ihren Eltern leichter machte. Statt auf dem Balkon zu lesen, erledigte Hartmut die Einkäufe und grub im Garten zwei Ginsterbüsche aus, die Artur die Sicht von der Terrasse versperrten. Der saß die meiste Zeit im Lehnstuhl und vermittelte den Eindruck eines Mannes, der im Stillen Bilanz zog. Lurdes bestand darauf, für alle zu kochen, und klagte über die viele Arbeit. Nach einer Woche fuhren sie nach Lissabon und verbrachten die letzten Nächte in einem Hotel an der Avenida da Liberdade, bevor sie am Dienstagnachmittag zurück nach Köln-Bonn flogen. Business-Class. Dass zwischen aufrichtiger Bemühung und dem Versuch, sich freizukaufen, nur ein schmaler Grat verlief, hatte sie schon auf dem Hinflug gedacht. Es blieb ihr überlassen, welcher Seite sie Hartmuts Verhalten zuschlagen wollte.

Bei der Ankunft war es im Rheinland kühl und regnerisch. Ein Taxi fuhr sie den Venusberg hinauf, und als es vor der Haustür hielt, sah das Grundstück so vernachlässigt aus, als wären sie ein halbes Jahr fort gewesen. Auf der Terrasse standen verwelkte und vertrocknete Pflanzen in ihren Töpfen, die Fenster des Erdgeschosses wurden allmählich von Sträuchern zugewuchert. Maria nahm, was aus dem Briefkasten quoll, und betrat den Flur. Im ersten Moment fand sie, dass es im Haus komisch roch, wie in einem abgeschalteten Kühlschrank. Außer einer Rechnung ihrer Frauenärztin waren alle Briefe an Hartmut adressiert.

»Müssen wir die Heizung anstellen?«, fragte er, als er mit dem Gepäck hereinkam.

»Willkommen in Deutschland.« Fröstelnd schlang sie die Arme um den Oberkörper. »Hat niemand nach dem Haus gesehen, während wir weg waren?«

»Nein, wer?«

Sie händigte ihm die Briefe aus und behielt ihren Sommermantel an. Es hatte einmal eine Putzhilfe gegeben, Frau Celim, aber Maria erinnerte sich nicht, seit wann sie nicht mehr kam. Auf dem Schuhschrank lag ihr Berliner Wohnungsschlüssel. »Ich glaube, ich fahre morgen oder übermorgen zurück«, sagte sie wie im Selbstgespräch.

»Du hast gesagt, du musst erst am Montag wieder ins Theater.«

»Ich mag nicht auf den letzten Drücker ankommen.«

Statt zu antworten, schloss Hartmut die Haustür und trug die Koffer nach oben. Maria kochte in der Küche Espresso und dachte an den kurzen Spaziergang, den sie am Vormittag unternommen hatte. Die Avenida hinauf, wo unter dem Schatten der Platanen ein paar Trödelhändler ihre Waren anboten. Am Eingang zum Parque Mayer erinnerte nichts mehr an die Betriebsamkeit früherer Tage, aber die Praça da Alegria sah aus wie damals. Das Maxime gab es immer noch. Eine Weile hatte sie dort am Brunnen gesessen und ihren Erinnerungen nachgehangen. Tauben pickten im Gras, und als sie auf die Uhr sah, war es für einen Besuch ihrer alten Schule zu spät. Jetzt kam es ihr vor, als läge der Gang viel länger als einen halben Tag zurück.

Ohne auf den Kaffee zu warten, trat sie in den Flur und rief: »Ich mache das mit der Heizung.« Im Keller stellte sie den Gasofen an, dann stand sie in der niedrigen Kammer unter der Treppe, wo sich Kartons mit ausrangierten Sachen stapelten. Spielzeug von Philippa, Federballschläger mit kaputter Bespannung, Wanderschuhe, alte Kochtöpfe. Ohne zu wissen, was sie trieb, schob Maria ein paar Gartengeräte zur Seite und zog die Kiste hervor. Bis zum Umzug hatte der Inhalt in mehreren Schuhkartons unter dem Ehebett gelegen, so als hätte sie gewollt, dass Hartmut die über Jahre gehorteten DVDs entdeckte. Wahllos zog sie eine Hülle heraus. *Friends,* davon besaß sie drei oder vier Staffeln. Der nächste Griff brachte *Filha da Mãe* zum Vorschein, einen Film mit Rita Blanco, an den sie sich nur verschwommen erinnerte. Sie hielt die Hüllen in der Hand und horchte. Vor ihr lag der komprimierte Inhalt eines Lebensabschnitts, der während Philippas Pubertät begonnen hatte; mit Spannungen, Diskussionen und heftigen Zusammenstößen, den ersten Vorboten der Wechseljahre, dem abrupten Ende ihrer Anstellung in Sankt Augustin. Romane oder Theatertexte zu lesen, hatte sie schon seit geraumer Zeit nicht mehr mit derselben Befriedigung erfüllt wie früher, im Gegenteil. Sobald sie ein Buch zur Hand nahm, fragte sie sich, wem sie etwas vormachen wollte. Sie war die Ehefrau eines vielbeschäftigten Mannes, die bevorzugte Zielscheibe für die Zornausbrüche ihrer Tochter, und ab und zu unterrichtete sie Portugiesisch an der Volkshochschule. Dafür hatte sie in der Stadtbibliothek DVDs ausgeliehen, zuerst Filme von Manoel de Oliveira und Paulo Rocha, die zwar ihren Ansprüchen genügten, den Schülern des Kurses *Portugiesisch für den Urlaub A1* aber zu schwierig waren. Also hatte sie für den nächsten Kurs Telenovelas aus Portugal mitgebracht, deren Handlung so simpel gestrickt war wie die Dialoge. Nach manchen Auseinandersetzungen mit Philippa reichte das, um durch den restlichen Nachmittag zu kommen.

So hatte es angefangen. Ein bisschen Ablenkung und die Flucht vor der alten Frage, ob sie eine schlechte Mutter war. Ob sie schließlich doch noch die Quittung für die damalige Vernachlässigung bekam. Die Sucht begann erst mit *Sex and the City*. Über die Serie wurde seinerzeit viel gesprochen und geschrieben, aber Marias Abneigung gegen amerikanische Popkultur hielt an, bis Pilar eines Tages die DVDs der ersten Staffel mitbrachte. Das müsse man kennen, meinte sie, und im Original seien die Dialoge ziemlich witzig. Der Freundin zuliebe versprach Maria hineinzuschauen. Zu Hause galt sie von jeher als die mit dem elitären Geschmack, die sogar am Praia da Falésia die *Hamburgische Dramaturgie* las, nun lag sie plötzlich mit Hartmuts Laptop im Bett und empfand das, was Simone de Beauvoir einmal mit ›warmer Intimität‹ gemeint hatte. Vier Frauen und der Krampf mit den Männern. Vier Freundinnen, die gemeinsam durch dick und dünn gingen. Sie sagte es niemandem, aber sie fühlte sich von der Serie nicht nur gut unterhalten, sondern geradezu verstanden. Die Streitigkeiten mit ihrer Tochter wurden immer heftiger statt seltener, und wenn Philippa Türen schlagend das Haus verlassen hatte, schob sie eine DVD ins Laufwerk und versank in der New Yorker Parallelwelt. Es tat gut, wie zu einem geheimen Rendezvous ins Schlafzimmer zu gehen. Was unterschied *Sex and the City* denn von *Kabale und Liebe*, außer dass es zeitgemäßer und komischer war?

Auf den Spaziergängen durch die Casselsruhe führte sie Gespräche mit ihren fiktiven Freundinnen, so wie sie sich früher in die Romanfiguren von Kawabata oder Tanizaki hineinversetzt hatte. Wünschte sich, dass es wenigstens eine der vier tatsächlich gebe, am liebsten Miranda Hobbes. Ironisch, klug, warmherzig, schlagfertig – und eines Tages ungewollt schwanger. Das war der Punkt in Staffel vier, an dem die Sache außer Kontrolle geriet. Fortan unternahm Maria ihre Spaziergänge mit Miranda allein, ohne sich um die Wiederholung eines Musters zu kümmern, das sie schon früher in die Bredouille gebracht hatte. Als Pilars Bestände erschöpft waren, begann sie zu kaufen. Sie bestellte im Internet, ließ sich Telenovelas aus Brasilien liefern, lag nachmittags um drei auf dem Sofa und glotzte. Woche für Woche, Monat für Monat, jahrelang. Manchmal fragte sie sich, wie der süchtig machende Stoff hieß, der in Fernsehserien steckte, und ob es Gleichgültigkeit oder der geheime Wunsch war, sich zu bestrafen, der sie immer billigeres Zeug konsumieren ließ? Viel Zeit verging, bis ihr dämmerte, dass sie nicht in den Schund flüchtete, um sich vom Druck überhöhter Ansprüche zu befreien, sondern eine besonders tückische Form von Buße ersonnen hatte … Ja, wirklich, von Buße. Als Pilar von einer neuen Serie namens *Desperate Housewives* zu schwärmen begann, wusste Maria, dass der Job in Berlin ihre letzte Chance war.

Sie hörte Schritte auf der oberen Treppe, legte die Hüllen zurück und verschloss die Kiste. Jahre ihres Lebens. Erst am Abend vor dem Umzug hatte sie die DVDs im Keller versteckt und sich geschworen, nie rückfällig zu werden. Als sie nach oben ging, stand Hartmut in der Küche, goss den fertig gebrühten Kaffee ein und sagte: »Gute Idee. Je älter ich werde, desto erschöpfter fühle ich mich nach Flügen. Wenn ich daran denke, wie wir früher drei Tage mit dem Auto unterwegs waren …« Lächelnd hielt er ihr eine Tasse hin. »Übrigens hat sich Philippa zurückgemeldet. ›Bin wieder da, viele Grüße.‹ Das übliche Telegramm.«

»Ich rufe sie später an. Erst will ich duschen.«

»Von Schweden schreibt sie nichts. Mir jedenfalls nicht.«

»Also war es gut, mach dir keine Gedanken.«

»Wie lebt sie in Hamburg?«, fragte er. »Was macht sie so? Ich habe keine Ahnung. Sie erzählt nichts.«

»Sie genießt es, zum ersten Mal selbstständig zu sein, allein in einer interessanten Stadt. Ist das schwer zu verstehen?« Sie machte einen Schritt auf ihn zu und strich ihm über die Wange. Seit einigen Wochen wusste sie, dass ihre Tochter lesbisch war, und wartete darauf, dass Philippa auch ihren Vater einweihte. Versprochen hatte sie es, aber solange es nicht geschah, musste Maria auf der Hut sein, wenn sie mit ihm redete. Seine häufigen Andeutungen sagten ihr, dass er etwas ahnte, wahrscheinlich war ihm auch die Sache mit den DVDs nicht entgangen. Warum Philippa sich so schwertat, ihr Coming-out zu vollenden, schien ihr selbst nicht klar zu sein.

»Bin ich lächerlich?«, fragte er.

»Rührend. Immerhin ist sie vor einem Jahr ausgezogen, nicht gestern. Warum rufst du sie nicht an?«

»Ich will nicht, dass sie sich überwacht fühlt.«

»Vielleicht fühlt sie sich …«, begann sie und brach den Satz kopfschüttelnd ab. »Nein, *du* fühlst dich vernachlässigt, und zwar von mir. Mit Philippa hat es nichts zu tun, also lass sie aus dem Spiel. Ist es okay, wenn ich am Freitag nach Berlin fahre?«

»Ich fühle mich vernachlässigt.« Er zuckte mit den Schultern. »Der Satz klingt wie: Keiner spielt mit mir. Ungewöhnlich für einen Mann in meinem Alter, oder?«

»Freitag? Ich will wenigstens in Ruhe ankommen, bevor der Trubel wieder losgeht.«

»Es ist deine Entscheidung«, sagte er.

Bevor sie ins Bad ging, las Maria im Arbeitszimmer ihre E-Mails. Peter erkundigte sich nach ihrem Befinden und schlug vor, sie sollten sich bald nach seinem Urlaub treffen; lange werde es nicht mehr warm genug sein, um am Planufer draußen zu sitzen. Sie sagte zu, duschte ausgiebig und heiß, aber das Frösteln, das sie beim Betreten des Hauses befallen hatte, blieb.

Im Schlafzimmer stand ihr Koffer, als wartete er auf die Weiterreise. Rasch räumte sie ein paar Sachen in den Schrank und ging wieder nach unten, wo Hartmut die Kaffeetasse gegen ein Weinglas getauscht hatte und wie ein Museumsbesucher vor Pilars Gemälde stand. Eine Hafenlandschaft im Abendlicht, die sentimental und kitschig aussah und trotzdem seit Jahren im Wohnzimmer hing.

»Hab ich dir gesagt, dass ich sie getroffen habe?«, fragte er. »Vor den Ferien schon, an meinem letzten Arbeitstag.«

Maria setzte sich aufs Sofa und zog die Beine an. »Habt ihr gesprochen?«

»Wir sind uns im Hofgarten begegnet, am späten Nachmittag. Ich kam von der Uni und wollte zum Polterabend fahren, sie sah aus, als wäre sie auf dem Weg zum Wiener Opernball. Du hättest ihren Hut sehen sollen. Als ich gefragt habe, wohin sie unterwegs sei, hat sie nicht geantwortet. Ich glaube, sie war nirgendwohin unterwegs. Sie ist im Hofgarten promeniert, allein.«

Weil Hartmut alle Zimmerpflanzen entsorgt hatte, sahen die Fensterbänke kahl aus. Mit einer Hand fasste sie an den Heizkörper, der sich langsam zu erwärmen begann. Draußen setzte graue Abenddämmerung ein. »Können wir von etwas anderem reden?«, fragte sie.

»Sie meinte, es sei ein halbes Jahr her, dass du dich zuletzt gemeldet hast.«

»Ich weiß, und es ist mir peinlich. Sie hat allen Grund, sauer zu sein.«

»Ich dachte, ihr seid befreundet.«

»Das dachte ich auch. In Wirklichkeit wollte sie nicht, dass ich nach Berlin gehe. Damals habe ich das nicht verstanden, es ist mir erst später klargeworden. Sie hat es nie gewollt.«

»Wenn du den Kontakt zu allen abbrechen willst, die dich lieber in Bonn haben würden, musst du bei mir anfangen.«

»Im Ernst. Ich kann mich an die Gespräche erinnern. Wenn ich davon erzählt habe, dass du dich mit meiner Entscheidung schwertust, meinte sie: Was soll das, andere lassen alles zurück und ziehen nach Australien. Es klang nach Bestätigung, sie hat ja auch ständig davon geredet, ihr Leben zu ändern. In Wahrheit haben ihr die Phantasien gereicht. Sie zu verwirklichen, war nicht vorgesehen.«

Pilar von Radnicki war eine erfrischend unkonventionelle, etwas brüske Frau, die gern Haschisch rauchte, extravagante Kleider trug und Ölbilder in knalligen Farben malte. Eine verwandte Seele, hatte Maria gedacht, als Pilar eines Tages zwischen den biederen Hausfrauen ihres Portugiesisch-Kurses saß und meinte, sie könne Fado-Geheule nicht ausstehen. »Du sprichst auch oft davon, dass die Uni dir nichts als Ärger bereitet«, sagte sie, weil Hartmut zu überlegen schien, ob sich das Gespräch um ihre Freundin oder um sie beide drehte. »Aber hast du je daran gedacht, deinen Beruf aufzugeben? Ich meine, ernsthaft daran gedacht. Wie du es anstellen würdest, unter welchen Bedingungen und mit welchen Konsequenzen?«

»Man wechselt Jobs«, entgegnete er, »den Beruf behält man. Wie kommst du jetzt darauf?«

»Wann hast du zuletzt von der Uni erzählt, und es war keine Klage?«

»Das meinte ich. Wenn dein Job dir keine Freude mehr macht, wirfst du ihn hin. So wie in Sankt Augustin. In meinen Beruf habe ich ziemlich viel investiert. Zu viel, um ihn einfach aufzugeben. Abgesehen davon, dass ich nichts anderes kann.«

»Das weißt du, bevor du es ausprobiert hast?«

»Ich bin nicht mehr dreißig, Maria.«

Mit ausgestrecktem Arm zeigte sie auf das Bild an der Wand. »Tu mir den Gefallen, und nimm es ab.«

Erstaunt sah er sie an. »Das …?«

»Wir haben lange genug auf diese scheußliche Apfelsinensonne geglotzt.«

»Es ist ein Geschenk deiner Freundin.«

»Nimm es ab«, sagte sie. Sechs oder sieben Jahre lang hatten sie einander jede Woche getroffen und so getan, als wäre Träume zu haben dasselbe, wie sie zu leben. Jetzt blieb ein helles Rechteck auf der Tapete zurück, als Hartmut das Gemälde am Rahmen fasste und vorsichtig abstellte. Langsam trat er einen Schritt zurück. »Der Verlust hält sich in Grenzen.«

»Etwas aus dem eigenen Leben machen, das war eine Formulierung von ihr. Bloß Mühe durfte es nicht kosten. Das Ergebnis siehst du vor dir.«

»Trotzdem staune ich über deine Härte. Das Bild kommt in den Müll?«

»Sie hat nicht das geringste Talent, außer zur Selbststilisierung.«

Wie ein kubistisches Lachen prangte der weiße Fleck an der Wand. Keine echte Veränderung, nur deren Surrogat, das den Raum nackt und startbereit erscheinen ließ. Ein wenig erschrak Maria selbst über ihre Härte, dann nahm sie sich vor, in den nächsten Tagen den Garten in Ordnung zu bringen. Nichts hasste sie mehr als Gartenarbeit, aber es war besser, als in Bonn zu viel Zeit zu haben. Und dann ab nach Berlin, dachte sie.

Eine Weile vermieden sie es, einander anzusehen, wie Komplizen nach dem Coup. Hartmut schenkte sich Wein nach. Draußen wurde es dunkel, und der Heizkörper gab ein leises Knacken von sich.

Peters Stammlokal heißt Casa del Popolo. Es bietet zwar nicht die beste italienische Küche der Stadt, aber einen großen Garten mit knorrigen alten Kastanien, genau dort, wo der Kanal eine Biegung macht und sich der Blick nach Westen öffnet. Der Himmel zerläuft rot und gelb, und vor dem Urbanhafen ziehen Schwäne über das Wasser, als Maria um halb neun den letzten freien Tisch unter den Bäumen besetzt. Peter hat von unterwegs angerufen und gesagt, er werde ein paar Minuten später kommen. Die Gegend um das Planufer kennt sie gut, die Liegnitzer Straße ist nicht weit, aber das erwartete Déjà-vu bleibt aus, weil Kreuzberg nur noch wenig Ähnlichkeit mit dem rußschwarzen Mauerblümchen von damals hat. Die Fassaden sind bunter geworden, die Cafés schicker und die Autos so zahlreich wie überall. Falk wohnt inzwischen in einer geräumigen, Alexandra zufolge fast leeren Dachgeschosswohnung auf der anderen Kanalseite und behauptet, er könne sich trotz allem nicht vorstellen, von hier wegzuziehen.

Als ihr Handy klingelt, erscheint auf dem Display Lenas Name. Die Theaterpädagogin des BT, die zum Organisationskomitee für das Fest gehört. »Ich sitze in der Kantine und finde niemanden«, sagt sie, nachdem Maria auf den Knopf gedrückt hat. »Wollte wissen, wie es im Ordnungsamt gelaufen ist.«

»Schlecht. Die Idee mit der dritten Bühne können wir vergessen.«

»Wieso vergessen, wir brauchen drei Bühnen.«

»Herr Rudolph lässt nicht mit sich reden. Die Lkw-Rampe wird zur Entfluchtung des Probenraums gebraucht, da dürfen keine Requisiten oder Kabel herumliegen. Außer dem Tor nach vorne raus hat der Raum nämlich nur eine Tür, und die ist zu schmal.« Maria sieht auf, weil der Kellner eine Flasche Chianti bringt, die nicht sie, sondern Peter telefonisch bestellt hat. Über die Kanalbrücke kommen Pärchen und türkische Familien. An Sommerwochenenden war das ihr Weg in die Hasenheide, und auf einmal stimmt es sie traurig, hier zu sitzen und so unberührt zu bleiben von den eigenen Erinnerungen.

»Die Entfluchtung des Probenraums«, sagt Lena. »Und was machen wir jetzt?«

»Zwei Bühnen, für mehr hätten wir sowieso keine Stühle, denn die Papphocker wurden ebenfalls abgelehnt. Zu gefährlich im Brandfall. Die Leute treten rein, fallen hin und sterben. Dass es brennen wird, steht fest. Notfalls legt Herr Rudolph das Feuer selbst.«

»Wir machen uns einen Kopf, und er … Jetzt müssen wir das ganze Programm umstellen. Hast du eine Idee?« Lena seufzt. Eine energische junge Frau mit kurzen Haaren, die projektweise am Theaterwerk arbeitet, das sich keine festangestellte Pädagogin leisten kann. Ein paarmal hat Maria mit ihr zu Mittag gegessen, und seit sie zusammen das Fest organisieren, steht die Idee im Raum, abends etwas zu unternehmen.

»Wir halten uns an unser Motto: Weniger ist mehr.«

»Dabei bleibt es? Als Motto für ein Fest?«

»Schwarz, Rot, Geld – Weniger ist mehr. Falk mag den konsumkritischen Ton, mir ist inzwischen alles egal. Hauptsache, die Plakate gehen endlich raus.«

»Wie du meinst. Hast du mit Alex wegen der Internetgeschichte gesprochen? Ich hab recherchiert, die Einstürzenden Neubauten haben was Ähnliches gemacht. Fans dürfen online bei den Proben dabei sein, mit der Band chatten und so weiter. Alles gegen Bezahlung. Alex meinte, wir sollten uns darum kümmern.«

»Wenn Falk grünes Licht gibt.«

»Sven ist dafür, sagt sie.«

»Das reicht nicht. Wenn Falk nein sagt, kippt er sofort um.«

»Dann musst du mit ihm reden. Sag ihm, die Neubauten haben auf diese Weise zwei komplette Alben vorfinanziert.« Dass Lena keine ausufernden Diskussionen mag, lässt gelegentlich den Eindruck entstehen, sie sei die Chefin. »Aus der Sache in Zittau wird übrigens nichts. Gestern kam die Mail, wegen Etatkürzungen leider nicht möglich. Deutschland erinnert mich immer mehr an Bulgarien.«

»Das tut mir leid. Du klangst so optimistisch.«

»War ich auch. Egal, was soll ich in Zittau? Jetzt hab ich Köln ins Visier genommen. Da wird nächstes Jahr was frei, ich gehe es strategisch an.«

»Denk dran, dass du versprochen hast, einen DJ zu besorgen, der fast nichts kostet. Das ist genau der Preis, den wir uns leisten können.«

»Hey, antworte mir ganz spontan: Ist es okay, mit einem Mann zu schlafen, der einen beruflich weiterbringen kann? Ich meine, wenn man ihn sowieso sympathisch findet?«

»Das meintest du mit strategisch?«

»Ja oder nein?«

»Wenn es nicht zur Gewohnheit wird …« Über private Dinge haben sie bisher nicht gesprochen, aber vielleicht fällt die Frage in Lenas Augen unter die dienstlichen Belange. Bevor Maria ihre Antwort überdenken kann, sieht sie vor dem Restaurant ein Taxi halten. Peter steigt aus und winkt. »Ich muss Schluss machen. Wenn du willst, reden wir ein andermal weiter.«

»Machen wir. Ich hab ein Fahrrad für dich, falls du noch eins suchst. Gebraucht, aber gut in Schuss. Wir sehen uns am Montag.« Lena legt auf.

In den Ästen der Kastanien springt eine bunte Lichterkette an. In seinem cremefarbenen Jackett erinnert Peter kaum noch an den rührseligen jungen Mann in Shanty-Jeans, der die Hemden stets eine Nummer zu klein trug, damit seine sportliche Figur besser zur Geltung kam. Heute versteckt er den Bauchansatz unter legeren Anzügen und die Empfindsamkeit hinter ausladenden, manchmal ein wenig großsprecherischen Gesten. »Das mit dem Wein war galant von mir, oder?« Seine Wangen glänzen, als er ihr gegenüber Platz nimmt, wahrscheinlich hat er zu Hause schon ein Glas getrunken. »Wieso bist du so blass? Ich dachte, du warst in Portugal.«

»Erst im schattigen Innenhof eines Hotels, später bei meiner Mutter in der Küche«, sagt sie. »In Norwegen hat die Sonne geschienen?«

»Ein Fjord, Maria. Wer spricht von Sonne, die Stille hat mich nachts aufgeweckt. Es war, als wollte das All uns verschlucken.« Den Kellner begrüßt er wie einen alten Bekannten, in einer Mischung aus Deutsch und Italienisch. Bevor es mit seinem Verlag bergauf ging, war Peter ein ausgesprochener Pechvogel. Er hat sich als Dramatiker versucht, ein Café, zwei Plattenlabels und eine Kunstzeitschrift in den Ruin geführt und mindestens zwei Dutzend gescheiterte Beziehungen gehabt. Von den Affären nicht zu reden. Dass er ohne Erwin Kriegers Hilfe in der Gosse gelandet wäre, behauptet er selbst. »Nicht träumen«, sagt er jetzt und schnipst vor ihrem Gesicht mit den Fingern. »Ich muss dir was erzählen: Letzte Woche hatte ich eine Begegnung mit deinem Verehrer Boris Jahnke. Hab ihn auf einem Empfang getroffen. Er sagt, ihr seid in Kontakt?«

»Nachdem Alexandra mir in den Ohren gelegen hat, hab ich ihm eine Mail geschrieben. Seitdem bombardiert er mich mit Fragen.«

»Er hatte gehört, dass Falk und ich uns persönlich kennen. Als ich das richtigstellen musste, war er enttäuscht, aber als dein Name fiel, wurde er hellhörig. Die Muse der frühen Jahre. Ich fürchte, ich habe ein bisschen dick aufgetragen. Jedenfalls weiß er jetzt, dass die Ideen zu den wichtigen Stücken von dir kamen.«

»Deshalb ist er so hartnäckig, vielen Dank. Was für einen Eindruck macht er auf dich?«

»Keinen. Er hat von einem Buchprojekt erzählt, das er gerne mit uns realisieren würde. Der ganze Merlinger.«

»Ich weiß. Leben, Werk und Wirkung. Wahrscheinlich vor allem die Wirkung auf ihn selbst. Er will mich unbedingt treffen.«

»Zu mir meinte er, er braucht noch ein Jahr für die biographischen Hintergründe. Ich hab gesagt, er soll ein Exposé schicken. Ein Buch über Falk würde bei uns reinpassen, wahrscheinlich könnte man es sogar verkaufen. Was machst du für ein Gesicht?«

»Die Stücke haben keinen biographischen Hintergrund. Falk tut gern so, als hätte er selbst keinen.«

»Das sagt die ehemalige Geliebte. Ein Biograph sieht es anders.«

»Geliebte hat er schon gar nicht, eher Lebensabschnitts… Gespielinnen. Du denkst daran, das Buch zu bringen?«

»Hättest du was dagegen?«

Sie schüttelt den Kopf und verstummt, weil der Kellner den Vorspeisenteller bringt, den Peter immer bestellt. Am Vormittag hat sie Alex auf das Gastspiel in Kopenhagen angesprochen, um sich zu vergewissern, dass Falk und sie dort im Doppelzimmer wohnen wollen. Die Nachfrage führte unerwartet zu einem Moment betretenen Schweigens. Mehrfach musste Maria versichern, es sei eine vorläufige Reservierung, die im Frühjahr noch geändert werden könne, bevor sich die Kollegin zum Doppelzimmer entschließen mochte. Ob die beiden in einer Krise stecken oder auf das Ende zusteuern, weiß sie nicht; Falk lässt sich nichts anmerken. »In den letzten Monaten konnte ich ihn viel beobachten«, sagt sie, als sie wieder unter sich sind. »Am Theater habe ich Material gesichtet, die Aufzeichnungen früherer Inszenierungen, alte Bühnenpläne und Manuskripte. Ich musste ein paar Lücken schließen, außerdem will ich mir ein eigenes Bild von seinen Stücken machen, verstehst du? Was kann er? Wie viel Show ist dabei?« Fragend sieht sie Peter an. »Du hast mehr Aufführungen gesehen als ich. Was hältst du von ihm als Dramatiker?«

»Er hat Wucht«, antwortet er kauend. »Manchmal könnte er weniger Aufwand betreiben, um die zu ärgern, die ihn sowieso nicht mögen. Ich finde ihn stark, wenn er wütet, aber dass seine Fans ihn für den großen Visionär halten, tut ihm nicht gut. Jahnke, zum Beispiel. Auf dem Empfang meinte er allen Ernstes, dass Falk zuerst gesehen hat, was auf den Zusammenbruch im Osten folgen wird. Das Parasiten-Stück handelt davon, obwohl es vor dem Mauerfall entstanden ist. Dass die Mauer fallen wird, hat er natürlich auch gewusst, steht ja schon in den *Sprechakten*. Ich wollte ihm klarmachen, dass die Stücke am entscheidenden Punkt so vage sind, dass man vieles in sie hineinlesen kann. Das hat er nicht akzeptiert. Wahrscheinlich will er dich treffen, weil er Bestätigung sucht.«

»Inwiefern vage?«, fragt sie.

»Was das System ist, erfährt man nie. Es werden alle möglichen Deutungen angeboten, und am Ende hat Falk irgendwie recht gehabt. Mich würde interessieren, warum es für dich wichtig ist. Schmeißt er sich an dich ran?«

»Ich mache Inventur«, sagt sie. »Vor einem Jahr wollte ich unbedingt weg aus Bonn. Was mich hier erwarten würde, wusste ich nicht. Jetzt verbringe ich sehr viel Zeit am Theater, meine

Ehe leidet darunter, und ich frage mich, ob es das wert ist.« Unter den Kastanien wird es kühl, die ersten Tischgesellschaften begeben sich nach drinnen. Einem Journalisten Auskunft über sein Leben zu erteilen, lehnt Falk natürlich ab und will auch nicht, dass jemand anderes es tut, also hat sie beschlossen, auf eigene Faust mit Jahnke zu sprechen.

»Ich hab dich gewarnt«, sagt Peter. »Theaterarbeit ist so.«

»Weißt du noch, wie du am Telefon gewitzelt hast, du könntest Hartmut eine Stelle im Verlag anbieten?«

»Eine Sekunde später habe ich gedacht: O Gott, was rede ich da? Ich wusste, du wirst darauf zurückkommen. Es war ein Spruch, in Ordnung?«

»Wenn du das Programm erweiterst, brauchst du Leute, die was von Geisteswissenschaft verstehen.«

»*Falls* ich das Programm erweitere, ja.«

»Er ist kompetent und zuverlässig.«

»Daran habe ich keinen Zweifel. Für sein Alter sieht er sogar ganz gut aus.«

»Du würdest den perfekten Mitarbeiter bekommen und nebenbei meine Ehe retten.«

»Warum sollte jemand seinen Lehrstuhl aufgeben, um in einen Verlag wie meinen einzusteigen?«

»Ihr seid im Kommen, behauptest du immer.«

»Noch sind wir klein. Okay, mittelgroß. Ich könnte ihm maximal die Hälfte seines jetzigen Gehalts zahlen. Außerdem machen wir weiterhin fünfzig Prozent des Umsatzes mit dezidiert schwulen und lesbischen Titeln. Wie würde ihm das gefallen? Er weiß nicht mal, dass seine eigene Tochter lesbisch ist.«

»Du hast schon über das Gehalt nachgedacht!«

»An der Uni gibt ihm niemand Befehle, und er hat fünf Monate Semesterferien im Jahr. Er müsste verrückt sein.« Über den Tisch hinweg greift Peter nach ihrer Hand und sieht ihr in die Augen. »Hörst du mir zu: Er wird es nicht wollen. Er kann es nicht.«

»Im Moment ist er einsam und frustriert«, sagt sie. »Er

vermisst mich, die Uni nervt ihn, insgeheim sucht er nach einer besseren Option. Nein, er sucht nicht, sondern wartet darauf, dass sie sich von selbst auftut. Dass irgendeine aberwitzige Idee, an die er nie gedacht hat, plötzlich vor ihm steht. Ein Job in Berlin, eine Stelle bei Karow & Krieger, als Programmchef für den Bereich Geisteswissenschaften. Man sieht es ihm nicht an, aber ein bisschen verrückt ist er. Genug für einen solchen Schritt.«

»Der Status, der Titel, das Gehalt. Versuch, dich in seine Lage zu versetzen, nur für einen Moment.«

»Was habe ich gerade gemacht?«

»Deine Wünsche auf ihn projiziert«, sagt er und würde lieber über andere Dinge sprechen. »Hab ich dir erzählt, dass ich passende Räumlichkeiten gefunden habe? Linienstraße, bei euch um die Ecke. Es müssen neue Wände rein, wahrscheinlich werden wir erst im Frühjahr umziehen. Danach können wir beide vom Büro aus direkt in die Happy Hour starten. Dass du bis zehn Uhr im Theater hängst, muss aufhören.«

»Versprich mir, dass du darüber nachdenkst. Nur das.« Sie schiebt ihm das leere Glas hin. Es war ein Spruch, das hat sie bereits in jenem Moment am Telefon gewusst, und dass er ihr den gesamten Urlaub über im Kopf herumgespukt ist, mag mit ihrer wachsenden Verzweiflung zu tun haben. Gleichzeitig denkt sie, dass schon einmal aus einem Hirngespinst ein Plan und schließlich Realität geworden ist, sonst säße sie nicht hier. Peter findet die Idee abwegig, aber insgeheim hat er eine Schwäche für alles Spleenige, außerdem kann er ihr schlecht einen Wunsch abschlagen, das weiß sie. Die Frage ist, ob Hartmut genug Flexibilität besitzt, sich ein anderes Leben nicht nur zu erträumen, sondern es anzugehen. Schweren Herzens lässt sie das Thema fallen und erkundigt sich nach Erwins Zustand. Beharrlichkeit und Geduld wird sie brauchen, es ist ein langfristiges Projekt. »Schlägt die Therapie an, geht es ihm besser?«, fragt sie. »Und willst du uns einander nicht endlich vorstellen? Allmählich beginne ich zu glauben, dass seine Geschäfte krimineller Natur sind und dein Verlag nur dazu da ist, schmutziges Geld zu waschen.« Aus früheren Gesprächen weiß sie, dass Peters Partner an der Börse spekuliert, Anteile verschiedener Firmen hält und nebenbei moderne Kunst sammelt. Öffentliche Auftritte meidet er, und wenn man ihn googelt, erhält man erstaunlich wenige Treffer. »Im Ernst«, sagt sie, weil Peter stumm vor sich hin blickt, »wie geht es ihm?«

»In Norwegen hat er auf der Terrasse gelegen und aufs Wasser geschaut.«

»Sonst nichts?«

»Und Schumann gehört. Er ist ein Schatten seiner selbst. Das Interferon zieht alle Energie aus ihm raus.«

»Was hast du gemacht? Drei Wochen lang.«

»Mich so gelangweilt wie noch nie in meinem Leben. Zum Glück hatte ich ein paar Manuskripte dabei.«

Erwins Krankheit ist eine Art Altlast aus seinem früheren Leben. Anfang der Siebzigerjahre hat er eine Zeitlang in einer Künstler-Kommune in München gelebt, mit Drogen experimentiert und sich als Maler versucht, bis eine Infektion mit Gelbsucht ihn für zwei Monate auf die Intensivstation brachte. Danach war Schluss mit den Drogen und der Malerei, aber vor einem Vierteljahr hat die Vergangenheit ihn plötzlich eingeholt: Unterwegs zu einem Geschäftstermin ist er auf der Straße zusammengebrochen und bekam den Befund, dass er an chronischer Hepatitis leidet. Ohne Therapie wären ihm zwei bis drei Jahre geblieben, nun wird er mit einem Medikament behandelt, dessen Nebenwirkungen den von Peter beklagten Effekt haben. »Es geht ihm beschissen«, sagt er, »und er muss das Zeug noch fast ein Jahr nehmen. Wenn die Therapie anschlägt, will er danach weniger arbeiten und mehr Zeit in Norwegen verbringen. Wozu ist er so reich? Im anderen Fall werde ich reich. Das sind die Optionen. Welche wahrscheinlicher ist, weiß niemand.«

»Bestimmt die erste.«

»Und dann? Ich weiß, dass ich ohne Erwin immer noch ein beruflicher Versager wäre, der sich in hoffnungslosen Projekten verzettelt. Stattdessen bin ich Verleger. Der Umzug steht an, die Auflagen steigen, am liebsten würde ich den ganzen Tag im Büro verbringen – was zum Teufel soll ich in Norwegen? Angeln lernen oder mich zum Krankenpfleger umschulen lassen? Der Pschyrembel liegt schon neben meinem Bett. Neulich lag ich nachts wach und habe überlegt, einen Krimi zu schreiben, der im Virenmilieu spielt. Eine Art Mikroben-Mafia, aber die Wahrheit ist, dass ich sauer bin. Ausgerechnet jetzt, wo mein Leben so läuft, wie ich es immer wollte, zwingt er mich zum Rückzug. Außerdem macht die Krankheit ihn nicht nur müde, sondern auch herrisch und unleidlich, und weil du zu diskret bist, um nach Sex zu fragen, sag ich es dir: Null. Nada. Nichts! Ungeschützt dürfte er gar nicht. Strafrechtlich verboten, da weiß man, mit was für einem Virus man es zu tun hat.« Seiner Stimme ist anzuhören, dass er zu schnell getrunken hat. Maria spürt den Alkohol ebenfalls. Die Lichterketten in den Bäumen beginnen ein wenig zu verschwimmen, und inzwischen sind sie die einzigen Gäste, die noch im Garten sitzen.

»Wir sollten bald gehen«, sagt sie.

»Fällt dir auf, dass wir im selben Boot sitzen, du und ich? Zum ersten Mal im Leben tun wir, wovon wir immer geträumt haben – und der Partner spielt nicht mit. Aus nachvollziehbaren Gründen, aber das macht es nicht besser. Wenn ich noch eine Flasche trinke, werde ich dir gestehen, dass meine Angst vor Option zwei nicht größer ist als vor Nummer eins. Verstehst du, was ich meine?«

»Das verstehe ich, aber –«

»Wieso hat er diesen Scheiß überhaupt gemacht? Jetzt muss ich ihm sein Interferon spritzen, weil er behauptet, Angst vor der Nadel zu haben – und damals?«

Diesmal greift Maria über den Tisch und drückt seine Hand. »Wenn die Therapie anschlägt und Erwin wieder auf die Beine kommt, findet er Norwegen vielleicht nicht mehr attraktiv. Wie oft habe ich von Hartmut gehört, dass er gerne Olivenbauer wäre. Meistens gegen Ende des Semesters.«

»Der Verlag zieht in die Linienstraße. Mitten in meinen alten Kiez. In der Nähe gab es eine Bar, wo ich nie vor Sonnenaufgang rausgekommen bin. Vor allem nie allein. Das waren Zeiten.«

»Lass uns zahlen und nach Hause gehen. Du weißt, wie es endet.«

»Glaubst du wirklich, dass Hartmut deinetwegen seinen Job an den Nagel hängt und nach Berlin kommt?«

»Es ist die einzige Lösung, die ich sehe.«

»Was sie keinen Deut realistischer macht. Schon mal daran gedacht, dass er in Bonn eine Geliebte haben könnte?«

»Nein. Ist mir nie in den Sinn gekommen.«

»Ich habe auch nie geglaubt, dass Erwin mich betrügt. Dabei passen Drogen noch weniger zu ihm. Er ist ein Spießer, die Pantoffeln stehen immer parallel zueinander vorm Bett, und wenn ich ehrlich bin, finde ich irgendwas daran … Er ist der bemerkenswerteste Mensch, den ich kenne. Trotzdem würde ich jetzt gerne in eine Bar gehen und jemanden abschleppen. Lass uns noch eine Flasche bestellen.«

»Lass uns gehen.«

»Hast du nie Lust, einfach rumzuvögeln? Rein raus tschüss.«

Statt zu antworten, hebt Maria die Hand und winkt dem Kellner.

»Nein, du bist ja katholisch«, sagt er, »das ist der Hammer. Fand ich damals schon. Du warst katholisch und hast mit diesem schrägen Typen zusammengelebt. Ich kannte nur seine Texte, aber das hat gereicht. Honeckers Kastratenstimme und solche Sachen. Damit bist du über die Grenze, aus Liebe! Für mich warst du die Heilige von der anderen Seite. Als ich Falk nach der Wende gesehen habe, hätte mich fast der Schlag getroffen. Ein rothaariges Wiesel. Das war der Mann, für den du –«

»Ich bin aus Liebe zu dir rüber. Du konntest mich ja nicht besuchen.«

Lächelnd legt er den Kopf in den Nacken und sieht aus wie damals in Ost-Berlin. Jedes Mal, wenn sie sich auf einem schlecht beleuchteten Bahnsteig voneinander verabschiedet haben, stiegen ihm Tränen in die Augen. Jetzt auch, aber sein Gesicht zeigt einen Ausdruck, als hätte er vergessen, was ihn bedrückt. Versonnen betrachtet er den nächtlichen Himmel, streckt einen Zeigefinger in die Luft und sagt: »Vollmond.«

Dann fällt er rückwärts von der Bank.

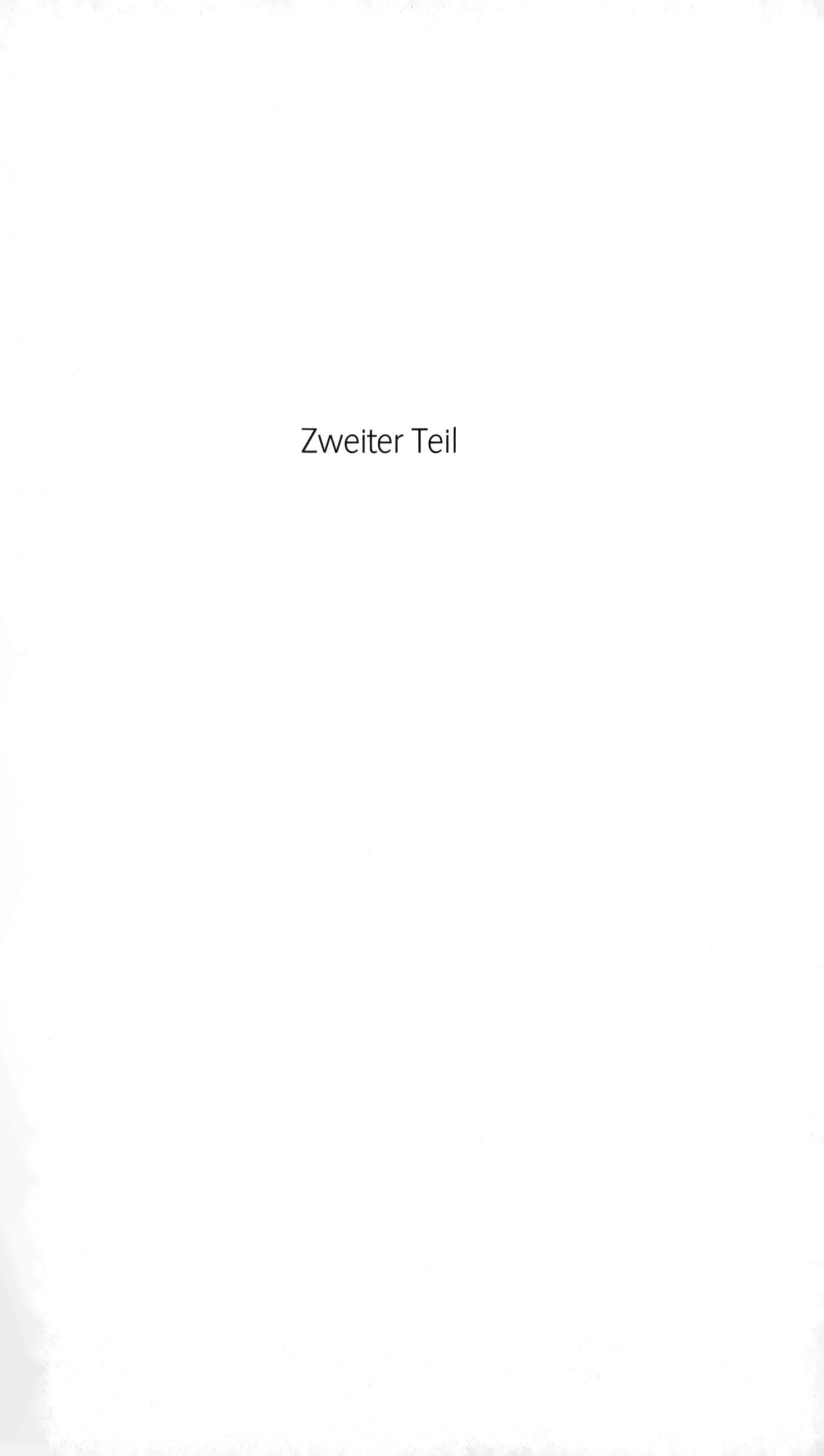

# Zweiter Teil

10 Das Schreien des Babys drang gedämpft zu ihr. Ein fernes Geräusch, das von draußen kam und draußen blieb, als sie durchs Fenster auf den vorderen Teil der Terrasse blickte. Zwei von den Vormietern zurückgelassene Blumenkübel standen dort, ein paar Gartengeräte und der braune Holztisch, den ihr Mann aus der Stadt mitgebracht hatte. Steinerne Stufen führten auf den Rasen hinab. Wo der Garten endete und der Boden ein wenig sumpfig wurde, begann das Gelände der Schreinerei, und manchmal liefen Arbeiter über das Grundstück, die ihre Autos an der Straße statt auf dem Parkplatz der Firma abgestellt hatten. Rossmann KG war auf den Türen des blauen Transporters zu lesen, den sie ab und zu in der Gegend sah. Weiter hinten verlor sich ihr Blick zwischen vereinzelten Obstbäumen und brachliegenden Feldern.

Den Kinderwagen sah sie nicht, weil er nah am Haus stand.

Es war später Vormittag, und sie hatte weder geduscht noch gefrühstückt. Statt nach unten zu laufen, ging sie hinüber ins Bad und stellte sich vors Waschbecken. Horchte, aber nun war alles still. Niemand schrie, und auf der Treppe erklangen keine Schritte. Als sie den Pulli auszog und den BH ablegte, kamen geschwollene Brustwarzen zum Vorschein, eher braun als rosa und hässlich wie das deutsche Wort dafür. Mit beiden Händen hob sie ihre Brüste an und betrachtete den Schaden. Die Arbeiter würden die Tür öffnen, einander Blicke zuwerfen und sagen: Hömma, sowat fick ich nich. In diesem Zungenschlag, über den Hartmut und sie am Anfang gelacht hatten, genau wie über Männer mit Dauerwelle und Frauen in gestreiften Stretchhosen. Sie stellte die Dusche an und ließ heißes Wasser laufen, bis der Dampf im Bad den Spiegel blind machte. Unter der Brause legte sie sich eine Hand zwischen die Beine und spürte nichts. Es war kein Essen vorbereitet, die Wäsche musste gewaschen werden, aber sie dachte an den Brief, der letzte Woche eingetroffen war. Mit wortreichen Entschuldigungen für die Verspätung, es habe lange gedauert, bis aus Rapa die neue Anschrift gekommen sei. Ein Ton wie bei der Hochzeit: Vergnügt und vertraut, als wären sie immer noch beste Freundinnen, die nun Rezepte tauschten, statt abends auszugehen, und über Kindererziehung statt über Männer sprachen. Philippa sei der Name für eine kleine Königin und das Bild so süß. Sie hat deine Augen. Junge Mütter freuten sich über solche Sätze. Jungen Müttern stand der Segen ins Gesicht geschrieben, der ihnen widerfahren war, die glotzten nicht in den Spiegel und betrauerten ihren außer Form geratenen Busen.

Nackt ging sie zurück ins Schlafzimmer. Der Kleiderschrank stand offen, auf dem Bett lagen drei Nummern einer französischen Zeitschrift namens *l'Avant-scène*. Ein altes Foto zeigte sie am Cabo Espichel, hoch über dem Meer, darunter lag der hektographierte Handzettel, der die Aufführung von *O leque de Lady Windermere* ankündigte, in der Aula des Liceu Maria Amália, am 12. Juni 1973 um 19 Uhr. Zwei Singles schauten aus ihren abgegriffenen Hüllen heraus, *Do Ya Think I'm Sexy* und *We Don't Talk Anymore*. Ohne zu wissen warum, hatte sie den Karton aus dem Schrank geholt, jetzt packte sie die Sachen wieder zusammen, drückte den Deckel zu und stellte alles an seinen Platz zurück. Luís hatte ihr auch LPs gekauft, wenn er in den Sommerferien Geld verdient hatte, aber die lagen in dem anderen Karton.

Ich muss mich anziehen, dachte sie.

Die Verwirrung war neu und so lähmend wie die Agonie der Region, in der sie seit einem Dreivierteljahr lebten. Hartmut vermutete, es komme von den Komplikationen während der Schwangerschaft. Eines dieser deutschen Monsterwörter: Muttermundschwäche. Dass der Stress des Studienabschlusses seinen Teil beigetragen hatte, wollte der Arzt nicht ausschließen und über andere Ursachen nicht spekulieren. Erst im Dezember war sie umgezogen, im fünften Monat, mit einem Koffer für die Bücher, einem zweiten voller Klamotten und den beiden Kartons mit den Sachen aus Lissabon. Zuerst hatte sie es sogar genossen, nichts tun zu müssen und den ganzen Tag auf dem Sofa liegen und lesen zu können, aber mit zunehmendem Leibesumfang hatte sie sich schlechter gefühlt. Lag sie auf dem Rücken, wurde sie vom Baby erstickt. Auf der Seite tat ihr das Kreuz weh, Bauch ging gar nicht. Hartmut tat, was er konnte, kam mittags von der Uni und brachte warmes Essen, eine Zeitung, manchmal Blumen. Die Veränderung ihres Körpers nahm er mit Humor, und wenn sie ihn darum bat, las er ihr vor. Nach einer ungewollten Schwangerschaft und der überstürzten Hochzeit fand sie auf seinem Dortmunder Sofa endlich die Zeit, sich in ihren Mann zu verlieben. Was blieb ihr anderes übrig.

Das Kreischen einer Säge riss sie aus ihren Gedanken. Die Frau im Spiegel hielt Cristinas Brief in der Hand und schien über der Frage erstarrt zu sein, ob sie ihn in den Karton oder in eine der Schubladen neben dem Bett legen sollte. Wie es angefangen hatte, wusste sie nicht mehr. In den Wochen nach der Geburt hatte das Kinderbettchen im Schlafzimmer gestanden, Philippa war auf dem Küchentisch gewickelt worden, und wenn sie schlief, hatte in der kleinen Wohnung behagliche Stille geherrscht. Zum Ende des Semesters war Hartmuts Vertretungsstelle ausgelaufen. In der Zeitung hatten sie ein Haus in Bergkamen entdeckt, ein paar Kilometer außerhalb der Stadt, für sechshundert Mark im Monat, mit zwei Stockwerken, eigenem Garten und Garage. Zwar waren die Einkäufe ohne Auto nicht zu erledigen, aber Hartmut brauchte nur drei Minuten zur Schnellstraße, und da er im Wintersemester Lehraufträge im gesamten Ruhrgebiet annehmen musste, um für Frau und Kind zu sorgen, griffen sie zu. Erlentiefenstraße war ein merkwürdig verwunschen klingender Name, unheimlich wie deutsche Märchen. Der Ort bestand aus einer verstreuten Ansammlung von Wohngebieten ohne Zentrum. Einfamilienhäuser, deren Gärten in freie Landschaft übergingen. Bei Ostwind roch es nach der nahe gelegenen Schweinefarm, ansonsten trieb der Rauch aus Fabrikschornsteinen und Hochöfen über die Dächer. Sechs Jahre hatte sie in West-Berlin gelebt, nun war sie in Deutschland angekommen, in einem Land so fremd wie der Mond.

Ich muss mich anziehen, dachte sie.

Inzwischen wurden die Tage kürzer, am Morgen lag Nebel über der Landschaft, und sie musste sich zwingen, das Bett zu verlassen. In der Küche stapelte sich dreckiges Geschirr, und der Windeleimer quoll über. Wie auf Schienen fuhr die Zeit an ihr vorbei. Ihr Mann war den ganzen Tag unterwegs, nachts hielt er sich mit Kaffee wach, um zu schreiben, und seit ungefähr zwei Wochen sah er sie anders an als früher. Er merkte es. Sie auch. Aber was? Neulich hatte sie ein Taschentuch in einer Hose vergessen und sich vor Wut in den Arm gebissen, als die von Papierfetzen übersäte Wäsche aus der Maschine kam.

Mit den Nähten nach außen lag eine Jeans auf dem Boden. Der BH hatte riesige Körbchen, in die sie zusätzlich Wattekissen stopfen musste, und obwohl sie gerade erst aus dem Bad gekommen war, zeigte die Uhr zehn vor zwölf. Kopflos rannte sie nach unten. Sobald sie die Terrassentür zur Seite schob, wurde das Geschrei ohrenbetäubend. Sie stürzte zum Kinderwagen, riss die Decke zurück und nahm das brüllende Kind heraus. Das Gesicht sah aus wie verbrüht, verzerrt zu einer heulenden Grimasse. Als sie das Bündel gegen ihren Körper drückte, musste sie denken, wie einfach es wäre. Am Himmel hingen dunkle Herbstwolken und verhießen Regen, aber das Baby beruhigte sich. Zwischendurch wusste sie genau, was geschah. Ich bin verrückt, dachte sie dann.

»Dat arme Püppken, nä.«

Mit verschränkten Armen stand Herr Löscher hinter der

kniehohen Zierhecke, die sein Grundstück begrenzte. Ein grauhaariger, bebrillter Mann zwischen sechzig und siebzig, den sie außer an Sonntagen nur im blauen Arbeitsoverall sah. Er war der einzige Nachbar, den sie mit Namen kannte.

»Guten Tag.« Augenblicklich fühlte sie sich beobachtet und hielt das Kind näher an der Brust. Hinter den Ebereschen erklangen die Rufe der Arbeiter.

»Armet Püppken, nä. Eben hab ich et noch zu meine Helga gesacht.« Herr Löschers schlecht rasiertes Kinn wies nach oben. Hinter dem schmalen Fenster im Giebel lag seine Frau und erholte sich von einer komplizierten Hüftoperation. »Volle Stunde liegt se hier wie ausgesetzt und is am Brüllen.«

»Tut mir leid. Ich glaube, sie kriegt Zähne.«

»Jetz schon? Passen Se auf, dat se mit zwölf nich sacht, Mudder, ich will ne eigne Bude. Dat geht ja heute so wat von schnell.« Wie immer sprach er vorwurfsvoll, wirkte jovial dabei und verwendete ein Sie, das wie ein besonders vertrauliches Du klang. »Helga sacht immer: Sach doch ma, wie se aussieht. Ich sach, 'n süßet Bäby, nä, wie sieht dat wohl aus.«

»Geht's Ihrer Frau besser?«

»Na, mit Schlafen is ja nich bei dem Lärm.«

Einmal hatte sie angeboten, mit Philippa rüberzugehen und seiner Gattin einen Besuch abzustatten, aber davon wollte Herr Löscher nichts wissen. Drinnen sei alles unordentlich und die Aufregung für seine Frau zu groß. Vor der Operation habe sie sich ums Haus und er sich um den Garten gekümmert, aber jetzt – man macht sich kein Bild, sagte er oft und winkte ab. Zechen wurden geschlossen, Stahlöfen abgeschaltet, Arbeiter entlassen. Man macht sich kein Bild. Früher hatte er selbst im Bergbau gearbeitet, nicht unter Tage, sondern in der Verwaltung oder als Hausmeister, genau wusste sie es nicht. »Na, dann will ich ma«, sagte er und blieb stehen, wo er war. »Is vielet zu machen, wenn et draußen schattich wird.«

Sie strich ihrer Tochter über die Wange und spürte die verkrampfte Haltung, mit der sie das Kind hielt. Philippa lag seitlich auf ihrem Unterarm, ihre Hand griff vorne auf Windel und Oberschenkel. Ein beherzter Griff in den Schritt war die orthopädisch korrekte Weise, ein Kind zu halten, hatte sie von Ruth gelernt. Wenn Maria den Blick hob, wurde ihr schwindlig; in dieser flachen Landschaft gab es nichts, woran man sich festhalten konnte.

»Mit den Kirschen im Sommer, dat hat mir ja inner Seele weh getan«, ließ Herr Löscher verlauten. »Früher, wie Ihre Vorgänger noch hier gewohnt ham – sich um nix am Kümmern, die Leute –, is Helga rübergegangen, wenn et so weit war. Für Marmelade. Is jede Menge von im Keller. Meinetwegen kann dä Russe noch zwei Atomkraftwerke inne Luft jagen, wir ham genuch, nä. Wolldecken, Wasserkanister, alles da.«

»Weiß man schon, wann sie wieder aufstehen kann? Ihre Frau.«

»Ärzte, nä. Sind wie Politiker, alle zu lange auf'm Durchblickerlehrgang gewesen.« Sein Kinn wies in ihre Richtung. »Jetz isse wieder friedlich, die kleine Flenntrine.«

»Ich muss rein und was zu essen vorbereiten.«

»Im Moment geht alles nur mit Maschinen. Baden und so. Müssten den Kran ma sehen im Badezimmer. Riesenapparillo. Und zwischendrin entweder tragen, aber dat is auch nich für mein' Rücken. Oder ich sach: Helga, ab in AOK-Chopper. Am Anfang fand se dat nich witzich, aber wat willste machen, nä. Is, wie et is. Musste mit leben.«

Mit der freien Hand zog Maria die Decke aus dem Kinderwagen. Wieso schrie Philippa nicht und lieferte ihr einen Grund, ins Haus zu gehen? Zwischen den rötlichen Platten der Terrasse wucherte Unkraut, die Beete am Hang waren schon damit zugewachsen. Noch nie hatte sie einen Garten besessen. Als sie das nächste Mal aufsah, war ihr Nachbar über die Hecke getreten und kam auf die Terrasse zu. »Willse mir doch ma aus der Nähe angucken, nä. Wenn ich se schon den ganzen Morgen hören tu.«

»Ich muss wirklich rein.«

»Müssen tun wir alle. Schläft ja friedlich, dat kleine Püppken.«

Seit Philippas Geburt fand sie die körperliche Nähe von Fremden unerträglich. Ihre Gerüche, die Ausdünstungen, den Atem. Im Supermarkt steckten Frauen ihre Köpfe in den Kinderwagen und tätschelten das kleine Wesen darin, und jedes Mal stand sie daneben und musste an sich halten, um nicht wegzulaufen. Herr Löscher verbreitete ein Aroma von Hobbykeller und billigem Rasierwasser, als er die Stufen heraufkam. Sein Seitenscheitel glänzte larvenweiß, wie der von Hartmuts Vater. Automatisch hielt sie die Luft an. In Berlin waren alle distanziert gewesen, hier standen sie einem auf den Füßen und sagten ›Tach auch‹. Maria überwand sich, den Arm zur Seite zu drehen, damit Herr Löscher das Gesicht des Babys sehen konnte, ohne seinen Kopf auf die Schulter der Mutter zu legen. Ein Zeigefinger mit zu langem Nagel näherte sich Philippas Nase. »Wat sacht man da jetz für«, überlegte er. »Wat Besseret wie süß fällt mir da nich ein. Nä du, is doch schön hier bei uns.«

»Ich muss jetzt wirklich rein.« Sie sprach mechanisch, so wie man spricht, ohne zu atmen, aber Herr Löscher war in den Anblick des Babys vertieft und merkte nichts.

»Wenne erst ma laufen kanns, nä, hilfste mir im Garten. Bist zwaa 'n Mädchen, aber dat is ja heutzutage nich mehr so. Kriechste 'n Rechen unne Harke, und dann könnwa fröhlich rumklamüsern, wir zwei.« Sein Atem roch nach Dosenravioli. Gelegentlich erwähnte er einen Sohn, aber das Verhältnis schien belastet zu sein, und Enkelkinder hatte er keine. Als seine Hand das Gesicht des Babys berührte, bekam Maria ein Stück Schenkel zwischen Daumen und Zeigefinger zu fassen. Im nächsten Moment zuckte Philippa zusammen und schrie los. Erschrocken zog Herr Löscher die Hand zurück. »Ui, da geht die Sirene wieder an. Werd die Kleine doch nich erschreckt ha'm.«

»Bestimmt hat sie schlecht geträumt. Ich muss rein. Auf Wiedersehen.«

»Soll ich nich kurz wat von dem Unkraut am Hang wegmachen? Tut mir ja inner Seele weh, wie dat hier aussieht.«

»Nicht nötig, vielen Dank.« Mit dem schreienden Kind auf dem Arm verschwand Maria im Wohnzimmer. In der Tür zum Flur drehte sie sich noch einmal um und sah, wie Herr Löscher etwas vom Boden aufhob, dann lief sie weiter in die Küche. Philippa schrie wie am Spieß, wahrscheinlich vor Hunger. In ihrer Heimat bekamen Babys mit fünf Monaten Suppen mit Fisch und Gemüse, und Lurdes rief mindestens einmal in der Woche an, um Rezepte zu diktieren. Puré de legumes, peixe cozido, hastig auf Zettel notiert hingen sie an der Kühlschranktür, zwischen den Angaben zur radioaktiven Belastung bestimmter Obst- und Gemüsesorten, die Hartmuts Schwester regelmäßig durchgab. Hektisch stellte Maria ein Gläschen in den Wasserwärmer, wiegte ihr Kind und dachte, dass sie das Geschrei keine Minute länger aushalten konnte. Das Ding auf ihrem Arm stank. Oben im Bad knöpfte sie den Strampelanzug auf, der am Hintern bereits bräunliche Flecken aufwies, riss ihn ihrer Tochter vom Leib und fand bestätigt, was Hartmut beim Verlassen des Hauses gemeldet hatte: Es gab keine Windeln mehr. Noch sieben Stück, hatte er gestern Morgen gesagt, drei waren es am Abend gewesen, jetzt keine mehr. Mit Hakle-Tüchern machte sie Philippa sauber, so gut es ging, dann lief sie mit dem nackten Kind im Arm auf und ab und zwang sich, ruhig zu atmen und logisch zu denken. Wenn Hartmut um halb sieben gesagt hatte, dass keine Windeln mehr da waren, hatte sie das Baby ganze sechs Stunden nicht gewickelt. Behelfsweise schlug sie Philippa in ein Handtuch ein. Bis zum Schlecker-Markt auf dem Nordberg war es weit. Der Schnuller, den sie ihrer Tochter zwischen die Lippen schob, wurde wieder ausgespuckt. Fluchend legte sie das Baby ins Ehebett, hastete nach unten, stellte den Wasserwärmer aus und griff nach dem Portemonnaie. Sie fühlte, dass sie genau das Falsche tat, Philippa musste essen! Als sie die Haustür hinter sich zuzog, verstummte das Geschrei.

Leer und ruhig lag die Straße vor ihr. Der Himmel zog sich weiter zu, es würde bald zu regnen beginnen. In ihrem Kopf gab es eine Kommandozentrale, die Pläne aufstellte und Befehle brüllte, und ein kompliziertes Leitungssystem, in dem alles versickerte. Sie überlegte, einen Spaziergang über die Wiesen zu machen. Bewegung würde ihr guttun. Vom Ende der Straße näherte sich ein Mann mit Kinderwagen, den sie gelegentlich spazieren gehen sah, und auf einmal musste sie an das Treppenhaus in Steglitz denken und an das nach Mottenkugeln riechende Zimmer, in dem sie sechs Monate zur Untermiete gewohnt hatte. Die Einsamkeit des ersten und des letzten Semesters, als hätte sich ein Kreis geschlossen. Maria blieb stehen und genoss die Stille. Trotz der schwierigen Umstände hatte sie die Prüfungen bestanden, sie besaß einen Abschluss. Der Mann mit dem Kinderwagen ging am Gartenzaun entlang, warf einen Blick gen Himmel und sagte: »Wenn Sie zu Fuß gehen wollen, empfehle ich einen Schirm.« Er trug die gleiche Jacke wie der schnauzbärtige Fernsehkommissar, dessen Namen sie sich nicht merken konnte. Hellgrau und über den Bund der Hose reichend. Sein Deutsch klang nicht, als käme er aus dem Ruhrgebiet.

»Ich geh nur rasch zu Schmückel, um Windeln zu kaufen.« Kaufhaus Schmückel, Hartmut hatte den Namen erwähnt, sie wusste nicht einmal, in welcher Richtung es lag. Die Einkäufe erledigte er, wenn er abends nach Hause kam, das mit den Windeln war seine Schuld.

Der Mann blieb stehen und knöpfte die Plane des Kinderwagens fest. »Was für eine riesige Industrie das sein muss. Windeln, meine ich.«

»Fünf am Tag, zwei in der Nacht.«

»Wenn's reicht. Neuntausend im Verlauf eines Kinderlebens, die Zahl habe ich gelesen. Oder waren es siebentausend? Irgendwas um den Dreh.«

Man macht sich kein Bild, lag ihr auf der Zunge.

Seine Geste sah aus, als wollte er ihr über die Entfernung von zwei Metern die Hand reichen, aber mitten in der Bewegung hielt er inne und legte die Stirn in Falten. »Ist das Ihr Kind, das ich höre?«

»Meine Tochter schläft.«

»Komisch. Ich könnte schwören, dass das Weinen …« Einen Schritt zurücktretend, reckte er den Hals, als versuchte er, über das Vordach hinweg ins obere Geschoss des Hauses zu schauen. »Ich würde sagen, sie ist aufgewacht.«

»Ich muss nur schnell Windeln holen.«

»Zu Fuß sind Sie bis zu Schmückel eine Weile unterwegs. Falls es ein Notfall ist, kann ich aushelfen.« Unter der Liegefläche des Wagens zog er eine Windel hervor. »Die Kleine heißt Philippa, richtig? Ich hab mal mit Ihrem Mann gesprochen.«

»Danke, das ist nett von Ihnen.« Sie nahm die Windel und versuchte zu lächeln.

»Ich muss sowieso einkaufen. Wenn es weiter nichts ist, bringe ich Ihnen eine Packung mit. Welche, Pampers oder Luv? Und für welches Alter, fünf Monate? Vertrauen Sie mir, ich bin Experte.«

»Das ist nicht nötig. Ich …«

»Wenn ich nicht jeden Tag ein paar Kilometer zu Fuß gehe, kriege ich das Gefühl, einzurosten. Alte Sportlerkrankheit.«

Mit einem Mal hörte Maria das Schreien auch. In der ganzen Straße war es zu hören, das verzweifelte Schreien ihres vernachlässigten Kindes. »Fünf Monate, ja. Ich glaube, ich sollte … Ich meine … Vielen Dank, wirklich.«

»Keine Ursache. Wenn ich ungelegen komme, lasse ich die Packung einfach vor der Tür stehen. Wir sehen uns. Letztes Haus links.«

Zurück in der Küche, stellte sie den Wasserwärmer an und rannte nach oben. Philippa hatte sich aus dem Handtuch freigestrampelt und lag rot wie ein Krebs auf dem Bett. Die Kommandozentrale übernahm. Plötzlich saßen alle Handgriffe, und vielleicht war es Scham, die sie zwei Stunden später davon abhielt, die Haustür zu öffnen. Unter das Küchenfenster geduckt, beobachtete sie, wie der Nachbar die Straße entlangging und dabei den Kinderwagen ein paar Meter nach vorne stieß, ihn einholte und erneut losschickte.

Eine Weile blieb sie auf dem Sofa im Wohnzimmer sitzen,

summte Melodien, die ihr durch den Kopf gingen, und wiegte das schlafende Baby. In den Kinderwagen auf der Terrasse wollte sie es wegen Herrn Löscher nicht bringen. Wäsche waschen, Geschirr spülen, aufräumen. Zeit verging auch, wenn sie sich bloß vorsagte, was sie zu tun hatte. Drei Monate lang hatte sie nur aufstehen dürfen, um zur Toilette zu gehen, und obwohl sie neuerdings viel spazieren ging, wurde sie manchmal von Erschöpfung überfallen so wie in anderen Momenten von der Lust auf eine Zigarette.

Im Schlafzimmer legte sie ihre Tochter ins Ehebett und sich daneben. Denken Sie daran: Die Nabelschnur ist zwar durchtrennt, aber emotional besteht sie weiter, hatte der Arzt im Johanneshospital zum Abschied gesagt. Das Fenster war gekippt. In unbestimmter Entfernung fuhr ein Güterzug vorbei, und Herr Löscher plauderte mit Arbeitern von der Schreinerei. Seit einem halben Jahr nahm sie sich vor, Ana zu schreiben, obwohl sie wusste, dass das nichts mehr ändern würde.

Kurz vor dem Einschlafen hörte sie, wie es draußen zu regnen begann.

Als sie aufwachte, war Philippa verschwunden. Das karierte Deckchen, das sie über ihre Tochter gebreitet hatte, lag zusammengeknüllt auf dem Kopfkissen. Panisch schaute Maria neben dem Bett nach, ob das Kind herausgefallen war, stürzte in den Flur und hörte Hartmut unten in der Küche rumoren. Nachdem sie sich beruhigt hatte, wusch sie sich im Bad das Gesicht. Schon seit Wochen schwebte Antónios Antlitz durch den konturlosen Raum ihrer Träume, aber sie fragte sich, woher sie wissen konnte, dass es sein Gesicht war. In der Lissabonner Wohnung hatte ein einziges Foto von ihm gehangen, in Rapa gab es viele, obwohl ihre Eltern damals keinen Fotoapparat besessen hatten. Jetzt besaßen sie einen und warteten auf eine Gelegenheit, Bilder ihrer Enkelin zu schießen. Maria schlüpfte in eine Hose, widerstand dem Drang, sich wieder ins Bett zu legen, und stieg die Treppe hinunter.

Im Flur stand Hartmuts Tasche neben einer angebrochenen Packung Windeln. Er saß am Küchentisch, gab Philippa die Flasche und warf ihr ein Lächeln zu, hinter dem sich Müdigkeit und unausgesprochene Fragen verbargen. »Da bist du«, sagte er schwungvoll. »Ich wollte dich nicht wecken.« Er hatte bereits Geschirr gespült.

»Hat sie geschrien?«

»Sie war wach. Ich dachte, ich gebe ihr was, bevor sie anfängt.« Die Uhr über der Spüle zeigte kurz nach sechs. Obwohl noch Sommerzeit herrschte, war es draußen schon dämmrig. Der lange Schlaf hatte ihre Erschöpfung verstärkt, sie fühlte sich wie ein Bergsteiger in dünner Luft. Kurz sah Hartmut zu ihr auf. »Die Windeln standen vor der Tür?«

»Es musste schnell gehen, als wir zurückkamen.«

»War es ein anstrengender Tag?«

»Ich habe länger geschlafen, als ich wollte.« Sie setzte sich neben ihn an den Tisch und befahl sich, Philippa anzulächeln. »Wieder mal.«

»Die Autobahnen hier sind eine Katastrophe. Alles dicht auf der A40. Wie sagt unser Nachbar immer? Der Ruhrschleichweg, stimmt genau.«

»Unser Nachbar riecht komisch«, sagte Maria fröstelnd. »Außerdem weiß ich nie, was ich ihm antworten soll. Er kam rüber, um sich Philippa anzuschauen. Dat arme Püppken.«

»Alte Männer riechen so.«

»Ich wünschte, er wäre bettlägerig, nicht seine Frau.«

»Wer weiß, wie die drauf ist.« Mit einem feuchten Waschlappen wischte er über Philippas Mund und bettete sie um, damit sie aufstoßen konnte. Maria spürte ein Ziehen in der Brust. »Hat meine Schwester angerufen?«, fragte er.

»Wenn, dann während ich geschlafen habe.«

»Ich hab Tiefkühlpizza gekauft. Was Besseres ist mir nicht eingefallen.«

»Ich hab sowieso keinen Hunger.«

»Was hast du gegessen heute?«

Ihr Blick sollte ihn an ihre Abneigung gegen Fragen erinnern, die er seit einiger Zeit zu oft stellte. Es war keine Plauderei, wenn er sich nach ihrem Tag erkundigte. Wahrscheinlich hatte er Ruth damit beauftragt, in seiner Abwesenheit in Bergkamen anzurufen und sicherzustellen, dass die Mutter nicht verhungerte, das Kind nicht im eigenen Kot lag und die Tiefkühltruhe nicht offen stand wie letzte Woche, bis sämtliche Vorräte angetaut waren. Sie musste auf der Hut sein, und sie war es. Auf ihrem Nachttisch lag ein Buch mit Beckett-Texten, dessen Lesezeichen sie jeden Tag um zwanzig Seiten verschob.

Über den Tisch hinweg sah Hartmut sie an. »Es wird noch eine Weile dauern, aber irgendwann bekomme ich meinen Ruf.«

»Will Herr Löscher nur quatschen«, fragte sie, statt darauf einzugehen, »oder soll ich noch mal anbieten, seine Frau zu besuchen? Oder ihn zum Kaffee einladen? Ich hab keine Ahnung, wie das geht, Nachbarschaft. In Berlin gab's das nicht.«

»Wenn er dir auf die Nerven geht, sag ihm, du hast zu tun.«

»Jetzt will er unseren Garten in Ordnung bringen. Es tut ihm innerseeleweh, wie es bei uns aussieht. Die Hälfte von dem, was er sagt, verstehe ich überhaupt nicht.«

»Erst der Garten, dann der Keller, irgendwann hält er seinen Mittagsschlaf auf unserem Sofa. Man macht sich kein Bild von diesen Hausmeistertypen.« Hartmut lachte, und es gelang ihr mitzulachen, obwohl das Ziehen in der Brust stärker wurde. Entweder musste sie Philippa stillen oder die Pumpe benutzen. »Im Ernst«, sagte er, den Moment nutzend. »Was hast du gegessen?«

»Ich frag dich auch nicht, was du den ganzen Tag isst.«

»Müsli zum Frühstück, einen Schokoriegel gegen zehn, dann …«

»Hartmut.«

»… war ich in der Mensa, das war köstlich. In die Bochumer Mensa muss ich dich unbedingt ausführen. Weich gekochter Risotto mit Strahlen-Gemüse. Nachmittags hab ich Kaffee getrunken, ein paar Kekse und einen Apfel gegessen. Jetzt krieg ich wieder Hunger. Du?«

»Gib mir das Kind, ich wickel sie.«

»Hab ich gerade. Lass sie einschlafen.«

»Gut«, sagte Maria und stand auf. »Ich bin unten in der Waschküche.«

Er machte eine Bewegung und hielt sie an der Hand fest. Ihr Blick strich über das Chaos auf der Anrichte, wo Babykleidung, Schnuller und vergessene Einkäufe ein Stillleben der Überforderung bildeten. Wieso stellte er dumme Fragen, wenn auf den ersten Blick ersichtlich war, dass sie den Laden nicht im Griff hatte. »Nichts hast du gegessen«, sagte er. »Den ganzen Tag nichts. Nicht mal Brot.«

»Wenn du nicht willst, dass ich dich hasse, hör auf, mir hinterherzuspionieren.« Sie machte sich los, lief die Kellertreppe hinab und schlug die Tür des kleinen Raumes hinter sich zu. Einige Sekunden lang horchte sie, ob Hartmut ihr nachgelaufen kam, aber das tat er nicht. Die Metalltür nach draußen führte dahin, wo die Mülltonnen standen und hinter der Hecke Herr Löscher seinen Komposthaufen pflegte. Ihre Zigaretten lagen in einer blauen Box mit alten Dichtungsringen. Eine zog Maria aus der Schachtel und hielt sie sich unter die Nase. Aus der Kommandozentrale kam ein klares Nein. Beim letzten Besuch hatte Ruth über die Verantwortungslosigkeit von Müttern gesprochen, die während der Stillzeit rauchten, was in ihren Augen ähnlich war, wie angereichertes Uran unter den Babybrei zu mischen, und man musste nicht paranoid sein, um solche Bemerkungen für bewusst platzierte Hinweise zu halten. Der Tabak roch gut. Roch nach Nachmittagen im Mescalero, wo sie gelesen und das Treiben auf dem Lausitzer Platz beobachtet oder mit Ana geplaudert hatte, wenn der Betrieb es zuließ. Jetzt stiegen ihr Tränen in die Augen, sobald sie an West-Berlin und ihre beste Freundin dachte.

Am Morgen – nicht heute Morgen, sondern an jenem vor zweieinhalb Jahren – hatte sie in der Liegnitzer Straße eine

Broschüre aus dem Briefkasten gefischt und von der ersten bis zur letzten Seite durchgelesen. *Was Sie über AIDS wissen sollten* stand auf dem Umschlag. Obwohl die ominösen Buchstaben ihr schon häufig begegnet waren, fand sie es beängstigend, wie sie auf einmal die Nachrichten beherrschten. Neue Wörter wie ›Risikogruppe‹ kamen auf, Politiker forderten Zwangstests und geschlossene Lager für Infizierte und Schwule. Nicht nur Ana hatte es mit der Angst zu tun bekommen, und manchmal tat sie so, als wäre das der Grund, weswegen sie Maria neuerdings auf Akademikerpartys mitnahm, statt sich in Bars und Clubs zu amüsieren. Gleichzeitig behauptete sie, auf die öffentliche Panikmache nicht hereinzufallen. »Könnte doch sein, dass es eine Verschwörung ist«, sagte sie am Abend jenes Tages im März, als sie trotz der winterlichen Temperaturen Sangria gekauft hatten und bereits die zweite Karaffe tranken. »Zwei Jahrzehnte mussten sie zusehen, wie wir unseren Spaß hatten. Jetzt reicht es ihnen. Erst waren die Schwulen dran, ab sofort wir alle.«

»Wer ›die‹?« Maria fischte ein Ananasstück aus dem Glas und hatte Mühe, ihrer Freundin zu folgen. »Wem reicht es?«

»Allen, denen es ein Dorn im Auge ist, wie sich die Welt in den letzten zwanzig Jahren entwickelt hat. Oder sagen wir, ein Teil der Welt. Die üblichen Verdächtigen, die Feinde der Freiheit.« Das Funkeln in Anas Augen ließ nicht erkennen, wie ernst sie es meinte. Der Kassettenrecorder auf dem Schreibtisch gab seit zwei Stunden brasilianische Rhythmen von sich. Maria hatte es sich im einzigen Sessel bequem gemacht und bewegte ihre frierenden Zehen. Die Feinde der Freiheit.

»Die raten jetzt zum Gebrauch von Kondomen?«

»Immer mit dem Zusatz, dass sie keinen hundertprozentigen Schutz bieten. Die eigentliche Botschaft lautet: Wenn ihr nicht krepieren wollt, lasst es ganz sein.«

»Ich weiß nicht.«

»Niemand weiß es. Ich habe mir jedenfalls einen Talisman besorgt.«

»Das wird helfen.«

Mit ausgestreckten Beinen saß Ana auf dem Teppich und griff nach der Karaffe. Zu Hause trug sie eine alte Jogginghose und behauptete, ihr Hintern werde nicht wegen der Empanadas breiter, die Tereza neuerdings in besorgniserregenden Mengen produzierte, sondern weil sie die Nächte nicht mehr durchtanzte. Zugenommen hatte sie jedenfalls und klagte darüber in einem Ton geheimen Einverständnisses, der Maria einlud, sich ihre Freundin als behäbige Hausmutter vorzustellen. Seit erstaunlich langer Zeit hatte Ana keinen Liebhaber gehabt, und noch erstaunlicher war, dass sie sich darüber nicht beschwerte. Lieber analysierte und kommentierte sie das Liebesleben ihrer Freundinnen. »Dir kann's egal sein«, sagte sie. »Wann kommt der Regisseur zurück und befreit dich vom Joch der Enthaltsamkeit?«

»Im Moment ist er nur noch Regieassistent. Allerdings bei seinem persönlichen Gott, der ihm zur großen Erleuchtung verholfen hat.«

Ana gab ihrer Stimme einen ehrfürchtigen Tonfall. »Der Regieassistent Gottes. Dir ist klar, dass du damit in eine potentiell einflussreiche Position gerätst?«

»Schön wär's. Wenn er sich meldet, spricht er nur davon, dass er endlich weiß, was er will. Jedes zweite Wort ist Heiner. Heiner hier, Heiner da, Heiner sagt ...«

»Gott heißt mit Nachnamen Müller. In was für Zeiten leben wir?«

»Es ist nicht lustig.« Zum wiederholten Mal warf Maria die Hände in die Luft, verschüttete Sangria und vergaß augenblicklich, was sie hatte sagen wollen. »Kann ich heute Nacht hierbleiben? Ich bin betrunken.«

»Glaubst du immer noch, dass es die berühmte männliche Furcht vor Nähe war, die ihn nach Gießen getrieben hat?«

»Keine Ahnung. Ich wusste nicht mal, dass die so berühmt ist. Mein erster Freund kannte sie nicht.«

»Ich glaube nämlich, dass es um was anderes geht.«

»Du kennst ihn nicht. Kann ich nun hierbleiben?«

»Wir müssen uns mein Bett teilen. In letzter Zeit braucht Tereza ihres meistens selbst.« Ana verteilte den Rest des Getränks auf beide Gläser und lehnte sich zurück. Der Talisman war ein kleines hölzernes Kreuz, das sie um den Hals trug und gelegentlich küsste. Einen Moment wartete sie, und als Maria nicht auf die Andeutung einging, änderte sie seufzend den Tonfall. »Was ist los? Warum bist du so down?«

»Sagen wir nachdenklich.«

»Nein, tun wir nicht. Wenn es seinetwegen ist, schmeiße ich dich auf der Stelle raus. Er kommt zurück, alles wird gut, er liebt dich – auf seine Weise. Du solltest dir überlegen, ob es die Weise ist, auf die du geliebt werden willst. Glücklich wird er dich nicht machen.«

»Hast du auch das Gefühl, dass etwas zu Ende geht? Ich bin nach Berlin gekommen, um nichts zu verpassen. Ich meine, weil ich in Lissabon das Gefühl hatte, alles zu verpassen. Und jetzt …« Wieder verlor sie den Faden und verstummte. Sie war ziemlich betrunken. Erst zwei oder drei Gläser Wein im Hardenberg, dann zu viel Sangria. Außerdem hatte sie Ana zum ersten Mal angelogen und behauptet, sie hätte den Nachmittag am Schreibtisch verbracht. Statt endlich die Wahrheit zu sagen, leerte Maria ihr Glas und fragte: »Was soll ich nach der Magisterarbeit machen?«

»Prüfungen, aber erst mal sollst du sie schreiben. Jetzt lass uns ins Bett gehen, sonst beschwerst du dich morgen, dass dir nichts einfällt.«

»Und du? Was wirst du machen, wenn dein Vertrag ausläuft?«

»Im Ernst, lass uns schlafen.«

Anas Bett war zu schmal für zwei. Gegen die Wand gedrückt, lag Maria auf dem Rücken und versuchte sich vorzustellen, mit welchen Gefühlen ihr Freund in Gießen an sie dachte – falls er es tat. Den Text, den Müller mit den Studenten inszenierte, kannte sie und fand ihn schrecklich. *Die Hamletmaschine*. In Falks Worten am Telefon war es der totale Hammer. Revision von allem, absoluter Neuanfang. In Zukunft werde er keine

Stücke im traditionellen Sinn schreiben, sondern wie Heiner die Wahrheit einfach rauskotzen. Welche Wahrheit, hatte sie gefragt, aber keine Antwort bekommen.

»Brauchst du ein Kissen?« Zum Schlafen trug Ana ein Fußballtrikot mit der Nummer 8, das ein früherer Freund bei ihr vergessen hatte. Sogar ihr Busen schien schwerer zu werden. Als Maria den Kopf schüttelte, legte sie sich hin und zog sie mit beiden Armen zu sich heran. Draußen ratterte die nächste U-Bahn vorbei. Wenn Tereza nicht hier war, musste sie bei Hartmut sein. Auch schon während des Telefonats?

»Eines Tages wirst du fünf Kinder haben«, sagte Maria und drehte sich in die Umarmung. »Fällt mir ein, weil ich mich gerade wie eins davon fühle.« Vielleicht bestand ihr Problem einfach darin, dass sie nicht allein sein konnte. Nachts war es am schlimmsten. Sie schloss alle Türen ab, horchte auf Geräusche, hörte niemanden atmen, drehte sich von einer Seite auf die andere, hatte Lust auf Sex und kam sich vor wie die Frau, über die Simone de Beauvoir schrieb: ›Ihr Herz schlägt, sie erlebt den Schmerz der Abwesenheit, die Grauen der Anwesenheit, sie empfindet Verdruss, Hoffnung, Groll, Begeisterung und bleibt dabei doch ein unbeschriebenes Blatt.‹ Im April wollte Falk zurückkommen, wahrscheinlich jedenfalls. Eventuell würde Heiner ihn mit nach Bochum nehmen und ein paar Leuten vorstellen. Aber im Juni bestimmt. Liebe, die sich nur im Kopf abspielte, war eine Form von Narzissmus, und der führte irgendwann zum Masochismus; sie las jeden Tag darüber und tat so, als ginge es um die Figur in einem Tschechow-Stück.

»Ich hab den Vertrag an der TU gekündigt«, sagte Ana leise.

Maria versuchte sich umzudrehen, aber ihre Freundin verstärkte die Umarmung. »Warum?«

»Zum Ende des Sommersemesters. Die Uni ist nichts für mich, und es sieht so aus, als würde es keinen neuen Putsch geben. Sogar mein Bruder glaubt das.«

»Du meinst …?«

Ana versuchte zu lachen, aber es kam nur ein Geräusch, als hätte sie Schluckauf. »Ich habe mir Mühe gegeben. Es ist nun einmal nicht mein Land.«

»Du willst wirklich … für immer?«

»Besuch mich, und ich finde einen Mann für dich. Einen, der tanzen kann.«

»Ich habe einen Mann.«

»Einen, der tanzen kann.«

»Ich brauche eine Freundin« war das Letzte, was Maria herausbekam, bevor ihre Stimme versagte. Tränen schossen ihr in die Augen, als hätte sie einen Knopf gedrückt. Ana hielt sie in den Armen und wiegte sie sachte hin und her. Nach dem Telefonat war sie direkt hierhergekommen und hatte die ganze Zeit gespürt, dass eine schlechte Nachricht auf sie wartete. Aber nicht diese. Sie war so traurig, dass sie nicht einmal glauben konnte, es geschehe ihr recht. Alles durfte passieren, aber Ana musste bei ihr bleiben.

Ein letztes Mal fuhr sie mit der Zigarette unter ihrer Nase entlang. Dann wischte sie sich über die Augen und griff nach der Schachtel mit den Dichtungsringen. Berge von schmutzigen und sauberen Kleidungsstücken bedeckten den Tisch. Dass feuchte Wäsche in der Trommel der Maschine lag, bemerkte Maria erst in diesem Moment. Hartmut musste sie nach seiner Rückkehr angestellt haben, sie war den ganzen Tag nicht hier unten gewesen. Immer häufiger kam es ihr vor, als würde die Zeit Sprünge machen. Erinnerungen und Gedanken bildeten Wirbel in ihrem Kopf, und wenn sie in die Gegenwart zurückkehrte, wusste sie nicht, ob fünf Minuten oder zwei Stunden vergangen waren. Ana und sie hatten geheult, bis die Wohnungstür aufgegangen und Tereza hereingekommen war, und dann weiter, bis es hell wurde. Jetzt war alles still. Maria nahm die Wäsche aus der Maschine, lauter ausrangierte Sachen von Ruths Zwillingen. Alle zwei Wochen fuhren sie zu Hartmuts Familie; wahrscheinlich hoffte er, dass sie dort die Praktiken der deutschen Hausfrau erlernen würde, in denen Ruth so versiert war. Kuchen backen, Socken stricken und die Früchte des Gartens zu Marmelade verarbeiten, die zur Adventszeit an die Nachbarn verschenkt wurde, mit der halben Portion Zucker und garantiert frei von Radioaktivität! Wütend zerrte Maria an der zerknitterten Wäsche. Nach einer Weile hörte sie Hartmuts Schritte auf der Kellertreppe.

Vorsichtig öffnete er die Tür. »Die Pizza ist fertig. Brauchst du noch lange?«

»Fang ohne mich an.« Statt sich umzudrehen, hängte sie einen Strampelanzug auf. Ihre Brüste fühlten sich an wie Ballons.

»Ich hatte eine Maschine Kochwäsche angestellt.«

»Ich weiß, ich räume sie gerade aus.«

»Mach eine Pause. Lass uns essen.«

»Ich muss sowieso noch Philippa stillen.«

»Die schläft längst.«

Sie hörte ihn hereinkommen und innehalten. Schweiß lief ihr über die Schläfen. »Ich muss sie stillen oder ich platze.«

»Nimm die Pumpe. In der Zwischenzeit mache ich die Wäsche fertig. Du bist seit fast zwei Stunden hier unten.«

»Red keinen Unsinn!« Sie ignorierte die Hände auf ihren Schultern, die sie herumdrehen wollten, und zählte die aufgehängten Wäschestücke. Es waren sieben.

»Maria.«

»Lass mich bitte.«

»Maria, sieh mich an.« Mit sanfter Gewalt drehte er sie herum. Er erwischte sie in einem schwachen Moment, in dem sie Angst hatte zu heulen, sobald sie den Mund öffnete, und er nutzte es aus. Zog sie zu sich heran, legte eine Hand auf ihren Rücken und hielt mit der anderen ihren Kopf. »Hast du über Ruths Angebot nachgedacht?«, fragte er.

»Ich will nicht, dass sie kommt.«

»Warum nicht? Nur für eine Woche.«

»Ich weiß, dass ich als Mutter versage, dafür brauche ich deine Schwester nicht.«

»Darum geht es nicht«, sagte er. »Ich weiß, du willst es nicht hören, aber ich mache mir Sorgen. Es kommt mir vor, als wäre deine Wahrnehmung … verschoben.«

»Gestört, sag's ruhig. Deine Frau ist geistesgestört.« Sie sprach in den Stoff seines Hemdes und hätte am liebsten zugebissen.

»Außerdem möchte ich, dass du mir einen Gefallen tust. Auch wenn du nicht willst. Mir zuliebe.«

»Was?«

»Komm mit nach oben und stell dich auf die Waage.«

»Genau. Jederzeit gerne. Wie bei Hänsel und Gretel, aber da war es keine Waage, oder? Die Hexe hat das mit dem Finger gemacht. Überprüft, ob Hänsel fett genug ist. Keine Angst, ich bin fett genug.«

»Es dauert eine Minute.«

»Das könnte dir so passen.«

»Du wiegst weniger als vor der Schwangerschaft.« Mit beiden Händen hielt er sie an den Schultern und sah ihr in die Augen. »Hast du mich gehört, du wirst immer dünner.«

»Zum ersten Mal glaube ich, dass *du* der Verrückte bist.« In Wirklichkeit erschrak sie über die Müdigkeit in seinem Gesicht. Er hatte Ringe unter den Augen und flüsterte nicht aus Rücksicht, sondern als wäre auch er kurz davor, in Tränen auszubrechen.

»Komm«, sagte er und nahm sie bei der Hand.

»Ich will nicht.«

»Komm mit.«

»Nein!«

Er hielt ihr Handgelenk umklammert, dass es weh tat. »Komm mit nach oben, nur ein Mal.« Entschlossen ging er vor ihr die Treppe hinauf, und wenn sie langsamer wurde, zog er.

»Hartmut, lass mich sofort los!«

Sie waren bereits im Flur. Hinter der nach vorne gebeugten Gestalt ihres Mannes sah sie eine dicke Frau durch den Garderobenspiegel stolpern, und ihr Kopf explodierte. »Arschloch!«, brüllte sie. »Du verdammtes Arschloch! Denkst du, du kannst alles mit mir machen? Fick mich, wenn es sein muss, aber hör auf, mich wie ein Stück Vieh durchs Haus zu zerren!« Sie sah sein Gesicht in Fassungslosigkeit erstarren, aber sie konnte nicht aufhören. »Ich weiß, dass du Ruth brauchst, um mir hinterherzuspionieren. Wahrscheinlich hast du auch Herrn Löscher beauftragt. Ihr Männer seid alle gleich. Ihr denkt, wir sind euer Spielzeug. Wir kuschen. Glaubst du, ich zieh mich vor dir aus und stell mich auf die Waage. Was bist du für ein schrecklicher Mensch. Ich hasse dich!« Sie wollte ihn anspucken, aber ihr Mund war zu trocken. Ohne ein weiteres Wort stürmte sie nach oben und schloss sich im Schlafzimmer ein.

Der Raum drehte sich. Das Ziehen ging durch ihre Kehle und das Rückgrat hinab, eine Mischung aus Übelkeit, Durst und Muskelkater. Maria ließ das Licht gelöscht und kauerte sich vor den Heizkörper. Am Morgen hatte sie Kaffee getrunken, überlegte sie, und seitdem nichts mehr. Im Erdgeschoss blieb es still. Die Scham über das, was sie ihrem Mann an den Kopf geworfen hatte, lauerte im Flur auf sie, am liebsten hätte sie den Spalt unter der Tür mit der Bettdecke verstopft. Stattdessen öffnete sie das Fenster, beugte sich nach draußen und brach einen Zweig des Kirschbaums ab. Dann hockte sie sich hin und leckte die regennassen Blätter ab. Es war das Verrückteste, was sie je getan hatte, und irgendwie beruhigte sie das.

Nach einer Viertelstunde erklang Hartmuts Stimme. Das Fenster des Arbeitszimmers war gekippt, und wenn draußen Stille herrschte, konnte sie von ihrem Platz aus mithören, wenn er telefonierte. Den Anfang verpasste sie, weil ein Auto die Erlentiefenstraße entlangfuhr.

»… und es wird schlimmer«, sagte er. Wie sie vermutet hatte. Ruth!

»Das Wort darf ich nicht in den Mund nehmen. Letzte Woche hab ich's getan, und die Antwort war: Warum bringst du mich nicht gleich in die Klapse?«

»Ich weiß das, Ruth.«

Maria drehte sich um und kniete vor dem Fenster wie in

einem Beichtstuhl. Sie wusste, was er meinte. Sie kannte ihn besser als er sie.

»In Herdecke, aber es gibt Dinge, die bringe ich nicht übers Herz. Wenn sie es will, tu ich's sofort, aber ich kann meine Frau nicht gegen ihren Willen …« Diesmal war es ein Zug, der seine Stimme übertönte. Ein langer Güterzug, den sie draußen zu erkennen glaubte, eine fliehende Bewegung in der Nacht. Einen Mann zu heiraten und Mutter zu werden, war das eine. In Hartmuts Elternhaus, wo sie beim ersten Mal in getrennten Zimmern hatten schlafen müssen, weil sie zwar ein Kind erwarteten, aber noch nicht verheiratet waren, wurde vor jedem Essen gebetet, das tat nicht einmal Lurdes. Protestantismus, Mülltrennung, Vollwertkost, es war alles Teil derselben grünlich-frommen Ideologie mit ihrem Hang zu obsessiver Regelbefolgung. Der Pflaumenkuchen war so sauer, dass sich einem die Kehle zusammenkrampfte, von der Sahne nahm man gerade genug, um schlechten Gewissens von Völlerei sprechen zu können, und irgendwie brachte man es fertig, die CDU für ihre katholische Spießigkeit zu verachten. Als das Geräusch des Zuges verebbte, schien das Telefonat beendet zu sein, aber dann begriff Maria, dass es Ruth war, die längere Zeit sprach. Hartmut sagte ja, ja und noch einmal ja, und schließlich: »Das hab ich nicht gewusst.« Sie stützte die Arme auf das Fensterbrett.

»Manchmal wird ihr Blick leer. Was auch immer ich sage, es ist das Falsche.«

»Bitte?«

»Dann wird sie laut. Manchmal ausfällig, aber das ist nicht das Schlimmste.«

Beinahe hätte sie vor Wut aufgeschrien, als das nächste Auto die Straße entlangrollte, in eine Einfahrt fuhr, zurücksetzte und das Haus erneut passierte. Der Durst und die Kälte wurden unerträglich. Immer das Gleiche: Lange Zeit bemerkte sie nichts, und im nächsten Moment war es kaum noch auszuhalten.

»Heute schon wieder. Am Oberschenkel. Seitlich.«

»Es macht mich verrückt, Ruth. Vor allem macht es mir

Angst. Ich traue mich kaum noch, morgens wegzufahren. Philippa liegt den ganzen Tag im Kinderwagen oder auf der Decke im Wohnzimmer. Sie kann nicht krabbeln. Woher kommen … ich kann das nicht mal sagen!«

Das nächste Geräusch erkannte Maria nicht, weil sie es noch nie gehört hatte. Wind fuhr durch die Bäume des Nachbargrundstücks auf der anderen Seite. Ein kinderloses Ehepaar wohnte dort, das sie häufig gemeinsam joggen oder mit Tennisschlägern zum Auto gehen sah, aber das Geräusch kam von unten. Zuerst glaubte sie sich zu täuschen. Als sie ihm gesagt hatte, dass sie schwanger war, nach der Trauung in Celorico und bei ein oder zwei weiteren Gelegenheiten hatte sie seine Augen feucht werden sehen. Jetzt schien er sich eine Hand vor den Mund zu halten, so dass ein Geräusch entstand, als wäre er geknebelt. »Ich kann nicht mehr, Ruth. Mitten im Seminar vergesse ich den Text, weil ich mich frage, was gerade zu Hause passiert.« Maria beugte sich nach draußen, aber mehr als den hellen Streifen der Fensterbank bekam sie nicht zu sehen. Vor dem Fenster stand sein Schreibtisch und davor der Stuhl, auf dem ihr Mann saß und weinte. Sie brauchte eine Weile, um die Information zu verarbeiten. Bevor Hartmut auflegen und nach oben kommen konnte, hastete sie ins Bad und hielt den Mund an den Wasserhahn. Fast eine Minute lang. Dann griff sie nach der Pumpe, zog ihr Nachthemd an, legte sich ins Bett und pumpte Milch ab.

Ich bin krank, dachte sie. Nach einer Weile hörte sie Schritte im Flur und Geräusche in der Küche. Als Kind nachts im Bett hatte sie manchmal das Gefühl gehabt, ihr Zimmer dehne sich aus, bis sie verloren in einer Ecke lag und nicht wusste, ob sie Angst haben musste. Oder wovor. Es war wie eine Lähmung, die ihren Körper befiel und gleichzeitig eine schützende Hülle bildete. Die Grenze zwischen Schlaf und Wachsein ähnelte der beim Schwimmen, über und unter Wasser, sie konnte hin und her wechseln und sogar auf beiden Seiten zugleich sein. Als Hartmut die Treppe heraufkam, zeigte der Wecker auf seinem

Nachttisch null Uhr zehn. Er ging ins Bad und kam herein, ohne Licht zu machen. Maria fühlte alle Kraft aus ihrem Körper fließen. Es war eine mondhelle Nacht, die hinter den Gardinen wartete und sie nach draußen rief. Seit langem hatte sie nichts so Angenehmes empfunden. Leicht wie Licht bewegte sie sich die Treppe hinab, durch das Wohnzimmer und zur Terrassentür hinaus. Das Gras unter ihren Füßen war kühl und weich, sie trat nicht auf, sondern streifte es wie im Flug. Im nächsten Moment lag sie wieder im Bett und hörte Hartmut nach nebenan gehen. Philippas Schreien kam von sehr weit weg. Noch weiter als am Vormittag.

Lurdes hatte jedes Mal im abgedunkelten Schlafzimmer gelegen und der Rest der Familie so lange im Flüsterton gesprochen, bis sie wieder aufgestanden war. Die Erschöpfung. Vielleicht war ihre Mutter in Wirklichkeit durch die Gassen der Mouraria geschwebt, auf die der nächtliche Mond schien. Beim nächsten Mal verließ Maria den Garten und schlüpfte durch den Durchgang auf das Gelände der Schreinerei. Der Firmenwagen warf einen kompakten Schatten, dahinter erstreckten sich kniehohe Wiesen, die niemandem gehörten. Ein silbriger Schimmer erhellte die Landschaft. Mit António hatte sie weder gespielt noch gestritten, er war ihr älterer Bruder und trotzdem ein Baby, und genau genommen gab es ihn gar nicht, aber irgendwie blieb er ihr Bruder. Weil es alles gab, was es einmal gegeben hatte, entweder im Traum oder im Leben. Seit sie aus Berlin weggezogen war, empfand sie die gleiche Angst wie Säuglinge, die man fest in eine Decke wickeln musste, um sie vor dem Horror des freien Raumes zu schützen. Am meisten vermisste sie die Mauer.

Als es zu dämmern begann, lag Maria auf der Seite und blickte zum Fenster. Hartmut stand auf, bevor sein Wecker klingelte. Sie hörte ihn im Bad. Als sie mit einer Hand nach ihren Fußsohlen tastete, klebte zu ihrer Überraschung kein Gras daran. Draußen fuhren Autos, die ganze Region begann mit der Arbeit, und wenn sie sich richtig erinnerte, musste Hartmut heute nach Wuppertal. Dortmund, Bochum, Wuppertal und noch eine Stadt, nur am Freitag blieb er zu Hause. Sie hörte ihn hereinkommen, sein Rasierwasser roch wie damals im Café Hardenberg.

»Maria?«, flüsterte er. »Ich muss los.«

Sie blieb reglos liegen. Es war ihr egal.

»Ich hab ihr die Flasche gegeben und sie gewickelt. Wahrscheinlich schläft sie bis gegen neun.« Er kam zwei Schritte näher. »Maria?«

Allmählich verstand sie, was in der Nacht geschehen war. Die Kommandozentrale war verstummt und würde sich um nichts kümmern. Hartmut ging um das Bett herum und hockte sich vor die Heizung. »Hörst du mich? Gegen neun braucht Philippa die nächste Flasche.«

»Ich kann nicht aufstehen.«

»Du kannst … warum nicht?«

»Ich kann nicht.«

»Bist du krank?« Er streckte die Hand aus. Sie spürte seine kühle Haut auf ihrer Stirn, auf den Wangen. »Du hast Fieber.«

»Ich kann nicht aufstehen, Hartmut.«

»Was schlägst du vor?«

»Du musst Ruth anrufen.«

Eine Weile rührte er sich nicht. Sie hatte die Augen geschlossen und spürte seinen Blick auf sich. Blaue Flecken, hatte er am Telefon gesagt. Blaue Flecken auf dem Körper eines Säuglings. In der Welt da draußen lauerte eine Wahrheit, der sie sich vorerst nicht aussetzen konnte.

»Bleib einfach liegen, okay. Soll ich dir einen Kaffee bringen?« Hartmut stand auf.

»Wasser. Bring mir Wasser.«

Nachdem er das Zimmer verlassen hatte, hörte sie ihn mehrmals telefonieren. Als er zurückkam, hatte er das Hemd gegen ein T-Shirt getauscht und stellte eine Wasserflasche samt Glas neben ihr Bett. »Sie kommt heute Nachmittag. Ich hole sie in Dortmund am Bahnhof ab.«

»Es tut mir leid«, sagte Maria.

»Bleib liegen und ruh dich aus. Wir kriegen das hin. Ich bleibe heute zu Hause. Gegen zehn wird ein Arzt kommen.«

»Was für ein Arzt?«

»Ein ganz normaler. Wir brauchen endlich einen Hausarzt.«

»Ich weiß, dass ich abgenommen habe«, sagte sie, um ihm eine Freude zu machen.

»Das ist gut. Ruh dich aus jetzt.« Er zupfte an ihrer Decke und gab ihr einen Kuss. Arbeiter parkten an der Straße und gingen über Herrn Löschers Grundstück zur Schreinerei. Laut redend, als wäre bereits heller Tag. Schwerfällig stützte sie sich auf und trank einen Schluck Wasser. Ruth war gut darin, sich um Dinge zu kümmern. Zum ersten Mal seit vielen Wochen sah Maria einem Tag entgegen, der ihr nichts abverlangte.

Sie trank das Glas aus, dann schlief sie ein.

# 11

Mit verschränkten Armen stand Maria-Antonia am Fenster und sah nach draußen. Sanft fiel die Calçada da Ajuda zum Fluss hin ab, Sommerstille lag über den Dächern, und die sinkende Sonne brachte das Kopfsteinpflaster zum Glänzen. Kaum einen Steinwurf entfernt, schräg gegenüber auf der anderen Straßenseite, kontrollierten uniformierte Wachen den Zugang zum Präsidentenpalast, und einmal glaubte sie, dass ihr von dort ein prüfender Blick begegnete. Sofort duckte sie sich und trat einen Schritt zurück. Nervosität ließ ihre Wangen heiß und die Hände kalt werden. Würde sie sich nach draußen beugen, könnte sie hinter dem Palast die Stelle erahnen, wo der Tejo in den Atlantik mündet. Warum Belém, hatte sie im Auto gefragt und zur Antwort bekommen, dort sei am Abend das Licht besser. Sie hörte ihn aus dem Bad kommen und in das kleine Zimmer gehen, in das beim Hereinkommen ihr Blick gefallen war. Wem die Wohnung gehörte, wusste sie nicht. Eine Mansardenwohnung ohne Küche, die aus einem großen Raum bestand, dazu einem Bad und dem kleinen Zimmer, wo Mário sich daranmachte, das Bett zu beziehen. Alle anderen Fensterläden waren geschlossen.

August. Hitze leerte die Straßen und trieb alle Welt an die Strände. Neben dem Fenster stand ein elektrischer Ventilator, und Maria-Antonia drückte mit der großen Zehe auf den Knopf. Niemand schien hier zu wohnen, es gab kaum Möbel, und den Fernseher bedeckte ein weißes Laken. Im einzigen Bücherregal verstaubten ledergebundene Klassiker, eine Ausgabe von *Portugal e o Futuro* und zwei Stapel französischer Zeitschriften, *Cahiers du Cinéma, l'Avant-scène,* dazu ein paar Nummern von *plateia*, die seit letztem Jahr mit barbusigen Frauen auf dem Cover erschien. Um sich abzulenken, nahm sie eine Ausgabe vom März in die Hand und betrachtete die schöne Blonde, die lächelnd ihre Brüste ins Bild hielt. Durch die offene Tür spürte sie Mários Blick auf sich. »Kannst du Französisch?«, fragte er.

»Natürlich. Du hast aber auch interessante portugiesische Sachen.«

»Nimm mit, was du willst. Ich brauche sie nicht mehr. Was für interessante Sachen?«

Sie hielt ihm die Ausgabe hin. »Hast du das gemacht?«

»Du weißt, dass ich nicht für Zeitschriften arbeite. Außerdem ist die Pose billig.«

»Gehört die Wohnung dir?«

»Ich darf sie benutzen.«

»Wofür?«

Darauf antwortete er mit seinem überheblichen Schnauben und sagte: »Komm her, ich zeig dir was Interessanteres.« Als sie ihm in das kleine Zimmer mit der schrägen Decke folgte, zog er die Fensterläden einen Spalt weit auf, um Licht hereinzulassen, und zeigte auf den neben der Tür stehenden Wandschirm. Er war so breit wie das Bett und wurde von kräftigen Goldtönen dominiert, aber Maria-Antonia brauchte einen Moment, bis sie das Motiv erkennen konnte. Ein dreimastiges Segelschiff wurde entladen. Holzkisten, die wie Schatztruhen aussahen, türmten sich an Bord und an Land, und eine Prozession bunter Gestalten machte sich auf den Weg in die Stadt. Sie trugen Pluderhosen und exotische Kostüme, viele hatten unverhältnismäßig große Nasen.

»Irgendein Ururonkel von mir hat das gekauft.« Mário stand hinter ihr, legte eine Hand auf ihre Taille und fuhr mit der anderen über die Linien des Bildes. »Angeblich soll es den Hafen von Nagasaki darstellen. Die hässlichen Figuren, die aussehen wie Pinocchio, sind die Portugiesen.«

»Ist das Bild echt?«

»Was heißt echt?«

»Aus der Zeit.«

»Keine Ahnung. Es gibt einen zweiten Schirm, der die Abfahrt des Schiffes zeigt. Wie du siehst, sind fast keine Japaner zu sehen, sie verstecken sich in den Häusern.«

Ein schwarzer Sklave hielt seinen Schirm über den Anführer der Prozession, in hölzernen Käfigen wurden Affen und Papageien mitgeführt. Wasser füllte die felsige Bucht, und in der Takelage des Schiffes vollführten Matrosen akrobatische Kunststücke. »Hast du was zu trinken?«, fragte sie.

»Im Kühlschrank steht Wasser. Bist du nervös?«

»Ja.«

»Verstehe.« Seit sie die Wohnung am Largo do Carmo verlassen hatten, tat er so, als würden sie ein riskantes Geschäft abwickeln. Sein Auto hatte er direkt vor der Haustür geparkt und sie im Treppenhaus zur Eile gedrängt. Hinter den Türen waren Fernseher und Stimmen zu hören gewesen, und einmal war Maria-Antonia gestolpert, weil er von hinten schob. Jetzt legte er auch die andere Hand auf ihre Taille und drehte sie herum. Fünf oder sechs Mal hatten sie sich getroffen, Fotos gemacht und geredet. Heute hatte er zwar vom Licht in Belém gesprochen, aber keine Kamera eingepackt. Hier also, dachte sie.

»Willst du duschen?«

»Nein«, sagte sie. »Oder soll ich?«

»Ich hab dir gesagt: Du bestimmst.«

»Wie war dein erstes Mal?«

»Teuer.« Als er sie an sich drückte, spürte sie das Ding in seiner Hose und war erleichtert, alles vorzufinden, wie Cristina es erklärt hatte. In groben Zügen wusste sie, was geschehen und wann es weh tun würde und dass es vor allem darum ging, es hinter sich zu bringen. Trotzdem war es nicht nur Angst, die ihren Körper zittern ließ. Im dunklen Treppenhaus des Nachbarschaftszentrums hatte sie einmal einem Jungen erlaubt, seine Finger unter ihren Büstenhalter zu zwängen, jetzt sah sie weg, als Mário ohne Hast die Knöpfe ihres Kleides öffnete, bis es nur noch an den Schultern hing. Mit einer beiläufigen Handbewegung wischte er es von ihr, der BH folgte, dann setzte er sich aufs Bett und streifte ihr das Höschen ab. Sie stellte sich vor, weit weg zu sein, bei den Figuren auf dem Bild. Mit dem Handrücken fuhr Mário über ihren Unterleib und sagte: »Leg dich hin.«

Als er sich entkleidete, sah sie aus den Augenwinkeln zu. Seine Sachen hängte er über den Wandschirm, ihre blieben auf dem Boden liegen. Draußen fuhren Autos vorbei, die Welt ging ihren Geschäften nach, und sie lag nackt in einer fremden Wohnung. Ein einziges Mal hatte er sie auf eine Party in Cascais mitgenommen und den ganzen Abend so getan, als würden sie einander nicht kennen. Als er ihren schielenden Blick bemerkte, musste er lachen. »Tu dir keinen Zwang an, es ist kein Geheimnis.« Sein Geschlecht war nicht so steif, wie sie gedacht hatte, aber größer. Ein merkwürdiges Gehänge aus Haaren, Adern und faltiger Haut. Bevor er sich hinlegte, reichte er ihr ein Handtuch und sagte: »Leg das unter.«

»Küssen wir uns auch?« Sie war nicht sicher, ob sein routiniertes Verhalten sie beruhigte oder störte. Irgendwie beides.

»Wir tun alles, was du willst.«

»Wahrscheinlich bin ich keine gute Küsserin.«

»Hör auf, dich zu entschuldigen. Du wirst es lernen.«

Obwohl sich in dem engen Zimmer die Hitze staute, hätte sie sich gerne mit dem Laken zugedeckt, das zusammengefaltet zu ihren Füßen lag. Es war merkwürdig, etwas zu wollen, das ihr so viel Angst einflößte. Sorgfältig breitete sie das Handtuch aus und legte sich hin wie am Strand, die Arme seitlich am Körper. Mit der Fußspitze gab Mário dem Fensterladen einen Stoß, danach fiel nur noch Licht durch die offene Tür herein.

Der Kuss war angenehm und ließ ihre Furcht für einen Moment verschwinden. Mit ihm war es nicht das hilflose Wühlen mit der Zunge, das sie kannte, sondern eine sanfte Berührung, die sie bis in den Magen spürte. Seine Hand fuhr über ihre Brüste, ihren Bauch. Sie atmete flach und wollte nichts falsch machen. Beinahe war es wie am ersten Tag am Liceu; die scheue Musterschülerin in neuer Umgebung, die beweisen wollte, dass sie nicht zu Unrecht war, wohin man sie gerufen hatte. Sobald seine Hand ihre Schenkel berührte, spreizte sie die Beine. »Du darfst deine Hände auch benutzen«, flüsterte er, und sofort griff sie nach dem behaarten Säckchen mit den zwei Kugeln.

»Und jetzt?«, flüsterte sie zurück.

»Stell dir vor, du würdest mich mögen.«

»Ich mag dich ein bisschen. Du bist wahnsinnig arrogant.«

»Versuch, mich nicht dafür zu bestrafen. Nicht jetzt.«

»In der Öffentlichkeit schämst du dich für mich«, sagte sie an seinen Lippen vorbei. »Ein Mädchen aus der Mouraria. Gib es zu.«

»Warum bist du dann hier?«

»Können wir nicht erst … Du weißt schon. Ich habe gehört, es tut nur kurz weh.«

Eine Fingerspitze fuhr zwischen ihre Beine. Selbst seine Hände wirkten nie ratlos oder unsicher. »Hast du wirklich noch nie was mit Jungs gehabt?«

»Ich wollte lieber auf den Falschen warten.« Den Satz hatte sie sich in den letzten Tagen überlegt und mochte seinen kessen Klang. »Ein paarmal hab ich im Kino –« In der nächsten Sekunde schrie sie auf. Seine Fingerspitze war ein Messer geworden, das schmerzhaft in ihren Leib stieß. Fest legte sich seine andere Hand auf ihren Mund.

»Schsch … Das war's schon. Technisch gesehen.«

Sie fühlte Schweiß auf ihre Stirn treten. Der Schmerz flaute ab, zog sich auf einen winzigen Punkt zusammen und verließ langsam ihren Körper. Trotz der Dunkelheit erkannte sie das Blut auf Mários Fingerspitze, die er ihr vors Gesicht hielt, bevor er über das Handtuch wischte. Es dauerte eine Weile, bis sich ihr Atem normalisierte.

»Du wolltest es hinter dich bringen«, sagte er.

»Das hätte ich auch selbst machen können.«

»Ich wundere mich, dass du es nicht getan hast. Sonst tust du immer so, als hättest du alles im Griff.«

So gut es im Liegen ging, schlang sie das Handtuch um ihren Körper, kletterte über seine ausgestreckte Gestalt und lief ins Bad. Mit keinem Wort hatte Cristina erwähnt, dass es bloß ein Handgriff war. Erst als sie in der Duschwanne stand, nahm Maria-Antonia das Handtuch ab und sah Blut ihre Beine hinabrinnen. Zwei dünne Spuren links und rechts. Es war wie am ersten Tag ihrer Periode, aber nachdem sie sich abgebraust hatte, kam nichts mehr nach. Vorsichtig wusch sie sich mit einem bereitliegenden Stück Seife und überlegte, wie viele Mädchen sich in diesem Bad schon Blut von den Schenkeln gewaschen hatten. Weil sie das Handtuch nicht noch einmal benutzen wollte und kein anderes zur Hand war, stellte sie sich nass vor den Spiegel.

Blaue Kacheln bedeckten die Wände, durch das Dachfenster fiel honigfarbenes Licht herein. Sie presste die Lippen aufeinander, ignorierte ihre Tränen und fragte sich, ob das alles gewesen war. Zog Mário sich bereits wieder an und die Bettwäsche ab? Für einen Moment wünschte sie, Luís würde in dem kleinen Zimmer auf sie warten, aber der verbrachte die Ferien in Sesimbra und half auf dem Fischerboot seines Onkels. Im Juli war sie mit Cristina und Valentin hingefahren, um ihn zu besuchen, aber statt zu viert am Strand zu liegen, waren Luís und Valentin mit den Fischern ausgefahren und erst am Abend des folgenden Tages zurückgekehrt, nach Salz und Fisch und Sonne riechend und so müde, dass sie sich sofort hingelegt hatten. Seitdem wartete sie auf das Ende des Sommers, so wie vorher auf den Beginn.

Weil sie immer noch heulte, öffnete sie das Dachfenster und sah hinaus. Im ummauerten Garten wuchsen Zitronenbäume und Palmen, in der Ferne ragten die Pfeiler der großen Brücke in den Himmel. Es war ein verrückter Sommer voller Putschgerüchte und Ungewissheit. Während sie nach draußen sah, versuchte sie mit einem Finger den Unterschied zu vorher zu ertasten. Weh tat es nicht mehr, fühlte sich aber komisch an. Nackt verließ sie das Bad, goss sich vor dem Kühlschrank ein Glas Wasser ein und blieb unschlüssig am Fenster stehen. Ein Frachtschiff fuhr den Fluss hinauf. Sie spürte den Luftzug des Ventilators und beobachtete die Wache vor dem Palasttor, bereit, sich zu verstecken, sobald sie Gefahr lief, gesehen zu werden. »Wohnt Costa Gomes eigentlich im Palast?«, fragte sie über die Schulter.

»Woher soll ich das wissen? Geh vom Fenster weg.«

Der Spitzname des Präsidenten lautete ›der Korken‹, hatte sie gelesen, aber sie wusste nicht wieso. »Ich finde, wenn er die Uniform nicht trägt, kann man sich nicht vorstellen, dass er General ist. Er sieht aus wie ein Bibliothekar oder so.«

»Willst du, dass alle Leute deine Titten sehen?«

»Warum nicht, es sind schöne Titten.« Als sie nach nebenan ging, lag Mário auf der Seite, sein Ding lag schlaff und klein in einem Nest aus Haaren. Mit dem Rücken zu ihm setzte sie sich auf die Bettkante und betrachtete den Wandschirm. Es gab keine Zentralperspektive, das Bild lebte von der Liebe zum Detail. In einem Hauseingang saß ein Vater mit seinen Kindern und beobachtete die Prozession, im Hintergrund erhoben sich die geschwungenen Dächer von Pagoden und Tempeln. »Stimmt es, dass das japanische Wort für Danke aus unserer Sprache kommt?«, fragte sie.

»Du und deine Fragen. Wer soll es ihnen beigebracht haben?«

»Die Jesuiten natürlich. Unser Wort für Tee kommt aus China.«

»Weil Tee aus China kommt. Glaubst du, wir sind die Erfinder guter Manieren?«

»Du jedenfalls nicht.«

»Schau dir die finsteren Kerle an.« Sein Finger deutete auf drei Gestalten in schwarzen Roben, die am unteren Bildrand standen, vor einem japanischen Gebäude, das nur durch das Kreuz an der Tür als Kirche zu erkennen war. »Das Volk gibt es seit Tausenden von Jahren, und bis in die Neuzeit sollen sie darauf gewartet haben, dass eine Handvoll Jesuiten kommt und ihnen beibringt, danke zu sagen? Dein Pater war ein Geschichtenerzähler, weiter nichts.«

»Obrigado, arrigato – es könnte sein.«

»Ihre Bezeichnung für die Portugiesen war ›die Barbaren aus dem Süden‹. Man hört förmlich die Ehrfurcht vor unserer überlegenen Kultur.«

Lachend legte sie sich hin und fragte: »Was machen wir jetzt?«

»Auf einmal wirst du unternehmungslustig.«

»Wir müssen es richtig machen, sonst gilt es nicht. Ich bin immer noch Jungfrau.«

»Haben deine Eltern irgendeine Ahnung, was in deinem Kopf vorgeht?«

»Nein, woher? Sie sind zu Besuch bei Verwandten.« Sie küsste ihn so, wie er sie geküsst hatte, strich mit der Hand über seine Brust und ließ sie langsam abwärts gleiten. Wozu sonst hatte er gefragt, wann sie zuletzt ihre Periode gehabt hatte und ob sie wisse, wie man die sicheren Tage berechnete? »Meine Familie kommt aus dem Norden, musst du wissen. Ich habe Cousins und Cousinen, die haben noch nie das Meer gesehen.«

»Das musste ich unbedingt wissen.« Statt ihre Zärtlichkeiten zu erwidern, rollte er sich auf den Rücken und runzelte die Stirn. »Versuch meinen Schwanz nicht zu behandeln, als würdest du eine Sandburg bauen, ja? Die Form ist vorgegeben.«

»Ich dachte, der Mann ist der Aktive.«

»Du dachtest, wir hätten den Japanern höfliches Benehmen beigebracht.«

Sie nahm das weiche Ding in die Hand wie ein frisch geschlüpftes Küken. Streichelte mit dem Finger über seinen Kopf und beobachtete, wie es zu wachsen begann. Mários gebräunter Haut war anzusehen, wo er den Sommer verbrachte und wohin er sie nicht mitnehmen wollte. Statt auf den Mund küsste sie ihn auf die von Härchen bedeckten Brustwarzen. Ein wohliges

Grunzen kam aus seiner Kehle, das Ding in ihrer Hand wurde steif. Sie machte etwas richtig und war stolz auf sich, aber im nächsten Moment ergriff er wieder die Initiative. Mit einer schnellen Bewegung drehte er sie auf den Rücken und legte sich auf sie. Erschrocken hielt Maria-Antonia die Luft an. Was in sie eindrang, war groß und hart und nahm keine Rücksicht. Es tat weniger weh als vorher, aber es schmerzte. Ein heftiges Keuchen und Stoßen begann. Ich tue es, dachte sie benommen, aber in Wirklichkeit war allein er es, der etwas tat. Seine Bewegungen wurden immer heftiger, der Schmerz ließ nur langsam nach. Ihr Kopf stieß gegen die Wand, er wühlte und drängte, als würde er sie zureiten.

»Langsamer«, keuchte sie, aber das spornte ihn nur noch mehr an. Sie krallte die Hände in sein Fleisch und hörte einen komischen Laut aus ihrer Kehle kommen. Entschlossen nahm er ihre Beine und legte sie sich über die Schultern. Schweißtropfen fielen auf ihr Gesicht, seines war grotesk verzerrt. Der Mann auf ihr tobte, als wäre sein Verlangen etwas, wofür er sich an ihr rächen musste. Mit klatschenden Geräuschen prallte sein Körper gegen ihren, dann hielt er abrupt inne und gab einen Ton von sich, als hätte er eine Wespe verschluckt. Maria-Antonia dachte an Cristinas Beschreibung, aber in ihr war alles taub, sie spürte nur Scham und Erleichterung. Als er erschöpft neben sie fiel, fühlte sie einen kleinen Schwall aus sich herausschwappen.

Verwirrt rollte sie sich auf der Seite zusammen. Eine Prozession freudiger Gesichter zog durch eine fremde Stadt. Die Jesuiten freuten sich, Landsleute zu sehen, die Seeleute machten erste Schritte in die neue Welt. Träge tätschelte Mário ihren Hintern, aber sie wollte sich nicht umdrehen und ihm ihre Tränen zeigen. Als sie mit der Hand zwischen ihre Beine fuhr, fühlte sich ihre Scheide geschwollen und wund an, von einem klebrigen Saft bedeckt. Mário umschlang sie mit den Armen und sagte: »Kein Grund zu weinen, Süße.«

»Ich weine nicht.«

»Das Schwierigste für Frauen ist, sich einzugestehen, dass sie es auch mögen.«

»Was verstehst du davon.« So ist es, dachte sie, wenn man etwas erlebt, wovon man keinen Begriff hat. Was blieb ihr übrig, als es geschehen zu lassen? Irgendwie war das Leben dazu da, sich ihm auszusetzen. »Ich hätte Lust, dich zu erwürgen«, sagte sie.

»Aber du tust es nicht.« Sein Ding wurde schon wieder hart.

»Wenn du mich noch einmal so misshandelst wie gerade, tue ich es.«

»Ich bin jetzt brav.« Eine Weile war er es wirklich. Seine Hände fuhren über ihre Seiten, mit den Lippen liebkoste er ihr Ohr. Dann öffnete er mit einer Bewegung seines Beins ihre Schenkel und drang erneut in sie ein. Ohne Hast, ohne Mühe, ohne Zweifel, wie er alles im Leben tat. In seinen Kreisen war es so üblich, und sie konnte ihn noch so sehr hassen, genau dafür war sie gekommen. Dass es weh tat, gehörte dazu.

* * *

Es tat gut, allein spazieren zu gehen. Für ein paar Tage im Oktober verscheuchte der Herbst die Regenwolken vom Himmel und verwandelte sich in das, was die deutsche Vorliebe für bizarre Wortschöpfungen einen Altweibersommer nannte. Maria lief über Wiesen und Felder und wünschte, es gäbe eine Erhebung, die einen Ausblick über die Landschaft böte, aber das Land lag flach im Sonnenschein, und ihr Auge blieb an nichts hängen. Also setzte sie sich auf die Bank, die sie vor ein paar Wochen entdeckt hatte, und zog ihr Buch aus der Tasche, aber sobald sie stillsaß, kehrten ihre Gedanken nach Hause zurück. Seit Ruth dafür sorgte, dass sie ausschlafen und spazieren gehen konnte, wie es ihr gefiel, war der Alltag leichter. Wenn Philippa nachts schrie, standen Hartmut oder sie auf, aber am Morgen übernahm seine Schwester, und den Haushalt schmiss sie außerdem. Entweder ein solches Arrangement, oder es wäre doch über einen stationären Aufenthalt nachzudenken, hatte

Doktor Kress gesagt, der seit einer Woche ihr Hausarzt war. Natürlich nur, wenn sie wolle. Sie wollte nicht. Mit Ruths Ankunft war die Panik verschwunden, und wenn Maria in der Sonne saß, freute sie sich darauf, nach Hause zu gehen, Philippa auf dem Arm zu halten und mit ihrer Schwägerin Kaffee zu trinken. Natürlich wollte sie keine Krankheit haben, die an Lurdes' schwarze Tage erinnerte, aber sie gehabt zu haben, war nicht schlimmer als das Gefühl, eine schlechte Mutter zu sein. Dafür gab es im Deutschen das Wort Rabenmutter. Männliches Pendant Fehlanzeige.

Die Bank stand in der Biegung eines Feldweges, der parallel zu den Bahnschienen verlief und hundert Meter weiter auf die Bundesstraße traf. Vor Maria erstreckte sich ein freies Feld, über das hinweg sie die Schreinerei erkennen konnte und eine Giebelspitze ihres Hauses. Auf der Oberleitung der Schienen sammelten sich Zugvögel. Zu Ruths Freude waren gestern die ersten Wildgänse über Bergkamen hinweggezogen. Mit ihrer Nichte auf dem Arm war sie in den Garten gelaufen, um die Formation am Himmel zu beobachten, und Maria hatte vom Schlafzimmerfenster aus zugesehen und gedacht, dass noch ein langer Weg vor ihr lag. Jetzt hörte sie Schritte und sah von ihrem Buch auf.

»So sieht man sich wieder.« Es war der Nachbar mit seinem Kinderwagen. Er trug dieselbe Jacke wie bei der letzten Begegnung und eine blaue Baseballmütze mit dem Schriftzug HSV. Das Geld für die Windeln schuldete sie ihm immer noch.

»Hallo.«

»Was dagegen, wenn ich dir einen Moment Gesellschaft leiste?«

»Bitte.« Sie glaubte sich zu erinnern, dass sie einander beim letzten Mal gesiezt hatten. »Leider habe ich kein Geld dabei«, sagte sie. »Für die Windeln. Ich hab es nicht vergessen, es war bloß …«

»Die hat dein Mann bereits bezahlt.«

»Mein Mann?«

»Ich hatte den Kassenzettel dazugelegt und was draufgeschrieben. Ein Gruß vom Ende der Straße oder so. Jedenfalls war er am selben Nachmittag bei uns. Er meinte, du fühlst dich nicht wohl. Geht's wieder besser?« Er stellte den Wagen neben der Bank ab, sah kurz hinein und nahm neben ihr Platz.

»Habe ich einen sehr komischen Eindruck gemacht?«, fragte sie. Obwohl jener Tag noch nicht lange zurücklag, war ihre Erinnerung nebulös.

»Ein bisschen durcheinander und überfordert. Wie es manchmal ist mit einem kleinen Kind. Geht mir auch so.«

»Das sieht man nicht.«

»Soll man nicht sehen, oder?«

»Man sieht hier auch nicht viele Männer mit Kinderwagen.«

»Schön gesagt. Gib mir Bescheid, wenn du den ersten Kollegen entdeckst.« Er hielt ihr die Hand hin. »Oliver. Deinen Namen hat mir dein Mann verraten. Aus Portugal, ja?«

Lissabon, wollte sie sagen und nickte. »Du kommst auch nicht von hier.«

»Gut, dass man es hört. Im hiesigen Sprachgebrauch bin ich ein Torfkopp. Alternativ eine Torfnase.« Sie schüttelten einander die Hand, und weil Maria ein verständnisloses Gesicht machte, fügte er hinzu: »Das heißt Norddeutscher und soll originell sein. Meine Frau kommt aus dem Ruhrgebiet.«

»Sie nennt dich Torfnase?«

»Ihre Brüder tun es. Davon gibt es vier, einer schlimmer als der andere.« Er war freigiebig mit persönlichen Auskünften, und Maria hörte lieber zu, als nach ihrem Befinden gefragt zu werden. Seine Hände spielten mit einer bunten Rassel, während er erzählte, dass er in Hamburg studiert und mit seiner Frau verabredet hatte, die Familiengründung bis nach dem Referendariat aufzuschieben. Dann sei es anders gekommen, also arbeite seine Frau jetzt als Anwältin in einer Kanzlei und er versorge Haus und Kind.

»Finde ich gut«, sagte Maria. »Männer an den Herd.«

»Findet meine Frau auch gut. Bloß ich werde mit einem

Hamburger Examen nie eine Lehrerstelle in Nordrhein-Westfalen bekommen. Für Deutsch und Englisch.«

»Weil die Sprachen hier nicht gesprochen werden?«

Sein Lachen war sympathisch und ein wenig zu laut. »Der deutsche Föderalismus lässt es nicht zu. Außerdem gibt es keine Stellen. Das Land ist ziemlich am Arsch.«

»Wie ist Hamburg?«

»Wenn du mich nicht heulen sehen willst, lass uns über was anderes reden. Hamburg ist eine Stadt, im Gegensatz zu …« Seine Hand fuhr durch die Luft und blieb dort hängen. »Man weiß nicht mal, worauf man zeigen soll. Der Dunst da hinten, das ist Dortmund. Der große Schornstein gehört entweder zu Heil oder Rimberg, eins von beiden. Das war's.«

Die nächste halbe Stunde verbrachten sie damit, die Vorzüge West-Berlins und Hamburgs gegen die Nachteile des Ruhrgebiets zu stellen, ohne unfair zu sein. Ihr fiel das Bochumer Theater ein, Oliver gestand eine Vorliebe für Dortmunder Actien-Bräu, ansonsten war es ein ungleiches Duell, aber es erfüllte Maria mit einer Befriedigung wie lange kein Gespräch mehr. Beiläufig stellten sie fest, dass es ein paar Autoren gab, die sie beide schätzten, und als Oliver fragte, wo ihr Kind sei, fand sie es überraschend leicht, von Ruths Besuch und den Schwierigkeiten der letzten Wochen zu sprechen. Das Wort, das sie seit einiger Zeit mit sich herumtrug, wollte raus aus ihrem Kopf, also verpackte sie es in ein paar Einschränkungen und sprach es aus: »Wie es aussieht, hatte ich eine Art leichter Kindbettdepression.« Zu Hause hätte sie dafür Applaus bekommen, ihr Gesprächspartner nickte bloß und antwortete: »Kommt häufiger vor, als man denkt.«

»Du meinst, deine Frau …?«

»Nein. Die ist so tough, die würde nicht merken, dass sie eine Depression hat.«

»Ich verstehe, was du meinst, aber das gibt es nicht.«

»Warte, bis du sie kennenlernst.« Er stand auf, weil sich im Kinderwagen etwas regte, aber zu Marias Erleichterung nahm er das Baby nicht heraus. Ihr Interesse an fremden Kindern ging gegen null. »Drei Jahre lang haben wir eine Fernbeziehung geführt«, sagte er und setzte sich wieder hin. »Sie hier, ich in Hamburg. Sie hatte gerade angefangen zu arbeiten, ich war im Examen. Vor jedem Treffen mussten unsere beiden Zeitpläne mit ihrem Zyklus koordiniert werden, den ich natürlich im Kalender hatte. Wurde mir quartalsmäßig diktiert. Außerdem haben wir endlose Diskussionen geführt, inwiefern man es verantworten kann, Kinder in diese verseuchte Welt zu setzen. Was nichts weiter als eine Tarnung für unsere Zweifel war, ob wir überhaupt ein Kind wollten. Betonung auf dem Wir. Kommt dir das bekannt vor?«

»Nein. Wir haben erst darüber gesprochen, als ich schwanger war.«

»Ich meine die deutsche Neigung, persönliche Ängste politisch zu verbrämen. Nach dem Motto, ich hätte gerne ein Kind, aber der Kalte Krieg verbietet es. Als es trotzdem passiert ist, wurde ich hierher beordert, und so schwer mir der Umzug fiel, muss ich sagen, mir gefällt der Gedanke, dass das Leben sich nicht planen lässt. Seit ich ein Kind habe, weiß ich, dass ich eines wollte.«

Maria nickte. »Wir haben eine Reise gemacht. Ich hatte mir die Pille verschreiben lassen, und weil ich kein gut organisierter Mensch bin, habe ich ein- oder zweimal vergessen, sie zu nehmen. Ganz banal.« Dass ein kranker Magen ein Übriges beigetragen haben mochte, überging sie. Inzwischen klebte ein gelber Zettel auf dem Knopf ihrer Nachttischlampe. Darauf stand zwar nichts, aber sobald ihre Finger das Papier berührten, kontrollierte sie die Pillenpackung ein weiteres Mal. Davon abgesehen, war die Erinnerung an den letzten Sex ebenso schwach wie die Lust auf den nächsten. »Jedenfalls bin ich hierher gezogen, kannte niemanden und wusste nichts über Babys – außer dem, was meine Mutter mir am Telefon erzählt hat.«

»Kein Geburtsvorbereitungskurs?«, fragte er. »Wir haben zwei absolviert. Außerdem gibt es im Haus mehrere Regalmeter mit Ratgebern. Ich habe daran gedacht, uns als öffentliche Bibliothek anzumelden.«

»Ich musste mein Studium zu Ende bringen. Einmal hatte ich in Lissabon das Kind einer Freundin im Arm, das war meine Vorbereitung.«

»Keine Babys im Bekanntenkreis?«

»Kein Bekanntenkreis.«

»Ich meinte in Berlin.«

Sie zuckte mit den Schultern und winkte ab. Jenseits der gelbgrünen Wiese, die sie von der Bank aus überblickten, spazierte eine Gruppe Senioren. »Ich muss los«, sagte sie. Es ging auf vier Uhr zu, wahrscheinlich war Philippa bereits wach, und die Verabredung mit Ruth lautete, dass Maria jeden Tag ein bisschen mehr Zeit mit ihrer Tochter verbringen sollte.

»*Ein Kirschbaum im Winter*«, sagte Oliver und zeigte auf das Buch in ihrer Hand. »Was verbirgt sich dahinter?«

»Die deutsche Neigung zur eigenwilligen Übersetzung von Buchtiteln. Nach dem Original müsste es ›Der Klang des Berges‹ heißen. Oder ›Das Geräusch des Berges‹ oder so.« Sie stand auf und deutete mit dem Kinn in die Richtung, in der ihr Haus lag.

»Du kannst Japanisch?«

»Ein bisschen«, log sie, ohne zu wissen warum.

»Hat mich gefreut«, sagte er mit einem anerkennenden Nicken. »Wenn du was zum Thema Kinder wissen willst, sag Bescheid. Ich wohne vier Häuser weiter und bin auf dem Gebiet wirklich fast allwissend. Nicht freiwillig, aber who cares.«

»Vielen Dank. Bis dann.«

»Dein Mann hat vorgeschlagen, wir könnten mal grillen. Zu viert, irgendwann am Wochenende.«

»Machen wir«, nickte sie und hob die Hand.

In einem Bogen führte der Weg ans Ende der Erlentiefenstraße. Von der Oberleitung lösten sich kleinere Vogelschwärme, drehten eine Runde und kehrten wieder zurück, als absolvierten sie Vorübungen für den großen Aufbruch. Im Gehen steckte

Maria die Hände in die Taschen. Die Nächte nach sonnigen Herbsttagen waren kalt, und morgens lag Raureif auf den Wiesen. In der Woche vor Weihnachten würde Hartmut sein erstes Vorsingen haben, wie er es nannte, den Bewerbungsvortrag für eine Professur in Düsseldorf, den er als Probelauf betrachtete, da er sich keine Chancen auf die Stelle ausrechnete. Wenn sie an die Zukunft dachte, lautete die erste Einsicht, dass sie abhängig von der Karriere ihres Mannes war. Zwar besprachen sie eingehend, wo er sich bewerben sollte, was aber nichts daran änderte, dass er gezwungen war, sich überall zu bewerben, und sie dorthin mitgehen würde, wo er genommen wurde. Grundsätzlich mochte auch sie den Gedanken, dass das Leben sich nicht planen ließ, aber die Ungewissheit, ob sie je wieder in einer Stadt leben würde, in der sie sich wohl fühlte, war nur schwer zu ertragen.

In den Einfahrten parkten Wagen mit dem Kennzeichen UN für Unna. Ausländer schien es in diesem Ortsteil keine zu geben. Das braune Backsteinhaus gegenüber gehörte einem Arzt und seiner Frau, die Maria gelegentlich als Schemen hinter der Gardine erblickte, aber noch nie außerhalb des Hauses gesehen hatte. In manchen Momenten erschien ihr alles aussichtslos, jede Anstrengung vergeblich und kein Gedanke von Wert. Dann drückte sie die Klingel und hörte Ruths eilige Schritte. Die Tür ging auf, ihre Schwägerin hielt Philippa auf dem Arm, hatte einen Plastiklöffel in der Hand und sagte: »Schau, wen wir hier haben.« Und zu Maria: »Sie ist gerade aufgewacht, ich mache ihr was zu essen.«

»Ist ein bisschen später geworden, ich wurde aufgehalten.«

»Kein Problem. Komm rein.« Mit den Augen fragte Ruth, ob sie Philippa nehmen wolle. Maria trat in den Flur und deutete auf ihre Jacke: »Ich ziehe mich rasch um und wasche mir die Hände.« Im Badezimmerspiegel wartete die Frau, die sich trotz Untergewichts dick und hässlich fand und am liebsten ins Bett wollte. Mit geschlossenen Augen stand Maria vor dem Waschbecken und wiederholte ihren Katechismus: Immer Blickkontakt halten, auch wenn Philippas Augen die ihrer Tante suchten. Nicht denken, dass Ruth etwas anderes wollte, als ihr zu helfen, denn was sollte das sein. Sich im Stillen schämen, aber nicht schuldbewusst auftreten. Als sie nach unten ging, saß Ruth mit Philippa am Küchentisch und fütterte sie. »Ich nehme sie, wenn du fertig bist«, beeilte Maria sich zu sagen.

»Das mit dem Brei klappt immer besser. Die portugiesische Küche kommt gut an. Oh, und deine Mutter hat angerufen.«

»Um was ging es diesmal? Fischsuppe oder Gemüsebrei?«

»Sie hat ein paarmal deinen Namen wiederholt, und ich hab geantwortet später, später. Later, later. Spaziergang, walking.« Lachend zuckte Ruth mit den Schultern. »Ich kann nur fünf Wörter Englisch.«

»Fünf mehr als meine Mutter. Ich ruf sie am Abend zurück.«

»Es ist noch Kaffee in der Kanne.«

Die Küche war sauber und aufgeräumt, im Fenster stand ein Strauß frischer Herbstblumen. Ruth und Heiner lebten in einem verschlafenen Nest in der Nähe von Marburg, in einem großzügigen und dank der Zwillinge von Leben erfüllten Haus. Wenn Maria es betrat, fiel ihr jedes Mal das schwer zu definierende und vielleicht typischste deutsche Wort ein, das sie kannte: Gemütlichkeit. Ein Kachelofen mit Holzbank davor. Kerzen auf dem Tisch, das gute Geschirr am Sonntag und eine bestimmte Art, in der Adventszeit beieinanderzusitzen und Tee zu trinken. Das passende Konzept für ein Land mit drei kalten Jahreszeiten, in ihren Ohren klang es nach romantischem Liedgut und einer Art von Nestwärme wider die feindliche Welt. Es war nicht unangenehm, aber wenn Maria von den Besuchen zurückkehrte, wollte sie auf dem Boden sitzen und eine weiße Wand anstarren. Dann sehnte sie sich nach Zypressen, Sand unter den Füßen und dem Licht eines Landes, in das man Zitronen nicht importieren musste.

»Noch zwei Löffelchen, dann ist alles alle.« Ruth trug die Haare kurz und sah ihren Eltern ähnlicher als Hartmut. Im Haus verzichtete sie auf Schminke und hatte die Ärmel ihrer

Bluse nach oben gekrempelt. Hartmut meinte, sie und Tereza hätten sich damals auf Anhieb wie Schwestern verstanden.

»Wann genau wollen Heiner und die Jungs kommen?«, fragte Maria.

»Samstag nach dem Frühstück fahren sie los. Zum Mittagessen sind sie hier. Wenn das Wetter so bleibt, können wir grillen.«

»Haben wir überhaupt einen Grill?«

»Hartmut wollte einen kaufen. Ah, er hat auch angerufen. Schönen Gruß, wir sollen ohne ihn essen. Irgendwer muss was mit ihm besprechen wegen eines Buches, das er herausgeben soll. Er wird es dir selbst erklären.«

»Okay.«

»So, meine Süße. Jetzt fliegen wir rüber zu deiner Mama. Essen wir gegen acht? Oder Viertel nach, dann kann ich die Tagesschau sehen. Ich will wissen, was aus dieser Sache in … wenn ich mir den Namen merken könnte.« Kopfschüttelnd stand sie auf. »Radioaktiver Müll, der unbewacht herumliegt. Es ist unvorstellbar.«

Maria wusste nicht, wovon ihre Schwägerin sprach, nahm das Kind in Empfang und lächelte aus Leibeskräften.

»Wenn sie eingeschlafen ist, nimm sie nach vorne, damit die Wirbelsäule nicht gestaucht wird.« Ruth sprach leise und breitete ein Stofftuch über Marias Schulter. »Und sag mir, wenn ich dir zu viele Hinweise gebe. Ich will dir nicht auf die Nerven gehen.«

»Ruth, bitte. Lieber einen Hinweis zu viel, als dass ich ihr den Hals breche.«

»Im Garten ist die Luft übrigens rein.« Ein verschwörerischer Blick. »Ich hab ihn mit dem Auto wegfahren sehen.«

»Hat er dich am Nachmittag genervt?«

»Jedenfalls redet er viel. Vor lauter Klagen kommt er bloß nie dazu, zu sagen, was seiner Frau eigentlich fehlt.«

»Ich glaube, ihr künstliches Hüftgelenk hat sich entzündet und musste wieder raus oder so was. Wenn er mit mir spricht, verstehe ich nur die Hälfte. Kürzlich hab ich von ihm geträumt, im Ernst. Er stand nachts an der Hecke und rief: Ich hab Hunger!« Maria lachte, obwohl ihr die Erinnerung eine Gänsehaut verursachte. »Mir ist klar, dass es eigentlich um Philippa ging, aber im Traum war es Herr Löscher.«

Sie sahen einander an. Ruths Hand strich über ihre Schulter. »Das Gute an dieser … Phase ist …«

»Sag es ruhig. Kindbettdepression. Ich bin so weit, das Wort zu akzeptieren, wenn es mir hilft, die Sache loszuwerden.«

»Das Gute ist, dass sie in jedem Fall wieder verschwindet. Wie man aus einem schlechten Traum aufwacht. Im Rückblick sieht es wirklich aus wie ein Traum.«

»Wie lange hat es bei dir gedauert?«

»Einen Monat. Plus ein paar Wochen, in denen es mir mal so, mal so ging.«

»Und die Jungs? Ich meine …«

»Sag selbst.«

»Nichts. Gar nichts.«

Ruth nickte. »So wird es bei der Kleinen hier auch sein.«

Es war der richtige Zeitpunkt für eine Umarmung, aber mit Baby auf dem Arm ging es nicht, also lächelte Maria nur und sagte: »Dann gehe ich mal raus mit ihr. Und danke.«

»Wenn ich Herrn Löschers Auto höre, schlage ich Alarm.«

Durch die Terrassentür verließ sie das Haus. Die kalte Luft roch nach den Äpfeln, die auf dem Grundstück des sportlichen Pärchens von den Bäumen fielen und im Gras verfaulten. Ungelenk bettete sie Philippa um und betrachtete das schlafende Gesicht. Die Kleine hatte lange Wimpern, ihre Augenbrauen waren zwei helle, flaumige Striche. Eine Knopfnase und blassrosa Lippen. Die Depression saß dort, wo solche Betrachtungen etwas in ihr auslösen müssten, die Umwandlung von lieblichen Attributen in das Gefühl von Liebe. Mit dem Baby auf dem Arm ging sie durch den Garten, bückte sich unter den Ästen der Eschen und betrat das Gelände der Schreinerei. Eine einzelne Halle, deren Ausmaße sie an die Aula ihrer Schule erinnerten. Den groben Asphalt des Parkplatzes bedeckten Spuren von Sägemehl, und auf der Bundesstraße rauschte der Verkehr. In sechs Jahren würde das Kind auf ihrem Arm zur Schule gehen, in zehn und fünfzehn Jahren immer noch, viel mehr wusste sie nicht über die Zukunft. Nur, dass sie sich die blauen Flecken auch dann nicht verziehen haben würde. Die blieben für immer.

Um Viertel nach acht stellte Ruth den Fernseher aus und schüttelte den Kopf. Sichtlich aufgewühlt von den Bildern des tobenden Mobs in Goiânia, der Steine auf eine Beerdigungsgesellschaft warf. Ein sechsjähriges Mädchen war das erste Todesopfer des Atomunfalls, und in solchen Momenten glaubte Maria, an einer emotionalen Taubheit zu leiden, die nicht auf das Verhältnis zu Philippa beschränkt blieb. Ruth hatte Tränen in den Augen, während sie selbst überlegte, ob sie zum Abendessen Suppe oder lieber nur Brot wollte. Goiânia lag im Landesinneren von Brasilien, weit entfernt vom Bundesstaat Bahia, das immerhin war ihr wichtig. Zwei Müllsammler hatten einen verschlossenen Metallzylinder gefunden und an einen Schrotthändler verkauft. Der hatte ihn aufgebrochen und ein blau leuchtendes Pulver entdeckt, das seine sechsjährige Nichte sich wie Glitter auf die Haut rieb und Karnevalskönigin spielte. Jetzt lag sie in einem siebenhundert Kilo schweren Sarg aus Blei und Beton, aber niemand wusste, warum sich die Wut des Mobs auf die Beerdigungsgesellschaft entlud.

»Deshalb bin ich bei den Grünen eingetreten«, sagte Ruth, als sie gemeinsam am Tisch saßen. »Damit so etwas bei uns nicht passiert.« Die Tür zum Flur stand offen, weil der Akku des Babyphones leer war. Kurz horchte Maria ins Treppenhaus, dann wünschten sie einander guten Appetit.

»Mein Vater macht neuerdings auch Lokalpolitik«, sagte sie. »Seine Partei ist allerdings nicht besonders grün gesinnt. Er sagt, es sei die einzige Chance, gewählt zu werden. Zu einer Art Ortsvorsteher in seinem Heimatdorf. Eigentlich hat er sich nie für Politik interessiert.«

»Warum will er gewählt werden?«

»Er fühlt sich zu jung, um auf dem Altenteil zu sitzen. In seinem Dorf gilt er als weltgewandter Intellektueller, weil er in der Hauptstadt gewohnt und ein paar Jahre als Küchenhilfe in Frankreich gearbeitet hat.« Am Telefon versprühte Artur ungewohnten Optimismus und Tatendrang. Was er vorhatte, wusste Maria nicht, aber vermutlich hatte es mit dem Schwager und dessen Land zu tun. »Dreißig Jahre lang hat er den Leuten im Restaurant zugehört. Er weiß, was in den Köpfen vorgeht. Es ist ein Kinderspiel für ihn, den Bauern in Rapa einzureden, dass er ihr Mann ist.«

Ruth wollte etwas erwidern, hielt aber inne und hob die Hand. »Ist sie aufgewacht?«

Ein leises Wimmern drang durch das Treppenhaus.

»Ich gehe«, sagte Maria und stand auf. Für die Dauer von Ruths Besuch stand das Kinderbett im Schlafzimmer, damit Hartmuts Schwester einen Raum für sich hatte. Als Maria eintrat, lag ihre Tochter auf dem Rücken und ruderte mit den Armen. Was wie ein Wimmern geklungen hatte, war eine Abfolge quietschender Töne, die ihre Gymnastik begleiteten. Neben dem Bett stand die Lampe mit den bunten Tieren, die Philippas Schlaf bewachten.

»Philippinha«, flüsterte sie und trat langsam näher. Die Bewegungen ihrer Tochter sahen aus, als versuchte sie im freien Fall die Balance zu halten. Das kleine Püppchen, das Ruth ihr zur Geburt geschenkt hatte, war durch die Stäbe des Bettes gerutscht, Maria hob es auf, und statt wieder nach unten zu gehen, setzte sie sich auf den Boden und streckte die Beine aus. Sie hatte keine Lust, von ihrem Vater zu sprechen. »Vor einer Woche«, flüsterte sie, »habe ich da am Fenster gehockt und an den Blättern des Kirschbaums geleckt. Das ist deine Mutter in diesen Tagen. Ziemlich meschugge. Die Frau unten, die du für deine Mutter hältst, ist deine Tante und meint es gut mit dir. Mit mir auch.« Im ersten Moment fühlte es sich verrückt an, so mit einem Säugling zu reden, aber nicht verrückter als das Putzi-Putzi, das alte Frauen im Supermarkt aufführten.

Außerdem tat es gut, Portugiesisch zu sprechen. »Wahrscheinlich ist dir aufgefallen, dass ich wenig mütterlich veranlagt bin. Dein Vater meint, wir sollten zusammen zum Mutter-und-Kind-Baden gehen. Offen gestanden, würde ich mir lieber eine Glatze schneiden lassen, aber wahrscheinlich hat er recht. Du bist sowieso noch zu jung, um dich mit dem Dialekt hier anzustecken. Wenn du älter bist, werden wir Herrn Löscher in den Keller sperren, damit du nicht eines Tages so sprichst wie er. Das würde mir nämlich *innerseelewehtun,* verstehst du?« Sie beugte sich nach vorne, steckte das Püppchen durch die Stäbe und streichelte Philippas Wange. Die schnaufte und strampelte. Einem spontanen Impuls folgend, nahm Maria sie auf den Arm und legte sich mit ihr ins Ehebett. »Das ist gegen die Regel«, flüsterte sie, »du sollst ja lernen durchzuschlafen. Unsere Umgebung hat so ein Ding mit Regeln, aber du und ich, wir sind Portugiesinnen, und jetzt ist uns danach, im großen Bett zu liegen. Da hat die Regel Pech gehabt.« Es war, als wollte Philippa ihre Bewegungen auf einen Rhythmus einstellen, von dem sie keinen Begriff hatte. Immer wieder hielt sie inne und verfiel erneut in hektisches Strampeln. Maria überlegte mitzumachen, aber sie wollte es nicht übertreiben. Es war das erste unverkrampfte Zusammensein seit vielen Wochen. Nach zehn Minuten wurden Philippas Bewegungen langsamer, und sobald sie innehielt, fielen ihr die Augen zu. Maria legte den Zeigefinger in ihre Hand, spürte den Greifreflex und sagte sich, es sei ein Zeichen. Irgendwann blieben die Augen geschlossen. Unten sprach Ruth am Telefon. Vorsichtig legte sie das Kind zurück in sein Bett und sagte: »Gute Nacht, meine Süße. Wenn du groß bist, versuch mich nicht zu hassen, okay.« Dann ging sie wieder nach unten.

Zu ihrer Überraschung war Hartmut bereits nach Hause gekommen, saß mit Ruth am Tisch und unterbrach seine Erzählung, als sie hereinkam.

»Hab dich gar nicht gehört«, sagte sie.

»Ich bin geschlichen. Schläft sie?«

»Ich hab ihr gesagt, sie kriegt den Hintern voll, wenn sie keine Ruhe gibt.« Mit solchen Witzen hatte Ruth ihre Schwierigkeiten, aber Hartmut lachte.

»Geht's dir besser? Du siehst besser aus.«

»Du meinst dicker?«

»Das auch. Obwohl du deinen Teller nicht leergegessen hast.«

»Ach, wärst du nur in Wuppertal geblieben«, sang sie und setzte sich an den Tisch. Auf einmal musste sie an sich halten, nicht auf die Tischplatte zu steigen und das Lied laut zu schmettern. »Heißt es nicht so?«

»So ähnlich.«

»Herr Löscher singt das, wenn er die Hecke schneidet. Er hat für jede Verrichtung im Garten ein eigenes Lied. Ich erwähne es, weil gelegentlich der Eindruck entsteht, ich wäre die Verrückte hier.«

»Habt ihr zwei was getrunken in meiner Abwesenheit?«

»Nein«, sagte Ruth.

»Könnten wir aber.« Unter dem Tisch spielten ihre Zehen mit Hartmuts Knöchel. »In unserem Keller steht genau eine Flasche Wein.«

»Mein Abschiedsgeschenk von den Dortmunder Kollegen. Das nennt man Stil.«

»Hol ihn!«, befahl sie.

»Ich weiß, wo er steht.« Ruth stand auf und ging hinaus.

Eine Weile saßen sie einander gegenüber und sagten nichts. Die Ehe war immer noch jung genug, um ihr manchmal das Gefühl zu geben, sie sehe ihren Mann zum ersten Mal. Schon bei der Hochzeit hatte sie das gedacht, inmitten der vielen unbekannten Gäste. Ein richtiges Provinzfest mit dem sauren Wein der Serra und zwei gegrillten Spanferkeln. Die Frauen trugen das Haar zum Dutt gesteckt und die Männer Krawatten so bunt und breit wie Kinderlätzchen. Ihre Flitterwochen waren ausgefallen, weil drei Tage später das Semester begonnen hatte. »Findet sie die Flasche nicht?«, fragte Maria.

»Ich glaube, sie ist in der Waschküche.« Hartmut hatte seine

Brille auf den Tisch gelegt, ab und an verriet ein Zusammenkneifen der Augen, wie angestrengt er war.

»Ich will nicht, dass sie sich wie ein Störenfried fühlt. Und schon gar nicht wie ein Hausmädchen.«

»Lass sie machen, sie tut es gerne. Für dich ist die Waschküche vorläufig tabu.«

»Haben Tereza und sie noch Kontakt?«

»Bitte?« Erstaunt blickte er sie an. »Wie kommst du darauf?«

»Könnte doch sein. Du hast erzählt, sie haben sich –«

»Mit Sicherheit nicht«, sagte er. »Sie haben sich gut verstanden, aber das war … Nein, mit Sicherheit nicht. Wirklich.«

Sie stand auf, ging um den Tisch herum und setzte sich auf seinen Schoß. In der Stille hallte etwas nach, die störende Gegenwart der Vergangenheit und das Wort Sicherheit einmal zu viel. Eine Scham, die sie teilten, aber seinen Teil musste jeder für sich tragen. »Halten deine Knochen das aus?«, fragte sie.

»Keine Sorge, ich kann einiges aushalten.«

»Ich hab mich nie richtig entschuldigt.«

»Ich will nicht, dass du es tust.«

»Es waren schreckliche Dinge, die ich dir an den Kopf geworfen habe.«

»Nicht du, das ist der Punkt.«

»Ich würde es gerne genauso sehen, aber …«

»Tu es einfach.« Als sie sich küssten, spürte sie zum ersten Mal seit langer Zeit Lust auf mehr. Ruth schien in der Waschküche noch eine Weile zu tun zu haben.

»Du hast die Windeln bezahlt«, sagte sie. »Bei unserem Nachbarn.«

»Dachte, ich schau mir den Kerl mal an, der meiner Frau Kassiber vor die Tür legt.«

»Woher wusstest du, von wem er war?«

»Von wem sonst? Ich war ihm vorher schon mal begegnet.«

»Ich bin ihm heute über den Weg gelaufen. Wir wollen zusammen grillen? Er meinte, es sei dein Vorschlag.«

Hartmut nickte. »Er macht einen netten Eindruck. Mit der

Frau habe ich nie gesprochen, aber wir fahren morgens zur selben Zeit los. Tatsache ist, dass wir hier draußen niemanden kennen.«

Die kurze Aufwallung von Euphorie war vorüber, aber was ihren Platz einnahm, fühlte sich auch gut an. Real, wie man hier sagte. Dreißig Jahre war sie alt und lebte dort, wo das Ruhrgebiet ins westfälische Nichts überging. Allmählich bekam sie wieder Boden unter die Füße, auf absehbare Zeit drohte nichts Schlimmeres als Alltag, und der Mann an ihrer Seite schien stabil zu sein. Sie hatte Glück gehabt. »Tu mir einen Gefallen«, sagte sie. »Geh runter und sag Ruth, wir wollen Wein trinken.«

»Es ist deutscher Rotwein, nicht dein Geschmack.«

»Was soll schon passieren. Ein Glas, und ich bin voll.«

»Und danach?«

»Das sehen wir dann«, sagte sie und stand auf. »Wir haben das Kind im Zimmer, und deine Schwester schläft nebenan.«

Kopfschüttelnd zog er sie zurück auf seinen Schoß. »Ich meinte danach. Wenn Ruth nicht mehr hier ist. Wenn der Winter kommt. Wenn ich mich auf eine Stelle bewerbe, und es klappt nicht. Ich meinte: Wirst du es aushalten?«

»Du hast mich in den letzten Wochen nicht von der besten Seite kennengelernt, aber ich kann auch anders. Ich bin robuster, als du glaubst.«

»Hab ich dich überhaupt schon kennengelernt? Frag ich mich manchmal im Auto.«

»Im Auto?«

»Meine Zeit zum Nachdenken.«

»Was soll ich sagen? Selbst wenn nicht – es ist ja noch nicht vorbei.«

»Ich will, dass es nie vorbei ist.«

»Du warst so leichtsinnig, das einem Priester zu sagen. Ich stand daneben und dachte: Er spricht Portugiesisch, vielleicht weiß er nicht, was er redet. Ehrlich gesagt, bin ich auch nicht sicher. Deine Aussprache war ein bisschen …« Er versuchte, sie zu kitzeln, aber sie entwand sich seinem Griff und klatschte in die Hände. »Genug jetzt. Geh runter und sag dem Hausmädchen, es möchte den Wein servieren.«

Lachend ging Hartmut hinaus, und sie stellte sich ans Fenster. Schnelle Wolken zogen am Mond vorbei. Im Haus der Löschers waren alle Fenster dunkel, es brannte lediglich das Licht über der Haustür. Jenseits der Bäume strahlte weißes Flutlicht auf den Hof der Schreinerei, und über den Gärten hing eine Stille, die Maria glaubte hören zu können.

12 Der Abschied verläuft jedes Mal gleich. Wenn sie mit Hartmut unter dem Röhrendach des neuen Hauptbahnhofs steht und ihm eine gute Heimreise wünscht, kennt sie seine Antwort, bevor er den Mund öffnet. »Bis zum nächsten Mal – wann immer es sein wird.« Dann wirkt sein Lächeln kraftlos und ihres angestrengt, und beides zusammen spiegelt den Zustand ihrer Ehe. Acht Monate sind seit dem großen Streit vergangen, weiterhin sehen sie einander alle vier bis fünf Wochen und telefonieren in Abständen, von denen Hartmut zu Unrecht behauptet, sie würden größer werden. Ansonsten kümmern sie sich um ihre Arbeit. In Bonn hat die Verabschiedung der neuen Studienordnung das Reformchaos nicht einzudämmen vermocht, und am Theaterwerk gehört Chaos ohnehin zum Alltag. Allerdings ist seit einiger Zeit Aufwind zu spüren. Das Fest im vergangenen Herbst war ein voller Erfolg, seitdem wird im Feuilleton von einem Neuanfang für Intendant Merlinger und sein Team geschrieben. Das BT gilt wieder als fortschrittlich, sein Experimentieren mit neuen Interaktionsformen halten manche Beobachter für wegweisend. ›Theater als Zukunftslabor‹ stand jüngst über einem Artikel im *Tagesspiegel*, dessen Autor nach einem Blick hinter die Kulissen urteilte, die Beteiligung des Publikums am Schaffensprozess setze kreative Potentiale frei, die lange Zeit übersehen worden seien. Gut möglich, schrieb Boris Jahnke, dass der Begriff ›Publikum‹ bald neu definiert werden müsse. Maria war es, die Falk von den Vorteilen

des Experiments überzeugt hatte, ohne sich mit finanziellen Fragen lange aufzuhalten. Es komme seiner Arbeitsweise entgegen, die sowieso nicht auf fertige Resultate ziele. Seit dem Winter stöhnt er zwar über die Anwesenheit zweier Nerds mit Kamera bei einer Probe pro Woche, aber auch ihm gefällt der rohe Schnitt der Clips, die danach im Internet stehen. Die Zahl der eingetragenen Unterstützer wächst, ihr Durchschnittsalter liegt bei zweiunddreißig Jahren, und wenn der Chef einmal im Monat zum Chat lädt, klopft er große Sprüche: Bisher habe das Stadttheater seinen elitären Status gegen alle Anfechtungen behauptet, aber die digitale Revolution werde ihn zersetzen. Er denkt bereits an ein Stück, das den Probenraum nie verlassen und nur im Netz zu sehen sein soll.

Auch das ist bezeichnend: Sobald Hartmuts Zug abgefahren ist und sie zur S-Bahn geht, schieben sich andere Gedanken in den Vordergrund. Die Besuche sind zur Routine geworden, sie freut sich mal mehr, mal weniger darauf, so wie er sein Unbehagen in der Wohnung mal mehr und mal weniger geschickt verbirgt. Abends gehen sie aus, trinken Wein und schlafen miteinander, aber der Firnis der Normalität wird dünner. Sie driften. Als Maria neulich wissen wollte, warum er auch in den Semesterferien an die Uni fahre, statt wie früher zu Hause zu arbeiten, meinte er, dass er im Fall eines Herzinfarkts tagelang tot im Wohnzimmer liegen könnte, ohne gefunden zu werden. Die Antwort war auf typische Art morbid und auf perfide Weise wahr. Es vergehen manchmal drei oder vier Tage zwischen zwei Telefonaten, und er kennt ihre Empfänglichkeit für irrationale Ängste.

Wenn sie sich nicht anders zu helfen weiß, ruft sie von unterwegs Peter Karow an und erkundigt sich nach dem Stand der Dinge. Vor kurzem hat der Verlag sein neues Quartier in der Nachbarschaft des Theaterwerks bezogen, ein umgebautes Apartment in der Linienstraße, zu dessen Einweihung es einen sachlichen Sektempfang und eine Ansprache des Chefs gab, der die programmatische Expansion von Karow & Krieger für das kommende Jahr ankündigte. Die entsprechende personelle Erweiterung stehe unmittelbar bevor. Lächelnd stand Maria im Halbkreis der Mitarbeiter und Gäste und wusste, wer gemeint war. Programmleiter für den Bereich Geisteswissenschaften lautet die Bezeichnung der vakanten Position. Im Mai oder Juni will Peter den Köder auswerfen, und sollte Hartmut anbeißen … Einstweilen ist es April, ein kühler Sonntagabend um zwanzig nach sechs. Mit dem Telefon am Ohr steigt sie am S-Bahnhof Wollankstraße aus und betrachtet die vertraute Häuserreihe. Früher verlief die Grenze entlang des Bahndamms, die Schulzestraße lag im Osten, wo nur besonders linientreue Personen an dieser vordersten Front des Kalten Krieges wohnen durften. Die Hinterhäuser waren dem Niemandsland gewichen, und an den Seitenflügeln fehlen bis heute rückwärtige Fenster. Peters Ermahnung, sie solle sich nicht in die Sache hineinsteigern, hat sie in den vergangenen Monaten hundert Mal gehört. Niemand gebe ohne Not seine Professur auf, schon gar nicht für eine mit deutlich weniger Gehalt und geringerer Reputation verbundene Anstellung in einem aufstrebenden, aber immer noch kleinen Verlagshaus. Mag ja sein, denkt sie, verlässt den Bahnhof und steht nach zwei Minuten vor ihrem Haus.

»Mit anderen Worten«, fragt er. »Was ist dein Plan B?«

Es muss klappen, denkt sie und gibt zu, keinen zu haben. Statt kleine Schritte zur Verbesserung der Situation zu unternehmen, hofft sie auf den Sommer und kehrt mit einem Anflug von Reue in ihre leeren Zimmer zurück. Meistens hat Hartmut etwas vergessen, eine einzelne Socke, seinen Kalender oder den Kuli, heute ist es ein Taschenbuch mit dem Titel *Der Konflikt der Lebensformen in Wittgensteins Philosophie der Sprache.* Sie hebt es auf und muss an den Song denken, den Alexandra neulich im Büro gespielt hat. ›Am schönsten bist du, wenn du gehen musst.‹

»Ist es das jetzt?«, fragt sie, »das berühmte Auseinanderleben nach zwanzig gemeinsamen Jahren? In Bonn habe ich mich gelangweilt, aber unserer Ehe ging es besser. Manchmal denke ich,

ich habe mich abends mehr darauf gefreut, dass er nach Hause kommt, als ich mich jetzt auf seine Besuche freue.«

»Ich wollte gerade sagen, dass du den Druck auf mich ziemlich erhöhst, wenn es keine Alternative gibt.«

»Du entscheidest, was für den Verlag am besten ist.«

»Du kennst mich.«

»Wenn du gegen dein besseres Wissen verstößt, werde ich es mitbekommen und dir sagen, dass du das nicht tun sollst.«

»Egal, was es für euch bedeutet?«

»Ja.«

»Was würde es bedeuten?«

»Frag mich nicht.« Das aufgeschlagene Buch in ihrer Hand zeigt Spuren gewissenhafter Lektüre: Senkrechte und waagerechte Striche, dazu gekritzelte Kommentare, die auf eingelegten Zetteln fortgesetzt werden. Ein besonders auffällig markierter Satz lautet: ›Bei Wittgenstein können wir also etwas lernen über die Art der Bewegungen, die bei Konflikten zwischen Lebensformen eine Lösung ermöglichen, und wir können erkennen, dass es sich um eine vertraute Art handelt, von der wir uns nicht einreden lassen sollten, wir seien zu ihr nicht fähig.‹ Ihr Gespräch gestern nach dem Kino hat sich darum gedreht, ob Hartmut jemanden kommen lassen soll, um den verwilderten Garten auf dem Venusberg instand zu setzen. Er wusste nicht wen, und ihr war es egal.

»Hast du jemals über Scheidung nachgedacht?«, fragt Peter.

»Früher mehr als heute, und nie sehr ernsthaft.«

»Soll heißen ja.«

»Soll heißen, ich weigere mich, zu akzeptieren, dass wir an meinem Umzug scheitern. Wir haben schon schwierigere Zeiten durchgestanden. Frag du dich, welche Konsequenzen die Entscheidung für deinen Verlag hat. Für alles andere bist du nicht verantwortlich.« Ihr Handy meldet einen Anruf, wahrscheinlich sitzt Hartmut im Zug und vermisst das Buch, und sie ist froh über die Unterbrechung. Je länger die Ehekrise dauert, desto geringer wird ihr Bedürfnis, sie mit Dritten zu besprechen. »Ich muss Schluss machen«, sagt sie. »Wenn er wieder nach Berlin kommt, gebe ich dir Bescheid, und dann trefft ihr euch. Wahrscheinlich Anfang Juni.« Seit Wochen sitzt ihr eine hartnäckige Erkältung in den Gliedern, die den Kopf schwer macht und ihr nächtliche Schweißausbrüche beschert. Nachdem sie aufgelegt hat, sieht sie, dass auf dem Display Falks Name erscheint, nicht der ihres Mannes. Sie atmet kurz durch, drückt auf den Knopf und mischt eine Prise Ungeduld in ihre Stimme: »Es konnte wohl nicht bis morgen warten.«

»Wir müssen nach Hamburg fahren«, sagt er ohne Begrüßung. »Du und ich, spätestens Anfang Mai. Es gibt etwas, das ich dir zeigen will.«

»Nämlich was?«

»Siehst du dann. Du musst Reinhard sagen, dass wir den Wagen brauchen. Er ist ständig damit unterwegs. Ich glaube, er verbringt mehr Zeit im Auto als im Büro oder in der Werkstatt.«

»Was ist mit den Proben?«

»Wir fahren an einem Freitag. Zwischen vier und fünf.«

»Ich bin das Auto noch nie gefahren.«

»Es ist eines von denen mit vier Rädern. Außerdem brauche ich keinen Chauffeur, sondern muss dir was zeigen. Hör auf, dich zu zieren, ich bin dein Chef.«

»Natürlich, Chef. Verrätst du mir noch, warum das nicht bis morgen warten konnte?«

»Wenn ich auf der Probe bin, wird Reinhard in dein Büro scharwenzelt kommen und fragen, was mit der Bühne für Kopenhagen ist. Ich hab gehört, das tut er inzwischen jeden Tag. Wird er nervös?«

Draußen fährt eine S-Bahn in den Bahnhof. Leere Züge, die durch die Nacht fahren, das ist der Anblick, mit dem ihre Tage ausklingen statt wie früher mit Gesprächen im Wohnzimmer. »Was antworte ich ihm?«, fragt sie.

»Dass er sich für den Privatgebrauch gefälligst eine eigene Karre kaufen soll. Es ist Sonntagabend, wobei störe ich dich?«

»Beim Nachdenken.«

»Worüber?«

»Nichts, was das Theater betrifft. Ich hänge einfach meinen Gedanken nach. Manche Menschen tun das am Wochenende, die sogenannten normalen Leute.«

»Das sind die mit den Alltagssorgen und Eheproblemen, oder? Du weißt, du kannst offen mit mir reden.«

Ihren Widerwillen gegen seine ironische Fragerei markiert sie mit einer kurzen Pause. Falks abendliche Anrufe häufen sich. Das Gastspiel in Kopenhagen rückt näher, und er beharrt darauf, dass er nur mit neuem Bühnenbild dort auftreten wird, aber wie es aussehen soll, verrät er nicht. Reinhard schüttelt jedes Mal den Kopf und sagt, das wird übel, wenn er ihr Büro wieder verlässt. »War sonst noch was?«, fragt sie.

»Wir reden nie über private Dinge. Neulich bei der Premierenfeier hast du mir deine Tochter nicht vorgestellt. Findet sie's komisch, dass du für mich arbeitest? Wie alt ist sie eigentlich?«

»Im Mai wird sie zwanzig.«

»Findet sie's komisch?«

»Auf der Feier hatte sie ihre Freundin dabei und war nicht scharf auf neue Bekanntschaften. Bei nächster Gelegenheit werde ich euch einander vorstellen, dann kannst du sie selbst fragen.«

»Deinen Mann hab ich auch gesehen. Ich meine, euch beide. Gestern Abend vor dem Babylon Mitte. Wahrscheinlich war es dein Mann, ich kenne ihn ja nicht. Er sah jedenfalls aus wie ein Professor.«

»Ich dachte, du gehst nicht ins Kino«, sagt sie. »Oder spionierst du mir hinterher?«

»Ich könnte mich darauf rausreden, in dem Sexshop gegenüber gewesen zu sein, aber nein. Ich war in der Volksbühne.«

»Seit wann gehst du wieder in die Volksbühne?«

»Ich wollte Gob Squad sehen. Schauen, was sie mit Filmen und Videos auf der Bühne anstellen.« Er scheint allein zu sein und mit etwas zu hantieren, während er spricht, dem Geräusch nach mit Flasche und Glas. »Umgehauen hat es mich nicht, ich hab auch nicht viel verstanden. Irgendwie ging es um Andy Warhol und das Jahr 1965 und die langweiligen Filme, die er damals gedreht hat. Seitdem habe ich das Wort Retro-Avantgarde im Kopf. Mal sehen, vielleicht kann ich es irgendwo verwenden.«

»Was soll das sein?«

»Keine Ahnung. Es gibt keine Avantgarde mehr, also schmückt man sich mit der, die es früher gegeben hat. So wie man wieder Man-Ray-Sonnenbrillen trägt.«

»Du meinst Ray-Ban. Das ist was anderes, die sind nicht retro.«

»Ist auch egal.« Er lacht sein kurzes, gehetztes Lachen. »Es war also dein Mann. Was habt ihr gesehen, *Der Liebeswunsch*?« Vor Falk in Plauderlaune muss man noch mehr auf der Hut sein, als wenn er streitlustig ist. Wenn man den Gerüchten im Haus glauben darf, ist die Trennung von Alex nur noch eine Frage der Zeit. »Der Titel fiel mir ins Auge, als ich vorbeigegangen bin, und ich dachte: Klingt ziemlich befindlichkeitsduselig. Ich meine, klingt nach einem Film, den du mögen würdest.«

Einen Moment lang wird ihr Widerwille gegen das Gespräch so stark, dass sie am liebsten auflegen würde. Dann hat sie sich wieder gefangen, nimmt am Küchentisch Platz und steckt sich trotz ihres rauen Halses eine Zigarette an. »Die Geschichte war besser, als der Titel erwarten lässt.«

»Hat dir eigentlich je ein Stück von mir gefallen?«, fragt er. »Oder war es auch damals schon ein Zeitvertreib? Du mochtest Grüber, Tschechow und deine melancholischen Japaner. Alles, was einen Mehltau aus Vergeblichkeit trägt. Wenn du konsequent bist, kann dir nicht gefallen, was ich mache.«

»Ich bin nicht konsequent. Das hat den Vorteil, es einfach zulassen zu können, wenn ich etwas mag. Ich muss nicht wie du meine Prinzipien befragen.«

»Mir ist klargeworden, wo das Problem mit dem *Schlachthaus* liegt.« Nachdem er sie ein bisschen provoziert hat, wechselt er den Ton und kommt auf das zu sprechen, was ihn wirklich beschäftigt. In Berlin steht das Stück schon seit Herbst nicht mehr auf dem Spielplan, aber in Kopenhagen müssen sie es noch zweimal zeigen, und die Vorfreude im Ensemble hält sich in Grenzen. »Ich wollte etwas angreifen, was sich längst erledigt hatte. Individuelle Verkommenheit zu entlarven, ist sinnlos, weil es immer gelingt und am Problem vorbeigeht. Auch wenn man die Individuen zu Systemschweinen erklärt, es ist anachronistisch und regelrecht billig. Außerdem fange ich an, mich zu wiederholen. Es gibt eine Masche, die man mit meinem Namen verbindet. Der Merlinger-Rap, die Roboter-Figuren. Glaubst du, ich sollte ein fremdes Stück inszenieren, Shakespeare oder so? Vom Markenzeichen zum Grabstein ist es nur ein kleiner Schritt.«

»Wenn ich die Presse richtig verstehe, sind wir gerade ziemlich angesagt«, entgegnet sie. »Von *Romeo und Julia* lässt du bitte die Finger.«

»Neulich habe ich ein Video von der Präsentation dieses neuen iPhones gesehen. Das geht mir nicht aus dem Kopf. Seine Markteinführung in Deutschland soll am 9. November sein. Kein Witz, diese Konzerne wissen, was sie tun: Sie schreiben Geschichte. Bloß dass ihr Fortschritt darin besteht, die Vergangenheit ungeschehen zu machen. Hey, das ist ein guter Satz: Sie überschreiben Geschichte. Du machst doch Notizen, wenn wir telefonieren?«

»Du hast das Video eines neuen Telefons gesehen und verstanden, dass deine Zeit vorbei ist?«

»Es ist kein Telefon«, sagt er und klingt plötzlich ein wenig betrunken. »Es ist die Zukunft.«

»Ein Telefon mit diversen Zusatzfunktionen. Man wird es benutzen, um seine Freunde anzurufen.«

»Man wird seine Freunde anrufen, um es zu benutzen. Wie? Indem man es streichelt. Körperliche Zärtlichkeit als Bedienungsmodus, wie bei Menschen, das ist die eigentliche Neuerung. In Zukunft werden viele Männer ihre Telefone besser behandeln als ihre Frauen. Glaubst du, wir können es noch ändern?«

»Was ändern?«

»Alles. Neue Bühne, neuer Titel, neues Stück. Das *Schlachthaus* ist antiquiert, ich will damit nicht nach Kopenhagen.«

»Sondern?«, fragt Maria alarmiert. »Wir wurden mit diesem Stück eingeladen. Sie arbeiten bereits an der Übersetzung für die Untertitel.«

»Und? Wozu habe ich mein eigenes Theater.«

»Nicht in Kopenhagen. Erst fahren wir dahin, dann kommt ein neues Stück.«

»Das entscheidest du?«

»Falk, hör mir zu!«

»Erinnerst du dich an die Studie der fahnenflüchtigen Schlampe? Das Ticket vollzieht die Trennung zwischen den Produzenten und den Konsumenten von Kunst. Ich sage, es ist die Bühne, die ausgrenzend wirkt. Indem sie Autorität markiert: Oben wird verkündet, unten zugehört. Aber Autorität war gestern. Ich hab es nicht gemerkt, weil ich ein Idiot aus dem 20. Jahrhundert bin. Bei Systemen denke ich an Zwang, Uniformen und die Stasi, aber wir sitzen in der Falle der eigenen Wunscherfüllung. Das System streichelt uns, unser Streicheln ist nur die Antwort. Eine Art Rückkoppelung, eine Verschmelzung. Mit anderen Worten, ich habe mich unter Wert verkauft.«

»Falk, hast du mich gehört: Was du da vorhast, ist Wahnsinn. Du setzt das ganze Gastspiel … aufs Spiel.«

»Statt Befehle entgegenzunehmen«, fährt er unbeirrt fort, »lassen wir uns zur Folgsamkeit programmieren. Das erspart uns das Gehorchen. Das gilt auch für dich, piep, piep: Irgendwann in den nächsten Wochen fahren wir nach Hamburg, danach gehen wir essen und besprechen alles. Ich habe jede Menge Ideen. Jetzt lasse ich dich weiter über Probleme nachdenken, die mich nichts angehen. Sprich mit Reinhard.«

»Ich gehe nicht mit dir essen«, sagt sie. »Und das andere –«

»Sag ihm, er soll den Wagen lüften. Ich mag seinen Handwerkerschweiß nicht.«

»Was ist los mit dir? Bist du betrunken?«

»Ja, bin ich. Nach zwei Gläsern Wein, genau wie früher. Ich hab mich überhaupt nicht verändert, ich bleibe mir treu. Das ist meine Art, aus der Mode zu kommen.«

»Ärger zu Hause?«

»Ich hab kein Zuhause«, sagt er, von einem Moment auf den anderen verstimmt. »Hab keins, brauch keins und will keins. Ein Zuhause ist was für Leute wie dich.« Damit legt er auf.

Draußen fährt der nächste Zug in den S-Bahnhof. Die Bäume davor sind immer noch so kahl wie im Winter, aber als Maria das Küchenfenster öffnet, kommt ihr die Luft milder vor als in den letzten Tagen, aufgeladen mit einem Vorgeschmack des Frühlings. Auf die letzte Zigarette verzichtet sie, stattdessen schreibt sie eine Mail an Lena und schlägt die Verschiebung ihres nächsten Treffens vor. Sie wolle erst die Erkältung auskurieren. Als sie um kurz nach elf Uhr Hartmut auf dem Handy anruft, ist er nicht zu erreichen. Auch um halb zwölf nimmt er nicht ab, wahrscheinlich sitzt er im Auto und freut sich auf die Flasche Wein im Kühlschrank. Wie immer nach Gesprächen mit Falk ist sie gleichzeitig müde und aufgewühlt, will ins Bett gehen und weiß, dass sie nicht wird einschlafen können.

Schließlich stellt sie sich ans Fenster und raucht doch noch eine.

Die Häuser der Schulzestraße haben kleine Gartenparzellen. Dahinter verläuft ein asphaltierter Weg für Spaziergänger und Jogger, auf dem damals bewaffnete Grenzposten patrouilliert sein müssen. Jedes Mal, wenn sie hier steht, versucht sie sich die Szenerie vorzustellen, nachts im grellen Licht der Peitschenlampen. Der Bahnhof lag auf Ost-Berliner Gebiet, konnte aber nur vom Westen aus betreten werden. Der Durchgang unter den Schienen, der sie in zwei Minuten zum Bahnsteig führt, wurde erst kürzlich angelegt, hat ihr eine Nachbarin erzählt. Eine Bürgerinitiative war notwendig, um ihn durchzusetzen. Hundert

Meter weiter die Straße hinauf steht eine Reihe von Garagen, die einem eingetragenen Verein gehören. Ein Schild hängt davor, Garagengemeinschaft Schulzestraße e.V. Neulich ist ihr aufgefallen, dass sie inzwischen mehr Lebenszeit in Deutschland als in Portugal verbracht hat, aber es kommt immer noch vor, dass sie sich über ihre Wahlheimat wundert. Bestimmt hat die Garagengemeinschaft einen Vorsitzenden und eine Satzung, und vor Weihnachten wird gefeiert. Im Foyer des Kinos hat sie Hartmut davon erzählt und seinem Blick angesehen, dass er überlegte, was sie ihm wirklich mitteilen wollte. Um Viertel vor zwölf spricht sie ihm auf Band und kündigt an, es am nächsten Tag wieder zu versuchen. Es gibt die typisch deutsche Sachlichkeit und dahinter etwas anderes, auch bei ihrem Mann. Einen fatalistischen Zug, getarnt als das Vertrauen in Mächte, die keinen Namen haben und deren einziger Wert darin besteht, dass man ihnen die Schuld in die Schuhe schieben kann, wenn etwas schiefgeht. Das werde schon seine Richtigkeit haben, meinte er schließlich. Hat es damit zu tun, dass mehr als vier Jahrzehnte lang fremde Mächte das Sagen hatten? Vielleicht, denkt sie und geht ins Bad. Oder vielleicht auch nicht.

Dass sie selbst wenig tut, außer auf Besserung zu hoffen, lässt sich jedenfalls nicht mit dem Kalten Krieg erklären.

Die nächsten beiden Wochen verlaufen normal: Es gibt Sitzungen, Termine und die üblichen Konflikte. Dass Falk die Besprechung des Gastspiels immer weiter verschiebt, sorgt für Spannung im Haus und bestätigt Marias Befürchtung, dass der geplante Ausflug nach Hamburg damit zu tun hat. An Philippa hat sie bereits geschrieben, dass sie beruflich in den Norden muss, aber noch nicht weiß, ob ihr Zeit für ein Treffen bleibt. Eine blöde Mail, aber nach Hamburg fahren, ohne es ihrer Tochter zu sagen, will sie auch nicht. Drei Monate sind vergangen, seit Philippa zusammen mit ihrer Freundin in Berlin war. Ein kurzer Besuch, in dessen Vorfeld Maria allen Ernstes gebeten wurde, während der drei Tage nicht in der Wohnung zu rauchen und keine anti-katholischen Bemerkungen zu machen – was sie sich nicht erinnern konnte je getan zu haben. Innerlich machte sie sich auf den Besuch einer Doppelgängerin ihrer Mutter gefasst; eine beunruhigende Vorstellung, der die Freundin dann so wenig entsprach, wie man es von einer Ernährungswissenschaft studierenden Lesbe erwarten durfte. Gabriela war sechs Jahre älter als Philippa, unauffällig, höflich und ein wenig spröde, aber kein bisschen kompliziert, im Gegensatz zu Philippa selbst, deren Verhalten zwischen Unterwürfigkeit und spielerischer Aufmüpfigkeit schwankte und auf Maria ausgesprochen kindisch wirkte.

Mit Lena verabredet sie sich für den letzten Samstag im April. Seit dem Fest waren sie ein paarmal zu zweit unterwegs, meistens in Kneipen, wo das Durchschnittsalter sprunghaft anstieg, wenn Maria sie betrat. Als sie ihrer Kollegin am Donnerstag simst, sie fühle sich für einen Abend in Friedrichshain zu alt, verlegen sie das Treffen kurzerhand in die Schulzestraße. Pünktlich um halb neun kommt Lena die Treppe herauf, hält Maria eine Weinflasche entgegen und fragt als Erstes: »Wird mein Fahrrad vor dem Haus geklaut?«

»Wahrscheinlich. Hallo.« Sie hält ihrer Kollegin die Wange hin. »Bring es lieber mit in die Wohnung. Aus dem Hof sind auch schon welche verschwunden.«

Lena rollt mit den Augen, drückt ihr den Wein in die Hand und läuft noch einmal nach unten. Maria wartet in der offenen Tür. Obwohl sie inzwischen ein Fahrrad besitzt, hat sie es bisher nicht geschafft, einen Radweg nach Mitte zu erkunden, und in Pankow kennt sie weiterhin nur ihre unmittelbare Nachbarschaft. Es gibt eine zwielichtige Kneipe namens Drachenhöhle, zwei Waxing- und Sonnenstudios und mehr Gelegenheiten, sich tätowieren zu lassen, als guten Wein zu kaufen. Sollte ihr Plan aufgehen und Hartmut nach Berlin kommen, werden sie in einen anderen Bezirk ziehen. Über die spartanische Einrichtung ihrer Wohnung hat er beim letzten Besuch gesagt, in dieser demonstrativen Anspruchslosigkeit liege etwas Unaufrichtiges, aber als Lena zurückkehrt und ihr Fahrrad abstellt, schaut sie zufrieden auf die nackte Glühbirne im Flur und die kahlen Wände. »So wohnst du also«, sagt sie. »Als du neulich erzählst hast, dass du am Anfang nicht wusstest, wie man eine Steuererklärung abgibt, dachte ich, typisch Professorengattin. Die Frau, die mit fünfzig sagt, jetzt soll es endlich mal um mich gehen. Nachdem es zwanzig Jahre lang nur um ihre Hobbys gegangen ist.«

»Schön, dass es dir bei mir gefällt. Übrigens bin ich neunundvierzig und weiß jetzt, wie das mit der Steuer funktioniert.«

»Ich wollte sagen, die Wohnung beruhigt mich. Sieht aus, als wärst du gerade eingezogen.« Mit einem breiten Lächeln folgt die Kollegin ihr in die Küche. »Das mit Köln scheint zu klappen. Zu fünfundneunzig Prozent hab ich den Job, wahrscheinlich bin ich deshalb so gut drauf. Der Anruf kam heute Morgen.«

»Glückwunsch.«

»Glückwunsch«, äfft Lena ihren neutralen Tonfall nach. »Noch nicht ganz klar sind die Bedingungen. Ich habe gesagt, ich mache es nur, wenn ich eine Assistentin kriege, aber natürlich würde ich auch allein gehen. Meine erste volle Stelle, mit vierunddreißig Jahren. Ich bin stolz auf mich.«

»Stör dich nicht an meinem Ton. Ich freue mich für dich.«

»Bist du schlecht drauf?«

»Immer noch erkältet. Ich müsste weniger rauchen und schaffe es nicht.«

»Ist es, weil ich mit dem Stellvertretenden Geschäftsführer geschlafen habe? Seine Ehe ist sowieso vollkommen zerrüttet. Ich war nicht die Erste, und er hat schon wieder eine andere.«

»Sofort fühle ich mich besser.«

»Außerdem war es nicht entscheidend. Es kam mir gleich komisch vor, als du damals am Telefon gesagt hast: Ja, ist in Ordnung. Erinnerst du dich?«

»Hab ich das so gesagt?« Maria schenkt Wein ein und erinnert sich an einen anderen Wortlaut. »Außerdem geht es mich nichts an, mit wem du schläfst. Wann fängst du in Köln an?«

»Im September, gleich nach Kopenhagen.« Lena zuckt mit den Schultern, die für eine Frau ziemlich kräftig sind. Früher war sie Leistungsturnerin, und den sportlichen Ehrgeiz hat sie behalten. »Die Stadt ist okay, und Karin Beier gefällt mir. Die wird was auf die Beine stellen.«

»Hast du großen Hunger? Ich habe nichts gekocht.«

»Ich komme direkt vom Theater. Probe mit den Verbrechern.«

Statt noch einmal wegzugehen oder Essen kommen zu lassen, entscheiden sie sich für Tiefkühlpizza und Salat. Lena erzählt von den straffälligen Jugendlichen, mit denen sie am BT ein Stück erarbeitet, und Maria denkt, dass fünfzehn Jahre zwar keinen Generationsunterschied bedeuten, aber für gelegentliche Missverständnisse reicht es. Am Theater hat sie viele Kollegen um die dreißig, in deren Gesellschaft sie sich unbekümmerter gibt, als sie ist. Aus einem inneren Drang heraus, den sie am Anfang, nach fünfzehn Jahren Bonner Bürgertum, ebenso befreiend fand wie die Weltoffenheit und den jugendlichen Elan ihrer Mitarbeiter. Was sich seitdem verändert hat, ist schwer zu sagen. In Berlin zu arbeiten, war die Erfüllung eines Traums, aber jetzt sitzt sie manchmal in der Kantine und hört sich über Witze lachen, die sie eher geschmacklos als lustig findet. Ihre Erkältung war erst der Grund und dann ein Vorwand, um das Theater abends früher zu verlassen und mehr Zeit zu Hause zu verbringen. Im Winter hat sie damit begonnen, Romane noch einmal zu lesen, die ihr früher wichtig waren. *Die Schwestern Makioka* gefallen ihr wie damals, aber aus kurzen Anmerkungen und Notizen an den Seitenrändern schließt sie, dass sie das Buch heute anders liest. Es ist nicht mehr die rebellische jüngste, sondern die schweigsame dritte Schwester, über die sie am meisten nachdenkt. In *Schönheit und Trauer* findet sie die Malerin Otoko interessanter als ihre exzentrische Geliebte, außerdem fällt ihr auf, wie oft Kawabata von der verblühenden Schönheit alternder Frauen schreibt, die in Wahrheit kaum älter sind als Lena. Die hat sich inzwischen die Ärmel hochgekrempelt, schneidet

Tomaten und erzählt von zwei Schauspielern des BT, die miteinander liiert sind und ihren Beziehungsstress ins Ensemble tragen. Obwohl sie nur an zwei Tagen in der Woche arbeitet, weiß sie über alles Bescheid, was sich im Theater tut. Mit Alex geht sie regelmäßig essen und ist wahrscheinlich deshalb über die geplante Fahrt des Intendanten und seiner Referentin nach Hamburg informiert. Den Termin hat Falk auf den kommenden Freitag gelegt. »Was hat es damit auf sich, wenn ich fragen darf? Seit wann unternehmt ihr gemeinsame Ausflüge?«

»Sagen wir: eine Dienstfahrt. Er will mir was zeigen und macht ein großes Geheimnis daraus. Reinhard kriegt Schlafstörungen, wenn er daran denkt, dass es mit der Bühne für Kopenhagen zu tun haben könnte. Mich beunruhigt eher die Möglichkeit, dass Falk den Text noch ändern will.« Darauf deutet ein großzügiges Zeitfenster, das er für den Juni im Probenplan gelassen hat. Lenas Blick verrät, dass es ihr um die Ängste geht, die Alex wegen des vermeintlichen Ausflugs plagen, also wechselt Maria das Thema. »Ich brauche einen Rat von dir. Nicht wegen der Fahrt, die müssen wir abwarten. Es geht um Boris Jahnke. Ich habe ihn getroffen, und am Anfang dachte ich, es sei clever von mir: Ich plaudere mit ihm und halte ihn bei Laune, er schreibt positive Artikel über uns. Das tut er auch, aber seine Neugier kennt keine Grenzen.«

»Was will er wissen?«

»Alles, und er ist geschickt. Er fragt mich nicht nur aus, sondern erzählt von seinen Recherchen. Ich muss mich ständig ermahnen, nicht zu viel zu reden.«

»Du kennst Falks Begriff von Loyalität.«

»So nennt er es, in Wirklichkeit ist es reines Macho-Gehabe: Ich bin dein Boss, du tust, was ich sage.«

»Das Problem ist, er ist wirklich der Boss.«

Beim ersten Mal haben Jahnke und sie sich in einem Café neben der Volksbühne getroffen. Den Ort hatte er vorgeschlagen, Maria war nur hingegangen, weil es immer zeitaufwändiger wurde, seine Fragen schriftlich zu beantworten. Ansonsten erwartete sie wenig von dem Treffen. Dann entpuppte sich Jahnke als angenehmer Gesprächspartner, der viel Humor besaß und ihr denselben Respekt entgegenbrachte wie dem Protagonisten seines Buchprojekts, das er ohne Zurückhaltung als sein Lebenswerk bezeichnete. Vor zehn Jahren habe er mit der Arbeit begonnen, als er befürchten musste, Merlingers große Zeit sei bereits vorbei. So wie er redete, schien er davon auszugehen, dass sie Falks Karriere ebenso aufmerksam verfolgt hatte wie er; seinen Bruch mit der Volksbühne, die öffentlich ausgetragene Fehde, das jahrelange Schweigen nach *Parasiten oder die neue Wirtlichkeit,* dem bislang letzten großen Erfolg. Gebannt hörte Maria zu und vermied es zu zeigen, wie neu ihr das meiste war.

»Wusstest du, dass Jahnke schon Falks allererstes Stück besprochen hat?«, fragt sie Lena. »Eine Studentenproduktion. Seitdem hat er alles von ihm gesehen.«

»Im Gegenzug hält Falk ihn für einen Schwachkopf.«

»Weil er gern auf Leuten herumtrampelt, die ihn bewundern. Es lässt ihn souverän aussehen und verdoppelt den Genuss: die Bewunderung der anderen plus die eigene Verachtung.«

»Würdest du sagen, du kennst ihn gut?«

»Jedenfalls lerne ich ihn besser kennen.« Die ersten zwei Stunden des Treffens waren wie im Flug vergangen. Dann hatte Jahnke begonnen, sich mehr aufs Fragen als aufs Erzählen zu verlegen. Ob Maria das Gerücht kenne, dass Merlingers Vater ein hoher Stasi-Offizier gewesen sei. Oder das andere Gerücht, der Vater habe in Bautzen gesessen. Oder die These, dass beides stimmte, erst Stasi, dann Bautzen. Oder schließlich, dass beide Gerüchte aus der Luft gegriffen beziehungsweise von Falk selbst in die Welt gesetzt worden seien. Es dauerte eine Weile, bis sie verstand, dass Jahnke bei diesem ersten Treffen nicht neue Informationen suchte, sondern testen wollte, inwiefern sie ihm als Quelle von Nutzen sein konnte. »Weißt du, wie man einen Gasofen bedient?«, fragt sie jetzt. »Ich glaube, man muss vorheizen.«

»In Bonn hattet ihr für solche Dinge natürlich ein Hausmädchen.«

»Nicht nur dafür. Ich fand es schon immer mühsam, beim Lesen die Seiten umzublättern.«

»Im Ernst«, lacht Lena. »Neulich hast du davon erzählt, wie Falk dir den Job angeboten hat. Am Theater wusste keiner, wo du plötzlich herkamst. Du sprichst auch nie darüber, was du vorher gemacht hast.«

»Er hat ihn mir sogar zweimal angeboten.« Sie schält die beiden Pizzen aus ihrer Plastikumhüllung und lässt Lena den Rest erledigen. »Zum ersten Mal im Herbst 98. Da war meine Tochter elf, und ich konnte schlecht eine Arbeit in Berlin annehmen. Stattdessen habe ich an der Volkshochschule unterrichtet. Außerdem war ich drei Monate lang Kulturbeauftragte von Sankt Augustin. Das mag wie ein Karnevalstitel klingen, war aber ein Job.«

»Warum nur drei Monate?«

»Weil ich niemanden kannte und keine Ahnung hatte, welche Art von Veranstaltungen ich anbieten sollte. Ich weiß, was du denkst, typisch Professorengattin. Kann sein. Damals ging es damit los, dass das Büro in einem unglaublich hässlichen Gebäudekomplex lag. Nein, es ging damit los, dass ich den Job nicht haben wollte, sondern nur testen, wie weit ich mit einer Bewerbung komme. Ein paar Wochen später saß ich in einem Flur, wo alle sich seit hundert Jahren kannten und ihre Insider-Witze rissen.« Mit dem Glas in der Hand stellt sie sich ans Fenster. Auf der anderen Seite des Bahndamms erhellt das rotierende Blaulicht eines Krankenwagens die Fassaden. Ein paar Namen gehen ihr durch den Kopf. Die nette Frau am Empfang hieß Wittkowski. Bürgermeister Bolldorf grüßte nie durch die offene Tür, sondern kam herein und gab ihr die Hand. »Die erste Veranstaltung«, sagt sie, »hatte noch meine Vorgängerin organisiert, bevor sie schwanger wurde. Eine Ausstellung örtlicher Künstler in der Raiffeisenbank. Aquarelle. Kennst du die Satire von Woody Allen *Wenn die Impressionisten Zahnärzte gewesen wären*?

In dem Fall waren sie's wirklich. Übrigens ist es nicht möglich, die Geschichte zu erzählen, ohne dass ich überheblich klinge. Versuch es zu ignorieren. Ich bin nicht arrogant, ich war fremd.«

»Also hast du gekündigt.«

»Nein. Nach der Ausstellung habe ich handgeschriebene Briefe von Leuten bekommen, die sich bei mir bedanken wollten. Da war ich zehn Tage im Amt und musste jeden Morgen in der Straßenbahn meinen Schwur erneuern, wenigstens die Probezeit durchzustehen. Kurz vor Sankt Augustin führt die Bahnlinie an einem portugiesischen Restaurant vorbei, damals jedenfalls. Ich hab mir gesagt, dass ich irgendwann in der Mittagspause dorthin gehe und ein bisschen mit Landsleuten quatsche. Zu Hause hab ich wenig Portugiesisch gesprochen, weil meine Tochter mich für eine blöde Kuh hielt, mit der man am besten umgeht wie Falk mit Journalisten.« Im Mai hatte sie die Stelle angetreten, aber als sie sich endlich zu dem Restaurantbesuch entschloss, war es bereits Juli und die Probezeit fast zu Ende. Ein schwülheißer Sommertag, daran erinnert sie sich. Vormittags hatte der Bürgermeister ausrichten lassen, er setze auf die Fortführung ihrer Arbeit, insbesondere der wöchentliche Kulturgesprächskreis erfreue sich großer Beliebtheit und werde bereits in den Nachbargemeinden kopiert. »Ich wollte in Ruhe nachdenken, also bin ich in das Restaurant gegangen. Dort hat mich sofort ein älterer Herr angesprochen. Er war Stammgast, ein pensionierter Anwalt und begeisterter Segelflieger. Statt über meine Zukunft nachzudenken, habe ich mir seine Geschichten angehört. Beim Kaffee hat er mir das Abzeichen irgendwelcher Flying Seniors gezeigt und meinte, ich solle mitkommen. Sein Flugzeug sei ein Zweisitzer und der Flugplatz ganz in der Nähe. Den kannte ich auch vom Vorbeifahren.«

Lena hat das Gesicht in die eine Hand gestützt und klaubt mit der anderen Tomatenstücke aus der Salatschüssel. »Ich sag immer, die einzige Rechtfertigung für hohe Absätze ist, dass man solchen Typen damit auf die Zehen steigen kann. Was hast du geantwortet?«

»Du wirst mich für verrückt halten, aber ich hatte das Gefühl … Keine Ahnung, ich hab einfach ja gesagt. Wie oft bekommt man die Chance, etwas wirklich Spontanes zu tun.«

»Man steigt nicht zu fremden Männern ins Auto. Wenn sie ein Flugzeug haben, ist es natürlich was anderes. Egal, erzähl weiter.«

»Die Restaurantbesitzer kannten ihn. Außerdem hat er zwar geflirtet, aber vor allem sich selbst gern reden gehört. Plötzlich hat er von einem Boot in Holland erzählt, das es auch noch gab. Da waren wir schon am Flugplatz, und ich hab nicht mehr zugehört. Es war das erste Mal, dass ich in einem Segelflugzeug saß. Man wird an einer Seilwinde gezogen, steigt steil auf, das Seil klinkt sich aus, dann gleitet man sachte durch die Luft. Kaum Windgeräusche, nur leichte Vibrationen. Zwei Stunden lang sind wir über das Rheintal und das Siebengebirge geschwebt. Am Anfang hat er pausenlos geredet, dann habe ich ihm gesagt, dass ich die Aussicht gerne schweigend genießen würde, und er war still. Probier's aus, wenn du die Gelegenheit hast, ich kann es nur empfehlen.«

»Kein Gegrapsche?«

»Man sitzt hintereinander in diesen kleinen Kabinen. Ich saß hinten.«

»Und danach?«

»Ich hab mich bedankt, er hat mich zur Straßenbahn gefahren und zum Abschied meine Hand geküsst. Danach bin ich nicht mehr zur Arbeit erschienen. Ich habe mich krankgemeldet und schriftlich erklärt, dass ich den Vertrag zum Ablauf der Probezeit kündige. Aus privaten Gründen. Seitdem hatte ich keinen Job mehr, erst wieder am Theaterwerk. Deshalb wusste keiner, wo ich plötzlich herkam.«

Lena atmet tief ein, hält die Luft an und nickt. »Aus welchen privaten Gründen?«

»Im Flugzeug ist mir klargeworden, dass ich mich nicht länger mit den Umständen arrangieren wollte. Also habe ich beschlossen zu warten, bis Philippa alt genug ist, und dann nach Berlin zu ziehen. Notfalls ohne Arbeit und allein. Es war die erste eigene Entscheidung seit langem. Ich hab mich richtig gut gefühlt damit, eine Weile jedenfalls.«

»Was hast du deinem Mann erzählt?«

»Was passiert ist und dass ich beschlossen habe, den Job aufzugeben. Das Erste fand er verrückt, das Zweite verständlich. Von Berlin hab ich nichts gesagt.« Sie zuckt mit den Schultern, als hätte sie eine alltägliche Begebenheit berichtet. Tatsächlich kommt ihr die Frau in der Erzählung fremd und vertraut zugleich vor. Ein wenig launisch war sie immer schon, aber in jenen Jahren wurde daraus eine merkwürdige Flatterhaftigkeit. Im einen Moment gefiel ihr, was sie im nächsten unmöglich fand, zum Beispiel mit einem alternden Schürzenjäger zu flirten, der nach dem Flug keineswegs so schnell aufgeben wollte, wie sie es gerade behauptet hat.

»Insgeheim glaubst du immer noch, dass dein Platz eigentlich in Bonn ist«, sagt Lena. »Das ist das, was ich aus der Geschichte raushöre.«

»Schön, dass wenigstens ein Mensch mich versteht. Bist du auch katholisch?«

»Ich verstehe dich überhaupt nicht. Du bist …« Ihre Kollegin macht eine Geste, als wollte sie sagen: unverbesserlich. »Es ist dein Leben!«

»Siehst du, deshalb hab ich nichts gesagt, als du mit dem Geschäftsführer ins Bett wolltest. Es ist nicht nur mein Leben, sondern auch meine Ehe und meine Familie. Wenn ich jungen Frauen zuhöre, denke ich manchmal, ihr seid so emanzipiert, ihr wisst gar nicht mehr wovon überhaupt.«

»Nicht unsere Schuld.«

»Vor allem nicht euer Verdienst.«

»Also bist du nicht nach Berlin gegangen, sondern hast gewartet, bis deine Tochter das Haus verlässt. Weil du es anders nicht mit deinem Gewissen hättest vereinbaren können.«

»Ja.«

»Warten ist aber keine Tätigkeit. Was hast du den ganzen Tag gemacht?«

»Womit man seine Tage so füllt. Hausarbeit, Bücher, Yoga. Filme und Serien. Siehst du, dass es hier keinen Fernseher gibt? Das war meine Bedingung an mich selbst. Mit Fernseher hätte ich mir den Umzug nicht erlaubt.«

»Was wäre passiert, wenn Falk dir die Stelle kein zweites Mal angeboten hätte?«

»Keine Ahnung«, sagt sie, »aber ich kann dir sagen, was mich nervt: Meinem Mann gegenüber muss ich mich dafür rechtfertigen, dass ich nach Berlin gegangen bin. Wenn ich mit dir rede, guckst du mich schief an, weil ich so lange in Bonn geblieben bin. Es war nicht unerträglich, verstehst du? Wir haben abends im Wohnzimmer gesessen und geredet. Jetzt hab ich eine Arbeit und bin allein. Ihm gegenüber versuche ich einen anderen Eindruck zu erwecken, aber es ist nicht ausgemacht, welches das bessere Leben ist. Ich hätte gern beides. So wie er immer beides gehabt hat. Es ist ungerecht, dass ich wählen muss.«

Ein Schwall heißer Luft füllt die kleine Küche, als Lena die Ofenklappe öffnet. »Die Stelle in Sankt Augustin hast du angetreten, bevor Falk dich zum ersten Mal nach Berlin holen wollte?«

»Zwei oder drei Jahre danach. Es war die Arbeit, die ich hätte machen können, statt am Theater zu arbeiten. Das meinte ich mit ›mich arrangieren‹. Darauf hatte ich keine Lust mehr.«

»Lieber hast du Filme und Serien geschaut.«

»Ja«, sagt sie. »Stolz bin ich nicht darauf, also sei vorsichtig, was du als Nächstes sagst. War es eigentlich gut mit dem Stellvertretenden Geschäftsführer? Ich hab gar nicht gefragt.«

Zwei Stunden später ist die Pizza gegessen, der Wein getrunken, und Lena hat zum Abschied gesagt: Lass uns das Gespräch ein andermal fortsetzen. Danach liegt Maria wach im Bett. Die Straßenlaterne vor dem Haus wirft einen rautenförmigen Lichtfleck auf die Zimmerdecke, aber was sie am Einschlafen hindert, ist nicht die Helligkeit, sondern ein Gedanke, der nur langsam

Gestalt annimmt. Manchmal, wenn sie auf dem Weg zur Arbeit durch die Auguststraße geht, sucht sie in den Fenstern der Galerien nach etwas, das an die Stelle im Bonner Wohnzimmer passen würde, wo früher Pilars Bild gehangen hat. Hartmut behauptet, für so etwas kein Auge zu haben, und meint damit, dass es ihre Aufgabe ist, für Ersatz zu sorgen. Wenn sie etwas entdeckt, das ihr gefällt, empfindet sie eine Freude, die schnell in Bedauern umschlägt. Dann sieht sie sich auf dem Sofa sitzen, wo sie unzählige Nachmittage verbracht hat. In Gedanken hört sie die Haustür, legt ihre Lektüre beiseite und geht ihrem Mann entgegen. Hat sie es je für möglich gehalten, dass sie sich eines Tages danach sehnen könnte? Jetzt tut sie es und ärgert sich gleichzeitig, Lena gesagt zu haben, es sei in Ordnung gewesen in Bonn. In Wirklichkeit war es ein Zustand anhaltender Betäubung, und was sie beiseitegelegt hat, war an den meisten Tagen kein Buch, sondern die Fernbedienung. Ein Buch hat sie später am Abend in den Händen gehalten und auf die Stille im Haus gehorcht, statt zu lesen. An der Wand hing das Bild einer Freundin, die etwas aus ihrem Leben machte, indem sie Kitsch produzierte. Aus Philippas Zimmer kam leise Musik, und oben im Arbeitszimmer, von ihrem Platz aus kaum zu hören, erklang das monotone Klacken von Hartmuts Tastatur. Es war nicht in Ordnung, denkt sie. Es war … genau wie jetzt.

Bloß etwas weniger still.

13 Das Haus war geräumig und hell, und trotzdem fühlte sie sich darin nicht wohl. In den Hang am Ortsrand gebaut und von einem steinigen Garten umgeben, hatte es seit dem Umbau zwei Balkone und untypisch große Fenster, die in alle Richtungen zeigten. Nach Norden fiel der Blick auf den von Feigenbäumen gesäumten Weg zum Friedhof, und wenn Maria das Gesicht an die Scheibe hielt, sah sie die Windräder, die auf den Hügelketten um Rapa standen und grünen Strom für die Serra produzierten. Nach vorne schaute sie auf den Fluss, der den alten vom neuen Dorfteil trennte und im Sommer nur ein brackiges Rinnsal war. Drüben bauten Rückkehrer aus dem Ausland ihre Alterssitze, auf dieser Seite besaßen ihre Eltern das mit Abstand größte Haus. Die zweistöckige Residenz des Ortsvorstehers Artur Vitor António Pereira, der seinen dicker werdenden Bauch durch die Gassen des Dorfes schob und für alle Bewohner ein offenes Ohr und aufmunternde Worte hatte. Der Pate von Rapa, hatte Hartmut heute Morgen gewitzelt.

Mit dem Mietwagen waren sie gestern von Lissabon heraufgekommen. Fünf Stunden Fahrt durch sengende Hitze, auf dem üblichen Umweg über Mealhada, um das von Lurdes bestellte Spanferkel zu kaufen, dessen ranziger Geruch ihr seitdem in der Nase hing. Die Nachricht von ihrer Ankunft hatte das halbe Dorf auf den Kirchplatz getrieben, Philippa war von Arm zu Arm gewandert, Lurdes hatte geweint und Artur seine Augen mit dem Taschentuch betupft, bis auch bei ihr die Dämme gebrochen waren. Lachend über die eigenen Tränen hatte sie inmitten der fremden, alten Menschen gestanden, die sich freuten, als wäre die eigene Tochter nach Hause gekommen. Später hatte sie vom Gästezimmer aus über die Hügel geblickt und sich ihr Mantra für die kommenden Tage vorgesagt: Nur eine Woche, dann fahren wir ans Meer.

»Sprich mit ihm darüber, Mariazinha.«

Jetzt war es später Vormittag. Von der Küchenanrichte glotzten tote Sardinen ins Leere, und auf dem Tisch stand eine Schüssel mit Kartoffeln, die zu schälen zwei Stunden dauern würde. Im blauen Arbeitskittel saß Lurdes ihr gegenüber, hielt ein Messer in der Hand und meinte nicht ihren deutschen Schwiegersohn, den sie über sämtliche Kultur- und Sprachbarrieren hinweg ins Herz geschlossen hatte, weil er das war, was sie einen Familienmenschen nannte; ein Prädikat, das sich Hartmut im Moment dadurch verdiente, dass er auf dem Balkon lag und las, während Lurdes über Joãos vermeintliche Eskapaden klagte, die darin bestanden, dass er ein für heutige Verhältnisse normales Leben führte. »Du bist seine Schwester«, sagte sie.

»Er ist alt genug, Mutter. Außerdem lässt er sich von niemandem reinreden, schon gar nicht von mir.«

»Wenn sie zusammenziehen wollen, müssen sie heiraten.«

»Müssen sie nicht, wenn sie nicht wollen. Und sie wollen beide nicht.«

»Sag nicht beide – er! Wie kann eine Frau ...« Verständnislos schüttelte Lurdes den Kopf, Maria griff über den Tisch und zog die Schüssel mit den Kartoffeln zu sich heran. Nebenan lief, von niemandem beachtet, der Fernseher.

»Ich mach das schon.« Lurdes griff ebenfalls nach der Schüssel. »Schau du nach deinem Mann.«

»Der wird sich melden, wenn er was braucht. Weißt du, in Lissabon macht man sich nicht so viele Gedanken darüber, was die Nachbarn denken.«

»Was ist mit ihren Eltern? Maria-Antonia, sie müssen heiraten!«

»Ich kann sie nicht zwingen. Wie stellst du dir das vor?« Sie hatte Fernanda erst einmal getroffen und einen guten Eindruck gewonnen, den sie nicht ausbuchstabieren wollte, weil sie sonst wie ihre Mutter klingen würde. Jeder Versuch, ihren Bruder zur Hochzeit zu überreden, war reine Zeitverschwendung. Alle außer Lurdes wussten das.

»Sprich mit ihm. Tu was für deine Familie!«

»Wie viele Leute sollen heute Abend eigentlich kommen?«

»Alle.«

»Klar, aber wie viele sind das? Und wollten wir nicht sowieso rüber zu Valentin und Cristina gehen? Hab ich das falsch verstanden?« Ohne eine Antwort abzuwarten, nahm sie ein Messer vom Tisch und schälte die erste Kartoffel. Ihre Mutter kannte die gestrige Absprache; warum sie die Fiktion der großen Tafel in ihrem Haus trotzdem aufrechterhielt, wusste Maria nicht. Kurz sah sie auf Lurdes' gekrümmte Finger, die mit Mühe den Kartoffelschäler hielten, und wendete den Blick wieder ab. Draußen zeigte sich keine Wolke am Himmel, und je näher der Mittag rückte, desto stiller wurde es im Dorf. Am liebsten würde sie nach oben gehen, Hartmut das Buch aus der Hand nehmen und mit ihm tun, wozu sie in den letzten Monaten kaum gekommen waren, aber tatsächlich hatten sie in diesem Haus noch nie miteinander geschlafen, auch nachts nicht. In jedem Zimmer hing ein Kruzifix, und unter einem Dach mit ihren Eltern war es sowieso unmöglich. Das eheliche Liebesleben würden sie erst nächste Woche im Süden wiederaufnehmen können. »Wie geht es Tante Aurora?«, fragte sie.

»Du musst sie besuchen.«

»Ich weiß. Wie geht es ihr?«

Lurdes bekreuzigte sich, schüttelte den Kopf und schwieg. Arturs älteste Schwester lebte in einem von wildem Wein bewachsenen Häuschen neben der Kirche, ohne Kühlschrank und Fernseher, hinter ganztägig geschlossenen Fensterläden. Seit Josés Verschwinden trug sie Witwentracht und ging selten vor die Tür. Egal zu welcher Tageszeit Maria das dämmrige Innere betrat, ihre Tante saß am Küchentisch, drehte einen Rosenkranz zwischen den Fingern und hörte auch dann nicht damit auf, wenn sie zur Begrüßung auf ihre faltigen Wangen geküsst wurde. »Glaubst du, Onkel José kommt eines Tages zurück?«, fragte sie.

»Nein.«

»Er hat sein ganzes Leben in der Serra verbracht. Und plötzlich …« Mit den Händen machte sie eine Bewegung, die nicht spurloses Verschwinden ausdrücken sollte, sondern die Frage: Wie kann das sein?

»Er hat sich geschämt.«

»Wofür?«

»Du weißt wofür.«

»Sich zu schämen ist eins, aber seine Frau zu verlassen und aus der Gegend zu verschwinden, in der er sein Leben verbracht hat …« Sie beobachtete ihre Mutter und erkannte die angestrengte Miene, mit der Lurdes Gedanken abwehrte, die sie nicht denken wollte. »War das von Anfang an das Ziel? Hat Vater gewollt, dass er verschwindet?«

»Dein Vater wollte etwas tun für die Leute im Dorf. Sieh dich um: Wir leben hier, unsere Kinder sind entweder in Lissabon oder im Ausland. Wohin soll Tante Aurora gehen, wenn sie es nicht mehr alleine schafft? Dein Vater tut, was nötig ist. Und ich bete, dass ihm genug Zeit bleibt.«

»Wäre es dir lieber, ich würde in Portugal leben?«, fragte Maria, weil das Stichwort ›Zeit‹ Lurdes' Wunsch signalisierte, über Arturs krankes Herz statt über den Verbleib ihres Schwagers zu sprechen. Vor zwei Jahren war José von einem Tag auf den anderen verschwunden, nachdem Artur es geschafft hatte, den Anspruch auf sein Erbteil durchzusetzen. Im Dorf hieß es, er habe sich über die grüne Grenze nach Spanien abgesetzt, obwohl eine grüne Grenze zwischen beiden Ländern seit langem nicht mehr existierte.

»Du hast Familie«, sagte Lurdes. »Dein Platz ist dort.«

»Das ist keine Antwort auf meine Frage. Manchmal denke ich, dass ich mich fremd fühlen würde, weißt du. Lissabon kommt mir verändert vor.«

Die ersten Urlaubstage hatten sie wie immer in Joãos Wohnung verbracht, der man zu ihrem Vorteil ansah, dass er sie neuerdings mit einer Frau teilte. Ihr Bruder betrieb eine Zahnarztpraxis, die auf halbem Weg zwischen Saldanha und dem alten Viertel lag, das von Jahr zu Jahr weiter verfiel. Das Restaurant ihrer Eltern existierte nicht mehr, die Rollos im Erdgeschoss waren mit den Anzeigen eines Immobilienbüros beklebt, und ob im oberen Stockwerk jemand wohnte, hatte Maria nicht feststellen können, als sie vor zwei Tagen dort vorbeigelaufen war. In den Gassen saßen verlebt aussehende schwarze Frauen auf Klappstühlen, als warteten sie auf Kundschaft. Betrunkene Männer hingen herum, in den Ecken stank es nach Urin. Sie konnte ihren Eltern nicht verübeln, dass sie lieber auf dem Land alt wurden als in einem heruntergekommenen Stadtviertel mit steigender Kriminalität, aber es irritierte sie, dass von Lissabon nicht einmal mehr gesprochen wurde. Als hätte die Familie nie dort gelebt. »Wieso antwortest du nicht?«, fragte sie.

»Du hast dich damals so entschieden. Jetzt geh und schau nach deinem Mann. Er arbeitet zu viel. Er sieht müde aus.«

»Und du lässt die Kartoffeln stehen. Ich erledige das später.« Dass Lurdes der Aufforderung nachkommen würde, war unwahrscheinlich, aber Maria brauchte eine Auszeit, also stand sie auf und verließ die Küche. Im Treppenhaus hing das Hochzeitsbild, auf dem sie die Blumen so hielt, dass die leichte Wölbung ihres Bauches dahinter verschwand. Fotos der einzigen Enkelin, Fotos des toten Sohnes. Oben warf sie einen Blick in Philippas Zimmer, hob ein paar Spielsachen vom Boden auf und ein Unterhemd mit roten Äpfeln, das sie sich kurz ans Gesicht drückte, um den Duft von Seife und Schokolade einzuatmen. An der Hand ihres Großvaters spazierte Philippa seit dem Frühstück durchs Dorf und suchte nach Tieren, die sie streicheln konnte.

Als er sie von draußen hörte, machte Hartmut mit einer Bewegung auf sich aufmerksam. Die Sonne schien noch nicht auf den nach Südwesten zeigenden Balkon, trotzdem lag ihr Mann im offenen Hemd auf seiner Liege, hatte das Buch in der Hand und ein Glas Zitronenwasser neben sich. Maria blieb in der Tür stehen. »Hartmut, wie kann man sich seinen eigenen Eltern gegenüber so fremd fühlen?«

Im Urlaub rasierte er sich nur alle zwei bis drei Tage, und sein Blick war frei von der verkniffenen Anspannung des Semesters. Beides stand ihm gut. »So schlimm?«, fragte er.

»Ich meine nicht erst jetzt, sondern immer schon, soweit ich zurückdenken kann. Diese liebenswerten Leute, zu denen ich Vater und Mutter sage.«

»Dein Vater auch?«

»Halb Don Quijote, halb Albert Schweitzer, was ergibt das?« Außer den Grillen in den Olivenbäumen hörte sie nichts, als sie mit verschränkten Armen hinaustrat und neben der Liege stehen blieb. »Don Camillo? Onkel Wanja? Ich liebe ihn, aber manchmal spreche ich zu ihm wie zu Philippa.« Mit dem Unterschied, dass von Artur keine Widerworte kamen, sondern Schweigen.

Hartmut legte das Buch zur Seite und zog sie auf seinen Schoß. »Wieso Don Quijote?«

»Glaubst du vielleicht, dieses Altenheim wird jemals gebaut?«, sagte sie kopfschüttelnd. »Er schreibt Briefe an irgendwelche Leute, die er in Lissabon kennt. Seine politischen Kontakte nennt er sie. In Wirklichkeit sind es frühere Gäste aus dem Restaurant. Jetzt hat er jemanden gefunden, der zwanzig Jahre lang in Frankreich gearbeitet hat, als Koch, und sie setzen gemeinsam Schriftstücke auf und schicken sie an … keine Ahnung wohin. An die EG. Auf Französisch oder was sie dafür halten.«

Seine Hand strich über ihren Oberschenkel, als wüsste er, dass nicht nur Überdruss am Gespräch mit Lurdes, sondern Lust auf ihn sie auf den Balkon geführt hatte. »Merkst du, dass dein Deutsch perfekt geworden ist?«, unternahm er den durchsichtigen Versuch, sie aufzuheitern. »Du machst überhaupt keine Fehler mehr.«

»Du meinst, ich soll dir dankbar sein?«, fragte sie lahm.

»Ich meine, unterschätz deinen Vater nicht. Er macht nicht viele Worte, aber er weiß, was er tut. Wie alle Pereiras ist er ein ausgesprochener Dickschädel.«

»Meine Mutter sagt, wahrscheinlich muss ihm ein Bypass gelegt werden. Sie zündet so viele Kerzen an, es gibt in der ganzen Serra bald kein Wachs mehr, aber der Arzt glaubt, dass es spätestens nächstes Jahr unumgänglich wird.«

»Was sagt er selbst?«

»Dasselbe wie immer – nichts.« Sie zuckte mit den Schultern. Arturs Traum von dem Altenheim war das einzige Thema, das ihn gesprächig machte, so wie früher der Umbau des Hauses. Dann fabulierte er von Co-Finanzierung durch die EG, von neuen Zeiten und modernen Verhältnissen, und wenn man ihn reden ließ, erfand er ganze Stäbe von Beamten in Lissabon oder Brüssel, deren vordringliche Aufgabe darin bestand, Rapas Senioren zu einem Heim zu verhelfen. So wie gestern beim Abendessen, bis Maria nur noch betreten zu Boden schauen konnte. »Es bricht mir das Herz, wie sie alt werden. Obwohl sie gar nicht alt sind. Aber die Umständlichkeit, die ständigen Sorgen um nichts, die Anflüge von bocksköpfiger Unvernunft. Meine Mutter will die ganze Verwandtschaft zum Essen einladen. Hast du den Berg Kartoffeln in der Küche gesehen? Mit ihren arthritischen Fingern braucht sie eine halbe Stunde, um *eine* zu schälen. Wenn ich ihr helfen will, sagt sie: Schau nach deinem Mann, der langweilt sich. Tut er nicht, sage ich. Dann besuch Tante Aurora. Ich meine, die Verwandtschaft kann gerne kommen, aber das Essen wird erst im Oktober fertig. Und so ist es mit allem.«

»Ich liebe dich.«

»Was?«

»Ich hab's lange nicht gesagt. Du übrigens auch nicht.«

Einen Moment lang sahen sie einander stumm an, dann ließ

sich Maria mit geöffneten Lippen nach vorne fallen. Hinter ihnen lagen Monate, in denen sie viel über die Zukunft gesprochen, aber wenig geklärt hatten. Ihr Mann fand, sie übertreibe es mit der minutiösen Pünktlichkeit, mit der sie jeden Abend die Pille nahm, und manchmal war sie kurz davor, einfach nachzugeben. Jetzt tastete sie mit der Zungenspitze nach seiner und spürte die Erektion in seiner Hose, aber sobald er auf ihr Spiel einging, hörte sie auf und hielt sein Gesicht in beiden Händen. »Weiß ich, wer du bist?«, fragte sie atemlos. »Weißt du, wer ich bin?«

»Ich hoffe schon«, antwortete er. »Warum sagst du das jetzt?«

»Und wenn nicht?«

»Maria, dein Vater ist ein Pferd, der wird auch mit Bypass hundert Jahre alt. Lass dich nicht von deiner Mutter anstecken. Sie hat einfach zu viel Zeit für ihre Sorgen.«

»Ich kann nicht atmen hier«, sagte sie und griff an den Ausschnitt ihres Kleides. »Lass uns woandershin fahren, nur für zwei Tage. Irgendwohin.«

»Nächste Woche fahren wir ans Meer. Valentin hat mir gestern die Fotos gezeigt. Wir werden –«

»Vorher. Jetzt! Lass uns für zwei Tage dahin fahren, wo Menschen sind. Nach Coimbra ist es eine Stunde. Wir brechen morgen früh auf, nehmen uns ein Hotel und ... Bitte!« Als wollte sie ihn zwingen, krallte sie eine Hand in sein Hemd und bedrängte ihn so sehr mit Küssen, dass er seine Zustimmung kaum äußern konnte.

»Meinetwegen gerne«, presste er hervor. »Wenn deine Eltern uns gehen lassen. Wir wollten schon immer mal nach Coimbra.«

»Wir lassen ihnen Philippa hier.«

»Hey!« Nun war er es, der ihr Gesicht in beiden Händen hielt, und sie ärgerte sich, nicht klüger gewesen zu sein. Seit dem Umzug nach Bonn sah er seine Tochter beim Frühstück, und an manchen Abenden war sie noch wach, wenn er nach Hause kam, niemand konnte von den beiden verlangen, ausgerechnet im Urlaub aufeinander zu verzichten.

»Sie will sowieso bloß Schafe streicheln.« Dass der Satz wie eine Entschuldigung klang, verstärkte ihren Ärger und erstickte die Lust. Begriff er nicht, dass sie seinetwegen ein paar Tage mit ihm allein sein wollte? Um wiedergutzumachen, was sich nicht gutmachen ließ, um es wenigstens zu versuchen und auf diese Weise das Recht zu erwerben, sich selbst zu verzeihen. Natürlich begriff er es nicht, wie auch. Sie verstand es selbst kaum.

»Du weißt doch, sie schläft wie ein Stein«, sagte er.

»Du hast recht.« Sie sah auf die Uhr. »Jetzt muss ich runter, sonst wird das Mittagessen nie fertig. Gegrillte Sardinen. Zwei Kilo für viereinhalb Personen.«

»Du magst keine Sardinen.«

»Spielt keine Rolle, ich bin nur die Tochter. Du magst sie, hast du gestern behauptet. War mir auch neu.«

»Weil ich wusste, dass deine Mutter schon eingekauft hatte.« Als sie aufstehen wollte, zog er sie zurück auf seinen Schoß. »Was ist los, Maria? Irgendwas bedrückt dich, und es ist nicht dein Vater.«

Mit einem Nicken blieb sie sitzen und griff nach seinem Buch auf dem Beistelltisch. Letzte Nacht hatte sie geträumt, eine Hundertschaft der Polizei würde in Rapa anrücken, um mit Hunden, Stöcken und Schaufeln nach Onkel José zu suchen. Als Hartmut früh um sechs aufgestanden war, hatte sie sich schlafend gestellt, dem Rhythmus von Philippas leisem Schnarchen zugehört und sich gefragt, warum es allen im Dorf unangenehm war, von der Sache zu reden. »Was heißt Montauk?«, fragte sie.

»Ein Ort an der äußersten Spitze von Long Island. Was der Name bedeutet, weiß ich nicht. Irgendwo steht, dass er indianisch ist.«

»Gut?«

»Ziemlich. Ich bin noch am Anfang. Zwischendurch denke ich, dass Lesen eigentlich zu anstrengend ist. Dass ich nur hier sitzen und auf die Hügel schauen sollte.«

Maria überflog den Text auf der Rückseite des Umschlags.

›Er lehnt an dieser Mauer, Rücken zum Meer; sie wird über diese öde Terrasse kommen, und er ist gefasst darauf, überrascht zu sein, dass sie, wie immer sie aussieht, auf ihn zukommt und einfach da ist.‹ Gefasst darauf, überrascht zu sein von jemandes bloßer Anwesenheit … Von Max Frisch als Dramatiker hielt sie nicht viel, die Romane kannte sie nicht, aber dieser Satz kam ihr gekünstelt vor. Vorgestern, nach dem Gang durch die Mouraria, hatte sie im Café gesessen und in einem Zug das *Lissabonner Requiem* ausgelesen, seitdem ging ihr nicht aus dem Kopf, was Tabucchi über die Reue schrieb: ›Sie schlummert in uns, und eines Tages wird sie wach und beginnt zu nagen, danach klingt sie wieder ab, weil es uns gelungen ist, sie zu besänftigen, aber sie ist immer in uns, gegen Reue ist nichts zu machen.‹

Sie legte das Buch aus der Hand und schaute übers Dorf. Jenseits des Flusses flimmerten weiß gestrichene Häuser in der Sonne. Eines davon hatte Valentin seinen Eltern bauen können, weil das Land reicher wurde und immer mehr von den Tankstellen brauchte, die er für seine Firma entwarf. Am Nachmittag würde sie dort im Garten sitzen, Philippa, Carla und Luisa zuschauen, wie sie im Planschbecken tollten, und mit Cristina über das Leben in Deutschland und die Vorzüge ihrer Männer sprechen. Die verloschene Lust ließ eine Leere zurück, die sie sonst nach dem Sex empfand – als würde der dunkle Teil ihrer Seele immer eine Abkürzung kennen. »War ich sehr unausstehlich in den letzten Wochen?«, fragte sie.

»Es war eine Enttäuschung«, sagte er und meinte seine nach vielem Hin und Her geplatzte Bewerbung in Berlin. »Aber so wie die Dinge im Moment in Bewegung sind, bei den vielen Neuberufungen, die es gibt, stehen die Chancen nicht schlecht, zumindest mittelfristig. Wer hätte damals gedacht, dass ich die Stelle in Bonn bekomme.«

»Jetzt hast du sie.«

»Ja. Es wird nie wieder so sein wie davor. Keine Zeitverträge, keine Miesen auf dem Konto. Ich bin Professor, das können sie mir nicht mehr nehmen.«

»Und ich bin undankbar.«

»Wir müssen einfach Geduld haben.« Er sprach sanft und streichelte ihre Beine, aber die Selbstbezichtigung ließ er stehen. »Wir sollten uns nicht zu sehr unter Druck setzen. Die Warterei das ganze Frühjahr über hat uns nur zusätzlichen Stress gebracht.«

»Geduld haben. Mittelfristig«, wiederholte sie mechanisch. Genau genommen, führten sie kein Gespräch, sondern vollzogen ein Ritual, aber im Rahmen einer Ehe war das vielleicht kein wichtiger Unterschied. Vor fünf Jahren hatten sie zum ersten Mal auf diesem Balkon gesessen. An einem stillen Tag wie heute, nach mehrwöchiger Reise durch halb Europa. Warum sie nicht rauche, hatte er gefragt und durch seinen gespannten Gesichtsausdruck verraten, dass er die Antwort bereits ahnte. Als sie es ihm sagte, druckste er nicht lange herum und überlegte nicht einmal, ob der Zeitpunkt günstig war. Seine einzige Frage lautete, ob sie seine Frau werden wolle.

»Unsere eigenen Entscheidungen treffen«, sagte er jetzt. »Zum Beispiel eine, die wir schon lange aufgeschoben haben.« Weil er voraussah, was sie erwidern wollte, legte er ihr einen Finger auf die Lippen und hielt sie fest. »Ich weiß! Wir haben gesagt, wir warten, bis wir da sind, wohin wir wollen, aber … warum eigentlich? Was spricht jetzt dagegen? Philippa ist vier.«

»Es ist nie schwerer als beim Warten«, sagte sie und legte den Kopf in den Nacken, um seinen Finger loszuwerden. »Ich meine, Geduld zu haben.«

»Wenn die Wohnung zu klein wird, ziehen wir eben um.«

»Ist das ein spontaner Gedanke?«

»Neulich meinte sie selbst, alleine Memory spielen ist langweilig. Sie will jemanden, gegen den sie gewinnen kann.« Er lachte und küsste sie und schien nicht zu verstehen, warum sie so ernst blieb. Seit einigen Wochen lag immer mal wieder der *Bonner General-Anzeiger* in der Wohnung herum, und wenn Maria die Seite mit den Immobilieninseraten aufschlug, fand sie hier einen Kringel und da einen Strich. Demnach dachte ihr Mann nicht daran, in eine größere Wohnung zu ziehen, sondern wollte ein Haus kaufen. Der Traum von der Professur war wahr geworden, finanzielle Sorgen gehörten der Vergangenheit an, die Zukunft lag offen vor ihnen. Sie musste nur ja sagen – und sich dann neun Monate quälen und hoffen, dass sie ihren Verstand nicht wieder im Kreißsaal vergessen würde wie beim ersten Mal. »Merkst du, wie sie Carla und Luisa beneidet?«, fragte er. »Wo ist sie eigentlich?«

Maria machte eine unbestimmte Geste in Richtung des schlafenden Dorfes. Am liebsten hätte sie ihn gepackt, durchgeschüttelt und angebrüllt: Du weißt es selbst, du hast doch alles mitbekommen! Stattdessen blieb sie bei ihrer Standardantwort: »Gib mir Zeit.«

»Natürlich. Ich will nur sichergehen, dass wir es sind, die unser Leben bestimmen. Nicht die Umstände.«

»Selbstbestimmung. Verstanden.« Sie wusste, er meinte das nicht ironisch.

»Klär es mit deiner Mutter, und dann fahren wir morgen los nach Coimbra.«

»Vielleicht ist es nur die Hitze oder die lange Fahrt gestern. Meine Haare riechen immer noch nach Schweinefett.«

»Du riechst wunderbar«, sagte er und bemühte sich, seine Enttäuschung nicht zu zeigen. »Vor allem, seit du nicht mehr rauchst.«

»Willst du später mit Valentin wandern?«

»Das war der Plan. Wenn ich in der Küche helfen soll, kann ich auch hierbleiben.«

»Geh wandern«, sagte sie und stand von seinem Schoß auf. »Ich hab's nie gesagt, aber wo wir schon dabei sind: Das Schönste an den Tagen in Rapa ist, dass du sie so genießt.« Anstatt mit ihm ins Bett zu gehen und ein Kind zu zeugen, speiste sie ihn mit süßlichen Sätzen ab, er trieb im Stillen den Hauskauf voran und schien sich zu sagen: Erst das Nest bauen und dann mal sehen. Ohne sich noch einmal umzudrehen, huschte Maria durch

Philippas Zimmer. Als sie die Treppe hinunterging, hörte sie draußen die Glocken läuten, das blecherne *Ave Maria*, das alle halbe Stunde die stehende Luft über dem Dorf erzittern ließ. Ausführlich hatten sie seinerzeit über die Kindbettdepression, ihre Ursachen und Folgen gesprochen. Hartmut meinte, es sei ein Fehler gewesen, ihr die Isolation von Bergkamen zuzumuten, und das sah sie genauso. Erst habe er unterschätzt, dass sie durch ihre Familiengeschichte vorbelastet gewesen sei, und danach zu lange gebraucht, um aus den ersten Symptomen die richtigen Schlüsse zu ziehen. Ruth sei es zu verdanken, dass sie die Krankheit schließlich erkannt und bewältigt hatten; auch dem konnte Maria nicht widersprechen. Uneinigkeit stellte sich bei der Frage nach den Konsequenzen ein, weil ihr Mann weit und breit kein Anzeichen dafür entdecken wollte, dass Philippa Folgeschäden davongetragen haben könnte. Sie war ein aufgewecktes Kind, das gerne in den Kindergarten ging und dessen Liebe zu Tieren ein ausgeprägtes Empathievermögen zeigte. Dass sie ein Papa-Kind war, erklärte er damit, dass er sie weniger sehe und folglich seltener nein sagen müsse. Seit dem Umzug nach Bonn war das Kapitel Bergkamen für ihn abgeschlossen. Kein verrückter Herr Löscher mehr, der plötzlich auf der Terrasse stand, kein arbeitsloser Lehrer, der sich in sie verknallt hatte, keine Fahrten durch das gesamte Ruhrgebiet, die ihn langsam aufrieben, all das lag hinter ihnen. Sein Einsatz hatte sich ausgezahlt, und davon könnten sie jetzt beide profitieren. In Hartmuts Version der Geschichte war nicht zu verstehen, warum sie zögerte, von den neuen Möglichkeiten Gebrauch zu machen. Wieso sie sich weigerte, in Bonn heimisch zu werden. Seit einiger Zeit setzte er seine verständnisvolle Miene auf wie einen Hut, wenn sie von ihren Ängsten anfing. Durch ihr Herumlavieren versagte sie seinem Erfolg die Anerkennung. Er brachte nicht nur Geld nach Hause, sondern Blumen, Spielzeug und gute Laune, aber sie verlangte Verständnis und immer mehr Verständnis – für was?

Statt zurück in die Küche zu gehen, verließ Maria das Haus

durch den Hintereingang. Um diese Zeit würde sie in der Kapelle niemanden antreffen, denn alle Bewohnerinnen von Rapa kamen ihrer Bestimmung nach und standen in der Küche. Auch in Bonn endeten ihre Spaziergänge immer öfter in der lichten Stille von Sankt Elisabeth. Sie wollte allein sein, sich nicht erklären müssen und in Ruhe über die Frage nachdenken, was sie sonst noch wollte. Ganz allgemein, vom Leben.

Um vier Uhr brach sie mit Philippa auf. Sie folgten der Gasse hinab zum Fluss, gingen über die Brücke und passierten das Gehege des kläffenden Hundes, den Philippa als einziges Tier in Rapa nicht streicheln wollte. Das letzte Wegstück war so steil, dass ihre Tochter sich steif wie ein Brett machte und sagte: »Du musst schieben.« Das Haus von Valentins Eltern lag auf halber Höhe des Hangs, auf dem Rasen davor standen ein aufgespannter Sonnenschirm, Stühle und ein buntes, mit Wasser gefülltes Planschbecken. Maria wischte sich den Schweiß von der Stirn.

»Olá, da seid ihr!« Mit zwei großen Glaskaraffen in den Händen kam Cristina aus dem Haus. »Eine Limonade für die Kinder, und eine Li-mo-nade für die Mütter«, sagte sie augenzwinkernd, stellte die Sangria ab, begrüßte Maria mit schmatzenden Küssen und fuhr Philippa durch die Haare. »Geh schon rein, Philippinha, die Mädchen sind oben. Sag ihnen, sie sollen endlich den Fernseher ausstellen.«

»Ist dein Mann da?«, fragte Maria. »Ich soll ihm von meinem ausrichten, dass er bereit zum Abmarsch ist.«

»Valentin!«, rief Cristina in Richtung eines Fensters im oberen Stock. Wein rankte sich an den Außenmauern empor, im Garten wuchsen Zitronenbäume und Feigen. »Er trödelt rum, wie immer.«

»Lass ihn. Hartmut hat es nicht eilig.«

»Gieß uns was ein, ja? Ich geh rauf und trete ihm in den Hintern.«

Maria nahm sich ein Glas und schlenderte ein paar Schritte über den Rasen. Es war die Zeit der größten Hitze, die hier oben in der Serra auch im August nicht drückend wurde. Kinderspielzeug, Badelatschen und Modemagazine lagen im Gras, auf einem Esstisch unter der Pergola stand bereits das Geschirr fürs Abendessen. Mit Mühe hatte sie ihre Mutter überzeugen können, nur die Hälfte der Kartoffeln zu schälen und den Rest aufzuheben für morgen. Einen Moment lang lag vollkommene Stille über dem Grundstück, karge Hügel und leere Täler zogen sich bis zum Horizont dahin, nur hinter der alten Dorfhälfte endete der Blick an dem Hang, den Maria nachts in der Fensteröffnung sah und glaubte, er gebe ein tiefes, bedrohliches Brummen von sich. Wie in dem Roman von Kawabata.

In knielangen Wanderhosen kam Valentin aus der Haustür und verteidigte sich gegen Cristinas Vorwurf, er lasse Hartmut unnötig warten. Aus seinem Rucksack ragte ein blauer Trinkschlauch, den er durch eine Drehung des Kopfes erreichte. Hartmut machte sich gelegentlich über die professionelle Ausrüstung lustig, mit der Valentin ihre nachmittäglichen Spaziergänge bestritt, die selten länger als zwei Stunden dauerten. »Olá, Maria-Antonia.«

»Olá, boa tarde.« Die Wangenküsse mit ihrem Cousin vollzogen sich geräuschlos und ohne Hautkontakt. »Alles gut?«

»Brauchst du Sonnencreme?«, fragte Cristina.

»Danke, ich habe –«

»Ich meinte Mariazinha.«

»Unbedingt. Ich hab meine vergessen.«

Valentin wollte zurück ins Haus gehen, aber Cristina stoppte ihn mit einer Handbewegung. »Ich hole sie, du wirst erwartet. Los, los! Anda lá!« Seit Jahren inszenierten die beiden ihre Zuneigung, indem sie vor anderen das kabbelnde Ehepaar gaben, aber unter vier Augen beteuerte Cristina, dass sie verrückt nach einander waren und es in jeder Nacht trieben, die Valentin nicht auf Montage verbrachte. »Ich mach mich auf den Weg«, sagte er. »Bis später.«

»Warte.« Maria folgte ihm ein paar Schritte die gepflasterte

Einfahrt hinab. »Hartmut kann sich noch zwei Minuten gedulden. Sprich mit mir über Onkel José, sonst tut es niemand. Alle schauen auf den Boden, wenn ich frage.«

»Er ist abgehauen«, sagte Valentin. »Mehr weiß ich auch nicht.«

»Menschen hauen nicht einfach so ab.«

»Von hier schon.« Widerwillig blieb er stehen und sah sie an. »Er hat mit seinem Olivenöl gutes Geld verdient, die Arbeiter schlecht bezahlt, und du kennst das Haus. Das Geld muss woanders sein, vermutlich auf einem dicken Devisenkonto. Aus der Serra sind die Leute immer abgehauen. Ich dachte, du könntest das verstehen.«

»Ich dachte, die Zeiten hätten sich geändert.«

»Hier nicht.«

»Wie hat mein Vater das mit dem Land angestellt? Ist er Ortsvorsteher geworden, nur um sich an seinem Schwager zu rächen? Es muss doch ein Testament gegeben haben.«

Aus dem Haus kamen lachende Stimmen, Cristina scheuchte die Mädchen raus in den Garten. »Er ist dein Vater«, sagte Valentin, »nicht meiner. Ich nehme an, das Testament war nur eine mündliche Verfügung.«

»Unser Großvater ist seit vierzig Jahren tot. In der Zwischenzeit hat Onkel José Oliven angebaut und das Öl bis nach Amerika verkauft. Es war sein Land.«

»Wie man's nimmt. Im Grundbuch eingetragen war die Erbschaft jedenfalls nicht. Um so was hat sich früher niemand gekümmert, das wusste Artur.« Valentins Aufmerksamkeit wendete sich ab, weil drei kleine Mädchen aus dem Haus geflitzt kamen und kreischend ins Planschbecken sprangen. Ihr Cousin wurde ein wenig schwer um die Mitte, aber das Gesicht war immer noch dasselbe. Ein Landei aus der Serra. Inzwischen wohnten Cristina und er in Almada, auf der anderen Seite des Tejo, mit schönem Blick auf die Stadt.

»Deshalb gehört das ganze Land jetzt meinem Vater?«, fragte sie verständnislos.

»Bitte? Nein, es wird eine Genossenschaft gegründet. Artur will sich nicht bereichern, sondern das Altenheim bauen.«

»Wegen eines fehlenden Eintrags im Grundbuch hat José nach vierzig Jahren alles verloren? Sag mir die Wahrheit.«

»Du glaubst mir sowieso nicht. Dein Vater hat jedes Jahr einen Brief geschrieben und gefordert, ihm das Land zurückzugeben. Onkel José hat die Briefe ignoriert, Artur konnte Kopien vorlegen und beweisen, dass er den Anspruch auf das Erbe nie aufgegeben hat. José hatte es zwar genutzt, aber unrechtmäßig. Jedenfalls den wichtigen Teil, den mit dem Brunnen.«

»Das hat das Gericht entschieden? Wo leben wir eigentlich?«

»In der Serra, Maria-Antonia. Hier gilt nicht das Gesetz, sondern das Wort von dem, dessen Wort was gilt. Zum Beispiel das eines Ortsvorstehers mit guten Verbindungen zur Câmara Municipal.« Genervt schüttelte Valentin den Kopf. »Niemand kann sich erinnern, dass Onkel José jemals einen Menschen gut behandelt hat. Als Artur kam, hat er mit den Leuten gesprochen. Sie haben ihn gewählt, und als José klarwurde, dass er keine Chance hat, ist er abgehauen. Ohne Gerichtsbeschluss. Das ist die ganze Geschichte. Wenn sie deinen Sinn für Gerechtigkeit verletzt, tut es mir leid.«

»Offenbar glauben alle, dass das Altenheim tatsächlich gebaut wird. Du auch?«

»Ich zeichne den Plan.« Nicht seine Verachtung irritierte Maria, sondern dass er sie wie jemanden behandelte, der sich ungefragt in familiäre Angelegenheiten einmischte. Als er ging, blieb sie in der Einfahrt stehen und sah ihm nach, bis er hinter der Hecke verschwunden war. Die Sangria in ihrem Glas war bereits warm geworden. Jahr für Jahr hatte ihr Vater also einen Brief geschrieben, um damit eines Tages vor die Bewohner des Dorfes zu treten und sein Erbe zurückzuverlangen. Hatte er daran gedacht, wenn er abends seinen Aguardente getrunken und sie geglaubt hatte, er trauere um António? Mit einer Tube Sonnencreme kam Cristina aus dem Haus, sah sich um und rief: »Warum stehst du in der Einfahrt?«

»Ich komme.«

»Und willst du dich in Rock und Bluse sonnen? Zeig schon her!«

»Ich sehe genauso aus wie letztes Jahr.«

»Untersteh dich.«

Die folgenden Stunden verbrachten sie damit, Sangria zu trinken und den Kindern beim Spielen zuzusehen. Cristina erzählte, dass sie aus dem Beruf aussteigen wolle. Der Schichtdienst vertrage sich nicht mit dem Familienleben und das Gehalt sei lächerlich im Vergleich zu dem, was Valentin verdiene. Finanziell mache es keinen großen Unterschied, wozu sich abmühen? Mit einem Ohr hörte Maria zu und beobachtete die beiden Figuren an der gegenüberliegenden Bergwand, die hinter Ginsterbüschen verschwanden und wieder auftauchten. Valentin ging vorneweg, Hartmut folgte in einigem Abstand, und sogar von weit weg sah es so aus, als sei er tief in Gedanken versunken. »Ich überlege, noch einmal zu studieren«, sagte sie. »Philippa geht in den Kindergarten, und wie es aussieht, werden wir eine Weile in Bonn bleiben. Aus der Sache in Berlin ist nichts geworden.«

»Was sagt Hartmut?«

»Dass er sich weiter um einen Ruf bemühen wird. Außerdem hätte er gerne ein zweites Kind.«

Cristina nippte an ihrem Glas und schüttelte den Kopf. »Aber du willst lieber einen zweiten Abschluss. Dann wahrscheinlich noch einen dritten und am besten einen vierten. Wozu?«

»Es würde meine Chancen auf einen Job erhöhen.« Sie dachte an ein Aufbaustudium in Kulturmanagement. In Köln wurde das angeboten.

»Einen schlecht bezahlten Job, der dich von der Familie fernhält.«

»Ich würde auch einen gut bezahlten nehmen.«

»Schau sie dir an.« Ihre Freundin deutete auf die drei Mädchen im Planschbecken. »Dazu hast du einen Mann, der dich vergöttert und Professor ist. Aber du …«

»Ja, ich wieder mal. Ich weiß.«

»Als ob Arbeit ein Vergnügen wäre.« Cristina zupfte an ihrem Bikini-Oberteil und räkelte sich auf der Liege. »Wie ist es sonst? Du weißt schon.«

»Gut.«

»Gut … Mir muss Valentin jedes Mal die Hand auf den Mund legen, wenn ich … Na ja. Er sagt, er hat Angst, dass die Kinder Alpträume kriegen. Was heißt gut?«

»Es war nicht leicht nach der Geburt. Ich hab dir davon erzählt.«

»Das ist eine Weile her.«

»Im Frühjahr habe ich mich ein bisschen in die Berlin-Sache hineingesteigert, und jetzt weiß ich nicht, worauf ich als Nächstes hoffen soll.« Vielleicht würde ein Studium ihren Kopf davor bewahren, sich wieder und wieder mit denselben Fragen zu martern. Philippa ging es gut. Die Kleine war emotional und kognitiv so weit entwickelt, wie man es von ihr erwarten durfte. Sie malte fröhliche Bilder, die zwar häufiger den Nachbarhund als ihre Mutter zeigten, aber was hieß das schon. Zweimal in der Woche ging Maria mit ihr zum Kinderturnen und saß bei den anderen Müttern, die über die gelungenen Purzelbäume ihrer Kleinen in Ekstase gerieten. Manchmal machte es Spaß, und manchmal tat sie nur so. Außerdem entwickelte sich Philippa zu einer begeisterten Schwimmerin, und es winkten Stunden in überheizten, nach Chlor stinkenden Hallenbädern. »Ich will für Philippa eine gute Mutter sein«, sagte sie, »und ich bemühe mich. Ein zweites Kind will ich nicht.«

»Du bemühst dich. Das ist das, was ich tue, um ein paar Pfunde loszuwerden. Ich meine, es ist das, was ich behaupte zu tun. In Wirklichkeit bestelle ich Mousse au chocolat, wenn wir auswärts essen. Verstehst du, was ich meine?«

Statt zu antworten, reichte Maria ihrer Freundin das leere Glas. Doch, das verstand sie sehr gut. Ob Cristina verstehen würde, was ihr am Leben in Bonn nicht gefiel? Ein Leben zu dritt, gesund und ohne finanzielle Sorgen. Als sie Hartmut damals nach Dortmund gefolgt war, hatte sie ihm das Versprechen abgenommen, sich auf jede Berliner Stelle zu bewerben. Später in Bergkamen war daraus eine regelrechte Obsession geworden. Um Olivers Nachstellungen und den täglichen Begegnungen mit Herrn Löscher zu entgehen, war sie eine Zeitlang kaum vor die Tür gegangen, sondern hatte ferngesehen und die Nachrichten aufmerksamer als früher verfolgt. Die Demonstrationen, die erst in Leipzig und dann in der gesamten DDR stattfanden, ließen sie bedauern, dass der Kontakt zu Peter abgerissen war – wie jede Verbindung zu ihrem damaligen Leben. Ihre Stimmung schwankte. An manchen Tagen fragte sie sich, ob in der Mutterrolle ihre eigentliche Bestimmung lag, die anzunehmen sie sich aus bloßer Selbstverblendung weigerte. Welche sonstigen Talente hatte sie vorzuweisen? An anderen Tagen erschien ihr schon die Frage wie eine Kapitulation, die sie unbedingt vermeiden musste. Dann kam jener Novemberabend, an dem Ruth ungewöhnlich spät anrief und fragte, ob sie es schon wüssten. Wenn nicht, sollten sie sofort den Fernseher anstellen. Das taten sie und sahen auf derselben Mauer, in deren Nähe Maria gewohnt hatte, tanzende Menschen. Unter dem Brandenburger Tor wurde gefeiert, Volkspolizisten standen daneben und schienen ebenso sprachlos zu sein wie Hartmut und sie auf dem Sofa. Sie konnten nur lachen. Da nichts anderes im Haus war, stießen sie mit zu warmem deutschen Weißwein auf das Ereignis an. Aus dem Wunsch, direkt mit dem Geschehen in Berlin verbunden zu sein, wurde in den folgenden Wochen eine Art Lebensgefühl. Zum ersten Mal nahm sie Anteil an etwas, das in Deutschland passierte, aber weder an der Uni noch auf der Bühne, sondern mitten im Leben. Sie las Zeitungen, schaute Sondersendungen und haderte damit, in der Provinz zu leben. Sie hoffte und bangte und fragte sich, ob sie sich vorstellen konnte, den Rest ihres Lebens in diesem Land zu verbringen. Vorstellen schon, die entscheidende Frage lautete: Wo genau?

Ein weltgeschichtliches Ereignis, das alle ›die Wende‹ nannten. In ihren Ohren klang es wie ein Versprechen.

Der Fall der Mauer lag noch nicht lange zurück, als Hartmut mit der Nachricht nach Hause kam, seine Bewerbung in Bonn habe Erfolg gehabt. Diesmal hatten sie vorgesorgt und tranken Sekt. Die Aussicht, in wenigen Monaten die verhasste Erlentiefenstraße zu verlassen, half Maria durch den eiskalten westfälischen Winter. Im Frühjahr 1990 zogen sie in die Bonner Südstadt, Philippa kam in den Kindergarten, und im Fernsehen entwickelte sich das Ringen um die Wiedervereinigung zu einem Krimi mit täglich neuen Folgen. Die Richtung schien klar, aber der Ausgang war ungewiss. Volkskammerwahl, Währungsunion, Zwei-plus-vier-Verhandlungen – wie gebannt saß Maria vor der Mattscheibe und fieberte mit. Ein Wochenende im Monat verbrachten sie bei Ruth und Heiner, die beide der Meinung waren, die Regierung solle in Bonn bleiben, aus gleichermaßen finanziellen wie verblasen ideologischen Gründen, die Maria auf die Palme brachten. Eine Kleinstadt, die aus der Erinnerung an Beethoven und einem zu breiten Fluss bestand! Ihre Freude über den Umzug verpuffte angesichts der wehleidigen Stimmung, die sich an den Rheinufern breitmachte. Den ersten Bonn-muss-Hauptstadt-bleiben-Aufkleber kratzte sie eigenhändig vom Heck eines vor dem Haus geparkten Wagens. Hartmut lachte, als sie ihm davon erzählte, aber es war ein beklommenes Lachen. Jetzt mal objektiv, sagte sie, wenn sie wieder begannen, was für Außenstehende wie eine politische Diskussion aussehen mochte. Bonn oder Berlin, warum taten Deutsche so, als müsste über die Wahl zwischen derart ungleichen Kandidaten überhaupt diskutiert werden? Aus Hartmuts Mund kam unweigerlich die Frage: Warum interessierst du dich plötzlich dafür?

Nun, weil es wichtig war. Brauchte es dafür eine Begründung?

Die Wiedervereinigung kam, und das erste Jahr in Bonn verging. Von Hartmuts Bewerbung an der Freien Universität erfuhr Maria erst, als er sie guten Gewissens als aussichtsreich bezeichnen konnte. Das war im Februar, nachdem eine Kommission ihn auf Platz eins der Bewerberliste gesetzt hatte. Fortan ließen sie nicht mehr den Tag Revue passieren, wenn sie abends im Wohnzimmer saßen, sondern phantasierten über die Zukunft in einer Stadt, die sich gerade neu erfand. Maria plädierte dafür, in den Ostteil zu ziehen, des Abenteuers wegen und trotz der großen Entfernung von Dahlem. Hausarbeiten könne er auch in der U-Bahn lesen. Manchmal lächelte er, wenn ihre Begeisterung ihn überforderte. Von seinen gelegentlich vorgebrachten Warnungen, sie solle sich nicht auf die Sache versteifen, wollte sie nichts hören. Es war der übliche Pessimismus, der ihn Widerstände erfinden ließ, die sich gegen seine Berufung regten, davon war sie überzeugt. Wegen eines Verfahrensfehlers sollte die Stelle neu ausgeschrieben werden? Unsinn, sagte sie und verwies auf die Liste. In Deutschland gab es Regeln. Insgeheim fragte sie sich selbst, was mit ihr los war, dass sie es schon nach so kurzer Zeit kaum erwarten konnte, Bonn wieder zu verlassen. Es war wie ein Zwang, sie musste jede Zeitung kaufen, deren Titelseite einen Bericht über das neue Berlin ankündigte. Am 20. Juni verfolgte sie die Debatte zum Hauptstadtbeschluss in voller Länge und ballte die Faust, als nach zehn Stunden der Sieg ihrer Fraktion feststand. Wenige Tage später versuchte sie, Philippa gegen die üblichen Widerstände ins Bett zu bringen, als nebenan das Telefon klingelte.

»Wow«, hörte sie Hartmut sagen, »das ist lange her. Von wo rufst du an?« Und kurz darauf: »Richtig, du bist noch in Berlin.«

Maria saß auf der Bettkante und hielt das aufgeschlagene Buch über *Anita no teatro* in den Händen. Wahrscheinlich war es jemand aus dem Freundeskreis von ehemaligen TU-Assistenten. Angestrengt horchte sie durch die offene Tür, aber Hartmut sagte nur gelegentlich ›Ja‹ oder ›Verstehe‹ oder ›So ist es eben‹. Dass es um seine Bewerbung ging, spürte sie trotzdem.

»Weiterlesen!« Philippa lag auf dem Rücken und sah sie an. Frisch geduscht und nach dem Pfefferminz ihrer Zahncreme duftend. Mit einem zerstreuten Nicken strich Maria ihr über die Stirn. Nach einer Weile glaubte sie den Namen Dietmar zu verstehen und erinnerte sich an das bebrillte Gesicht des Kollegen, der Hartmut und sie einander vorgestellt hatte. Dietmar Jacobs. Sie verhaspelte sich beim Lesen, hörte Hartmut über die viele Arbeit klagen und hätte am liebsten ins andere Zimmer gerufen: Kommt endlich zur Sache!

»Genug für heute, meine Süße«, sagte sie und schlug das Buch zu. »Jetzt wird geschlafen.«

»Papa soll noch kommen.«

»Das wird er, sobald er fertig telefoniert hat.« Sie küsste ihre Tochter und stand auf.

Nebenan brannte nur die Lampe über Hartmuts Schreibtisch. Maria gab ihm ein Zeichen und blieb in der Tür stehen. Sein Arbeitsplatz war ein Provisorium geblieben, Bücher lagerten in gestapelten Kartons, Aktenordner standen unter dem zum Bonner Talweg zeigenden Fenster. Ohne es offen zu sagen, hatten sie beide nicht damit gerechnet, lange hier zu wohnen.

»Was verschafft mir eigentlich die Ehre deines Anrufs?« Hartmut war anzusehen, dass er nicht belauscht werden wollte. Es fielen die Wörter Kompromiss, Dekanat, Verhältnisse und die Frage, ob in Berlin die Clan-Herrschaft ausgebrochen sei. Maria spürte ein Rumoren im Magen. Weder für Hartmut noch für sie ging es bloß um eine Stadt, die im Moment viele Leute anzog, weil die Mieten billig waren und das Nachtleben aufregend. Der Ort ihres ersten Kusses lag nicht länger hinter der Mauer, sondern im Zentrum der neuen Metropole, wo ein bis dahin nur in der Off-Szene bekannter Dramatiker *das* Stück der Zeit auf die Bühne gebracht hatte. Ein rothaariger Mann mit Fusselbart und Lederjacke, den Maria eines Abends in einer Talkshow hatte sitzen sehen, wo er krudes Zeug redete: Dass die Stasi und westliche Geheimdienste gemeinsam versucht hätten, den Fall der Mauer zu verhindern; dass ein hochrangiger CDU-Politiker, dessen Namen er nicht nennen wollte, ihn mit obszönen Anrufen verfolge und dass *Sprech/Akte/Ost* innerhalb einer Woche entstanden sei, in der er keine Nacht geschlafen habe.

Hartmut blickte aus dem Fenster, und trotzdem wusste sie, dass er sich an sie wendete, als er schließlich sagte: »Moment – es ist schon sicher, dass die Stelle neu ausgeschrieben wird?«

Im ersten Moment war es nur eine Verspannung ihrer Gesichtszüge. Enttäuschung als körperlicher Reflex. Als er das Telefonat beendete, stand sie in der Küche und erledigte den Abwasch, um ihre Hände zu beschäftigen, und wenn sie jetzt an den Abend dachte – weniger als einen Monat lag er zurück –, überfiel sie der Wunsch, sich an irgendjemandem zu rächen. Neben ihr blätterte Cristina in einer Zeitschrift. Die Unterhaltung war vor einiger Zeit versiegt, die Sonne versank hinter den Hügeln von Rapa, und im Garten wurde es kühl. Sie hatte gehört, wie Hartmut in Philippas Zimmer ging, statt in die Küche zu kommen, dann war sie ohne ein weiteres Wort nach draußen gegangen. Als sie zurückkehrte, lag er bereits im Bett. Kleinlaut sagte er, es sei entschieden, das Dekanat bestehe auf der Neuausschreibung, man wolle eine Frau auf dem Lehrstuhl haben. Verstehe, sagte sie und spürte die Benommenheit von zehn oder zwölf hastig gerauchten Zigaretten. In den folgenden Tagen machte er am Tisch Bemerkungen wie ›So ist das eben an der Uni‹, die Maria mit einem Lächeln überging. Er schien darauf zu warten, dass sie nachhakte und nach Gründen fragte, aber das tat sie nicht. Es war vorbei. Vielleicht hatte sie sich bloß auf den Umzug versteift, um die Frage nach dem zweiten Kind aufzuschieben. Wichtig war nicht, wo sie lebten, sondern wie. Richtig?

Fröstelnd richtete sie sich auf der Liege auf. Philippa stand neben dem Planschbecken und schien zu frieren, und mit einem Badetuch in der Hand eilte Maria zu ihr. Cristina hatte recht gehabt: sich bloß zu bemühen, reichte nicht. Sich zu betrügen, funktionierte nicht mehr, und Hartmut zu unterstellen, er habe wegen Falk nicht alles versucht, war unfair. Sie musste sich damit abfinden. Er hatte den größeren Einsatz geleistet und sie den höheren Preis bezahlt, in dieser Hinsicht waren sie quitt.

Der Rest lag auf einem geheimen Schuldenkonto und würde dort bleiben, bis sie eines Tages den Mut aufbrachte, alles offenzulegen.

## 14

Schweigend saßen sie im Auto und warteten. Am späten Nachmittag nahm das Licht über der Stadt die Farbe von Sand und Lehm an, nur vereinzelte Sonnenstrahlen zwängten sich durch die dichten Wolken. Es war Dienstag, der 21. Dezember, und Maria-Antonia wusste nicht, in welchem Viertel sie sich befanden. Die Fahrt hatte eine halbe Stunde gedauert und erst am Aquädukt vorbeigeführt, dann am Benfica-Stadion, und zwischendurch war es ihr vorgekommen, als würde Mário nicht die kürzeste Strecke nehmen, um ihr die Orientierung zu erschweren. Die Beschilderung entlang der neuen Straßen war so spärlich, dass man sich auskennen musste. Er fuhr schnell, rauchte eine Zigarette nach der anderen und sprach kein Wort mit ihr.

Weiß gestrichene Häuser zogen sich zu beiden Seiten der Straße hin, in der sie schließlich gehalten hatten. Eine der Neubausiedlungen, die überall an der Peripherie von Lissabon entstanden und die Grenze zwischen Stadt und Umland verwischten. Vielleicht sind wir in Monsanto, dachte sie. Hinter der oberen Häuserreihe grenzten die Grundstücke an ein Piniewäldchen. Wenige Autos parkten vor den Einfahrten, man sah weder spielende Kinder noch Wäsche in den Vorgärten. Am Ende der Straße standen drei Baufahrzeuge, als wäre ihnen mitten in der Arbeit das Benzin ausgegangen. Vielleicht war es so. Die Preise für Sprit explodierten im Abstand weniger Wochen, und an jedem Abend vor der nächsten Erhöhung bildeten sich lange Schlangen vor den Tankstellen.

»Wie lange noch?«, fragte sie.

»Bis ich es sage.«

»Mach wenigstens das Fenster auf. Mir wird schlecht von dem Rauch.«

Für ein paar Sekunden ruhte sein Blick auf ihr. Sie spürte es, ohne ihn zu erwidern. Dann kurbelte er das Fenster an der Fahrerseite um eine Umdrehung nach unten und blies den Rauch durch den Spalt. Die rechte Hand legte er auf ihren Oberschenkel. Mit den Augen verfolgte Maria-Antonia ein landendes Flugzeug und merkte, dass der Flughafen nicht in der Richtung lag, in der sie ihn vermutet hatte. Es war eine Maschine der TAP mit ausgefahrenem Fahrwerk. Von irgendwo reisten Leute an, um mit ihren Familien Weihnachten zu feiern; eines Tages würde auch sie aus dem Ausland kommen, um ihre Eltern zu besuchen, das wusste sie. Gehen, ging, gegangen, sagte sie sich stumm vor. Fliehen, floh, geflohen. Zu Beginn des neuen Halbjahres hatte Mário ihr ein Anmeldeformular in die Hand gedrückt, auf dem neben dem Logo des Instituto Alemão ihr Name und der gestempelte Vermerk ›Kursgebühr bezahlt‹ standen. Ihrem Protest war er mit der üblichen Arroganz begegnet. Sie solle nicht so dumm sein und Hilfe ablehnen, die sie gebrauchen könne. Ob sie nicht wisse, dass es in Deutschland keine Studiengebühren gebe? Geben, gab, gegeben. Nehmen, nahm, genommen. Auch Stolz muss man sich leisten können. Trotzdem hatte es seitdem einen Beigeschmack, wenn sie sich sahen. Meistens in Belém, einmal in einer größeren Wohnung auf halbem Weg nach Cascais. Wollte er sie loswerden?

»Erinnerst du dich an die Geschichte von meiner Cousine?«, fragte er. »Die in Kuba lebt und für die Kommunisten arbeitet. Was hier niemand wissen darf.«

»Du meinst die Geschichte, von der ich dir kein Wort glaube?«

»Sie hat mir geschrieben.«

»Ah ja? Als Nächstes wird sie nach Moskau gehen und Breschnews Konkubine werden, nehme ich an.« Ihre Hände waren eiskalt, und die Stimme klang belegt. Sie hasste den Winter.

»Sie ist Übersetzerin«, sagte Mário. »Im November hat sie eine kubanische Delegation nach Angola begleitet, um die Unabhängigkeitserklärung vorzubereiten. Man hat sie durchs Land gefahren und ihnen die Verstümmelten gezeigt. Soldaten ohne Arme oder Beine. Oder ohne beides. Die meisten ziemlich jung.«

»Davon haben wir selbst genug.« Das meinte sie nicht so, wie es klang, sie wollte bloß nichts von Verstümmelungen hören. Die ganze Stadt war voller Bettler. Rückkehrer aus den Kolonien wurden in Hotels einquartiert, mehrere Familien in einem Zimmer, und manchmal sah man sie auf der Straße in ihren bunten afrikanischen Kleidern. In der Gegend um die Praça da Figueira wohnten besonders viele.

»Annie hasst Portugal«, sagte er. »Schreibt sie jedenfalls. Ich glaube, sie würde es gerne hassen, aber es gelingt ihr nicht. Im Grunde hat sie Heimweh.«

»Mir würde es gelingen, wenn ich seine Tochter wäre.«

»Du glaubst mir immer noch kein Wort, oder?«

»Nein.«

»Gut. Ich wollte uns bloß die Zeit vertreiben.« Lachend warf er seine Zigarette aus dem Fensterspalt und zündete sich die nächste an. Gauloises erinnerten ihn an seine Zeit in Paris, behauptete er. Manchmal glaubte sie, Portugal aus ganzer Seele zu hassen, auch ohne die Tochter eines Verbrechers zu sein.

»Wie lange noch?«, fragte sie.

»Keine Angst, bald ist alles vorbei.« Mit der Hand auf ihrem Schenkel machte er eine beschwichtigende Bewegung. »Ich habe mir überlegt, vielleicht fliege ich eines Tages nach Kuba und besuche sie. Was meinst du?«

»Was soll ich dazu sagen. Flieg!«

»In anderen Ländern kann Sozialismus vielleicht funktionieren. Bei uns ist er ein Desaster.«

»Du meinst war. Oder wäre.«

Vom Ende der Straße näherte sich eine Gestalt. Ein Mann in gebückter Haltung, der an ihrem Auto vorbeiging, ohne es zu beachten. Zwei Hunde folgten ihm in gebührendem Abstand. Wind kam auf und trieb Müll und Staub über die Fahrbahn, ähnlich wie auf der Praça Martim Moniz und überhaupt in der ganzen Stadt. Soldaten meuterten, Arbeiter protestierten gegen die Schließung von Radio Renascença, und der Präsident warnte vor der Gefahr eines Bürgerkriegs. Am 25. November hatte es den letzten Putschversuch gegeben, Anfang dieses Monats war der Notstand aufgehoben worden, aber es schien nur eine Frage der Zeit, wann er wieder verhängt werden würde. Nach anderthalb Jahren kümmerte es immer weniger Menschen, ob sich das Land tatsächlich im Übergang zum Sozialismus befand, sie wollten bezahlbare Lebensmittel und ein Ende der Gewalt. Maria-Antonia lernte Deutsch am Campo dos Martires und versuchte herauszufinden, welche Stipendien es gab. Jedenfalls hatte sie das im Herbst getan. Seit drei Wochen war sie wie gelähmt und tat gar nichts. »Ich muss aufs Klo«, sagte sie. »Wir sitzen seit einer halben Stunde hier.«

Mit der Zigarettenspitze zeigte Mário nach draußen. Sie kniff die Augen zusammen und sah einen Mann aus der Einfahrt des übernächsten Hauses treten. Er trug Straßenkleidung und schaute in ihre Richtung.

»Das ist er?«, fragte sie. »Bist du sicher?«

Mário nahm einen tiefen Zug und nickte. »Du musst nichts sagen, lass mich reden.«

»Du meinst: Halt bloß die Klappe, dummes Ding.«

Blitzartig wendete er den Kopf, streckte die Hand aus und hielt sie am Kinn fest. Die Zigarette kam ihrem Ohr so nah, dass Maria-Antonia die Hitze spürte und das leise Glimmen des Tabaks hörte. Wahrscheinlich hatte sie mehr von ihm gelernt, als sie wusste, aber jetzt fühlte sie sich wie ein Flittchen, dessen einzige Aufgabe darin bestand, den Männern erst zu Diensten und dann dankbar zu sein. »Warum bist du hier?« Das war keine Frage, sondern ein Befehl.

»Weil ich es will.«

»Weil du es willst. Vergiss das nicht.«

»Du tust mir weh.« Ihr wurde schlecht von dem Qualm, der ihr in die Nase stieg.

»Du hast keine Ahnung, also lass mich reden.« Er verharrte einen Moment, bevor er sie losließ und die Wagentür öffnete. Der Mann in der Einfahrt wartete und rauchte.

»Versprich mir, dass es ein richtiger Arzt ist«, sagte sie, aber Mário stand bereits neben dem Auto. Sie nahm die Tasche zwischen ihren Füßen und stieg aus. Für einen Moment wurde ihr schwindlig. Sand wehte über den rauen Asphalt. Als sie in der Ferne einen Pfeiler der großen Brücke zu erkennen glaubte, lag auch der in der falschen Richtung.

Sechs Tage hatte sie gewartet. Zwei bis drei wären normal gewesen, aber im Grunde hatte sie es schon am ersten gewusst und sich die Hoffnung auf falschen Alarm verbeten. Ich habe mein Leben verpfuscht, sagte sie sich. Nachts lag sie wach und lauschte den Stimmen ihrer eigenen Angst. Sie hatte von Frauen gehört, die drei Tage lang Seil gesprungen waren, sich in heißen Bädern verbrüht und mit Seifenlauge ausgespült oder alle möglichen Sachen geschluckt hatten, um den Embryo loszuwerden. Wo hatte sie das gehört? Woher kamen die Bilder von etwas, das wie zerstückeltes Hühnerklein aussah? Es schien ein Wissen zu geben, das nirgendwo niedergelegt war, sondern nur mündlich weitergegeben wurde, in stickigen Küchen und Kellerräumen, wo Frauen miteinander flüsterten, während sie Geschirr wuschen oder Gemüse schnitten. Siebentausend Escudos. Vielleicht hatte sie einem Gespräch der beiden Mädchen zugehört, die letztes Jahr im Restaurant ausgeholfen hatten, bis sie plötzlich nicht mehr zur Arbeit erschienen waren. Die einzige Geschichte, die sie mit Sicherheit zuordnen konnte, handelte von einer Hebamme in der Klinik Alfredo da Costa, die Frauen zu Hause geholfen hatte, bis eine von ihnen verblutet war. Cristina hatte ihr davon erzählt und gesagt, es geschehe der Frau recht, ins Gefängnis zu kommen. Niemandem außer

Mário hatte sie sich anvertrauen können, und nie war sie ihm dankbarer gewesen als in dem Moment, da er ihre verdrucksten Andeutungen auf den Punkt gebracht und hinzugefügt hatte: Ich kümmere mich darum.

Dankbar, ausgerechnet ihm.

Drei Schritte hinter ihm ging sie auf die Einfahrt zu. Aus der Nähe sah es aus, als wären die Bauarbeiten in der Siedlung schon vor längerer Zeit eingestellt worden. An den Fenstern haftete grauer Staub, und zwischen den Platten der Gehwege wuchs Unkraut. Die beiden Männer gaben einander die Hand. Maria-Antonia wollte sich vorstellen, aber der Arzt warf ihr einen Blick zu, wie man ihn auf ein vorbeifahrendes Auto wirft. Er war in Mários Alter, trug schwarze Lacklederschuhe und die Hose eines vermutlich teuren Anzugs. Sein Mantel war für die Jahreszeit zu leicht, und ihr Wunsch, ihm zu vertrauen, scheiterte an den gleichgültig klugen Augen. Alte Elite. Sie erkannte es an der leblosen Miene, die nichts als den Willen verriet, sich dem Rest des Landes überlegen zu fühlen. Außer dem Boden gab es nichts, wohin sie hätte schauen können, als Mário den Umschlag übergab.

Der Arzt ging voran, und Mário bedeutete ihr, ihm zu folgen. Eskortiert von den beiden Männern trat Maria-Antonia durch die Kellertür und konnte nichts gegen den Gedanken tun: Wäre es vor der Revolution passiert, hätte er sie nicht hierher gebracht, sondern einfach in der Rua Maria Cardoso angerufen. Sie spürte ihr Herz schlagen und einen schmerzhaften Druck im Magen. Im ersten Raum standen Stühle um einen Tisch mit zerfledderten spanischen Magazinen. Die Bilderflut, die seit Wochen durch ihren Kopf rauschte, schwoll wieder an, dann sah sie im nächsten Raum den Stuhl. Zwei Metallschienen, von denen Lederriemen herabbaumelten. Ihr wurde so übel, dass sie glaubte, ohnmächtig zu werden. Auf der Sitzfläche lag ein Plastikbezug in der Farbe von Urin.

»Gibt es eine Toilette?« Ihre ersten Worte seit dem Verlassen des Autos.

Der Arzt wies mit der Hand auf eine grüne Tür, die sich zusammenschieben ließ wie eine Ziehharmonika. Bevor Maria-Antonia sie hinter sich zuzog, schnipste er mit den Fingern und sagte: »Warte.« Von einem Haken an der Wand nahm er einen Plastikumhang, gab ihn ihr und nickte.

Die Kammer war kaum größer als eine Telefonzelle. Mit geschlossenen Augen stand sie still und versuchte, ruhig und gleichmäßig zu atmen. Metallische Geräte würden in ihre Scheide eingeführt werden, um etwas herauszuholen, mehr wusste sie nicht. Mário hatte versprochen, sie nicht zu einem Kurpfuscher zu bringen, und nach einem solchen sah der Mann nicht aus. Nach dem Pinkeln nahm sie ein Stück Toilettenpapier, feuchtete es unter dem Wasserhahn an und wischte sich noch einmal ab. Rock und Unterhose zog sie aus und musste beim Überstreifen des Umhangs innehalten, sich eine Hand auf den Mund pressen und alle Muskeln anspannen. Essiggeruch stieg ihr in die Nase, scharf und beißend wie ihre Angst. Im Zimmer redeten die Männer mit gedämpften Stimmen, und wenn der Arzt sprach, klang es nach den Vorwürfen für eine Verfehlung, vor der er gleichzeitig Respekt empfand. Ich bin hier, weil ich es will, sagte sie sich. Als sie im Auto die siebentausend Escudos erwähnt hatte – um zu zeigen, dass sie eine Ahnung von dem besaß, was gerade passierte –, hatte Mário kalt gelacht und gesagt: in der Mouraria vielleicht.

Ihren Pullover behielt sie an. Mit den zusammengerollten Kleidungsstücken und ihrer Tasche unter dem Arm raffte sie den Umhang vorne zusammen, so gut es ging, und verließ die Toilette. Eine Tabakwolke schwebte unter dem Deckenlicht. »Ich warte draußen«, sagte Mário, ohne sie anzusehen. Statt das Kleiderbündel abzulegen, presste sie es sich vor den Unterleib. Es gab zwei Drahtgitterschränke voller Medikamente, auf einer hölzernen Vitrine lagen Instrumente, von denen ihr Blick abprallte. Dazu Binden, Spritzen und Kanülen. Vor dem Stuhl stand eine leere Metallschüssel und reflektierte das Licht. In der Schulkantine hatte es solche Schüsseln für den Reis gegeben.

»Setz dich, Maria.«

»Wo soll ich die Kleider hinlegen?«

»Am besten gibst du sie dem Butler.« Er benutzte das englische Wort, und sie brauchte einen Moment, um zu verstehen, dass er sie verspottete. Die Kleidungsstücke legte sie auf den Boden und setzte sich seitlich auf die Kante des Stuhls. Sie musste schon wieder aufs Klo. Der Arzt wendete ihr den Rücken zu und hantierte mit seinen Sachen. »Du weißt, was jetzt passiert?«, fragte er.

»Ungefähr.«

»Dann sage ich es dir genau: Ich mache mich strafbar, das passiert hier.« Mit einem kleinen Tablett in der Hand drehte er sich um, und sein Blick war wie eine Ohrfeige. »Ich mache mich strafbar, weil du dich nicht beherrschen konntest. Oder wolltest. Oder keine Ahnung hattest, was du tust.«

»Es war …«, setzte sie an, aber er schüttelte den Kopf.

»Interessiert mich nicht, was war. Ich helfe dir, du fährst nach Hause und hältst den Mund, hast du mich verstanden?«

Sie nickte.

»Hast du mich verstanden, Maria?«

»Ich heiße Maria-Antonia.«

»Du heißt so, wie ich dich nenne. Ich habe überhaupt keinen Namen. Ist das klar?«

»… Ja.«

»Dann los. Ein Bein hier, eines da.«

Sie war nicht einmal in der Lage, ihn für seine Herablassung zu hassen. Nur zwei Wünsche hatte sie: erstens, nicht zu weinen, und zweitens, dass er den Mantel auszog, der ihr das Gefühl gab, er wolle die Abtreibung hinter sich bringen, wie man vor dem Besteigen des Busses die Zigarette ausdrückt. Den zweiten Wunsch erfüllte er ihr, krempelte die Ärmel seines Hemdes nach oben und schnallte ihre Beine fest. Sie wurde auf einen Stuhl gefesselt, dessen Funktion darin bestand, dem fremden Mann vor ihr Zugang zu ihrem Geschlecht zu verschaffen. Und dann? Niemand würde sie hören, niemand ihr glauben, und einzig sein kaltes Desinteresse sagte ihr, dass er bloß seinen Job machen und sie dann so schnell wie möglich loswerden wollte. Sicher war sie nicht. »Ich will keine Vollnarkose«, sagte sie heiser.

»Sondern einen rosa Umhang und Kaffee dazu?«

»Keine Vollnarkose.«

»Hör zu. Ich sage dir, was ich tue. Du wirst lokal anästhesiert. Dann nehme ich eine Kugelzange, um den Muttermund zu öffnen.« Er hielt das Gerät so kurz nach oben, dass Maria-Antonia nichts erkennen konnte. »Dann das hier für die Ausschabung.« Ein Metallstift mit einer Art Schlaufe am oberen Ende. »Wenn du stillhältst und mich machen lässt, bleibt nichts zurück. Wenn du lieber ein Kind haben willst, kannst du aufstehen und gehen.« Zum ersten Mal huschte die Andeutung eines Lächelns über sein ausdrucksloses Gesicht. »Mário sagen wir nichts. Wir teilen uns das Geld, fifty-fifty, was meinst du?«

»Nein.«

»Braves Mädchen.« Er gab ihr die Spritze und wartete. Über den Rand des wie ein Sichtschutz zwischen ihren Schenkeln hängenden Umhangs sah sie, wie sein Kopf sich hin und her drehte. Seit drei Wochen versuchte sie zu entschlüsseln, welche Lektion die Erfahrung für sie bereithielt. Manchmal kam es ihr wie ein Übergang vor, aber sie wusste nicht, in was genau. Dann dachte sie, dass sie ihrer Mutter nie wieder unbefangen in die Augen schauen können würde, und seit heute glaubte sie außerdem, dass es in ihrem Land keine Revolution gegeben hatte. Ein paar Leute waren ins Gefängnis gekommen und ein paar andere freigelassen worden, aber die alten Seilschaften bestanden weiter und kümmerten sich nicht um geballte Fäuste auf der Straße. Es gab Zimmer wie dieses in einem verlassenen Neubaugebiet und junge Frauen wie sie, die hübsch genug waren, um ihretwegen ein kleines Risiko einzugehen. Wenn es schiefging, rief man den Freund der Familie an und sagte, es sei wieder so weit. Die eigentliche Lektion lautete: Du bist allein, und das hatte sie seltsamerweise schon lange geahnt. Dann dachte sie nichts mehr, sondern spürte hinter der Gummiwand der Narkose, wie etwas ihren Schoß weitete und etwas anderes kühl und zielsicher in sie eindrang.

Ein Kratzen, ein Stochern, ein Ziehen. Mário hatte das Geld besorgt, sie bezahlte den Preis. Ich bin hier, weil ich es will, dachte sie mit zusammengebissenen Zähnen. Vor vier Monaten hatte sie ihre Jungfräulichkeit verloren, jetzt folgte die Unschuld. Einmal tat es kurz und schneidend weh. Mit leisem Platschen, leiser, als wenn man auf eine Schnecke trat, fiel etwas in die Schüssel. Der Arzt gab kurze Töne von sich, ein kommentierendes Schnalzen mit der Zunge, so wie die Angler am Tejo. Wenn Maria-Antonia nach oben blickte, schlug ihr das Licht in die Augen.

Es dauerte zehn oder fünfzehn Minuten, dann wurde die blutende Öffnung abgetupft. Der Arzt schnallte sie los und ging mit der Schüssel zum Klo. »Leg eine von den Binden in den Slip.«

Die Betäubung machte es schwierig, sich aufzurichten. Mit einer Hand presste sie die Binde gegen ihren Schoß, humpelte zu dem Kleiderbündel und schaffte es irgendwie, sich anzuziehen, während der Arzt aufräumte. Sie spürte Blut aus sich heraussickern.

»Willst du ein Schmerzmittel?«, fragte er. »Besser wäre, du würdest eine Weile liegen bleiben. Dein Chauffeur wartet bestimmt.«

»Ein Schmerzmittel.«

»Wenn es stark nachblutet oder du Fieber bekommst, sagst du Mário, dass er mich anrufen soll. Auf keinen Fall gehst du in eine Klinik und erzählst, was passiert ist.«

»Ja.« Sie nahm das kleine Plastiktütchen, das er ihr hinhielt, und steckte es in die Tasche.

»Wo kommst du her?« Mit verschränkten Armen lehnte er gegen den Schrank mit den Arzneien und gab sich jovial.

»Von hier. Aus Lissabon.«

»Woher, Alfama?«

Sie bemerkte einen Blutfleck am kleinen Finger und rieb ihn am Rock ab. »Aus der Mouraria.«

»Lass dich nicht mit den falschen Leuten ein. Es führt zum selben Ergebnis wie alles, was gerade geschieht: Unordnung.«

»Kann ich jetzt gehen?«

»Hast du Angst vor mir?« Ihm war anzusehen, dass ihm die Vorstellung behagte. »Du magst es nicht so sehen, aber ich habe dir einen Gefallen getan. Jetzt tu dir selbst einen, und pass besser auf dich auf. Maria-Antonia. Und frohe Weihnachten.« War er verheiratet? Hatte er Kinder und ging sonntags in die Kirche? Bestimmt wohnte er in Restelo, und wenn seine Frau sich im Chiado die Haare machen ließ, fickte er das Hausmädchen. Das Letzte, was sie von ihm sah, war ein Schatten in der grünen Tür, als er sich die Hände wusch. Im Vorzimmer mit den spanischen Magazinen saß niemand. Beinahe hätte sie gelacht, als ihr die Aufführung von *Lady Windermere's Fan* einfiel; nicht weil sie sich so verkrampft bewegte wie damals auf der Bühne, sondern weil sie geglaubt hatte, ihr geschehe etwas Schlimmes. Die Beine gehorchten nicht, sondern wussten von allein, was zu tun war. Dazwischen lag ein gefühlloser Fleck, eine innere Wunde, von wo schlechte Erinnerungen sie heimsuchen würden. Vielleicht ihr ganzes Leben lang.

Im Auto leuchtete eine Zigarettenspitze auf, bevor sie wie ein Glühwürmchen aus dem Fenster flog. Langsam ging Maria-Antonia darauf zu, und er stieg nicht aus, um ihr zu helfen. Während der Fahrt stützte sie beide Hände gegen die Sitzfläche, um die Stöße der Schlaglöcher abzufedern. Der Schmerz setzte ein und wuchs. Sie hatte Angst, dass Blut durch ihre Kleidung sickerte. Von Nordwesten fuhren sie aufs Zentrum zu, und als sie die Avenida da Liberdade hinabrollten, dachte sie daran, wie sie an Weihnachten bei ihrer Familie sitzen und später in die Mitternachtsmesse gehen würde. Ohne dass es jemand wusste. Vor dem Eingang zum Parque Mayer drängten sich Besucher, die Titel von Revuen und Filmen standen auf angestrahlten Plakaten. Künftig würde sie nicht mehr in Gedanken mit Pater da Costa sprechen, sondern für sich behalten, was niemanden etwas anging, und daraus lernen, was es zu lernen gab. Am liebsten wäre ihr gewesen, Mário hätte kein Wort gesagt, als er am Rand der Praça Martim Moniz hielt, aber den Gefallen tat er ihr nicht.

»Du bist eine Kämpferin.« Er stellte den Motor ab und fuhr sich mit beiden Händen übers Gesicht. »Du wirst sogar stärker werden dadurch.«

»Und du, was bist du? Der Wahrsager vom Dienst?«

»Ich habe nie kämpfen müssen.«

»Vielleicht musst du es eines Tages. Vielleicht wirst du deinen Freund anrufen, weil du Hilfe brauchst, und niemand hebt ab.«

Bedächtig schüttelte er den Kopf. »Ich hab nicht genug verbrochen, und das Land ist nicht wütend genug, um Leuten wie mir den Kampf anzusagen. Die wütend sind, machen es wie du: Sie gehen. Übrigens hab ich die Gebühren für das nächste Halbjahr bezahlt. Das Formular liegt an der Rezeption.«

»Ich will kein Geld mehr von dir.«

Seine rechte Hand fuhr durch die Luft, als wollte er sie auf ihren Oberschenkel legen, aber ihre abwehrende Geste ließ ihn innehalten. »Als ich auf dich gewartet habe, musste ich daran denken, wie du zum ersten Mal ins Atelier gekommen bist. Als du gesagt hast, dir gefällt nicht, was du abends im Spiegel siehst. Ein hübsches Gesicht ohne Erfahrung. Kommt es dir nicht auch so vor, als würde es lange zurückliegen?«

»Und wenn?«

»Würde mich interessieren, was du beim nächsten Mal siehst.«

»Bloß wirst du es nicht erfahren.« Sie sprach durch aufeinandergepresste Zähne, weil die Schmerzen immer stärker wurden.

»Eines Tages vielleicht. Wenn du mit Mann und Kindern aus Deutschland kommst und denkst: Was für ein zurückgebliebenes Land. Ich werde jedenfalls hierbleiben.«

»Und ich dich nicht besuchen.« Sie nahm die Tasche und öffnete die Tür.

»Warte.« Er stieg aus und kam um den Wagen herum. Ein Strom von Rücklichtern floss vorbei. Obwohl niemand Geld hatte, gab es immer mehr Autos in Lissabon.

Weil es anders nicht ging, nahm sie seine Hand und ließ sich aus dem Auto helfen. Drüben vor der kleinen Kapelle versammelten sich Menschen zur Abendmesse, dahinter wuchsen die Häuser der Mouraria den Hügel hinauf. Eines Tages würde so etwas wie Stolz die Demütigung zwar nicht aufwiegen, aber sich ihr beigesellen. Das war die Art und Weise, auf die am Ende alles lebbar wurde. Als Mário sie küssen wollte, schlug sie ihm ohne Wut ins Gesicht. Er lächelte und nickte. Der Verkehr auf der Avenida Almirante Reis staute sich, es gab nichts mehr zu sagen. Zwischen den haltenden Wagen hindurch ging sie nach Hause.

***

Am Morgen wurde sie von Geräuschen im Nebenzimmer geweckt: Philippas glucksendem Lachen und Hartmuts verstellter Stimme, die ein Tier zu imitieren schien. Durch zugezogene Gardinen fielen Sonnenstrahlen in die Suite des Hotels Astória, auf der Hartmut gestern bestanden hatte, damit Philippa ein eigenes Schlafzimmer bekam und ihre Eltern es ungestört treiben konnten. Maria lag auf dem Rücken und wusste nicht, ob sie liegen bleiben oder den beiden Gesellschaft leisten wollte. Eingeschlafen war sie lange nach Mitternacht, ohne noch mal ins Bad gegangen zu sein. Mit den Händen fuhr sie sich über die bettwarme Haut. Fünf vor zehn zeigte der Wecker auf dem Nachttisch.

»Komm, mein Pferdchen. Sei schön brav.« Philippas Stimme verriet die Vorfreude auf den Abwurf, der umgehend unter heftigem Lachen erfolgte. Die Suite war mit Holzmöbeln aus den Fünfzigerjahren eingerichtet, auf denen die Patina des Estado Novo lag. Ein bräunlicher Schimmer, der Maria an das Rektorenzimmer ihrer alten Schule erinnerte, an den Geruch von Bohnerwachs und das schwarze Kastentelefon mit Handkurbel.

Irgendwie passte es, dass sie hier von der Abtreibung geträumt hatte. Von draußen drang Straßenlärm herein, aber die Flure und Gänge des Hotels waren wie ausgestorben. Im Hochsommer zog es nicht viele Portugiesen nach Coimbra, gestern waren in der Altstadt nur französische Touristen verrückt genug gewesen, sich der Hitze von vierzig Grad auszusetzen. Langsam drehte sie sich auf den Bauch und hatte das Gefühl, dass nebenan die Geräusche verstummten, weil Hartmut horchte, ob sich im Schlafzimmer etwas rührte. »Weiter! Hüh!«, quengelte Philippa.

Morgen würden sie zurück nach Rapa fahren und danach den Rest des Urlaubs damit verbringen, am Praia da Falésia zu faulenzen. Maria hörte Schritte, die sich der Verbindungstür zwischen beiden Zimmern näherten, schloss die Augen und freute sich darauf, von ihrer Tochter geweckt zu werden. Die Erinnerung an den Traum verblasste. Philippa verharrte neben dem Bett, dann sprang sie auf die Matratze, vergrub das Gesicht in der Bettdecke und rüttelte an Marias Schulter. Sie war bereits angezogen und roch nach Marmelade.

»Guten Morgen, mein Schatz.« Sie tat, als würde sie vor Müdigkeit blinzeln, und zog Philippa an sich.

»Warum bist du nackt?«

»Mir war heiß.« Als sie den Kopf wendete, stand Hartmut in der Tür, sah ihnen zu und putzte seine Brille. Die vom Toben zerwühlten Haare gaben ihm das Aussehen eines exzentrischen Dirigenten.

»Heiß war dir?«, fragte er.

»Bist du ganz nackt?« Philippa begann an der Bettdecke zu ziehen.

»Vor allem bin ich …«, sagte sie auf Portugiesisch und wechselte ins Deutsche. »Hartmut, könntest du dich kurz um unser Kind kümmern?«

»Ich will auch wissen, ob du ganz nackt bist.«

Philippa zog und zerrte. Mit beiden Händen wehrte Maria die Attacke ab. »Das war ein schöner ruhiger Morgen«, protestierte sie, und es war nur noch halb gespielt. »Glaubt ihr, ihr könnt mir noch ein paar Minuten geben?«

»Können wir das?«, fragte Hartmut seine Tochter.

»Nö.«

Lachend trat er ans Bett, nahm Philippa auf den Arm und drückte seine Lippen auf ihren Hals. »Bevor deine Mutter ihren ersten Kaffee getrunken hat, ist sie ein bisschen schwierig, weißt du.« Wie einen zusammengerollten Teppich hielt er sie auf beiden Armen und sah Maria an. »Gut geschlafen?«

»Hm-m. Habt ihr schon gefrühstückt?«

Er nickte. »Einen Joghurt und einen Apfel hab ich für dich mitgehen lassen. Der Kaffee wäre kalt geworden, wir sind seit zwei Stunden auf.«

»Ich hab drei Scheiben Toast gegessen«, sagte Philippa. »Das sind zehntausend Kalorien.«

»Mindestens.«

Hartmut warf ihr einen Blick zu, bevor die beiden zum Fenster gingen und die Gardinen aufzogen. Für einen Moment unbeobachtet, schlüpfte Maria aus dem Bett und streifte sich ein T-Shirt über, nahm frische Unterwäsche aus dem Koffer und verschwand ins Bad. Ein fensterloser Raum, dessen schummriges Licht ihr Spiegelbild weich und unscharf machte. Mit gesenktem Kopf stand sie unter der Dusche und ließ sich heißes Wasser auf Nacken und Schultern prasseln.

Eine Stunde später verließen sie das Hotel.

Von einem Schulausflug vor vielen Jahren kannte Maria die Stadt, die ihr im Wesentlichen unverändert erschien. Noch enger und steiler als Lissabon, angeschmutzt an den Ecken, mit einer traurig schönen Altstadt, die sie vom Ufer des Rio Mondego kommend erreichten. Hartmut nahm Philippa an der Hand, als sie der schmalen Gasse hinauf zur Se Velha folgten. Es ging auf Mittag zu, aus den Restaurantküchen drang der Geruch von gegrilltem Fisch. Maria schwitzte, betrachtete den Verfall der Fassaden und kam sich wie eine Touristin aus dem reichen Norden vor. Erst als Hartmut stehen blieb und sich umsah, fiel ihr auf, wie weit sie zurückgefallen war. »Haben wir ein bestimmtes Ziel oder bummeln wir einfach so dahin?«, rief er.

»Auf die Gefahr hin, ein Spielverderber zu sein, aber ich würde gerne einen Kaffee trinken.« Im Näherkommen nahm sie ihre Sonnenbrille ab und musste die Augen gegen das gleißende Licht zusammenkneifen. Auf der Suche nach Schatten versteckte sich Philippa hinter ihrem Vater.

»Suchen wir uns ein Café. Oder willst du …?« Fragend legte er den Kopf zur Seite.

»Ich würde gerne ein bisschen sitzen und schauen, wenn das geht.«

»Alles in Ordnung? Du bist so still.«

»Müde bin ich, wovon auch immer.«

Statt auf die Anspielung einzugehen, beugte er sich nach vorn und gab ihr einen Kuss. »Wie hast du das eigentlich gemeint: dass nichts von dem, was ich sage, dich überzeugen kann?« Kleine Falten auf seiner Stirn zeigten an, dass er schon länger über die Frage nachdachte. Sie bezog sich auf das Gespräch, das sie auf dem Rückweg ins Haus ihrer Eltern geführt hatten, nach dem Grillabend mit Valentins Familie. Die Fortsetzung der Unterhaltung auf dem Balkon. Die Fortsetzung des Schweigens mit anderen Mitteln, dachte Maria und sagte: »Jedenfalls nicht so. Nicht grundsätzlich.«

»Sondern?«

»Hartmut.«

»Ich will es wissen. Du hast gesagt: Du hast bloß recht, das ist alles. Kein besonders ermutigender Satz.«

»Man verliert seine Angst nicht, nur weil man gesagt bekommt: Du brauchst keine Angst zu haben. Das habe ich gemeint. Weil Ängste nicht rational sind.«

»Vielleicht kann man ihnen trotzdem rational begegnen.«

»Willst du das jetzt diskutieren?«

Darauf antwortete er nicht, sondern schaute sie durch seine dunkle Brille an, in der sie ihr eigenes Gesicht sah. Sie standen in der Nähe eines Restaurants, dessen Kellner bereits eine Hand auf die Türklinke legte, um ihnen zu öffnen. Ob Philippa zuhörte oder verträumt in die Gegend schaute, verriet ihre Miene nicht. Ein Kind mit Sonnenbrille sah merkwürdig aus, dachte Maria. Wenigstens Kindergesichter sollten nicht den Eindruck erwecken, dass sie etwas verbargen.

»Das ist etwas«, überwand sie sich zu sagen, »von dem ich glaube, dass du es nicht verstehen kannst. Was es für mich bedeutet hat und wie mich das verunsichert. Und das ist nicht deine Schuld.«

»Siehst du, das überzeugt mich nicht. Bedeutungen lassen sich kommunizieren.«

»Alles lässt sich kommunizieren. Das heißt nicht, dass der andere es auch versteht.« Es machte sie ungeduldig, wenn er in Gesprächen mit ihr wie ein Philosoph zu klingen versuchte, aber nur Gemeinplätze produzierte. Vor drei Tagen war ihm nichts Besseres eingefallen als der Satz, es sei normal, Angst zu haben. Man befreie sich von ihr, indem man das erkenne und akzeptiere. Das meinte er mit ›rational begegnen‹, und vielleicht hatte er sogar recht, aber ihr wäre es lieber, er würde das Thema sein lassen. Statt ihr Zeit zu geben, bearbeitete er sie mit einer Beharrlichkeit, die unangemessen ehrgeizig wirkte und mit der er allenfalls erreichte, dass sie dichtmachte.

»Vor allem«, sagte er, »heißt es nicht, dass man auf den Versuch verzichten sollte. Maria, merkst du, dass es so nicht geht? Mir zu sagen: Das kannst du nicht verstehen, und damit gut. Es betrifft uns beide. Wir haben zusammen ein –«

»Mich hat es krank gemacht, dich nicht«, unterbrach sie ihn. »Manche Dinge kann man nicht wegreden. Wenn man es könnte, wäre das Leben sehr einfach.«

»Das heißt, dass die Entscheidung über unsere Zukunft bei dir liegt?«

»Bei mir?«, fragte sie und hätte beinahe laut gelacht. »Ist das dein Ernst? Ich werfe dir nicht vor, dass ich von dir abhängig bin, aber es stört mich. Ich wollte das nie.«

»Du weißt, was ich meine. Unsere familiäre Zukunft.«

»Müssen wir jetzt streiten, Hartmut, ist das unbedingt notwendig? Ich würde gerne im Schatten sitzen und einen Kaffee trinken.«

Philippa hielt stumm Hartmuts Bein umklammert, bis er sich ihr zuwendete und fragte, ob sie ein Eis essen oder lieber weitergehen wolle. Weitergehen, antwortete sie. An der nächsten Ecke war bereits die Fassade der Alten Kathedrale zu sehen. Vor einem Bistro aus der Zeit, als statt Snack-Bar noch *Vinhos e Petiscos* auf den Schildern gestanden hatte, war ein Tisch frei. Daneben saßen drei alte Männer, rauchten und schwiegen. Trotz der Hitze trug einer eine dunkle Baskenmütze auf dem Kopf. »Treffen wir uns hier wieder?«, fragte sie. »In einer Stunde oder so.«

»In einer Stunde dürfen wir wiederkommen?«

Mit den Augen versuchte sie ihn daran zu erinnern, wie wenig Zeit vergangen war, seit sie verschwitzt und glücklich nebeneinandergelegen hatten. Als er nicht reagierte, ging sie in die Hocke und strich ihrer Tochter übers Gesicht. »Ihr beide macht einen Spaziergang, und ich warte hier. Okay?«

»Worauf wartest du?«, fragte Philippa.

»Na, auf euch.« Einer der Alten würde ihr sicherlich eine Zigarette geben, wenn sie darum bat.

»Wann fahren wir wieder zu Avô und Avó Lu?«

»Morgen, mein Schatz, gleich nach dem Frühstück. Und nächste Woche geht's ans Meer. Du hast doch extra eine Dose für die schönsten Muscheln eingepackt, oder?«

Die alten Männer begannen über eine Familie zu reden, in der zwei verschiedene Sprachen gesprochen wurden, Portugiesisch und eine aus dem Norden. Hartmut nahm Philippa bei der Hand, und die beiden gingen die Gasse hinauf. »Bom día«, sagte Maria und nickte ihren Tischnachbarn zu. Ihr Portugiesisch sei recht gut, meinte einer. Zwei Minuten später war die Frage der Herkunft ihres Mannes geklärt, sie hatte einen Kaffee bestellt und rauchte. In gewisser Weise glaubte sie es Hartmut schuldig zu sein, ihm von der Abtreibung zu erzählen, und vielleicht tat sie es nicht, um sich zu beweisen, dass von solcher Schuld keine Rede sein konnte. Außerdem würde es aussehen, als wollte sie in der Diskussion um das zweite Kind ein verstecktes Ass aus dem Ärmel zaubern. Ruth hatte in einem Gespräch über den Paragraphen 218 einmal gesagt, das sei der wichtigste Punkt, in dem sie die Position ihrer Partei nicht teile, weil ihr christliches Gewissen es verbiete. Ob Hartmut ebenso dachte, wusste Maria nicht, ihn machte das Thema wortkarg. Damals auf der Reise war sie knapp davor gewesen, ihm alles zu erzählen, aber eines Abends hatte sie zu viel Wein getrunken, die gerade genommene Pille offenbar wieder ausgekotzt, und prompt war es erneut passiert. Falls es Gott gab, schien er unbedingt zu wollen, dass sie schwanger wurde. Jetzt träumte sie gelegentlich schlecht, aber sie wachte nachts nicht auf und weinte dem ungeborenen Kind nach. Wenn sie sich ihr Leben als alleinerziehende Mutter vorzustellen versuchte, sah sie eine verhärmte Frau, deren Zukunft sich für einen Moment geöffnet und dann für immer geschlossen hatte. Was blieb, war die Überzeugung, dass Männer ein zweites Gesicht besaßen und man sich vor einer Abhängigkeit hüten musste, die keinen Ausweg ließ, wenn es zum Vorschein kam. Dazu würde Hartmut sagen, dass es so nicht gehe. Ihr blieb nur die Feststellung, dass sie in einer solchen Abhängigkeit lebte und vorerst weder den Willen noch die Kraft besaß, sich daraus zu befreien.

Maria drückte die Zigarette aus und trank ihren Kaffee. Mittlerweile stand die Sonne so hoch, dass vorbeilaufende Passanten keine Schatten warfen. Die alten Männer schwiegen wieder. Das Geld zählte sie auf die Untertasse und verabschiedete sich, dann ging sie die wenigen Schritte zur Kathedrale. Die Stufen vor dem Eingang lagen in der prallen Sonne, aber drinnen herrschte kühles Dämmerlicht. Damals beim Schülerausflug waren sie auch hier gewesen, Maria erkannte das Weihwasserbecken, das aus einer elfenbeinfarbenen Muschel von mehr als einem halben Meter Durchmesser bestand. Die kam aus dem Indischen Ozean, hatte Senhora Vasconçelos ihnen erklärt. Maria tupfte die Finger ins Wasser und bekreuzigte sich. Hier und da saßen alte Frauen auf den Bänken und beteten. Touristen betrachteten die Wandgemälde, die im dunklen Kirchenschiff kaum zu erkennen waren.

Der Beichtstuhl stand rechts neben dem Eingang. Vom Priester hinter dem zugezogenen Vorhang sah sie nur die Schuhe und den Saum seiner Soutane. Eine ganz in Schwarz gekleidete Frau kniete links neben dem Fenster und bekreuzigte sich, bevor sie langsam aufstand. Mehrmals hatte Maria in den letzten Monaten in der Elisabethkirche gesessen und gewusst, dass sie es, wenn überhaupt, in ihrer Heimat würde tun müssen. Auf Deutsch kannte sie die Formeln nicht. Einige Sekunden lang nahm niemand den Platz der alten Frau ein, und sie fühlte ihr Herz schneller schlagen. Aus der Erinnerung stiegen Redewendungen auf. Der Akt des Hinkniens kam ihr vor, als kapitulierte sie vor sich selbst. Durch das Gitter erkannte sie schemenhaft die Gestalt des Priesters, der sie mit einem Nicken begrüßte und das Kreuzzeichen machte. Sie schlug die Augen nieder, tat es ihm nach und sagte: »Im Namen des Vaters und des Sohnes und des Heiligen Geistes. Amen.«

»Gott, der unser Herz erleuchtet, schenke dir wahre Erkenntnis deiner Sünden und seiner Barmherzigkeit.« Seine Stimme klang jünger, als sie erwartet hatte. Ihr war keine Zeit geblieben, sich Worte zurechtzulegen und alles in eine Reihenfolge zu bringen. Als Schülerin hatte sie neben Pater da Costas Stuhl in der Ecke des Klassenzimmers gekniet. Statt Wert auf Formeln zu legen, hatte er sie aufgefordert, ihn wie einen Telefonhörer zu benutzen, durch den sie zu Gott spreche. Er ziehe sich extra schwarz an, um wie ein Telefon auszusehen. Also hatte sie von João erzählt und dass sie manchmal wünschte, er wäre gestorben und António hätte überlebt. Woraufhin ihr auferlegt worden war, ihrem Bruder eine Woche lang jeden Tag einen Gefallen zu tun, ihm Schokolade zu kaufen oder an seiner Stelle die Gasse vor dem Restaurant zu fegen; was sie getan und beim nächsten Mal bekannt hatte, es sei ihr schwergefallen. Dann tu es noch eine Woche. Pater da Costa glaubte eher an tätige Reue als an Rosenkränze. Keine Abkürzungen, hatte er gesagt, und dass es auf das Herz ankomme.

»Amen«, sagte sie und wünschte, in einem geschlossenen Beichtstuhl zu sitzen, der sie vor Blicken aus der Kirche schützte. »Es ist lange her, seit ich zuletzt gebeichtet habe.« Ein Schweißtropfen rann ihre Wirbelsäule hinab. Das Kleid reichte bis über die Knie, aber die Waden waren entblößt, und sie fühlte die Kälte des Bodens an beiden Schienbeinen. Plötzlich schoss ihr die verrückte Eingebung durch den Kopf, zu beichten, dass sie ihren Vater des Mordes an seinem Schwager verdächtigte. Zu Unrecht natürlich und aus Rache dafür, dass er ihr das Zuhause in Lissabon weggenommen hatte.

»Wie lange?«, fragte der Priester.

»Viele Jahre. Ich lebe im Ausland, und mein Mann ist Protestant. Was natürlich nicht der Grund ist, aber es gehört dazu. Ich weiß nicht, wo ich anfangen soll.«

»Bei dem, was deine Seele am meisten belastet.« Seine Stimme klang vertrauenerweckend und ein wenig müde. Aus dem weiten Inneren der Kirche hörte Maria Schritte und Stimmen und begann zu ahnen, dass sie sich geirrt hatte. Was auch immer sie beichten wollte, war ein Teil ihrer Geschichte geworden, mit der sie leben und aus der sie Konsequenzen ziehen musste. Alles andere wäre Heuchelei.

»Als der Herr das heilige Sakrament der Beichte eingesetzt hat«, sagte der Priester eindringlich, »sprach er zu seinen Jüngern: Empfanget den Heiligen Geist! Wem ihr die Sünden nachlasset, dem sind sie nachgelassen. Wem ihr sie behaltet, dem sind sie behalten.«

»Das gilt für alle Sünden?«

»Für alle, sofern sie aufrichtig bereut, in Demut gebeichtet und gesühnt werden.«

»Woher weiß ich, dass die Reue aufrichtig ist?«

»Dein Gewissen sagt es dir.«

Draußen liefen Hartmut und Philippa durch die Gassen von

Coimbra. Eine Stunde, hatte sie gesagt, als wäre die Anwesenheit von Mann und Tochter eine Zumutung, von der sie wenigstens zeitweise befreit werden musste. An der Antwort des Priesters störte sie nicht die Formelhaftigkeit, sondern – nichts. Wahrscheinlich hatte er recht, aber Vergebung durch einen fremden Mann war nicht, wonach sie suchte. Wonach sonst, wusste sie nicht, aber je länger sie schweigend in dem Beichtstuhl kniete, desto sicherer war sie, es in der Kirche nicht zu finden.

»Vielleicht«, sagte der Priester sanft, »bist du ohne ausreichende Vorbereitung zur Beichte gekommen.«

»Ich fürchte ja.« Auf einmal fand sie das Fehlen von Ungeduld in seiner Stimme nicht mehr wohltuend. Bei Pater da Costa war sie nie auf den Gedanken gekommen, dass er seinen Beruf ausübte, wenn er mit ihr sprach. Jetzt hatte sie das Gefühl, zwischen einem Mann und seinem verdienten Feierabend zu stehen. Er riet ihr, sich jeden Tag eine halbe Stunde Zeit zu nehmen, um ihr Gewissen zu befragen. Gemeinsam sprachen sie ein Vaterunser, dann wusste Maria nicht mehr zu sagen als danke. Seine rechte Hand malte ein Kreuz vor das trennende Holzgitter.

Im Aufstehen bemerkte sie, dass sich ein Knopf ihres Kleides gelöst hatte. Hektisch nestelte sie daran herum und sah auf den Boden, als sie zum Ausgang eilte. Es war, als würden sich von überall her Blicke auf sie richten. Sie trat hinaus in den gleißenden Sonnenschein und wäre auf den Treppenstufen vor dem Portal beinahe gestolpert. Die Hitze war unerträglich. Für einen Moment schien sich alles darin aufzulösen.

Sie wusste, was sie zu tun hatte. Es war ein Vertrag, den sie mit sich selbst schloss: kein zweites Kind und dafür ihrem Mann nicht länger mit dem Wegzug aus Bonn in den Ohren liegen. Wenn er ein Haus kaufen wollte, würden sie ein Haus kaufen. Eine französische Reisegruppe zog an ihr vorbei ins Innere der Kathedrale. Sie liebte ihn und Philippa ebenso, alles andere musste sie mit sich selbst abmachen. Einen Moment lang empfand sie weder Erleichterung noch Angst, sondern etwas Diffuses, das fortgesetzte Anstrengung versprach und sich schlecht in Worte fassen ließ. Vielleicht das, was Hartmut vor drei Tagen gemeint hatte, als er sagte: Wir leben. Nicht mehr nur in Träumen, Büchern und Ideen, sondern wirklich und mit Kind. So fühlt sich das an. Es ist normal.

15 Peter Karow gehört zu den wenigen Menschen, die zur Verstellung unfähig sind. Sein ausweichender Blick bei der Begrüßung ist ihr sofort aufgefallen, ebenso die bereits zur Hälfte geleerte Weinflasche, obwohl er nicht lange vor ihr am Planufer eingetroffen sein kann. Nun sitzt er ihr seit zehn Minuten gegenüber und preist mit nervöser Redseligkeit einen jungen Maler, dem Erwin zur ersten Einzelausstellung verholfen hat. Gestern war die Vernissage. Unschuld strahlen die Bilder aus, schwärmt ihr Freund, obwohl er genau weiß, dass sie sich heute Abend nur für Hartmuts Termin im Verlag interessiert. Mit dem Fahrrad ist sie direkt vom Theater gekommen und würde gern einen Schluck Wasser trinken, aber bevor Peter den Wein allein leert, schenkt Maria sich ein und versucht, die Anspannung abzuschütteln, die schon den ganzen Tag in ihr hockt. Ein halbes Jahr ist es her, dass sie ihn überreden konnte, Hartmut die Stelle als Programmleiter bei Karow & Krieger anzubieten. Anfang Juni, an einem der ersten richtig warmen Abende des Jahres, haben sich die beiden hier im Restaurant getroffen und danach ein paar E-Mails gewechselt, bevor ihr Mann bereit war, in den Verlag zu kommen und zu führen, was er Peter gegenüber ein Kennenlerngespräch nannte. Das liegt inzwischen drei Tage zurück, in denen keiner der beiden ein Wort über das Treffen verloren hat.

»Im Ernst«, sagt er und hält ihr die Karte hin. »Wer traut sich heute noch, auf den Quatsch der ironischen Brechung zu verzichten und der Schönheit ihr Pathos einfach zu lassen?«

»Keine Ahnung, wer? Ich kenne weder diesen Maler noch seine Werke noch –«

»Thilo Küppers, merk dir den Namen. Willst du was essen?«

»Später.« Ein lauer Sommerabend senkt sich über die Stadt. Dass Hartmut nicht mit ihr über das Treffen im Verlag reden wollte, weder vorher noch bei ihrem anschließenden Mittagessen, hat sie sich damit erklärt, dass er das Für und Wider zunächst im Stillen abwägen wollte. Je gründlicher er das tat, desto eher würde er bereit sein, etwaige Nachteile in Kauf zu nehmen, dachte sie, also hat sie sich in den letzten Wochen darauf beschränkt, die Vorteile hervorzuheben, die sein Wechsel für sie beide hätte, und schon mal den Wohnungsmarkt im Internet sondiert. Jetzt lässt sie den Blick schweifen und stellt sich innerlich darauf ein, dass alles umsonst gewesen ist. Am Nebentisch quengeln kleine Kinder, weil das Essen nicht kommt. Ein türkischer Mann, den sie schon öfter beobachtet hat, füttert von der Brücke aus die Enten im Kanal. »Mit Erwin alles in Ordnung so weit?«, fragt sie, um nicht noch mehr über das Pathos der Schönheit hören zu müssen.

»Er nimmt sein Gift und wird immer giftiger.« Peter schaut sich nach dem Kellner um. Über seine Nasenflügel zieht sich ein Netz aus kleinen blauen Äderchen.

»Wann ist die Untersuchung?«

»Nächste Woche. Ob wir danach mehr wissen werden, ist offen. So oder so fahren wir anschließend nach Norwegen. Was sind eure Pläne für die Ferien?«

»Es gibt keine. Wir sind nicht dazu gekommen.« Nach ihrem Mittagessen am Hackeschen Markt, bevor er zu Ruth und Heiner fuhr, hat Hartmut vorgeschlagen, nach Santiago de Compostela zu fliegen, wo Philippa einen dreimonatigen Spanischkurs absolviert. Von dort könnten sie alle zusammen nach Portugal weiterreisen; obwohl sie seit zwanzig Jahren jeden Sommer in ihrer Heimat verbringen, klang es wie ein spontaner Einfall und war zugleich das einzige Gespräch über den diesjährigen Urlaub. Sie haben weder Unterkünfte noch Flüge gebucht.

»Und mit Falk?«, fragt Peter.

»Du musst nicht diesen Ton anschlagen. Wir waren zweimal essen.«

»Und in Hamburg. Seitdem ist es noch schwerer, mit dir ein Treffen zu vereinbaren. Als würdest du mir aus dem Weg gehen.«

»Wenn es dich beruhigt, in Hamburg habe ich bei meiner Tochter geschlafen«, sagt Maria. »Zum Abendessen haben wir uns getroffen, weil man im Theater nicht in Ruhe reden kann. Ich musste ihn dazu bringen, auf ein neues Bühnenbild für Kopenhagen zu verzichten und das Stück aufzuführen wie in Berlin. Das ist mir zwar gelungen, aber Falk glaubt weiterhin, dass die alte Bühne ein Desaster unausweichlich macht. Rate, wer am Ende schuld sein wird.«

»Ich will dich ja nicht nerven, aber – ihr sprecht nicht nur über das Theater.«

»Du nervst mich immer weniger, je häufiger du davon anfängst«, sagt sie, bevor sie abwinkt und ihm über die Hand streicht. Alle zehn Sekunden greift Peter nach seinem Weinglas, aber wahrscheinlich muss die Flasche leer sein, bevor er damit herausrücken wird, dass Hartmut für die Stelle nicht in Frage kommt. Beinah ist sie ihm dankbar für den Aufschub. Morgen früh um neun Uhr fünfunddreißig geht das Flugzeug nach Kopenhagen. Aufgrund einer Programmänderung werden sie zehn Tage bleiben, und mittlerweile hat der Regisseur das gesamte Team mit seiner Schwarzseherei angesteckt. Entsprechend aufreibend waren die letzten Wochen am BT. Den Ausflug nach Hamburg hatte Falk noch mehrmals verschoben und den Zweck verschwiegen, obwohl längst alle wussten, worum es ging. Wahrscheinlich ahnte er, dass sein Vorhaben abwegig war, und spielte eines seiner undurchsichtigen Spiele. Maria blieb nichts anderes übrig, als mitzumachen. Als sie schließlich im Auto saßen, starrte Falk die meiste Zeit stumm vor sich hin, kratzte seinen Bart und schien gleichzeitig nervös und in Gedanken versunken zu sein. Seine Kiefer bearbeiteten einen Kaugummi.

In einem langen Bogen führte die Autobahn zum Kreuz Hamburg-Süd. Draußen war es bereits dunkel. Als die Elbbrücken vor ihnen auftauchten, wurde Falk endlich munter, reckte den Kopf und deutete aus dem Fenster. »Da drüben muss es liegen. Wo die Lichter sind.« Kurz schaute Maria in die gewiesene Richtung, erkannte aber nur einen von Laternen erhellten Streifen auf der anderen Seite des Flusses. Von weitem sah es aus wie ein Sportplatz mit Flutlicht. Vor ihnen erstrahlte das Logo des Holiday Inn Hotels.

»Was auch immer wir uns anschauen, du siehst es zum ersten Mal?«

»Ich habe Fotos im Internet gesehen«, sagte er. »Hast du eine Kamera dabei?«

»Mein Handy kann Fotos machen. Deins wahrscheinlich auch.«

Nachdem sie die Elbe überquert hatten, bogen sie zweimal rechts und einmal links ab, dann meldete das Navigationsgerät das Erreichen des Ziels. Auf der einen Straßenseite stand eine Reihe unscheinbarer Wohnblocks, auf der anderen lag ein halb leerer Parkplatz. Mehrere grüne Fahnen wehten in der Abendbrise. »Fahr ein Stück weiter, damit wir es in der Totalen sehen«, sagte Falk.

»Das soll es sein?« Grelles Flutlicht beschien den dreistöckigen Kasten aus Metall, an dem sie vorbeirollten. Dahinter erstreckte sich eine von Netzen eingefasste Rasenfläche. Als Maria den Wagen abstellte und den Kopf wendete, sah sie kleine Kugeln durch die Luft fliegen. Wie in einem Setzkasten standen Menschen in den offenen Parzellen des Gebäudes, vollführten alle dieselbe Bewegung und katapultierten weiße Bälle in den erleuchteten Raum vor ihnen. »Golf?«, fragte sie erstaunt.

»Eine sogenannte Driving Range. Hast du mal Golf gespielt?«

»Nein.«

»Ich habe nicht reserviert, aber wir können fragen.«

»Willst du mir nicht endlich sagen, was das soll? Warum sind wir hier?«

»Genau genommen, übt man hier nur den Abschlag. Glaube ich jedenfalls. Ich hab auch noch nie gespielt.«

In der Stille erklang das leise Klacken der Abschläge, und Maria begann zu verstehen, was er im Sinn hatte. Sie wünschte, Reinhard wäre dabei und könnte ihr helfen. Auf keinen Fall durfte sie zu früh widersprechen oder darauf hinweisen, dass der Technische Direktor ausrasten würde, wenn er von den Plänen hörte. Das würde Falk nur anstacheln.

Draußen war die Luft kühl und roch nach Dieselöl. Bälle landeten mit einem dumpfen Ploppen auf dem Boden, in dem hier und da Fähnchen steckten. Wasser sammelte sich in großen Pfützen, der Regen schien erst vor kurzem aufgehört zu haben.

»Weißt du, was ich am liebsten machen würde?« Ohne sich umzudrehen, ging Falk zu dem Zaun, der das Gelände umschloss. Auf der gegenüberliegenden Seite entdeckte Maria eine mit Lichterketten geschmückte Holzhütte, die sie eher neben einer Skipiste erwartet hätte. »Statisten engagieren, die golfen können, und sie während der Vorstellung Bälle in den Zuschauerraum schlagen lassen. Hinten bringen wir ein Netz an oder, noch besser, eine Wand, so dass man die Einschläge hört.«

»Dann kriegt jemand einen Ball ab, und wir schließen das Theater.«

»Die Leute müssen am Eingang unterschreiben, dass sie das Risiko kennen. Sie dürfen auch Helme tragen. Wir verleihen Helme.«

»Am nächsten Tag bekommst du einen Anfall, weil Boris Jahnke schreibt, das Ganze sei eine Metapher für die Gefährlichkeit der Kunst.«

Falk lachte, als hätte sie gesagt: Genauso machen wir's. Mit beiden Händen fasste er in die Maschen des Zauns, aber statt darüber zu klettern, spuckte er nur den Kaugummi auf die andere Seite. »Publikum unter Beschuss. Im Ernst, was meinst du? Eine irre Bühne, oder?«

»Wer sammelt die Bälle wieder ein?« Fröstelnd verschränkte Maria die Arme vor dem Körper. Zu Tausenden bedeckten sie den Boden und sahen aus wie riesige Hagelkörner. »Ich meine hier. Gibt es eine Maschine dafür?«

»Im Stück wären es entweder die Kinder von Asylbewerbern oder Hartz-IV-Empfängern. Hin und wieder wird ein Kind getroffen und durch den Zuschauerraum abtransportiert. Mach ein paar Fotos für Reinhard.«

»Von welchem Stück reden wir überhaupt?«

»Von einem, das im Prinzip ähnlich funktioniert wie das *Schlachthaus*. Bloß ohne den dämlichen Käfig. *Das* war eine blöde Metapher, ich weiß nicht mal wofür. Hiermit kannst du spielen. Synchron, simultan, versetzt, kreuz und quer. Es gibt nicht nur die offenen Schanzen, sondern auch Séparées, wo man gemeinsam speist und zwischendurch den Schläger schwingt. Auf der Homepage heißen sie Event-Abschlagboxen!« Zum ersten Mal drehte er sich zu ihr um. »Sag bloß, du erkennst nicht, was du hier vor dir hast.«

»Etwas, das von der Dimension lebt. Bei uns im Haus ist es dafür zu eng.«

»Wir könnten auf Tournee gehen. Du hast die feine Gesellschaft, und sie ist bereits mit Schlägern bewaffnet. Sie trinken Schampus in Event-Abschlagboxen. Die Herren gehen Wasser abschlagen in Sanifair-Hochglanztoiletten. Du hast mir damals die Angst vor Kalauern genommen. Darf ich dich darauf aufmerksam machen, was man hier mit dem Wort ›Loch‹ anstellen kann.«

»Ich sehe das«, sagte sie und konnte sich ein Lachen nicht verkneifen.

»Das *Schlachthaus* war zu düster. Ich wollte, dass den Leuten das Lachen im Hals steckenbleibt, aber sie haben gar nicht gelacht. Statt dynamisch rüberzukommen, hatte das Ganze etwas Geducktes, weil die Spieler immer kriechen und schleichen mussten. Hier kannst du golfen und ficken.«

»Hast du nicht neulich gesagt, es sei sinnlos, individuelle Verkommenheit zu entlarven?«

»Es wäre eine Parodie auf die Bühne und auf alles, wofür sie steht. Lauter Rampensäue, die ihre Nummern vorführen und Nummern schieben. Die Löcher sind nummeriert, und wer trifft, kriegt einen geblasen. Es ist prätentiös und absurd, und gleichzeitig hat es was von Reihenhaus-Biederkeit. Schau dir die Fassade an, es ist deutsch!«

»Falk, ich sehe die Möglichkeiten. Was ich mich frage, ist –«

»Auf der Homepage steht: ›Golf in Hamburg ist ohne die Golf-Lounge nicht mehr wegzudenken‹. Stell dir vor, zwei Stunden lang solche Stilblüten. Die Leute trauen sich nicht zu lachen, aus Angst, was zu verpassen. Ich habe das Gefühl, mich nur hinsetzen zu müssen, und die Einfälle kommen!«

Sie stellte sich neben ihn und schaute dem Treiben zu. Aus den Boxen wehten Stimmen herüber, von der Stadt und dem Fluss war nichts zu erkennen. Auf der anderen Seite begrenzte eine dunkle Wand das Gelände und sah aus wie eine Kaimauer. Es war eine Idee jenseits des Machbaren, und sie begann zu glauben, dass Falk sie ihr deshalb vorführen wollte. Um ihr zu zeigen, was am BT nicht möglich war.

»Oder nicht?«, sagte er, weil sie schwieg. »Alex glaubt, ich hätte Schiss vor Kopenhagen. Wegen der Größe und weil im Parkett nicht mein Publikum sitzen wird. Was meinst du?«

»Du suchst nach einem Weg, an die *Sprechakte* anzuschließen. Ich verstehe bloß nicht warum.«

»Klingt es so?«

»Eine Nummernrevue, gleichzeitig böse, witzig und absurd. Gags am laufenden Band. Erinnerst du dich, wie unzufrieden du mit dem Manuskript warst?«

»Du hast das Stück nie gesehen.«

»Im Archiv steht ein Video von der Premiere. Wenn die Leute lachen, versteht man die Schauspieler nicht. Und sie lachen viel.«

»Manche haben sich in die Hose gepisst. Wörtlich. Sie kamen nass aus dem Theater.«

»Es sah wild aus.«

»Dein Stück, und du hast es nie gesehen.«

»Mein Stück? Du hast mir vorgeworfen, ich hätte dich von deinem Konzept abgebracht. Es war dir zu unterhaltsam. Boulevardtheater, dein Wort.«

»Die Leute sind ausgerastet«, sagte er, ohne darauf einzugehen. »Sachen flogen auf die Bühne, die Presse hat getobt, und ich habe die Welt nicht mehr verstanden. Die beiden Off-Produktionen vorher waren besseres Studententheater. Dass in der Szene mein Name kursierte, wusste ich nicht. Als Heiner anrief und meinte, ich könnte was an der Volksbühne machen, klang es nach dem großen Durchbruch, aber wir sollten eigentlich im Prater spielen. Und dann das.«

»Jetzt sehnst du dich danach zurück, das ist irgendwie rührend. Ausgerechnet du!«

»Mach dich ruhig über mich lustig.«

»Es berührt mich wirklich«, sagte sie, überrascht von dem plötzlichen Bedürfnis, ihn zu umarmen. »So menschlich. Wirst du alt?«

»Dass Erfolg Gift ist, hab ich immer gewusst.« Kurz wendete er den Kopf. »Bin ich halt ein Klischee, was soll's. Ich will, dass sie sich noch mal in die Hose pissen. In meinem Theater.«

»Nächste Spielzeit, allerfrühestens.« Mit klammen Fingern zündete sie sich eine Zigarette an. Dass er ihren Beitrag zu den frühen Stücken würdigte, überraschte sie noch mehr als seine Sehnsucht nach den damaligen Erfolgen. Mit Boris Jahnke hatte sie sich inzwischen noch zweimal getroffen, aber auch er wusste nicht, was Falk unmittelbar nach dem Bruch mit der Volksbühne gemacht hatte. Von 1993 bis 96 gebe es keinen Hinweis auf seinen Aufenthaltsort oder sein Tun, weder Interviews noch Inszenierungen, nichts. Der letzte weiße Fleck in der Biographie. Offenbar habe Merlinger seine größten Erfolge mit Stücken gefeiert, die lange vorher geschrieben worden waren, und dann nicht nachlegen können. Ob sie diese Theorie bestätigen könne? Wenige Meter von ihnen entfernt schlug ein Golfball auf dem Boden auf. Dem Geräusch nach war es kein Rasen, sondern grüner Sand, und auf Dauer fand Maria den Anblick monoton ihren Abschlag praktizierender Gestalten deprimierend. »Gehen wir ein paar Schritte?«, fragte sie, weil Falk reglos verharrte. »Mir wird kalt.«

»Ehrlich gesagt, hab ich's mir strahlender und dekadenter vorgestellt. Das hier ist bloß funktional und wie eine Hühnerfarm für … sagt man noch Yuppies?«

»Nein, das Wort ist durch. Ich wette, es kommen sogar Studenten hierher.«

»Das also auch. Ich bin mal wieder voll auf der Höhe.« Er nahm die Hände vom Zaun. »Weißt du, woran ich merke, dass ich älter werde? Ich hab nicht mehr die ganz große Lust, den Leuten in die Fresse zu schlagen. Ich nehme es mir vor, aber beim Ausholen stelle ich fest, dass sie mir leidtun. Sie zahlen Geld für den Quatsch.«

»Und jetzt?«

»Ich vermute, es sieht von überall gleich scheiße aus. Fahren wir zurück. Nasse Werbebanner gibt's auch in Berlin.«

»Wenn ich schon mal in Hamburg bin, würde ich gerne meine Tochter besuchen. Lässt sich das machen?«

Als hätte er sie nicht gehört, wischte sich Falk die Hände an den Hosenbeinen ab und ging zum Auto. Erst in der offenen Tür hielt er inne und sah sie an. »Fahr mich zum Bahnhof«, sagte er. »Für einen von uns muss sich der Ausflug ja lohnen.«

Als Peters forschender Blick sie trifft, zuckt Maria mit den Schultern, wie um zu signalisieren: Das war alles, mehr gibt es nicht zu erzählen. Ein halb voller Vorspeisenteller steht zwischen ihnen. In der Woche nach dem Ausflug hat Alex sie angeschaut, als glaubte sie nicht, dass Falk in Hamburg lediglich einen Übungsplatz für Golfabschläge inspiziert hatte. Vor vier

Tagen wollte sie wissen, ob die Buchung für Kopenhagen noch auf zwei Einzelzimmer geändert werden könne, aber dass das Betriebsklima im fünften Stock ein wenig abgekühlt ist, hat Maria in ihrer Erzählung ausgespart. »Was willst du noch hören?«, fragt sie stattdessen.

»Alles, was du mir sagen willst. Und das andere erst recht.«

»Es gibt nichts zu gestehen, weißt du. Ich hab in meinem Leben drei Männer geliebt. Der erste ist inzwischen ein erfolgreicher Stadtplaner, und wir haben keinen Kontakt mehr. Dann Falk, dann Hartmut. Soll ich die beiden ersten ausschließen, nur weil ich verheiratet bin? So funktioniert mein Herz nicht.«

»Okay«, nickt er. »Meines ist chronisch überbucht, auf meinen Widerspruch kannst du also nicht zählen.«

»Außerdem bewundere ich Falk für das, was er tut. Auch für die Stücke, die ich nicht mag. Mit ihm zusammenzuleben ist unmöglich, und ich würde es für nichts auf der Welt noch einmal versuchen. Aber bevor du die zweite Flasche bestellst«, sagt sie, weil Peter sich erneut nach dem Kellner umsieht und sie keine Lust hat, noch länger zu warten, »bringen wir es hinter uns: Warum kannst du Hartmut die Stelle nicht geben? Seit einer halben Stunde drückst du dich vor dem Thema.«

»Hat er was gesagt?«

»Nein, hat er nicht. Du musst es tun.«

»Was sagt dein Gefühl? Ich glaube immer noch, dass er nicht will.«

»Er denkt ernsthaft darüber nach. Nicht dass auf mein Gefühl Verlass wäre, aber das sagt es. Seit eurem Gespräch haben wir nur einmal telefoniert. Er steht unter Druck, er ist ratlos, er würde gerne und traut sich nicht. Jetzt du.«

»Du weißt, wie gerne ich euch helfen würde. Ich mag Hartmut, seit ich ihn zum ersten Mal getroffen habe. Als er diesen Nietzsche-Band für mich über die Grenze geschmuggelt hat. Ich mochte ihn sofort.«

»Aber?«

»Ich erzähle es dir ja gerade«, sagt er gereizt. »Vorher bestelle ich eine zweite Flasche Wein. Dein Domina-Gehabe ist unerträglich.«

Maria macht eine entschuldigende Geste und überlegt, von welchem Buch er spricht. »Was für einen Nietzsche-Band soll er über die Grenze geschmuggelt haben?«

»*Die Geburt der Tragödie*«, antwortet Peter. »Bei eurem ersten gemeinsamen Besuch. Die Colli/Montinari-Ausgabe war gerade als Taschenbuch erschienen. Ich habe euch abgeholt, und wir sind in meine Wohnung am Ostkreuz gefahren. Im Auto hast du mir das Buch gegeben und gesagt: Hier, das hat Hartmut unter Einsatz seines Lebens über die Grenze gebracht. Deine ironische Art eben. Für mich war es eine große Geste, die ich ihm nie vergessen habe.«

»Ich will die Geste nicht schmälern, aber das muss ein bisschen anders gewesen sein. Hartmut war so nervös, als würden wir zu den Roten Khmer fahren, das weiß ich noch. Ich nehme an, dass ich das Buch mitgebracht und einfach gesagt habe, es sei von ihm.«

»Warum hättest du lügen sollen?«

»Keine Ahnung.« Wenn sie sich an den Tag zu erinnern versucht, der über zwanzig Jahre zurückliegt, fällt ihr als Erstes der Kuss ein. Der erste von Hartmut und ihr, auf dem leeren Platz vor dem S-Bahnhof, wo sie auf Peter warteten. Später haben sie in seiner Wohnung eine szenische Lesung desselben Stücks gehört, von dem Falk am Telefon schwärmte. Sie saß auf dem Boden und dachte, dass sie für seine Arbeit in Zukunft nicht mehr wichtig sein würde und lieber an die eigene Zukunft denken sollte. Oder ist das bereits eine rückblickende Deutung? Jedenfalls ist es derselbe Ort, an dem sie und ihr Mann sich zum ersten und vor drei Tagen zum letzten Mal geküsst haben. Marx-Engels-Platz hieß der Bahnhof damals, Hackescher Markt heißt er heute. Ein merkwürdiger Zufall.

»Also dann.« Peter greift nach der Flasche, Maria legt abwehrend die Hand auf ihr Glas. »Er saß bei mir im Büro, und wir haben geredet. Das heißt, ich habe versucht, ihm den Job schmackhaft zu machen, und er hat einen Einwand nach dem anderen erhoben. Als hätte ich ihn mit einem verzwickten Argument konfrontiert, und er wollte es auseinandernehmen. Seitdem kann ich mir vorstellen, wie gut er in seinem Beruf ist. Ich kam mir regelrecht in die Ecke gedrängt vor. Wäre es um eine Diskussion gegangen, würde ich sagen, er hat gewonnen. Nur wollte ich ihn eben als Mitarbeiter gewinnen.«

»Du hast dich entschieden.«

»Ja.«

»Keine Chance mehr?«

Nach drei oder vier Gläsern kann Peter ihr endlich in die Augen sehen und es sagen. »Ich mag ihn, und ich hoffe inständig, dass er mir die Sache nicht übelnimmt. Den Job kann ich ihm nicht geben. Ich hab lange mit meiner Assistentin gesprochen. Ihr erster Kommentar war: Mit ihm als Leiter wird die Programmsitzung jedes Mal drei Stunden länger dauern.«

»Klingt nach einer sachlichen Analyse. Bloß im Futur.«

»Versuch dich in meine Lage zu versetzen. Es geht nicht.«

Seine Assistentin ist jung und attraktiv, eine halbe Spanierin namens Nora Velasquez, mit der Maria bei der Eröffnung der neuen Verlagsräume kurz gesprochen und sich dabei gefragt hat, warum sie gegen Frauen wie sie einen beharrlichen, stutenbissigen Groll empfindet. Junge Frauen, die genau wissen, was sie wollen und wie sie es bekommen, die nichts tun müssen, um ihr Handeln in Einklang mit ihrem Gewissen zu bringen. Das ergibt sich in dieser glücklichen Generation anscheinend wie von selbst. »Verschon mich einfach mit den Ansichten einer Dreißigjährigen, die es als uncool empfindet, nachzudenken.«

»Sie ist eine sehr gute Mitarbeiterin. So wie Hartmut ein exzellenter Professor ist. Genau darum geht es: Zu viel von dem, was er in seinem Beruf braucht, würde bei uns nur stören. Es ist nicht sein Fehler. Es passt einfach nicht.«

»Du könntest ihm eine Chance geben.«

»Eben nicht! Eine Chance gebe ich dem Typ von fünfunddreißig Jahren, der sich als freiberuflicher Lektor durchschlägt und nichts aufgibt, um bei uns anzufangen. Der kriegt seine Chance und nutzt sie oder nicht. Wenn ja, ist alles gut, wenn nicht, war's den Versuch wert. Verstehst du, was ich meine? Dein Mann ist Professor.«

»Und der Typ kein bloßes Beispiel, nehme ich an. Er kriegt die Stelle. Das ist der Grund, weshalb Hartmut sie nicht bekommt.«

»Ich wollte dir das ersparen.«

»Wozu? Wahrscheinlich findet Nora ihn gut. Als ich sie getroffen habe, wirkte sie auf mich ausgesprochen offen. Junge Frauen bestechen ja häufig durch ihre Offenheit. Keine Vorurteile, keine Ängste, immer hereinspaziert. Wenn er das Büro verlässt, kriegt der Glückliche gleich noch eine zweite Chance. Du kannst mir das ruhig sagen.«

»Siehst du, davor hatte ich Angst«, sagt Peter resigniert. »Dass wir irgendwann hier sitzen, und ich muss dir erklären, warum es nicht geht. Aber du willst keine Erklärung hören, du bist sauer. Dabei hast du die ganze Zeit gewusst, dass die Chancen nicht hoch sind. Es war eine schöne Idee, aber es funktioniert nicht.«

»Du meinst, ich soll unparteiisch sein. Klar, es geht ja nur um meine Ehe. Die ist mir sowieso schnurz, weißt du. Zwanzig Jahre … Wie sagt der Kerl dauernd, der drüben Präsident werden will: It's time for change. Genauso ist es.«

»Du weißt, dass ich recht habe.«

»Diesen Satz musst du bitte häufiger benutzen. Hartmut tut es auch gelegentlich, jedes Mal mit großem Erfolg. Ich sehe dann sofort ein, dass er recht hat.«

»Ich kann nur versuchen, es dir zu erklären. Ansonsten weiß ich nicht, was ich tun soll.«

»Schenk mir Wein ein, du Arschloch.«

Seit einer geraumen Weile herrscht am Nebentisch Stille, weil ihr Gespräch immer lauter geworden ist. Jetzt sagt ein kleines Mädchen: »Mama, die Frau hat Arschloch gesagt«, und augenblicklich legt sich eine beschwichtigende Hand auf ihren Mund. Maria tut so, als hätte sie nichts gehört. In der Schulzestraße steht ein gepackter Koffer. Für den Fall, dass sie nach dem Gastspiel einige Tage allein sein will, statt mit den anderen nach Berlin zu fliegen, hat sie ein paar Sachen mehr eingepackt.

»Ich hab den Typen nicht erwähnt«, sagt Peter, »weil es nicht um ihn geht. Hartmut müsste seine Professur aufgeben, und die einzige Rechtfertigung dafür wäre, dass ich ganz sicher bin, dass er der Richtige ist. Bin ich aber nicht. Er ebenso wenig. Das ist die kürzeste Erklärung. Die mit der unternehmerischen Verantwortung für zwanzig Mitarbeiter erspare ich dir und hoffe, dass du noch da bist, wenn ich vom Klo zurückkomme.«

Mit einem schiefen Lächeln schaut sie ihn an, als er aufsteht. Am Nebentisch richtet sich die Aufmerksamkeit wieder auf das Essen. Unterdessen ist es Nacht geworden, Passanten huschen durch die Lichtkegel der Laternen, und vereinzelte Fahrradlichter zittern am Fraenkelufer entlang. Am Freitag hat sie sich von ihrem Mann verabschiedet und am gestrigen Sonntag mit ihm telefoniert, jetzt unterdrückt sie den Wunsch, seine Stimme zu hören, und begnügt sich mit einer SMS: Gruß aus Berlin von Peter und mir, Beijinhos. M. Es ist nicht das, was sie fühlt, sondern das, was sie stattdessen sagt, in der Hoffnung, er werde verstehen, was sie meint. So wie sie seit dem großen Streit eben kommunizieren. Während des letzten Besuchs war Hartmut die Anspannung anzumerken, aber anstatt über den Grund zu sprechen, sind sie ins Deutsche Theater gegangen, um *Hedda Gabler* zu sehen und sich hinterher in ihrem Urteil möglichst einig zu sein. Bei jedem Gespräch fahnden sie in den Worten des anderen nach geheimen Botschaften, horchen auf Subtexte und fragen sich, seit wann es so ist und ob es so bleiben muss. Wieso hat Hartmut sie nach dem Termin mit Peter in ein Touristen-Lokal am Hackeschen Markt bestellt, obwohl das Theater und der Verlag dicht beieinanderliegen und es in der Nähe viel bessere Restaurants gibt? Sie hat sich darüber schon am Freitag gewundert. War es ein verschlüsseltes Zeichen?

Peter kommt zurück, deutet auf die Vorspeisenplatte und sagt: »Hungern macht es nicht besser.«

»Hat Hartmut bei eurem Gespräch von einer Spendensammlerin erzählt?«, fragt sie. »Einer jungen Frau, die ihn auf dem Weg zum Verlag angesprochen hat?«

»Nein, warum?«

»Mittags hat er mich von einem Restaurant am Hackeschen Markt angerufen. Wir hatten verabredet, dass wir zusammen essen, bevor er fährt. Erst dachte ich, er bestellt mich dahin, weil es nah am S-Bahnhof liegt und praktisch für ihn ist. Offiziell wusste ich ja nicht, dass er im Verlag war.«

»Da ihr essen wolltet, musste er dich in ein Restaurant bestellen«, sagt er. »Du könntest bei jedem fragen, warum dieses. Du könntest es aber auch lassen.«

»Es war ein Lokal, um das er normalerweise einen Bogen gemacht hätte. Außerdem hat er Wein getrunken, obwohl er noch auf die Autobahn musste. Irgendwas war komisch. Erst dachte ich, es wäre wegen eures Gesprächs, dann hat er von der Spendensammlerin erzählt. Auf dem Weg zu dir war er spät dran, und die Frau hat ihn aufgehalten: Wollen Sie ein gutes Werk tun, hier ist die Gelegenheit. Irgend so einen Spruch. Er wollte weitergehen, sie hat ihm einen Vortrag über gerechte Strukturen gehalten, und es endete damit, dass er sie auf offener Straße zusammengebrüllt hat. Hat er wirklich nichts davon erzählt, keine Andeutung?«

»Nein. Klingt auch nicht nach ihm.«

»Wenn man genau hinhört, schon.«

»Er wirkte angespannt. Von einer Spendensammlerin hat er nichts gesagt. Er war … egal.«

»Was?«

»Nichts. Er kam ein bisschen verschwitzt im Verlag an. Abgehetzt. Ein Eindruck, den man zu vermeiden sucht, wenn man sich um einen Job bewirbt.«

»Verstehe. Das hat Nora nicht gefallen. Beim Schweiß hört die Offenheit auf. Der Körper muss keimfrei, unbehaart und –«

»Maria, verdammt noch mal, erzähl einfach weiter!«

»Ich habe kein gutes Gefühl«, sagt sie und schenkt sich ein

weiteres Mal nach. Kopenhagen wird sowieso ein Desaster, also was soll's. »Es war falsch, die Sache hinter seinem Rücken einzufädeln. Was, wenn er in diesem Moment zu Hause sitzt und sich darauf freut, nach Berlin zu ziehen? Was soll ich ihm sagen?«

»Die Spendensammlerin«, erwidert Peter eindringlich.

»Nach seinem Ausbruch hat er sich geschämt.« Mit Mühe lenkt sie ihre Gedanken zurück zum letzten Freitag. »Meine erste Assoziation war unser Streit vor einem Jahr. Mir gegenüber muss er sich zusammenreißen, und eine arme Frau auf der Straße kriegt es ab. Nach dem Mittagessen standen wir draußen auf dem Platz, ein paar Meter weiter waren die Spendensammler noch zugange. Ich dachte, dass er mich deshalb dahin bestellt hatte. Weil er den Vorfall nicht vergessen konnte und ihn wiedergutmachen wollte. Dass es ihn zurückgezogen hat.«

Peter schüttelt den Kopf. »Wie heißen die kleinen blauen Bändchen für den Deutschunterricht? Königs Erläuterungen zu … Du redest so, als hättest du den Band über deinen Mann gelesen.«

»Ich weiß, dass es verrückt ist. Statt ihn zu fragen, versuche ich seine Handlungen zu interpretieren. Er macht es genauso. Wir sind uns auf völlig unterschiedliche Weise ähnlich. Ich könnte nicht mal sagen, auf welche. Ich weiß nur, dass ich das schon bei unserer ersten Verabredung gedacht habe. Bloß war ich damals sicher, es würde uns verbinden.«

Sanft und resigniert wirkte Hartmut, als er sie zum Abschied in die Arme schloss. Am Vormittag im Büro hatte sie die Umbuchung für Falk und Alex erledigt, die beide so taten, als wäre alles wie immer. Sie selbst hielt es ebenso. Reinhard und drei Techniker würden am Wochenende mit dem Auto vorausfahren, um zu sehen, wie die Bühne den Transport überstanden hatte. Falk, Alex und sie sollten am Dienstag folgen, um erste Pressetermine zu erledigen und an der Eröffnungsfeier teilzunehmen. Nie hatte Maria weniger Lust auf eine Reise gehabt. Angesteckt von der Resignation ihres Mannes, lehnte sie den Kopf gegen seine Brust. Über ihre Schulter hinweg schien er die jungen Leute zu beobachten, die vor dem British Council um Mitglieder für ihre Hilfsorganisation warben. War es ein gutes, ein schlechtes oder gar kein Zeichen, dass er den Termin im Verlag nicht erwähnte? »Sag mir was, worauf ich mich freuen kann«, bat sie.

»Worauf oder worüber?«

»Egal.«

»Ich hab mir überlegt, wir könnten nach Spanien fliegen. Nach deinem Gastspiel. Wir erschrecken unsere Tochter und machen alle zusammen einen Abstecher nach Portugal. Deine Eltern würden sich freuen und wir unsere Serie halten.«

»Hm?«

»Wir waren bisher jeden Sommer dort«, sagte er.

Seit einem Monat lebte Philippa mit Gabriela und einer weiteren Frau in einer WG in Santiago. Ihre E-Mails enthielten keinen Hinweis, dass sie einen Besuch ihrer komplizierten Eltern herbeisehnte, aber vielleicht war es eine Gelegenheit, das unwürdige Theater zu beenden und Hartmut endlich reinen Wein einzuschenken: »Such nach Flügen«, sagte Maria.

Zum Abschied küssten sie sich länger als sonst, dann stieg Maria aufs Fahrrad und fuhr über den von der Sonne beschienenen Platz. In der Nähe hatten sich Punks mit ihren Hunden niedergelassen und schnorrten die Passanten an. Beim British Council hielt sie an, drehte sich um und sah ihren Mann im Eingang des S-Bahnhofs verschwinden. Unter den vier Spendensammlern erkannte sie ohne Mühe die Frau, mit der er zusammengestoßen war. Langhaarig und in einem zu großen T-Shirt, hatte er gesagt. Die zweite Frau trug kurze Haare, die beiden anderen waren Männer. Am Rand des Bürgersteigs wartete Maria ab, bis die Frau das Gespräch mit einer Passantin mit einem Schulterzucken beendete, das zu sagen schien: Dann eben nicht. ›Für eine gerechte Welt. Ohne Armut.‹ stand auf ihrer Brust. Langsam schob Maria das Fahrrad durch eine Gruppe amerikanischer Touristen und fixierte ihr Ziel. Die junge Frau suchte Blickkontakt mit allen, die ihr entgegenströmten. In der

Hand hielt sie ein Clipboard und bewegte die Lippen, als murmelte sie etwas vor sich hin. »Sie möchten das Richtige tun, das sehe ich«, sagte sie, als ihre Blicke aufeinandertrafen.

Bereitwillig blieb Maria stehen. »Man sieht mir das an?«

»Mit ein bisschen Übung schon.« Aus der Nähe waren die Allergieflecken in ihrem Gesicht zu erkennen, die Hartmut erwähnt hatte. Augenblicklich begann die Spendensammlerin mit ihrem Text. »Oxfam ist eine unabhängige Entwicklungs- und Hilfsorganisation, die sich für eine gerechte Welt ohne Armut einsetzt.«

»So steht's auf Ihrem T-Shirt. Irgendwo habe ich gelesen, dass eine bekannte Band sich für Ihre Organisation engagiert.«

»Wir sind Helden.«

»Das glaube ich gern, aber –«

»Ich meine, so heißt die Band.«

»Oh.« Mit einem entschuldigenden Lächeln stellte Maria ihr Rad ab. Dass es ihr manchmal so leichtfiel, sich zu verstellen. »Ich lebe schon eine Weile in Deutschland, aber vieles geht an mir vorbei. Meine Tochter lacht oft über mich«, sagte sie, aber an einer Plauderei schien die Frau kein Interesse zu haben.

»Wir betreiben Nothilfe in Krisenregionen und decken die der Armut zugrunde liegenden Strukturen auf. Vor allem geht es um nachhaltige Erwerbsgrundlagen, Gesundheit, Umweltschutz und Bildung. Dafür kooperieren wir mit über dreitausend Partnern in derzeit neunundneunzig Ländern.«

»Das klingt gut«, unterbrach Maria sie. »Wie gesagt, ich habe darüber gelesen. Mir scheint, das sollte man unterstützen.«

Die Freude der jungen Frau war sympathischer als die autistische Beflissenheit, mit der sie ihren Text runtergeleiert hatte. »Wollen Sie Mitglied werden?«

»Ja. Ich will Mitglied werden.«

»Geld dürfen wir nämlich keines nehmen. Bitte sehr, stellen wir uns an unsere Theke.« Ein hoher runder Stehtisch voller Handzettel und Aufkleber, den einer der männlichen Kollegen gerade frei machte. Mit metallischem Quietschen fuhr die Tram

Richtung Rosenthaler Platz vorbei. Maria schaute auf die Uhr; spätestens in einer Viertelstunde musste sie zurück im Büro sein.

»Unser Formular, ganz einfach«, sagte die junge Frau und legte eines vor ihr auf den Tisch.

»Könnte ich das auch mitnehmen und es später …?« Sie sah, wie sich die Augenbrauen ihrer Gesprächspartnerin hoben, und winkte ab. »Nein, verstehe. Das sagen alle, die nicht sofort nein sagen wollen, richtig?«

»Entweder sie wollen uns einen Euro geben, oder sie stecken das Formular ein und verschwinden auf Nimmerwiedersehen. Was ihr gutes Recht ist, Ihres auch. Aber wenn Sie Mitglied werden wollen, schlage ich vor, Sie tun es jetzt. Wir sind nicht die katholische Kirche, man kann uns kündigen.«

»Gut zu wissen.« In Gedanken zog Maria ihr einen Sympathiepunkt ab und orientierte sich auf dem Formular. Sie musste einen Betrag und den Rhythmus der Zahlung angeben und konnte unter dem Stichwort ›Verwendung‹ besondere Zwecke ankreuzen, die sie unterstützen wollte. »Ich frage mich, wie Sie die Leute auswählen, die Sie ansprechen. Gibt es ein Raster, an das Sie sich halten, oder verfahren Sie spontan?«

»Erfahrung und Intuition.« Die junge Frau stand ein wenig zu dicht neben ihr, wie eine Grundschullehrerin bei der Kontrolle der Hausaufgaben. Maria entschied sich für fünfzig Euro alle drei Monate und kreuzte als Verwendungszweck ›Nothilfe‹ und ›Frauen stärken‹ an. »Betrunkene scheiden aus, Touristen sind hoffnungslos. Die haben viel Geld fürs Hotel bezahlt und wollen das Elend der Welt sowieso lieber vergessen. Ich persönlich habe ein Problem damit, alte Menschen anzusprechen, obwohl mir dadurch viel Geld entgeht. Ich hoffe, Sie wissen Ihre Bankleitzahl auswendig. Daran scheitern viele.«

»Hab die Karte dabei«, sagte Maria und zog sie aus der Tasche. »Ich frage, weil ich heute Vormittag schon mal hier vorbeigekommen bin. Ungefähr um elf. Da schienen Sie in ein Wortgefecht mit einem älteren Mann verwickelt zu sein. Nicht alt, an die sechzig vielleicht. Der war offenbar aufgebracht, weil Sie ihn angesprochen hatten.« Aus den Augenwinkeln beobachtete sie das Gesicht der jungen Frau, aber die nickte bloß.

»Manchmal versagt die Intuition. Im Übrigen weiß ich, dass wir unangenehm sind. Wir stehen den Leuten im Weg und erinnern sie daran, dass die Welt nicht nur aus Urlaubsreisen und Casting-Shows besteht.«

»Der Mann sah nicht aggressiv aus. Soweit ich das aus der Entfernung erkennen konnte. Ich bin da drüben langgegangen.«

»Er sah nach guten Manieren aus.« Die junge Frau kam noch ein wenig näher und überflog das Formular. »Erst dachte ich Regierungsviertel, aber dafür war es das falsche Jackett. Ein Büromensch jedenfalls. Das sind die, die gerne eilig tun oder behaupten, sie wären bereits Mitglied. Ich habe auch schon gehört, dass sie es sich überlegen würden, wenn ich mich besser anziehe. Unseren Newsletter wollen Sie nicht?«

»Doch, natürlich«, sagte Maria und machte das entsprechende Kreuz. »Ich habe nicht genau verstanden, was er Ihnen an den Kopf geworfen hat. Nichts Sexistisches, hoffentlich.«

»Dass ich ihn mit meinem Gutmenschentum verschonen und mir meine gerechten Strukturen in den Arsch stecken soll. Ich würde sagen, es war grenzwertig.« Auf jeden Fall klang es schlimmer als in Hartmuts Bericht, aber die Frau wirkte nicht, als wollte sie den Vorfall dramatisieren. »Vielleicht hat sein Chef ihn am Morgen runtergeputzt, oder die Frau hat einen Liebhaber. Oder Krebs. Ich versuche es nicht persönlich zu nehmen. Wenn ich am Abend nach Hause gehe, denke ich lieber an Leute wie Sie.« Lächelnd nahm sie das ausgefüllte Formular entgegen. »Vielen Dank. Über den Newsletter bekommen Sie alle Informationen zu den Projekten, und natürlich geht Ihnen eine Spendenbescheinigung zu. Für heute sind wir fertig.«

»Es war mir ein Vergnügen …« Maria suchte nach einem Namensschild, aber es gab keines.

»Carina.«

»Carina. Ich heiße Maria, wie Sie dem Formular entnehmen können. Vergessen Sie den Mann, er hat es nicht so gemeint und schämt sich für sein Verhalten. Da bin ich sicher. Ihre Arbeit ist sehr wichtig.«

»Ich weiß.« Ihr Lächeln war jetzt eine Spur weniger herzlich. Als wollte sie andeuten, dass ihr der Unterschied zwischen Spenden und Almosen bekannt war und sie auf Letztere verzichten konnte. Zum Abschied gaben sie einander die Hand. Mein Mann ist also ein Büromensch, dachte Maria. Am Nachmittag informierte sie sich im Internet, bei welcher Organisation sie eigentlich Mitglied geworden war, und stellte fest, dass sie sich mit den Zielen identifizieren konnte. Als sie Hartmut zwei Tage später am Telefon erzählte, dass sie ebenfalls angesprochen worden sei und spontan ja gesagt habe, war er hörbar irritiert. Jetzt beendet sie die Erzählung, spürt Peters Skepsis und beobachtet den Aufbruch am Nebentisch. Das kleine Mädchen wirft ihr einen tadelnden Blick zu, bevor sie an der Hand ihrer Eltern das Restaurant verlässt. Es geht auf elf Uhr zu.

»Für mich wird es auch Zeit«, sagt sie. »Ich muss morgen vor dem Abflug noch ins Theater. Hab was im Büro vergessen. Wieso müssen wir immer zwei Flaschen trinken?«

»Sollte das eine Art stellvertretende Buße sein?«, fragt Peter. »Glaubst du, dass er *das* wollte, als er dich zum Hackeschen Markt bestellt hat?«

»Ich weiß nicht, warum ich es getan habe. Es war ein Impuls. Ich wollte wissen, wie sie den Zusammenstoß erlebt hat. Außerdem habe ich nicht oft die Gelegenheit, etwas von Leuten über Hartmut zu erfahren, die nicht wissen, dass er mein Mann ist.«

»Und, was hast du gelernt?«

»Am merkwürdigsten war der Moment, als sie Vermutungen darüber angestellt hat, warum er so ausgerastet sein könnte. Da habe ich ihn für einen Moment gesehen, als wäre ich dabei gewesen. Mir war immer klar, dass er Dinge mit sich rumschleppt. Ich weiß, wo er herkommt und was er für einen Vater hatte. Aber in dem Moment hat das keine Rolle gespielt, sondern ich dachte: Das ist das Ergebnis von zwanzig Jahren Ehe mit mir. Lach nicht! Es hat ihn Kraft gekostet. Wir passen eigentlich nicht zusammen, eine Dating-Seite im Internet würde uns einander niemals zuordnen. Ich stand da mit der jungen Frau, für sie war er ein Freak, der sie auf der Straße angebrüllt hat: Stecken Sie sich Ihre gerechten Strukturen in den Arsch! Für mich klang es wie: Jahrzehntelang hab ich mir den Arsch aufgerissen für meinen Job und die Familie, jetzt sitze ich allein in Bonn und muss hoffen, dass ein kleiner Verlag mir eine Stelle anbietet – ist das gerecht? Es war, als hätte er das alles mir an den Kopf geworfen. Hat er auch, bei unserem großen Streit vor einem Jahr. Ich hab das aber erst in dem Moment richtig verstanden. Uns beide verbindet nichts außer Liebe, und das klingt viel romantischer, als es ist.«

»Ich hab dir gesagt, dass er die Stelle nicht will. Vielleicht würde er es für dich tun, aber glücklich würde er damit nicht werden.«

»Und jetzt? Ich kann mir tausendmal einreden, dass ich das Recht habe, mein eigenes Leben zu leben. Hier in Berlin, am Theater. Endlich eine Arbeit. Aber es ist Augenwischerei. Leute in Lenas Alter sind mit einem eigenen Leben zur Welt gekommen, ich nicht. Ich bin katholisch. Bis dass der Tod euch scheidet – die Leute sind so dumm und denken, es sei ein Versprechen, dabei ist es ein Urteil.«

»Ich verstehe, was du meinst, aber …«

»Du bist schwul, kommst aus der DDR und hast mit tausend Männern geschlafen. Du hast keine Ahnung, wovon ich spreche.« Sie schüttelt den Kopf und spürt, dass sie dabei ist, sich in Rage zu reden. »Ich beschwere mich auch nicht. Wie viele Frauen werden nach zwanzig Jahren Ehe noch so von ihrem Mann geliebt wie ich? Ich stelle bloß fest, wie es ist. Nein, ich weiß nicht, was ich feststelle. Ich bin betrunken. Toll, Peter, das hast du super hingekriegt. Wahrscheinlich muss ich morgen im Flugzeug kotzen.«

»Fürs Protokoll: Zweihundert bis zweihundertfünfzig waren es.« Auch Peter hat zu viel getrunken und unterstreicht seine

Worte mit ausladenden Handbewegungen. »Die meisten in den goldenen Nachwendejahren, und ich bereue nichts. Jeder hat das Recht auf eine große Zeit. Das war meine, jedenfalls nachts. Wenn du früher so viel gevögelt hättest wie ich …«

»Deinen Erwin in allen Ehren, aber irgendwie bleibt er eben die Nummer zweihundert oder zweihundertfünfzig, oder nicht? Bist du ihm wenigstens jetzt treu, wo er krank ist? Nein, du gehst wieder in die Bars, du treuloser Mistkerl. Den ganzen Abend kann ich's dir ansehen. Schon als du den Unsinn vom Pathos der Schönheit von dir gegeben hast, hab ich es gewusst. Du betrügst ihn mit irgendwelchen jungen Kerlen. Wieso?« Auf einmal spürt sie Tränen über ihre Wangen laufen, greift nach Peters Hand und drückt das Gesicht dagegen. Offenbar muss sie sich jetzt unmöglich machen, ein innerer Zwang befiehlt es.

Mitleidig sieht er sie an. »Da haben wir dich. Vor anderen gibst du dich liberal und tolerant, und du wärst es auch gerne, aber … Es ist okay, Maria. Tu bloß nicht so, als wärst du grundlos mit einem schlechten Gewissen geschlagen. Deine Mutter hätte dir das eingetrichtert, dein toter Bruder oder der Herrgott persönlich. Vielleicht bin ich am Ende ein besserer Partner als du, aber du hältst mir Vorträge über Treue. Davon reden wir doch, oder?«

Sie zieht die Nase hoch und nickt. »Kein Wort mehr davon.«

»Hör auf, dich zu quälen.«

»Du bist wie Ana damals. Die beste Freundin, die ich je hatte, auch wenn sie ganz anders war als ich. Aber dass ich ihrer Mitbewohnerin den Mann ausgespannt habe, hat sie mir nicht verziehen. Wenn du wüsstest, was du ihr angetan hast, hat sie gesagt. Als sie zurück nach Brasilien geflogen ist, wollte ich sie zum Flughafen bringen, aber ich durfte nicht. Unser letztes Gespräch war ein Streit am Telefon.« Sie hält inne und wischt sich über die Augen. »Darf ich ausnahmsweise die Rechnung übernehmen?«

»Du darfst alles, außer mit dem Fahrrad nach Hause fahren. Was machen wir mit Hartmut?«

»Es tut mir leid, dass ich dich in die Situation gebracht habe«, sagt sie und winkt dem Kellner. »Ich hätte es wissen müssen. Dass er es von dir erfährt, will ich nicht. Es war meine Idee, ich muss es ihm selber sagen.«

»Wann willst du das tun?«

»Erst kommt Kopenhagen. Alles andere sehen wir, wenn es so weit ist«, sagt sie, gibt dem Kellner ein großzügiges Trinkgeld und hakt sich bei Peter unter, als sie den Garten verlassen. »Sag mir Bescheid, was Erwins Untersuchung ergeben hat.«

»Die Untersuchung. Ich hab eine solche Scheißangst.«

Am Rand der Brücke über den Kanal bleiben sie stehen. Peter hält ihr Gesicht in beiden Händen, als wollte er sie küssen, und für einen Moment wünscht sie, er würde es tun. Einfach so. Im Licht der Laternen scheint alles zu schwanken. »Tu nichts Unüberlegtes, hörst du«, sagt er.

»Was wäre was Unüberlegtes? Nur, damit ich's rechtzeitig erkenne.«

»Ich meine es ernst. Du gehörst zu den Menschen, die umso unberechenbarer handeln, je weniger Möglichkeiten sie haben. Von außen betrachtet, sieht es nach Spontaneität aus. In Wirklichkeit ist es der Freiheitsdrang der Orientierungslosen. Wenn ihnen nur noch eine Option bleibt, tun sie das Gegenteil.«

Ohne zu antworten, geht sie ein paar Schritte über die Brücke. Metallene Begrenzungspfosten sollen verhindern, dass Autos die breiten Gehwege zuparken, auf der anderen Seite führt die Straße in gerader Linie zum U-Bahnhof. Sie hat sich oft gefragt, was aus Ana geworden ist, aber nie etwas unternommen, um es herauszufinden. Hinter sich hört sie, wie Peter mit der Taxizentrale telefoniert. »Drei Minuten«, sagt er und steckt das Handy wieder ein. Wahrscheinlich ist er der einzige Mensch, dem sie alles erzählen könnte, aber für heute ist es zu spät, sie muss ins Bett. Irgendwann, denkt Maria, dreht sich zu ihm um und zuckt mit den Schultern: »Und was mache ich jetzt mit meinem Fahrrad?«

16 Sobald sich Wolken vor die Sonne schieben, wird es kühl in Kopenhagen. Neunzehn Grad waren es vor zwei Tagen bei der Ankunft am modernen, freundlichen Flughafen der Stadt, wo eine junge Frau namens Bodil sie willkommen geheißen und sich als Ansprechpartnerin für alles vorgestellt hat, was nicht im engeren Sinn mit den Aufführungen zu tun hat. Abendgestaltung, Unterkunft, Sightseeing – »wendet euch jederzeit um mich«, sagte sie im sympathischen Zungenschlag des Nordens und in einem Deutsch, das grammatische Formfragen nicht allzu wichtig nahm. Wie die meisten Festivalteilnehmer wohnt das Team des BT im Admiral Hotel, einem ehemaligen Hafenspeicher, aus dessen zur Wasserseite gelegenen Zimmern man direkt auf das neue Schauspielhaus blickt. Das ist ein eleganter, kantiger Bau aus Kupfer, Glas und grauem Ziegelstein, dessen Vorderfront auf Stelen über das Wasser ragt. Eine Promenade umläuft das komplett verglaste Foyer, das Licht und Leute einlädt, seinen gewaltigen Innenraum zu füllen. »Prinzip offenes Haus« nennt Bodil das bei ihrer Führung, daher der Name der gesamten Veranstaltung: *Åbent Hus – Europaeisk Teaterfestival* steht auf Plakaten und einem orangefarbenen Banner neben dem Haupteingang.

Trotz der Anwesenheit des Ministerpräsidenten und mehrerer Vertreter des Königshauses ist die gestrige Eröffnungsfeier in lockerer Atmosphäre verlaufen. Der große Saal war bis auf den letzten Platz gefüllt, aber der Vorhang blieb geschlossen, während ein Redner nach dem anderen den Kopenhagenern zu ihrem neuen Theater gratulierte, den Teilnehmern des Festivals viel Erfolg wünschte und die Wichtigkeit der Kunst als Stifterin von kreativem Chaos betonte. Zu Marias Erleichterung endete alles, bevor Falk seinem Unmut durch Zwischenrufe Luft machen konnte. Seit dem Abflug von Tegel ist er wortkarg, kaut an den Fingernägeln und wartet darauf, dass alles so kommt, wie er es vorhergesagt hat. Reinhards Meldung, dass zwei Streben des Bühnenkäfigs beim Transport verbogen worden seien und ersetzt werden müssen, hat ihm lediglich ein höhnisches Grinsen entlockt. Wenn er sich weigert, laut zu werden, ist er noch schwieriger, als wenn er Gift und Galle spuckt. Bei der Besichtigung des reparierten Drahtkäfigs sprechen Reinhard und er in den freien Raum wie zu einer unsichtbaren dritten Person. Die defekten Streben wurden ersetzt, die Konstruktion wirkt stabil, aber bei einem bestimmten Lichteinfall erkennt man, dass es nicht dasselbe Material ist.

»Sieht hübsch aus«, befindet Falk.

Am Donnerstag nach dem Frühstück fährt Maria mit Bodil zum Flughafen, um das Ensemble abzuholen. Entlang des Piers von Nyhavn reihen sich schmucke Fassaden aneinander, vor denen Touristen bereits am Vormittag in den Straßencafés sitzen und Bier trinken. Schlanke Kirchtürme ragen in einen weiten blauen Himmel. Die Schauspieler sind wenig begeistert, als sie auf dem Weg zum Hotel erfahren, dass in anderthalb Stunden eine Besprechung und im Anschluss daran die erste Probe angesetzt ist. »Die Dispo vor der ersten Aufführung ist ziemlich straff«, sagt Maria. »Wir machen heute einen italienischen Ablauf auf der Seitenbühne, morgen eine Durchlaufprobe auf der großen Bühne. Mehr Zeit haben wir nicht. Danach ist das Wochenende frei.«

»So Falk will«, erwidert jemand, bevor alle aus dem mit Sponsoren-Logos gespickten Kleinbus steigen und ihr Gepäck auf die Zimmer bringen.

Um halb zwölf steht die versammelte Gruppe auf der King

Side genannten Seitenbühne. Falk, die Schauspieler, Reinhard und seine zwei Mitarbeiter, Alexandra, Lena, die auf dieser Reise für die Kostüme zuständig ist, dazu die Souffleuse und ein Däne mit graublondem Bart namens Lars Tafdrup, verantwortlich für den Probenbetrieb. Ihn hat Falk bereits angeschnauzt, weil er entweder einen abgeschlossenen Probenraum haben wollte oder gleich die Hauptbühne, um die Untertitel mitlaufen zu lassen. Auf der Letzteren allerdings steht bereits das Bühnenbild für die Aufführung von *Der Gott des Gemetzels*, mit der das Schauspielhaus Zürich am Abend das Programm eröffnen wird. Ein Ensemble aus Prag ist ebenfalls im Haus, dessen Hauptdarsteller gestern vom Tod seiner Mutter erfahren und sofort die Rückreise angetreten hat. Nun brauchen seine Kollegen einen Raum, wo sie den Schock verarbeiten und die Umstellungen in der Besetzung vornehmen können; das tun sie dort, wo das Berliner Theaterwerk heute hätte proben sollen. Für jeden anderen als Falk Merlinger wären das überzeugende Gründe, ausnahmsweise mit der Seitenbühne vorliebzunehmen.

»Wird irgendwann diese Wand runtergelassen?«, fragt er, ohne sich an jemand Bestimmtes zu richten. »Oder sollen wir die ganze Probe über auf den Schickimicki-Scheiß da drüben schauen?« Die King Side hat die Ausmaße eines Flugzeughangars und kann von der Hauptbühne durch eine herabsenkbare Wand getrennt werden, die zurzeit hochgefahren ist. Nebenan laufen Techniker durch eine grell ausgeleuchtete weiße Box, in der bis auf ein paar Stühle keine Requisiten stehen. Maria tippt Lars Tafdrup auf die Schulter und übersetzt Falks Frage in eine höfliche Bitte. Schon bei den gestrigen Presseterminen musste sie daneben sitzen und aufpassen, dass seine schlechte Laune die Gesprächsatmosphäre nicht zerstörte. »Kann man nach hinten auch zumachen?«, fragt sie.

»Kann man, aber es wird ein paarmal das Tor nach draußen aufgehen. Es kommen jetzt ständig Kulissenteile rein. Tut mir leid, dass wir euch den roten Raum nicht geben können. Er war reserviert.«

»Wir kommen zurecht. Wenn Falk laut wird, hör nicht hin.«

»Ich verstehe sowieso kaum Deutsch. Schickimicki klingt nett.«

»Er tut es, um Spannung ins Ensemble zu bringen. Es ist nicht persönlich gemeint.«

»Wenn sonst noch was ist, ruf mich an.« Er sagt etwas in sein Walkie-Talkie und wendet sich zum Gehen. Sekunden später wird die Trennwand heruntergefahren, aber der Raum bleibt zu groß, die Schauspieler stehen verloren neben dem reparierten Drahtkäfig, und Falk ist anzumerken, dass er die Leseprobe am liebsten abblasen würde. Zum Schluss seiner kurzen Ansprache klatscht er zweimal in die Hände und versucht, allen reihum in die Augen zu sehen: »Die Leute werden lieben, was drüben passiert. Hübsche Pointen und zahnlose Bosheiten, Kukident-Theater. Uns werden sie nicht lieben, scheiß drauf. Einmal Harakiri und dann los!«

Einen Moment lang rührt sich niemand.

»Was ist!«, ruft er und klatscht noch einmal. »Ihr steht da wie Schulkinder, die Angst haben, aufzufallen. Los! Wenn wir untergehen, dann alle zusammen. Gemetzel können wir auch.«

Zögerlich nimmt das Team die aus den Proben bekannte Formation ein. Für jedes Stück denkt sich Falk ein eigenes Warm-up aus, mit dem die Arbeit beginnt. Er schreit laut »Hai!« und vollführt einen Schwerthieb in Richtung der Hauptdarstellerin Kati Hopp, die lustlos pariert, bevor sie von ihren Nebenleuten in die Zange genommen und symbolisch entleibt wird. Arbeiter werfen amüsierte Blicke auf die im Kreis stehende Truppe, die unsichtbare Schwerter schwingt und martialische Schreie ausstößt. Wer zu spät oder falsch reagiert, fliegt raus, und Maria gehört zu den Ersten, die am Rand Platz nehmen müssen. Später sitzt Alexandra neben ihr, und sie sehen zu, wie Falk sich abmüht, die gewonnene Konzentration durch die Lesung zu retten. Am Rand der Halle gehen Techniker mit krächzenden Funkgeräten entlang, ein Gabelstapler fährt hin und her, und die Stimmen der Schauspieler verlieren sich im weiten Raum. »Dafür werde ich büßen«, sagt Alex.

»Nicht nur du.«

»Ich dachte, es wäre eine Chance. Die große Bühne im doppelten Sinn.«

»Noch kämpft er, das ist ein gutes Zeichen.«

»Nein. Erst verausgabt er sich, und dann …« Statt den Satz zu beenden, kaut Alex auf ihrer Unterlippe. Sie hält sich tapfer, kann aber nicht verbergen, dass der Aufenthalt an ihren Nerven zerrt. Wie es derzeit zwischen Falk und ihr steht, weiß Maria nicht und ist froh, als ihr Handy eine SMS anzeigt. »Bodil will was besprechen«, sagt sie und steht auf. »Wenn Falk fragt, ich bin draußen.«

»Rauch eine für mich mit.«

Durch einen schmalen Quergang verlässt sie den Bühnenbereich. Sonnenlicht und gedämpfte Stimmen füllen das Foyer. Links vor dem Ausgang stehen die Tische eines Restaurants namens Ofelia, dort springt Bodil von ihrem Platz auf und winkt. Mit den langen blonden Haaren und den Sommersprossen ähnelt sie der Spendensammlerin auf dem Hackeschen Markt und erinnert Maria daran, dass sie seit vier Tagen nichts von Hartmut gehört hat. »Wie läuft's?«, fragt sie gutgelaunt. Auf ihrem Polohemd prangt das Logo des Königlichen Theaters.

»Geht so. Der Raum ist nicht optimal.«

»Es tut uns wirklich leid. Mit ein bisschen mehr Zeit hätten wir in der Gamle Scene was gefunden.« Das ist das alte Theatergebäude, knapp zehn Gehminuten von hier entfernt. »Wenigstens habe ich das Ticket für dich. Eigentlich wollte ich nicht stören, aber ich muss wieder zum Flughafen.«

»Kein Problem.« Im Mai beim Theatertreffen hat Maria *Der Gott des Gemetzels* verpasst, aber die Gelegenheit, eine Aufführung mit Corinna Kirchhoff zu sehen, will sie sich nicht entgehen lassen. Über zwanzig Jahre sind seit deren umjubeltem Debüt in *Drei Schwestern* vergangen. »Das ist toll, vielen Dank«, sagt sie, als Bodil ihr die Karte aushändigt.

»Kaffee-Coupons hab ich auch noch, wenn du willst. Mit oder ohne Milch?«

»Für mich ohne«, antwortet sie. Vier oder fünf Tassen hat sie schon getrunken und müsste eigentlich zurück zur Probe, aber es ist Mittag und eine gute Gelegenheit für ein Telefonat. Sie nimmt den Espresso mit auf die Promenade, steckt sich eine Zigarette an und wählt Hartmuts Handynummer. Leichter Wind hält das Wasser in Bewegung. Café-Gäste besetzen die Stühle vor dem Eingang und halten ihre Gesichter in die Sonne.

»Hallo«, sagt er, nachdem es eine Weile geklingelt hat.

»Hallo. Ich dachte schon, du bist nicht zu sprechen. Wobei störe ich dich?«

»Bei nichts. Einer Tasse Kaffee und der Frage, was meine Frau gerade macht. Schön, dass du anrufst.«

»Ich hab heute so viel Kaffee getrunken, mein Herz macht komische Sprünge.«

»Stress in Kopenhagen?«

»Eigentlich wär's mir lieber, du würdest erzählen. Hier ist es unerfreulich.« Sie wartet einen Moment, aber Hartmut scheint in Gedanken noch bei der Arbeit zu sein, also berichtet sie von den Problemen mit dem Bühnenbild, dem Gerangel um Probenzeiten und Falks schlechter Laune. »Dass die Prager dringender als wir einen Raum brauchen, wo sie für sich sind, sieht jeder ein, er meckert trotzdem. Bei den Presseterminen versucht er, witzig zu sein, aber es klingt herablassend. Dabei sind alle nett zu uns. Ich wünschte, er könnte sich einmal so verhalten, dass ich nicht denke, ich müsste eingreifen.« Ihr Eingeständnis, dass sie sich manchmal für ihn schäme, nimmt Hartmut mit stiller Genugtuung auf, das spürt sie trotz der schlechten Verbindung. Am Rand der Promenade geht sie in die Hocke, stellt die Kaffeetasse ab und sieht Quallen im Wasser treiben. Wo jetzt weiße Segelboote kreuzen, soll in naher Zukunft eine Brücke entstehen, hat Bodil erzählt, um die Stadtteile Nyhavn und Christianshavn zu verbinden. Auf die Frage, ob in Christiania immer noch Haschisch verkauft werde, hat sie kurz gestutzt und dann genickt. Sie gehe aber so gut wie nie dorthin, Kiffer-Kommunen seien nicht ihr Ding.

Eine Weile dreht sich das Gespräch um nichts Bestimmtes. Auf Marias scherzhafte Aufforderung, er solle nach Kopenhagen kommen und ihr Gesellschaft leisten, geht Hartmut nicht ein, sondern erzählt von einem chinesischen Doktoranden, der kürzlich seine Arbeit abgegeben hat. Vermutlich eine schlechte, aber er sei ja wie die AOK und müsse jeden nehmen. Irgendwie klingt er komisch. Als hätte er noch mehr zu verbergen als nur, dass ihr Anruf ihm ungelegen kommt.

»Ich hab das Gefühl, wir hätten uns schon sehr lange nicht gesehen«, sagt sie. »Länger als eine Woche.«

»Geht mir immer so. Wie war eigentlich dein Essen neulich mit Peter Karow?«

»Nett.« Sie schnippt ihre aufgerauchte Kippe ins Wasser und zieht die nächste aus der Schachtel. Das Rauschen in der Leitung vermischt sich mit dem des Windes, und weil Hartmut schon wieder schweigt, richtet sie Grüße aus, die Peter ihr nicht aufgetragen hat, dann erscheint Bodil vor der Drehtür am Eingang und gibt ihr ein Zeichen. Du wirst drinnen verlangt, soll das heißen, aber Maria tut so, als hätte sie nichts gesehen. Das Gefühl, dass etwas nicht stimmt, wird immer stärker. »Erinnerst du dich, wie du ihn zum ersten Mal getroffen hast?«, fragt sie und meint den gemeinsamen Besuch in Ost-Berlin, über den sie vor ein paar Tagen mit Peter gesprochen hat. »An das Buch, das ich ihm mitgebracht hatte? Den Nietzsche-Band.«

»Ich erinnere mich.«

»Siehst du, ich hatte es vergessen. Offenbar hatte ich das Buch für ihn über die Grenze geschmuggelt und dann gesagt, du wärst es gewesen. War es so?«

»Genau so«, sagt Hartmut. »Wie kommst du jetzt darauf?«

»Bis vor drei Tagen hat Peter geglaubt, du hättest ihm das Buch mitgebracht. Wir kamen drauf, weil er meinte, er habe von Anfang an diesen positiven Eindruck von dir gehabt. Wegen des Buches.«

»Und?«

»Ich kann beim besten Willen nicht verstehen, warum ich das gesagt haben soll. Was war der Zweck? Wollte ich euch zwei verkuppeln?«

»Als ich dich hinterher gefragt habe, meintest du, Peter hat diese Art, gerührt und dankbar zu sein, selbst für Kleinigkeiten. Und dass es dir irgendwie unangenehm sei.«

Verschwommen erinnert sie sich an den Moment im Auto, als sie das Buch aus der Tasche gezogen hat. Zu dritt sind sie die Frankfurter Allee entlanggefahren, ein bizarres Stück Moskau mitten in Berlin, das sie zum ersten Mal sah. Vor einem Konsum hielten sie an, das weiß sie noch. Peter ging hinein, Hartmut und sie blieben im Wagen sitzen, zum ersten Mal allein seit dem Kuss und gemeinsam der stummen Frage ausgesetzt, was daraus folgt. Jetzt scheint er zu überlegen, warum sie plötzlich von damals anfängt, und obwohl er versucht, sich nichts anmerken zu lassen, spürt Maria sein Hadern mit diesen Telefonaten zwischen Tür und Angel, die ein schlechter Ersatz für eheliches Zusammenleben sind. Wem spielen wir diese Komödie eigentlich vor, denkt er insgeheim.

»Gibt's in Bonn was Neues?«, fragt sie verunsichert.

Bodil taucht erneut hinter der Scheibe des Foyers auf und gestikuliert in ihre Richtung.

»Ich werde jemanden kommen lassen, der den Garten in Ordnung bringt. Wahrscheinlich muss der Kirschbaum vor dem Haus gefällt werden, sonst greifen die Wurzeln das Fundament an.«

»Hm-m. Sagt wer?«

»Dein Mann. Überhaupt überlege ich, das Haus zu verkaufen«, fügt er mit falscher Beiläufigkeit hinzu.

»Bitte?«

»Es ist zu groß für mich alleine.«

»Okay. Wann bist du auf diesen Gedanken gekommen?«

»Kein Gedanke, sondern eine Tatsache. Es *ist* zu groß für mich.«

»Kann ja sein, aber es ist nicht fair, mich damit am Telefon zu konfrontieren. Ich muss gleich wieder rein.«

»Ich hab noch nichts unternommen, Maria, nur eine Überlegung angestellt. Ein bisschen erstaunt es mich, dass … Ich meine, man kann nicht behaupten, du würdest an dem Haus hängen.«

»Ich hab ein komisches Gefühl. So denkst du nicht: Es ist zu groß für mich, also verkaufe ich's eben. Es ist unser Haus. Außerdem bist du nicht der Einzige, der in letzter Zeit nachgedacht hat.« Wenn sie nicht binnen zwei Minuten drinnen erscheint, wird Falk explodieren.

»Ich höre«, sagt er.

»Wir können jetzt nicht darüber sprechen. Ich muss wirklich wieder rein. Wir reden nächste Woche, okay? Hast du schon nach Flügen gesucht?«

»Noch nicht.«

»Aber du willst mit mir nach Spanien fliegen? Zu Philippa, und dann weiter nach Portugal. Das gilt weiterhin, ja?«

»Ja«, antwortet er beinahe gleichgültig. »Unbedingt.«

»Und ich will, dass wir unser Leben anders einrichten. Ich weiß nicht wie, aber jedenfalls so, dass keiner von uns darunter zu leiden hat. Schaffen wir das?«

»Wir sind stark genug, wir schaffen das.« Ihre Worte beim Umzug, die er ironisch zitiert, wenn ihm sonst nichts einfällt. Zum ersten Mal fragt sie sich, ob er aufgehört hat, an ihre Ehe zu glauben, und bloß noch darauf wartet, dass sie es ihm nachtut. Bodil ist verschwunden, aus dem Gang zum großen Saal kommt Falk gestürmt, und selbst durch die spiegelnde Glasfassade hindurch erkennt Maria den Zorn, der ihn wie einen Derwisch durchs Foyer treibt.

»Hartmut, hab ich einen Fehler gemacht? Ich meine nicht, ob ich dir weh getan habe oder ob es schwierig ist, mit der Situation umzugehen. Ich meine: Hab ich einen *Fehler* gemacht?«

»Soweit ich sehe, keinen, der sich nicht korrigieren ließe«, sagt er. »Wir finden einen Weg. Zusammen.«

»Versprich mir das.«

»Komm aus Kopenhagen zurück, und dann reden wir.«

Falk hat sie entdeckt und nimmt Kurs auf den Ausgang, aber noch immer macht Hartmut keine Anstalten, das Telefonat zu beenden. Vor lautet Anspannung achtet sie kaum darauf, was sie auf seine Frage antwortet, ob es Neuigkeiten von Philippa gebe. Deren letzte Mail kam vor einer Woche. Wie ist es möglich, nach zwanzig Jahren keine Vorstellung davon zu haben, was im Kopf ihres Mannes vorgeht? »Ich werde mich bei ihr melden«, sagt er. »Bestimmt hat sie einen Freund. Was meinst du?«

»Ich muss los, Hartmut. Pass auf dich auf, okay.«

»Du auch. Lass dich nicht zu sehr stressen vom großen Diktator.« Er beendet den Satz im selben Augenblick, da Falk durch die Drehtür kommt. Maria drückt auf den Knopf. Ein Paar mit kleinem Kind rennt er beinahe über den Haufen, und noch bevor er zu brüllen beginnt, richten die Gäste vor dem Café verwunderte Blicke auf die zornig mit den Händen fuchtelnde Gestalt.

»Verdammte Scheiße, wo steckst du?!«

Statt zu antworten, steckt sie ihr Telefon ein und nimmt die Kaffeetasse vom Boden auf. Tauben suchen auf den dicken Holzbohlen nach Futter.

»Es ist Probe!«, brüllt Falk. »Ist dir scheißegal, was aus unserem Stück wird?« Er macht eine Bewegung, als wollte er sie ins Wasser stoßen, aber einen Meter vor ihr hält er inne und starrt sie an. Mit demselben Gesichtsausdruck hat er damals in der Liegnitzer Straße am Fenster gestanden und ihre Bücher in den Hof geworfen, eines nach dem anderen. In einem Anfall, der nach Eifersucht aussah, aber bloß gekränkter Stolz war. Auf einmal ist es, als wäre es gestern gewesen.

»Hör auf zu brüllen«, sagt sie leise. »Was ist passiert?«

»Ja, es ist dir scheißegal.«

»Ich wurde rausgerufen und musste telefonieren. Was ist passiert? Ich denke, ihr lest den Text nur einmal durch.«

»Merkst du, dass es wichtig ist, dass jetzt alle dabei sind? Dass sich keiner verpisst, als hätte er mit der Sache nichts zu tun. Das hier ist kein verdammter Ausflug, auch wenn es sich für dich so anfühlt!«

»Hör auf zu brüllen, hab ich gesagt. Ich meine es ernst.«

»Mit wem musstest du telefonieren?«

»Mit meinem Mann.«

Das nimmt er mit einem Nicken zur Kenntnis, dem etwas Endgültiges innewohnt. Damals hat er nicht aufgehört, ihre Bücher aus dem Fenster zu werfen, auch nicht, als sie nach unten lief, um wenigstens die wichtigsten zu retten. Wahrscheinlich hat er sogar auf sie gezielt. »Außerdem ist es kein neues Stück«, sagt sie, »es sitzt.«

»Einen Scheiß tut es. Es klappert und leiert wie ein alter Leiterwagen. Robert ist komplett fehlbesetzt.«

»Wir haben es tausendmal in Berlin gespielt. Auch mit Robert.«

»Sag nicht wir, wenn es dir egal ist.«

»Noch zwei Mal, dann kannst du's in die Tonne kloppen und das neue Stück schreiben. Das, von dem du in Hamburg gesprochen hast.«

»In die Tonne kloppen«, wiederholt er verächtlich, obwohl sie die Formulierung von ihm hat. »Hör dir zu. Wer bist du eigentlich?«

»Hast du abgebrochen, oder lesen sie drinnen weiter?«

»Manchmal frag ich mich, warum du nach Berlin gekommen bist. Wozu?«

»Das beginne ich mich auch zu fragen. Du hast gesagt, du brauchst meine Hilfe. Ich wollte arbeiten. So hat sich das unwahrscheinliche Arrangement ergeben.«

»Und was heißt das für dich, arbeiten? Dein langweiliges Leben mit ein bisschen Theater aufpeppen? Muss schön sein, wenn einem egal ist, was am Ende rauskommt. Man kann ja in Kopenhagen in der Sonne stehen und mit dem Gatten plaudern. Sich beklagen, wie anstrengend es hier ist. Ich hoffe, er hatte Mitleid.«

»Das ist jedenfalls eine Empfindung, zu der er fähig ist.« Je länger sie reglos dasteht, desto stärker wird die Erinnerung. Dass es einen anderen Mann in ihrem Leben gab, hat ihn seinerzeit weniger verletzt als die nachlassende Bereitschaft, seine Arbeit zu bewundern. Monatelang, bis sie das Zimmer in Steglitz fand, tat er nichts, um sie zurückzugewinnen, aber alles, um ihr weh zu tun. Die Bücher in den Hof zu werfen, war nur der Auftakt gewesen.

»Wenn's dich überfordert, kannst du abhauen«, sagt er. »Zu kämpfen war noch nie dein Ding. Lieber gehst du zurück und schaust Fernsehserien am Nachmittag.«

»Ja«, sagt sie. »Wenn es sein muss, gehe ich zurück. Soll ich?«

Sein Gesicht ist zur Grimasse verzerrt, als er mit der rechten Hand ausholt. Maria zuckt zusammen, er macht einen Schritt zur Seite, und in der nächsten Sekunde hört sie ein lautes Platschen. Die Besucher vor dem Theater wenden erschrocken die Köpfe, einige springen auf und beginnen hektisch zu gestikulieren. Irgendwie gelingt es ihr, sich nicht umzudrehen. Zwar ist er nicht übers Meer in den Westen geschwommen, das weiß sie von Boris Jahnke, aber er kann sich über Wasser halten. Sie jedenfalls wird ihm nicht helfen. Mehrere Passanten rennen zum Rand der Promenade. »Was für eine Drecksbrühe«, hört sie Falk sagen und ein paarmal ausspucken. In der allgemeinen Aufregung kümmert sich niemand um sie.

Manche Menschen ändern sich nie, denkt Maria und geht zurück ins Schauspielhaus.

Die Aufführung auf der Store Scene genannten großen Bühne wird zwar kein Reinfall, aber erst recht kein Triumph. Die Schauspieler wirken gehemmt, und die Untertitel erscheinen entweder eine Winzigkeit zu früh oder zu spät, wodurch viele Pointen wirkungslos verpuffen. Der Applaus fällt wohlmeinend bis höflich aus, kein Vergleich zu dem Beifallssturm, der die Akteure von *Der Gott des Gemetzels* am Vorabend wieder und wieder auf die Bühne gerufen hat. Mehrere Mitglieder des Ensembles berichten hinterher, es habe sich angefühlt, als hätten sie am Publikum vorbeigespielt. Das Bühnenbild allerdings, obwohl für die Store Scene zu klein, sieht dank raffinierter Ausleuchtung gut aus und wirft Schatten auf einen über der Hinterbühne installierten Vorhang, was den Drahtkäfig größer erscheinen lässt, als er ist. Vom anschließenden Empfang verschwindet Falk nach wenigen Minuten, die anderen freuen sich, dass es vorbei ist. Niemand will es zugeben, aber der riesige und im Vergleich zum heimischen Theaterwerk ausgesprochen hohe Saal des neuen Schauspielhauses wirkt von der Bühne aus einschüchternd.

Am Wochenende geht jeder seiner Wege. Ein Teil des Ensembles muss Verpflichtungen in Deutschland nachkommen und wird erst am Dienstag zurückkehren. Maria besucht eine Kunstgalerie und sitzt am Sonntagnachmittag drei Stunden lang im Café des alten Theaters, wo sie in Zeitschriften blättert und ihren Gedanken nachhängt. Hartmuts Mobiltelefon ist ausgeschaltet, am Venusberg hebt niemand ab. Peter sitzt seit einigen Tagen an einem norwegischen Fjord ohne Handy-Empfang. Dass er ihr nichts von der Untersuchung geschrieben hat, ist ein schlechtes Zeichen. Manchmal lässt ihre Anspannung für einen Moment nach, dann fühlt es sich wie Freiheit an, in einer fremden Stadt zu sitzen und abgeschnitten zu sein vom Leben zu Hause. Draußen geht ein Schauer nieder und treibt die Passanten unter das Dach der nächsten Bushaltestelle. Sie bekommt Lust, für ein paar Tage zu verreisen, nach Schweden oder weiter in den Norden, vielleicht könnte sie Peters Adresse herauskriegen.

Falk ist nach seinem Sprung in den Kanal offenbar in aller Ruhe Richtung Hotel geschwommen, begleitet von einer die Promenade entlanglaufenden, auf ihn einbrüllenden Menschentraube, die ihn in großer Gefahr zu glauben schien. Über eine an der Kaimauer montierte Leiter ist er aus dem Wasser gestiegen und in sein Hotelzimmer marschiert, hat sich umgezogen und eine Viertelstunde später dem wartenden Ensemble erklärt: Wir lesen alles noch einmal. Weil ein dänischer Journalist den Vorfall beobachtet hat, lachen Teilnehmer des Festivals jetzt über den verrückten Regisseur aus Berlin, der erst eine Passantin angebrüllt habe und dann ins Wasser gesprungen sei. Vielleicht eine Performance im Begleitprogramm oder ein Protest gegen die europäische Flüchtlingspolitik. Auf den Titel seines Stücks angesprochen, hatte Falk in einem Interview behauptet, auf das gegenwärtige Europa treffe *Schlachthaus* jedenfalls eher zu als ein Klischee wie offenes Haus.

Mit ihr hat er seit dem Vorfall kein Wort geredet.

Am späten Sonntagabend findet Maria auf ihrer Mailbox eine Nachricht vor, die alles noch komplizierter macht. Genau genommen ist es keine Nachricht; Hartmut klingt betrunken und scheint nicht zu wissen, dass er ihr auf Band spricht. »Verdammtes Scheißding«, hört sie ihn sagen, dann folgt unverständliches Gemurmel, bis die Aufnahme abrupt endet. Als sie zurückrufen will, wird ihr mitgeteilt, der gewünschte Gesprächsteilnehmer sei nicht zu erreichen. Unzählige Male wählt sie seine Nummer und versucht sich mit einer Hollywood-Schnulze im Fernsehen abzulenken. Den Ton hat sie ausgeschaltet, liest dänische Untertitel und fragt sich, was ihren Mann dazu gebracht hat, den Verkauf des Hauses ins Auge zu fassen. Plant er, nach Berlin zu kommen, oder will er bloß nicht länger in Räumen wohnen, die ihn an sein Leben als Familienvater erinnern? Es rächt sich, dass sie über keinen Plan B verfügt, obwohl sie genauso unter der Einsamkeit leidet wie er. »… ist derzeit nicht zu erreichen«, wiederholt die Stimme an ihrem Ohr. Sie überlegt, Lena anzurufen und mit ihr in der Bar in der Lobby etwas zu trinken. Mehrmals tippt sie ihre Nummer, aber statt auf Anruf zu drücken, steht sie auf und geht zum Fenster. Wieso trinkt sich ihr Mann in einen Zustand, in dem ihn die Benutzung seines Handys überfordert? Unten vor dem Hoteleingang verabschieden sich Gäste mit Küssen und lautem Lachen, im Hintergrund leuchtet die angestrahlte Kuppel der Marmorkirche. Um ein Uhr geht sie ins Bett und träumt von einer Bühne, auf die heftige Regenschauer niederprasseln. Zwischendurch liegt sie wach und horcht auf die Geräusche im Haus, und manchmal weiß sie nicht, ob sie wach ist oder schläft und wo sie sich befindet. Die Fragen sind überall dieselben. Wenn sie mit dem Theater nichts am Hut hat, womit dann? Unter welchen Umständen wäre sie bereit, Berlin zu verlassen, ohne es als Niederlage zu empfinden?

Am Montagmorgen hängen rauchgraue Wolken über der Stadt. Maria duscht lange, frühstückt wenig und ist gerade auf dem Weg ins Schauspielhaus, als sie eine SMS von João erhält. Artur klage über Herzbeschwerden, steht darin, und müsse vielleicht ins Krankenhaus gebracht werden. Genaueres wisse er nicht, da Lurdes am Telefon nicht in der Lage war, die Situation verständlich zu schildern. Vermutlich sei es falscher Alarm. Einen Moment lang bleibt Maria stehen und kann keinen klaren Gedanken fassen. Ein frischer Wind weht vom Meer herüber und kündigt das Ende des Sommers an. In drei Minuten beginnt im Theater das nächste Pressegespräch. Dass João von falschem Alarm spricht, heißt gar nichts, es ist bloß typisch für ihn. Weil in Rapa niemand abhebt, schickt sie vom Foyer aus eine Nachricht an ihren Bruder, bevor sie hinaufgeht in den rot und schwarz gestrichenen Raum namens Henckel-Lounge, wo Falk sie erwartet.

»Vollkommen idiotisch ist das«, sagt er statt einer Begrüßung. »Vier Tage Pause zwischen zwei Aufführungen. In einer derart langweiligen Stadt.«

»Hallo.«

»Bitte?«

»Ich sagte hallo.« Sie schließt die Tür und zieht ihre Jacke aus. »Mit wem reden wir heute?«

»Ein sogenannter Kultursender hat sich angekündigt.« Über den breiten Konferenztisch schiebt er ihr einen Zettel hin. »Muss ich den Quatsch mitmachen? Das ist das siebte oder achte Interview.«

»Ich kaufe dir ein Eis hinterher. Die Frage lautet, warum ich hier bin. Soll ich übersetzen oder aufpassen, dass du nichts Falsches sagst?«

»Ich habe rausgefunden, dass es mir gefällt, Chef zu sein. Das ist alles. Es macht mir Spaß, dich für mich arbeiten zu lassen.« Seine Jeansjacke hat er über den freien Stuhl neben sich gehängt und mustert Maria mit einem ironisch gemeinten, aber abschätzig wirkenden Grinsen. »Du siehst fertig aus. Hast du gefeiert?«

»Mein Vater ist krank.« Innere Unruhe hindert sie daran, auf einem der vielen roten Stühle Platz zu nehmen. Die Decke und die Wände wurden so bemalt, dass der Eindruck entsteht, der Raum werde zur Außenseite hin niedriger. Eine optische Täuschung, auf die sie mit Anflügen von Klaustrophobie reagiert. Früh am Morgen hat sie noch zweimal versucht, Hartmut zu erreichen, aber dessen Handy ist weiterhin ausgeschaltet.

»Ernst?«, fragt Falk.

»Wahrscheinlich werde ich von hier aus direkt nach Portugal fliegen. Er ist vierundachtzig und hatte schon zwei Herzinfarkte.«

»Ich kann mich noch erinnern, wie peinlich es dir damals war, wenn alle über ihre Eltern hergezogen sind. In der WG, meine ich. Du hast nie mitgemacht, obwohl du mit katholischen Eltern auf dem Land vorne dabei gewesen wärst.«

Durch schmale Fenster fällt der Blick auf den Platz vor dem Haupteingang. Dahinter, wo die Wasserstraße einen Knick macht, versucht eine ziemlich große Yacht, in den Pier von Nyhavn einzufahren. An Deck sitzen, soweit sie es erkennen kann, ältere Männer mit Bierdosen auf den Knien. »Kommt Alex nicht?«, fragt sie.

»Nein«, sagt er, lässt sich aber nicht auf den Themenwechsel ein. »Oder täusche ich mich? Ich habe von dir nie ein schlechtes Wort über deine Familie gehört.«

»Alle haben sich kämpferisch gegeben und so getan, als wären sie politisch engagiert. In Wirklichkeit wollten sie einander bloß bestätigen, dass ihre Eltern Idioten sind. Als Programm ziemlich dürftig.«

»Erinnerst du dich an Wolle Kaminski?«, fragt er. »Wolle, der die Wände kannte. Der mit den Leitungen sprechen und Stromkabel hören konnte. Das Faktotum unserer WG?«

»Die Wand in unserem Zimmer kannte er nicht so gut. Was ist mit ihm?«

»Gestorben. Gestern hab ich eine Mail von seiner Schwester bekommen. Die letzten Jahre hat er bei ihr in Süddeutschland gewohnt.« Er seufzt und kratzt seinen Bart. »Sobald ich Berlin verlasse, kommt mir mein Leben seltsam vor. Obwohl die Stadt, in der es halbwegs normal aussah, längst nicht mehr existiert. Wolle ist schon Anfang der Neunziger abgehauen. Is nich mehr meine Welt, hat er gesagt, und weg war er. Ich habe leider keinen Ort, an den ich flüchten könnte.«

In der Spiegelung der Scheiben erkennt Maria, wie er den Blick unverwandt auf sie gerichtet hält. »Wieso hast du damals allen erzählt, du würdest aus dem Osten kommen?«, fragt sie.

»Weil es stimmt.«

»Jahnke hat mir Fotos von dem Kaff in Niedersachsen gezeigt, in dem du aufgewachsen bist.«

»Peine.« Er spricht den Namen aus, als würde er einen Kirschkern über den Tisch spucken, aber überrascht wirkt er nicht. »Die Perle am Mittellandkanal. Ich habe es immer abgelehnt, mich dem Ort verbunden zu fühlen.«

»Du warst Mitglied im Schützenverein.«

»Ich dachte, man dürfte die Waffen mit nach Hause nehmen.«

»Hast du dir die Sache mit der Flucht meinetwegen ausgedacht?«

»Es klang interessanter. Außerdem bin ich in Potsdam geboren, auch wenn ich mich kaum noch an die Stadt erinnern kann. Willst du dich nicht setzen? Der Journalist verspätet sich um eine Viertelstunde, wurde mir mitgeteilt.«

»Sprich weiter«, sagt sie.

»Bei der Ausreise war ich vier. Zwei Jahre später haben sich meine Eltern getrennt, und meine Mutter ist zurück in den Osten. Dann kam die Mauer, also musste ich bei meinem Alten in Peine bleiben. Ingenieur im Stahlwerk. Es gab ein paar Frauen, die nicht lange geblieben sind, wofür er mir die Schuld gegeben hat. Wahrscheinlich zu Recht. Zwei Tage nach dem Abi bin ich abgehauen und war seitdem nie wieder da. Vor ein paar Jahren ist mein Vater gestorben, aber ich bin nicht zur Beerdigung gegangen. Wusste Jahnke das auch?«

»Irgendwie tust du mir leid.«

»Wundert mich, dass du es jetzt erst erfahren hast. Das Gerücht kursiert schon lange, Castorf hat es damals jedem gesteckt. Dass niemand der Sache nachgehen wollte, hab ich für den Beweis gehalten, dass meine Zeit vorbei ist. Sag Jahnke vielen Dank. Musstest du mit ihm ficken, oder hat er's dir von sich aus erzählt?« Obwohl genug Tageslicht in den Raum fällt, brennen an der Decke zwei Dutzend nackter Glühbirnen. Ihr verachtungsvoller Blick erreicht ihn nicht, er spricht einfach weiter. »Ich weiß noch, wie Wolle mich eines Tages angerufen hat. Die *Sprechakte* waren gerade rausgekommen, ich hab inzwischen allein gewohnt. Hey, hier is Wolle, hat er gesagt. Hab jehört, du machst jetze wat uff'er Bühne. Ich sag, ja, ich hab ein Stück inszeniert. Und, läuft jut? Ich sag, ja, ziemlich erfolgreich. Na, denne, hat er gesagt und aufgelegt. Als ich die Mail bekommen habe, dachte ich: Wieder einer weniger. Gestorben ist er an seiner Sauferei.«

Maria löst sich vom Fenster und nimmt ihm gegenüber Platz. Ihre Armbanduhr zeigt kurz nach elf, das Display des Handys ist dunkel, keine Antwort von João. Als hätten alle verabredet, sie zu schneiden.

»Ich weiß, du hast im Moment andere Sorgen«, fährt er fort. »Darf ich trotzdem fragen, ob du glaubst, dass die Zahl der Spinner in einer Gesellschaft über lange Zeiträume konstant bleibt? Oder würdest du sagen, sie nimmt zu oder ab? Ich meine Spinner mit Prinzipien und Rückgrat. Mein Gefühl sagt mir, dass sie weniger werden. Dass Wolles Platz jedenfalls leer bleibt.«

»Was für Prinzipien? Er war ein Trinker und vermutlich geistesgestört.«

»Kann sein. Er ist mal von einem Filmteam angesprochen

worden, paar Jahre her. Er sollte als Statist in einer Kneipenszene mitmachen, weil er das richtige Gesicht hatte. Für seine Verhältnisse hätte er königlich verdient. Es war sogar eine Kneipe, in die er oft gegangen ist, aber er hat gesagt: Ick hab zu tun. Danach hat er sich in der Kneipe nie mehr blicken lassen. Solche Prinzipien meine ich.« Falk verschränkt die Arme hinter dem Kopf und streckt die Füße so weit unter den Tisch, dass sie ihre fast berühren. »Heiner hat immer gesagt: Das Überleben der Menschheit hängt von ihrer Fähigkeit ab, Unordnung zu schaffen und Ordnung zu verhindern. Das stimmt. Deshalb sind Leute wie Wolle unverzichtbar, auch wenn die Gesellschaft es ihnen nicht dankt.«

»Abgesehen davon, dass du von seinem Tod erfahren hast: Gibt es einen Grund, warum wir so ausführlich von ihm sprechen?«

»Langweile ich dich?«, fragt er. »In den Neunzigerjahren hab ich ihn ein paarmal besucht. Seine Schwester lebt auf dem Land. In der Nähe des Hauses gibt es einen Fluss, wo wir die Nachmittage verbracht haben. Wolle hat versucht, die Strömung zu berechnen, und selbstgebaute Fallen aufgestellt, um Fische zu fangen. Stundenlang saßen wir am Ufer und haben kein Wort geredet. Für mich war es eine Art Kur, und ich glaube, ihm war es einfach egal. Dass ich neben ihm saß, meine ich. Fische haben wir auch keine gefangen.« Er sieht sie an und lächelt. »Wolle Kaminski, übrigens ein Künstlername. In Wirklichkeit hieß er Carl Etzhard Mayerhoff, aber das ging in Kreuzberg natürlich nicht. Ich hab mir fast in die Hose gemacht, als seine Schwester ihn Carl Etzhard genannt hat. Die Familie hatte Kohle ohne Ende, degeneriert bis ins Mark.«

»Heißt du eigentlich Falk Merlinger?«

»Ja. Ein Ossi-Name, das hat die Sache erleichtert. Genau genommen heiße ich Falk Reinhold Merlinger, nach meinem Alten.« Sein Lächeln wird wieder überheblich. »Übrigens brauchst du nicht hier zu sitzen, wenn du nicht willst. Ich meine, wenn du sowieso nur auf dein Handy starrst. Ich rede bloß vor mich hin. Wäre ich ein Elefant im Zoo, würde ich mit dem Kopf wackeln.«

»Für uns Nicht-Autisten ist es manchmal wichtig, zu erfahren, wie es anderen geht«, sagt sie, steckt das Telefon aber ein. Eine Weile sitzen sie einander schweigend gegenüber, von draußen dringen Schiffssirenen und Fahrradgeklingel herein. Am Nachmittag wird sie nach einem Flug nach Lissabon suchen und bei Philippa anrufen.

»Im Ernst«, sagt Falk, »warum versuchst du ein Leben zu führen, für das du nicht gemacht bist?«

»Tue ich das?«

»Hast du immer getan. Du wolltest in der WG leben, obwohl du für die Leute nur Verachtung übrighattest. Vom ersten Tag an hast du darauf gewartet, dass wir woanders hinziehen. Jetzt bist du wieder in Berlin und arbeitest am Theater. Warum? Du willst mir doch nicht sagen, dass es im Rheinland keinen Job für dich gab.« Er spricht ruhig und ohne Aggression, und trotzdem spürt sie die destruktive Absicht. »Ich meine, wem versuchst du was vorzumachen, mir?«

»Erinnerst du dich an unseren Ausflug an den Wannsee?«, fragt sie. »Als du gesagt hast, ich könnte auf alle möglichen Weisen leben, könnte dieses oder jenes tun. Für dich hingegen gibt es keine Wahl, nur das Schicksal deiner Kreativität. Weil du wie dieser japanische Maler bist, der immer das gleiche Motiv noch einmal malen muss. Den Mond oder was es war.«

»Schicksal meiner Kreativität hab ich nicht gesagt, das klingt nach Boris Jahnke. Ihr habt gefickt, gib's zu. Ich hab dir diese katholische Tour nie abgenommen. Dafür warst du zu scharf.«

»Erinnerst du dich?«

»An deinen Bikini. Er war schwarz und stand dir gut. Ich meine nicht gut, sondern – umwerfend.« Ein Wort, das nicht in sein Vokabular passt und ihn für einen Augenblick zu verwirren scheint. Dann hat er sich wieder gefangen. »Wenn die nächste Aufführung vorbei ist, könnten wir ans Meer fahren. Auch der Strand hat eine zweite Chance verdient.«

»Es ist genau umgekehrt«, sagt sie. »Du bist frei, du kappst einfach die Leinen. Ich hänge an allem, was war.«

»Bloß warum?«

»Weil es war.«

Entschieden schüttelt er den Kopf. »Du guckst nach hinten, weil vorne nichts kommt. Als junge Frau hast du Bücher gelesen und dir einreden lassen, du müsstest etwas Besonderes aus deinem Leben machen. Erstens musst du das nicht, und zweitens kannst du es nicht, weil man dafür ein Talent braucht. Es gibt wenige Menschen, deren Freiheit darin besteht, anders zu sein. Die Freiheit der meisten besteht darin, zu sein wie alle anderen, und die Perversion unserer Gesellschaft besteht darin, allen einzureden, sie wären dazu berufen, anders zu sein. Es ist ein Trick, um Telefone zu verkaufen, weiter nichts.«

»Halte dich an deinesgleichen«, sagt sie. »Das hat mir vor langer Zeit ein Arzt geraten.«

»Wird ein kluger Mann gewesen sein. Jetzt hör auf, dich zu quälen, und geh nach Hause.«

Sie presst die Lippen aufeinander und nickt. »Gut. Dann schlage ich vor, wir steigen noch mal in die Kiste, und danach haue ich ab nach Bonn. Das meintest du doch, oder? Alex hat bestimmt nichts dagegen. Hat eigentlich sie dich verlassen oder du sie?«

»Einvernehmliche Trennung. Die Krönung jeder Beziehung.«

»Also kein Problem für die weitere Zusammenarbeit.«

»Sie ist ein Profi«, sagt er und meint: im Gegensatz zu dir.

Ihre Jacke liegt auf einem Stuhl am Fenster. Draußen vor der Tür werden Stimmen laut, und kurz darauf klopft es, aber keiner von ihnen sagt herein. Das Klopfen wiederholt sich, dann tritt ein junger blonder Mann so vorsichtig ein, als wüsste er, dass er stört. Er hat ein engelhaft hübsches Gesicht und die dazu passenden Locken. Mit einem schüchternen »Hello« blickt er erst zu Maria, dann auf den reglos vor sich hin brütenden Falk Merlinger.

»Hello«, sagt sie und wechselt die Sprache. »Verstehen Sie Deutsch?«

»Verstehen ja, sprechen nicht so gut.«

»Reicht es für ein Interview? Herr Merlinger beherrscht keine Fremdsprachen, und ich muss leider weg.« Sie geben einander die Hand, der junge Mann wuchtet eine volle Tasche auf den Tisch und scheint immer noch nicht zu wissen, an wen er sich wenden soll. »Mein Name ist Nicolas Wolsted, hier von Radio DR P1. Freut mich sehr, dass Sie ... that you have time for me.«

Maria bedeutet ihm, die Visitenkarte der stummen Gestalt am Tisch vorzulegen. »Hat mich gefreut«, sagt sie und wendet sich zum Gehen. In der offenen Tür bleibt sie noch einmal stehen. Trotz der Fenster und der brennenden Deckenbeleuchtung wirkt der Raum düster. Wie ein deplatzierter Statist steht der Journalist zwischen ihnen und verhindert einen letzten Blick. »Gilt dein Angebot?«, fragt Falk.

Ohne zu antworten, schlüpft sie nach draußen und geht die Treppe hinunter ins Foyer. Das letzte Wort, denkt sie, behält immer, wer es am nötigsten hat.

Ein Trost ist das nicht.

17 Für weitere zwei Tage bleibt Hartmut unerreichbar. Bei jedem Anruf meldet sich die Stimme vom Band und zwingt Maria, den Signalton abzuwarten und ihren Mann in zunehmend verzweifeltem Tonfall um einen Rückruf zu bitten. Auch über den Zustand ihres Vaters weiß sie nichts. In Rapa geht niemand ans Telefon, und João reagiert nicht auf ihre SMS. Wenn sie abends eine Vorstellung besucht, bleibt sie in der Nähe des Ausgangs sitzen und behält das Telefon in der Hand. Das Prager Ensemble wird für seinen gekürzten *König Lear* mit Ovationen gefeiert, danach steht Maria mit anderen Festivalteilnehmern an der Theke im Foyer, nippt an ihrem Wein und hat Mühe, dem Gespräch zu folgen. Unaufhörlich denkt sie sich selbst Erklärungen für Hartmuts anhaltendes Schweigen aus, aber keine wirkt beruhigend. Soll sie Ruth anrufen? Bei seiner Sekretärin an der Uni hat sie es schon versucht, aber in den Semesterferien scheint Frau Hedwig nicht im Haus zu sein, und Philippa hat sich offenbar ein spanisches Handy zugelegt, ohne ihr die neue Nummer mitzuteilen.

Sie lächelt, nickt und spürt dabei, wie sie allmählich die Fassung verliert.

Am Mittwochmorgen sitzt sie mit Lena im vollen Frühstückssaal des Admiral Hotels. Ob sie sich vorstellen könne, mit ihr zusammen nach Köln zu gehen und die zweite Stelle zu besetzen, will die Kollegin wissen, als das Telefon endlich eine SMS von Hartmut anzeigt. »Klingt interessant, wir reden später«, sagt Maria, läuft am Büfett vorbei zur Tür und ist auf vieles vorbereitet – nicht jedoch auf das Foto eines Kuchenstücks, das unter der kryptischen Zeile ›Das ist mein Geheimnis, was ist deins?‹ auf ihrem Display erscheint. Wie vor den Kopf geschlagen, bleibt sie auf der Terrasse stehen. Um kurz vor zehn lockt das sonnige Wetter viele Gäste in den Außenbereich, wo sie mit Decken über den Beinen Kaffee trinken. Hat Hartmut vollends den Verstand verloren oder sein Handy irgendwo liegengelassen, und jemand erlaubt sich einen Scherz mit ihr? Hinter einer Zierhecke strömen Spaziergänger über die Hafenmole. Das Schauspielhaus, wo in einer halben Stunde die Probe beginnt, wirkt im klaren Morgenlicht noch imposanter als sonst. Die vergangenen Tage haben ihre Nerven bis zum Zerreißen gespannt, jetzt fühlt sich Maria verhöhnt und braucht ein paar Minuten, bevor sie imstande ist, seine Nummer zu wählen. Es klingelt lange, aber immerhin meldet sich nicht die verhasste Ansage vom Band, sondern Hartmut sagt »Hallo, guten Morgen«, als hätten sie gestern zuletzt gesprochen. Mit schnellen Schritten verlässt Maria das Hotelcafé und verlangt eine Erklärung.

»Das Bild hat Philippa geschickt«, behauptet er. »Es ist ein Stück Tortilla.«

»Die Nachricht kam von deinem Handy.«

»Ja«, sagt er. »Sie hat es von meinem Handy geschickt. Ich bin in Santiago.«

Es dauert einen Moment, bis sie realisiert hat, was er meint. Bevor sie fragen kann, wie er plötzlich nach Santiago kommt, erzählt Hartmut, der Akku seines Telefons sei leer gewesen, darum habe er ein paar Tage nicht telefonieren können. Kein Grund zur Sorge, scheint sein Tonfall ihr bedeuten zu wollen. Artur gehe es gut, jedenfalls behaupte er selbst das; der Arzt wollte nicht ausschließen, dass es ein leichter Infarkt gewesen sein könnte, weshalb ihr Vater heute im Krankenhaus von Guarda untersucht werden soll. Maria bleibt auf der Mole stehen und weiß nicht, wo sie mit ihren Fragen anfangen soll. Artur geht es gut, wahrscheinlich jedenfalls, mehrmals muss sie sich das vorsagen, bevor ihr Puls ein wenig ruhiger wird. »Seit wann bist du in Santiago?«, fragt sie.

»Seit gestern. Mir ist in Bonn die Decke auf den Kopf gefallen, also bin ich losgefahren.«

»Gefahren? Du bist mit dem Auto unterwegs?« Der starke Wind macht es schwierig, eine Zigarette anzuzünden. Hektisch knipst sie an ihrem Feuerzeug und erfährt, dass Hartmut erst in Paris war und anschließend seinen ehemaligen Kollegen Tauschner besucht hat. Bei ihrem letzten Telefonat saß er auf einem Rastplatz in der Nähe von Tours oder Poitiers, fügt er auf Nachfrage hinzu, jetzt ist er bei Philippa in Santiago, und die beiden frühstücken. »Ich verstehe das alles nicht«, bringt Maria zwischen hastigen Zügen hervor. »Wieso hast du nichts gesagt?«

»Wir frühstücken zu dritt«, erwidert er darauf nur.

»Zu dritt.«

»Ja. Ich wurde aufgenommen in den Club der Eingeweihten.« Er kann sich noch so sehr bemühen, unbeschwert zu klingen, sie hört trotzdem, wie viel Kraft es ihn kostet. Sogar das Gesicht, das er dabei macht, glaubt sie vor sich zu sehen. Er grollt seiner Tochter, dass sie ihn so lange im Unklaren gelassen hat, und sucht gleichzeitig die Schuld bei sich. Manchmal hat sie keine Ahnung, was in ihm vorgeht, und in anderen Momenten weiß sie es genau und kann ihm dennoch nicht helfen. »Sind wir so was wie die Parodie unserer selbst?«, fragt er.

»Ich weiß nicht, was das heißt.« Sie klemmt sich das Handy zwischen Schulter und Ohr und die Zigarette zwischen die Lippen und tastet nach einem Taschentuch. Als Nächstes will er wissen, wann Philippa es ihr gesagt hat und warum ihr zuerst, aber sie überlegt noch, ob er vor drei Tagen so komisch gewesen ist, weil er nicht verraten wollte, wo er war. Wird es ihn trösten, wenn sie ihm sagt, dass auch sie ein Problem damit hat, dass ihre Tochter lesbisch ist? Auf keinen Fall will sie, dass ihre Eltern davon erfahren, aber es dürfte ein Fehler gewesen sein, Philippa das seinerzeit so deutlich mitgeteilt zu haben. Jetzt kann sie nicht weiter darüber nachdenken. Vor ihr liegen Segelboote vertäut am Kai, ein bärtiger Typ schreibt etwas in sein Notizbuch und wirft ihr besorgte Blicke zu. Wahrscheinlich sieht man ihrem Gesicht an, wie durcheinander sie ist. Sie lässt die aufgerauchte Zigarette ins Wasser fallen, tritt vom Rand der Mole zurück und bittet Hartmut, vorsichtig zu sein, wenn er mit Philippa spricht. »Sie ist dir ähnlicher, als du glaubst. Wenn du sie in die Ecke drängst, wird sie wild. Alles andere als vollständige Akzeptanz ist ihr zu wenig.«

Darauf erwidert er gar nichts.

»Du hast gesagt zu dritt«, sagt sie. »Mit Gabriela?«

»Du kennst sie?«

»Die beiden waren einmal zusammen in Berlin. Sie ist nett, oder?«

»Keine Ahnung. Wahrscheinlich«, antwortet er gleichgültig und erzählt, dass er letzte Nacht davon geträumt hat, wie sie zusammen den Joint geraucht hätten. Den Joint vor der Waldhütte, nach dem großen Streit. Offenbar will er über das andere nicht mehr reden. »Wieso haben wir das nur ein Mal gemacht?«

»Ich hatte nicht den Eindruck, dass du es wiederholen willst.«

»Will ich aber. Nur den Joint, nicht das davor.«

»Dann tun wir's. Wie geht's jetzt weiter?«, fragt sie. »Bleibst du in Santiago? Was wird aus unserer Reise?«

»Philippa und ich fahren morgen nach Lissabon. Dann wahrscheinlich weiter nach Rapa. Entweder geht es deinem Vater besser und wir machen Urlaub, oder es kann nicht schaden, wenn jemand da ist. Am besten du kommst nach. Wir bleiben ein paar Tage bei deinen Eltern und fahren durch Spanien und Frankreich zurück. Wie damals. Wie lange musst du in Kopenhagen bleiben?«

»Noch zwei Tage, wenn alles glattgeht. Bist jetzt ist nichts glattgegangen.«

»Wie wurde die erste Aufführung aufgenommen?«

»Höflicher Applaus«, antwortet sie. Am Abend steht die zweite und letzte Vorstellung an, morgen reisen die Schauspieler ab. Ihren Rückflug nach Berlin hat sie storniert, aber noch keinen Platz in einer Maschine nach Lissabon bekommen. »Es ist schrecklich hier, ich kann nicht mehr.«

»Mach's wie ich. Hau einfach ab.«

»Du weißt, dass das nicht geht. Es gibt ein Ensemble.«

»Hier auch, und was für eins. Wir kennen nicht mal das Stück, das wir spielen.« Offenbar spricht er außer Hörweite der beiden, jedenfalls senkt er die Stimme nicht, als er das sagt. Lena erscheint im Eingang des Hotels und dreht suchend den Kopf. Maria bittet ihn, sie über Arturs Zustand auf dem Laufenden zu halten, und schärft ihm noch mal ein, vorsichtig zu sein mit Philippa. Kränkungen zu verbergen, ist keine Stärke von ihm, und sie kann durchs Telefon hören, wie verletzt er ist. »Du bist hinterher derjenige, der am meisten leidet«, sagt sie und nimmt sich vor, am Abend selbst mit ihrer Tochter zu reden. Vielleicht weiß die mehr über Hartmuts geistigen und Arturs körperlichen Zustand, und überhaupt: Es muss jemanden geben, der ihr sagen kann, was los ist.

Damit endet das Gespräch.

Bei der letzten Probe unterbricht Falk den Ablauf kein einziges Mal, so als ginge es nur noch darum, die Sache zu Ende zu bringen. Am Abend gelingt die Aufführung auf der kleinen Bühne trotzdem. Sie ist konzentrierter und schwungvoller als die erste Vorstellung, und die größtenteils jungen Zuschauer können mehr mit dem Stück anfangen als das gesetzte Publikum am Freitag. Unerwartet wird die allerletzte Vorstellung von *Schlachthaus Europa* zu einem versöhnlichen Abschluss des Gastspiels, den das Team anschließend in einer Bar in Nyhavn feiert. Sogar der Regisseur lässt sich blicken, nur Maria täuscht nach einem Glas Kopfschmerzen vor und geht zurück ins Hotel. In einer Pause am Nachmittag hat sie Philippa eine Mail geschrieben, und zu ihrer Freude ist die Antwort schon da, als sie im Hotelzimmer den Laptop öffnet. Kurz und bündig teilt ihre Tochter mit, sie werde später sowieso am Computer sitzen und könne skypen. Rasch schlüpft Maria in bequeme Kleidung und kocht sich einen Tee. Seit dem Telefonat am Morgen denkt sie fast ununterbrochen über Hartmuts rätselhaftes Verhalten nach. Als sie schließlich vor dem Schreibtisch sitzt und Philippas Schilderung der letzten Tage zuhört, geht es bereits auf elf Uhr zu. Auf dem Bildschirm sind die Umrisse des spärlich möblierten Zimmers zu erahnen, in dem ihre Tochter wohnt. Von Hartmuts Reise hat sie erst einen Tag vor seinem Eintreffen in Santiago erfahren und beschlossen, die Chance zu nutzen. Dass es ihr nicht leichtgefallen ist, verrät der nachdenkliche Blick, der die Erzählung begleitet.

»Welchen Eindruck hat er auf dich gemacht?«, fragt Maria. »Konnte er erklären, warum er plötzlich durch halb Europa gefahren ist, ohne es irgendwem zu sagen? Oder wusste Ruth Bescheid?«

»Es wäre mir lieber, du würdest ihn fragen, nicht mich. Ich hab meinen Teil erledigt.«

»Tu mir den Gefallen, Philippinha. Ein Mal.« Dass ihr Mann auf einer Raststätte in Frankreich gesessen und so getan hat, als wäre er in Bonn, lässt ihr keine Ruhe. Immerhin weiß sie inzwischen, dass Arturs EKG zwar keinen eindeutigen Befund erbracht, den Verdacht auf einen Infarkt aber zumindest nicht bestätigt hat. Wegen seiner auffälligen Blutwerte haben die Ärzte in Guarda einen stationären Aufenthalt und weitere Untersuchungen angeordnet. Wie es Lurdes in diesen Tagen gehen mag, kann Maria sich vorstellen, aber mit ihr gesprochen hat sie nicht. Eins nach dem anderen, sagt sie sich. Erst die Ehe.

»Angeblich hat er vor, seinen Job an den Nagel zu hängen«, sagt Philippa, »um bei Peter Karow im Verlag anzufangen. Ich glaube aber nicht, dass das alles ist.«

»Was denkst du, was das andere ist?«

»Nichts Bestimmtes. Gestern im Café hab ich gedacht, dass es typisch für ihn ist, auf diese zufriedene Weise mit sich zu hadern. Er tut es ständig. Außerdem ist er einsam in Bonn und überlegt, das Haus zu verkaufen.«

»Davon hat er erzählt«, sagt Maria. »Leider ist die Job-Option in Berlin nicht mehr aktuell. Peter hat das Angebot zurückgezogen. Dein Vater passt nicht ins Team, er denkt zu viel nach.«

»Hast du ihm das gesagt?«

»Wann denn? Wir hatten kaum Zeit, und ich musste erst mal seine Neuigkeiten verdauen. Du meinst, er hat es wirklich vor?«

»Es klingt jedenfalls nicht nach den Sprüchen von früher, dass er Weinbauer im Alentejo werden will.« Philippa schüttelt den Kopf. »Du musst es ihm sagen, hörst du. Es ist immer das Gleiche mit euch. Warum redet ihr nicht miteinander?«

»Wir sind ein komisches Paar.«

»Weiß Gott!«

»Aber wir reden. Gar nicht mal wenig, bloß in zwei Sprachen.«

»Und offenbar nicht über das Wichtige.«

»Du wirst es nicht hören wollen, aber in einer Ehe redet man nicht über das Wichtige. Man redet einfach, über alles Mögliche. So überzeugt man sich davon, dass das, worüber nicht geredet wird, auch nicht wichtig sein kann.«

»Glaubst du dir selbst, wenn du so was sagst?«

Philippa ist das jüngste Mitglied einer Vierer-WG, die sich in Hamburg eine geräumige Altbauwohnung in der Nähe der Alster teilt. Bei Marias Kurzbesuch im Frühjahr haben sie dort einen netten Abend miteinander verbracht. Die Mitbewohner waren zwei Männer und eine Frau – Lehrer, Krankengymnast, Grafikdesignerin – allesamt heterosexuell, höflich und dem Anschein nach so normal, dass sich ihr der Eindruck einer bürgerlichen Ersatzfamilie aufdrängte, in der Philippa die Rolle des Nesthäkchens spielte. In der Küche reihten sich Teetassen auf einem Wandbord, und die erste Stunde hindurch musste Maria gegen die Phantasie dreier ernster Gesichter ankämpfen, die am Abendbrottisch zuhörten, wie die Jüngste von ihren verkorksten Eltern erzählt.

»Was hast du jetzt vor?«

»Ich schaue nach Flügen«, sagt Maria. »Wenn ich keinen nach Lissabon bekomme, fliege ich nach Porto und nehme den Zug.«

»Ich meine, nachdem dein Plan gescheitert ist und ihr beide, ohne es einander zu sagen, zu der Einsicht gekommen seid, dass es so nicht weitergeht.«

»Keine Ahnung. Wie die Dinge zwischen Falk und mir liegen, kann es sein, dass es für mich in Berlin auch nicht weitergeht.«

»Habt ihr Zoff?«

»Das erzähle ich dir ein andermal.« Ihre Tochter hat nie einen Hehl daraus gemacht, dass ihr das Berliner Arrangement suspekt ist. Im Zweifelsfall ergreift sie Hartmuts Partei, das war immer so und wird sich nicht mehr ändern. »Noch mal zurück zu dir. Was hat dich bewogen, es deinem Vater zu sagen?«

»Vor allem der Ärger darüber, es nicht längst getan zu haben. Es ärgert mich immer noch. Als er plötzlich seinen Besuch angekündigt hat, meinte Gabriela: Das ist deine Chance. Sie hat es mit siebzehn hinter sich gebracht. Mit siebzehn hab ich mit Michael geknutscht und versucht, nicht zu kotzen. Ich glaube, ich wäre gerne mutiger, als ich bin.«

»Du warst immer ein Papa-Kind. Von Anfang an.«

»Ja«, sagt sie. »Und das heißt?«

»Deine größte Sorge war, ob er rechtzeitig nach Hause kommt, um dir gute Nacht zu sagen. An manchen Abenden hast du hundertmal gefragt: Wann kommt er denn, wann kommt er denn? Ich musste im Büro anrufen und ihn zur Eile antreiben, sonst hättest du nicht geschlafen.«

»Darüber bin ich deiner Meinung nach lesbisch geworden?«

»Ich versuche zu ergründen, warum es dir so schwergefallen ist, es ihm zu sagen. Wie du dir denken kannst, fragt er sich das auch. Bloß, dass er den Grund nicht bei dir sucht, sondern bei sich.«

»Irgendwann hab ich mir gesagt, dass ich ihm die Chance nehme, mich so zu lieben, wie ich bin. Das ist es doch, was Geheimnisse tun, die man voreinander hat: Sie führen dazu, dass der Andere eine Fiktion liebt. Nicht, wer man wirklich ist.«

»Vorausgesetzt, das gibt es. Wer man wirklich ist.«

Philippas Lippen produzieren ein trockenes Ploppen. »Ich bin jedenfalls lesbisch. Falls du gehofft hast, es würde vorübergehen.« Einen Moment lang nicken sie beide wie in stummem Einverständnis vor sich hin, und Maria denkt an den seltsamen Text der SMS von heute Morgen. ›Das ist mein Geheimnis, was ist deins?‹ Bevor sie Philippa darauf ansprechen kann, rückt die näher an die Webcam heran, schneidet eine Grimasse und sagt: »Wie's aussieht, wohnst du ziemlich nobel.«

»Nett, oder?« Der kleine Schreibtisch, an dem sie sitzt, steht zwischen dem Bett und der verspiegelten Wand zum Badezimmer. Außer der Nachttischlampe hat sie alle Lichter gelöscht, so dass ein warmer Schimmer auf Holzmöbel und Wände fällt. Es ist geschafft, versucht sie sich zu sagen, aber das Gefühl dazu will sich nicht einstellen.

»Papa hat sich mit einem einfacheren Quartier begnügt, jedenfalls an dem Abend, an dem wir geskypt haben. Potes heißt der Ort, liegt in irgendeinem spanischen Gebirge. Er meint, in der Nähe sei ich gezeugt worden. Genau weiß er es nicht mehr, offenbar habt ihr ziemlich … Na ja, mir gefällt, dass es in Spanien passiert ist. Ich mag das Land.«

»Der Name Potes sagt mir nichts. Dein Vater weiß es nicht genau, weil ich es ihm nicht gleich gesagt habe.«

»War wohl nicht wichtig. Wann hast du's ihm gesagt?«

»Ich wollte erst sicher sein. Wir saßen in Rapa auf dem Balkon, zwei Wochen später oder so. Er hat gefragt, was los ist und warum ich nicht rauche.«

»Und du so, schlechte Nachrichten, Liebling, das süße Leben ist vorbei. Und er, ach du Scheiße, wie konnte das denn passieren!«

»Er hat sich gefreut. Sehr sogar.«

Philippa stützt ihr Gesicht in beide Hände und lässt nicht erkennen, was sie denkt. Von der Kindbettdepression weiß sie, und mit vierzehn oder fünfzehn ist sie darauf herumgeritten, offenbar kein Wunschkind, sondern ein Unfall gewesen zu sein. Heute scheint sie dieses Thema nicht vertiefen zu wollen.

»Denkst du, dass wir eine komische Familie sind?«, fragt sie stattdessen.

»Im Vergleich zu wem? Ich weiß, dass ich keine besonders begabte Hausfrau und Mutter war. Davon abgesehen, sind wir einigermaßen normal.«

»Weil du keine Hausfrau und Mutter sein wolltest. Schon gar nicht eine wie Ruth. Dafür warst du dir zu schade.«

»Sagen wir, es war nie mein Plan, in der weiblichen Dreieinigkeit aufzugehen. Mit Ruth hat es nichts zu tun. Ehefrau, Hausfrau und Mutter, das wollte ich tatsächlich nicht.«

»Ehefrau auch nicht?«

»Gibt es einen Grund, warum wir jetzt davon anfangen?«

»Gabriela und ich denken darüber nach.«

»Über mein Versagen als –«

»Wann und wie wir es machen. Witzigerweise ist Spanien ja eines der liberalsten Länder, wenn es um die Homo-Ehe geht. Liberaler als Deutschland, das gilt sogar für das Recht auf Adoption.«

»Schatz, du bist zwanzig«, sagt Maria belustigt. Danach dauert es zwei Sekunden, bis sie die Möglichkeit ins Auge fasst, Philippa könnte es ernst meinen.

»Gabriela ist sechsundzwanzig. Es gibt Leute, die sagen, das Studium sei die beste Zeit.«

»Ist es auch, aber nicht, um zu heiraten und Kinder zu haben! Ist das eine Überlegung, die ihr wirklich anstellt, oder willst du mich bloß auf den Arm nehmen?«

»Du glaubst, ich bin nicht reif genug.«

»Kein Mensch ist mit zwanzig Jahren reif genug. Eine Ehe ist … Müssen wir darüber reden? Ich war dreißig und nicht reif genug.«

»Wir informieren uns. Kann ja nicht schaden. Künstliche Befruchtung wäre uns allerdings lieber. Was Eigenes, wie man so schön sagt.«

»Philippa, du bist verrückt!«

»Du wolltest kein Kind, das hat natürlich alles schwieriger

gemacht. Wir wollen. Vielleicht bald, vielleicht später. Übrigens würde ich jetzt gerne ein Foto von deinem Gesicht schießen.«

»Ist das Gabrielas Idee? Hat sie dir das eingeredet?«

»Ja. So wie sie mir eingeredet hat, dass ich lesbisch bin«, sagt ihre Tochter und hält das Gesicht wieder nah an die Kamera. »Du musst mich hier rausholen, Mama. Die machen schlimme Sachen mit mir.« Es ist wie immer: Philippa drückt einen Knopf, sie sagt sich, dass sie nicht so reagieren darf, wie ihre Tochter es erwartet, und reagiert dann genau so. Seit Jahren ist ihre Geschichte eine von Streit und Versöhnung und neuerlichem Streit. Alles, was sie sagen und tun, geschieht absichtlich, aber nicht freiwillig, weil sie beide nicht aus ihrer Haut können.

»Das ist überhaupt nicht witzig.« Sie weiß, dass ihre Tochter nicht vorhat, in nächster Zeit ein Kind zu bekommen, aber das bloße Wissen ist zu wenig. »Sag mir auf der Stelle, dass –«

»Sag du mir bitte, wofür du dich so hasst. Immer noch wegen damals?«

»Was?«

»Ich muss nur das Wort aussprechen, schon gerätst du in Panik. Du kannst dir nicht mal vorstellen, dass jemand freiwillig und gerne ein *Kind* bekommt. Merkst du, dass das ziemlich pervers ist?«

»Ich hasse mich nicht.«

»Doch. Papa hadert mit sich, du hasst dich. Ich hab dir nie Vorwürfe gemacht, aber du hast es dir bis heute nicht verziehen. Warum?«

»Du weißt nicht, wovon du sprichst.« Ihre Armbanduhr zeigt halb zwölf. Mit Sicherheit hat sie Philippa seinerzeit nur die kindgerechte Version der Ereignisse in Bergkamen erzählt. Hat ihre Verzweiflung kleingeredet und kein Wort darüber verloren, wie lang und steinig der Weg zurück in die Normalität war. Die Schuldgefühle, die Rückschläge, die Einsamkeit. Bis sie sicher sein konnte, die Sache wirklich hinter sich gelassen zu haben, waren Jahre vergangen.

»Also, warum?« Ihre Tochter sitzt vor dem Computer, als

könnte sie nichts erschüttern. Die Richterin beim Verhör. »Erklär es mir.«

Statt zu antworten, starrt Maria vor sich hin. Unschlüssig, was sie sagen soll und ob es Beschützer- oder Abwehrinstinkte sind, die in ihr aufkommen. Es ist lange her, dass sie zuletzt an die Zeit zurückgedacht hat, und die Frage, wo sie anfangen soll, führt mitten hinein in die damalige Verwirrung. Wann und womit hatte es angefangen? Zwischen den Wäschebergen im Keller sieht sie sich vor dieser Frage stehen, in einem fensterlosen Raum, in dem es süßlich nach Schimmelbefall, Waschpulver und den chemischen Mitteln roch, mit denen das gesamte Untergeschoss gereinigt worden war, nachdem die Vormieter das Haus verlassen hatten. Es muss im Frühjahr 89 gewesen sein, fast zwei Jahre nach Philippas Geburt. In der Erlentiefenstraße in Bergkamen …

»Okay«, sagt sie, weil ihre Tochter es offenbar so will. »Dann hör mir zu.«

Dass sie trotz ihrer Anspannung keine Lust auf eine Zigarette hatte, war neu. In dem alten Versteck lag die halb aufgebrauchte Packung Gauloises, aber sie hatte Angst vor schlechtem Atem, vor Spuren jeder Art, die einen Hinweis auf Dinge gaben, die sie lieber für sich behielt. So angestrengt sie auch horchte, außer dem eigenen Pulsschlag hörte sie nichts. Philippa hielt ihren Mittagsschlaf, und auf dem Arbeitstisch lagen Lätzchen, Hosen und bunte Handtücher. Sie hatte alles ausgebreitet und sortierte nach Farben und Temperatur, dreißig, sechzig und neunzig. Das Merkwürdige war, dass es ihr eigentlich besserging, seit längerer Zeit schon. Sie las wieder, und zurzeit gefiel ihr Ibsen, den sie als Studentin noch zu schwülstig gefunden hatte. ›Ich muss selber über die Dinge nachdenken und mir meine eigene Klarheit verschaffen‹, sagte Nora, bevor sie ihren Mann verließ. Nur in der Version, die man dem Autor für die deutsche Erstaufführung aufgezwungen hatte, besann sie sich in der letzten Zeile anders, natürlich der Kinder wegen, und Maria wüsste gern, ob das Wort ›Mutterlos‹ im Norwegischen denselben Doppelsinn besaß wie im Deutschen. Den Winter über hatte Philippa gekränkelt, aber seit es wärmer wurde, war sie gesund und munter. Der Garten blieb sich selbst überlassen, und wenn Herr Löscher es nicht mehr aushielt und Unkraut jäten wollte, ließ Maria ihn gewähren.

Warum also?

Vielleicht gab es zu jedem Zeitpunkt nur eine begrenzte Anzahl von Dingen, gegen die man sich erfolgreich wehren konnte. Noch zwei- oder dreimal war Hartmut zu Hause geblieben, weil sie es morgens nicht aus dem Bett geschafft hatte, aber auch das lag eine Weile zurück. In den Wochen danach war der Versuch, gemeinsam einen Bekanntenkreis aufzubauen, daran gescheitert, dass Oliver eine humorlose, rechthaberische Frau geheiratet hatte, in deren Gegenwart keine Ausgelassenheit aufkam. Schade, aber nicht zu ändern. Hartmut hatte einen Videorecorder gekauft und in der Nähe der Bochumer Uni einen Laden gefunden, der nicht nur Hollywood-Filme und Pornos verlieh. Im laufenden Semester musste er fünf Lehraufträge wahrnehmen und saß in diesen Minuten in einer vollen Mensa über seinen Notizen fürs nächste Seminar. Es sei merkwürdig, hatte er neulich gesagt, an einem Institut kein Büro zu besitzen. Permanente Erinnerung an seinen Status als akademischer Bettelmönch.

Die Schritte draußen hörte Maria erst, als sie die Tür fast erreicht hatten. Das Kratzen von Kreppsohlen auf Kies, sie täuschte sich nie. Ihre Hände hielten einen Slip von Hartmut, die Finger fuhren über den elastischen Bund, und die Schritte verharrten für Sekundenbruchteile, gerade lange genug, um einen Blick zurück zur Straße und einen in den Garten des Nachbarn zu werfen. Herr Löscher aß um diese Zeit einen Teller Dosenravioli und las den *Hellweger Anzeiger*, nachdem er seine Frau versorgt hatte. Wahrscheinlich auch mit Ravioli. Wenn die Dosen irgendwo im Sonderangebot waren, kaufte er ganze Paletten davon. Einmal hatte er ein Polaroidfoto von Philippa geschossen, um seiner Frau die kleine Flenntrine zu zeigen, die längst laufen konnte und ihm im Garten hinterherrannte. Dann ging die Tür auf, und Oliver schlüpfte herein.

Wortlos wie immer. Sie sahen einander nicht mal an.

»Du allein?«, fragte sie.

»Der Kleine schläft.« Der Kleine, die Kleine, eine unausgesprochene Übereinkunft ließ sie die Namen der Kinder vermeiden. Bei den Spaziergängen war Maria aufgefallen, wie langsam er ging, später beim Mutter-und-Kind-Baden hatte er manchmal für Sekunden auf ihre Brust gestarrt; oder nicht gestarrt, es war ein Wischen des Blicks über den Punkt, wo ihre Brustspitzen gegen den Stoff drückten. Was Frauen betraf, hatte sie ihn für schüchtern gehalten und war ihm mit einer gewissen Koketterie begegnet. Nicht um ihn zu reizen, sondern aus Freude darüber, dass es ihr besserging. In seiner Gegenwart fühlte sie sich lebendig und angeregt, manchmal sogar begehrenswert.

»Wenn er aufwacht und schreit?«, fragte sie.

»Bin ich längst wieder da.«

»Du bist nur kurz vorbeigekommen, um zu vögeln.«

»So ist es.« Er hob sie auf den Tisch, und Maria schloss die Augen. Vor drei Wochen war das Schnuffeltuch seines Kleinen aus Versehen in ihren Kinderwagen geraten, danach hatten sie hier gestanden und die Wäsche durchgesehen. Statt die Hand auf ihrem Rücken abzuwehren, hatte sie gefragt, ob das alles sei, was er suche. Jetzt wäre sie beinahe mit dem Hinterkopf gegen die Wand geknallt, als er ihr Hose und Slip von den Beinen riss. Sein Schwanz war hart, sie zog am Bund seiner Hose, bis er herausschnellte, und im nächsten Moment drang er in sie ein. Sie spürte den kurzen Schmerz und achtete darauf, in sein Hemd zu beißen, nicht in die Haut. Er roch, als hätte er sich mit Eiswasser abgerieben und im frischen Gras gelegen. Noch nie hatte sie ihm einen geblasen oder ihn sonst wie liebkost, sie fielen übereinander her und blickten beim Anziehen in verschiedene Richtungen. Neulich war sie nachts aufgewacht und hatte nicht gewusst, ob er beschnitten war oder nicht.

»Fester!«, forderte sie. Ihren BH behielt sie an und legte die Arme um seinen Hals.

Den dumpf entschlossenen Ausdruck seines Gesichts mochte sie nicht, aber wie er ihre Taille packte und sie mit seinen Stößen bearbeitete, machte sie wahnsinnig. Nur wenn er sie umdrehen wollte, wehrte sie sich, weil die Tischkante rote Striemen auf ihren Hüften hinterließ und der harte Boden Spuren an den Knien. Alles andere geschah einfach. Sie hatten den Anfang übersprungen und wussten nicht, wie sie es zu Ende bringen sollten, also stützte Maria beide Hände auf die Tischplatte, schlang die Beine um seinen Körper und ließ sich vögeln. Es war Lohn und Strafe in einem, fühlte sich richtig und falsch zugleich an und fand außerhalb ihres Lebens statt. Auf perverse Weise war es rein.

Hinterher fühlte sie sich für eine Weile ganz leicht, beinahe high. Mit einem Wäschestück fing sie auf, was aus ihr herausfloss, während Oliver seine Hose hochzog. Beschnitten, stellte sie mit einem schnellen Blick fest.

»Du hast gar nicht geschmückt«, sagte er. »Wird höchste Zeit.«

»Was denn geschmückt?«

»Lagen heute Morgen keine Birkenzweige vor eurer Tür?«

»Doch, die hab ich weggeschmissen.«

»Du musst schmücken«, sagte er. »Am Wochenende ist Schützenfest. Sonst sagen alle, die Ausländer wissen nicht, wie man sich bei uns benimmt.« Es sollte ironisch klingen, aber er hatte eine seltsame Art, darauf herumzureiten, dass sie sich mit einigen Dingen in Deutschland nicht auskannte. Noch bevor Maria ihr eigenes Tun zu verabscheuen begann, wollte sie, dass er ging und sein Siegerlächeln mitnahm. Es war ihr zuwider.

»Wie schmückt man?«, fragte sie. »Was ist überhaupt ein Schützenfest?«

»Birkenzweige an den Zaun, bunte Bänder rein und …« Mit der Hand auf der Klinke hielt er inne, weil von draußen eine Stimme zu hören war.

Herr Löscher rief ihren Namen. Beziehungsweise den ihres

Mannes, den er für ihren hielt. Augenblicklich wurde Maria kopflos, schmiss das Wäschestück in die Maschine, zog sich die Hose hoch und fuhr mit beiden Händen durch ihre Haare. Ein Hauch von Spermageruch hing in der Luft. »Warte hier, ich geh zuerst raus und lotse ihn auf die Terrasse.«

»Kein Abschiedskuss?«

»Lass mich vorbei«, sagte sie ungeduldig.

Oliver fingerte sich im Schritt herum. Manchmal machte er Anspielungen darauf, was wäre, wenn sie erwischt würden, und tat dann so, als fände er das spannend. »Die Stimme kam nicht von draußen«, sagte er. »Der Kerl ist oben im Haus.«

Im nächsten Moment hörte sie Schritte im Flur und die Stimme von Herrn Löscher oben am Treppenabsatz: »Frau Hainbach? Sind Sie da?«

Mit einer Hand zog Oliver die Tür auf und mit der anderen Maria zu sich heran. »Morgen haben wir einen Termin beim Kinderarzt. Hältst du's einen Tag ohne aus?«

»Hau ab!«, zischte sie und stieß ihn gegen die Brust.

»Ich ruf dich an.« Er ging. Kreppsohlen auf Kies, dann Stille.

Zwei Sekunden lang stand sie reglos in der Waschküche und fragte sich, wieso sie das Gegenteil dessen tat, was sie wollte. Wusste sie überhaupt, was sie wollte? Tat sie etwas? Als sie die Treppe hinaufhastete, hörte sie Philippas Weinen, und im nächsten Moment sah sie ihre Tochter an Herrn Löschers Hand in der Küchentür stehen. Mit der anderen Hand rieb Philippa über ihre schlafmüden Augen. Durch die offene Terrassentür wehte ein milder Frühlingswind herein.

»Was ist denn …?« Fassungslos blieb sie stehen. »Sie …«

»Ja, nä. Wat is denn.« Herr Löscher wirkte ebenso aufgebracht wie sie und hob die Arme, als wollte er sagen: Schauen Sie, was Sie angerichtet haben. Er trug seinen Blaumann für die Gartenarbeit und roch nach Kompost und Erde. »Dat Kind ruft nach Ihnen. Irgendwann bin ich rübergegangen. Dat arme Püppken.«

»Ich war in der Waschküche«, sagte sie, als wäre sie ihm Rechenschaft schuldig. Ein Spermatropfen rann aus ihrem Schoß, als Philippa sich losmachte und zu ihr gelaufen kam. »Wenn die Waschmaschine läuft, hört man nichts.«

»Ja, wenn die Waschmaschine läuft. Dat is natürlich laut.«

»Würden Sie bitte …«, setzte sie an, aber einmal ins Innere des Hauses gekommen, nutzte Herr Löscher die Gelegenheit zu einem inspizierenden Blick. Seit Monaten versuchte er, den Kreis seiner Aktivitäten zu erweitern. Glühbirnen kaufte er im Sechserpack und kam mit der Frage vorbei, ob irgendwo eine ausgewechselt werden müsse. Faselte etwas von Leitungen, die zu überprüfen waren, und schien sich in die Vorstellung hineinzusteigern, dass er für dieses Haus verantwortlich war. Hartmut meinte, sie solle ihn in die Schranken weisen, aber das war leichter gesagt als getan.

»Die Vorgänger hatten ja immer mächtig Stress mit der Feuchtigkeit, nä. Dä ganze Keller schimmelig, da macht man sich kein Bild von. Wie is dat bei Ihn'n?«

»Bitte?«

»Im Keller. Is et noch feucht?«

»Nicht mehr«, sagte Maria und nahm ihre Tochter auf den Arm. Hatte Philippa wirklich nach ihr gerufen? Konnte sie sich darauf verlassen, dass ihre Tochter nicht allein die Treppe hinabkam? Hatte Herr Löscher Oliver gesehen, heute oder bei einer früheren Gelegenheit? Durch Verwirrung und Zorn hindurch dämmerte ihr die Würdelosigkeit ihrer Situation. Mit dem Kind auf dem Arm stand sie vor dem aufdringlichen Alten, nachdem sie sich von einem anderen Nachbarn hatte durchficken lassen. In der Waschküche! Sie, die nicht müde wurde, die Menschen der Region für ihren Zungenschlag zu verspotten. Eigentlich passt du gut nach Overberge, hatte Oliver neulich gesagt. Seitdem kannte sie auch den Namen des Stadtteils, den sie seit anderthalb Jahren hasste. Angeblich hielten sich alle Menschen hier für etwas Besseres.

»Tja, nä«, sagte Herr Löscher. »Dat sind so die Tage, wenn rosa Rauch aufsteicht.«

»Bitte?«

»Ham Se dat heute Morgen nich gesehen, drüben bei Schering?« Seine Empörung konnte die Freude nicht verdecken, ein Thema gefunden zu haben. »Rosa Rauch! Dat is eine solche Schweinerei!«

»Nein.« Sie hatte keine Ahnung, wovon er sprach.

»Dann will ich Ihnen dat ma zeigen, Frau Hainbach.« Zu ihrer Erleichterung schlug er den Rückweg durchs Wohnzimmer ein und winkte sie auf die Terrasse. Philippas Decke lag ordentlich gefaltet auf dem Sofa. Seine Hand wies auf einen Schornstein, den Maria für den eines Kraftwerks gehalten hatte und dessen Rauch in der Tat eine leichte Rotfärbung zeigte. »Dat is, wenn die Jod verklappen. Dürfen se natürlich nich, aber wat kümmert dat die hohen Herren. Wie ich am Morgen angerufen hab, war et noch dicker gewesen. Als würden se drinnen Glücksschweine verbrennen. Man macht sich kein Bild.«

»Jod?« Die meisten ihrer Fragen an Herrn Löscher bestanden aus einem Wort, irgendeines von den vielen, die sie nicht verstand. Auf diese Weise sprachen sie manchmal zwanzig Minuten miteinander.

»Die denken wahrscheinlich, dat hilft gegen die Strahlung. Pustekuchen, aber wenn doch, wern wa von gewissen Mangelerscheinungen verschont bleiben. Hab ich neulich noch zu meine Helga gesacht: Wenn du nach'm Kriech mehr zu futtern bekommen hättes, wär' dat mitte Hüfte gar nich passiert.« Herr Löscher machte eine abfällige Handbewegung. »Jod tun die verbrennen und sagen am Telefon, dat wär' alles harmlos. Von wegen Grenzwerte, nä. Ich sach, ich hab auch Grenzwerte, aber hallo.«

»Geht's Ihrer Frau immer noch nicht besser?«

»Wat willste klagen. Hilft ja eh nich.«

Aus dem offenen Tor der Schreinerei drang das Kreischen einer Säge. Die Mittagspause war vorbei. »Ich bring die Kleine lieber rein«, sagte sie.

»Wenn Sie Draht brauchen, sagen Se Bescheid.«

»Draht?«

»Für den Birkenschmuck. Ich hab ihn ausser Tonne genommen. Dat müssen Se schon machen, nä. Und am besten Schnaps kaufen, für wenn die morgen mi'm Zuch vorbeikommen. Schützenkönig und Gefolge, dat is ja im Grunde Monarchie hier. Also traditionell.«

»Was für Schnaps?«, fragte Maria und wich erschrocken zurück, weil Herr Löscher eine Bewegung machte, als wollte er sie vertraulich in den Arm nehmen.

»Sagen wir ma so: Dat sind jetz nich die vom Mischeliehn-Führer, die morgen kommen. Hauptsache, et knallt, ham wa früher gesacht. Ich kauf gar nix, dat kennen die schon. Ich bin ja auch nich Mitglied.«

»Ja. Ich auch nicht.«

»Aber wemma neu hier is. Gibt immer schnell Gerede. Wat, nich ma 'n Schnäpsken hat se gehabt. Verstehen Se mich? Sie sind so weiß.«

»Ich … Wie gesagt, ich muss wieder rein.«

»Gleich am Anfang is mir dat aufgefallen, dat Sie immer so weiß sinn. Also Ihre Haut, nä. Man denkt ja, im Süden sind alle dunkel, aber dat stimmt nich.«

»Auf Wiedersehen, Herr Löscher.«

»Vielleicht brauchen Sie Eisen. Weil am Jod kann et ja nich liegen.«

Von einem Moment auf den anderen fühlte sie sich so kraftlos, dass sie nur lächeln und zurück ins Haus gehen konnte. Durch das obere Stockwerk wehte ein Hauch jener Zeit, von der Maria nicht wusste, ob sie hinter ihr lag oder ob eine neue Phase begonnen hatte. Beim Ausziehen im Bad betrachtete sie den schleimigen Rückstand in ihrem Slip, aber so gründlich sie vor dem Spiegel auch danach forschte, auf ihrem Körper waren keine Spuren zu finden. Letzte Nacht hatte Hartmut erfreut festgestellt, es gehe ihr offenbar immer besser. Das war, nachdem sie seine Hand festgehalten und gesagt hatte, er solle mit der Streichelei aufhören, sie sei schließlich keine Patientin, die von den Vorteilen des Beischlafs erst überzeugt werden müsste. Wenn Philippa aufwache, werde sie sich melden und vermutlich keine Fragen stellen. Am Anfang hatte sie gedacht, dass seine Rücksichtnahme zwar wie Aufmerksamkeit aussah, aber deren Gegenteil war, sonst hätte ihm auffallen müssen, dass sie nicht mehr mit Samthandschuhen angefasst werden wollte. Tatsächlich hatte sie selbst erst gemerkt, was sie wollte, als sie es ungebeten bekam. Unter der Dusche seifte sie sich zweimal ein und wusch ihre Haare. Vielleicht war sie einfach verrückt. Schizophren.

Um sechs Uhr begann es zu dämmern. Philippa hatte einen selbstgenügsamen, friedlichen Tag und hantierte mit ihrer kleinen Plastikharke im Blumenbeet neben der Einfahrt. Dort lagen auch die von Herrn Löscher aus der Mülltonne geborgenen Birkenzweige, daneben eine Rolle dünner Draht und eine Gartenschere, die zurückzuverlangen der Anlass seines nächsten Besuchs sein würde. Hinter einem Schleier aus Kohlenstaub zogen schwere Wolken gen Osten. Während Maria mit den Zweigen hantierte, warf sie Blicke die Straße hinunter, aber Oliver war nicht zu sehen. Die Telefonate waren eine Sache von Sekunden, er fragte: Soll ich kommen? Sie dachte nein und sagte ja. Das Mutter-und-Kind-Baden hatten sie ebenso eingestellt wie die gemeinsamen Spaziergänge. Jede Erwähnung der Partner war tabu.

»Ich dachte schon, Sie wollten das boykottieren.« Die Frauenstimme kam von der anderen Straßenseite. Als Maria sich umdrehte, sah sie ihre Nachbarin in der offenen Haustür stehen. Sie trug eine schwarze Strickweste, die bis zu den Knien reichte, hatte eine blonde Dauerwelle und in der Hand ein großes Glas. Außerdem machte sie den Eindruck, als stehe sie seit geraumer Zeit dort und sehe Maria zu.

»Ich wusste nicht …«, sagte sie und deutete einen Gruß an. »Von dem Fest.«

Die Frau trank einen Schluck und verschränkte die Arme vor der Brust. Ihr Mann war Arzt und betrieb eine Praxis in Dortmund, so viel hatte Maria von Herrn Löscher erfahren und aus dem Tonfall geschlossen, dass er die Nachbarn nicht mochte. Deren Haus war aus braunem Backstein gebaut, den man in der Gegend hier überall sah, aber im Sommer standen keine Blumen vor den Fenstern, und zur Adventszeit blinkten keine Lichter darin. Ein Basketballkorb über dem Garagentor deutete auf die Existenz von Kindern, die Maria nie gesehen hatte. Die Frau schätzte sie auf Ende vierzig; nicht schlank, nicht dick und dem Blick nach nicht mehr nüchtern. »Hier hat aber eine Mut, hab ich gedacht«, sagte sie und machte einen Schritt aus der Tür heraus. »Gleich in die Tonne damit.«

»Wie gesagt, ich …« Unschlüssig stand Maria auf dem Bürgersteig und hätte die Arbeit lieber schnell zu Ende gebracht. »Bei Ihnen ist auch nicht geschmückt, sehe ich.«

»Das macht der Verein.«

»Ah, verstehe.«

Vom Gartencenter Röttgen her näherte sich ein Auto, ein Golf mit Essener Kennzeichen, und Maria sah weg, um nicht grüßen zu müssen. Aus den Augenwinkeln beobachtete sie, wie der Wagen ausrollte und vor dem letzten Haus hielt. Vor der Schwangerschaft sei seine Frau lockerer gewesen, hatte Oliver durchblicken lassen, jetzt wirkte sie überarbeitet und zeigte meistens eine verkniffene Miene, an der Marias Versuch gescheitert war, sie sympathisch zu finden. Mit vor die Brust gehaltener Aktentasche ging sie ins Haus, und Maria kam es vor, als hätte sie durch die dichter werdende Dämmerung ein feindlicher Blick getroffen.

Wie sollte sie das Grünzeug anbringen? Es waren gerade genug Zweige, um sie im Abstand von einem Meter um die Zaunlatten zu binden. So hübsch wie Spinatreste zwischen den Zähnen.

»Der Schützenverein«, rief es hinter ihr. »Kommt immer einer vorbei und macht das für mich.« Die Schritte klangen nach hohen Absätzen und schwankender Balance. Beim Versuch, Drahtstücke zuzuschneiden, ritzte sich Maria in die Haut und fluchte leise vor sich hin. »Für mich ist das nichts. Die Fingernägel, Sie verstehen.«

»Für mich auch nicht.« Als sie sich aufrichtete, roch sie die Mischung aus Alkohol und Parfüm. Statt eines Händedrucks musterten sie einander, wie sie es bereits durch geschlossene Fenster getan hatten. Von diesen graublauen Augen fühlte sich Maria beobachtet, seit sie in die Erlentiefenstraße gezogen war. Miteinander gesprochen hatten sie nie.

»Ein Fall von Männerarbeit«, stellte die Frau fest. »Aber keine Männer.«

»Kann eigentlich nicht schwer sein. Ein paar Zweige.«

»Keine Männer, so sieht's aus. Sie lassen sich von ihrem Werkzeug vertreten.«

»Dem von Herrn Löscher in diesem Fall.«

Im Mundwinkel der Nachbarin zuckte es, was eine Andeutung von Hohn oder ein Tick sein konnte. Wahrscheinlich hatte sie einmal gut ausgesehen, jetzt war sie nur noch stark geschminkt. An den Namen konnte sich Maria nicht erinnern.

»Kennen Sie ihn gut?«, fragte sie. »Ich meine Herrn Löscher.«

»Als unsere Kinder noch im Haus waren, hat seine Frau manchmal ausgeholfen. Das hat dem alten Pedanten nie gepasst. Ich musste zusehen, dass ich sie allein erwische, wenn ich fragen wollte. Sonst ist ihm ein Grund eingefallen, warum es nicht ging.« Sobald sie mehr als einen Satz sagte, klang sie nüchtern. »Die sollte schön zu Hause bleiben. Was Besseres als ihre Krankheit konnte ihm kaum passieren.«

Über ihren Köpfen sprang eine Straßenlaterne an.

»Er spricht immer sehr … fürsorglich von ihr.« Etwas anderes fiel Maria nicht ein. Wenn sie ihre Arbeit nicht bei Dunkelheit erledigen wollte, musste sie sich beeilen. Die Nachbarin zögerte eine Sekunde, so als hätte sie entweder nicht zugehört oder nicht verstanden; dann brach sie in ein schallendes, hohes Gelächter aus. Erschrocken sah Philippa von ihrer Arbeit im Beet auf.

»Fürsorglich, das ist gut. Darauf trinke ich. Zum Wohl. Auf den fürsorglichen Herrn Löscher.« Sie führte ihr Glas zum Mund und hätte sich beinahe verschluckt. »Sie kennen sich hier nicht aus, Frau Hainbach. Glauben Sie mir.«

»Pereira heiße ich. Wir sind zwar verheiratet, aber ich habe meinen Nachnamen behalten.« Genau genommen hieß sie Pereira-Hainbach, aber dieses Zugeständnis an deutsches Recht machte sie nur auf dem Papier.

»Ja, das kann ich mir nicht auch noch merken. Wo kommen Sie denn her?«

»Aus Lissabon.«

»Da gibt's wahrscheinlich keine Schützenfeste.«

»Nein.«

»Sehen Sie«, sagte die Nachbarin, als wäre ihr ein Beweis gelungen. »Zweiundsiebzig war ich Schützenkönigin. Ganz recht, Sie sprechen mit einer waschechten Königin. Ich komme extra über die Straße gelaufen dafür. Ohne meinen Hofstaat.«

Mit einem Nicken wendete Maria sich ab, ging in die Hocke und befestigte den ersten Birkenzweig am Zaun. Die Nachbarin zog eine Zigarettenschachtel hervor und entfernte die Plastikumhüllung. »Vor dem alten Löscher müssen Sie sich in Acht nehmen. Der ist nämlich verrückt. Total plem-plem.«

»Ist er das?«

»Das mit seiner Frau hat ihm den Rest gegeben. Ich weiß noch, wie es damals mit ihrer Hüfte losging. Über ein Vierteljahr war sie in der Reha, aber sobald sie nach Hause kam, hat er sie weggeschlossen. Fürsorglich, natürlich. In Wirklichkeit ist er krankhaft geizig. Kein Schnaps zum Schützenfest und für die Frau nur das Nötigste. Ansonsten Sprüche: Wat denn, Essen auf Rädern – Essen gehört auf 'n Teller. Witzig, was?« Paffend blickte sie auf Maria herab, die erwartete, jeden Moment von fallender Asche getroffen zu werden. »Man sieht, dass Sie das noch nie gemacht haben.«

»Mein Eindruck ist, er kümmert sich wirklich.«

»Ich sehe ihn oft bei Ihnen im Garten. Geben Sie ihm nichts

zu essen, hören Sie. Einmal angefüttert, werden Sie ihn nie wieder los. Signore Ravioli.«

Als sie den nächsten Zweig anbrachte, bekam Maria einen Splitter in den Finger und schrie auf. Sie spürte Tränen in die Augen steigen und wollte an der blutenden Stelle saugen, aber das Holzstückchen steckte fest. Am letzten Glied ihres Mittelfingers. Mit zusammengebissenen Zähnen wartete sie auf ein Nachlassen des Schmerzes.

»Zeigen Sie mal her.« Die Nachbarin stellte ihr Glas auf den Boden, griff nach Marias Hand und besah sich die Wunde. »Den haben Sie sich aber ordentlich ins Fleisch gerammt. Soll ich ihn rausziehen? Ich kann das.« Sie klemmte sich die Zigarette in den Mundwinkel.

»Bitte ...«

»Ich meine es gut mit Ihnen. Glauben Sie's mir mal. Sie müssen vorsichtiger sein.« Mit einer geschickten Bewegung packten ihre Fingerspitzen den Splitter und zogen ihn heraus.

»Danke. Herr Löscher schaut manchmal nach dem Unkraut, das ist alles.«

»Erst nach dem Unkraut und dann ...« Amüsiert besah sie das Holzstückchen und schnippte es in den Rinnstein. »Sie wollen nicht, dass er sich eines Tages in Ihrer Waschküche einnistet, oder?«

»... Nein.«

»Die Gefahr besteht aber, wenn man so ein offenes Haus führt.« Die Nachbarin nahm ihr Glas vom Boden auf und trank. In ihrem Gesicht spiegelte sich kein Gefühl, die Augen blickten gleichzeitig wach und tot, unter dem roten Lippenstift sahen die Lippen faltig und trocken aus. »Was schauen Sie denn? Ist Ihnen komisch? Wollen Sie sich setzen?«

»Wie haben Sie das gemeint?«, fragte Maria. »Offenes Haus.«

»Früher war ich auch so. Das hat Spaß gemacht, aber der Spaß hat seinen Preis. Oder glauben Sie, es war immer so trostlos hier? Im Gegenteil. Die Gegend hat gebrummt, da war Dampf drin, hier wurde gefeiert. Im Frühjahr das Schützenfest, im Herbst die Kirmes, ich immer dabei. Sie hätten mich tanzen sehen sollen.«

»Welchen Preis?«

»Was denken Sie, weshalb er sich so an Sie ranschmeißt? Wegen seiner Frau.«

»Sie meinen …?«

»Der alte Geizkragen, spricht er von ihr?«

»Er erwähnt sie ständig. In jedem zweiten Satz.«

»Und was erzählt er? Dass man sie nach der Operation hat wimmern hören da oben in der Kammer? Wenn ich zu ihr wollte, hat er behauptet, sie braucht ihre Ruhe. Ich sag Ihnen, was sie gebraucht hätte: bessere Pflege. Einen Mann, der nicht denkt, er könnte sie selbst in die Wanne heben. Was glauben Sie, wie es zu der Entzündung kam? Sie brauchen übrigens ein Pflaster.«

Eine dünne Blutspur lief über ihre Hand, die sie am Hosenbein abwischte. »Ich muss jetzt mein Kind ins Haus bringen«, sagte sie. »Das mit den Zweigen wird mein Mann machen.«

»Davon erzählt er nie, was?«

»Nein. Ich hab seine Frau auch noch nie wimmern hören.«

»Jetzt geht's ihr sicher besser. Was macht Ihr Mann eigentlich? Man sieht ihn nie.«

»Er ist an der Uni.«

»An welcher?«

»An verschiedenen zurzeit. Er nimmt Lehraufträge wahr. Im Fach –«

»Nicht viel zu Hause, wie?«

Mit einem Kopfschütteln nahm Maria das Bündel Zweige und warf es kurzerhand über den Zaun. Die Unterhaltung nervte sie immer mehr. Eine Armlänge voneinander entfernt, standen sie im Lichtkreis einer Laterne, umgeben von der einsetzenden Dunkelheit. Ein Güterzug näherte sich von dort, wo die Bebauung endete und unbekanntes Land begann.

»Sie erinnern mich an meine Jugend. Bevor die Kinder kamen. Irgendwann sind sie groß und leben in Holland.

Nutzen Sie die Zeit, Frau Hainbach. Lassen Sie sich nichts entgehen.«

»Ich muss jetzt wirklich rein. Meine Tochter braucht ihr Abendessen.«

»Mein Mann fickt alles, was nicht bei drei auf'm Baum ist.« Gleichgültig blickte die Nachbarin die Straße entlang, als hätte sie sich selbst nicht zugehört. Dann winkte sie Maria zu, blieb aber stehen, wo sie war, und starrte vor sich hin. Ihr Gesicht ähnelte diesen Zaubertafeln für Kinder, die man mit einer Bewegung leer wischt. Nur wenn sie lächelte, wurde es zur Grimasse. »Sagen Sie dem alten Löscher, er soll Sie in Ruhe lassen. Soll die Lügengeschichten jemand anderem erzählen. Wir wissen über ihn Bescheid.«

Statt zu Philippa zu gehen, die der Unterhaltung mit großen Augen folgte, machte Maria einen Schritt auf ihre Nachbarin zu. »Ich will, dass *Sie* mich in Ruhe lassen.«

»Bloß haben Sie hier nichts zu wollen.« Die Frau stand da und glotzte und klang nicht einmal aggressiv. »Das Leben ist keine Butterfahrt, sagt mein Mann immer. Keine Ahnung, was er damit meint. Wahrscheinlich gar nichts. Männer reden so.«

»Lassen Sie mich in Ruhe. Hören Sie auf, mir hinterherzuspionieren. Was ich tue, geht Sie nichts an.« Erst das plötzlich erschrockene Gesicht ließ Maria die Gartenschere bemerken, die sie mit der Spitze nach vorne in der Hand hielt. »Herr Löscher pflegt seine Frau, und was machen Sie den ganzen Tag? Stehen am Fenster, trinken und reden schlecht über Ihre Nachbarn.«

»Frau Hainbach ...«

»Ich heiße nicht Hainbach, geht das in Ihren Kopf.« Sie musste sich beherrschen, nicht ›in Ihr versoffenes Gehirn‹ zu sagen. »Ich heiße Pereira, und Sie haben sich noch nicht mal vorgestellt.« Am liebsten hätte sie hinzugefügt, dass ihr Mann gute Gründe haben werde, sie zu betrügen. Würde sie von nun an Tag für Tag in dem Gefühl leben, von einer betrunkenen und wahrscheinlich zu allem fähigen Frau beobachtet zu werden? Sie hatte gehofft, dass in diesem Frühjahr alles besser werden würde, und jetzt passierte das Gegenteil. Selber schuld, dachte sie.

Die Nachbarin war die Ruhe selbst. »Sie wissen aber, dass die gute Frau Löscher seit drei Jahren tot ist?«

»Bitte?«

»Nein, das war Ihnen neu. Oh, Sie Ahnungslose.« In ihrer Stimme mischte sich Triumph mit aufwallender Empörung. »Ich sag Ihnen doch, das hat ihm den Rest gegeben. Der Sohn spricht kein Wort mehr mit ihm, der weiß genau, dass der Alte sie auf dem Gewissen hat. Glauben Sie's mal, ich war auf der Beerdigung. Elendig krepiert ist sie, und er fährt nicht auf den Friedhof, weil er zu geizig ist, Blumen zu kaufen. Für seine eigene Frau! Jetzt schmeißt er sich an Sie ran, weil Sie ihm die verrückten Geschichten glauben. Frau Löscher war eine herzensgute Frau, und er hat sie ruiniert.« Sie leerte ihr Glas und nickte Maria zu. »Jetzt lasse ich Sie in Ruhe. Sehen Sie zu, dass Ihr Mann nach Hause kommt und die Zweige anbringt. Gucken Sie mich nicht so an, Sie haben von mir nichts zu befürchten. Sie wissen nicht, wer es gut mit Ihnen meint und wer nicht, das ist Ihr Problem. Schau an, eine glückliche Familie, hab ich gedacht, als Sie hier eingezogen sind. Ist noch gar nicht lange her. Mal sehen, wie lange es dauert, hab ich gedacht. Hab ja nichts zu tun den ganzen Tag. Außer trinken.« Die Nachbarin machte ein paar Schritte und blieb mitten auf der Straße stehen. Ihre Stimme wurde immer lauter. »Lassen Sie sich nichts entgehen, nehmen Sie alles mit! Nehmen Sie alles mit und dann weg von hier, bevor mein Mann bei Ihnen klopft. Eins, zwei, drei, zu spät! Noch ein Jahr, und Sie leisten mir in der Küche Gesellschaft. Ihrer besten Freundin, glauben Sie's mal. War ich vielleicht nicht schön? Schlampe hat er mich genannt, vor den Kindern – und er?! Jaja, die verdammten Männer!«

Maria stand auf dem Bürgersteig und sah der Nachbarin hinterher. An der Bordsteinkante stolperte sie, fing sich wieder und fluchte vor sich hin. Über der Straße hing eine Stille, als säßen in allen Häusern die Bewohner mit gespitzten Ohren und lauschten der betrunkenen Litanei. Als Erstes fiel ihr das Polaroidfoto ein. So ein süßes Püppken, habe seine Frau gesagt und gefragt, ob er nicht auch ein Foto von der Mutter machen könne.

In der Dunkelheit war es, als würde sich die Welt um sie herum zusammenziehen.

Ich bin hier, weil ich es will, dachte sie, aber das stimmte nicht.

Die Antwort war falsch und war immer falsch gewesen.

18 Am Samstagmorgen erwacht Maria aus einem zehnstündigen traumlosen Schlaf. Durch die Gardinen sickert Licht herein, aber es dauert eine Weile, bis der beginnende Tag Konturen annimmt. Das Bett ist bequem, und ihr Körper fühlt sich träge an, am liebsten würde sie liegen bleiben bis zum Mittag. Am Nachmittag wird sie mit dem einzigen Flug, den sie schließlich bekommen hat, über Genf nach Porto fliegen. Ankunft dort um zwanzig nach neun, und vermutlich wird Hartmut sie abholen, damit sie gemeinsam nach Rapa fahren. Vom Flur her sind gedämpfte Schritte und der Wortwechsel zweier Zimmermädchen zu hören. Der Joint, den sie gestern in Christiania geraucht hat, war so stark, dass kleine Stücke ihrer Erinnerung fehlen. Die pure Unvernunft, denkt sie zufrieden, wahrscheinlich hat sie deshalb so gut geschlafen. Nach dem Duschen wählt sie im Frühstückssaal einen Platz in der hinteren Ecke und verbringt die letzten zwei Stunden vor dem Auschecken damit, ihren Koffer zu packen und die Gedanken zu ordnen.

Um zwölf Uhr geht sie zu Fuß zur Metrostation Kongens Nytorv. Es ist ein kühler, von Wolken verhangener Tag, der sie wacher macht, als sie sein möchte. Passanten kommen ihr mit geschäftigen Mienen entgegen. Mit Speisekarten in den Händen warten die Kellner vor den Straßencafés auf Kundschaft. Von Bodil hat sie sich gestern Vormittag bei einer Tasse Kaffee verabschiedet. Aus Sicht der Veranstalter war das Festival ein Erfolg, insgesamt fast zehntausend Besucher haben die Aufführungen gesehen. »Mission gefüllt«, meinte Bodil mit zufriedenem Lächeln.

Zwischen grauen Schallschutzwänden fährt die U-Bahn aus der Stadt hinaus. Die Berliner Kollegen sind bereits abgereist. Lena ist vor zwei Tagen nach Köln aufgebrochen und meinte zum Abschied, Maria solle ihre Angelegenheiten regeln und sich in der Entscheidung frei fühlen. Das Angebot steht, bis Ende des Monats hat sie Bedenkzeit. Falk war einfach weg, ohne sich zu verabschieden, und vielleicht liegt Lena richtig damit, dass es vor allem die Gespräche mit Boris Jahnke waren, die er ihr nicht verzeihen will. Wenn es so ist, stellt sich allerdings die Frage, warum Alex sie mit solchem Nachdruck zu den Treffen gedrängt hat. Oder war es ihre eigene Neugierde? Ist sie der Intrige einer vermeintlichen Rivalin zum Opfer gefallen – also einem Missverständnis –, der Gerissenheit eines Journalisten, oder ist gar nichts passiert, weil Falk bloß schlecht drauf war und sie nach den Ferien an ihrem Platz erwartet?

Sie weiß es nicht, und es gibt dringendere Fragen.

Am Flughafen gibt sie das Gepäck auf und kauft ein paar Zeitschriften. Mehr und mehr schwindet die angenehme Benommenheit, die der Joint hinterlassen hatte, stattdessen meldet sich ihr schlechtes Gewissen und befiehlt, es in Rapa wenigstens zu versuchen. Hartmuts letzte Nachricht hat bestätigt, was sie bereits von Philippa wusste. Arturs Zustand ist unklar, aber nicht bedrohlich, sie müssen die weiteren Untersuchungen abwarten. Wahrscheinlich sitzt Lurdes trotzdem an seinem Krankenbett in Guarda und macht mit ihrer Hysterie das Personal verrückt. Mehr als zehnmal lässt Maria es klingeln und will gerade den Knopf drücken, als doch noch abgehoben wird. Die Stimme ihrer Mutter versetzt sie schon in Alarmbereitschaft, bevor Lurdes mehr als »Está?« gesagt hat.

»Olá Mama, ich bin's.«

»Mariazinha!« Derselbe schrille Ruf, mit dem Lurdes seit Jahren jedes Telefonat eröffnet. Gefolgt von der atemlosen, sich meistens erübrigenden Frage: »Wo bist du?«

»Noch in Kopenhagen, Mama.«

»Dein Vater ist krank, was machst du in … wo?«

»Du weißt, was ich hier mache. Wir hatten ein Gastspiel. Wie geht es Papa?« Wegen der schlechten Verbindung legt sie sich die Hand aufs andere Ohr. Nie zuvor hat sie eine mit Parkett ausgelegte Flughafenhalle gesehen.

»Du musst kommen«, sagt Lurdes.

»Ich bin schon am Flughafen, allerdings fliege ich nach Porto. Wie geht es Papa?«

»Warum nach Porto?«

»Sag mir bitte, wie es ihm geht.«

»Die Ärzte behaupten, sie können nichts machen. Es liegt nicht in unserer Hand.«

»Das sagst du, was sagen die Ärzte? João meinte, es –«

»Er ist auch nicht hier. Euer Vater liegt im Krankenhaus, und … Maria-Antonia, du musst sofort kommen! Wer weiß, wie viel Zeit noch bleibt.«

»Ich rufe an, sobald ich gelandet bin.« Ratlos schaut Maria sich um und versucht zu verstehen, was sie empfindet. Eine Mischung aus Schuldgefühlen und unterdrückter Wut, aus Hilflosigkeit, Sorge und dem naiven Wunsch, alles gutmachen zu können. Sie würde António von den Toten erwecken, die Gebrechen ihres Vaters heilen und Lurdes diese kindsköpfige Religiosität austreiben, die einen die Wände hochgehen lässt. Vor einem halben Leben hat sie ihre Eltern verlassen und kämpft seither gegen die Angst an, von ihnen verlassen zu werden. »Glaubst du, du kannst mir jetzt verraten, wie es Papa geht?«, fragt sie. »Hat er Schmerzen? Was sagt er?«

»Nichts, du kennst ihn.«

»Wie lange soll er noch im Krankenhaus bleiben?«

»Bete für ihn«, antwortet ihre Mutter.

»Fährst du heute zu ihm?«

»Um fünf Uhr holt Guilherme mich ab. Er kann erst nach der Arbeit, wenn die Besuchszeit fast vorbei ist. Es gibt zu wenige Busse.«

»Bestell schöne Grüße von mir.« Hinter den Scheiben des Flughafengebäudes kommt für einen Moment die Sonne zum Vorschein, und bereits nach einer Minute weiß Maria nicht mehr, was sie sagen soll. Guilherme muss jemand aus Rapa sein, der sich besser um ihre Eltern kümmert als sie und João. »Ich komme zu euch, so schnell ich kann.«

»Pass auf dich auf, Mariazinha. Gott beschütze dich.«

»Mir geht's gut«, sagt sie, bevor es in der Leitung klickt. Bis zum Abflug bleibt ihr eine Stunde. Durchsagen hallen durch das Gebäude, Reisende schieben sich durch das Gedränge, Pärchen zögern den Moment des Abschieds hinaus. Die Ankunftszeit in Porto hat sie schon am Donnerstag an Philippa geschickt, um ihr zu zeigen, dass sie weiterhin mit ihr kommunizieren will, aber eine Antwort ist ausgeblieben. Die Erinnerung an das letzte Gespräch peinigt sie seit zwei Tagen. Natürlich war es ein Fehler, ihre Tochter so unvorbereitet mit der Geschichte zu konfrontieren. Sie hat es getan, um Philippa die jugendliche Leichtfertigkeit zu nehmen, mit der sie über Dinge sprach, von denen sie nichts verstand, aber sobald sie angefangen hatte, fühlte sich das Erzählen auf eigentümliche Weise befreiend an und trieb sie immer weiter. Einmal zugelassen, kehrte die Vergangenheit mit einer Wucht zurück, die kein Dosieren der Wahrheit gestattete. Als hätten sich Schleusen geöffnet. Es war erstaunlich, wie detailliert ihr alles vor Augen stand, nicht nur das Haus und die Straße, auch Gerüche, Gefühle und Stimmungen. Herr Löschers Tonfall, das maskenhafte Gesicht der Nachbarin. Philippas Miene auf dem Bildschirm wurde erst finster, dann starr. Als Maria schließlich innehielt, blieb es eine Weile still. Die betrunkene Nachbarin verschwand im Haus, verlassen lag die Erlentiefenstraße in der hereinbrechenden Nacht, und es gab kein Zurück mehr. Die Zeitanzeige ihres Laptops zeigte zwanzig nach zwölf.

»Und dann?«, fragte Philippa.

»Als er das nächste Mal angerufen hat, hab ich gesagt: Nie wieder.«

»Und er so, okay, dann können wir ja wieder zusammen ins Hallenbad fahren. Mit unseren namenlosen Kindern. Oder was?«

»Jedenfalls haben wir danach nicht mehr miteinander geschlafen.«

»Du hast ihn abbestellt, er hat es akzeptiert, und das war's. Klingt nach einer runden Sache.«

»Wir haben eine Affäre beendet, die wir nie hätten beginnen dürfen. Wenn du's wissen willst, die nächsten Monate waren die Hölle, aber das kannst du dir auch denken, ohne dass ich es erzähle.«

»Warum hast du es mir erzählt?«

»Du hast gefragt.«

»Nicht *danach*.« Philippa machte eine Handbewegung, als wollte sie ihre Mutter durch den Bildschirm hindurch packen und schütteln. »Gestern Nachmittag habe ich es endlich geschafft, das Verhältnis zu meinem Vater von einem störenden Geheimnis zu befreien. Morgen werden wir nach Lissabon fahren. Im Auto, vier oder fünf oder sechs Stunden, und wie immer wird Papa mich auf seine subtile Art aushorchen. Zum Beispiel darüber, wie du zu seinem Umzug stehst. Ich werde neben ihm sitzen und denken: Vergiss es! Erstens klappt es sowieso nicht, zweitens weiß ich noch etwas, das du nicht weißt, und wenn du es auch wüsstest, würdest du gar nicht umziehen wollen. Danke, Mama! Das wird toll morgen. Warum zum Teufel hast du mir davon erzählt? Warum muss ich das wissen?«

Maria presste die Lippen aufeinander und konnte nichts erwidern. »Wollen wir es für heute dabei belassen?«, fragte sie. »Du hast gefragt, wofür ich mich so hasse.«

»Tust du gar nicht, hast du gesagt.«

»Philippa, es ist achtzehn Jahre her. Zuerst konnte ich kaum in den Spiegel schauen. Später in Bonn hat er gearbeitet wie ein Pferd und sich darauf gefreut, abends bei Frau und Kind zu sein. Ich hab es nicht übers Herz gebracht, es ihm zu sagen. Seit einer Stunde kenne ich deine Theorie von den Geheimnissen und der

Fiktion, die man statt der wahren Person zu lieben beginnt. Sie erinnert mich an das Bild von Portugal, das ich früher an der Volkshochschule vermittelt habe. Verstehst du, deine Theorie ist selbst bloß eine kitschige Fiktion. In Wirklichkeit erleichtert man sein Gewissen immer auf Kosten anderer. Dein Vater hätte mir verzeihen wollen und es nicht gekonnt. Irgendwann war mir klar, dass es nicht darum geht, Geständnisse abzulegen, sondern darum, Konsequenzen zu ziehen. Das hab ich getan. Es war nicht das Leben, das ich gewählt hätte, aber ich bin in Bonn geblieben. Seinetwegen und deinetwegen. Unseretwegen.«

»Mit anderen Worten: Du hast beschlossen, weiterzuleben wie vorher. Das war deine Konsequenz. Wahrscheinlich würdest du sogar behaupten, du hättest ein Opfer gebracht.«

»Allerdings«, sagte Maria. »Du wirst hoffentlich nie erfahren, wie das ist. Ich kann es auch nicht erklären. An manchen Tagen hab ich mich wie hirntot gefühlt. Wenn ich lesen wollte, war es, als würde ich mir selbst was vorspielen. Also habe ich Filme und Serien geschaut. Unten im Keller steht eine ganze Kiste davon, lauter DVDs. Außerdem habe ich die Lesezeichen meiner Bücher verschoben, jeden Tag ein paar Seiten, damit dein Vater nicht herausfindet, wie es mir geht. Wahrscheinlich denkst du, dass ich eine pathologische Lügnerin bin und nicht anders kann, als mich zu verstellen. Ich dachte, es ist meine Schuld, also muss ich selbst damit fertig werden.«

»Die Bücher«, schnaubte Philippa. »Überall Bücher. Brecht und Weiss und was weiß ich. Meine verhasste Schullektüre. Damals dachte ich, sie liegen meinetwegen herum. Was für DVDs hast du denn geguckt?«

»Die Kiste steht noch da, du kannst bei Gelegenheit nachschauen. Ich hab mich selbst bestraft, und der einzige Mensch, von dem ich mir deswegen Vorwürfe anhören würde, ist dein Vater. Von dir nicht.«

»Bloß ihm sagst du nichts. Und von mir erwartest du, dass ich auch dichthalte, ja? Tut mir leid, das weiß ich noch nicht. Auf Versteckspiele hab ich keine Lust mehr.«

»Frag dich, ob ich darum gebeten hatte, deine Mitwisserin zu sein.«

»Natürlich nicht. Du hattest zu viele eigene Probleme, um dich für meine zu interessieren. Irgendwie war mir das schon als Kind klar, aber das mit den DVDs erstaunt mich. Wenn ich in Rapa mit Avó Lu ferngesehen habe, hast du immer dieses Gesicht gemacht.«

»Ja, mein miesepetriges Gesicht.«

»Ich dachte, es wäre Überheblichkeit. In Wirklichkeit warst du auf der Flucht vor der Tatsache, dass du eine Familie hast. Dein ganzes Leben lang. Erst wolltest du nicht schwanger werden, eine Abtreibung war zu anstrengend, also hast du –«

»Stell dir vor, es ist tatsächlich kein Zuckerschlecken. Einmal hat mir gereicht.«

»Was?«

»Du hast mich gehört, und dabei belassen wir's.« Entschieden schüttelte Maria den Kopf. Sie hatte kein neues Geständnis beginnen, sondern den Redefluss ihrer selbstgerechten Tochter unterbrechen wollen. »Ich werde dich nicht mit weiteren Details belasten. Du solltest bloß in Betracht ziehen, dass du über manche Dinge nicht genug weißt, um sie zu beurteilen. Das ist ein Rat, den du nicht annehmen wirst, aber ich geb ihn dir trotzdem: Immer mit der Möglichkeit rechnen, dass man nicht alles weiß, was man wissen müsste.«

»Welches eine Mal?«

»Sollte mich das Verlangen nach noch mehr Vorwürfen überkommen, weiß ich, wo ich mich melden muss. Für heute reicht es mir.«

»So ist es, mit dir zu streiten. Erst zauberst du was Neues aus dem Hut, dann verweigerst du die Auskunft. Du beschwerst dich über Avó Lu, dabei bist du viel irrationaler und –«

»Verstehe«, unterbrach Maria sie. »Du hättest lieber Eltern, die deinen Großeltern ähneln. Frag dich mal, warum du ihnen niemals wirst erzählen können, mit wem du schläfst.«

»Vielleicht tu ich's irgendwann.«

»Untersteh dich, hörst du! Du hast keine Ahnung, was in anderen Menschen vorgeht. Du bist zwanzig Jahre alt und hast es geschafft, deinem Vater zu sagen, dass du lesbisch bist. Das ist deine Lebensleistung, herzlichen Glückwunsch, sie ist ohne Beispiel in der Geschichte der Menschheit. Jetzt glaubst du, auf alle anderen herabschauen zu können. Menschen sind nicht perfekt, okay? Sie machen Fehler und stecken voller Widersprüche. Manchmal tun sie Dinge, die sie nicht wollen. Wenn du das nicht aushältst, dann stell keine Fragen, sondern verschließ die Augen und fühl dich im Recht. Oder adoptier meinetwegen ein Kind, aber hör auf, Urteile über mein Leben zu fällen! Ich hab Fehler gemacht und dafür bezahlt.«

»Womit? Den Filmen und Serien oder mit mir?«

»Ende des Gesprächs.«

»Weißt du, was dein Problem ist?« Mit einem Mal war Philippas Blick nicht mehr zornig. In ihren Augen schimmerten Tränen. »Es gibt einen Namen dafür.«

»Offenbar kannst du's kaum erwarten, ihn zu sagen.«

»Du bist eine chronisch depressive Frau voller Selbsthass. Das ist dein Problem.«

»Und du bist ein dummes Kind«, sagte Maria und knallte ihren Laptop zu.

Nach dem Aufenthalt in Genf sind sie pünktlich abgeflogen. Planmäßig beträgt die Flugzeit nach Porto gut zwei Stunden, aber der Kapitän hat durchgegeben, dass die Ankunft zwanzig Minuten früher erfolgen wird, gegen einundzwanzig Uhr Ortszeit. Jetzt beginnen die Stewardessen der TAP, letzte Kaffeebecher und Servietten einzusammeln. Die Maschine ist lediglich zu zwei Dritteln gefüllt, Maria sitzt am Fenster, hat neben sich einen freien Platz und blättert im *Sábado* von letzter Woche. Illustrierte sind ein guter Maßstab für die Vertrautheit mit einem Land; von all den Politikern, Schauspielern und Sportlern kennt sie ungefähr die Hälfte, das heißt von den Jüngeren fast niemanden und von den Älteren den größten Teil. Außerdem liest sie nicht, sondern beschäftigt mit der Zeitschrift eher ihre Finger als die Gedanken. In Genf hat sie anderthalb Stunden in einem Flughafencafé gesessen, auf das Lavazza-Logo über der Theke gestarrt und schließlich mit ihrem Bruder telefoniert, der ihr bestätigte, dass Hartmut sie abholen wird. João selbst wollte mit Philippa vorausfahren nach Rapa und versicherte, Artur gehe es gut, aber dass ihr Bruder in die Serra fährt, deutet eher auf das Gegenteil hin. Nur zu besonderen Anlässen kommt die ganze Familie dort zusammen, zuletzt an Lurdes' achtzigstem Geburtstag. Die Stimmung sei wie immer, hat João auf Nachfrage behauptet. Jedes Mal, wenn sie mit ihm sprach, klang er, als wollte er fragen: War sonst noch was? Als er die Frage tatsächlich stellte, antwortete sie: Ja, bring was zu rauchen mit.

Die übliche Ansage fordert die Passagiere auf, sich anzuschnallen und die Sitzlehnen aufrecht zu stellen. Das Wetter in Portugal scheint gut zu sein; als sie aus dem Fenster sieht, erkennt Maria Lichter entlang der Küste und die dunkle Masse des Ozeans. Gegen die kühle Luft der Klimaanlage hüllt sie sich fester in ihre Strickjacke, überblättert den aufdringlich bebilderten Bericht über die Scheidung eines Schauspielerpaars und überfliegt vermischte Meldungen aus dem Bereich Kultur. Das Teatro Nacional D. Maria II ist in eine juristische Auseinandersetzung verwickelt. Filmregisseure protestieren gegen Kürzungen bei der staatlichen Förderung, und im Centro Cultural von Belém wird eine Retrospektive zeitgenössischer Fotografie gezeigt. Im nächsten Moment entdeckt sie den Namen, und ihr Herz macht einen Sprung. Wie im Reflex schlägt sie die Zeitschrift zu und hat augenblicklich das Gefühl, die Maschine beginne zu sacken.

Einer der bekanntesten Fotografen des Landes, berühmt für seine Porträts. In der Vergangenheit hat sie ab und zu von Ausstellungen gehört, aber nie den Wunsch verspürt, eine zu besuchen. Nur einmal, viele Jahre nach dem Ende ihrer Affäre, ist sie zu dem Haus am Largo do Carmo gegangen, wo der Name seines Studios noch immer neben dem Eingang stand. Zum

Abendessen war sie mit Hartmut im Bairro Alto verabredet und hatte Zeit, also blieb sie auf dem Platz sitzen, wartete und sah ihn schließlich in Begleitung einer jungen Frau das Haus verlassen. Im ersten Augenblick drängte es sie, aufzustehen und ihn anzusprechen, aber die Gewissheit, dass es nichts gab, was sie sagen oder von ihm hören wollte, hielt sie zurück. Ein gutaussehender, elegant gekleideter Mann, der zum Rossio hinabging und aus ihrem Blickfeld verschwand. Fotos von ihr werden eines Tages in seinem Archiv gefunden werden, falls er sie nicht vernichtet hat. Schöne Fotos, aber wenn sie unvorbereitet auf seinen Namen stößt, kommt die Erinnerung an einen urinfarbenen Plastikbezug in ihr hoch, an die kalten Augen des Arztes und den bitteren Geschmack ihrer Angst. Dann empfindet sie keine Wut, aber dass er für sie der Erste bleibt und sie für ihn eine von vielen, kränkt sie; dass er ihr Leben nachhaltig beeinflusst hat und sie ihn an jenem Tag wahrscheinlich deshalb nicht ansprechen wollte, weil sie Angst hatte, er werde sich nicht erinnern.

Das nächste Mal schreckt sie hoch, als die Maschine auf der Landebahn aufsetzt. Eine Durchsage heißt die Passagiere am Aeroporto Francisco Sá Carneiro willkommen, ein paar Minuten später hat das Flugzeug seine Parkposition erreicht. Auf dem Weg ins Gebäude spürt sie die sommerliche Hitze und ihre Nervosität wegen des bevorstehenden Wiedersehens. Was hat Hartmut in den letzten zwei Wochen gemacht und worüber nachgedacht? Sie wird ihm sagen müssen, dass er nicht in Peters Verlag arbeiten kann, aber nicht erklären können, was das für sie beide heißt. Dass Philippa ihre Drohung wahr gemacht und ihm alles erzählt hat, ist unwahrscheinlich. Es wäre genau die Einmischung in elterliche Belange, die ihre Tochter vermeiden will, aber als Maria am Gepäckband auf den Koffer wartet, wird sie trotzdem immer unruhiger. Sollen sie nach Rapa fahren oder eine Nacht im Hotel verbringen? Sofort reden oder abwarten? Vor einer Wechselstube stehen zwei schwarze Frauen und zählen Geldscheine. Zollbeamte starren gelangweilt vor sich hin. Alles ist vertraut, die Schilder in ihrer Muttersprache und die

Bewegungen der Menschen, Werbung für Sagres-Bier, der Geruch nach warmen Sandwiches. Sie würde gerne rauchen, stattdessen geht sie auf die Toilette, um sich das Gesicht zu waschen. Als sie zurückkommt, dreht ihr roter Rollkoffer seine Runden. Ein Geburtstagsgeschenk von Hartmut – da sie neuerdings ja viel unterwegs sei, meinte er auf seine unvergleichliche Art, die Missbilligung eines Vorhabens auszudrücken, bei dessen Realisierung er sie unterstützt. Vor zwei Jahren hat er den Umzugswagen nicht nur gebucht und bezahlt, sondern eigenhändig abgeholt. Mit einer Miene, als wollte er sagen: Was bin ich für ein verliebter Trottel. Ist ihm nie der Gedanke gekommen, dass es ihm ohne sie besser gehen würde? Hat sie je verstanden, wie sehr sie ihn braucht?

Beim Betreten der Ankunftshalle sieht sie ihn auf den ersten Blick. Auf den zweiten muss sie sich vergewissern, dass er es wirklich ist, denn er trägt einen Bart. Erstaunt hebt Maria die Hand und wäre beinahe von einem Ehepaar über den Haufen gerannt worden, das auf seinen erwachsenen Sohn zustürzt. »Endlich!«, hört sie die Mutter schluchzen und beobachtet, wie Hartmut sich von seinem Platz löst und ihr Winken erwidert. Sein Hemd ist verknittert, die Stirn gerötet von einem Sonnenbrand. »Olá. Bem-vinda.« Schon immer haben die weich fließenden Laute des Portugiesischen seine Zunge überfordert.

»Olá amor.« Sie bleibt stehen und mustert ihn lächelnd, bevor sie einander in die Arme fallen. Vollbärte erinnerten ihn an protestantische Pfarrer, hat er einmal gesagt, jetzt spürt sie sein ungewohnt kratziges Kinn, riecht den vertrauten Duft und hat Mühe, die Fassung zu wahren. Alles ist wie bei den Begrüßungen in den letzten beiden Jahren und dennoch anders. Als sie das nächste Mal aufschaut, sieht sie Tränen in seinen Augen. »Du weinst und hast einen Bart.« Einen ziemlich weißen.

»Wie findest du's?«

»Was von beiden?«

»Den Bart, Maria. Gefällt er dir?«

Auch über ihre Wangen laufen Tränen, aber darum kümmert

sie sich nicht, sondern fährt mit der Hand über sein Gesicht und nickt. »Ja, gefällt mir. Du siehst ein bisschen aus wie Botho Strauß.«

»Damit kann ich leben.«

»Einen Sonnenbrand hast du auch.« Außerdem eine verkrustete, vom Bart halb verdeckte Wunde auf der linken Wange. Noch einmal küssen sie sich und umarmen einander. »Was Neues von meinem Vater?«, flüstert sie ihm ins Ohr.

»Philippa und João haben eben gemeldet, dass sie gut in Rapa angekommen sind. Arturs Blutwerte sind schon wieder besser. Morgen soll er entlassen werden.«

»Du wirst behaupten, ich würde das immer sagen, aber ich kann spüren, dass es diesmal ernst ist.«

»Die Ärzte scheinen das nicht zu glauben. Willst du gleich hinfahren? Heute Nacht noch?«

»Nein, aber ich hab's meiner Mutter versprochen. Was ist das für eine Wunde?«

»Kleine Schramme«, sagt er abwehrend. »Wir könnten anrufen und sagen, dass es zu spät geworden ist. Was nicht gelogen wäre. Es ist gleich zehn, und wir brauchen drei Stunden.«

Statt zu antworten, küsst sie ihn noch einmal und nimmt ihre Handtasche auf die andere Schulter. Sie will ebenso wenig nach Rapa fahren wie das Versprechen an ihre Mutter brechen. Um sie herum begrüßen sich Leute mit Wangenküssen, Umarmungen und lautem Lachen. Es ist eine futuristisch aussehende, von Neonlicht erhellte Halle, in der sie stehen. Ihr dritter Flughafen an diesem Tag, sie muss sich erst einmal orientieren. »Du bist wirklich mit unserem Wagen gekommen?«, fragt sie. »Die ganze Strecke?«

»Ja.«

Warum, will sie fragen, aber Hartmut nimmt ihre Hand, greift nach dem Koffer, und sie gehen schweigend zu den Rolltreppen. Hinter Glaswänden blinken Lichter in der Nacht, außer ihr tragen alle Menschen sommerliche Kleidung und den passenden Teint. Der Passat mit dem Bonner Kennzeichen steht in einer langen Reihe anderer Fahrzeuge, Hartmut verstaut das Gepäck im Kofferraum, und auf einmal ist es doch wie immer. Maria spürt ihre Gedanken vorauseilen in die Serra und fragt sich, ob es eine Rechnung dafür gibt: Wie viele Jahre man miteinander verbracht haben muss, um nach einer Trennung von wie vielen Wochen für wie viele Minuten das Gefühl zu haben, einander verändert wiederzubegegnen. Reglos wartet sie neben der Beifahrertür und hört sich fragen: »Sind die beiden mit dem Motorrad nach Rapa gefahren? Doch wohl nicht.«

»Philippa hat eine SMS geschrieben. Sie sind gut angekommen.«

»Mein Bruder weiß genau, dass ich das nicht will. Und du auch. Wieso hast du's nicht verboten?«

Über das verstaubte Autodach hinweg sieht Hartmut sie an und lacht, als hätte er einen guten Witz gehört. Schnauze an Schnauze stehen die Autos im Parkdeck. Dabei hat sie gar nicht an Philippa und João gedacht, sondern ihrem Erstaunen nachgespürt und einfach geredet. Jetzt kann sie nur den Kopf schütteln. »Verrückt, oder? Waren wir schon immer so?«

»Vielleicht willst du die Frage noch mal in ihrem Beisein stellen«, sagt er noch immer lachend. »Die mit dem Verbieten. Das könnte interessant werden.«

Im Auto ist es stickig warm. Nach dem Trubel der Ankunftshalle sind sie zum ersten Mal allein, und anstatt loszufahren, legt Hartmut beide Hände auf das Lenkrad. In der Mittelkonsole stecken die Quittungen von Hotels und Tankstellen, auf der Rückbank liegen Kleidungsstücke, leere Wasserflaschen und sein schwarzer Kulturbeutel. »Weißt du noch«, fragt sie, »wie du vor ein paar Tagen am Telefon gesagt hast, wir seien die Parodie unserer selbst. Das geht mir nicht aus dem Kopf. Warum Parodie? Wegen solcher Dinge wie gerade?«

»Es war nur eine Bemerkung«, sagt er. »Ich weiß nicht mehr, was ich damit gemeint habe. Es ging um Philippa, und wahrscheinlich wollte ich sagen, wir wussten es die ganze Zeit und haben getan, als wüssten wir's nicht, weil wir dann so tun konnten, als würde es uns nichts ausmachen. Was wir schließlich von uns verlangen. Dass uns so was nichts ausmacht. Unseren Eltern ja, uns nicht. Richtig?«

»Hast du sie gefragt, ob sie's in Rapa erzählen will?«

»Sei beruhigt, das hat sie nicht vor. Aber es wird ihr einziges Zugeständnis bleiben, daran hat sie keinen Zweifel gelassen. Alle anderen müssen es entweder akzeptieren, oder sie können ihr gestohlen bleiben.«

»Wir haben uns also was vorgemacht.« Sie könnte einfach nicken und sagen: Genauso ist es. Wahrscheinlich ist es so, aber Maria schüttelt den Kopf und schnallt sich noch einmal los, um die Strickjacke auszuziehen. Hartmut hat erst vor wenigen Tagen erfahren, was sie seit einem Jahr weiß, und denkt jetzt über Fragen nach, die sie schnell hinter sich gelassen hat. Zu schnell vielleicht, aber seine Behauptung, es gewusst zu haben, kommt überraschend. »Keine Ahnung, ob das stimmt«, sagt sie. »Seit ich es weiß, denke ich zurück an dies und das, und sicherlich gab es Anzeichen, wir hätten es wissen können, aber …« Ist es nicht müßig, in der Vergangenheit nach Hinweisen auf etwas zu suchen, das inzwischen offen zutage liegt? Die Jacke verhakt sich im Gurt, und sie zerrt daran, um ihren Arm zu befreien. Sie haben nicht gesehen, was sie hätten sehen müssen, weil sie nicht so sind, wie sie sein wollen, das ist richtig – *und* weil Philippa es vor ihnen verborgen hat. Was ihr gutes Recht war, sie aber nicht dazu befugt, sich jetzt aufs hohe Ross zu setzen und ihren Eltern Vorwürfe zu machen. Sobald sie an das Ende des Skype-Gesprächs denkt, kehrt ihre Wut zurück. »Nein. Ich wäre nicht im Traum darauf gekommen«, sagt sie und findet den eigenen Starrsinn befreiend. Warum müssen Eltern immerzu die Schuld bei sich suchen? Es würde ehrlich aussehen, wäre aber nur eine neue Unaufrichtigkeit, jetzt so zu tun, als hätten sie alles wissen müssen.

Hartmuts Blick ist geradeaus gerichtet. Als Maria ihm folgt, sieht auch sie das junge Pärchen, das im gegenüber geparkten Wagen knutscht und fummelt. Der Mann hat eine Hand unter den BH der Frau geschoben, ihre Hände betasten seinen Schoß.

Ganz in den Anblick der beiden vertieft, spricht Hartmut leise vor sich hin, als würde er ein Selbstgespräch führen. »Wahrscheinlich hab ich mich falsch ausgedrückt. Ich meinte, wir finden es nicht schlimm, es zieht uns bloß den Boden unter den Füßen weg. Hätte ich sagen sollen, unser Leben ist die Parodie unserer Träume? Das wäre vielleicht treffender gewesen.«

»Wie kannst du so was sagen?«, fragt sie. »Unser Leben ist was?«

»Ich meinte …« Jetzt erst wendet sich sein Blick ihr zu, und er scheint über seine Worte zu erschrecken. »Ich meinte das nicht so.«

»Sondern?«

»Weiß ich nicht. Ich meinte gar nichts. Lass uns fahren, bevor die beiden da richtig loslegen.«

Im aufflammenden Licht der Scheinwerfer fährt das Paar auseinander. Hastig rafft die Frau den Ausschnitt ihrer Bluse zusammen, dann setzt Hartmut zurück, und sie verlassen die Tiefgarage. In der engen Schleife der Zugangsstraße sind die Autobahnen nach Porto und Lissabon ausgeschildert, aber ihr Mann hat offenbar eine andere Strecke im Sinn. Ein paarmal biegen sie ab und lassen die Einfahrten von Speditionsfirmen und geschlossenen Fabriken hinter sich, dann wandert der Pfeil des Navigationsgeräts nach oben. Vor vielen Jahren sind sie einmal durch die Gegend nördlich von Porto gefahren, in der es keine schönen Strände und im Sommer kaum Touristen gibt. Statt ihr das Ziel zu verraten, stellt Hartmut Musik an, Maria schaltet die Klimaanlage aus und sieht im Westen einen leuchtenden Halbmond am Himmel stehen. Dass *ihr* Leben die Parodie dessen ist, was sie sich als junge Frau erträumt hat, liegt auf der Hand – aber warum seins? Welches seiner Ziele hat er nicht erreicht? Eine unbekannte Männerstimme füllt das Wageninnere und singt vom Chefe sem poder, dem Boss ohne Macht. Warum können sie nicht so miteinander reden, dass jeder sagt, was er denkt, und der andere versteht, was gemeint ist? Ein Mal nur, um zu wissen, dass es geht.

»Was ist das für Musik?«, fragt sie.

»Eine Band von den Kapverden. Hab ich gestern an der Cerca Moura gesehen. Das Cover liegt im Handschuhfach.«

»An der Cerca Moura.« Ratlos verschränkt Maria die Arme und lehnt sich im Sitz zurück. Er meint den Miradouro das Portas do Sol, den sie ihm vor vielen Jahren gezeigt hat, als er noch nicht so überlaufen war wie später, sondern aussah wie in der kurzen Einstellung in *Lisbon Story*. Sein Lieblingsort in der Stadt, sie ist schon lange nicht mehr dort gewesen. »Nachdem du mir am Telefon gesagt hattest, dass du seit einer Woche unterwegs bist, hab ich versucht, mir das vorzustellen – wie du reist, was du machst, wie's dir geht. Dann war ich erschrocken, weil ich's nicht konnte.«

»Ist das eine Frage?«

»Nein. Warst du alleine dort? Gestern.«

»Philippa wollte nicht mit. Sie musste dringend telefonieren.« Seinem Tonfall nach mit Gabriela.

»Bist du sauer auf mich, weil ich's dir nicht gesagt habe?«

»Es war ihre Entscheidung. Sie würde dir nicht verzeihen, wenn du's mir gesagt hättest. Unsere Tochter ist ziemlich tough geworden. Sie alleine bestimmt, wo's langgeht.«

»Habt ihr gestritten?«

»Nein«, antwortet er und muss sich korrigieren. »Doch, aber nur kurz. Wir haben uns gründlich ausgesprochen. Das war überfällig. Wahrscheinlich ist es mein Fehler, dass es sich wie ein Verlust anfühlt.« Er wendet den Kopf, und sie spürt seinen Blick von der Seite. »Sie wird nach Santiago gehen, aber wahrscheinlich wusstest du das auch vor mir. Nächstes oder übernächstes Semester. Ihre Bewerbung läuft schon.«

»Nein, wusste ich nicht«, sagt Maria.

»Wegen Gabriela natürlich. Ich finde, sie macht sich ein bisschen zu abhängig.«

Die Straße führt durch menschenleere Ortschaften, die nahtlos ineinander übergehen. Gestern hat sie in Christiania am Wasser gesessen und den Joint geraucht und war bereits nach wenigen Zügen eingeschlossen in sich selbst. Vollkommen bekifft, fühlte sie ihr Herz rasen und beobachtete das Treiben um sich herum wie durch eine meterdicke Glaswand. Als ein Mann sie um Feuer bat, konnte sie ihn nur anschauen, bis er lächelnd abwinkte. Jetzt kommt es ihr vor, als wäre die Wand immer da gewesen, in Bergkamen wie in Bonn. Eine Beklemmung, aus der sie nicht ausbrechen, sondern nur darauf warten konnte, dass sie nachließ. Es ist nicht wegen Gabriela, denkt sie, sondern wegen uns.

»Sie meint«, sagt er, um das Gespräch in Gang zu halten, »irgendwann leben wir sowieso alle auf der Iberischen Halbinsel.«

»Werden wir das?«

»Das werden wir, wenn wir uns dafür entscheiden.«

»Wohin fahren wir jetzt?«

»Blindlings in die Nacht. Willst du nun in Rapa anrufen oder nicht?«

»Ich müsste, aber ich kann jetzt nicht mit meiner Mutter sprechen, Hartmut. Sie ist krank vor Angst, und ich will nicht hören, dass am Ende alles in Gottes Händen liegt. Ich fürchte, ich würde ihr sagen, dass sie eine verrückte alte Schachtel ist und endlich ein anderes Buch lesen soll.«

»War es anstrengend in Kopenhagen?«

»Es war schrecklich.«

»Ruf Philippa an.« Er dreht den Kopf und scheint nach einer Möglichkeit Ausschau zu halten, von der Hauptstraße abzubiegen. Vereinzelte Hinweisschilder auf Campingplätze und Strände tauchen im Scheinwerferlicht auf und verschwinden wieder, ansonsten wirkt die Gegend so verlassen, als wäre der Sommer längst vorbei. »Übrigens ist es komisch, aber nach über zwanzig Jahren wüsste ich nicht, was ich antworten sollte, wenn jemand mich fragt, ob du religiös bist.«

Sie sieht ihn an und legt eine Hand auf seinen Oberschenkel. Warum so tun, als wäre sie ihm böse. »Hättest du eine Antwort auf die Frage, ob du es bist? Nach fast sechzig Jahren.«

»Nein«, sagt er. »Trotzdem frage ich mich, wie es sein kann, dass wir seit zwei Jahrzehnten verheiratet sind und solche Dinge nicht voneinander wissen.«

»Du meinst, du fragst dich, was wir noch alles nicht voneinander wissen.« Sie spürt, dass er von seiner Reise erzählen will und den richtigen Einstieg sucht. Etwas hat sich in den letzten Wochen verändert, wovon sie beide keinen Begriff haben. Noch nicht. Ein Leben im Diskontinuum hat er ihre Ehe kürzlich genannt, in der die Tage, die sie miteinander verbringen, seltener sind als jene, von denen sie einander bloß berichten. Ihr Mann ist gut darin, die Dinge auf den Punkt zu bringen, sie muss ihn nur reden lassen.

»Heute Nachmittag war ich in Coimbra«, sagt er. »Erinnerst du dich? Philippa und João sind am Vormittag aufgebrochen, und ich hatte keine Lust, in der Wohnung zu sitzen. Alleine mit meinen Gedanken. Also bin ich losgefahren. Als auf der Autobahn das Schild auftauchte, dachte ich, warum nicht einen Stopp einlegen. Es ist lange her. Ich hatte Zeit.«

»Hat sich viel verändert?«

»In der Altstadt kaum. Oben an der Uni wird renoviert. Ich wusste nicht mehr, ob wir damals die Bibliothek besucht haben; nur noch, wie ich mit Philippa vor dem Eingang saß und ihr von den Fledermäusen erzählt habe. Eigentlich mag ich keinen Barock, aber drinnen ist es wunderschön, beinahe unwirklich. Bücher, die kein Mensch mehr lesen wird.« Erneut spürt sie seinen Blick auf sich, ohne ihn zu erwidern. »Ich glaube, wir waren in dem Sommer dort, nachdem sich meine Bewerbung in Berlin zerschlagen hatte.«

»Ich weiß.«

An die Bibliothek erinnert sie sich nicht, nur an die irgendwo aufgeschnappte Geschichte von den Fledermäusen, die bestimmte Insekten fressen, die sich in den alten Büchern einnisten. Hartmut erzählt von fensterlosen Kerkern im alten Gebäudetrakt, die aus einer Zeit stammen, als Universitäten noch die Gerichtshoheit über ihre Studenten innehatten. Sie könne sich vorstellen, welche Gedanken ihm durch den Kopf geschossen seien, als er in einer der Zellen stand. Er lacht und wartet auf eine Reaktion von ihr. Die Hitze in den Gassen fällt ihr ein und der merkwürdige Drang, eine Kirche aufzusuchen und mit einem Priester zu sprechen. »Vor zwei Wochen«, fährt er fort, »bin ich aufgebrochen, weil ich in Ruhe nachdenken wollte. Aber dann hat die Reise mich eher abgelenkt. Unterwegs sieht man neue Dinge und redet mit anderen Leuten als sonst. Ohne Alltag, der einem alles souffliert. Es war ein bisschen wie früher, als wir noch darüber nachgedacht haben, welches Leben wir leben wollen. Verstehst du?«

»Ich mag es nicht, wenn du so redest«, sagt sie. »Wenn du was wissen willst, dann frag mich.«

»Ich hab dich furchtbar vermisst. Ich bin weggefahren aus Bonn, weil ich nicht allein sein wollte, aber meistens war es unterwegs kaum besser. Einmal hab ich mich heftig betrunken und bin nachts mit fremden Leuten um ein Feuer getanzt. Irgendwo an einem spanischen Strand. Ich!« Vor jedem Kreisverkehr, der einen Zugang zum Meer eröffnet, nimmt Hartmut den Fuß vom Gas. Es gibt etwas, das er ihr gestehen will, aber er traut sich nicht – oder hat Philippa doch geredet? »Wenn du mit dem Flugzeug gekommen bist«, sagt er, »hast du wahrscheinlich keinen Joint dabei, oder?«

»Ich hab João gesagt, er soll was mitbringen. Keine Ahnung, ob er's getan hat.«

»Wieso haben wir dieses eine Mal nie wiederholt?«

»Wie ich am Telefon gesagt habe, ich hatte nicht den Eindruck, dass du es willst.«

»Ich hab's mir oft vorgestellt. Ich würde gerne in Rapa auf dem Balkon sitzen und einen Joint mit dir rauchen. Beim ersten Mal hatte ich Angst, aber jetzt …« Wieder hält er inne, weil er lachen muss. »Unsere Tochter wird sagen, wir seien unmöglich.«

»Dann werden wir ihr klarmachen, dass sie sich um ihren eigenen Scheiß kümmern soll.«

Beim nächsten Kreisverkehr biegt Hartmut ab und folgt einer kaum ausgebauten Straße, die erst zwischen hohen Maisfeldern entlangführt, dann durch die engen Gassen eines Dorfes. Reflektoren an den Hauswänden sollen verhindern, dass Autos die Mauern streifen. Kein Mensch zeigt sich, die Gegend ist so leer, als wäre es drei Uhr morgens und nicht zehn Uhr am Abend. »Es ist nämlich ungerecht«, sagt sie. »Wir dürfen nicht über ihr Leben urteilen, aber sie über unseres sehr wohl. In Zukunft wird sie jede Kritik mit dem Vorwurf kontern, wir könnten uns bloß nicht damit abfinden, dass sie … Das ärgert mich.«

»Dass sie was?«

»Als Gabriela in Berlin war, durfte ich nicht rauchen in ihrer Gegenwart. So sieht das Ergebnis unserer Erziehung aus, eine spießige lesbische Politesse, die uns Verbote erteilt.«

Einen Moment lang horchen sie beide der Bemerkung nach, dann brechen sie in ein heftiges, schuldbewusstes Lachen aus. Hartmut hat Mühe, die Kontrolle über den Wagen zu behalten, der auf dem alten Kopfsteinpflaster springt und holpert. Als ihnen ein Auto entgegenkommt, wären sie beinahe in den Graben gerutscht. Im Seitenspiegel sieht Maria rötliche Staubwolken aufsteigen.

»Politesse ist gut.« Er zieht die Nase hoch und wischt sich Tränen aus den Augen.

Das nächste Dorf liegt bereits am Strand. Die Straße führt sachte abwärts, bis sie im rechten Winkel abknickt. Das einzige Restaurant ist geschlossen, sein blaues Neonschild blinkt verloren vor sich hin. Im Schritttempo rollen sie die verwaiste Strandpromenade entlang, wo Laternenlicht auf eine niedrige Mauer fällt, dahinter glaubt Maria zusammengerollte Fischernetze zu sehen und Boote, die wie schlafende Tiere im Sand liegen. Mit der Motorhaube zum Wasser stellt Hartmut den Wagen ab, und sofort drückt Stille gegen die Scheiben.

»Hier?«, fragt sie und spürt ein Frösteln auf der Haut.

»Hier.« Er lässt das Fenster runter und zeigt nach draußen. »Setzen wir uns auf eine Bank?«

»Ist vorher noch Zeit für einen Kuss?« Wegen des Bartes fühlt es sich an, als küsste sie einen Fremden. Gegen ihre Gewohnheit behält sie die Augen offen und bemerkt das Zittern ihrer Lippen. Als sie aussteigen, riecht die kühle Luft nach Tang aus den kleinen cubatas, deren Umrisse in der Dunkelheit auszumachen sind. Sitzbänke säumen die Promenade, Hartmut wischt eine davon mit der Hand sauber, und Maria geht noch einmal zurück, um die Strickjacke zu holen. Fünfzig Meter vor ihnen ragen Felsen aus dem Wasser, der Strand sieht grobkörnig und so hässlich aus, dass man der Nacht dankbar sein muss. Mit verschränkten Armen setzt sie sich neben ihn und wartet.

»Es ist merkwürdig«, sagt er und kommt auf den Besuch in Coimbra zurück. Am Nachmittag hat er die Alte Kathedrale besucht und sich erinnert, zusammen mit Philippa dort gewesen zu sein. Sie habe an seiner Hand gezerrt, weil sie die Muschel anschauen wollte, die neben dem Eingang steht und als Weihwasserbecken dient. Eine Riesenmuschel aus dem Indischen Ozean, seine Hände zeigen den Durchmesser, und für den Fall, dass Maria ihn nicht versteht, hat er sich den portugiesischen Namen gemerkt. Sie erinnert sich gut an das imposante Gebilde, das im Dämmerlicht aussah wie aus Elfenbein geschnitzt. Das Wasser darin war überraschend warm, als sie die Finger hineintauchte und sich bekreuzigte, bevor sie zum Beichtstuhl ging.

»Du hättest mich vorwarnen sollen«, sagt sie. Das Frösteln wird immer stärker. »Ich hab mich auf unser Wiedersehen gefreut. Die ganze Zeit über.«

»Ich auch. Quer durch Europa bin ich gefahren, um nachzudenken über unsere Zukunft, meine und deine. Ich wollte dich wiedersehen und dir sagen, dass ich meine Professur aufgeben und nach Berlin ziehen werde. Diese Stelle in Peters Verlag ist zwar nicht besonders attraktiv, aber – ich weiß nicht, was du dir vorstellst. Ich schaffe es nicht, das ist mir während des letzten Jahres klargeworden. Die Zeit bis zu meiner Emeritierung ist zwar überschaubar, aber trotzdem zu lang. Was wir in den letzten zwei Jahren geführt haben, war keine Ehe. Aber während der Reise ist mir was anderes klargeworden. Dass ich nicht weiß, ob du überhaupt willst, dass ich nach Berlin komme. Oder ob sich die Dinge zwischen uns geändert und wir angefangen haben, unser eigenes Leben zu leben. Jeder für sich, schon vor deinem Umzug. Ich für die Arbeit und du … sag selbst.«

»Ohne Arbeit«, murmelt sie. »Die wandelnde Parodie meiner Träume.«

»Vor ein paar Tagen im Gespräch mit Philippa ist mir der Satz rausgerutscht, dass ich den Schritt nur machen würde, wenn ich sicher wüsste, dass du es willst. Heute in Coimbra saß ich in der Kirche und hab nachgedacht. Wenn ich *das* nicht weiß, wenn ich *dessen* nicht sicher bin, ganz zu schweigen davon, dass ich nicht mitgekriegt habe, was mit unserer Tochter los ist – was ist mir noch entgangen? Hast du damals schon daran gedacht, alleine nach Berlin zu gehen? Ich meine nach meiner geplatzten Bewerbung.«

»Fragst du mich das? Jetzt, sechzehn oder siebzehn Jahre später.«

»Du konntest dir nicht vorstellen, wie es auf meiner Reise war. Ich will versuchen, es dir zu erklären.«

»Dann tu es auch.«

Auf einem der Felsen scheinen Leute nach Krebsen zu suchen, jedenfalls sieht Maria Taschenlampen aufleuchten und hört leise Stimmen. Der Strand liegt in einer Bucht und hat nichts von der berauschenden Weite der Strände südlich des Tejo, an denen sie ihre Jugend verbracht hat.

»Vor zwei Wochen«, sagt er, »hab ich Peter im Verlag getroffen, vor unserem Mittagessen am Hackeschen Markt. Er wollte mir die Räume zeigen, meinen künftigen Arbeitsplatz und mir ein paar Mitarbeiter vorstellen. Er war von der Idee überzeugt und ich – keine Ahnung, wie ich das Gefühl beschreiben soll. Ich saß ihm gegenüber und hab mich gefragt, wie bin ich hierher geraten? Plötzlich schüttele ich Leuten die Hand, die meine Studenten sein könnten, aber tatsächlich bewerbe ich mich darum, ihr Kollege zu werden.«

»Ein unheimliches Gefühl, oder?«

»Ja.«

»Zum ersten Mal hast du erwogen zu tun, was ich zwanzig Jahre lang getan habe – beruflich zurückstecken.«

»Unheimlicher fand ich, nicht zu wissen, ob du es willst. Nach zwanzig Jahren nicht sicher sein, ob meine Frau mit mir unter einem Dach leben will. Das war unheimlich, auch wenn ich erst unterwegs verstanden habe, dass meine Ungewissheit so tief geht.« Wenn sie schweigen, ist nur das Meer zu hören, das Auslaufen der winzigen Wellen vorne am Strand. »Sag was, Maria. Ich ziehe gerade Bilanz, und sie fällt nicht besser aus als deine.«

»Ich wusste von dem Gespräch im Verlag«, sagt sie. »Ich wusste davon, bevor ihr es geführt habt, Peter und du.«

»Du wusstest es?«

»Es war sogar meine Idee.« In groben Zügen erzählt sie von Peters Plänen für die Expansion des Verlags und ihrem spontanen Einfall, dass dabei eine Stelle für ihn herausspringen könnte. »Du hast dich seit Jahren nur beklagt über deine Arbeit. Dass du dich nicht wohlfühlst alleine in Bonn, wusste ich sowieso. Auch wenn du mir gelegentlich vorgeworfen hast, dass mir das egal sei.« Was er dem entgegnen will, wischt sie mit einer Handbewegung beiseite. »Du hast geglaubt, dass ich meine Interessen über unsere stelle. In gewisser Weise zu Recht. Ich wollte nach Berlin gehen, obwohl ich wusste, dass ich dir damit weh tue. Und es stimmt, dass ich schon Jahre vorher angefangen hatte, darüber nachzudenken. Als klar war, dass aus einem gemeinsamen Umzug nichts werden würde. Nachdem ich jahrelang unsere Interessen über meine gestellt hatte, dachte ich, warum nicht mal umgekehrt? Ich hab nie zu den Frauen gehört, die alleine für die Familie leben, und außerdem – welche Familie? Eine Tochter, die mich bestenfalls ignoriert hat, und ein Mann, der nie da war. So wie du im Verlag saß ich zu Hause und hab mich gefragt: Was mache ich hier? Ich brauche kein großes Haus, und ich muss nicht jede Nacht neben meinem Mann einschlafen, aber ich kann nicht ohne das Gefühl leben, meine

Tage sinnvoll zu verbringen. Wenn du damals gesagt hättest, entweder ich bleibe in Bonn oder wir trennen uns, dann hätten wir uns getrennt. So weit war ich.« Beim Sprechen knetet sie ihre kalten Hände und merkt, dass sie in den Duktus der damaligen Gespräche zurückfällt, in denen sie ihre eigenen Zweifel überwinden wollte, mehr noch als seine Widerstände.

»Wo wir gerade von unheimlichen Gefühlen gesprochen haben. Ich glaube, meins reicht weit hinter das Gespräch im Verlag zurück. Es bestand darin, zu wissen, aber nicht wahrhaben zu wollen, dass das Leben, das ich dir ermöglichen kann, nicht das Leben ist, das du führen willst. Und darin, nicht zu wissen, von welchem Leben du stattdessen träumst. Angst zu haben, es könnte ein Leben ohne mich sein. Jahrelang hab ich versucht, davor die Augen zu verschließen.«

»Es war nie unser Deal, dass du mir ein Leben ermöglichst, Hartmut. Ich hab das weder verlangt noch erwartet.«

»Was war unser Deal?«

»Wir hatten keinen. Wir hatten plötzlich ein Kind.«

Auf dem Asphalt der Strandpromenade sind sie beide als unbewegliche Schatten zu sehen. Die Krebssucher haben die Arbeit beendet, am Wasser ist alles dunkel bis auf ein paar funzelige Glühbirnen, die zu den Tanghütten gehören müssen. Das Dorfzentrum liegt weiter rechts, hinter dem stoisch vor sich hin blinkenden Neonlicht des Restaurants. »Das klingt, als wolltest du sagen: Es war nicht Liebe, es waren die Umstände. Dazu würde ich gerne zu Protokoll geben, dass das auf mich nicht zutrifft.«

»Was uns nach Dortmund und später nach Bonn verschlagen hat, Hartmut, waren die Umstände, was denn sonst. Zu denen gehörte, dass du Geld verdient hast und ich nicht. Lass uns nicht über die Vergangenheit streiten. Ist dir überhaupt aufgefallen, dass ich die Frage beantwortet habe, über die du unterwegs angestrengt nachgedacht hast? Ich wollte, dass du nach Berlin kommst. Es war meine Idee.«

»Okay«, sagt er beklommen. »Du hast also die ganze Zeit

gewusst, dass ich den Job wechseln wollte. Damals beim Mittagessen und später am Telefon.«

»Ob du es wolltest, wusste ich nicht. Für mich sah es nach einer Lösung aus, und Peter fand die Idee gut. Er konnte sich das vorstellen. Die Frage war, ob du bereit bist, das Risiko auf dich zu nehmen. Denn natürlich würde es ein Risiko bedeuten. Ich wollte dich nicht überreden, meinetwegen etwas zu tun, das getan zu haben du bereuen wirst, wenn es schiefgeht. Wenn dir der Job nicht gefällt oder es Probleme zwischen Peter und dir gibt. Deshalb hab ich nichts gesagt, sondern Peter hat dir das Angebot gemacht. Du wusstest seit dem Abendessen, dass ich von der Sache weiß. Du hättest es mit mir besprechen oder mit dir selbst abmachen können. So oder so wäre es deine Entscheidung gewesen. Darum ging es.« Kurz wendet sie den Kopf und sieht ihn an. »Es war eine spontane Idee, ja, aber es war auch ein guter Plan.«

»Ein guter Plan«, murmelt er. »Solange man die Umstände außen vor lässt.«

Na klar, denkt sie und muss sich ein Lachen verkneifen. Eben noch sollen die Umstände keine Rolle gespielt haben, jetzt sind sie wieder seine Verbündeten. »Du hast dich dagegen entschieden. Das dachte ich mir. Du willst es nicht, du hängst zu sehr an deinem Job.«

»Ich suche nach einem Ausweg, aber für die Beurlaubung bis zum Ruhestand fehlt mir die Begründung. Eine, die meine oberste Dienstbehörde akzeptieren würde. Wenn ich stattdessen kündige, verliere ich alle Pensionsansprüche. Ich bin Beamter, Maria, ich kann nicht einfach gehen.«

»Du könntest. Du willst nicht.«

»Du behauptest zwar gerne, keinen Wert auf ein gesichertes Auskommen zu legen, aber vielleicht ist das ein bisschen blauäugig. Willst du in zwanzig Jahren vom Erbe deiner Eltern leben oder Philippa auf der Tasche liegen? Wollen wir nach Rapa ziehen und Oliven anbauen?«

»Ich will wissen, was die Gründe sind. Nur mal angenommen, dass es keine großen finanziellen Einbußen mit sich bringen würde, wärst du dann bereit, auf deine Professur zu verzichten? Sag schon!«

»Du hast was in der Hinterhand. Wenn ich jetzt ja sage, wirst du mich darauf festnageln. Was ist es? Hat Artur dir endlich verraten, wie viel Geld er gebunkert hat?«

»Nein.« Statt ihn weiter zu bedrängen, lehnt sie sich auf der Bank zurück und atmet tief durch. »Ich hab nichts in der Hinterhand, im Gegenteil. Nach eurem Gespräch im Verlag hat Peter einen Rückzieher gemacht. Er meint, es würde nicht funktionieren. Du bist Philosoph. Als solcher stellst du alles in Frage und analysierst es bis ins letzte Detail. Außerdem bist du nicht daran gewöhnt, Anweisungen entgegenzunehmen. Er hat fast geweint, als er mir von eurem Gespräch erzählt hat. Er wollte nicht nein sagen, und er hätte es dir niemals ins Gesicht sagen können, aber er muss an seinen Verlag denken. Glaub mir, ich wollte sauer auf ihn sein, aber er saß vor mir wie ein Häufchen Elend. Er mag dich und hat Angst, dass du nie wieder mit ihm redest. Das war an dem Montag, bevor ich nach Kopenhagen geflogen bin. Er musste eine ganze Flasche Wein trinken, bevor er damit herauskam.«

»Verstehe.« Mehr fällt ihrem Mann nicht ein.

»Es tut mir leid, Hartmut. Ich wollte dich nicht austricksen. Allerdings meinte Peter schon, dass du im Gespräch nicht den Eindruck erweckt hast, als würdest du den Job haben wollen. Du hast ihm seitdem auch nicht geschrieben, oder?«

»Nein.«

»Weil du nicht wusstest, ob ich es will. Aber ob du es willst, wusstest du auch nicht.«

»Was habt ihr vereinbart, wie sollte ich von Peters Rückzieher erfahren?«

Sie erzählt ihm auch das. Ob er enttäuscht oder erleichtert ist, verrät sein Schweigen nicht, aber ihr Eingeständnis, einen Fehler begangen zu haben, wischt er mit der Bemerkung beiseite, Peter habe recht, er passe nicht ins Team. Dann streckt er den Arm aus und zieht sie zu sich heran, als wäre alles besprochen und geklärt. »Kannste machen nix, hat meine Mutter immer gesagt. Wenn schon scheitern, dann lieber so früh wie möglich.«

Das war der Plan, auf den sie ein Jahr lang ihre Hoffnungen gesetzt hat. Maria lehnt den Kopf an seine Schulter und denkt, dass sie nach Rapa aufbrechen sollten. »Die letzten zwei Wochen waren furchtbar«, sagt sie. »Das Gastspiel in Kopenhagen. Zu wissen, dass du dich mit einer Entscheidung herumquälst, die dir gar nicht offensteht. Das Gefühl, dir reinen Wein einschenken zu müssen, aber nicht zu wissen, wann und wie. Als ich erfahren habe, dass du seit einer Woche unterwegs bist, wusste ich überhaupt nichts mehr. Ich dachte, jetzt fliegt alles auseinander. Und dass es meinetwegen so weit gekommen ist.«

»Für mich war es besser zu reisen, als in Bonn über meiner Entscheidung zu brüten oder mir den nächsten Aufsatz aus den Fingern zu saugen. Ich war in den Picos de Europa, erinnerst du dich? In der Nähe von Potes, bei dieser romanischen Kirche in den Bergen. Die Kirche war zu, also sind wir runter zum Fluss gegangen und haben uns ins Gras gelegt.«

»Wer ist ›wir‹?«

»Du und ich, damals.«

»Wir waren nicht in den Picos de Europa.«

»Doch, auf unserer ersten Portugalreise. Die Kirche hieß Santa Maria, wie sonst.«

Im Flugzeug hat sie über die Reise nachgedacht und ist sicher, dass er sich irrt. Sie war schwanger, musste immer mal wieder hinter die Leitplanke kotzen und hätte einem Umweg über enge Bergpässe kaum zugestimmt. »Wir sind über die Hochebene gefahren, Hartmut. In Burgos hatten wir eine Autopanne. Kirchen, die Santa Maria hießen, haben wir alle zwei Tage besichtigt, aber nicht in den Picos de Europa.«

»Ich hab den Ort wiedererkannt«, sagt er, und sie belässt es dabei. Ihr Mann hat sich ein romantisches Bild der Reise bewahrt und vielleicht keine Vorstellung davon, wie ihr damals zumute war. Zum zweiten Mal im Leben ungewollt schwanger. Jetzt sitzen sie wie Urlauber auf der Bank und sehen zu, wie ein Hund über das kleine Mäuerchen läuft, das Promenade und Strand voneinander trennt.

»Du bist also nicht sauer auf mich?«, fragt sie. »Wirklich nicht?«

»Nein.«

»Was machen wir jetzt?«

»Wir suchen uns ein Hotel und ein gutes Restaurant. Ich habe heute nicht viel gegessen. Wir rufen in Rapa an, und morgen fahren wir hin. Das ist früh genug.«

»Ich meinte danach«, sagt sie. »Du hast gesagt, du kannst nicht länger so leben wie in den letzten zwei Jahren. Aber nach Berlin kommen wirst du auch nicht. Also?«

»Maria, ich hab zwei Wochen lang über eine Option nachgedacht, die nicht bestand. Jetzt ist mein Hut leer. Ich würde gerne, aber ich kann nicht sofort die nächste Idee hervorzaubern. Vielleicht wäre es auch gar nicht gut.«

»Du wartest darauf, dass ich zurückziehe nach Bonn.«

»Bestimmt nicht.«

Sie hat damit gerechnet, dass er ihre Unterstellung zuerst zurückweisen und sich dann die Vorteile darlegen lassen werde, die ihre Rückkehr für sie beide hätte. Schließlich ist es das, was er seit zwei Jahren mehr oder weniger offen von ihr fordert. Stattdessen steht er ruckartig von der Bank auf, als kehrte eine Erinnerung zurück, die er seit einer Stunde aus dem Gespräch herauszuhalten versucht. Laternenlicht fällt auf seine Gestalt, als er ihr gegenüber auf der Mauer Platz nimmt.

»Ich hab darüber nachgedacht«, sagt sie verunsichert.

»Du hast es in Bonn nicht mehr ausgehalten! Hast du selbst gesagt. Die Langeweile, die mangelnde Beschäftigung, die zu langen Tage in einem leeren Haus. Damals wollte ich es nicht verstehen, aber jetzt weiß ich, wie sich das anfühlt. Bei mir waren es zwar nur die Abende, aber das hat mir gereicht. Wie stellst du dir das vor? Was willst du in Bonn machen?«

»Ich hab nicht gesagt, dass es leicht wird, aber …« Sie wollte ihm von Lenas Angebot erzählen, aber die Heftigkeit, die seine Fragen wie Vorwürfe klingen lässt, bringt sie aus dem Konzept. Warum ist er jetzt wieder so komisch? »Erstens bin ich es leid, gegen mein schlechtes Gewissen anzukämpfen, und zweitens war Kopenhagen ein Desaster. Ich kann so nicht weitermachen.«

»Vielleicht willst du mir erst mal davon erzählen.«

»Es wird dir weniger gefallen, als du glaubst.« Wenn Hartmut das Haus sowieso verkaufen möchte, könnten sie gemeinsam nach Köln ziehen. Viele Bonner Professoren pendeln, und es wäre ein fairer Kompromiss, hat sie sich überlegt. Ein Zeichen, das es nicht immer nur um seinen Job geht. »Was machst du?«, fragt sie, weil ihr Mann damit beginnt, sein Hemd aufzuknöpfen.

»Ich gehe schwimmen.«

»Sei nicht verrückt. Wir reden gerade. Du wolltest, dass ich erzähle.«

»Es ist nichts Verrücktes dabei, an einem Badestrand zu schwimmen. Ich habe mir einen Sonnenbrand geholt, es war wahnsinnig heiß in Coimbra.« Er zieht sein Hemd aus und will es auf die Bank werfen, aber in seiner plötzlichen Hast verfehlt er sie. »Wir können nicht zurück zu unserem Leben vor deinem Umzug.«

»Und warum nicht?«

»Weil wir entweder zu viel wissen oder immer noch zu wenig. Tut mir leid, Maria, ich muss mich jetzt abkühlen. Ich weiß auch nicht, was wir stattdessen tun sollen, aber wir dürfen nicht schon wieder den nächstbesten Ausweg nehmen. Das tun wir seit Jahren, und es bringt uns kein Stück voran. Wie nach dem Streit. Wir müssen endlich für Klarheit sorgen.«

»Willst du dich von mir trennen?«, fragt sie. »Ist es das, worauf du hinauswillst?«

»Vielleicht solltest du dich auch abkühlen.« Mit nacktem Oberkörper steht er vor ihr, und sie fragt sich, was ihr mehr

Angst macht: Dass er so außer sich ist oder dass er dabei so ruhig spricht?

»Du kannst nicht weitermachen wie bisher«, sagt sie. »Du wirst nicht nach Berlin kommen. Du willst nicht, dass ich zurückgehe nach Bonn. Welchen Schluss soll ich ziehen, Hartmut? Was um alles in der Welt willst du?«

»Schwimmen.« Er nimmt seine Uhr ab und gibt sie ihr. »Du weißt, dass eine Trennung das Letzte ist, was ich will«, sagt er. »Ich kann mir nicht mal vorstellen, wie das wäre.«

Aber, denkt sie und versteht mit einem Mal, was er ihr sagen will. Hat sie nicht die ganze Zeit die Nervosität hinter seiner ruhigen Fassade gespürt? Sucht sie nicht seit einer Stunde nach Anzeichen dafür, dass er …

»Aber es gab Dinge«, sagt er, »von denen ich nichts gewusst habe, und jetzt weiß ich davon. Und dadurch ändert sich einiges. Ich hab mit Philippa gesprochen, und sie hat es mir erzählt. Was soll ich sagen? Ich kann's dir nicht verübeln, wahrscheinlich hab ich meinen Teil beigetragen. Durch Abwesenheit und mangelndes Verständnis. Trotzdem ändert es was. Erst wollte ich es nicht glauben. Ich konnte es mir einfach nicht vorstellen, du und dieser …« Typ. Scheißkerl. Versager. Was auch immer ihm auf der Zunge liegt, er bewahrt die Fassung und schluckt das Wort hinunter. Maria beugt sich auf der Bank nach vorne und starrt den Boden an. »Aber darin bestand eben meine Blindheit«, fährt er fort, »dass ich nicht gesehen habe, wie schlimm die Situation für dich war. Das tut weh, aber es ist besser, als weiter blind zu sein. Einfach wieder die Augen schließen geht nicht.« Beinahe schafft er es, seiner Stimme einen versöhnlichen Tonfall zu geben, so als hätte er sich den Text sorgsam zurechtgelegt. »Weißt du noch, wie du zu mir gesagt hast, wir sind stark genug, wir schaffen das. Ich weiß nicht, ob es damals stimmte. Jetzt müssen wir so stark eben sein.«

»Und wenn nicht?« Mehr bringt sie nicht über die Lippen.

Hartmut steht vor ihr, als suchte er nach einer Antwort. Dann wendet er sich einfach ab und geht. Maria hört seine

Schritte auf den von Sand bedeckten Betonstufen, die hinunter zum Strand führen. Also doch, geht ihr durch den Kopf. Sie hat sich den Moment oft und auf so viele verschiedene Weisen vorgestellt, dass sie nicht sagen könnte, ob ihre Erwartung sich erfüllt, als er da ist. Kurz darauf sieht sie Hartmut mit den Schuhen in der Hand über den Sand laufen. Bevor er den Lichtkreis der Laterne verlässt, dreht er sich noch einmal um und winkt. Ein seltsam zaghaftes, fast entschuldigendes Winken, das sie nicht deuten kann.

Also doch. Seit dem Gespräch mit Philippa ist die Erinnerung wach, und mit ihr die Frage, wie es sein konnte, dass ihr Mann damals keinen Verdacht geschöpft hatte. Das beschäftigt sie beinahe mehr als alles andere, aber vielleicht hat sie nie richtig verstanden, wie schwer die Zeit für ihn war. Die ungewisse berufliche Zukunft. Geldsorgen und eine psychisch labile Frau, die auf die kleine Tochter aufpasste. Trotzdem hatte er eines Tages begonnen, Fragen zu stellen, aber zu dem Zeitpunkt gab Oliver bereits eine so jämmerliche Figur ab, dass es Hartmut schwergefallen sein dürfte, ihn als Nebenbuhler ernst zu nehmen. Warum dieser Loser eigentlich ständig vor der Tür stehe, wollte er wissen. Das war das Wort, das er sich eben verkniffen hat. Schemenhaft sieht Maria ihren Mann stehen, wo die Dunkelheit des Strandes in die Finsternis des Meeres übergeht.

Du und dieser Loser.

Für das, was nach dem Ende ihrer Affäre mit Oliver geschah, weiß sie bis heute nicht das richtige Wort. Jedenfalls besaß es die Kraft, ihn in kürzester Zeit zu verwandeln. Auf ihr erstes Nein hatte er hochmütig entgegnet, sie werde dem Entschluss mit Sicherheit bald untreu werden. Zwei Tage später bat er um ein Gespräch und gestand, dass er sich in sie verliebt habe. Sie sollten zusammen durchbrennen, egal wohin. Als sie bei ihrem Nein blieb, wurde er erst aggressiv, dann weinerlich. Hartmut hatte sich Herrn Löscher zur Brust genommen und ihm klargemacht, dass Geschichten von seiner kranken Frau künftig auf taube Ohren stoßen würden. Danach wuchs die kleine Hecke zwischen den Grundstücken zu einer Grenze, die allenfalls scheele Blicke durchließ. Nie zuvor hatte sie in derart beklemmenden Verhältnissen gelebt. Kaum ein Tag verging, an dem Oliver nicht vorbeikam. Wahllos kaufte er Berliner Tageszeitungen, schnitt die Wohnungsanzeigen aus und warf sie durch den Briefschlitz. Als Hartmut misstrauisch wurde, behauptete sie, in Olivers Ehe gebe es Probleme. Wie zum Beweis rollte kurz darauf ein Möbelwagen die Erlentiefenstraße entlang, und die Brüder seiner Frau nahmen mit, was ihr gehörte. Mehrmals rückte nachts die Polizei an, weil sich Nachbarn über laute Musik beschwerten. Am Anfang hatte Hartmut Nachsicht gehabt, aber als die Nachstellungen nicht aufhörten, verließ ihn die Geduld. Dieser Versager solle sein Leben in den Griff kriegen und sie in Ruhe lassen. Maria verübelte ihm die Herablassung, aber wenn sie Oliver begegnete, behandelte sie ihn mit noch größerer Kälte. Verschwinde, befahl sie ihm durch die geschlossene Haustür. Schräg gegenüber stand die Nachbarin hinter dem Fenster und schaute zu.

Das Dröhnen eines über die Bucht ziehenden Flugzeugs holt Maria in die Gegenwart zurück. Nie hat sie sich den Seitensprung verziehen – auch nicht, als sie sicher war, genug für ihn gebüßt zu haben, aber was ihr jetzt als Erstes auffällt, ist das Fehlen von Wut auf ihre Tochter. Langsam steht sie auf und geht zum Auto. Steigt ein, schließt die Tür und atmet tief durch. Dann holt sie das Handy hervor und wählt. Zwanzig Jahre ist Philippa alt und hält sich zwar für reif genug, ein Kind großzuziehen, aber das hier muss ihr einiges abverlangt haben. Wahrscheinlich hat Hartmut etwas gespürt und sie so lange mit Fragen bedrängt, bis sie nicht mehr anders konnte. Nach dem zweiten Klingeln wird wortlos abgehoben.

»Ich bin's«, sagt Maria.

Diskret und langsam schaltet sich die Innenbeleuchtung aus.

»Das hab ich gesehen. Ich will aber nicht mit dir sprechen.«

»Es wird dich wundern, aber ich glaube, ich möchte mich

nicht nur entschuldigen, sondern auch bedanken. Verrückt von mir, was?«

Einen Moment lang ist Philippa überrascht, dann sagt sie: »Ich hab keine Ahnung, wovon du redest. Außerdem muss ich mich um Avó Lu kümmern.«

»Schon okay, ich wollte es nur sagen.« Wolken ziehen über den Mond, dessen silbriges Licht eine Spur auf das Wasser legt. Als Maria die Augen zusammenkneift, glaubt sie weit draußen ihren Mann zu erkennen. »Geht's meiner Mutter gut?«

»Nein, stell dir vor.«

»Sag ihr einen schönen Gruß, wir kommen erst morgen, es wird zu spät. Sollen wir in Guarda vorbeifahren und Artur mitnehmen? Hartmut meint, er wird morgen entlassen.«

»João leiht sich ein Auto und holt ihn.«

»Gut, dann …« Sie weiß, dass ihre Tochter nicht viel sagen wird, aber auflegen will sie trotzdem nicht. »Diese Einsicht, dass man sich und anderen die Möglichkeit geben muss, so geliebt zu werden, wie man ist. Stammt die von dir?«

»Bitte?«

»Das ist keine Frage. Ich will damit sagen, dass es falsch von mir war, dich ein dummes Kind zu nennen. Es tut mir leid.«

»Sie stammt nicht von mir«, sagt Philippa. »Ein Engel ist mir im Traum erschienen, von allein würde ich auf so was nie kommen. Dafür bin ich viel zu unreif.«

»Schon gut. Ich kann verstehen, dass du sauer auf mich bist. Ich habe ein paar wunde Punkte, und vielleicht hast du zu heftig daran gerührt.«

»Ich wollte lediglich –«

»Warte, warte. Einer davon ist das Thema Depression. Damals in Bonn hab ich mir eingeredet, deprimiert zu sein, weil ich keine Arbeit hatte. Aber bitte, möglicherweise war es umgekehrt, und ich konnte nicht arbeiten, weil ich alle Energie darauf verwenden musste, mir nicht anmerken zu lassen, wie es um mich stand. Ich weiß es nicht. Versuch mal, drei Dinge aufzuzählen, die du mit Sicherheit über dich weißt.«

»Ein andermal.«

»Dein Vater hat davon gewusst, bevor du's ihm gesagt hast, oder? Wie hat er reagiert?«

»Du tust es schon wieder«, sagt Philippa. »Du tust es, seit ich sprechen kann.«

»Vergiss es. Ich wollte nur sagen, dass ich dich so liebe, wie du bist. Das meine ich ernst.«

Für einen Moment scheint ihre Tochter mit der Frage zu ringen, ob sie den Satz guten Gewissens erwidern kann. Was sie seit kurzem weiß, lässt sich zugespitzt so formulieren: Hätte es die erste Abtreibung nicht gegeben, wäre sie vielleicht nie geboren worden. Es ist ihr gutes Recht, nicht gleich auf das erste Angebot zur Versöhnung einzugehen. »Wie alt warst du?«, fragt sie schließlich. »Du weißt schon, damals.«

»Achtzehn«, sagt Maria.

»Und er?«

»Er war ein Mann von der Art, für die ich früher eine Schwäche hatte. Undurchschaubar, klug, egoistisch. Ich kann nicht mal sagen, dass ich ihm böse bin. Es spielt keine Rolle mehr. Irgendwie werden dein Vater und ich es schon hinkriegen.«

»Grüß ihn«, antwortet Philippa nur.

»Das werde ich tun. Bis morgen.« Die Ruhe, mit der sie das Handy ausschaltet und das Auto verlässt, kommt ihr selbst unwirklich vor. Der Schock ist vorbei und noch nichts an seine Stelle getreten. Auch das Meer scheint still zu sein, als sie die Treppe hinabgeht, die Schuhe auszieht und über kühlen groben Sand läuft.

Vor zwei Wochen, bei ihrem Mittagessen am Hackeschen Markt, hat Hartmut gesagt, es könnte doch sein, dass jedes Menschenleben mehr als ein Mal beginnt. Dass man nie zu alt ist, sich zu ändern. Nein, theoretisch nicht, hat sie geantwortet, ohne zu wissen, ob er einen Scherz machte oder es ernst meinte. Allmählich beginnt sie zu ahnen, wie viel Zeit sie beide damit vertan haben, die Zeichen zu übersehen und den Fliehkräften nachzugeben. Wo der Sand fester und der Meergeruch intensiver wird, bleibt Maria stehen. Es ist das Einzige, was sie in diesem Moment tun kann: nicht weglaufen. Vor ihr auf dem Boden liegt ein Kleiderbündel. Schuhe, Hose, Brille.

Winzige Wellenkämme rollen durch die Nacht auf sie zu.

Der Mond am Himmel sieht aus wie gemalt.